FICHES détachables Tout-en-un

2nde

Objectif BAC

Français
Carole AMSELLEM
Professeure agrégée
de Lettres modernes

Maths
Dominique DEJEAN
Professeure agrégée en lycée
Ingénieur civil des Mines de Paris

Physique-Chimie
Rudy LATCHIMY
Professeur certifié
de physique-chimie

SVT
Philippe ROPITAL
Professeur agrégé de SVT

Histoire-Géographie
Antoine AUGER
Professeur agrégé d'histoire

Dépliant d'anglais
Dominique CHEVALLIER
Professeure agrégée d'anglais

hachette
ÉDUCATION

Pour réviser efficacement les matières fondamentales !

Des fiches synthétiques et complètes

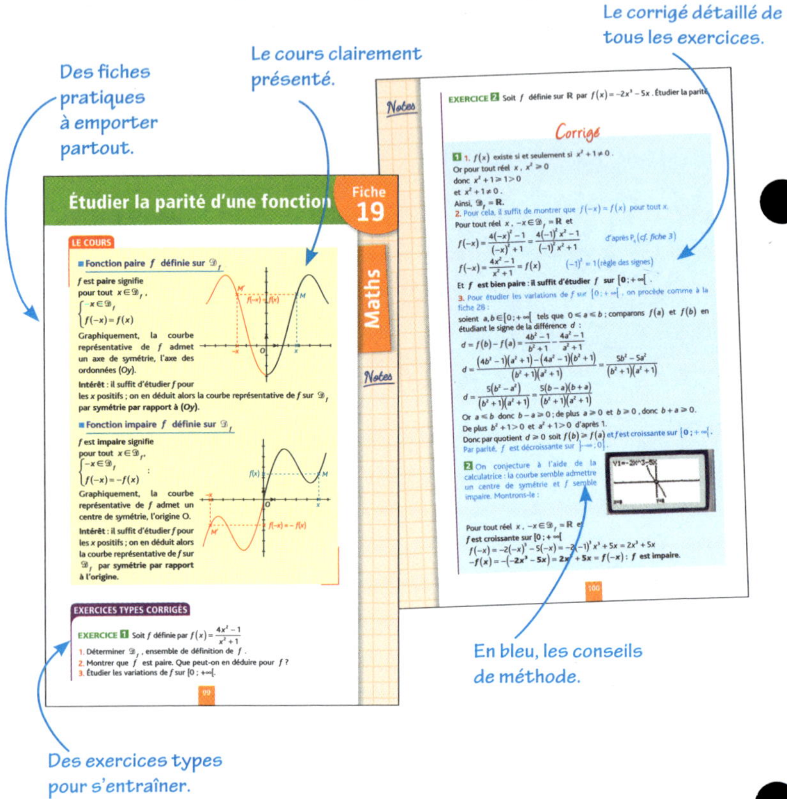

Conception graphique
Couverture : Stéphanie Benoit
Intérieur : Mélissa Chalot

Réalisation
Schémas : Rémi Picard/Grafatom
Mise en pages : Grafatom
Couverture : Stéphanie Benoit

Cartographie
Hachette Éducation

www.parascolaire.hachette-education.com
ISBN : 978-2-01-718191-0

Sommaire général

FRANÇAIS

MATHS

PHYSIQUE-CHIMIE

SVT

HISTOIRE

GÉOGRAPHIE

Français

Notes

Sommaire

Méthode du commentaire

Fiche 1

Français

1 Définition de l'exercice

■ Commenter un texte, c'est restituer ce que l'on a compris du texte et ce que l'on a ressenti à sa lecture, c'est-à-dire son effet sur le lecteur. Ainsi, il s'agit de comprendre les moyens par lesquels l'auteur est parvenu à créer cet effet et de les expliquer dans le commentaire.

■ Pour produire un effet sur son lecteur, l'écrivain fait des choix : par exemple, employer un mot plutôt qu'un autre, des phrases longues plutôt que courtes, faire des métaphores ou non, etc. Il s'agit là de procédés d'écriture. Selon les procédés utilisés pour tenir un propos, l'effet ne sera pas le même pour le lecteur. Dans un commentaire, il faut donc étudier les procédés d'écriture : de leur choix dépend l'effet.

2 Comment faire un commentaire ?

A. Les étapes du brouillon

■ Prenez d'abord connaissance du texte, en le lisant intégralement. Il est impossible de faire un commentaire si l'on n'a pas compris le sens exact du texte à commenter. La première lecture doit donc vous permettre de répondre à la question : que dit précisément le texte ? Dégagez également des premières pistes importantes de compréhension : le genre du texte, son registre, l'époque où il a été écrit (et son mouvement littéraire si vous le connaissez), sa situation d'énonciation.

■ Puis, relisez attentivement le texte, phrase par phrase : au fur et à mesure de votre lecture, notez sur votre brouillon vos impressions, les idées qui vous paraissent importantes, ce que vous ressentez en lisant… Notez également les procédés d'écriture que vous repérez. Accompagnez-les toujours d'une interprétation : il faut trouver pourquoi l'auteur a choisi de les utiliser.

■ À la fin de votre relecture, vérifiez que vous avez analysé la construction du texte, le **lexique**, la construction des phrases, les temps des verbes, les figures de style ; vérifiez également que vous avez abordé tous les repères spécifiques au type du texte, fiches 4 à 24). Par exemple, s'il s'agit d'un texte poétique, vérifiez que vous avez analysé les rythmes, les sonorités, les types de vers, etc.

> **Lexique**
> Terme employé pour désigner le vocabulaire, les mots d'un texte.

Notes

Notes

■ Une fois ce travail terminé, relisez votre brouillon et rassemblez vos idées en deux ou trois pistes importantes. On nomme ces pistes « axes de commentaire ». Les axes constitueront les parties de votre devoir. Classez chaque procédé trouvé précédemment dans l'axe auquel il correspond, rassemblez ceux qui peuvent aller ensemble : vous constituez ainsi des sous-parties.

B. La rédaction

■ On rédige d'abord une introduction. Celle-ci présente le texte : donnez le titre de l'ouvrage dont le texte est extrait, le nom de l'auteur (et ce que vous savez de lui), le siècle auquel il a été écrit et le mouvement littéraire auquel il appartient. Indiquez également son registre et son genre. Résumez très brièvement le texte. Puis, proposez une **problématique**, c'est-à-dire ce que vous voudrez démontrer dans votre devoir. Enfin, annoncez vos axes de lecture.

Problématique
Fil directeur d'un devoir, généralement formulé comme une question.

Ex. : La problématique reprend en général l'effet provoqué par le texte et s'interroge sur la manière dont l'auteur le provoque. Par exemple : « Comment ce texte parvient-il à inspirer de la pitié au lecteur ? »

■ Rédigez vos parties. Toute partie commence par une phrase qui annonce l'axe de lecture étudié. Faites des alinéas pour distinguer les sous-parties et sautez une ligne entre chaque axe.

■ Enfin, faites une conclusion : résumez votre réponse à la problématique, puis, si vous le pouvez, rapprochez le texte étudié d'autres textes de votre connaissance.

Testez-vous !

Corrigés p. 55

A. Qu'est-ce que commenter un texte ?

B. Pourquoi faut-il étudier les procédés d'écriture ?

C. Combien d'axes de lecture devez-vous développer dans un commentaire ?

D. Que devez-vous mettre dans une introduction de commentaire ?

Méthode de la dissertation

Fiche 2

Français

1 Définition de l'exercice

- La dissertation se définit comme un exercice de réflexion argumentée : il s'agit d'organiser une réflexion sur un sujet donné et de prendre position par rapport à ce sujet, après en avoir étudié les différents aspects.
- Le sujet de dissertation, au bac de français, porte toujours sur une œuvre au programme, étudiée en classe de première.

2 Comment faire une dissertation ?

A. Les types de sujets

- Le sujet peut porter sur un questionnement général :

Ex. : « La poésie de Guillaume Apollinaire s'invente-t-elle en rejetant le passé ? »

- Le sujet peut également vous inviter à explorer une citation :

Ex. : « On a reproché à Baudelaire de "tout peindre, de tout mettre à nu" dans son recueil *Les Fleurs du Mal*. Qu'en pensez-vous ? »

- Dans tous les cas, il s'agit d'élaborer votre réflexion après avoir compris les enjeux du sujet. Il vous faudra, au cours du devoir, en étudier plusieurs aspects et en débattre avec des arguments.

> **Débattre**
> Discuter les arguments contradictoires sur un sujet donné.

Notes

B. Le brouillon : analyse du sujet et construction du plan

- Vous devez analyser attentivement le sujet qui vous est donné : pour cela, définissez les termes du sujet.
- Tentez ensuite de reformuler le sujet avec vos propres mots, pour vérifier que vous l'avez compris, et surtout, pour le cerner. Faites alors la liste de tous lesque soulève le sujet qui vous est soumis, de toutes les questions auxquelles il vous demande de répondre. Ce sont ces problèmes qu'il faudra étudier dans votre devoir. Retenez le problème principal : il deviendra votre problématique.
- Dégagez alors des arguments, c'est-à-dire des idées qui répondent au sujet. Ces arguments peuvent se trouver dans les textes que vous avez travaillés en classe, mais aussi dans votre culture personnelle (lectures, films, représentations théâtrales…).

Notes

■ Il faut alors classer vos idées pour constituer un plan. Le plan doit répondre de manière argumentée et logique à la problématique que vous avez dégagée. Choisissez votre plan en fonction du sujet à traiter.

■ S'il s'agit d'un sujet qui demande un avis ou qui suscite une discussion, choisissez alors un plan dialectique : dans une première partie, soutenez une **thèse** (le pour) ; dans une deuxième partie, montrez les limites de cette thèse, en constituant une antithèse (le contre) ; dans une troisième partie, essayez de dépasser l'opposition pour trouver une solution de compromis (la synthèse).

Thèse
Idée que l'on défend au moyen d'arguments.

■ Si le sujet n'invite pas au débat mais à l'analyse, utilisez un plan analytique ou thématique. Le plan thématique consiste à analyser trois aspects différents du sujet. Le plan analytique donne, dans une première partie, les raisons pour lesquelles on s'interroge ; dans une deuxième partie, il développe la réflexion ; la troisième rapproche le sujet d'un problème littéraire plus général.

C. La rédaction

■ Vous devez rédiger une introduction qui présente le sujet, puis annonce la problématique et le plan.

■ Rédigez ensuite deux ou trois parties. Chaque partie commence par une phrase qui annonce la thèse que vous allez développer.

■ Enfin, faites une conclusion qui résume votre réponse à la question posée, donne votre avis final et ouvre éventuellement sur des pistes de réflexion plus larges.

Testez-vous !

Corrigés p. 55

A. Que doit-on faire pour analyser un sujet ?

B. Doit-on donner son avis personnel dans une dissertation ?

C. Où trouve-t-on des arguments pour répondre au sujet ?

D. Comment doit commencer chaque partie d'une dissertation ?

Méthode de la contraction de texte et de l'essai

Fiche 3

Français

Si vous choisissez en première la voie technologique, vous pourrez opter, à l'épreuve écrite du bac, pour une contraction de texte suivie d'un essai. L'exercice prendra appui sur un texte qui s'inscrit dans le cadre de l'objet d'étude « la littérature d'idées du XVIe au XVIIIe siècle ».

1 La contraction de texte

Le texte sera composé de 750 mots environ. Il faut le contracter au quart.

A) La préparation de la contraction de texte

- L'objectif de cet exercice est de montrer que vous avez compris les idées essentielles d'un texte mais aussi son organisation logique.

- Lisez d'abord le texte une première fois en entier. Sur votre brouillon, déterminez son thème, la question qu'il soulève (sa problématique), la ou les thèses qu'il développe. Dégagez également le **ton du texte**. Déterminez enfin la situation d'énonciation : l'auteur parle-t-il à la première personne du singulier ? Dit-il plutôt « on » ou « nous » ? Que désignent alors ces pronoms ? Le destinataire est-il pris directement à partie dans le texte ?

> **Le ton du texte**
> Soyez particulièrement vigilant à l'ironie possible de l'auteur !

Notes

- Entrez ensuite dans l'analyse plus détaillée des idées du texte. Relisez-le et arrêtez-vous à chaque fois que l'auteur présente une nouvelle idée : vous pouvez isoler chaque unité de sens la séparant de la suivante par une barre. Dans la marge du texte, résumez en quelques mots chaque idée.

- Précisez au fur et à mesure de votre avancée dans le texte le lien logique implicite entre chaque unité de sens : s'agit-il par exemple d'une idée qui s'oppose à la précédente, qui la précise, qui la prouve ? Les liens logiques peuvent aussi être explicites : encadrez les mots de liaison trouvés dans le texte.

B) La rédaction de la contraction de texte

- À l'issue de l'étape précédente, vous obtenez un plan assez précis des idées du texte et de la manière dont elles s'articulent. Vous pouvez à présent rédiger le résumé à partir de ces notes. N'écrivez pas « L'auteur montre que… » : entrez directement dans la restitution des idées, en conservant le système d'énonciation du texte initial.

Notes

■ Reformulez les idées essentielles : essayez de trouver des formulations personnelles et ne faites pas de montage de citations. Conservez bien l'organisation logique et faites-la apparaître clairement.

■ Comptez le **nombre de mots** que vous avez utilisés à la fin du résumé : si votre texte est trop long, ne supprimez pas d'idées mais rendez vos formulations plus concises.

Nombre de mots
Toute lettre séparée des autres par un blanc et tout signe de ponctuation comptent.

2 L'essai

L'essai est un exercice d'argumentation. Vous devrez rendre compte de votre réflexion sur une question soulevée par le texte proposé à l'examen.

A) La préparation de l'essai

■ Dans un premier temps, analysez le sujet qui vous est présenté : définissez les mots de la question posée et reformulez-la pour vérifier que vous l'avez comprise.

■ Déterminez alors la ou les thèses que vous souhaitez défendre : n'hésitez pas à avoir un point de vue nuancé et à présenter plusieurs façons de considérer la question qui vous est soumise. Chaque point de vue constituera une partie de votre essai.

■ Cherchez alors les arguments qui vous permettront de soutenir les thèses défendues. Trouvez un exemple pour appuyer chacun de vos arguments : les exemples doivent être issus des textes et des œuvres que vous aurez étudiés en classe.

B) La rédaction de l'essai

■ Commencez votre travail par une introduction dans laquelle vous présenterez la question posée et le plan adopté pour y répondre.

■ Rédigez un développement clairement mis en page : chaque nouvel argument donnera lieu un paragraphe, qui débutera par un alinéa. Sautez des lignes entre les différentes parties.

■ Rédigez une courte conclusion dans laquelle vous résumerez le point de vue que vous avez développé dans le devoir.

Testez-vous !

Corrigés p. 55

A. Qu'est-ce que votre correcteur doit pouvoir évaluer dans l'exercice de contraction de texte ?

B. Les liens entre les idées, dans le texte à contracter, sont-ils toujours explicites ?

C. Devez-vous donner votre point de vue dans un essai ?

D. Où pouvez-vous trouver les exemples sur lesquels votre réflexion prendra appui ?

Qu'est-ce qu'un récit ?

Fiche 4

Français

1 Définition

■ On parle de « récit » quand une histoire est racontée, que des événements s'enchaînent, allant d'un point de départ vers une fin. Dans un récit, il y a normalement une progression entre le début et la fin.

■ Le récit prend des formes très variées. Il peut s'agir de rapporter une histoire vraie (comme le récit d'un match dans un journal sportif, par exemple) ou d'inventer une histoire (il s'agit alors d'une fiction). Les romans, les contes, les nouvelles présentent souvent des fictions. Un récit peut par ailleurs être écrit ou oral.

■ On distingue, dans un récit, l'histoire et la narration.

■ L'histoire désigne l'intrigue, ce qui est raconté, tandis que la narration désigne la manière dont on raconte l'intrigue. En effet, la même histoire peut être rapportée de plusieurs manières : le narrateur (celui qui raconte l'histoire) choisit, par exemple, d'être très présent dans son récit, en montrant ses émotions face aux événements rapportés ou, au contraire, décide d'être tout à fait neutre. La narration varie donc selon les intentions de celui qui mène le récit.

Présence du narrateur
Le narrateur marque sa présence dans le récit par la modalisation.

Notes

■ Attention à ne pas confondre narrateur et auteur, dans les textes de fiction ! Le narrateur est celui qui mène le récit, mais il fait lui-même partie de la fiction : c'est un personnage inventé. Parfois même, plusieurs personnages jouent le rôle de narrateurs, comme dans le récit encadré (ou enchâssé). L'auteur est l'être réel qui a écrit le livre.

Récit encadré ou enchâssé
Un premier narrateur introduit un personnage qui, à son tour, devient narrateur d'un récit.

2 Quelques éléments de structure du récit : le schéma narratif

■ Quand on étudie un récit, on peut tenter de retrouver les étapes de la narration et en particulier les éléments du schéma narratif. Néanmoins, seule l'interprétation de ce schéma (et de ses variations) présente de l'intérêt dans les commentaires de texte.

Notes

■ **Première étape** du schéma narratif : la **situation initiale**. Il s'agit du point de départ du récit. Les personnages en présence sont présentés ainsi que leur situation et leur rapport au début de l'histoire. C'est un moment d'équilibre : il n'y a pas de trouble.

Ex. : *L'Ingénu*, conte philosophique de Voltaire, suit les étapes du schéma narratif. Dans la situation initiale, l'Ingénu, un huron, arrive en France, y trouve par miracle sa famille et se fait baptiser pour devenir chrétien.

■ **Deuxième étape** : la **complication** ou élément perturbateur. Un événement vient perturber la situation initiale et rompt l'équilibre.

Ex. : L'Ingénu tombe amoureux de Mademoiselle de Saint-Yves. Malheureusement, celle-ci était devenue sa marraine lors du baptême, si bien qu'il n'a pas le droit de l'épouser. Il s'agit donc d'une complication qui rompt l'équilibre.

■ **Troisième étape** : les **péripéties**. Les personnages réagissent à la complication et tentent de retrouver de l'ordre. C'est le moment des aventures, de l'action.

Ex. : L'Ingénu et Mademoiselle de Saint-Yves vont tout faire pour trouver une solution à leur problème : l'Ingénu s'en va à Paris afin de demander au roi de l'autoriser à épouser sa bien-aimée, mais il va par mégarde se retrouver en prison. Mademoiselle de Saint-Yves va tenter de le faire libérer : pour cela, elle devra accepter de se livrer à un homme puissant.

■ **Quatrième étape** : la **résolution**. Un événement vient résoudre le problème. Il n'y a plus de perturbation.

Ex. : Mademoiselle de Saint-Yves parvient donc à libérer l'Ingénu en cédant au chantage de l'homme puissant. Le problème est résolu.

■ **Cinquième étape** : la **situation finale**. On retrouve un ordre, un équilibre, différent de celui du départ.

Ex. : Malheureusement, Mademoiselle de Saint-Yves meurt car elle se sent coupable. Une nouvelle situation est née : l'Ingénu finira sa vie comme officier et regrettera toujours Mademoiselle de Saint-Yves.

Testez-vous !

Corrigés p. 55

A. Donnez une définition simple du mot « récit ».

B. Quels mots correspondent à ces deux définitions : a) événements racontés ; b) manière de raconter des événements ?

C. Qui, du narrateur ou de l'auteur, est un personnage fictif ?

D. Rappelez les cinq étapes du schéma narratif.

Le genre du roman

Fiche 5

Français

1 Histoire et définition

A. Les origines

■ Le terme « roman » vient de l'adjectif « roman(-e) », qui désigne l'ancien français utilisé au Moyen Âge. Ce français est une langue « vulgaire » par opposition au latin, qui constitue la langue « savante ». Au Moyen Âge, un roman est donc un texte, quel qu'il soit, écrit en langue romane.

■ Cette origine explique que le roman ait longtemps été un genre bas, par opposition aux autres genres littéraires.

■ À ses débuts, le roman est une œuvre en vers, mais va vite devenir une œuvre en prose. Les premiers romans, qui datent du Moyen Âge, sont surtout des **romans de chevalerie**, où les héros sont des chevaliers qui affrontent courageusement des obstacles.

> **Roman de chevalerie**
> Le plus célèbre auteur de ce genre est Chrétien de Troyes qui raconte les exploits de Lancelot ou d'Yvain.

Notes

B. Les évolutions

■ Au XVIIe siècle, le roman va se tourner vers l'analyse des personnages. Les premiers romans psychologiques apparaissent, dans lesquels les sentiments et la psychologie des personnages sont expliqués et étudiés. Nombreux sont alors les récits d'amour, comme celui de *La Princesse de Clèves* de Mme de Lafayette, premier grand roman psychologique : Mme de Clèves est mariée mais elle tombe amoureuse du Duc de Nemours ; le roman analyse le trouble et les réactions de l'héroïne face à ce sentiment interdit.

■ Au XVIIIe siècle, la production romanesque est très importante et variée. Le nombre de lecteurs augmente. On note en particulier l'apparition du roman épistolaire, qui reproduit un échange de lettres fictives. *Les Liaisons dangereuses* de Choderlos de Laclos, par exemple, est un roman épistolaire où l'échange de lettres permet de voir se tramer vengeances et entreprises de séduction. Non moins célèbre, le roman épistolaire de Montesquieu, les *Lettres persanes*, imite la correspondance de Persans en voyage en France, permettant ainsi une dénonciation politique et sociale, courante au temps des Lumières.

■ Mais c'est essentiellement au XIXe siècle que le roman va prendre toute son importance. Il devient le genre de prédilection

Notes

des écrivains réalistes et naturalistes, qui y trouvent suffisamment de souplesse pour y représenter la société presque tout entière, et telle qu'elle leur apparaît vraiment. On peut penser, par exemple, aux romans de H. de Balzac, qui forment un tout intitulé *La Comédie humaine*, ou à ceux d'É. Zola qui racontent l'histoire de la famille des Rougon-Macquart.

■ Enfin, au XXe siècle, tout en gardant cette place capitale dans la littérature, le roman va être remis en cause par certains auteurs appartenant au courant du Nouveau Roman : ces auteurs refusent les personnages et les intrigues traditionnels.

C. Définition actuelle

Aujourd'hui, le terme « roman » désigne donc un récit en prose, qui relate quelque chose de fictif et qui, contrairement à la nouvelle, est plutôt long.

2 Les principaux types de romans

■ Le roman d'aventures rapporte les aventures d'un personnage. Il est construit autour de la succession de péripéties. Les romans de chevalerie sont, par exemple, des romans d'aventures, puisque les chevaliers affrontent de nombreux adversaires.

■ Le roman d'apprentissage met en scène un personnage jeune qui, au fil de l'action romanesque, va apprendre la vie, découvrir le monde et les sentiments.

Ex. : *Le Père Goriot* d'H. de Balzac apparaît comme un roman d'apprentissage, puisque son personnage principal, Rastignac, un jeune provincial monté à Paris, va découvrir peu à peu les lois de la société parisienne.

■ Le roman psychologique fait l'analyse des sentiments d'un personnage, comme dans *La Princesse de Clèves*.

■ Le roman de mœurs s'intéresse à la description de la société et à son fonctionnement (les romans d'É. Zola, par exemple, sont des romans de mœurs).

■ Le roman policier raconte l'enquête menée après la découverte d'un crime.

À lire !

Pot-Bouille d'É. Zola livre les noirs secrets de la bourgeoisie parisienne.

Testez-vous !

Corrigés p. 55

A. Quelle est l'origine du mot « roman » ?

B. Quel type de roman apparaît au XVIIe siècle ?

C. Citez le titre d'un roman épistolaire contenu dans la fiche.

D. Qu'est-ce qu'un roman d'apprentissage ?

Le temps dans le récit

Fiche 6

Français

■ Dans un récit, les temps verbaux utilisés sont majoritairement le passé simple (qui permet de rapporter des événements ponctuels, des actions achevées), l'imparfait (pour les actions qui s'inscrivent dans la durée ou qui se répètent) et, parfois, le **présent de narration**.

> **Présent de narration**
> Utilisé dans un récit au passé, il rend l'action plus vivante.

■ D'autres formes de marques du temps sont à étudier dans un récit : les faits qui composent l'histoire peuvent être rapportés avec des variations d'ordre et de rythme, en fonction de l'importance que leur accorde le narrateur.

1 L'ordre des événements dans le récit

A. L'ordre du récit

■ Le narrateur peut choisir l'ordre dans lequel il racontera les faits qui composent le récit : les raconter dans l'ordre de leur déroulement est le choix de narration le plus fréquent. La narration suit alors l'ordre de l'histoire et l'on dit que le récit est chronologique.

■ La narration peut aussi être interrompue par une analepse : il s'agit d'un retour en arrière dans l'histoire. L'analepse donne des informations supplémentaires sur ce qui a mené à l'un des événements de l'histoire.

■ La narration peut également anticiper sur l'histoire et raconter à l'avance des événements qui surviendront plus tard. On parle alors de « prolepse ». La prolepse crée chez le lecteur l'envie de découvrir les faits qui ont mené à l'événement raconté de façon anticipée.

B. Le moment du récit

■ Le moment de la narration (celui où le narrateur raconte son histoire) peut ou non coïncider avec le moment de l'histoire (celui où arrivent les événements du récit).

■ Si le récit est fait au moment même où se déroule l'action, alors on dit qu'il est simultané. C'est le cas, par exemple, quand on écoute les commentaires d'un match de football : le récit du match est fait pendant que le match se joue.

■ Si l'histoire a eu lieu avant que le narrateur la raconte, on dit que le récit est rétrospectif. Par exemple, un récit autobiographique est toujours rétrospectif : le narrateur se retourne sur sa vie pour

Notes

en raconter les **événements** importants, qui ont donc déjà eu lieu.

> **Fréquence événementielle**
> Nombre de fois où un énoncé ou un événement est répété dans le récit.

2 Le rythme du récit

■ Le rythme d'un récit dépend du volume du texte que le narrateur accorde à chaque événement de l'histoire : un événement très rapide dans l'histoire peut néanmoins se voir consacrer de nombreuses pages, tandis qu'un événement qui a pris du temps dans l'histoire peut être traité en une seule ligne.

■ Le **ralenti** est ainsi une façon de traiter longuement un événement qui a eu lieu très rapidement dans l'histoire.

■ Inversement, le **sommaire** consiste à résumer de nombreux faits en peu de mots.

Ex. : Le narrateur de *L'Éducation sentimentale* de G. Flaubert fait ainsi le sommaire des actions de Frédéric, son personnage principal :

« Il voyagea.

Il connut la mélancolie des paquebots, les froids réveils sous la tente, l'étourdissement des paysages et des ruines, l'amertume des sympathies interrompues.

Il revint. »

■ L'**ellipse** passe sous silence certains faits de l'histoire, que le narrateur ne juge pas importants.

Ex. : Le personnage de Jacques Damour, dans la nouvelle du même nom d'É. Zola, se demande s'il doit aller en France ou en Amérique. Le narrateur écrit alors simplement :

« Un mois plus tard, Damour était en Amérique. »

Le narrateur ne dit donc rien des préparatifs du voyage ni du voyage lui-même, qui ne lui semblent manifestement pas essentiels.

■ La **pause** est une interruption du récit, qui laisse place aux descriptions ou aux commentaires du narrateur.

■ Enfin, la **scène** fait coïncider le temps de l'histoire et le temps de la narration, comme si l'on assistait « en direct » à l'événement rapporté.

Testez-vous !

Corrigés p. 55

A. Quelle est la différence entre l'analepse et la prolepse ?

B. Comment s'appelle un récit où le moment de la narration coïncide avec les événements racontés dans l'histoire ?

C. Donnez une définition de la pause dans un récit.

D. Quel effet de rythme trouvez-vous ici : « Il alla chez le médecin. Un mois plus tard, il n'était toujours pas guéri. » ?

La description et le portrait

Fiche 7

Français

La description et le portrait présentent les lieux et les personnages. Ils créent tous deux une **pause** dans le récit, mais ne sont pas pour autant inutiles.

> **Pause**
> Arrêt du récit qui laisse place à une description ou une digression.

1 L'organisation de la description et du portrait

- Il faut être attentif à certains éléments pour analyser descriptions et portraits et, en priorité, à leur organisation. En effet, les descriptions et les portraits sont menés selon un certain ordre : du général au particulier, de haut en bas, de gauche à droite, etc. Il faut alors repérer dans le texte les indices spatiaux qui soulignent l'ordre de la description. D'autre part, dans le cas d'un portrait, on repère souvent une organisation en deux temps : le portrait moral suit ou précède le portrait physique.
- L'autre élément important est le point de vue d'où provient la description. En effet, il est nécessaire de trouver qui regarde la scène : il peut aussi bien s'agir d'un narrateur « neutre » que d'un personnage qui fait partie du récit. On voit alors à travers ses yeux, en focalisation interne. La description donne ainsi autant d'informations sur ce qui est décrit que sur celui qui décrit. Il faut donc tout particulièrement rechercher dans une description les verbes de vision et les modalisateurs.

Ex. : Félix de Vandenesse, le personnage principal du *Lys dans la vallée* d'H. de Balzac, a rencontré une jeune femme à un bal. Il en est tombé amoureux avant qu'elle disparaisse. Il se promène plus tard dans une vallée, où il va retrouver la jeune femme aimée. Voici quelques lignes de la description du lieu :

« Là se découvre une vallée qui commence à Montbazon, finit à la Loire, et semble bondir sous les châteaux posés sur ces doubles collines ; une magnifique coupe d'émeraude au fond de laquelle l'Indre se roule par des mouvements de serpent. »

La description est fortement méliorative : on le voit, par exemple, à l'adjectif « *magnifique* » ou à l'image de la « *coupe d'émeraude* » qui désigne poétiquement les collines. On comprend que le paysage est vu par Félix. Le lecteur en apprend autant sur la « géographie » de la vallée que sur le sentiment d'amour qui envahit le jeune homme et lui fait décrire ce paysage (qu'il associe à sa bien-aimée) avec émotion.

Notes

Notes

2 Les fonctions de la description et du portrait

■ La description et le portrait peuvent avoir une fonction explicative : ils apportent au lecteur des informations sur le cadre de l'action et sur les personnages, en particulier quand on les rencontre pour la première fois.

■ Ils ont parfois aussi une fonction réaliste : ils créent, par leur précision, un « effet de réel ». Ils donnent ainsi au lecteur l'impression qu'il lit quelque chose de vrai, qui se réfère directement au monde « réel ». Cette fonction de la description est tout particulièrement utilisée par les auteurs réalistes et naturalistes. On peut penser, par exemple, aux efforts d'É. Zola pour décrire avec vérité le quartier de la Goutte d'or à Paris, où prend place l'action de *L'Assommoir*.

■ Enfin, la description peut avoir une fonction symbolique : il faut en interpréter les éléments. En ce sens, elle n'est pas complètement coupée du récit mais y apporte des précisions.

Ex. : La description de l'alambic, au début de *L'Assommoir*, qui l'apparente à un monstre, laisse entrevoir tous les malheurs que le personnage de Gervaise subira à cause de l'alcool.

■ Le portrait possède parfois, lui aussi, une fonction symbolique en révélant, à travers des traits physiques, les caractéristiques morales des personnages. Certains écrivains du XIXe siècle, comme H. de Balzac, vont même jusqu'à illustrer dans leurs portraits la théorie de la physiognomonie, qui consiste à voir entre le corps et l'esprit une relation « scientifique ».

À lire !
Dans *Les Caractères*, La Bruyère dénonce, à travers des portraits, les vices de son temps.

Testez-vous !

Corrigés p. 55

A. À quels éléments faut-il être attentif quand on étudie une description ?

B. Sur quoi d'autre que ce qu'elle décrit la description peut-elle apporter des informations ?

C. Quelles peuvent être les trois fonctions de la description et du portrait ?

D. Qu'est-ce que la physiognomonie ? Quel écrivain célèbre la pratique dans ses romans ?

La focalisation (ou point de vue)

Fiche 8

Français

1 Définition

■ Dans tous les récits, le narrateur choisit un point de vue (ou **focalisation**) pour raconter son histoire. Définir le point de vue d'un récit, c'est donc se demander quel regard le narrateur va porter sur la scène.

> **Focalisation**
> Gérard Genette, critique littéraire du XXe siècle, a élaboré le terme de *focalisation*.

■ Plusieurs points de vue peuvent se succéder dans un récit. Le point de vue est un choix narratif : c'est la raison pour laquelle il faut interpréter les intentions de l'auteur dans ses choix de focalisations.

2 Les différents points de vue

A. Le point de vue interne

■ Le point de vue interne permet de raconter une scène à travers le regard d'un personnage déterminé. Le lecteur accède alors à sa conscience et à ses sentiments. Le lecteur en sait donc autant sur l'action que le personnage dont il suit le regard.

■ Pour reconnaître le point de vue interne, on peut tenter de trouver des verbes de sentiments, de pensées ou de vision (« penser », « voir », « regarder »...) qui indiquent qu'on entre dans la perception du personnage.

■ Le pronom personnel « je » implique forcément une focalisation interne : le **narrateur** est alors lui-même le personnage par lequel est perçue la scène. Cependant, la troisième personne du singulier (« il » ou « elle ») n'exclut pas la possibilité d'un point de vue interne.

> **Narrateur homodiégétique**
> Narrateur qui est également un personnage du récit (comme en focalisation interne).

Notes

Ex. : Dans *L'Éducation sentimentale*, de G. Flaubert, Frédéric, un jeune homme, va tomber amoureux d'une femme mariée, Madame Arnoux. Voici un extrait de leur rencontre, qui survient sur le pont d'un bateau :

« Jamais il n'avait vu cette splendeur de sa peau brune, la séduction de sa taille, ni cette finesse des doigts que la lumière traversait. Il considérait son panier à ouvrage avec ébahissement, comme une chose extraordinaire. »

Cette rencontre est manifestement perçue à travers le regard de Frédéric : les verbes de perception « voir » et « considérer » permettent au lecteur d'entrer

Notes

dans la conscience du jeune homme. Le choix de la focalisation interne met clairement en évidence le coup de foudre de Frédéric pour Madame Arnoux : la description de cette dernière, à travers le regard du jeune homme, est franchement positive, traduisant ainsi l'amour naissant.

B. Le point de vue externe

■ Le récit est perçu de l'extérieur et ne fait apparaître que les faits, jamais les sentiments secrets ou les jugements des personnages. Le point de vue externe peut se comparer à la perception qu'aurait le lecteur de l'histoire si celle-ci était filmée par une caméra : le lecteur ne pourrait connaître les pensées intimes des personnages ; il saisirait uniquement l'action et les émotions visibles.

Ex. : H. de Balzac fait le récit de l'enterrement du père Goriot, personnage éponyme du roman, délaissé par ses filles (Mme de Restaud et Mme de Nucingen) mais apprécié par un jeune étudiant, Rastignac.

« Cependant, au moment où le corps fut placé dans le corbillard, deux voitures armoriées, mais vides, celle du comte de Restaud et celle du baron de Nucingen, se présentèrent et suivirent le convoi jusqu'au Père-Lachaise. À six heures, le corps du père Goriot fut descendu dans sa fosse, autour de laquelle étaient les gens de ses filles, qui disparurent avec le clergé aussitôt que fut dite la courte prière due au bonhomme pour l'argent de l'étudiant. »

Le récit est ici fait selon un point de vue externe : les actions sont rapportées comme si elles étaient filmées, de manière neutre. Aucun personnage présent ne livre ses pensées. Le narrateur souligne ainsi le manque d'affection qu'a dû subir le père Goriot, dans sa vie et jusqu'au jour de sa mort.

■ Dans le cas d'un récit en focalisation externe, le narrateur et le lecteur en savent donc moins que les personnages, puisqu'ils n'accèdent pas à leurs pensées.

C. Le point de vue omniscient (ou focalisation zéro)

Le narrateur sait tout : il connaît les pensées de tous les personnages, tous les tenants et les aboutissants de l'action. Le narrateur et le lecteur en savent donc plus que les personnages. Le terme *omniscient* signifie que le narrateur « sait tout ».

Testez-vous !

Corrigés p. 55

A. Donnez un synonyme de « point de vue ».

B. Quels sont les trois types de points de vue que l'on peut trouver dans un récit ?

C. Quel est forcément le point de vue adopté dans un récit à la première personne ?

D. À quels indices reconnaît-on un point de vue interne ?

Les discours rapportés

Fiche 9

Français

Dans le récit, le narrateur peut vouloir rapporter les paroles des personnages. Plusieurs possibilités se présentent alors à lui, en fonction de l'effet qu'il souhaite créer sur le lecteur.

1 Le discours direct

■ Le narrateur peut choisir de rapporter les paroles d'un personnage de **manière directe**, c'est-à-dire sans transformations.

Ex. : Dans *Carmen*, P. Mérimée raconte l'amour de Carmen, une belle gitane, et de José Navarro. À la fin du récit, la jeune fille ne ressent plus d'amour pour le jeune homme, le lui dit, et les paroles sont rapportées au discours direct :

« Elle me dit :
– T'aimer encore, c'est impossible. Vivre avec toi, je ne le veux pas.
La fureur me possédait. Je tirai mon couteau. J'aurais voulu qu'elle eût peur et me demandât grâce, mais cette femme était un démon.
– Pour la dernière fois, m'écriai-je, veux-tu rester avec moi ! »

Notes

■ Le discours direct se reconnaît en particulier à l'usage des **tirets**, des **pronoms personnels** qui désignent le locuteur (« je ») et des **temps verbaux**, choisis par rapport à la situation du locuteur (c'est donc en général le présent qui domine). Le discours direct est introduit par un **verbe de parole**.

Ex. : Dans l'extrait précédent, les tirets indiquent des paroles rapportées au discours direct ; le pronom personnel « je » renvoie aux locuteurs. Le présent est utilisé dans les paroles rapportées (contrairement au passé simple dans le récit). Surtout, on note l'emploi de verbes introducteurs de paroles : « dire » et « s'écrier ».

■ Le discours direct confère une grande **expressivité** aux propos rapportés. Dans l'extrait de *Carmen*, on sent bien, grâce au discours direct, l'émotion des deux personnages à travers leurs exclamations.

Expressivité
Fait de bien retranscrire les sentiments et les pensées.

2 Le discours indirect

■ Au discours indirect, les **paroles** sont **insérées dans le récit** au moyen d'une subordonnée. Cela implique, entre le discours direct et le discours indirect, des modifications de personnes et de temps.

Notes

Ex. : On pourrait transformer les paroles directes de Carmen, dans l'extrait précédent, en paroles indirectes : « *Elle me dit qu'elle ne pouvait plus m'aimer encore et qu'elle ne voulait plus vivre avec moi.* »

On remarque une proposition subordonnée introduite par « que », qui enclenche le discours indirect. On voit que le pronom personnel « je » est remplacé par « elle » et que les verbes sont désormais au passé, temps du récit. On perçoit bien que l'expressivité est alors moindre. Celle-ci est également extrêmement atténuée lorsqu'un propos est rapporté au **discours narrativisé**.

Discours narrativisé
Consiste à résumer des paroles sans les citer (ex. : « Il expliqua son idée »).

3 Le discours indirect libre

Le discours indirect libre mêle des aspects du discours direct à des aspects du discours indirect. Comme dans le discours indirect, les paroles sont insérées dans le récit et subissent des modifications de personnes et de temps. Néanmoins, comme dans le discours direct, elles ne sont pas introduites par une subordonnée et conservent de l'expressivité.

Ex. : Dans *Le Rouge et le Noir*, Stendhal met en scène la première rencontre entre Mme de Rênal et Julien Sorel, qui va être le précepteur de ses enfants. Elle avait, avant de le voir, beaucoup d'inquiétudes à son égard et s'aperçoit avec surprise que le jeune homme n'a rien d'effrayant :

« *Mme de Rênal resta interdite, ils étaient fort près l'un de l'autre à se regarder.* […] *Quoi, c'était là ce précepteur qu'elle s'était figuré comme un prêtre sale et mal vêtu, qui viendrait gronder et fouetter ses enfants !* »

La deuxième phrase de l'extrait constitue des pensées rapportées au discours indirect libre : il n'y a pas de verbe de parole, introduisant le propos comme au discours direct. Les paroles appartiennent donc au récit. Cependant, elles relèvent aussi du discours direct, puisqu'elles ne sont pas incluses dans une subordonnée et conservent les expressions de Mme de Rênal.

Testez-vous !

Corrigés p. 55

A. Quel est le principal intérêt de rapporter des paroles au discours direct ?

B. Quels sont les principaux changements opérés entre des paroles rapportées au discours direct et des paroles rapportées au discours indirect ?

C. Quels sont les points communs entre discours direct et discours indirect libre ?

D. À quel discours les paroles sont-elles rapportées dans la phrase suivante : « Elle m'a dit qu'elle viendrait demain. » ?

Qu'est-ce qu'un texte de théâtre ?

Fiche 10

Français

■ Un texte de théâtre n'est pas un texte comme les autres. Il est fait non pas pour être lu, mais pour être joué par des acteurs et vu par des spectateurs.

■ Le texte de théâtre a donc un statut très particulier et il est impossible de le commenter comme un texte de roman, par exemple. Pour le comprendre vraiment, le lecteur doit se mettre mentalement à la place du spectateur, mais aussi du **metteur en scène**, et se représenter ainsi visuellement le texte qu'il a sous les yeux.

> **Metteur en scène**
> Dirige les acteurs et fait des choix pour la pièce (décors, costumes…).

■ Le fait que le texte de théâtre soit avant tout écrit pour être joué entraîne un changement dans son énonciation : les paroles sont à la fois destinées aux personnages qui sont sur scène (incarnés par des acteurs) et qui dialoguent, mais aussi au public présent dans la salle. C'est ce qu'on appelle « la double énonciation ».

1 La parole dans le texte théâtral

Notes

■ Le texte de théâtre est essentiellement composé de dialogues entre les personnages. Chaque prise de parole d'un personnage est appelée « réplique ». Il en existe des formes particulières.

■ On parle de « stichomythie » quand des répliques particulièrement courtes sont brièvement échangées par des personnages.

Ex. : Dans la scène 1 de l'acte I des *Caprices de Marianne* d'A. de Musset, les personnages de Coelio et d'Octave échangent ces paroles :

« CŒLIO. Quelle vie que la tienne ! Ou tu es gris, ou je le suis moi-même.
OCTAVE. Ou tu es amoureux, ou je le suis moi-même.
CŒLIO. Plus que jamais de la belle Marianne.
OCTAVE. Plus que jamais du vin de Chypre. »

Il s'agit de stichomythie. Les répliques sont courtes et se répondent avec des effets de parallélisme qui accentuent l'impression de rapidité de l'échange. La stichomythie souligne ici la différence entre les deux personnages : l'un sérieux, triste et amoureux ; l'autre léger, joyeux et grisé par le vin.

■ Une tirade est une réplique particulièrement longue.

■ Un monologue est aussi une longue prise de parole, mais le personnage qui le prononce est seul sur scène : il s'adresse à lui-même et, directement ou pas, au public. Le monologue permet au personnage de réfléchir sur lui-même et de prendre des décisions.

Notes

***Ex.* :** Dans *Le Cid* de Corneille, Rodrigue, le héros, prononce un célèbre monologue (acte I, scène 6) dans lequel il s'interroge sur ce qu'il doit faire : tuer le père de la femme qu'il aime, pour venger son propre père qui a été humilié par ce dernier, ou perdre son honneur, mais conserver son amour. À l'issue du monologue, Rodrigue a pris sa décision.

2 Les didascalies (ou indications scéniques)

■ Les didascalies sont des indications de l'auteur sur le texte ; elles sont destinées aux acteurs ou au metteur en **scène**. Leur contenu n'est pas prononcé sur scène. Les didascalies donnent différentes informations : elles indiquent un certain jeu de scène, une émotion que l'acteur doit jouer, l'entrée et la sortie des personnages… Au début de la pièce, on trouve la didascalie initiale, qui donne la liste des personnages et le lieu de l'action. Elles apparaissent souvent en italique.

Scènes
Délimitées, dans le théâtre classique, par l'entrée et la sortie des personnages.

■ Dans le théâtre classique, les didascalies sont assez sommaires. Au XXe siècle, elles prennent bien plus d'importance.

3 La composition du texte de théâtre

■ Une pièce de théâtre débute par l'exposition, destinée à informer le lecteur sur les personnages et l'intrigue.

■ Puis, survient le nœud de l'action : c'est le moment où tout se complique pour les personnages, qui rencontrent des obstacles à leur volonté. Du nœud de l'action vont découler les aventures des personnages, qui cherchent à surmonter les obstacles.

■ Des péripéties, c'est-à-dire des rebondissements, arrivent également. Les personnages sont ainsi amenés à affronter de nouveaux problèmes qui relancent l'intérêt du lecteur.

■ Le dénouement résout les problèmes, parfois par un coup de théâtre : quelque chose qui n'était pas prévu renverse la situation.

■ Un texte de théâtre peut être divisé en actes, eux-mêmes divisés en scènes. Dans le théâtre classique, c'est l'entrée et la sortie des personnages qui délimitent la scène.

Testez-vous !

Corrigés p. 55

A. Quelle différence faites-vous entre acteur et personnage ?
B. Quelle est la particularité du texte de théâtre par rapport au roman ?
C. Quelle est la différence entre une tirade et un monologue ?
D. Comment s'appelle un dénouement brusque et imprévu ?

La comédie

Fiche 11

Français

La comédie est un genre théâtral qui suscite le rire (son registre est bien sûr comique). Elle est définie, dans sa forme classique, par certaines règles.

1 Les temps forts de la comédie

- La comédie trouve son origine en Grèce antique. Elle naît lors du culte populaire du dieu Dionysos, qui est le dieu du vin, symbole de l'ivresse et de la liberté.
- La comédie a d'abord eu, en Grèce et à Rome, une fonction politique : les premiers auteurs de comédies (Aristophane, Plaute et Terence) se servaient de leurs pièces pour critiquer le pouvoir.
- Au XVIIe siècle, la comédie obéit comme la tragédie à des règles précises, qui constituent des contraintes. On peut penser aux comédies classiques de Molière, par exemple. La comédie sert alors tout particulièrement à dénoncer certains caractères et les mœurs du siècle.
- Au XIXe siècle, la comédie va s'attaquer au mode de vie des bourgeois à travers les comédies de boulevard et les vaudevilles, comme ceux d'E. Labiche.

Vaudeville
Comédie légère, souvent fondée sur des situations ridicules et des quiproquos.

Notes

2 Définition de la comédie classique

A. Les personnages de comédie

- La comédie classique se définit avant tout par opposition à la tragédie. Si, dans la tragédie, les personnages sont élevés, dans la comédie ils sont extraits des classes basse et moyenne du peuple. Ainsi, on trouve dans la comédie des paysans et des bourgeois, mais on ne trouvera pas de nobles, sauf dans quelques rares pièces comme le *Dom Juan* de Molière.
- Les personnages de comédie sont souvent des personnages très typés, dont la « psychologie » n'est résumée qu'à un simple trait de caractère. On trouve, par exemple, la jeune fille éprise, l'amant et le mari cocu, qui forment un trio récurrent.
- Les personnages des comédies du XVIIe siècle sont souvent inspirés de ceux de la *commedia dell'arte*, théâtre d'origine italienne aux personnages types reconnaissables à leur costume et à leur masque, par exemple Colombine et Arlequin.

Notes

B. Les règles classiques

■ Au XVIIe siècle, la comédie obéit aux règles du classicisme : ainsi, elle respecte la règle des trois unités (de temps, de lieu et d'action). La pièce doit se jouer en un seul lieu ; l'action représentée doit être simple et ne pas durer plus de vingt-quatre heures. N. Boileau, qui défend l'esthétique classique, le dit ainsi dans son *Art poétique* :

« Qu'en un lieu, qu'en un jour, un seul fait accompli
Tienne jusqu'à la fin le théâtre rempli. »

■ La pièce doit également répondre à la règle de bienséance : il est interdit de représenter sur scène des actions qui pourraient choquer le spectateur. La comédie classique n'est donc jamais vulgaire.

■ Enfin, la pièce doit être vraisemblable : l'action représentée doit paraître plausible au spectateur. Ainsi, le respect des unités de lieu et de temps participe à la vraisemblance. Si l'action, par exemple, s'étalait sur des années, le spectateur, qui n'a assisté qu'à quelques heures de spectacle, ne trouverait pas l'action vraisemblable.

C. Les fonctions de la comédie

■ La comédie doit bien sûr, avant tout, faire rire et, pour cela, nécessairement se finir bien. Ainsi, souvent elle s'achève par un mariage.

■ Mais la comédie a aussi une fonction critique comme l'exprime l'expression latine ***« castigat ridendo mores »***.

■ Ainsi, elle fait rire le spectateur d'un caractère pour mieux l'en dégoûter : l'avarice d'Harpagon, dans *L'Avare* de Molière, par exemple doit détourner le spectateur d'un tel défaut. On parle de « comédie de caractère ».

> ***« Castigat ridendo mores »***
> Devise de la comédie : « Elle corrige les mœurs par le rire. »

■ Elle peut aussi critiquer un aspect de la société tout entière ; on parle alors de « comédie de mœurs ».

Ex. : Ainsi, dans *Le Tartuffe*, Molière se moque de l'hypocrisie de certains religieux de son temps.

Testez-vous !

Corrigés p. 55

A. Où et quand la comédie est-elle née ?

B. Quelle est la particularité de la comédie au XIXe siècle ?

C. Quels types de personnages trouve-t-on dans une comédie ?

D. Quelles peuvent être les fonctions de la comédie ? j49

La tragédie

Fiche 12

Français

La tragédie est un genre élevé, qui traite des grandes questions auxquelles l'homme se trouve confronté : le sens de la vie, la mort, le rapport au destin et aux dieux. En ce sens, la tragédie s'oppose à la comédie, genre bas et léger.

À lire !
Phèdre de J. Racine est une magnifique tragédie sur la passion amoureuse.

1 Origines et fonctions de la tragédie

- À l'origine, dans l'Antiquité grecque, les tragédies (comme les comédies) font partie de cérémonies religieuses vouées au culte de Dionysos.
- Les Grecs présentent dans leurs tragédies des sujets graves, comme le rapport entre les hommes et les dieux, qu'ils tirent souvent de leur mythologie. Seuls des hommes jouent sur scène et tous portent des masques.
- Les grands tragédiens grecs sont Eschyle, Sophocle et Euripide.
- Aristote, dans sa *Poétique* (écrite au IVe siècle avant Jésus-Christ), définit la tragédie comme ce qui doit susciter la crainte et la pitié.
- La crainte, d'une part, est le sentiment que le public doit ressentir face aux dieux, qui, dans la tragédie, infligent au héros un destin peu enviable. Souvent, si le héros s'est attiré la colère des dieux, c'est qu'il a commis le péché d'orgueil (ou péché d'*hybris*) en voulant rivaliser avec eux.
- D'autre part, le public du spectacle tragique doit éprouver de la pitié pour le héros, qui souffre sur scène. Cette pitié naît d'une forme d'identification avec le personnage.
- Les Grecs assignent à la tragédie une fonction utile à la vie de la cité. En effet, la tragédie permet la *catharsis* ou purgation des passions : le public doit « vivre » l'action avec le personnage sur scène. Quand le spectateur voit, par exemple, Œdipe tuer son père, il se libère en même temps des pulsions meurtrières qu'il pourrait lui-même ressentir, vivant le crime « par procuration ». Ainsi, les pulsions meurtrières ne devraient plus le poursuivre dans la cité, hors du théâtre. De même ne devrait-il plus souffrir de la crainte, s'étant déchargé de celle-ci lors du spectacle.

Notes

Notes

2 Éléments de définition de la tragédie

■ La tragédie se caractérise par des personnages de rang élevé : il s'agit de héros mythologiques, de nobles, de personnages royaux, contrairement à la comédie qui présente des bourgeois et des gens du peuple.

■ La tragédie met en scène des questions privées (comme des problèmes amoureux) qui sont la plupart du temps mêlées à des questions d'ordre public, comme celle de l'exercice du pouvoir. L'action est toujours intense et violente, et présente des conflits internes (entre raison et sentiments, par exemple) ou externes (entre l'homme et son destin).

■ Enfin, contrairement à la comédie, la tragédie se dénoue dans le sang, par la mort d'un ou de plusieurs personnages. L'action se termine forcément mal (contrairement à celle de la **tragi-comédie**).

Tragi-comédie
Tragédie à fin heureuse, aux personnages élevés et aux actions romanesques.

3 La tragédie classique

■ C'est au XVIIe siècle que la tragédie va connaître son essor en France. La tragédie classique est définie par les mêmes règles que la comédie classique.

■ La tragédie répond donc aux exigences classiques des trois unités (de lieu, de temps et d'action) : l'action représentée ne peut durer plus de vingt-quatre heures, doit se dérouler en un seul lieu et être simple.

■ De même, la tragédie classique doit être vraisemblable et, surtout, la règle de bienséance doit être respectée, afin de ne pas choquer le public : on ne peut montrer le sang et la mort sur scène, bien que la tragédie s'achève ainsi. Les dramaturges doivent donc trouver des moyens pour que le spectateur puisse prendre connaissance des faits horribles, sans avoir à les montrer : c'est en général la fonction du récit qui consiste à faire raconter par un personnage les événements affreux auxquels il aurait assisté hors scène.

Testez-vous !

Corrigés p. 55

A. Où est née la tragédie ? Quels sont les premiers auteurs de tragédie ?
B. Quand peut-on voir des tragédies en Grèce antique ?
C. Qu'est-ce que la *catharsis* et quelle est sa fonction ?
D. Quelles sont les règles auxquelles la tragédie obéit au XVIIe siècle ?

L'énonciation au théâtre

Fiche 13

Français

1 Émetteurs et récepteurs au théâtre

■ Dans le texte de théâtre, on trouve deux types de messages : le message délivré par les paroles des personnages (par exemple, aux **confidents**) incarnés par les acteurs ; celui que constituent les didascalies (ou indications scéniques).

> **Confident**
> Dans le théâtre classique, ce proche du héros reçoit des confidences qui informent le spectateur.

■ Les didascalies ont pour émetteur l'auteur de la pièce de théâtre. Elles ont pour destinataires principaux le metteur en scène et les acteurs puisqu'elles permettent de donner des indications de jeu et de décors. Indirectement, le message contenu dans les didascalies vise les spectateurs de la pièce. Bien qu'ils ne lisent pas les didascalies, ils les reçoivent « transformées » par le jeu des acteurs. Au final, ce sont donc les spectateurs que les didascalies, représentées sur scène, doivent informer.

■ Les paroles des personnages constituent un second message. Dans ce cas, il y a plusieurs émetteurs : c'est avant tout l'auteur de la pièce qui délivre un message, puisqu'il choisit les mots et le contenu du propos. En même temps, c'est un acteur qui prononce les paroles : il est donc lui aussi émetteur. Enfin, l'acteur, dans la pièce, incarne un personnage, qui lui aussi, par l'intermédiaire de l'acteur, est l'émetteur du propos.

■ Les paroles des personnages ont un double destinataire : d'une part, les personnages (incarnés par des acteurs) qui participent sur scène à l'échange ; d'autre part, les spectateurs, qui sont toujours les destinataires principaux des propos. Ce système énonciatif, propre au théâtre, se nomme « la double énonciation ». On comprend ainsi, par exemple, la nécessité d'une scène d'exposition : les informations qui y sont données ne servent pas toujours aux personnages, qui en ont déjà souvent connaissance, mais toujours au public, qui ignorerait sinon l'action précédant l'ouverture du rideau. La scène d'exposition est donc souvent constituée de **faux dialogues**.

> **Faux dialogue**
> Quand deux personnages, sur scène, ne dialoguent pas vraiment : les informations s'adressent, en fait, au public.

■ En général, les personnages font comme s'il n'y avait pas de public. Dans quelques cas pourtant, le public devient un destinataire pris en compte dans la fiction.

Notes

Notes

Ex. : Dans la pièce de Jean Anouilh, *Antigone*, les spectateurs sont pris à partie dans le prologue qui joue la fonction du chœur antique et présente l'action. Le public se voit désigné directement sur scène par le pronom personnel « vous » :

« Voilà. Ces personnages vont vous jouer l'histoire d'Antigone. »

2 Double énonciation et effets théâtraux

■ Grâce à ce système particulier d'énonciation, l'auteur de théâtre peut créer des effets comiques. C'est le cas dans le quiproquo. Le quiproquo est une méprise faite par un personnage sur l'identité d'un autre personnage. Le comique naît de l'opposition entre l'ignorance du personnage et la connaissance du public. Celui-ci, au fait de l'identité de chacun des personnages, perçoit l'erreur dans le discours.

Ex. : Dans *L'École des femmes*, Molière imagine l'histoire d'un vieil homme jaloux, Arnolphe, qui souhaite épouser une jeune fille, Agnès. Horace, un beau jeune homme, tombe par hasard amoureux de la jeune fille : il sait qu'elle est engagée, mais il ne sait pas qu'elle l'est à Arnolphe, ami de son père. Il va donc innocemment raconter à Arnolphe l'amour qu'il a ressenti à la vue d'Agnès. Le public comprend qu'il y a un quiproquo : Horace n'a pas identifié Arnolphe comme le fiancé d'Agnès. Les propos confus d'Arnolphe après la déclaration d'Horace font sens pour le public, mais pas pour le jeune homme. De ce quiproquo gênant naît bien sûr le rire.

■ Cette énonciation particulière accentue aussi le tragique, lorsque le public sait à quel destin fatal est voué un héros, alors que celui-ci l'ignore encore. On parle d'« ironie tragique ». C'est le cas dans *Antigone* de J. Anouilh, car le prologue, qui rappelle le mythe dont est issue la pièce, annonce d'avance au public que l'héroïne va mourir à la fin.

Testez-vous !

Corrigés p. 55

A. Quels sont les deux types de messages que l'on trouve dans une pièce de théâtre ?

B. À qui sont adressées les didascalies ? Par qui sont-elles émises ?

C. Donnez une définition simple de la double énonciation.

D. Quel effet comique peut résulter d'un jeu sur l'énonciation au théâtre ?

La scène d'exposition

Fiche 14

Français

Quand on lit une pièce de théâtre, on trouve des informations sur les personnages, l'intrigue et le lieu de l'action dans les didascalies. Si, en revanche, on assiste à une représentation, on ignore les informations contenues dans les didascalies, puisque celles-ci ne sont pas destinées à être dites par les acteurs. Il faut donc que le dramaturge trouve un autre moyen de donner ces informations, indispensables à la compréhension de la pièce. La scène d'**exposition**, première scène de la pièce, assure cette fonction.

Exposition
L'exposition se poursuit souvent sur plusieurs scènes voire durant tout le premier acte d'une pièce de théâtre.

1 Les informations apportées par la scène d'exposition

■ D'une part, la scène d'exposition doit faire comprendre au spectateur l'identité des personnages et les relations qu'ils entretiennent entre eux. Leur classe sociale apparaît grâce aux costumes et au langage qu'ils emploient : une servante n'est pas habillée, dans le théâtre classique, comme sa maîtresse, et toutes deux n'emploient pas le même registre de langue. Le contenu des paroles de la première scène permet parfois aussi de donner les noms des personnages.

Notes

Ex. : Dans la scène d'exposition du *Tartuffe*, Molière met en scène Mme Pernelle. Celle-ci est fâchée contre les habitants d'une maison qu'elle souhaite quitter. Tous les personnages présents interviennent pour l'en empêcher : c'est l'occasion, pour le dramaturge, de faire répondre Mme Pernelle à chacun d'eux, en indiquant la place qu'ils tiennent par rapport à elle. On trouve, par exemple, la réplique suivante :

« *ELMIRE. Vous marchez d'un tel pas, qu'on a peine à vous suivre.*
Mme PERNELLE. Laissez, ma bru, laissez, ne venez pas plus loin :
Ce sont toutes façons dont je n'ai pas besoin. »

On comprend alors qu'Elmire est la « bru » de Mme Pernelle, c'est-à-dire sa belle-fille. Plus loin, dans la même scène, alors que Mme Pernelle exprime sa colère et les raisons de son départ, Dorine et Damis tentent d'intervenir :

« *DORINE. Si…*
Mme PERNELLE. Vous êtes, ma mie, une fille suivante,
Un peu trop forte en gueule et fort impertinente ;
Vous vous mêlez surtout de dire votre avis.
DAMIS. Mais…

Notes

Mme Pernelle. Vous êtes un sot en trois lettres, mon fils ;
C'est moi qui vous le dis, qui suis votre grand-mère ; [...] »

Le public sait désormais que Dorine est une suivante et que Damis est le petit-fils de Mme Pernelle et le fils d'Elmire. La formule « *qui suis votre grand-mère* » paraît artificielle, mais éclaire ainsi le spectateur sur les rapports entre les personnages.

■ D'autre part, la scène d'exposition indique au public les éléments de l'intrigue dont il a besoin pour comprendre l'action. Dans le théâtre classique, le dramaturge choisit souvent de mettre en présence un personnage avec son confident, qui écoute le récit des actions passées et des conflits intérieurs qui animent le héros. Le spectateur reçoit donc l'information en même temps que le confident.

■ Enfin, dès la première scène, décors et costumes permettent aux spectateurs de situer les personnages dans le temps et l'espace.

2 La scène d'exposition : une convention

■ La scène d'exposition a toujours quelque chose d'artificiel : il devrait paraître étonnant que les personnages aient besoin de rappeler leur identité et ce qu'ils ont fait avant le début de la pièce, car ces informations ne leur sont pas utiles, ils les connaissent déjà !

■ La scène d'exposition est cependant un passage obligé de la pièce de théâtre ; elle est admise comme une **convention** : le spectateur sait bien que les informations sont données uniquement pour lui, et il l'admet, sans critiquer l'invraisemblance. Même dans le théâtre classique, où le vraisemblable est l'un des maîtres mots, la scène d'exposition, tout artificielle qu'elle soit, est considérée comme nécessaire.

Convention théâtrale
Ce que le spectateur accepte comme vraisemblable même si ça ne l'est pas.

Testez-vous !

Corrigés p. 55

A. Quelles informations possède le lecteur que le spectateur ne possède pas ?
B. Quand prend place une scène d'exposition dans le texte de théâtre ?
C. Quelles informations doit apporter la scène d'exposition ?
D. Pourquoi peut-on dire que la scène d'exposition est une convention théâtrale ?

Argumenter : démontrer, convaincre et persuader

Fiche 15

Français

■ Argumenter, c'est soutenir une thèse, c'est-à-dire défendre une idée, une opinion. Le but de toute argumentation est d'emporter l'adhésion de l'auditoire : autrement dit, celui qui défend une idée veut toujours que ceux qui l'écoutent finissent par la partager aussi.

■ Afin d'emporter l'adhésion d'un destinataire, il existe plusieurs méthodes : démontrer, convaincre et persuader sont les outils stratégiques pour défendre efficacement une idée.

1 Démontrer

■ La démonstration doit amener les autres à partager avec soi une vérité logique et scientifiquement prouvable. On démontre toujours une idée indiscutablement exacte, vraie pour tous, et qui ne dépend donc pas d'une opinion personnelle. Par exemple, personne ne peut nier l'existence de la gravité : celle-ci peut être démontrée. Par conséquent, c'est essentiellement dans le domaine scientifique que l'on rencontre des démonstrations (pensez, par exemple, qu'on « démontre des théorèmes » en mathématiques).

■ Le fait de démontrer n'est toutefois pas limité à la science : certains raisonnements, comme le raisonnement par syllogisme, établissent comme indiscutablement vrais des faits d'une nature non scientifique.

■ Un syllogisme est un raisonnement fondé sur deux hypothèses, qui mènent logiquement à une conclusion, contrairement au sophisme.

> **Sophisme**
> Raisonnement qui cherche à paraître logiquement juste mais qui ne l'est pas.

Ex. : « Pierre est un homme. Or tous les hommes ont deux jambes. Donc Pierre a deux jambes. »

Notes

2 Convaincre

■ Convaincre, c'est argumenter en faisant appel à la raison de son interlocuteur : les arguments doivent paraître logiques pour emporter son adhésion. Souvent, on tente de réfuter l'argumentation adverse, c'est-à-dire de s'y opposer, en montrant qu'elle n'est pas rigoureuse.

Ex. : Dans la préface de son œuvre *Le Dernier Jour d'un condamné*, V. Hugo veut convaincre ses lecteurs que la peine de mort doit être

Notes

supprimée. V. Hugo va montrer que les arguments des partisans de la peine de mort sont illogiques, s'adressant ainsi à la raison de ses destinataires. Il écrit par exemple :

« Ceux qui jugent et qui condamnent disent la peine de mort nécessaire. D'abord, – parce qu'il importe de retrancher de la communauté sociale un membre qui lui a déjà nui et qui pourrait lui nuire encore. – S'il ne s'agissait que de cela, la prison perpétuelle suffirait. À quoi bon la mort ? »

Ici, Hugo montre que les arguments des partisans de la peine de mort sont insuffisants. La réfutation logique de la thèse adverse s'achève sur une question rhétorique, qui force les adversaires à conclure logiquement, avec Hugo, que leur argument n'est pas valable.

■ Quand on **démontre**, on parle d'une **vérité établie** pour tous et indiscutable ; en revanche, **convaincre** implique de soutenir une **opinion personnelle**, qui peut faire **débat** (on peut en **délibérer**) ou être contestée.

Délibérer
Peser les arguments contraires avant de prendre une décision.

Ex. : Dire que la peine de mort est mauvaise est l'opinion, l'avis personnel de V. Hugo et non une « vérité » indiscutable.

3 Persuader

■ Pour faire adhérer quelqu'un à son opinion, on peut aussi tenter de le persuader. Persuader, c'est **susciter des sentiments** chez son auditoire afin d'emporter son adhésion.

Ex. : Dans *Le Dernier Jour d'un condamné*, V. Hugo met en scène un condamné à mort qui tient un journal. Le lecteur est ainsi amené à ressentir la terrible peur du condamné dans l'attente de son exécution. Hugo parvient alors à susciter la pitié du lecteur, qui, touché, devrait sans doute prendre lui aussi parti contre la peine de mort.

■ Quand il persuade, l'auteur **fait appel à des valeurs** qu'il partage avec son lecteur, comme les valeurs de justice ou de vérité par exemple.

Testez-vous !

Corrigés p. 55

A. Qu'est-ce qu'argumenter ?

B. Si vous voulez faire comprendre à un ami que le théorème de Pythagore est vrai, devez-vous démontrer, convaincre ou persuader ?

C. Quelle différence faites-vous entre démontrer et convaincre ?

D. Quelle différence faites-vous entre convaincre et persuader ?

La structure du texte argumentatif

Fiche 16

Français

1 La composition d'une argumentation

■ Quand on argumente, on soutient une thèse. La thèse est l'opinion que l'on défend et à laquelle on tente de faire adhérer l'auditoire.

■ Pour étayer sa thèse, la soutenir, on utilise des arguments. Les arguments sont les raisons pour lesquelles on peut dire que la thèse que l'on soutient est juste.

Ex. : On peut dire que la télévision ne devrait pas être regardée par les enfants parce qu'elle les rend passifs au lieu de les éveiller. Ici on dégage une thèse : « La télévision ne doit pas être regardée par les enfants. » L'argument est introduit par le terme « parce que ».

■ Enfin, les arguments peuvent être illustrés par des exemples, qui présentent un cas précis dans lequel les arguments s'appliquent. La pensée devient alors plus concrète, et il est plus aisé d'adhérer à la thèse soutenue.

Ex. : Dans la fable de J. de La Fontaine « Le Lion, le singe et les deux ânes », un singe soutient au lion que le pire des défauts est l'amour-propre, c'est-à-dire l'excès de considération pour soi-même. Pour soutenir sa thèse, le singe expose deux arguments : il dit que l'amour-propre est dangereux parce qu'il génère le ridicule et l'injustice. Le singe donne alors un exemple du ridicule provoqué par l'amour-propre avec l'histoire de deux ânes qui se ridiculisent en se flattant l'un l'autre.

Notes

2 Les types d'arguments

■ Les arguments peuvent être très variés quand il s'agit de soutenir une thèse. Néanmoins, il existe un certain nombre d'arguments classiques que l'on trouve souvent dans les textes. Il est utile de pouvoir les repérer et les nommer.

■ L'argument logique s'appuie sur la rigueur d'un raisonnement. Il s'agit, par exemple, de mettre en avant des rapports de cause à effet. L'argument logique permet de convaincre.

■ L'argument d'autorité fait référence à un propos auquel on accorde forcément du crédit (comme la sentence) ou à une personne éminente dans un domaine, et contre lequel on ne peut donc aller.

Sentence
Formule concise qui énonce une vérité générale et renforce l'autorité.

Notes

Ex. : Dans *L'Ingénu*, Voltaire fait tenir à un religieux un discours difficile à accepter : ce dernier engage une jeune fille à se livrer à un homme puissant… Le religieux, pour appuyer son argumentation difficile à tenir, va faire (abusivement) référence à certains propos de saint Augustin : il est alors difficile, pour la demoiselle, de s'opposer aux discours d'un saint ! Il s'agit donc d'un argument d'autorité.

■ L'**argument *ad hominem*** consiste, quant à lui, à s'attaquer à la personne même qui s'oppose à la thèse que l'on soutient, plutôt qu'aux arguments qu'elle produit. On montre alors que l'adversaire n'est pas crédible, plutôt que de montrer que le contenu de son discours est faux.

3 Les types de raisonnements

■ Dans un **raisonnement par induction**, on part d'un fait précis qui conduit à une vérité plus générale.

Ex. : Les fables présentent souvent un raisonnement par induction : elles racontent une histoire précise, dont elles tirent ensuite une vérité morale plus générale.

■ À l'inverse, le **raisonnement par déduction** part d'une règle générale pour parvenir à un fait précis.

Ex. : La phrase suivante présente un rapport de déduction : « Le code de la route indique que tous les conducteurs doivent porter une ceinture de sécurité, donc tu dois attacher la tienne. »

■ Un **raisonnement concessif** consiste à faire semblant d'accepter une partie de la thèse adverse pour mieux en montrer ensuite l'invalidité.

Ex. : On peut imaginer une mère répondre de manière concessive à son enfant qui réclame de sortir se promener : « Certes, il fait très beau dehors et tu as raison de vouloir sortir par ce temps, mais tu dois d'abord finir tes devoirs qui passent avant les loisirs. »

> **Concession et connecteur**
> *Certes, bien que, malgré, même si* peuvent introduire une concession.

■ Un **raisonnement par analogie** rapproche ce que l'on soutient d'une autre réalité, plus facile, *a priori*, à accepter.

Testez-vous !

Corrigés p. 56

A. Complétez la phrase suivante : Quand on argumente, on soutient une …, qui est appuyée par des …, eux-mêmes illustrés par des … .

B. Que signifie le verbe « étayer » ? Que peut-on étayer ? Grâce à quoi ?

C. Donnez une définition simple de l'argument *ad hominem*.

L'argumentation directe et indirecte

Fiche 17

Français

1 Définition

■ Une argumentation directe est une argumentation explicite : le lecteur sait d'emblée que le discours auquel il est confronté est argumentatif, car son auteur tente d'énoncer clairement sa thèse et ses arguments.

■ En revanche, l'argumentation indirecte est une argumentation implicite. En effet, celle-ci prend la forme d'un récit dont le lecteur doit découvrir la visée argumentative grâce à sa lecture attentive.

■ L'argumentation indirecte a pour intérêt de capter, grâce au récit, l'attention du lecteur et permet également, par son caractère imagé, de mieux faire comprendre un contenu moral parfois abstrait ou complexe.

Ex. : Dans « Le Pouvoir des fables » (qui est un **apologue**), J. de La Fontaine, célèbre fabuliste du XVIIe siècle, dit que, pour délivrer un message, mieux vaut passer par un récit, car, même adultes, les lecteurs aiment qu'on leur raconte des histoires.

> **Apologue**
> Récit à visée morale (comme la fable ou le conte).

Notes

2 Les genres de l'argumentation directe et indirecte

A. L'argumentation directe

■ La principale forme de l'argumentation directe est l'essai. Il s'agit d'un genre littéraire dans lequel un auteur exprime, en son nom propre, à la première personne du singulier, son avis sur un thème de société (littérature, politique, religion, etc.). Toutefois, l'essai est un genre très libre : les thèmes abordés, la longueur de l'ouvrage ne sont pas codifiés. Le genre de l'essai est inventé au XVIe siècle par M. de Montaigne, qui écrit un ouvrage intitulé *Essais*.

Ex. : Le XVIIIe siècle est particulièrement riche en essais. En effet, les auteurs des Lumières apprécient la liberté du genre pour diffuser leurs idées. Ainsi, J.-J. Rousseau publie, par exemple, *Du contrat social* qui aborde la question politique et Voltaire son *Traité sur la tolérance* qui traite de la question religieuse.

Notes

B. L'argumentation indirecte

■ La fable, le conte et la parabole sont les principales formes de l'argumentation indirecte. Le contenu de ces récits sert d'exemple ou d'illustration à la leçon, afin que le lecteur la comprenne et la respecte.

■ Une fable est un récit assez bref, qui met souvent en scène des animaux doués de facultés humaines et qui délivre une morale. Celle-ci est illustrée par le récit et peut soit rester implicite, soit être exprimée avant ou après la narration.

À lire !
Les Fables de J. de La Fontaine veulent instruire et divertir à la fois.

Ex. : L'une des fables de La Fontaine, « Le Lièvre et la Tortue », commence par une morale explicite : « *Rien ne sert de courir ; il faut partir à point.* » Cette morale est ensuite illustrée par le récit qui raconte la course entre un lièvre, par nature rapide mais si sûr de ses capacités qu'il ne se concentre pas sur l'épreuve, et une tortue, bien plus lente mais déterminée et régulière dans sa progression. La tortue gagne la course.

■ Le conte est un récit en général merveilleux, qui illustre une morale. Le conte philosophique, qui se développe en particulier au XVIIIe siècle sous la plume de Voltaire, se distingue par la réflexion critique que le récit permet de mener sur la société.

■ La parabole, dont l'étymologie désigne une « comparaison », est un court récit symbolique qui délivre un enseignement moral et religieux. La parabole est tout particulièrement présente dans les Évangiles.

Ex. : La parabole du « fils prodigue » raconte l'histoire d'un fils qui a quitté le foyer de son père et dilapidé sa fortune, tandis que son frère est resté à la maison et s'est toujours bien comporté. Le « mauvais » fils finit par se repentir et revenir. Le père l'accueille avec joie. Cette parabole de la Bible indique qu'il faut pardonner aux pécheurs et se réjouir de leur conversion.

Testez-vous !

Corrigés p. 56

A. Quelle est la principale différence entre argumentation directe et argumentation indirecte ?

B. Quel est l'intérêt, pour un auteur, de passer par une argumentation indirecte ?

C. Qu'est-ce qu'un « essai » ? Qui est « l'inventeur » de ce genre ?

D. Citez les 3 principaux genres propres à l'argumentation indirecte.

Les formes poétiques

Fiche 18

Français

■ Jusqu'au XIXe siècle, la poésie se reconnaît par le fait qu'elle obéit à certaines règles : elle se présente sous forme de vers qui riment entre eux et qui sont regroupés en strophes. De plus, des structures fixes régissent la construction des poèmes. On parle alors de formes fixes et régulières. Au XIXe siècle, un grand changement va s'opérer en poésie ; celle-ci ne pourra plus se définir par ses contraintes formelles, que les écrivains rejettent au nom de plus de souplesse : d'autres définitions seront alors établies.

1 Les formes fixes et régulières

■ Certains poèmes, hérités du Moyen Âge et de la Renaissance, obéissent à des règles très précises de construction : ce sont les poèmes de formes fixes, dans lesquelles on classe la ballade, le rondeau et le sonnet.

Rondeau
Poème composé de 3 strophes, en octosyllabes, et de 1 refrain.

Notes

■ D'autres poèmes, plus souples dans leur forme, sont néanmoins définis par des contraintes de sujet ou de ton : il s'agit des poèmes de forme régulière, parmi lesquels on range l'ode, la fable ou l'hymne.

A. La ballade

■ La ballade est un poème composé de trois strophes de six, huit ou dix vers. Le nombre de vers par strophe correspond au nombre de syllabes de chaque vers.

Ex. : *La Ballade des pendus* de F. Villon est, comme son titre l'indique, une ballade. Ce poème est composé, comme l'est une ballade, de trois strophes. Chaque strophe est formée de dix vers, chacun de dix syllabes.

■ Le dernier vers de chaque strophe est identique et constitue un refrain.

Ex. : Dans *La Ballade des pendus*, chacune des trois strophes s'achève par le vers suivant : « *Mais priez Dieu que tous nous veuille absoudre !* »

■ Enfin, une ballade s'achève par un « envoi », c'est-à-dire une demi-strophe, qui s'adresse au destinataire du poème.

Ex. : Dans *La Ballade des pendus*, la dernière strophe de cinq vers s'adresse à Jésus, à qui F. Villon demande de pardonner aux pendus.

Notes

B. Le sonnet

■ Il s'agit d'une forme importante dans la littérature française puisqu'elle va connaître une longue postérité. Le sonnet est, à l'origine, un poème d'amour, né en Italie. Ce sont les poètes de La Pléiade (P. de Ronsard et J. Du Bellay en particulier) qui vont écrire les premiers sonnets en langue française.

■ Le sonnet est composé de quatorze vers, séparés en deux quatrains et deux tercets. Le vers privilégié est d'abord le décasyllabe, puis, plus tard, l'alexandrin.

■ Les rimes du sonnet obéissent à des règles strictes de composition. Elles se répartissent sous deux formes possibles :

ABBA/ABBA/CCD/EED ou ABBA/ABBA/CCD/EDE

C. L'ode, la fable, l'hymne

■ L'ode est un poème de plusieurs strophes, à l'origine destiné à être chanté, et qui continue à entretenir un rapport avec la notion de « chant ».

■ La fable raconte une histoire plaisante, dont la visée est de délivrer un enseignement moral.

■ L'hymne est un poème de célébration.

2 La poésie à partir du XIXe siècle

■ À partir du XIXe siècle, les poètes vont souhaiter se libérer des formes fixes.

■ L'exigence de liberté va mener les poètes à écrire des poèmes en prose. Le poème en prose est un poème qui n'est pas rédigé en vers (contrairement à la poésie traditionnelle), mais en prose. Il est constitué d'un texte assez court qui possède une unité de sens. Le premier à rédiger des poèmes en prose est Aloysius Bertrand, puis viendra Ch. Baudelaire avec *Le Spleen de Paris*.

> **À lire !**
> *Gaspard de la nuit* d'Aloysius Bertrand est le premier recueil de poèmes en prose.

Ex. : Ch. Baudelaire définit, au début du *Spleen de Paris*, le poème en prose comme « *une prose poétique, musicale sans rythme et sans rime, assez souple et assez heurtée pour s'adapter aux mouvements lyriques de l'âme, aux ondulations de la rêverie, aux soubresauts de la conscience.* »

Testez-vous !

Corrigés p. 56

A. Donnez les règles qui définissent la ballade.

B. D'où vient le sonnet ?

C. L'ode, la fable et l'hymne sont-ils des poèmes de forme fixe ?

D. Quels auteurs de poèmes en prose connaissez-vous ?

Le vers

Fiche 19

Français

■ La poésie, pendant longtemps, a été une forme nécessairement **versifiée**. Pour pouvoir dire correctement les poèmes, il faut donc savoir lire les vers. On pourrait en effet comparer le poème à une partition qu'il faudrait déchiffrer, afin de restituer l'air et le rythme prévus par le compositeur. Le poème est une sorte de musique.

Verset
Long vers libre composé d'une seule phrase ou de plusieurs ayant une unité rythmique.

■ Le vers est une unité d'écriture qui commence par une majuscule, après laquelle on retourne à la ligne.

1 Compter les syllabes d'un vers

■ Il est nécessaire de savoir compter les syllabes d'un vers : d'abord parce que c'est par ce moyen que l'on détermine les types de vers ; ensuite, parce que le décompte juste des syllabes permet de dire le vers sans oublier de sons.

■ On ne lit pas un vers comme on lit de la prose : en poésie, toutes les syllabes, normalement, se comptent et se prononcent mais quelques règles particulières régissent la lecture de certaines lettres.

Notes

A. La lettre « e »

■ Dans deux cas, le « e » ne se prononce pas : quand il est devant une voyelle ou quand il prend place en fin de vers. On dit alors qu'il est **muet**.

Ex. : *« Je t'aime, exil ! douleur, je t'aime ! »* (V. Hugo, *Les Châtiments*).
Ici, le premier « e » souligné ne se prononce pas : il est en effet placé juste avant une autre voyelle (le « e » d'« *exil* »). Le second « e » souligné se trouve, quant à lui, à la fin du vers : il est donc, comme la règle le précise, muet lui aussi.

■ Devant une consonne, en revanche, le « e » doit toujours être prononcé, même si la consonne n'appartient pas au même mot que le « e ».

Ex. : *« Où vont tous ces enfants dont pas un seul ne rit ?*
Ces doux êtres pensifs que la fièvre maigrit ?
Ces filles de huit ans qu'on voit cheminer seules ? »

V. Hugo, « Melancholia », *Les Contemplations*.

Au premier vers de cet extrait, le « e » se prononce normalement, comme en prose. Au second vers, le « e » souligné se prononce, puisqu'il est placé

Notes

avant une consonne « p », alors qu'en prose, il ne se prononcerait pas. Dans le troisième vers, le « e » du mot « *filles* » se prononce, étant placé avant une consonne (comme dans le cas précédent). Le « e » de « *seules* », en revanche, est muet, puisqu'il achève le vers : c'est le cas du « e » muet.

B. Les voyelles qui se suivent

■ Quand deux voyelles se suivent, elles forment en général, en prose, une seule syllabe. Toutefois, en poésie, deux voyelles qui se suivent peuvent éventuellement être prononcées en deux temps pour des raisons de rythme. On parle alors de « **diérèse** ».

Ex. : *« Je m'en irai bientôt, au milieu de la fête,*
Sans que rien manque au monde, immense et radieux. »

V. Hugo, « Soleils couchants », *Les Feuilles d'automne*.

Dans le second vers, on trouve une diérèse sur l'adjectif « *radieux* », prononcé en trois temps (ra/di/eux) et non en deux (ra/dieux), comme dans la langue courante. En effet, sans la diérèse, le second vers ne serait constitué que de onze syllabes, alors que le vers qui précède est un alexandrin et que tous les vers du poème doivent être égaux.

■ À l'inverse, il peut arriver que deux voyelles, qui se prononcent normalement en deux temps, se prononcent exceptionnellement, pour des raisons de rythme, en un seul : on parle, dans ce cas, de « **synérèse** ».

Ex. : Dans un sonnet en alexandrins intitulé *Nevermore*, P. Verlaine écrit :
« Nous étions seul à seule et marchions en rêvant. »
Pour que ce vers ne compte que douze syllabes, il faut lire les mots « *étions* » et « *marchions* » comme s'ils n'avaient chacun que deux syllabes et non trois. Il y a donc ici deux synérèses.

2 Les types de vers (ou mètres)

> **Mètre**
> Terme employé pour désigner la longueur d'un vers.

■ Compter les syllabes d'un vers permet d'en déterminer son type. En général, les vers ont un nombre pair de syllabes. Un octosyllabe compte 8 syllabes ; un décasyllabe, 10 syllabes ; un alexandrin, 12 syllabes.

■ On trouve toutefois des vers au nombre de syllabes impair. Le pentasyllabe a 5 syllabes ; l'heptasyllabe, 7 syllabes ; l'ennéasyllabe, 9.

Testez-vous !

Corrigés p. 56

A. Combien de syllabes comptez-vous dans ce vers ? *« Ô servitude infâme imposée à l'enfant ! »* (Victor Hugo)

B. Dans la citation précédente, le « e » souligné doit-il être prononcé ? Pourquoi ?

C. Qu'est-ce qu'une diérèse ?

D. Comment s'appelle un vers de 8 syllabes, de 10 syllabes, de 12 syllabes ?

Les strophes et le rythme

Fiche 20

Français

1 Les strophes

■ Une strophe est un ensemble de vers, reliés entre eux par des rimes qui reviennent et forment ainsi une structure. Souvent, la strophe est séparée des autres strophes par un blanc.

Ex. : *« La Nature est un temple où de vivants piliers*
Laissent parfois sortir de confuses paroles ;
L'homme y passe à travers des forêts de symboles
Qui l'observent avec des regards familiers. »

Ch. Baudelaire, « Correspondances », *Les Fleurs du Mal*.

On peut ici parler de « strophe », puisque les termes « *piliers* » et « *familiers* » riment entre eux, délimitant ainsi un ensemble achevé et structuré.

■ Il existe plusieurs types de strophes, que l'on distingue en fonction du nombre de vers qui les compose. Le distique est une strophe de 2 vers. Le tercet est une strophe de 3 vers ; le quatrain est une strophe de 4 vers ; le quintil, de 5 ; le sizain, de 6 ; le septain, de 7 ; le huitain, de 8 et, enfin, le dizain de 10 vers.

Notes

2 Le rythme

A. Les accents et les coupes

■ Dans un vers, certaines syllabes constituent des temps forts et l'on dit qu'elles sont accentuées ; elles imposent ainsi un rythme au vers, alternant avec des coupes, c'est-à-dire de courts temps de pause dans la lecture du vers.

■ Dans chaque vers, on trouve une coupe plus forte que les autres, qui partage le vers en deux parties (appelées chacune « **hémistiche** ») : cette coupe se nomme la césure.

> **Hémistiche**
> Moitié d'un vers.

■ Dans les alexandrins, la césure se trouve toujours après la sixième syllabe. Dans un décasyllabe, la césure passe après la quatrième syllabe.

■ La syllabe qui précède la césure est toujours accentuée : elle ressort plus que les autres à la prononciation. Cet **accent** permet souvent de mettre en évidence certaines idées importantes du poème.

> **Accent tonique**
> Intensification sonore de certaines syllabes, participant ainsi au rythme du vers.

Notes

Ex. : *« Le soleil s'est couché // ce soir dans les nuées ;*
Demain viendra l'orage, // et le soir, et la nuit. »

V. Hugo, « Soleils couchants », *Les Feuilles d'automne*.

Cet extrait est composé de deux alexandrins. La césure passe donc après la sixième syllabe de chaque vers, séparant ainsi les vers en deux hémistiches égaux. Les mots soulignés sont mis en valeur par leur place particulière dans le vers. Le poète cherche ainsi à attirer l'attention du lecteur sur ces termes.

B. Enjambements, rejets et contre-rejets

■ On parle d'« **enjambement** » quand une phrase, commencée sur un vers, se poursuit dans le vers qui suit, sans pour autant créer d'effet de rupture.

Ex. : *« Elle essuya ses pieds à l'herbe de la rive,*
Elle me regarda pour la seconde fois,
Et la belle folâtre alors devint pensive. »

V. Hugo, *Les Contemplations*.

La phrase se poursuit sur trois vers avec fluidité : il s'agit d'un enjambement.

■ Le **rejet** crée, au contraire de l'enjambement, un effet de rupture : il y a alors un décalage entre la construction grammaticale de la phrase et le vers. Concrètement, on parle de « rejet » quand un élément d'une phrase commencée sur un vers est rejeté sur le suivant en créant une rupture grammaticale.

Ex. : V. Hugo fait dans « Souvenir de la nuit du 4 » le récit d'une insurrection :
« La nuit était lugubre ; on entendait des coups
De fusil dans la rue où l'on en tuait d'autres. »
Le groupe « *De fusil* » complète le mot « *coups* » mais se trouve rejeté au vers qui suit.

■ Enfin, on dit qu'il y a **contre-rejet** lorsqu'une phrase débute très peu sur un vers et s'achève plus longuement sur le suivant, avec un effet de rupture.

Ex. : Dans le même poème, V. Hugo parle d'un enfant mort pendant l'insurrection.
« Nous le déshabillions en silence. Sa bouche,
Pâle, s'ouvrait ; la mort noyait son œil farouche. »
Ici, on peut constater le contre-rejet du groupe « *Sa bouche* ».

Testez-vous !

Corrigés p. 56

A. Relisez le premier exemple de la fiche, extrait des *Fleurs du Mal* de Charles Baudelaire. De quel type de strophe s'agit-il ?

B. Comment se nomme une strophe de 8 vers ?

C. Comment s'appelle la moitié d'un vers ?

D. Dans les deux vers du dernier exemple cité dans la fiche, placez la césure.

Les rimes et les sonorités

Fiche 21

Français

Vers libre
Vers sans structure régulière et sans rime.

■ Les sonorités, dans un poème, font l'objet d'un travail tout particulier. En général, mais pas quand elle est en **vers libres** par exemple, la poésie contient des rimes, sons qui se répondent entre eux en fin de vers. Cependant, même s'il n'a pas de rimes, le poème est musical : il convient donc d'en étudier les sonorités, non seulement à la fin des vers, mais dans l'ensemble du texte.

■ Les sonorités du poème ont une fonction esthétique et contribuent aussi à souligner le sens du texte, voire à le créer. Le commentaire des sons doit toujours être mis en relation avec le sens.

1 Les rimes

A. Rimes féminines et masculines

■ On distingue en poésie les rimes féminines et masculines. Les rimes féminines sont celles qui s'achèvent par un « e », même si celui-ci ne s'entend pas. Toutes les autres rimes sont masculines.

■ Dans la poésie classique, il y a obligation pour le poète d'alterner rimes masculines et rimes féminines.

Ex. : Dans cet extrait de la fable « Le Vieillard et les trois jeunes hommes », J. de La Fontaine veille à alterner rimes féminines et masculines :

« Un octogénaire plantait.
"Passe encor de bâtir ; mais planter à cet âge !"
Disaient trois jouvenceaux, enfants du voisinage ;
Assurément, il radotait. »

Notes

B. Qualité des rimes

■ On établit la qualité des rimes en fonction du nombre de sons que les vers qui riment entre eux ont en commun.

■ On dit d'une rime qu'elle est pauvre, quand les vers n'ont qu'un seul son en commun.

Ex. : *« Dans un mois, dans un an, comment souffrirons-nous,*
Seigneur, que tant de mers me séparent de vous ? »

J. Racine, *Bérénice*.

■ Une rime est suffisante quand elle présente deux sons communs.

Ex. : Dans l'extrait de la fable « Le Vieillard et les trois jeunes hommes », cité plus haut, les rimes sont suffisantes : « *plan/t/ait* » rime avec « *rado/t/ait* » et « *â/ge* » avec « *voisin/a/ge* ». Deux sons composent à chaque fois la rime.

Notes

■ Une rime est **riche** quand les termes qui riment ensemble ont **plus de trois sons** en commun.

Ex. : Dans son poème « L'Auberge », P. Verlaine fait rimer les mots « *saigne* » et « *enseigne* ». Il s'agit d'une rime riche :
« Murs blancs, toit rouge, c'est l'Auberge fraîche au bord
Du grand chemin poudreux où le pied brûle et saigne,
L'Auberge gaie avec le Bonheur pour enseigne. »

C. Disposition des rimes

■ Les rimes sont **plates** quand elles sont réparties selon le schéma suivant : **AABB**. Chaque lettre, ici, désigne une rime.

Ex. : *« J'ai cueilli cette fleur pour toi sur la colline.* (A)
Dans l'âpre escarpement qui sur le flot s'incline, (A)
Que l'aigle connaît seul et peut seul approcher, (B)
Paisible, elle croissait aux fentes du rocher. » (B)

V. Hugo, *Les Contemplations.*

■ Les rimes sont **croisées** quand elles sont réparties ainsi : **ABAB**. Elles sont **embrassées** quand elles forment la structure qui suit : **ABBA**.

2 Les sonorités dans le poème

■ Les effets de sonorités apparaissent non seulement à la rime, parfois à la césure (c'est la **rime interne**), mais aussi dans le corps même du texte. Ainsi, il faut repérer dans le poème les **assonances** et les **allitérations** et les commenter.

> **Rime interne**
> Le mot placé à la césure rime avec le dernier mot du vers.

Ex. : Dans « Melancholia », V. Hugo dénonce le travail des enfants. L'allitération en « s », que l'on peut remarquer dans le passage suivant, semble souligner la colère du poète et confère une certaine violence à sa dénonciation :
« Où vont tous ces enfants dont pas un seul ne rit ?
Ces doux êtres pensifs que la fièvre maigrit ?
Ces filles de huit ans qu'on voit cheminer seules ? »

Testez-vous !

Corrigés p. 56

A. Quelle différence voyez-vous entre une rime féminine et une rime masculine ?

B. Comment qualifier la disposition des rimes dans les deux premiers vers de l'extrait de « Melancholia », cité dans la fiche ?

C. Dans ce même extrait, quelle est la qualité des rimes ?

D. Définissez l'allitération et l'assonance.

La poésie au Moyen Âge et au XVIe siècle

Fiche 22

Français

1 La poésie avant le XVIe siècle

■ Au Moyen Âge, les poètes trouvent leurs sujets d'inspiration dans la guerre (on parle alors de poésie épique) ou dans l'amour (poésie courtoise).

■ La poésie courtoise naît au XIIe siècle et présente dans des « chansons » l'amour idéal (« fin'amor », c'est-à-dire « amour parfait ») d'un chevalier pour sa dame, inaccessible. Cette poésie est composée en langue d'oc et colportée par les troubadours, de château en château, dans le Sud de la France.

■ Avant le XVIe siècle, les poètes, comme Charles d'Orléans ou **François Villon**, privilégient certaines formes poétiques fixes comme le rondeau ou la ballade. Le rondeau est un poème composé de trois strophes dans lequel le premier vers de la première strophe est repris comme un refrain à la fin des deux suivantes. La ballade est composée de trois couplets (souvent composés d'autant de vers que de syllabes dans chaque vers) et d'une demi-strophe supplémentaire appelée « envoi ».

À lire !
Ballade des dames du temps jadis de François Villon (reprise en musique au XXe siècle par Georges Brassens).

Notes

2 L'humanisme : un renouveau de la littérature

■ L'humanisme est un mouvement culturel qui se développe dans toute l'Europe au XVIe siècle. Ce siècle est celui de changements majeurs, qui modifient profondément la vision du monde des hommes de l'époque.

■ D'une part, les guerres d'Italie (1494-1559), menées par François Ier, permettent aux Français de découvrir les œuvres de la Renaissance italienne. Peintures, sculptures, architecture du *Quattrocento* italien deviennent une nouvelle source d'inspiration.

■ D'autre part, les « grandes découvertes » remettent en cause les conceptions de l'époque. C'est le temps des grands explorateurs qui rapportent une image toute nouvelle du monde, de sa géographie, et des cultures des peuples lointains.

■ Enfin, les humanistes redécouvrent des textes de l'Antiquité grecque et latine, plus ou moins oubliés au Moyen Âge, et s'en inspirent.

Notes

- Ces nouvelles connaissances sont diffusées largement dans toute l'Europe grâce à l'« invention » (héritée des Chinois et des Coréens) de l'imprimerie par Johannes Gutenberg, survenue en 1440.

- Le mot « humaniste » vient du latin *humanitas* qui désigne « la culture » : un humaniste est un homme très cultivé, dont les connaissances recouvrent tous les domaines, des sciences aux lettres. Les humanistes fondent ainsi une grande confiance dans les capacités humaines : l'homme peut et doit tout savoir.

3 Les poètes de La Pléiade et le renouveau de la poésie au XVIe siècle

- Les poètes forment un groupe de sept dont les plus connus sont Joachim du Bellay et Pierre de Ronsard. Ces poètes vont profondément renouveler la poésie française. Ils vont en effet se détourner des formes poétiques en vigueur en Moyen Âge pour en proposer d'autres.

- D'une part, les poètes de La Pléiade, qui ont appris l'italien, vont découvrir Dante et s'inspirer de la poésie de Pétrarque, auquel ils empruntent la forme du sonnet, qu'ils mettent à la mode. Le **sonnet** est une forme poétique composée de deux quatrains et de deux tercets dont les rimes sont disposées de manière fixe.

- D'autre part, les poètes de La Pléiade, qui déclarent la littérature antique supérieure à celle du Moyen Âge, vont préconiser « l'innutrition » : il s'agit de s'approprier les œuvres de l'Antiquité afin de créer à partir d'elles. En poésie, les genres antiques comme l'élégie, la satire ou l'ode reviennent donc à la mode.

- Même s'il s'agit de s'inspirer de l'antiquité, les poètes de la Pléiade militent pour le développement d'une poésie en langue française souvent oubliée par leurs contemporains au profit du latin.

Les rimes du sonnet

Pour être régulier, le sonnet doit présenter les rimes ABBA ABBA CCD EED ou ABBA ABBA CCD EDE.

Testez-vous !

Corrigés p. 56

A. Citez deux formes poétiques privilégiées avant le XVIe siècle ?

B. Qu'est-ce que la poésie courtoise ?

C. Quelles sont les principales sources d'inspiration des poètes de La Pléiade ?

D. Citez deux poètes de La Pléiade.

Théâtre et poésie au XVIIe siècle

Fiche 23

Français

1 Le classicisme

■ Après une certaine période de troubles politiques, le calme revient en France. En effet, dès 1630, pendant une période de régence, Richelieu puis Mazarin instaurent un pouvoir fort en tant que régents. Louis XIV, à partir de 1661, renforce encore la concentration des pouvoirs et met en place un gouvernement autoritaire (absolutisme). Alors que le baroque révélait le trouble et le désordre, le classicisme, pendant la seconde moitié du XVIIe siècle, va privilégier l'ordre et la rigueur, à l'image de la nouvelle monarchie.

■ En littérature, les auteurs classiques recherchent équilibre et mesure. La langue, tout d'abord, fait l'objet d'une grande attention. Les auteurs classiques visent la clarté et la simplicité de l'expression. Pour chaque idée, il faut trouver le mot juste. En art, la ligne droite, simple et efficace, est également privilégiée.

Ex. : Nicolas Boileau définit l'esthétique classique dans son *Art poétique* :
« Ce que l'on conçoit bien s'énonce clairement,
Et les mots pour le dire arrivent aisément. »

Notes

■ L'imitation des Anciens est également essentielle. Les auteurs classiques cherchent, dans les œuvres de l'Antiquité, un idéal de sagesse et d'équilibre dont ils souhaitent s'inspirer.

Ex. : Jean de La Fontaine, dans ses *Fables*, s'inspire, par exemple, de l'œuvre du fabuliste Ésope, écrivain grec de l'Antiquité.

■ Les **auteurs classiques** produisent un grand nombre de textes dont le but est de délivrer un enseignement moral. Il faut montrer les défauts des hommes pour enseigner le comportement juste. Il s'agit donc d'instruire le lecteur, mais sans jamais l'ennuyer. Les classiques souhaitent ainsi « plaire, instruire et émouvoir ».

Classiques
C'est au XIXe siècle que l'on regroupera sous ce terme les artistes français de la seconde moitié du XVIIe siècle.

2 Le théâtre classique

■ C'est surtout au théâtre que l'esthétique classique s'impose. Le théâtre classique est un théâtre de règles, établies dans un souci de clarté et de **vraisemblance**. Ainsi, la règle des trois unités est mise en place : unité de temps (l'action ne doit pas durer plus de vingt-quatre heures), unité de lieu (l'action se déroule dans un

Notes

seul lieu), unité d'action (une seule action principale doit avoir lieu).

■ Les classiques refusent le mélange des tons : ils préfèrent la comédie (entièrement heureuse) et la tragédie (entièrement funeste) à la tragi-comédie, qu'appréciaient les auteurs baroques.

Vraisemblance
Désigne ce qui pourrait paraître vrai.

■ Enfin, au nom de l'ordre, les classiques respectent la règle de bienséance : rien sur scène ne doit choquer les mœurs du spectateur

3 La préciosité

■ La mode des « salons » se développe au XVIIe siècle : sur invitation, les femmes les plus en vues reçoivent chez elles des habitués pour parler de sujets de société et de littérature. La préciosité se développe dans ces lieux mondains : il s'agit d'un idéal de comportement et de langage pour lesquels on recherche un raffinement extrême.

■ La préciosité s'est tout particulièrement illustrée dans la poésie amoureuse : dans la poésie précieuse, la femme apparaît comme parfaite et inaccessible. Cependant, le désespoir du poète amoureux n'est pas sincère : l'amour sert avant tout de prétexte pour mettre en œuvre un style brillant, avec des effets rhétoriques nombreux, comme dans les conversations de salons.

Ex. : Saint-Amant, Tristan L'Hermite et Vincent Voiture sont les poètes précieux les plus célèbres.

■ Parce qu'elle peut être excessive dans sa recherche de style et d'effets, la préciosité a parfois été moquée. Le terme de « précieux » a pris aujourd'hui une connotation négative.

Ex. : Molière se moque des excès des précieuses dans sa pièce *Les Précieuses ridicules*.

Testez-vous !

Corrigés p. 56

A. De quand date le mouvement classique ?

B. Citez toutes les règles du théâtre classique.

C. Qu'appelle-t-on un « salon » au XVIIe siècle ?

D. Pourquoi le terme « précieux » a-t-il pris un sens péjoratif ?

Théâtre, roman et presse au XIXe siecle

Fiche 24

Français

1 Le romantisme

■ Le romantisme est un mouvement littéraire de la première moitié du XIXe siècle, marquée par de nombreux bouleversements politiques. Certains veulent la République, mais des résistances monarchistes freinent ces aspirations. Ainsi, le XIXe siècle est un siècle de révolutions (1815, 1830, 1848). En 1851, le coup d'État de Louis Napoléon Bonaparte, qui met fin à la Seconde République et instaure le Second Empire, crée également le trouble.

■ Ce contexte politique troublé explique en partie ce qu'est le romantisme. Les romantiques, qui sont de jeunes gens dans les années 1830, sentent une sorte de décalage entre les événements du siècle et leurs rêves de grandeur et de conquête. Un malaise s'installe donc et sera à l'origine de l'écriture romantique, très introspective : il s'agit du « mal du siècle ».

Ex. : Alfred de Musset, dans *La Confession d'un enfant du siècle*, décrit ainsi la situation des jeunes auteurs romantiques : « Alors s'assit sur un monde en ruines une jeunesse soucieuse. Tous ces enfants étaient des gouttes d'un sang brûlant qui avait inondé la terre ; ils étaient nés au sein de la guerre, pour la guerre. » L'auteur, à travers l'évocation du sang, fait référence aux guerres de Napoléon, dont les récits avaient enthousiasmé la jeunesse. De ces rêves de gloire, il ne reste plus que des « ruines », ce qui explique le « mal du siècle ».

■ Le mouvement romantique s'illustre dans le roman comme au théâtre, à travers le genre du drame romantique. Les écrivains romantiques vont trouver les règles du théâtre classique trop étroites pour pouvoir exprimer leurs sentiments et décrire les problèmes de leur temps. Ils s'affranchissent dans leurs pièces des règles des unités de lieu et de temps et refusent la bienséance.

2 Réalisme et naturalisme

■ Le réalisme est un mouvement littéraire de la seconde moitié du XIXe siècle et qui s'est illustré dans le genre du roman. Les auteurs réalistes souhaitent peindre la réalité, sans la transformer et sans exclure aucun sujet, aussi sordide soit-il. Ainsi, dans un premier temps, le mot « réaliste » a été employé de manière péjorative : on déplore que certains artistes représentent, entre autres, des scènes laides ou banales.

Notes

Notes

■ Le mouvement naturaliste est un héritage du réalisme. Cependant, le naturalisme, théorisé par Émile Zola qui va en être le **chef de file**, ajoute aux principes du réalisme une démarche scientifique d'étude du réel. Comme en sciences, les écrivains naturalistes iront sur le terrain et observeront ce qui s'y passe, afin de représenter le réel de manière exacte. Le roman devient donc une étude précise des faits, à valeur documentaire.

Chef de file
Auteur principal d'un mouvement littéraire et qui en est l'initiateur.

À lire !
La Fortune des Rougon est le premier volet du cycle romanesque naturaliste imaginé par Émile Zola.

3 L'essor de la presse

■ Parallèlement au développement du genre du roman, la presse prend son essor au XIXe siècle. Le succès de la presse tient d'abord au fait que celle-ci est libérée de la censure au moment de la révolution de 1789. Si la censure est rétablie par Napoléon en 1800, la loi sur la liberté de la presse viendra à nouveau l'abolir le 29 juillet 1881. Par ailleurs, les journaux deviennent des médias de masse au cours du XIXe siècle grâce à l'augmentation de la vitesse des presses et l'apparition de publications distrayantes, qui conquièrent une large clientèle.

■ Au XIXe siècle, la presse entretient de nombreux liens avec la littérature : certains écrivains, comme Maupassant, publient par exemple leurs œuvres sous forme de romans feuilletons ; d'autres sont également journalistes, comme Zola qui publie le 13 janvier 1898 sa fameuse lettre intitulée « J'accuse » pour dénoncer l'accusation du capitaine Dreyfus.

Testez-vous !

Corrigés p. 56

A. Qu'est-ce que le « mal du siècle » ?

B. De quelles règles classiques les auteurs de drames romantiques s'affranchissent-ils ?

C. Quelle est la principale différence entre réalisme et naturalisme ?

D. Pour quelles raisons les journaux deviennent-ils des médias de masse au XIXe siècle ?

CORRIGÉS DES *TESTEZ-VOUS* !

Fiche 1. A : restituer son effet sur nous, lecteurs, et identifier les moyens par lesquels l'auteur est parvenu à rendre cet effet. – **B :** parce que du choix des procédés d'écriture dépend l'effet créé. – **C :** deux ou trois. – **D :** la présentation du texte (titre, auteur, siècle, mouvement, registre, genre), la problématique, le plan. – **Fiche 2. A :** on définit les termes du sujet et on le reformule. – **B :** on expose bien son avis dans une dissertation mais en argumentant et en explorant aussi ce qui pourrait être contradictoire. – **C :** dans les textes du corpus, dans les textes que vous avez travaillés en classe, dans votre culture personnelle. – **D :** par une phrase qui annonce la thèse que vous allez développer dans la partie. – **Fiche 3. A :** le correcteur doit pouvoir évaluer votre compréhension des idées essentielles du texte et l'organisation logique de celui-ci. - **B :** non, il faut souvent les déduire. – **C :** oui, il faut exprimer un point de vue, même s'il est nuancé. – **D :** les exemples sont issus des œuvres et textes étudiés en classe dans l'année. – **Fiche 4. A :** un récit est une histoire où des événements s'enchaînent, allant d'un point de départ vers une fin. – **B :** a) histoire, b) narration. – **C :** le narrateur. – **D :** la situation initiale, la complication, les péripéties, la résolution, la situation finale. – **Fiche 5. A :** le terme « roman » vient de l'adjectif « roman(-e) », qui désigne l'ancien français utilisé au Moyen Âge. – **B :** les romans psychologiques (*La Princesse de Clèves* de Mme de Lafayette, par exemple). – **C :** *Les Liaisons dangereuses* (Choderlos de Laclos). – **D :** le roman d'apprentissage met en scène un personnage jeune qui va apprendre la vie, découvrir le monde et les sentiments au cours du roman. – **Fiche 6. A :** l'analepse est un retour en arrière, tandis que la prolepse anticipe sur l'action. – **B :** un récit simultané. – **C :** la pause est une interruption du récit. – **D :** une ellipse. – **Fiche 7. A :** il faut être attentif à l'organisation des éléments et au point de vue adopté par le narrateur. – **B :** sur celui qui décrit la scène. – **C :** fonction réaliste, symbolique et explicative. – **D :** la physiognomonie consiste à voir entre le corps et l'esprit une relation « scientifique » ; H. de Balzac l'illustre dans ses romans. – **Fiche 8. A :** focalisation. – **B :** interne, externe et omniscient. – **C :** le point de vue interne. – **D :** aux verbes de sentiments, de pensées ou de vision. – **Fiche 9. A :** le discours direct permet de rapporter l'expressivité du propos. – **B :** on utilise une subordonnée et on modifie les personnes et le temps. – **C :** dans le discours indirect libre, comme dans le discours direct, les paroles ne sont pas introduites par une subordonnée et conservent de l'expressivité. – **D :** au discours indirect. – **Fiche 10. A :** les personnages sont fictifs. Ils sont incarnés sur scène par les acteurs. – **B :** il est fait non pas pour être lu, mais pour être joué par des acteurs et vu par des spectateurs. – **C :** une tirade est une réplique particulièrement longue, comme un monologue ; mais le personnage qui prononce un monologue est seul sur scène. – **D :** un coup de théâtre. – **Fiche 11. A :** en Grèce, dans l'Antiquité. – **B :** au XIXe siècle, la comédie va s'attaquer au mode de vie des bourgeois. – **C :** on trouve des personnages des classes basse et moyenne du peuple (paysans, bourgeois), souvent très typés. – **D :** la comédie a pour fonction de faire rire, de critiquer et de corriger les mœurs. – **Fiche 12. A :** la tragédie est née en Grèce. Les premiers auteurs sont Eschyle, Sophocle et Euripide. – **B :** lors des cérémonies religieuses, vouées au culte de Dionysos. – **C :** la *catharsis* est la purgation des passions : le public devrait « vivre » l'action avec le personnage sur scène, pour se libérer de ses mauvaises pulsions. – **D :** les règles des trois unités (temps, lieu, action), de bienséance et de vraisemblance. – **Fiche 13. A :** le message délivré par les acteurs qui incarnent des personnages de la pièce ; celui que constituent les didascalies. – **B :** les didascalies sont écrites par l'auteur pour le metteur en scène et les acteurs. – **C :** la double énonciation est le fait qu'au théâtre, le texte s'adresse aux personnages sur scène en même temps qu'aux spectateurs dans la salle. – **D :** le quiproquo. – **Fiche 14. A :** les didascalies. – **B :** au début de la pièce. – **C :** l'identité des personnages, leurs relations entre eux, ce qui s'est passé avant l'ouverture du rideau. – **D :** parce qu'elle a

Notes

Notes

toujours quelque chose d'artificiel. – Fiche 15. **A :** c'est soutenir une thèse, c'est-à-dire défendre une idée. – **B :** démontrer. – **C :** on démontre ce qui est universellement vrai ; on argumente quand il s'agit d'une opinion et non d'une vérité universelle. – **D :** convaincre, c'est argumenter en faisant appel à la raison ; persuader, c'est susciter des sentiments chez son auditoire afin d'emporter son adhésion. – Fiche 16. **A :** quand on argumente, on soutient une thèse, qui est appuyée par des arguments, eux-mêmes illustrés par des exemples. – **B :** « étayer » signifie « soutenir » ; on étaye une thèse, grâce à des arguments. – **C :** l'argument *ad hominem* consiste à s'attaquer directement à la personne. – Fiche 17. **A :** l'argumentation directe est explicite, l'argumentation indirecte implicite. – **B :** l'argumentation indirecte permet à l'auteur d'intéresser davantage le lecteur à son propos et de lui faire comprendre simplement des idées parfois complexes. – **C :** un essai est un genre littéraire dont la forme est très libre et dans lequel l'auteur exprime son avis sur un thème de société. Montaigne est l'inventeur de ce genre. – **D :** la fable, le conte et la parabole sont les principaux genres de l'argumentation indirecte. – Fiche 18. **A :** la ballade est un poème composé de trois strophes de six, huit ou dix vers. Le nombre de vers par strophe correspond au nombre de syllabes de chaque vers. Dans chaque strophe, le dernier vers constitue un refrain. Une ballade s'achève par un « envoi ». – **B :** le sonnet est né en Italie. – **C :** non, ce sont des formes régulières. – **D :** Aloysius Bertrand et Charles Baudelaire. – Fiche 19. **A :** 12. – **B :** non, car il est devant une voyelle. – **C :** on parle de « diérèse » quand deux voyelles qui se suivent sont prononcées en deux temps distincts. – **D :** un octosyllabe, un décasyllabe, un alexandrin. – Fiche 20. **A :** il s'agit d'un quatrain. – **B :** un huitain. – **C :** un hémistiche. – **D :** la césure du premier vers se place après le mot « *déshabillions* », la césure du second vers après le mot « *mort* ». – Fiche 21. **A :** les rimes féminines sont celles qui s'achèvent par un « e », même si celui-ci ne s'entend pas ; toutes les autres rimes sont masculines. – **B :** elles sont plates. – **C :** la rime est suffisante ([r]+[i]). – **D :** ce sont des répétitions de sons : sons formés de voyelles pour l'assonance et de consonnes pour l'allitération. – Fiche 22. **A :** le rondeau et la ballade. – **B :** la poésie courtoise naît au XIIe siècle et présente l'amour idéal d'un chevalier pour sa dame, inaccessible. – **C :** les poètes de La Pléiade s'inspirent essentiellement de la littérature italienne et de la littérature antique. – **D :** J. du Bellay et P. de Ronsard. – Fiche 23. **A :** Le mouvement classique date du XVIIe siècle. – **B :** le théâtre classique respecte la règle des trois unités (lieu, temps, action), de la vraisemblance et et de la bienséance. Il refuse le mélange des tons. – **C :** au XVIIe siècle, un salon est un lieu de réception à la mode dans lequel les invités cherchent à atteindre un idéal de raffinement, dans leur comportement et dans leurs paroles. – **D :** parce qu'elle peut être excessive dans sa recherche de style et d'effets, la préciosité a parfois été moquée. – Fiche 24. **A :** le « mal du siècle » est un malaise ressenti par les jeunes auteurs romantiques lié à des déceptions politiques et sociales. – **B :** les auteurs s'affranchissent des règles des unités de lieu et de temps ainsi que de la règle de bienséance. – **C :** les auteurs naturalistes s'inspirent des démarches scientifiques. – **D :** la liberté d'expression, les presses de plus en plus rapides et de nouvelles publications distrayantes expliquent l'essor de la presse au XIXe siècle.

Maths

Sommaire

NOMBRES ET CALCULS

Calculs sur différents types de nombres

Calculs avec des expressions algébriques

FONCTIONS

Généralités sur les fonctions

Fonctions et calculatrice

Notes

Notes

Fonctions de référence

GÉOMETRIE

Triangles et configurations

Vecteurs du plan

Droites et systèmes

STATISTIQUES ET PROBABILITE

Les pourcentages

Séries statistiques

Simulation et échantillonnage

Probabilités

LOGIQUE

Maths

Notes

Notes

Conseils

1 Faire des fiches

■ Comment démarrer un exercice de mathématiques ? Quelle méthode de résolution choisir ? Voici quelques-unes des questions que se posent fréquemment les élèves de Seconde. Ils ont le sentiment que « tout se mélange ».

En pareil cas, il existe une méthode simple qui a fait ses preuves : faire des fiches de synthèse pour mieux s'approprier son cours et, surtout, les savoir-faire associés.

Cet ouvrage a justement été conçu pour vous permettre, à vous aussi, de faire ou d'utiliser des fiches ! Il vous est ainsi possible :

– de vous inspirer de ce livre pour rédiger vos propres fiches en vous aidant, si nécessaire, de votre cours ;

– ou d'utiliser directement les fiches qu'il contient en les enrichissant avec des commentaires, de la couleur, des aide-mémoire ou par tout autre moyen permettant d'assimiler les leçons.

■ Quoi qu'il en soit, il ne faut pas hésiter à faire apparaître clairement les exigences de rédaction de votre professeur. Il est aussi très utile de relever les erreurs habituellement commises et les pièges classiques qu'il convient d'éviter.

2 En pratique

Comme toujours, en mathématiques, il est indispensable de travailler avec une feuille de papier et un crayon ! Il ne suffit donc pas de relire ses fiches la veille d'un devoir pour le réussir. Ce sont un entraînement fréquent et un investissement sur le long terme qui constituent la clé du succès.

C'est pourquoi il est si important de :

• travailler chaque fiche en refaisant les exercices types sans regarder la solution :

– si on parvient à les résoudre, c'est que la notion est acquise ;

– sinon, il est impératif de revoir le cours et de refaire les exercices jusqu'à se sentir à l'aise.

• s'assurer de ne rien oublier en reprenant ses fiches régulièrement.

Définir la nature des nombres - interpréter l'affichage à la calculatrice

Fiche 1

Maths

Notes

LE COURS

Les différents ensembles de nombres

$\mathbb{N}$: ensemble des entiers naturels (positifs : 0 ; 1 ; 2...)

$\mathbb{Z}$: ensemble des entiers relatifs (positifs ou négatifs : ... ; –2 ; –1 ; 0 ; 1 ; 2...)

$\mathbb{D}$: ensemble des décimaux (nombre fini de chiffres après la virgule)

$\mathbb{Q}$: ensemble des rationnels (quotient d'entiers)

$\mathbb{R}$: ensemble des réels (tous les nombres possibles) :

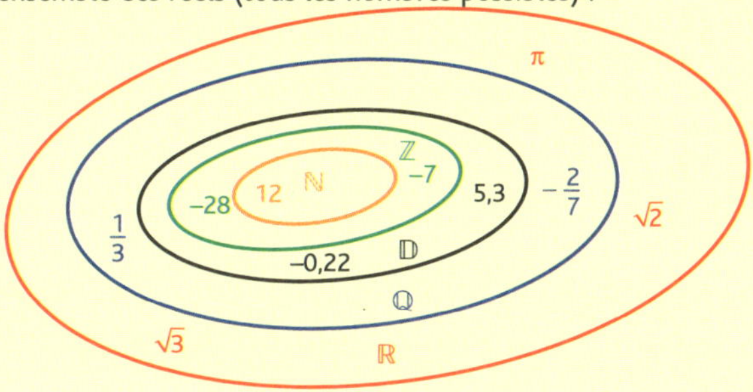

$$\mathbb{N} \subset \mathbb{Z} \subset \mathbb{D} \subset \mathbb{Q} \subset \mathbb{R}$$

Affichage à la calculatrice

Il faut différencier la valeur exacte d'un nombre ($\sqrt{2}$) et la valeur approchée affichée par la calculatrice $(1,41421356237)$: il ne faut pas croire que ce nombre est décimal ($\sqrt{2} \in \mathbb{R}$ mais $\sqrt{2} \notin \mathbb{D}$).

On a $\sqrt{2} \approx 1,41421356237$ mais $\sqrt{2} \neq 1,41421356237$.

EXERCICES TYPES CORRIGÉS

EXERCICE 1

1. Montrer que $\frac{1}{3}$ n'est pas un nombre décimal.

2. Déterminer la nature des nombres suivants, c'est-à-dire le plus petit ensemble de nombres auquel il appartient :

a. -5 b. $\frac{5}{3}$ c. $\frac{\sqrt{121}}{4}$ d. $\frac{5+3}{7+3}$

Notes

EXERCICE 2

1. Donner des approximations décimales de :

$A = 4 - \dfrac{5^2}{3}$ et de $B = 4 - \left(\dfrac{5}{3}\right)^2$

2. Donner un encadrement de A par des décimaux d'amplitude 0,01.

Corrigé

1 1. Pour le montrer, on raisonne par l'absurde, c'est-à-dire que l'on suppose que $\dfrac{1}{3}$ est décimal. On aurait alors :

$$\frac{1}{3} = \underbrace{0{,}3333333333}_{\text{nombre fini de décimales : 10 par exemple}}$$

$\times 3$

$$1 = \underbrace{0{,}9999999999}_{\text{10 décimales}}$$

$\times 10^{10}$

$$10000000000 = 9999999999$$

-9999999999

$$1 = 0$$

Ce qui est manifestement impossible. Donc $\dfrac{1}{3} \notin \mathbb{D}$.

2. a. $-5 \in \mathbb{Z}$

b. $\dfrac{5}{3} \in \mathbb{Q}$ ($\dfrac{5}{3} \notin \mathbb{D}$: la division par 3 ne "s'arrête jamais")

c. $\dfrac{\sqrt{121}}{4} = \dfrac{11}{4} = 2{,}75$, et $\mathbf{2{,}75} \in \mathbb{D}$

d. $\dfrac{5+3}{7+3} = \dfrac{8}{10} = 0{,}8$, et $\mathbf{0{,}8} \in \mathbb{D}$

Attention aux priorités opératoires : un trait de fraction fait office de parenthèses et $\dfrac{5+3}{7+3} \neq \dfrac{5}{7}$

2 1. Pour cela, on tape sur la calculatrice les séquences suivantes :

Pour A : [4] [−] [5] [x^2] [÷] [3]

Pour B : [4] [−] [(] [5] [÷] [3] [)] [x^2]

A ≈ −4,333 ; B ≈ 1,222

N.B. : on a $A = 4 - \dfrac{5^2}{3} = 4 - \dfrac{25}{3} = \dfrac{12}{3} - \dfrac{25}{3} = -\dfrac{13}{3}$ et $A \in \mathbb{Q}$

2. On cherche a et b tel que $a \leqslant A \leqslant b$ avec $b - a \leqslant 0{,}01$

Comme $A \approx -4{,}333$, $\mathbf{-4{,}34 \leqslant A \leqslant -4{,}33}$.

Calculer dans $\mathbb{Z}$

Notes

LE COURS

Diviseurs/Multiples

Soient $a \in \mathbb{Z}$ et $b \in \mathbb{Z}^*$.

a* est divisible par *b s'il existe un entier k tel que :

$$a = b \times k \quad (k \in \mathbb{Z})$$

On dit aussi que b **divise *a*** ou que ***b* est un diviseur de *a*** ou que ***a* est un multiple de *b*.**

Nombre pair/impair

Soit $a \in \mathbb{Z}$.

***a* est pair** s'il existe un entier k tel que $a = 2k$ **($k \in \mathbb{Z}$).**

***a* est impair** s'il existe un entier k tel que $a = 2k + 1$ **($k \in \mathbb{Z}$).**

Nombre premier

Soit $p \in \mathbb{N}$.

Un entier naturel p **supérieur à 2 est premier** s'il admet exactement 2 diviseurs positifs distincts : 1 et lui-même.

Les nombres premiers inférieurs à 50 sont :
2 ; 3 ; 5 ; 7 ; 11 ; 13 ; 17 ; 19 ; 23 ; 29 ; 31 ; 37 ; 41 ; 43 ; 47.

EXERCICES TYPES CORRIGÉS

EXERCICE 1

1. On souhaite créer une fonction diviseurs qui affiche les diviseurs positifs d'un entier naturel n. Pour cela, on dispose du pseudo code suivant :

```
Lire n
Pour i allant de 1 à n
    Si le reste de la division de n par i est 0
        Afficher i
Fin Pour
```

Écrire le script correspondant en Python.

2. Modifier le script pour écrire une fonction qui teste si un entier naturel $n \geqslant 2$ est premier ou non.

EXERCICE 2

1. Soit $a \in \mathbb{Z}$. Soient b et c deux multiples de a.
Montrer que $b + c$ est un multiple de a.

2. Soit a un entier pair. Montrer que a^2 est pair.

Notes

Corrigé

1 **1.**

```
def diviseurs (n) :
    for i in range (1,n+1)
##i prend toutes les valeurs entières de 1 à n
        if n%i==0
##n%i renvoie le reste de la division de n par i
            print(i)
```

2. Attention à bien saisir un entier naturel $n \geqslant 2$.

```
def premier (n) :
    for i in range (2, n) :
        if n%i==0
            return print ("n n'est pas premier")
##n est divisible par i distinct de 1 et de n
donc n n'est pas premier
    return print ("n est premier")
##n n'est divisible par aucun entier i distinct de 1 et de n
donc n est premier
```

2 **1.** On se ramène à la définition d'un multiple.

b est un multiple de a signifie qu'il existe un entier k tel que $b = ka$.

c est un multiple de a signifie qu'il existe un entier l tel que $c = la$.

Alors, $b + c = ka + la = (k + l)a$

Or, $(k + l)$ est un entier.

Donc **$b + c$ est un multiple de a**.

N.B. : Attention à ne pas oublier l'argument « $(k + l)$ est un entier ».

Sinon, tout nombre x peut s'écrire sous la forme $x = \frac{x}{a} \times a$.

Exemple : $3 = \frac{3}{4} \times 4$ mais 4 ne divise pas 3 !

2. Comme a est pair, il existe un entier k tel que $a = 2k$.

Alors $a^2 = (2k)^2 = 4k^2 = 2(2k^2)$.

Or, $(2k^2)$ est un entier.

Donc **a^2 est pair.**

On peut montrer de même que le carré d'un entier a impair est impair.

Comme a est impair, il existe un entier k tel que $a = 2k + 1$.

Alors $a^2 = (2k + 1)^2 = 4k^2 + 4k + 1 = 2(2k^2 + 2k) + 1$.

Or, $(2k^2 + 2k)$ est un entier. Donc **a^2 est impair.**

Ainsi un entier a et son carré a^2 ont même parité.

Calculer avec les puissances et les racines carrées

Fiche 3

Maths

Notes

LE COURS

Puissances d'un réel non nul

- **Définitions :** soient $a \in \mathbb{R}^*$ et $n \in \mathbb{N}^*$.

$$a^n = \underbrace{a \times a \times \ldots \times a}_{n \text{ fois}} \qquad a^0 = 1 \qquad a^{-n} = \frac{1}{a^n}$$

- **Propriétés :** soient $a, b \in \mathbb{R}^*$ et $m, n \in \mathbb{Z}$.

P1 $a^n \times a^m = a^{n+m}$

P2 $\dfrac{a^n}{a^m} = a^{n-m}$

P3 $(a^n)^m = a^{n \times m}$

P4 $(a \times b)^n = a^n \times b^n$

P5 $\left(\dfrac{a}{b}\right)^n = \dfrac{a^n}{b^n}$

Attention aux priorités opératoires et aux parenthèses !

En l'absence de parenthèses, la puissance est prioritaire sur la multiplication / division. En particulier, $(-2)^2 = 4$ et $-2^2 = -4$

Attention aux signes !

En particulier, la puissance paire d'un nombre négatif est positive ; la puissance impaire d'un nombre négatif est négative : $(-3)^{2020} > 0$ et $(-3)^{2019} < 0$.

Attention à ne pas inventer ses propres règles !

En particulier, $2^3 + 2^7 \neq 2^{10}$ et $2^4 \times 3^7 \neq (2 \times 3)^{4+7}$

Racine carrée d'un réel positif

- **Définition :** soit a un réel positif : $a \geqslant 0$.

$\sqrt{a}$ est par définition l'unique nombre positif dont le carré est a :

$\sqrt{a} \geqslant 0$ et $(\sqrt{a})^2 = a$

- **Propriétés :** Soit $a \geqslant 0$ et $b \geqslant 0$

P1 $\sqrt{ab} = \sqrt{a}\sqrt{b}$

P2 $\sqrt{\dfrac{a}{b}} = \dfrac{\sqrt{a}}{\sqrt{b}}$ si $b \neq 0$

P3 $\sqrt{a+b} \leq \sqrt{a} + \sqrt{b}$

P4 $\sqrt{a^2} = |a|$ (*cf.* fiche 4)

Notes

EXERCICES TYPES CORRIGÉS

EXERCICE 1 On souhaite écrire un programme qui affiche la première puissance de 2 supérieure à 10 000. On dispose du pseudo code suivant :

```
n ← 0
u ← 1
Tant que u < 10000
    n ← n+1
    u ← 2^n
Fin Tant que
Afficher u
```

1. Écrire le script correspondant en Python.
2. Modifier le script pour qu'il affiche la première puissance de 0,3 inférieure à 10^{-4}.

EXERCICE 2

Effectuer le calcul suivant sans la calculatrice :

$$A = \frac{8^5 \times (-45)^7}{(-12)^6}.$$

Corrigé

1 1. Le programme affiche en sortie **16384**.

```
1  n = 0
2  u = 1 ## la variable u va contenir les puissances de 2, 2^n
3  while u<10000 : ## on utilise une boucle while car on ne connaît pas le nombre d'itérations à faire
4      n = n+1
5      u = 2**n ## 2**n correspond à 2^n en langage Python
   ## la boucle s'arrête quand 2^n ≥ 10000
6  print(u)
```

2. Il suffit de remplacer la ligne 3 par **while** $\boldsymbol{u > 0.0001}$ et la ligne 5 par $\boldsymbol{u = 0.3^{**}n}$.

Le programme affiche alors en sortie $\approx \mathbf{6{,}5 \times 10^{-5}}$.

2 On utilise la décomposition en produit de facteurs premiers et on détermine le signe de chaque expression :
$(-45)^7 < 0$ et $(-12)^6 > 0$. Ainsi $A < 0$.

$$A = \frac{8^5 \times (-45)^7}{(-12)^6} = \frac{(2^3)^5 \times (-)(3^2 \times 5)^7}{(3 \times 2^2)^6}$$

$$A = -\frac{2^{3\times5} \times (3^2)^7 \times 5^7}{3^6 \times (2^2)^6} = -\frac{2^{15} \times 3^{14} \times 5^7}{3^6 \times 2^{12}} \qquad P_3 \text{ et } P_4$$

$$\mathbf{A} = -2^{15-12} \times 3^{14-6} \times 5^7 = \mathbf{-2^3 \times 3^8 \times 5^7} \qquad P_2$$

Calculer avec les valeurs absolues

LE COURS

Définition géométrique d'une valeur absolue

Soit $x \in \mathbb{R}$: $|x| = OM$
où M est le point d'abscisse x sur (OI).
Ainsi $|x| = x$ si $x \geqslant 0$
et $|x| = -x$ si $x \leqslant 0$

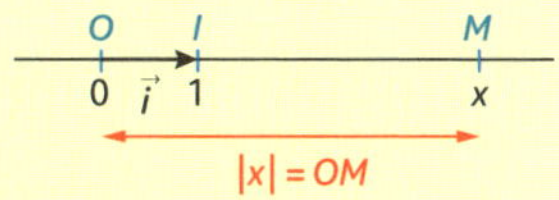

Distance et valeur absolue

Soit $a, b \in \mathbb{R}$: $|b-a| = AB$ où

- A est le point d'abscisse a sur (OI)
- B est le point d'abscisse b sur (OI) .

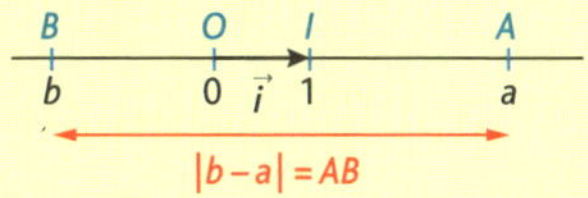

Valeurs approchées d'un réel

x est une valeur approchée de a à r près signifie que
$|x-a| \leqslant r$
soit que $x \in [a-r\,; a+r]$.

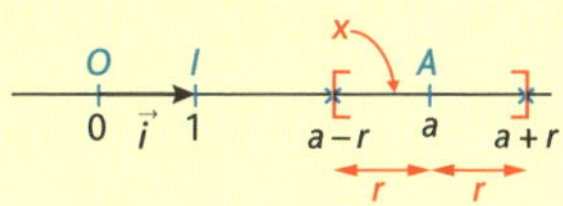

EXERCICES TYPES CORRIGÉS

EXERCICE 1 La fonction Python ci-dessous retourne les bornes d'un intervalle d'encadrement de $\sqrt{2}$ d'amplitude r, connaissant la borne supérieure a.

```
def encadrement( r ) :
        return (a–r,a)
```

Par exemple, à l'aide de l'instruction print(encadrement(0.1)), l'algorithme affiche (1.4, 1.5) pour $r = 0{,}1$ et $a = 1.5$.
Compléter la fonction balayage ci-dessous qui permet d'obtenir un encadrement de $\sqrt{2}$ d'amplitude égale à 10^{-n}.

```
def balayage( n)  :
        x = 1
        pas = 10**(−n)
        while.............. : ## la boucle s'arrête quand x ⩾ √2
                               soit quand x² ⩾ 2
                x = ............
        return (.............)
print(balayage(2))
```

Notes

EXERCICE 2 Résoudre dans $\mathbb{R}$:

a. $|x-2| = 3$ b. $|x+3| < 2$

Corrigé

1 Le programme affiche en sortie $(\mathbf{1.41, 1.42})$.

```
def balayage( n) :
        x = 1
        pas = 10**(-n)
        while x**2 < 2:
                x = x + pas
        return ( x - pas, x )
print(balayage(2))
```

2 Pour résoudre des équations ou des inéquations avec des valeurs absolues, on interprète les valeurs absolues en terme de distance, puis on raisonne géométriquement.

a. $|x-2|$ est la distance AM où $\begin{cases} \text{A est le point d'abscisse 2} \\ \text{M est le point d'abscisse } x. \end{cases}$

Le problème revient donc à trouver tous les points M tels que $AM = 3$.

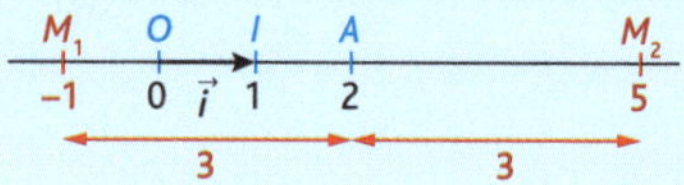

$\mathcal{S} = \{\mathbf{-1\ ;\ 5}\}$

On vérifie que les solutions conviennent bien : $|-1-2| = |-3| = 3$ et $|5-2| = |3| = 3$.

b. $|x+3| = |x-(-3)| = BM$ où $\begin{cases} \text{B est le point d'abscisse -3} \\ \text{M est le point d'abscisse } x. \end{cases}$

Le problème revient donc à trouver tous les points M tels que $BM < 2$.

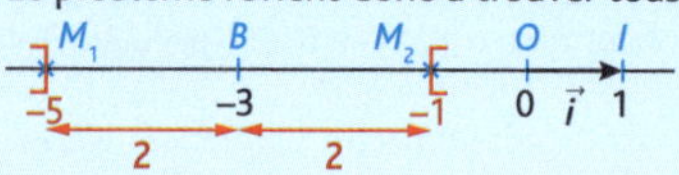

$\mathcal{S} =]\mathbf{-5 ; -1}[$

Attention à bien interpréter une différence (et non une somme) en terme de distance :

$|x+3| \neq CM$ où C a pour abscisse 3 !

Développer et transformer des expressions rationnelles

Fiche 5

Maths

LE COURS

Développer, c'est transformer un produit en une somme.
Pour cela, on utilise :

- soit la règle de distributivité : $k(a+b) = ka + kb$
- soit les identités remarquables : $(a+b)^2 = a^2 + 2ab + b^2$
  $(a-b)^2 = a^2 - 2ab + b^2$
  $(a+b)(a-b) = a^2 - b^2$

Attention aux parenthèses pour a^2 (*cf. fiche 3*) :

$$\begin{cases} (2x)^2 = 4x^2 \neq 2x^2 \\ \left(\frac{3}{4}\right)^2 = \frac{9}{16} \neq \frac{3^2}{4} = \frac{9}{4}. \end{cases}$$

Attention aux priorités opératoires :

- développer d'abord les puissances en utilisant les identités remarquables ;
- puis effectuer les produits avec éventuellement la règle de distributivité ;
- enfin, les additions et les soustractions.

Notes

EXERCICES TYPES CORRIGÉS

EXERCICE 1 Développer et réduire $A = 4(3-2x)^2 - (2x-7)(1-5x)$.

EXERCICE 2 Soit f définie sur $\mathbb{R}$ par $f(x) = -2x^2 + 11x - 5$.
Montrer que $f(x) = (2x-1)(5-x)$ pour tout x.

EXERCICE 3 Donner l'écriture fractionnaire de l'expression suivante :
$f(x) = \frac{x+2}{3-x} - \frac{5+x}{x+1}$, où f est une fonction définie sur $\mathcal{D}_f = \mathbb{R}\backslash\{-1 ; 3\}$.

Corrigé

1 Pour respecter les priorités opératoires, il suffit de rajouter les crochets suivants :

$A = 4[(3-2x)^2] - [(2x-7)(1-5x)]$.

Notes

Il ne reste plus qu'à utiliser $(a - b)^2$ avec $a = 3$ et $b = 2x$ dans le premier crochet et la double distributivité dans le second :

$A = 4[3^2 - 2 \times 3 \times 2x + (2x)^2] - [2x - 10x^2 - 7 + 35x]$

$A = 4[9 - 12x + 4x^2] - [37x - 10x^2 - 7]$

$A = 36 - 48x + 16x^2 - 37x + 10x^2 + 7$

$\mathbf{A = 26x^2 - 85x + 43.}$

2 Pour montrer que deux expressions E et F sont égales, on peut :

- transformer E (développer, réduire au même dénominateur...) pour obtenir F ;
- transformer F pour obtenir E ;
- transformer E et F pour obtenir une 3e expression G ($E = G$, $F = G$, donc $E = F$) ;
- montrer que $E - F = 0$.

Ici, le plus simple consiste à développer $(2x - 1)(5 - x)$:

On a $(2x - 1)(5 - x) = 10x - 2x^2 - 5 + x$

soit $(2x - 1)(5 - x) = -2x^2 + 11x - 5$

et $\mathbf{(2x - 1)(5 - x) = f(x).}$

Attention à la rédaction : ne pas partir de la conclusion, on ne sait pas *a priori* si $f(x) = (2x - 1)(5 - x)$; cette égalité doit donc apparaître à la fin.

3 On cherche un dénominateur commun le plus simple possible (souvent, le produit des dénominateurs).

Un trait de fraction fait office de parenthèses. Pour tout $x \in \mathcal{D}_f$, on a :

$$f(x) = \frac{(x + 2) \times (x + 1)}{(3 - x) \times (x + 1)} - \frac{(5 + x) \times (3 - x)}{(x + 1) \times (3 - x)}.$$

On écrit ensuite la somme au numérateur, que l'on développe à l'étape suivante pour éviter les erreurs de signes.

$$f(x) = \frac{[(x + 2)(x + 1)] - [(5 + x)(3 - x)]}{(3 - x)(x + 1)}$$

$$= \frac{(x^2 + x + 2x + 2) - (15 - 5x + 3x - x^2)}{(3 - x)(x + 1)}$$

Ne pas développer le dénominateur : c'est inutile (*cf. fiches 8 et 12*) et générateur d'erreurs.

$$\mathbf{f(x) = \frac{2x^2 + 5x - 13}{(3 - x)(x + 1)}}$$

Toujours chercher le dénominateur commun le plus simple possible. En particulier, en présence de puissances, chercher si une puissance inférieure ne conviendrait pas (un dénominateur commun entre $\frac{4x}{(x - 2)^2}$ et $\frac{3}{x - 2}$ serait *a priori* $(x - 2)^2 \times (x - 2) = (x - 2)^3$; mais $(x - 2)^2$ est un dénominateur commun plus simple).

Factoriser

Fiche 6

Maths

LE COURS

Factoriser, c'est transformer une somme en un produit.
Pour cela, on reconnaît :

- soit un facteur commun, que l'on fait apparaître pour utiliser

$$ka + kb = k(a + b)$$

- soit une identité remarquable sous l'une des trois formes :

$$\begin{cases} a^2 + 2ab + b^2 = (a + b)^2 \\ a^2 - 2ab + b^2 = (a - b)^2 \\ a^2 - b^2 = (a + b)(a - b). \end{cases}$$

Notes

EXERCICES TYPES CORRIGÉS

EXERCICE 1 Soit f définie sur $\mathbb{R}$ par $f(x) = (2x + 3)(x - 4) - 3(2x + 3)(3x + 5)$. Factoriser au maximum $f(x)$.

EXERCICE 2 Factoriser $f(x) = 3x^2 - x$ (f définie sur $\mathbb{R}$).

EXERCICE 3 Factoriser $f(x) = (2x - 1)(-4x + 3) - 3(2x - 1)^2$ (f définie sur $\mathbb{R}$).

EXERCICE 4 Factoriser $f(x) = 4x^2 - 9(5x - 2)^2$ (f définie sur $\mathbb{R}$).

EXERCICE 5 Factoriser $f(x) = (x + 1)^3 - 16(x + 1)$ (f définie sur $\mathbb{R}$).

EXERCICE 6 Factoriser $f(x) = x^2 - 4 + (x - 2)(3 - 5x)$ (f définie sur $\mathbb{R}$).

Corrigé

1 On repère un facteur commun évident $(2x + 3)$:
$f(x) = (2x + 3)(x - 4) - (2x + 3)\,3(3x + 5)$.

On recopie dans le crochet tout ce qui n'est pas facteur commun :
$f(x) = (2x + 3)[(x - 4) - 3(3x + 5)]$.

On développe au sein du crochet pour s'assurer qu'on ne peut pas encore factoriser :
$f(x) = (2x + 3)(x - 4 - 9x - 15)$
$\boldsymbol{f(x) = (2x + 3)(-8x - 19)}$.

Notes

2 On repère à nouveau un facteur commun x, que l'on fait clairement apparaître pour ne pas oublier un terme dans la factorisation : le nombre de termes au sein du crochet doit être le nombre de termes dans la somme.

$f(x) = x \times 3x - x \times 1$ (2 termes dans la somme : $3x^2$ et x)

$\boldsymbol{f(x) = x(3x - 1)}$ (2 termes dans le crochet : $3x$ et 1).

3 On reconnaît $(2x - 1)$ comme facteur commun :

($(2x - 1)^2 = (2x - 1)(2x - 1)$ et non $(2x - 1)(2x + 1)$).

$f(x) = (2x - 1)(- 4x + 3) - (2x - 1)\,3(2x - 1)$

$f(x) = (2x - 1)[(- 4x + 3) - 3(2x - 1)]$

$f(x) = (2x - 1)(- 4x + 3 - 6x + 3) = (2x - 1)(- 10x + 6)$.

Au sein de la 2e parenthèse, on peut encore factoriser par 2 :

$f(x) = (2x - 1)(2 \times (- 5x) + 2 \times 3) = (2x - 1) \times 2\,(- 5x + 3)$

$\boldsymbol{f(x) = 2(2x - 1)(- 5x + 3)}$.

4 On ne reconnaît pas de facteur commun. On cherche donc à faire apparaître une identité remarquable, généralement $a^2 - b^2$.

Ici, on reconnaît bien $a^2 - b^2 = (a - b)(a + b)$, avec :

$a^2 = 4x^2$ $a = 2x$

$b^2 = 9(5x - 2)^2$ $b = 3(5x - 2)$

Attention, si $a^2 = 4x^2$, alors $a = 2x$ et non $4x$: ($(4x)^2 = 16x^2 \neq 4x^2$).

$f(x) = [2x - 3(5x - 2)][2x + 3(5x - 2)]$

$f(x) = [2x - 15x + 6][2x + 15x - 6]$

$\boldsymbol{f(x) = (- 13x + 6)(17x - 6)}$.

5 On reconnaît $(x + 1)$ comme facteur commun :

$f(x) = (x + 1) \times (x + 1)^2 - (x + 1) \times 16$

$f(x) = (x + 1)\,[(x + 1)^2 - 16]$.

On reconnaît $a^2 - b^2 = (a - b)\,(a + b)$ au sein des crochets, avec :

$a^2 = (x + 1)^2$ $a = (x + 1)$

$b^2 = 16$ $b = 4$.

$f(x) = (x + 1)\,[(x + 1) - 4][(x + 1) + 4]$

$\boldsymbol{f(x) = (x + 1)\,(x - 3)\,(x + 5)}$.

6 On ne reconnaît ni facteur commun ni identité remarquable dans ces trois termes (x^2 ; 4 ; $(x - 2)(3 - 5x)$). Mais, en isolant les deux premiers termes, on reconnaît $a^2 - b^2$ avec $a = x$ et $b = 2$.

$f(x) = (x - 2)(x + 2) + (x - 2)(3 - 5x)$

On reconnaît un facteur commun $(x - 2)$:

$f(x) = (x - 2)(x + 2) + (x - 2)(3 - 5x)$

$f(x) = (x - 2)[(x + 2) + (3 - 5x)]$

$\boldsymbol{f(x) = (x - 2)(- 4x + 5)}$.

Résoudre des équations de degré 2 ou plus

Fiche 7

Maths

LE COURS

Résoudre une équation dans $\mathbb{R}$, c'est trouver tous les réels x tels que l'égalité soit vraie.

Équation produit du type $A \times B = 0$

Un produit de facteurs est nul si, et seulement si, l'un ou l'autre de ses facteurs est nul ($A \times B = 0$ si, et seulement si, $A = 0$ ou $B = 0$).

Cas particulier important : équation du type $x^2 = a$

$x^2 = a$, avec $a > 0$	$S = \{\sqrt{a} \,;\, -\sqrt{a}\}$;
$x^2 = 0$	$S = \{0\}$;
$x^2 = a$, avec $a < 0$	$S = \varnothing$.

Notes

EXERCICE TYPE CORRIGÉ

Soit f définie sur $\mathbb{R}$ par $f(x) = -x^2 + 4x + 21$ (forme 1).

1. Montrer que, pour tout x, $f(x) = (7 - x)(x + 3)$ (forme 2).
2. Montrer que, pour tout x, $f(x) = -(x - 2)^2 + 25$ (forme 3).
3. En choisissant la bonne écriture de $f(x)$:

a. résoudre $f(x) = 0$;

b. déterminer les antécédents éventuels de 21 par f ;

c. à l'aide de la calculatrice, conjecturer les abscisses des points d'intersection éventuels de la courbe représentative de f, $\mathscr{C}_f$, et de la droite (d) d'équation $y = 16$; retrouver ce résultat par le calcul.

Corrigé

1. On montre cette égalité en développant la forme 2 (*cf. fiche* 5).

On a $(7 - x)(x + 3) = 7x + 21 - x^2 - 3x = -x^2 + 4x + 21$,

d'où $\mathbf{(7 - x)(x + 3) = f(x)}$.

2. De même, on a :

$-(x - 2)^2 + 25 = -(x^2 - 4x + 4) + 25 = -x^2 + 4x - 4 + 25$,

soit $\mathbf{-(x - 2)^2 + 25 = -x^2 + 4x + 21 = f(x)}$.

3. a. Pour résoudre une équation de degré 2, il faut d'abord se ramener à une égalité du type « $A = 0$ ». Puis, on factorise A (*cf. fiche* 6). Ici, c'est donc la forme 2 (déjà factorisée) qui convient :

On choisit la forme 2 : $(7 - x)(x + 3) = 0$.

Notes

On utilise la propriété $A \times B = 0$ si, et seulement si, $A = 0$ ou $B = 0$.
Ne pas développer : en général, on trouve une équation de degré 2 que l'on ne sait pas résoudre en 2de (ici, $-x^2 + 4x + 21 = 0$).

$$7 - x = 0 \text{ ou } x + 3 = 0$$

$$7 = x \text{ ou } x = -3$$

$S = \{-3 ; 7\}$

Toujours vérifier que les solutions trouvées conviennent bien :
$-7^2 + 4 \times 7 + 21 = -49 + 49 = 0$; $-(-3-2)^2 + 25 = 0$.

b. Pour cela, on résout l'équation $f(x) = 21$ (*cf. fiche 13*).
En essayant chacune des trois formes, on constate que c'est la forme 1 qui convient (les termes sans x, 21, se réduisent).

On choisit la forme 1 : $-x^2 + 4x + \not{21} = \not{21}$

$$-x^2 + 4x = 0.$$

Puis, on résout l'équation de degré 2 en factorisant par x.

$$x \times (-x) + x \times 4 = 0$$

$$x(-x + 4) = 0$$

$$x = 0 \text{ ou } -x + 4 = 0$$

$$x = 0 \text{ ou } 4 = x$$

$S = \{0 ; 4\}$

Les antécédents de 21 par f sont 0 et 4.

$(-0^2 + 4 \times 0 + 21 = 21 ; -4^2 + 4 \times 4 + 21 = 21)$

c. On fait tracer $\mathscr{C}_f$ et (d) par la calculatrice en choisissant le mode TRACE et en utilisant éventuellement le zoom (*cf. fiches 20 et 21*).

$\mathscr{C}_f$ et (d) semblent se couper en deux points d'abscisses respectives -1 et 5.

Pour le montrer, résolvons $f(x) = 16$.

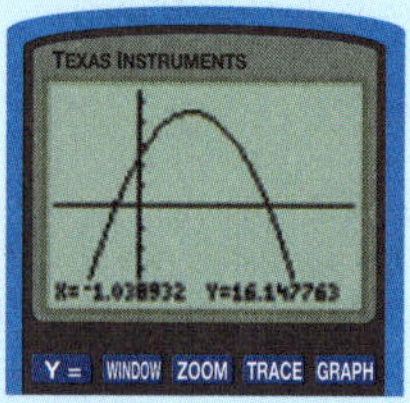

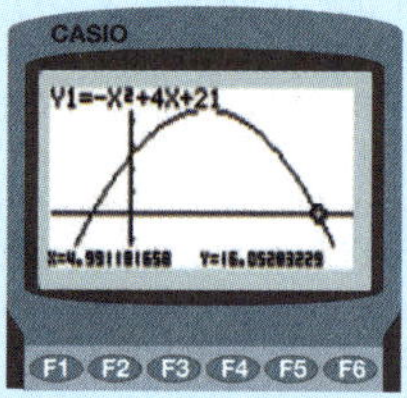

$M(x ; y) \in \mathscr{C}_f$ signifie $y = f(x)$ et $M(x ; y) \in (d)$ signifie $y = 16$.
Trouver les points d'intersection revient bien à résoudre $f(x) = 16$.
On choisit la forme 3, qui est la seule qui permette une factorisation évidente pour résoudre cette équation :

On choisit la forme 3 : $-(x-2)^2 + 25 = 16$

$$25 - 16 - (x-2)^2 = 0$$

$$3^2 - (x-2)^2 = 0 \text{ (on reconnaît } a^2 - b^2\text{)}$$

$$[3 - (x-2)][3 + (x-2)] = 0$$

$$(5 - x)(1 + x) = 0$$

$$5 - x = 0 \text{ ou } 1 + x = 0$$

$$5 = x \text{ ou } x = -1$$

$S = \{-1 ; 5\}$

Les abscisses des points d'intersection recherchés sont -1 et 5.

Résoudre des équations quotients

Fiche 8

Maths

Notes

LE COURS

Condition d'existence d'un quotient $\frac{A}{B}$

$\frac{A}{B}$ existe si, et seulement si, $B \neq 0$.

Équation quotient du type $\frac{A}{B} = 0$

Un quotient est nul si, et seulement si, son numérateur est nul et son dénominateur non nul.

$\left(\frac{A}{B} = 0 \text{ si, et seulement si, } A = 0 \text{ et } B \neq 0.\right)$

EXERCICE TYPE CORRIGÉ

Soit f définie par $f(x) = \dfrac{1-x}{3+2x}$.

1. Déterminer l'ensemble de définition de f, noté $\mathcal{D}_f$.
2. Déterminer les antécédents éventuels de -2 par f.
3. Soit g définie sur $\mathbb{R}\backslash\{1\}$ par $g(x) = \dfrac{3+2x}{1-x}$. Déterminer les coordonnées des points d'intersection éventuels des courbes représentatives de f, notée $\mathcal{C}_f$, et de g, notée $\mathcal{C}_g$.

Corrigé

1. On cherche l'ensemble des x tels que $f(x)$ existe (*cf. fiche 13*) : un quotient existe si, et seulement si, son dénominateur est non nul.

$f(x)$ existe si, et seulement si, $3 + 2x \neq 0$ soit si, et seulement si : $x \neq -\frac{3}{2}$. Ainsi, $\mathcal{D}_f = \mathbb{R} \setminus \left\{-\frac{3}{2}\right\}$.

2. Pour cela, on résout $f(x) = -2$, soit $\dfrac{1-x}{3+2x} = -2$ (*cf. fiche 13*).

Avant tout calcul, on détermine $E = \{x \in \mathbb{R}$ tels que l'égalité ait un sens$\}$.

Ici, $E = \mathcal{D}_f$. On résout dans $E = \mathbb{R} \setminus \left\{-\frac{3}{2}\right\}$.

Notes

On fait « tout passer » dans un même membre, puis on réduit au même dénominateur pour se ramener à $\frac{A}{B} = 0$.

$$\frac{1-x}{3+2x}+\frac{2}{1}=0$$

$$\frac{1-x}{3-2x}+\frac{2(3+2x)}{1(3+2x)}=0 \quad (\textit{cf. fiche 5})$$

$$\frac{1-x+6+4x}{3+2x}=0$$

On utilise la propriété $\frac{A}{B} = 0$ si, et seulement si, $A = 0$ et $B \neq 0$.

$3x + 7 = 0$ et $x \in E$

$3x = -7$ et $x \in E$

$x = -\frac{7}{3}$: $-\frac{7}{3} \in E \left(-\frac{7}{3} \neq -\frac{3}{2}\right)$. $\qquad$ $\boldsymbol{S = \left\{-\frac{7}{3}\right\}}$

L'antécédent de – 2 par f est – $\frac{7}{3}$.

On vérifie que $-\frac{7}{3}$ est solution : $\dfrac{1-\left(-\frac{7}{3}\right)}{3+2\left(-\frac{7}{3}\right)} = \dfrac{\frac{10}{3}}{-\frac{5}{3}} = \frac{10}{3} \times \frac{3}{-5} = -2$.

3. $M(x\,;y) \in \mathscr{C}_f$ signifie $y = f(x)$ et $M(x\,;y) \in \mathscr{C}_g$ signifie $y = g(x)$ (*cf. fiche 14*).
Donc, déterminer les points d'intersection de $\mathscr{C}_f$ et de $\mathscr{C}_g$ revient à résoudre $f(x) = g(x)$.

Pour cela, on résout $f(x) = g(x)$ dans $E = \mathbb{R} \setminus \left\{-\frac{3}{2}\,;1\right\}$.

$$\frac{1-x}{3+2x}+\frac{3+2x}{1-x}=0$$

$$\frac{(1-x)(1-x)-(3+2x)(3+2x)}{(3+2x)(1-x)}=0$$

$(1-x)^2 - (3+2x)^2 = 0$ et $x \in E$

$[(1-x) - (3+2x)][(1-x) + (3+2x)] = 0$ et $x \in E$

$(-2-3x)(x+4) = 0$ et $x \in E$

$-2-3x = 0$ ou $x + 4 = 0$ et $x \in E$

$x = -\frac{2}{3}$ ou $x = -4$: $-\frac{2}{3} \in E$ et $-4 \in E$ $\qquad$ $\boldsymbol{S = \left\{-\frac{2}{3}\,;-4\right\}}$.

On calcule ensuite les ordonnées des points d'intersection.

On a $f\left(-\frac{3}{2}\right) = \dfrac{1-\left(-\frac{2}{3}\right)}{3+2\left(-\frac{2}{3}\right)} = \dfrac{\frac{5}{3}}{\frac{5}{3}} = 1$ et $f(-4) = \dfrac{1-(-4)}{3+2(-4)} = -1$.

$\mathscr{C}_f$ et $\mathscr{C}_g$ ont deux points d'intersection $A\left(-\frac{2}{3}\,;1\right)$ et $B(-4\,;-1)$.

On vérifie que $g\left(-\frac{2}{3}\right) = 1$ et que $g(-4) = -1$.

Comparer deux nombres

Fiche 9

Maths

Notes

LE COURS

Critère d'ordre : soient $a, b \in \mathbb{R}$

$a \leqslant b$ (ou $a < b$) si et seulement si $a - b \leqslant 0$ ($a - b < 0$).
$a \geqslant b$ (ou $a > b$) si et seulement si $a - b \geqslant 0$ ($a - b > 0$).

Ordre et opérations : soient $a, b, c, d \in \mathbb{R}$

• On ne **change pas le sens** d'une inégalité lorsque l'on ajoute (ou soustrait) à chaque membre un même nombre (positif ou négatif) ou lorsque l'on multiplie (ou divise) chaque membre par un même nombre strictement **positif** :

$$\text{si } a \leqslant b \text{ alors } \begin{cases} a + c \leqslant b + c \\ ac \leqslant bc \text{ si } \mathbf{c > 0}. \end{cases}$$

• On **change le sens** d'une inégalité lorsque l'on **multiplie (ou divise)** chaque membre par un même nombre strictement **négatif** :

$$\text{si } a \leqslant b \text{ alors } ac \geqslant bc \text{ si } \mathbf{c < 0}.$$

• On peut additionner membre à membre des inégalités de même sens :

$$\text{si } \begin{cases} a \leqslant b \\ c < d \end{cases} \text{ alors } a + c \leqslant b + d$$

Passage au carré, au cube, à la racine carrée, à l'inverse

Soient $a, b \in \mathbb{R}$

$$\text{Si } a < b \text{ alors } a^3 < b^3$$

$$\text{Si } 0 < a < b \text{ alors } \begin{cases} a^2 < b^2 \\ \sqrt{a} < \sqrt{b} \\ \dfrac{1}{a} > \dfrac{1}{b} \end{cases} \quad \text{et}$$

$$\text{si } a < b < 0 \text{ alors } \begin{cases} a^2 > b^2 \\ \dfrac{1}{a} > \dfrac{1}{b} \end{cases}$$

Notes

EXERCICE TYPE CORRIGÉ

Sachant que $x \in [0\,;7]$, montrer que $\dfrac{3}{x+1} - 1 \geqslant -\dfrac{5}{8}$.

Corrigé

Cela revient à comparer $\dfrac{3}{x+1} - 1$ et $-\dfrac{5}{8}$.

Pour comparer deux nombres, trois méthodes sont possibles :

1re méthode : on utilise les règles sur les inégalités en suivant les priorités opératoires (on commence par les parenthèses, puis les puissances, racines carrées, inverses, puis les multiplications/divisions, puis les additions/soustractions).

2e méthode : on utilise les variations d'une fonction f connue.

3e méthode : on étudie le signe de la différence (en réduisant éventuellement au même dénominateur et en factorisant pour se ramener au signe d'un produit/quotient).

Comme $x \in [0\,;7]$

$$0 \leqslant x \leqslant 7$$

+1 (un trait de fraction fait office de parenthèses)

$$1 \leqslant x+1 \leqslant 8$$

car $x \mapsto \dfrac{1}{x}$ est décroissante sur $]0\,;+\infty[$

$$\frac{1}{1} \geqslant \frac{1}{(x+1)} \geqslant \frac{1}{8}$$

×3

$$\frac{3}{1} \geqslant \frac{3}{(x+1)} \geqslant \frac{3}{8}$$

−1

$$\frac{3}{1} - 1 \geqslant \frac{3}{(x+1)} - 1 \geqslant \frac{3}{8} - 1$$

donc $\boldsymbol{\dfrac{3}{(x+1)} - 1 \geqslant -\dfrac{5}{8}}$

❶ On aurait pu aussi utiliser la 2e méthode connaissant les variations de $f : x \mapsto \dfrac{3}{x+1} - 1$ établies à la fiche 28.

Comme f est décroissante sur $[0\,;7]$, si $0 \leqslant x \leqslant 7$

alors $f(0) \geqslant f(x) \geqslant f(7)$

soit $2 \geqslant \dfrac{3}{(x+1)} - 1 \geqslant -\dfrac{5}{8}$

❷ On aurait pu aussi utiliser la 3e méthode en étudiant le signe de la différence : $d = \dfrac{3}{(x+1)} - 1 - \left(-\dfrac{5}{8}\right) = \dfrac{3}{x+1} - \dfrac{3}{8} = \dfrac{24-3x-3}{8(x+1)} = \dfrac{3(7-x)}{8(x+1)}$

Comme $x \geqslant 0$, $x+1 \geqslant 1 > 0$ et comme $x \leqslant 7$, $7-x \geqslant 0$.

Par quotient, $\dfrac{3(7-x)}{8(x+1)} \geqslant 0$ et $\dfrac{3}{(x+1)} - 1 \geqslant -\dfrac{5}{8}$.

Résoudre des inéquations de degré 1

LE COURS

Résoudre une inéquation, c'est trouver toutes les valeurs de x telles que l'inégalité soit vraie.

Intervalles de $\mathbb{R}$

Un intervalle est un sous-ensemble de $\mathbb{R}$ caractérisé par des inégalités.

Inégalités	Représentation	Notation
$a \leqslant x \leqslant b$		$[a\ ;\ b]$
$a \leqslant x < b$		$[a\ ;\ b[$
$a < x < b$		$]a\ ;\ b[$
$x \geqslant a$	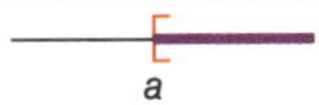	$[a\ ;\ +\infty[$
$x < a$		$]-\infty\ ;\ a[$

On définit, de même, $]-\infty\ ;\ a]$, $]a\ ;\ +\infty[$, $]a\ ;\ b]$.

EXERCICE TYPE CORRIGÉ

EXERCICE 1 Résoudre dans $\mathbb{R}$ les inéquations suivantes :

a. $-2x+4>0$

b. $-3(5-4x)+12 \leqslant 5(2x+4)-1$

c. $\frac{2}{3}x-1<\frac{2}{5}+\frac{5}{6}x$

EXERCICE 2 Résoudre dans $\mathbb{R}$ $\begin{cases} 4x+1 \geqslant 5x-3 \\ \dfrac{2-5x}{3} > 1-2x \end{cases}$

Corrigé

1 a. Pour résoudre une inéquation de degré 1, on utilise les opérations sur les inégalités pour se ramener à des inégalités du type $ax>b$ (ou $ax \leqslant b$, $ax<b$ ou $ax \geqslant b$).

Notes

$$-2x \boxed{+4} > 0$$
$$+(-4)$$
$$-2x > -4$$

Puis, on divise membre à membre par a en regardant le signe de a.

$$-2x > -4$$
$$\div(-2) < 0$$
$$x < \frac{-4}{-2}$$
on change le sens de l'inégalité

Enfin, on conclut en traduisant l'inégalité en terme d'intervalle :

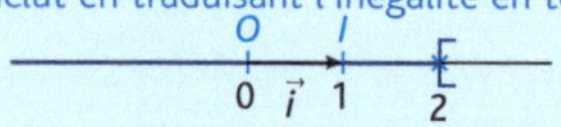

$\mathcal{S} =]-\infty ; \mathbf{2}[$

On vérifie en prenant un élément au hasard de $\mathcal{S}$, par exemple 0, et en vérifiant qu'il est bien solution de l'inéquation :

pour $x = 0, -2x + 4 = 4$ et on a bien $4 > 0$

L'inégalité est vérifiée pour $x = 0$ et 0 est solution de l'inéquation.

b. $-3(5 - 4x) + 12 \leqslant 5(2x + 4) - 1$

$$\boxed{-15} + 12x + 12 \leqslant \boxed{10x} + 20 - 1$$
$$+(-10x) + 15$$
$$12x - 10x \leqslant 15 - 12 + 20 - 1$$
$$2x \leqslant 22$$
$$\div 2$$
$$x \leqslant \frac{22}{2}$$

$\mathcal{S} =]-\infty ; \mathbf{11}]$

c. $\frac{2}{3}x - 1 < \frac{2}{5} + \frac{5}{6}x$

$$\frac{2}{3}x - \frac{5}{6}x < \frac{2}{5} + 1$$
$$-\frac{1}{6}x < \frac{7}{5}$$
$$\div\left(-\frac{1}{6}\right) < 0$$
$$x > \frac{7}{5} \div \left(-\frac{1}{6}\right)$$

$\mathcal{S} = \left[-\frac{\mathbf{42}}{\mathbf{5}} ; +\infty\right[$

2
$$\begin{cases} 4x + 1 \geqslant 5x - 3 \\ \dfrac{2 - 5x}{3} > 1 - 2x \end{cases} \quad \begin{cases} 4x - 5x \geqslant -3 - 1 \\ 2 - 5x > 3(1 - 2x) \end{cases} \quad \begin{cases} -x \geqslant -4 \\ 2 - 5x > 3 - 6x \end{cases}$$
$$\begin{cases} x \leqslant 4 \\ 6x - 5x > 3 - 2 \end{cases} \quad \begin{cases} x \leqslant 4 \\ x > 1 \end{cases}$$

$\mathcal{S} =]\mathbf{1} ; \mathbf{4}]$

On conclut en déterminant l'intersection des 2 intervalles solutions I et J, c'est-à-dire l'ensemble des réels communs à I et à J

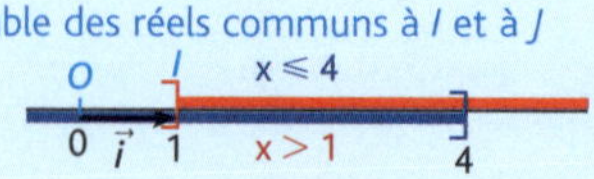

Résoudre des inéquations de degré 2 et plus

Fiche 11

Maths

Notes

LE COURS

Résoudre une inéquation dans $\mathbb{R}$, c'est trouver tous les réels x tels que l'inégalité soit vraie.
À l'aide des variations de $f : x \mapsto ax + b$ (*cf. fiche 24*), on établit le signe de $ax + b$ sur $\mathbb{R}$.

Signe de $ax + b$ ($a \in \mathbb{R}^*, b \in \mathbb{R}$)

Si $a > 0$ (*f croissante*)

x	$-\infty$		$-\frac{b}{a}$		$+\infty$
$ax + b$		$-$	0	$+$	

Si $a < 0$ (*f décroissante*)

x	$-\infty$		$-\frac{b}{a}$		$+\infty$
$ax + b$		$+$	0	$-$	

EXERCICES TYPES CORRIGÉS

EXERCICE 1 Étudier le signe de la fonction f définie par $f(x) = x(x + 1)$.

EXERCICE 2 Soit f, g, h définies sur $\mathbb{R}$ par $f(x) = 36(7x - 1)^2$, $g(x) = 49(5 - 6x)^2$ et $h(x) = (x^2 - 4)(-x - 3)$.
1. Étudier la position relative des courbes représentatives de f et de g, notées $\mathscr{C}_f$ et $\mathscr{C}_g$.
2. Résoudre $h(x) > 0$.

Corrigé

1 Pour étudier le signe d'une expression, on cherche à factoriser au maximum en produit de facteurs du type $ax + b$. Puis, on fait un tableau de signes, en étudiant le signe de chacun de ces facteurs :

x	$-\infty$		-1		0		$+\infty$	
$x + 1$		$-$	0	$+$	|	$+$		$a = 1$ et $1 > 0$
x		$-$	|	$-$	0	$+$		$a = 1$ et $1 > 0$
$f(x)$		$+$	0	$-$	0	$+$		

Pour étudier le signe de $x + 1$, on résout $x + 1 = 0 \Leftrightarrow x = -1$; puis, on regarde le signe de a : $a = 1$, $1 > 0$: d'où le signe de $x + 1$ sur $\mathbb{R}$.
On étudie de même le signe de x sur $\mathbb{R}$.
On conclut en appliquant la règle des signes.
NB : ① Ne pas développer pour étudier le signe d'une expression : on trouve généralement en développant une expression dont on ne sait pas étudier le signe en 2de (ici, $x^2 + x$, ?).

Notes

② Attention à { la détermination des racines (en résolvant $ax + b = 0$)
l'ordre des racines dans le tableau.

③ Ne pas oublier de vérifier les signes en prenant une valeur particulière pour x (généralement, on choisit 0 ou 1) :
si $x = 1$, $f(1) = 2$ et $2 > 0$, ce qui est cohérent avec le tableau.

2 1. Algébriquement, $\mathscr{C}_f$ est en dessous de $\mathscr{C}_g$ signifie $f(x) \leqslant g(x)$; de même, $\mathscr{C}_f$ est au-dessus de $\mathscr{C}_g$ signifie $f(x) \geqslant g(x)$. Il suffit donc de résoudre $f(x) \leqslant g(x)$ pour étudier la position de $\mathscr{C}_f$ par rapport à $\mathscr{C}_g$.

Pour cela, on résout $f(x) \leqslant g(x) \Leftrightarrow 36(7x-1)^2 \leqslant 49(5-6x)^2$.

Pour résoudre une inéquation, on se ramène à une inégalité du type « $A \leqslant 0$ ». Puis, on factorise A (*cf. fiche 16*) pour étudier le signe de A :

$36(7x-1)^2 - 49(5-6x)^2 \leqslant 0$

$[6(7x-1) - 7(5-6x)][6(7x-1) + 7(5-6x)] \leqslant 0$

$(42x - 6 - 35 + 42x)(42x - 6 + 35 - 42x) \leqslant 0$

$(84x - 41) \times 29 \leqslant 0$

x	$-\infty$ 0	$\frac{41}{84}$		$+\infty$
$84x - 41$	$-$	0	$+$	
29	$+$		$+$	
$29(84x - 41)$	$-$	0	$+$	

$a = 84$ et $84 > 0$
29 est toujours positif.

On détermine ensuite tous les réels x tels que le produit soit négatif ou nul ($\leqslant 0$).

$$S = \left]-\infty\,;\frac{41}{84}\right].$$

$\frac{41}{84}$ est solution car, pour $x = \frac{41}{84}$, le produit est nul et on a bien $0 \leqslant 0$.

Ainsi, **sur** $\left]-\infty\,;\frac{41}{84}\right]$, **$\mathscr{C}_f$ est en dessous de $\mathscr{C}_g$; sur $\left[\frac{41}{84}\,;+\infty\right[$,**

$\mathscr{C}_f$ est au-dessus de $\mathscr{C}_g$; $\mathscr{C}_f$ et $\mathscr{C}_g$ se coupent au point d'abscisse $\frac{41}{84}$.

2. $h(x) > 0 \Leftrightarrow (x^2 - 4)(-x - 3) > 0$
$\Leftrightarrow (x + 2)(x - 2)(-x - 3) > 0$.

x	$-\infty$		-3		-2		2		$+\infty$
$x + 2$		$-$		$-$	0	$+$		$+$	
$x - 2$		$-$		$-$		$-$	0	$+$	
$-x - 3$		$+$	0	$-$		$-$		$-$	
$h(x)$		$+$	0	$-$	0	$+$	0	$-$	

$a = 1$ et $1 > 0$
$a = 1$ et $1 > 0$
$a = -1$ et $-1 < 0$

$$S =]-\infty\,;-3[\ \cup\ ]-2\,;2[.$$

Résoudre des inéquations quotients

Fiche 12

Maths

EXERCICES TYPES CORRIGÉS

EXERCICE 1 Étudier le signe des fonctions f et g définies par :

$f(x) = \dfrac{3-4x}{-6+x}$ et $g(x) = \dfrac{-2x+4}{x^2-1}$ sur leurs ensembles de définition.

EXERCICE 2 Résoudre, dans $\mathbb{R}$:

a. $\dfrac{5x-3}{x+3} \leqslant 2$; **b.** $\dfrac{5-x}{x^2+5} > 1$.

Notes

Corrigé

1 D'abord, on détermine les ensembles de définition $\{x \in \mathbb{R}$ tels que le quotient existe$\}$ (*cf. fiche 8*).

$\dfrac{3-4x}{-6+x}$ existe si $-6+x \neq 0$,
soit si $x \neq 6$.
$\mathcal{D}_f = \mathbb{R}\backslash\{6\}$

$\dfrac{4-2x}{x^2-1}$ existe si $x^2-1 \neq 0$,
soit si $(x-1)(x+1) \neq 0$.
$\mathcal{D}_g = \mathbb{R}\backslash\{-1 ; 1\}$

On factorise au maximum numérateur et dénominateur, pour faire apparaître des facteurs du type $ax + b$.

$f(x) = \dfrac{3-4x}{-6+x}$

$g(x) = \dfrac{-2x+4}{(x-1)(x+1)}$

On fait un tableau de signes comme à la fiche 11.

x	$-\infty$ 0	$\frac{3}{4}$		6	$+\infty$
$3-4x$	+	0	−		−
$-6+x$	−		−	0	+
$f(x)$	−	0	+	||	−

x	$-\infty$	-1	0	1		2	$+\infty$
$-2x+4$	+		+		+	0	−
$x-1$	−		−	0	+		+
$x+1$	−	0	+		+		+
$g(x)$	+	||	−	||	+	0	−

Par convention, on fait apparaître dans la dernière ligne du tableau des doubles barres pour les valeurs interdites.

2 **a.** Comme pour les équations quotients, pour résoudre une inéquation quotient, on commence toujours par déterminer E :
$E = \mathbb{R}\backslash\{-3\}$.

Notes

Puis on fait « tout passer » dans un même membre ; on réduit au même dénominateur pour se ramener à $\frac{A}{B} \leqslant 0$.

$$\frac{5x-3}{x+3} - 2 \leqslant 0$$

$$\frac{5x-3-2(x+3)}{x+3} \leqslant 0 \quad (cf.\ fiche\ 5)$$

$$\frac{5x-3-2x-6}{x+3} \leqslant 0$$

$$\frac{3x-9}{x+3} \leqslant 0$$

On étudie le signe du quotient $\frac{A}{B}$ comme précédemment :

x	$-\infty$		-3	0	3		$+\infty$
$3x-9$		$-$		$-$	0	$+$	
$x+3$		$-$	0	$+$		$+$	
$\frac{3x-9}{x+3}$		$+$	‖	$-$	0	$+$	

On conclut comme pour les inéquations du second degré, sachant qu'on exclut systématiquement des solutions les valeurs interdites.

$S =]-3\,;3]$.

b. $E = \mathbb{R}$ (pour tout x : $x^2 \geqslant 0$, donc $x^2 + 5 \geqslant 5$ et $x^2 + 5 \neq 0$)

$$\frac{5-x}{x^2+5} - \frac{1}{1} > 0$$

$$\frac{5-x-1(x^2+5)}{x^2+5} > 0$$

$$\frac{\cancel{5}-x-x^2-\cancel{5}}{x^2+5} > 0$$

$$\frac{-x \times 1 + (-x) \times x}{x^2+5} > 0$$

$$\frac{-x(1+x)}{x^2+5} > 0$$

x	$-\infty$		-1		0		$1+\infty$
$-x$		$+$		$+$	0	$-$	
$1+x$		$-$	0	$+$		$+$	
x^2+5		$+$		$+$		$+$	
$\frac{-x(1+x)}{x^2+5}$		$-$	0	$+$	0	$-$	

$S =]-1\,;0[$

$x^2 + 5$ ne se factorise pas mais, comme tout nombre, admet un signe : un carré étant toujours positif, $x^2 + 5 > 0$.

Attention à ne pas généraliser la règle du signe de $ax + b$ à des expressions du type $ax^2 + b$. Pour étudier le signe de telles expressions, soit on factorise, soit on raisonne par somme de réels de même signe

($x^2 + 5 > 0$, car $x^2 \geqslant 0$ pour tout x ; $-2x^2 - 1 < 0$ pour la même raison).

Définir une fonction

Fiche 13

Maths

LE COURS

Fonction f

Une fonction f est un procédé (graphique ou algébrique) qui, à un nombre de départ x, associe un **unique** nombre d'arrivée noté $f(x)$.
$f(x)$ est **l'image** de x par f.
x est **un antécédent** de $y = f(x)$ par f.

On note $f : x \mapsto f(x)$

x : **antécédent** de $y = f(x)$ par f — $f(x)$: **image** de x par f

L'ensemble de définition de f, noté $\mathscr{D}_f$, est l'ensemble des x tels que $f(x)$ existe.

Notes

EXERCICES TYPES CORRIGÉS

EXERCICE 1 1. Traduire, de deux façons différentes, l'égalité $f(-3) = 2$.
2. Traduire, par une égalité fonctionnelle du type « $f(\ ) =$ » :
a. l'image de -5 par f est 2 ; b. un antécédent de 3 par f est -1.
3. Soit f définie sur $\mathbb{R}$ par $f(x) = -3x^2 - 5$.
a. Calculer l'image de -5 par f.
b. Déterminer un antécédent de -5 par f.

EXERCICE 2 La séquence de calcul suivante définit une fonction f sur $\mathbb{R}$:

☐ —on ajoute 2→ ☐ —on élève au carré→ ☐ —on multiplie par 3→ ☐

1. Calculer l'image de 1, puis de -3 par f.
2. Exprimer $f(x)$ en fonction de x.
3. Écrire un programme avec Python permettant de calculer $f(x)$ sachant x.

EXERCICE 3 Soit f définie par $f(x) = \sqrt{2x-1}$. Déterminer l'ensemble de définition, $\mathscr{D}_f$, de f.

Corrigé

1 **1.** $f(-3) = 2$ se traduit par : $\begin{cases} \textbf{2 est l'image de } -3 \textbf{ par } f \\ -3 \textbf{ est un antécédent de 2 par } f. \end{cases}$

2. a. $\boldsymbol{f(-5) = 2}$ **b.** $\boldsymbol{f(-1) = 3}$

3. a. L'image de – 5 par f est $f(-5)$. Pour la calculer, on remplace donc x par – 5 :

$f(-5) = -3 \times (-5)^2 - 5 = -3 \times 25 - 5 = -80.$

L'image de – 5 par *f* est – 80.

b. x est un antécédent de – 5 par f signifie $f(x) = -5$. Pour trouver les antécédents de – 5 par f, on résout donc l'équation $f(x) = -5$.

On a $f(x) = -5$

$-3x^2 - 5 = -5$

$-3x^2 = 0$

$x^2 = 0 \div (-3) = 0$

$x = 0$ (*cf. fiche 7*). $S = \{0\}$.

L'antécédent de – 5 par *f* est 0.

2 **1.** $\boxed{1} \xrightarrow{\text{on ajoute 2}} \boxed{3} \xrightarrow{\text{on élève au carré}} \boxed{9} \xrightarrow{\text{on multiplie par 3}} \boxed{27}$

$\boxed{-3} \xrightarrow{\text{on ajoute 2}} \boxed{-1} \xrightarrow{\text{on élève au carré}} \boxed{1} \xrightarrow{\text{on multiplie par 3}} \boxed{3}$

L'image de 1 par *f* est 27 ; l'image de – 3 par *f* est 3.

2. $\boxed{x} \xrightarrow{+2} \boxed{(x+2)} \xrightarrow{\text{on élève au carré}} \boxed{(x+2)^2} \xrightarrow{\times 3} \boxed{3(x+2)^2}$

Ainsi, $\boldsymbol{f(x) = 3(x+2)^2}$.

3. Le programme suivant comprend trois parties.
Il nécessite le module python lycée :

```
from lycée import *
2x = demande(" entrer la valeur de x ")   ## Instructions d'entrée
y = 3*(x+2)**2                            ## Traitement
print(" f(x) = ", y)                      ## Instructions de sortie
```

On peut aussi définir une fonction puis l'appeler dans le programme principal. Cela permet de structurer des programmes « compliqués » constitués de plus de 100 lignes de code en petits « sous programmes » plus faciles à écrire et à gérer (*cf. fiches 21 et 29*)

3 $\sqrt{a}$ existe si et seulement si $a \geqslant 0$ (*cf. fiche 3*). Donc $\sqrt{2x-1}$ existe si et seulement si $2x - 1 \geqslant 0$. On résout l'inéquation associée pour trouver les valeurs de x correspondantes (*cf. fiche 10*).

$\sqrt{2x-1}$ existe si et seulement si $2x - 1 \geqslant 0$

soit si $2x \geqslant 1$

et $x \geq \dfrac{1}{2}$ ($\div 2$)

$\mathscr{D}_f = \left[\dfrac{1}{2} ; +\infty\right[$

Déterminer graphiquement image et antécédents éventuels

Fiche 14

Maths

Notes

LE COURS

Courbe représentative d'une fonction f dans un repère $(O\,;\vec{i},\vec{j})$ du plan

Le plan est muni d'un repère $(O\,;\vec{i},\vec{j})$. Soit f une fonction définie sur $\mathcal{D}_f$. L'ensemble des points $M(x\,;f(x))$ pour $x \in \mathcal{D}_f$ est la courbe représentative de f, notée $\mathcal{C}_f$.

$M(x\,;y) \in \mathcal{C}_f$ si, et seulement si, $x \in \mathcal{D}_f$ et $y = f(x)$.

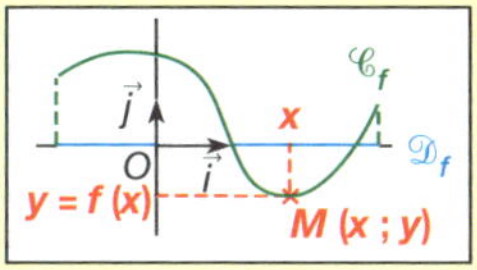

EXERCICES TYPES CORRIGÉS

EXERCICE 1 Soit f définie sur $\mathbb{R}$ par $f(x) = x^3 - 8x$.

1. Le point $A(0\,;2)$ est-il sur la courbe représentative de f ?
2. a. Remplir le tableau de valeurs suivant :

x	-3	-2	-1	0	1	2	3
$f(x)$							

b. Peut-on construire la courbe représentative de f sur $[-3\,;3]$?

EXERCICE 2 On donne ci-contre la représentation graphique d'une fonction f.

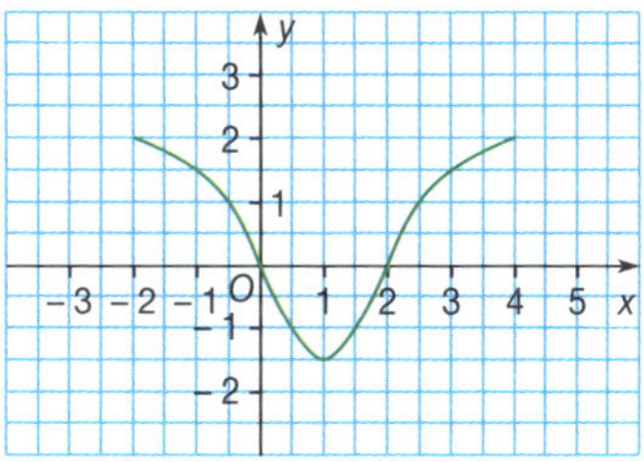

1. Lire l'ensemble de définition de f, $\mathcal{D}_f$.
2. Lire l'image de 4 par f.
3. Lire les antécédents éventuels de 1 par f.
4. Lire $f(0)$.

Corrigé

1 **1.** Pour cela, on calcule l'image de $x_A = 0$ par f (*cf. fiche 13*) :
$f(0) = 0^3 - 8 \times 0 = 0$.
Ensuite, on regarde si $f(0)$ est l'ordonnée de A ou non :
$f(0) \neq 2$, donc A n'est pas sur la courbe représentative de f.

2. a. On remplace x par -3, puis par -2... (*cf. fiche 13*) :
$f(-3) = (-3)^3 - 8 \times (-3) = -27 + 24 = -3$
$f(-2) = (-2)^3 - 8 \times (-2) = -8 + 16 = 8$...

x	-3	-2	-1	0	1	2	3
$f(x)$	**-3**	**8**	**7**	**0**	**-7**	**-8**	**3**

b. La courbe représentative de f passe par les points $B(-3\,;-3)$, $C(-2\,;8)$, $D(-1\,;7)$, $E(0\,;0)$, $F(1\,;-7)$, $G(2\,;-8)$, $H(3\,;3)$. Mais on ne sait pas comment relier les points.
On ne peut pas construire la courbe représentative de f car on ne connaît pas les variations de f (*cf. fiche 17*).
Il y a une infinité de courbes qui passent par les sept points.

2 **1.** $\mathcal{D}_f$ est l'ensemble des abscisses de tous les points de la courbe.
On lit **$\mathcal{D}_f = [-2\,;4]$.**

2. Pour lire l'image de 4 par f :
- on place 4 sur l'axe des abscisses ;
- on considère le point de la courbe qui a pour abscisse 4 ;
- on lit son ordonnée $f(4)$.

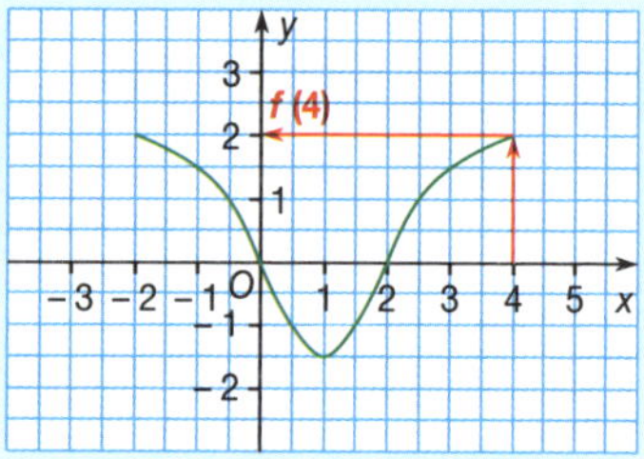

L'image de 4 par f est 2.

3. Pour déterminer les antécédents éventuels de 1 par f :
- on place 1 sur l'axe des ordonnées ;
- on trace la droite d'équation $y = 1$;
- on considère tous les points d'intersection éventuels de cette droite et de la courbe ;
- on lit les abscisses de ces points.

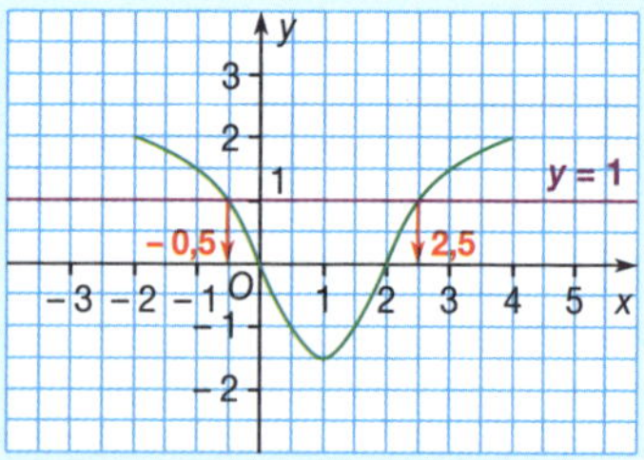

Les antécédents de 1 par f sont $-0{,}5$ et $2{,}5$.

4. $f(0)$ est l'image de 0 par f.
On lit **$f(0) = 0$.**
Ne pas confondre $f(0)$ avec les antécédents de 0 par f, qui sont 0 et 2.

Résoudre graphiquement des équations

Fiche 15

Maths

Notes

EXERCICES TYPES CORRIGÉS

EXERCICE 1 On donne ci-contre les représentations graphiques d'une fonction f, $\mathscr{C}_f$, et d'une fonction g, $\mathscr{C}_g$.

1. Résoudre graphiquement $f(x) = 2$.
2. Résoudre graphiquement $f(x) = g(x)$.
3. Résoudre graphiquement $f(x) = \frac{2}{3}x + 3$.

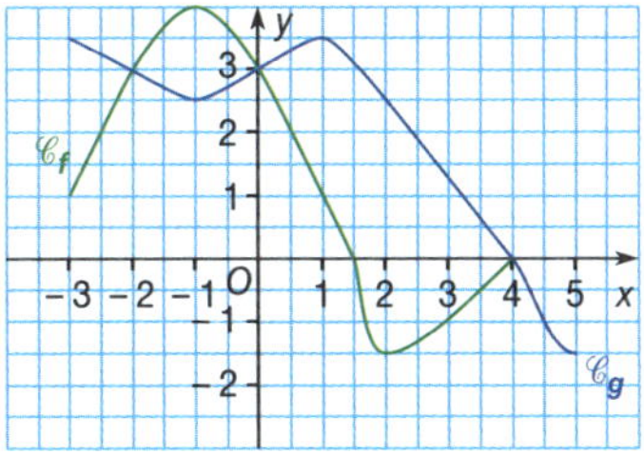

EXERCICE 2 On considère ci-contre la courbe représentative $\mathscr{C}_f$ d'une fonction f définie sur [– 4 ; 5].

1. Préciser le nombre de solutions qu'admettent ces équations :
a. $f(x) = 1$; b. $f(x) = -1$;
c. $f(x) = 3$; d. $f(x) = 6$.
2. Étudier le nombre de solutions de l'équation $f(x) = m$ selon les valeurs de m.

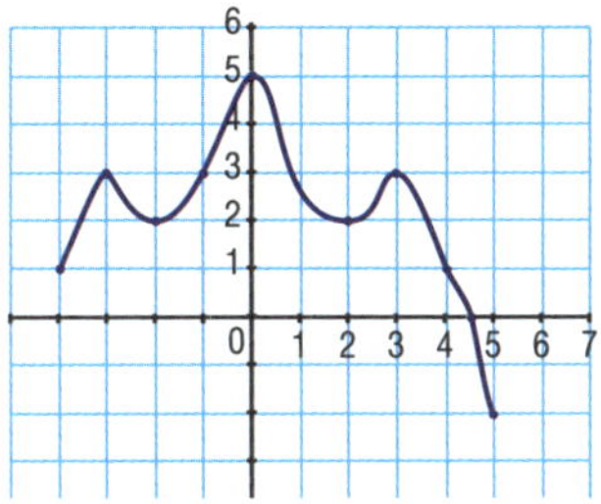

Corrigé

1 1. Cela revient à déterminer les antécédents de 2 par f (*cf. fiche 14*).
On lit $S = \{-2{,}5 ; 0{,}5\}$.

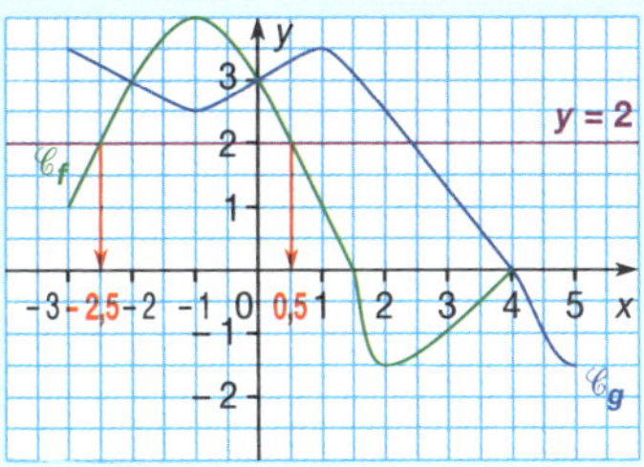

Notes

2. Pour résoudre $f(x) = g(x)$:
- on considère les points d'intersection de $\mathscr{C}_f$ et de $\mathscr{C}_g$;
- on lit les abscisses de ces points.

On lit $S = \{-2 ; 0 ; 4\}$.

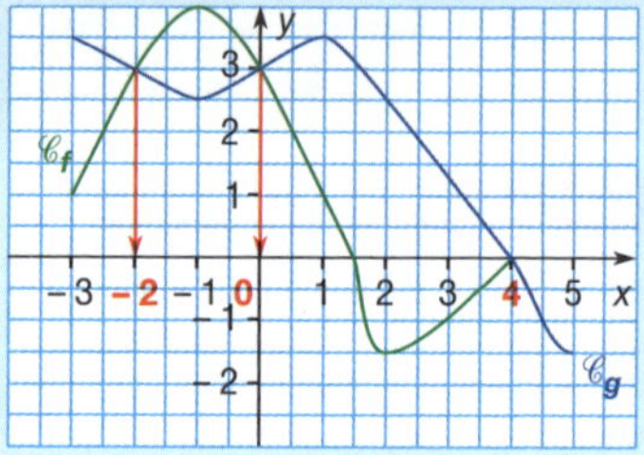

3. On se ramène au 2. en traçant la représentation graphique de la fonction affine h définie par $h(x) = \frac{2}{3}x + 3$ (elle passe par $A(-3 ; 1)$ et $B(0 ; 3)$). Le problème revient donc à résoudre $f(x) = h(x)$. On lit $S = \{-3 ; 0\}$.

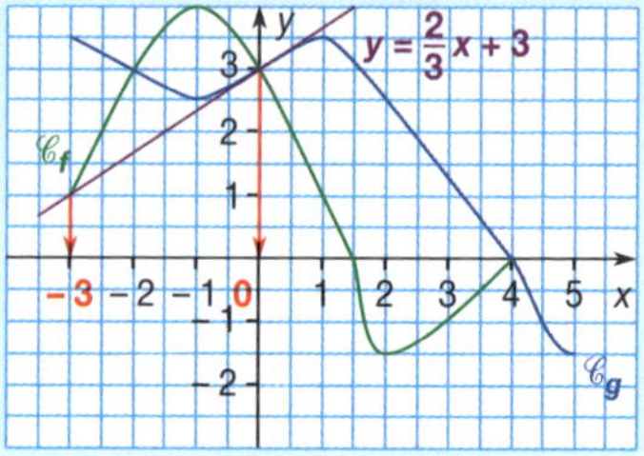

2 1. a. On compte le nombre de points d'intersection de $\mathscr{C}_f$ avec la droite d'équation $y = 1$.
L'équation $f(x) = 1$ admet 2 solutions, qui sont – 4 et 4.

b. De même, **$f(x) = -1$ admet 1 solution située dans [4 ; 5].**

c. **$f(x) = 3$ admet 4 solutions – 3, – 1, a (dans [0 ; 1]) et 3.**

d. **$f(x) = 6$ n'admet pas de solutions.**

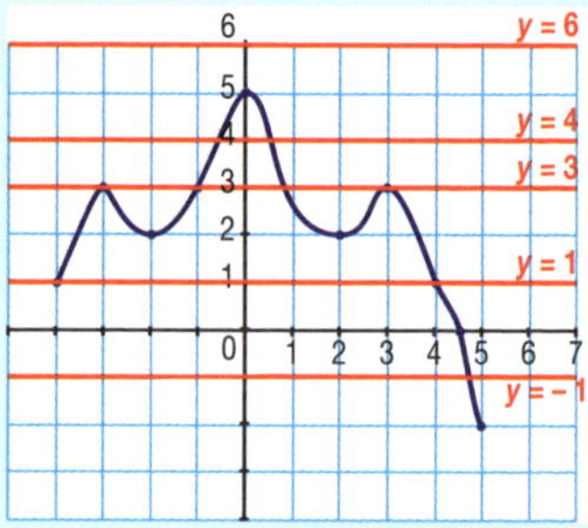

2. Le principe reste le même, sachant que la droite d'équation $y = m$ est une droite parallèle à l'axe des abscisses et passant par $A(0 ; m)$. Il suffit donc de déplacer sa règle parallèlement à l'axe des abscisses sur la figure et de compter le nombre de points d'intersection avec $\mathscr{C}_f$.

Si $m \in]-\infty ; -2[$, l'équation $f(x) = m$ n'admet pas de solution ;
si $m \in [-2 ; 1[$, l'équation $f(x) = m$ admet une seule solution ;
si $m \in [1 ; 2[$, l'équation $f(x) = m$ admet deux solutions ;
si $m = 2$, l'équation $f(x) = m$ admet quatre solutions ;
si $m \in]2 ; 3[$, l'équation $f(x) = m$ admet six solutions ;
si $m = 3$, l'équation $f(x) = m$ admet quatre solutions ;
si $m \in]3 ; 5[$, l'équation $f(x) = m$ admet deux solutions ;
si $m = 5$, l'équation $f(x) = m$ admet une seule solution ;
si $m \in]5 ; +\infty[$, l'équation $f(x) = m$ n'admet pas de solution.

Résoudre graphiquement des inéquations

EXERCICES TYPES CORRIGÉS

EXERCICE 1 On donne ci-dessous la représentation graphique d'une fonction f.

1. Résoudre $f(x) \geqslant 3$.
2. Résoudre $f(x) < 2$.

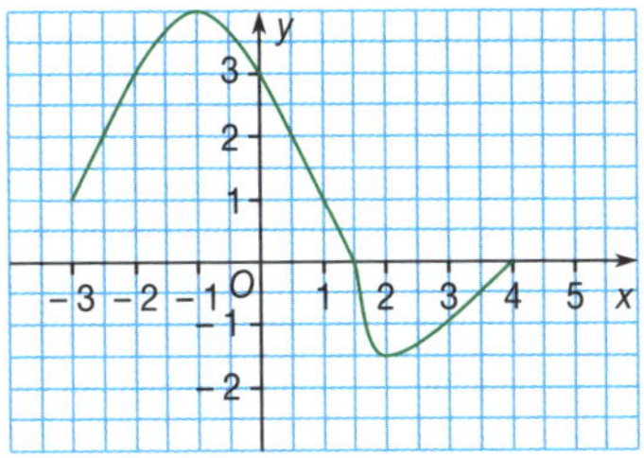

EXERCICE 2 On donne ci-contre les représentations graphiques d'une fonction f, $\mathscr{C}_f$, et d'une fonction g, $\mathscr{C}_g$.

1. Donner le signe de $f(x)$ suivant les valeurs de x.
2. Résoudre $f(x) > g(x)$.
3. Résoudre $f(x) \leqslant -\frac{2}{3}x$.

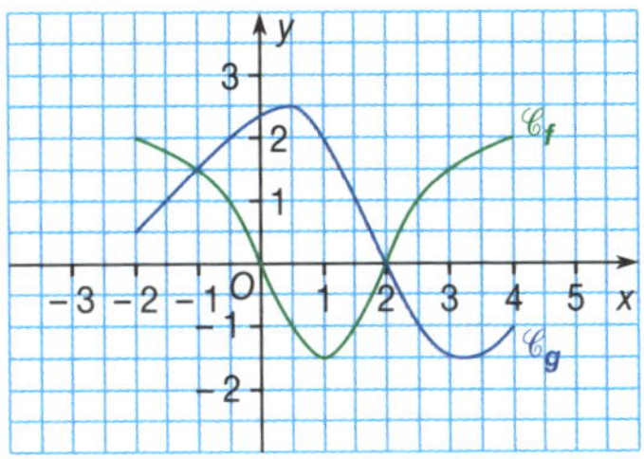

Notes

Corrigé

1 1. Pour résoudre graphiquement $f(x) \geqslant 3$:

- on place 3 sur l'axe des ordonnées ;
- on trace la droite d'équation $y = 3$;
- on considère tous les points de la courbe situés sur ou au-dessus ($\geqslant$) de cette droite ;
- on lit les abscisses de ces points.

On lit $S = [-2 ; 0]$.

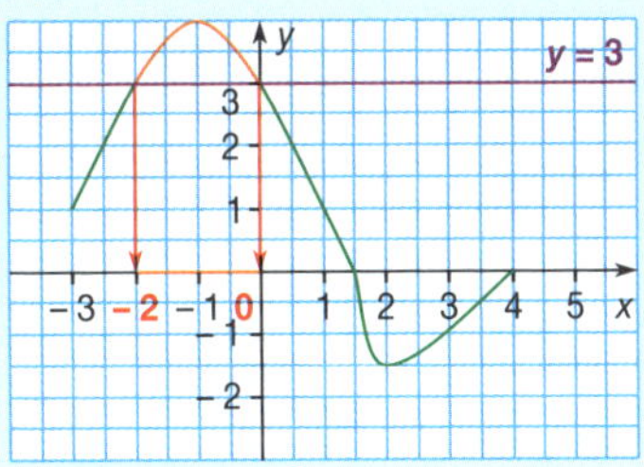

Notes

2. On lit les abscisses des points de la courbe situés en dessous strictement ($<$) de la droite d'équation $y = 2$.

On lit $\boldsymbol{S = [-3\,;-2{,}5[\, \cup\,]0{,}5\,;4]}$.

– 3 et 4 sont inclus, car les points correspondants sur la courbe sont en dessous strictement de la droite ($f(-3) = 1$ et $f(-3) < 2$) ;

– 2,5 et 0,5 sont exclus, car les points correspondants sur la courbe sont aussi sur la droite ($f(-2{,}5) = 2$ et ~~$2 < 2$~~).

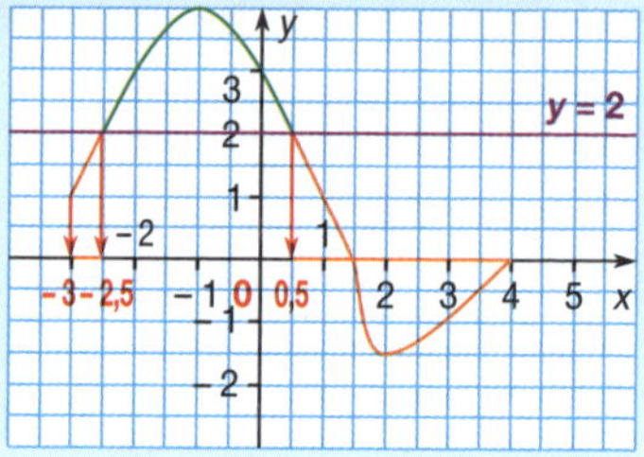

2 1. Le signe ⊕ ($f(x) > 0$) correspond graphiquement à $\mathscr{C}_f$ au-dessus strictement de (Ox) ; le signe ⊖ ($f(x) < 0$) à $\mathscr{C}_f$ en dessous strictement de (Ox). On lit :

x	– 2		0		2		4
$f(x)$		+	0	–	0	+	

2. On considère tous les points de $\mathscr{C}_f$ situés strictement au-dessus de $\mathscr{C}_g$. On lit les abscisses de ces points.

On lit $\boldsymbol{S = [-2\,;-1[\, \cup\,]2\,;4]}$.

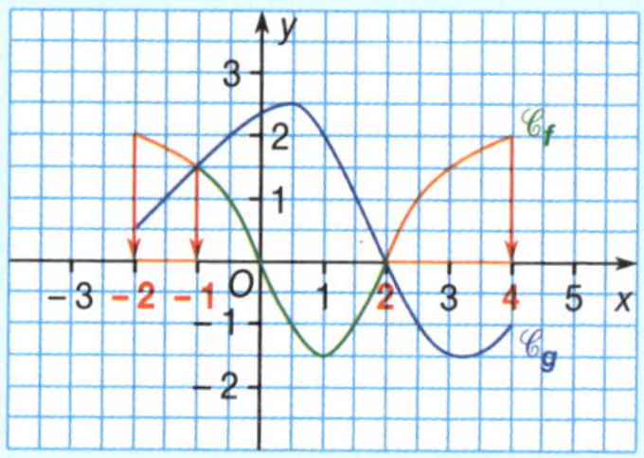

3. On trace la représentation graphique de la fonction affine h définie par $h(x) = -\dfrac{2}{3}x$ (elle passe par $O(0\,;0)$ et $A(3\,;-2)$ (*cf. fiche 22*)) ; puis on résout $f(x) \leqslant h(x)$.

On lit $\boldsymbol{S = [0\,;1{,}5]}$ (*cf.* 2.).

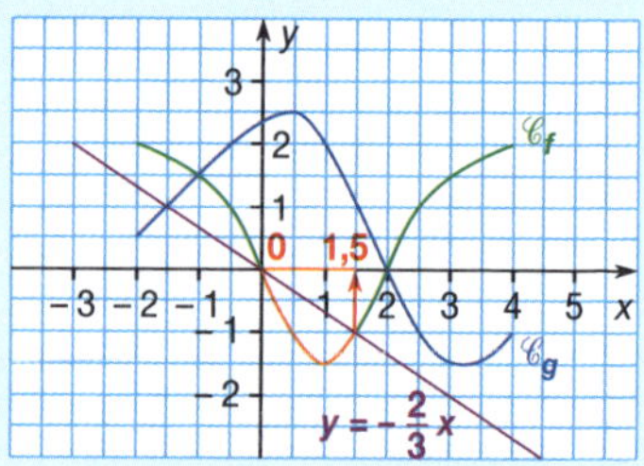

Utiliser les variations d'une fonction pour tracer une courbe

Fiche 17

Maths

Notes

LE COURS

Soit f définie sur un intervalle I de $\mathbb{R}$.

- f est **croissante** sur I signifie que, pour tout a, b de I :
  si $a \leqslant b$,
  alors $f(a) \leqslant f(b)$
  (f conserve le sens de l'inégalité).

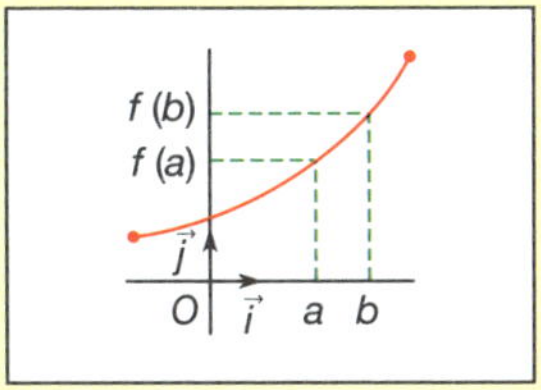

- f est **décroissante** sur I signifie que, pour tout a, b de I :
  si $a \leqslant b$,
  alors $f(a) \geqslant f(b)$
  (f change le sens de l'inégalité).

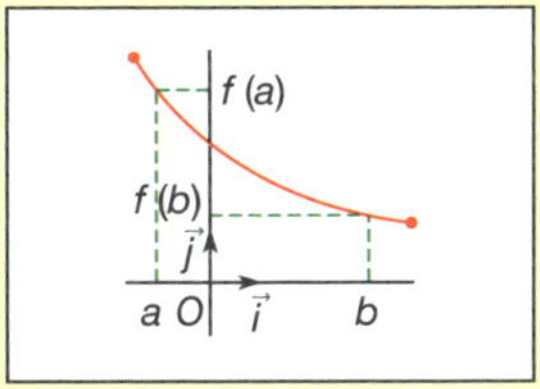

- M est **le maximum** de f sur I signifie :
  $\begin{cases} \text{il existe un réel } a \in I \text{ tel que } f(a) = M \\ \text{pour tout } x \in I,\ f(x) \leqslant M \end{cases}$
  (M est l'ordonnée du point le plus haut de la courbe).

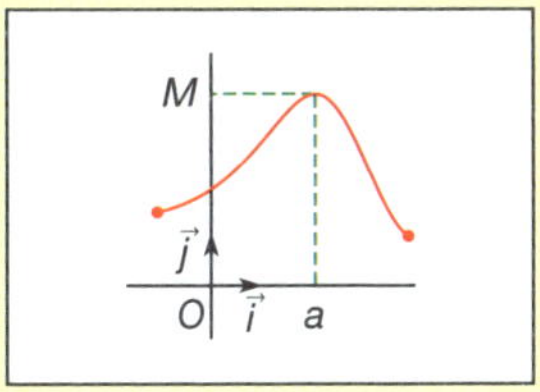

- m est **le minimum** de f sur I signifie :
  $\begin{cases} \text{il existe un réel } a \in I \text{ tel que } f(a) = m \\ \text{pour tout } x \in I,\ f(x) \geqslant m \end{cases}$
  (m est l'ordonnée du point le plus bas de la courbe).

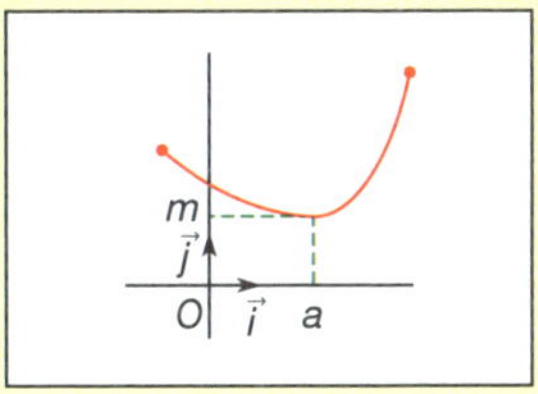

Notes

EXERCICES TYPES CORRIGÉS

EXERCICE 1 On donne ci-contre la représentation graphique d'une fonction f.
Dresser le tableau de variations de f.

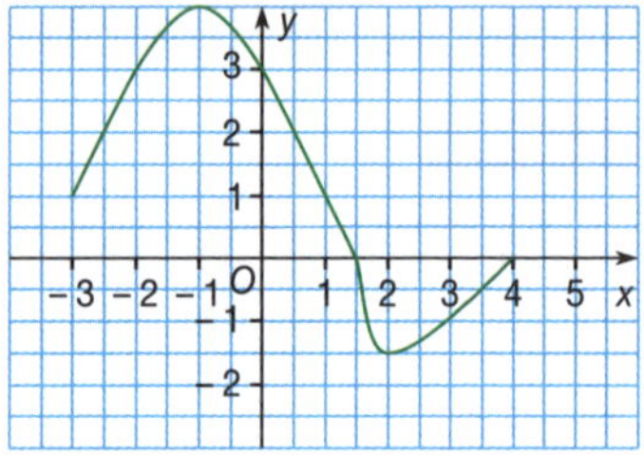

EXERCICE 2 L'étude des variations d'une fonction f a conduit au tableau de variations suivant :

1. Quels sont les extrema de f (minimum et maximum) ?
2. Tracer une courbe susceptible de représenter f.

x	– 4		– 2		4		5		6
$f(x)$	2	↗	3	↘	– 1	↗	1	↘	– 1

Corrigé

1 Sur [– 3 ; – 1] et sur [2 ; 4], f est strictement croissante (flèche qui monte dans le tableau). Sur [– 1 ; 2], f est strictement décroissante (flèche qui descend).

x	– 3		– 1		2		4
$f(x)$	1	↗	4	↘	– 1,5	↗	0

← abscisses

← ordonnées

Ne pas oublier d'écrire les ordonnées connues au bout des flèches ; ne pas oublier de vérifier la cohérence des flèches avec ces valeurs.

2 1. Le maximum de f est **3** atteint pour $x = -2$.
Le minimum de f est **– 1** atteint pour $x = 4$ et $x = 6$.

2. La courbe passe par les points $A(-4\ ;\ 2)$, $B(-2\ ;\ 3)$, $C(4\ ;\ -1)$, $D(5\ ;\ 1)$ et $E(6\ ;\ -1)$. On relie ensuite ces points en respectant les variations de f données dans le tableau :

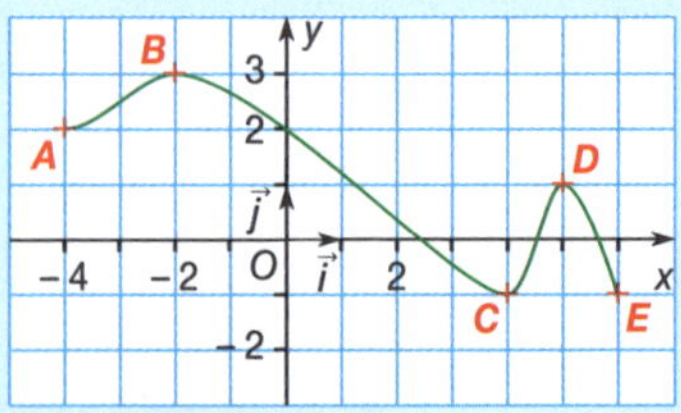

Utiliser les variations d'une fonction pour comparer deux réels

Notes

EXERCICE TYPE CORRIGÉ

On donne le tableau de variations de f définie sur $[-4 ; 7]$ ci-dessous :

x	-4	-3	-2	1	3	7
$f(x)$	1 ↘	0 ↘	-3 ↗	0 ↗	2 ↘	1

1. Comparer lorsque cela est possible et justifier :
a. $f(4)$ et $f(5)$; b. $f(0,5)$ et $f(6)$; c. $f(-3,5)$ et $f(2)$.
2. Le point $A(-2,3 ; 2)$ est-il sur la courbe représentative de f, $\mathscr{C}_f$? Justifier.
3. Donner le meilleur encadrement possible de $f(x)$ pour $x \in [1 ; 7]$. Justifier.
4. Pour chacune des propositions ci-dessous, dire si elle est vraie, fausse ou si on ne peut pas le savoir. Justifier.
a. $f(2) < 1$.
b. Il existe un réel de $[-3 ; 3]$ dont l'image est supérieure à 1.
c. Tous les réels de $[1 ; 7]$ ont une image supérieure à 1.

Corrigé

1. a. Comme on ne peut pas calculer $f(4)$ ni $f(5)$, on utilise le tableau de variations de f : on place $f(4)$ et $f(5)$ dans le tableau :

x	-4	-3	-2	1	3	4	5	7
$f(x)$	1 ↘	0 ↘	-3 ↗	0 ↗	2 ↘	$f(4)$ ↘	$f(5)$ ↘	1

Ainsi, $f(4) > f(5)$ (la fonction f est strictement décroissante sur $[3 ; 7]$).

b. On place de même $f(0,5)$ et $f(6)$ dans le tableau :

x	-4	-3	-2	$0,5$	1	3	6	7
$f(x)$	1 ↘	0 ↘	-3 ↗	$f(0,5)$ ↗	0 ↗	2 ↘	$f(6)$ ↘	1

On ne peut pas les comparer directement ($0,5$ et 6 ne sont pas situés dans un intervalle où f conserve son sens de variations). Mais le tableau de variations permet néanmoins de savoir où ils se situent.

Notes

D'après le tableau de variations, $f(0,5) \in]-3\ ;0[$ et $f(6) \in]1\ ;2[$.
Attention à l'ordre des bornes dans un intervalle (écrire ~~]2 ; 1[~~ n'a aucun sens, car $2 \nleq 1$!).
Ainsi, $\boldsymbol{f(0,5) < f(6)}$

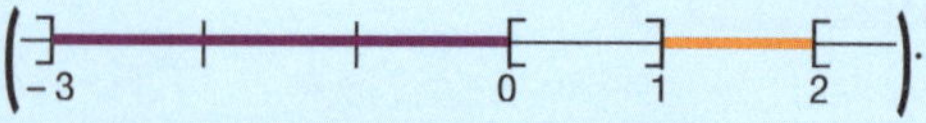

c. On place de même $f(-3,5)$ et $f(2)$ dans le tableau :

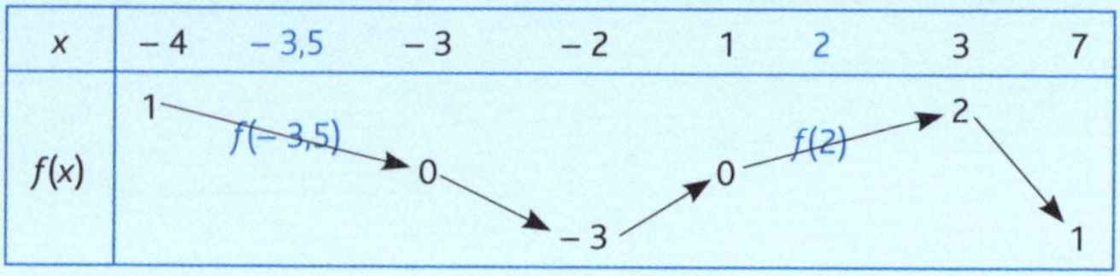

D'après le tableau de variations, $f(-3,5) \in]0\ ;1[$ et $f(2) \in]0\ ;2[$.
Ainsi, **on ne peut pas les comparer**

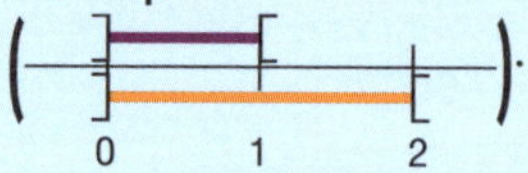

2. On traduit l'appartenance de A à $\mathscr{C}_f$ par une égalité fonctionnelle :
Le point $A(-2,3\ ;2)$ est sur $\mathscr{C}_f$ signifie $f(-2,3) = 2$ (*cf. fiche 14*).
Puis on raisonne comme précédemment avec le tableau de variations.
Or, d'après le tableau de variations, $f(-2,3) \in]-3\ ;0[$.
Comme $2 \notin]-3\ ;0[$, $\boldsymbol{f(-2,3) \neq 2}$ **et** $\boldsymbol{A \notin \mathscr{C}_f}$.

3. Pour donner le meilleur encadrement de $f(x)$ sur un intervalle I, on détermine le minimum m de f sur I, ainsi que son maximum M : alors pour tout $x \in I$, $m \leqslant f(x) \leqslant M$ (c'est le meilleur encadrement possible, car les bornes sont atteintes).
On cherche le minimum m et le maximum M de f sur $[1\ ;7]$: d'après le tableau, $m = 0$ et $M = 2$.
Ainsi, **pour tout** $\boldsymbol{x \in [1\ ;7]}$, $\boldsymbol{0 \leqslant f(x) \leqslant 2}$.

4. a. D'après le tableau, $f(2) \in]0\ ;2[$.
On ne peut donc pas savoir si $\boldsymbol{f(2) < 1}$ **ou non.**

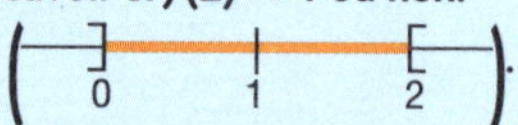

b. **Vrai :** 3 convient, car son image est 2 et $2 > 1$.
c. **Faux :** 1 qui est dans $[1\ ;7]$ a pour image 0 et $0 < 1$.

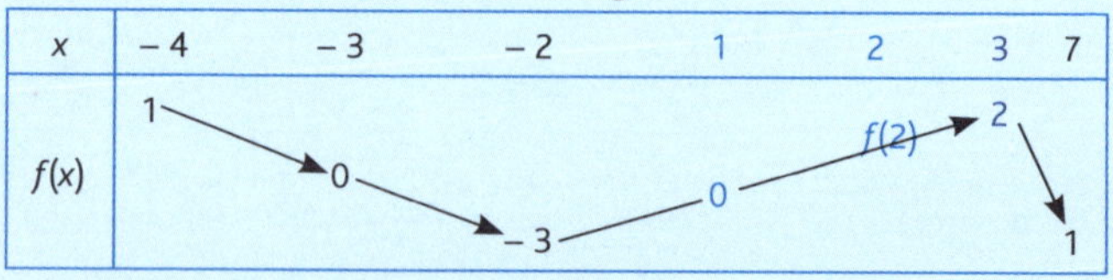

Étudier la parité d'une fonction

Fiche 19

Maths

Notes

LE COURS

Fonction paire f définie sur $\mathcal{D}_f$

f est **paire** signifie pour tout $x \in \mathcal{D}_f$,

$$\begin{cases} -x \in \mathcal{D}_f \\ f(-x) = f(x) \end{cases}$$

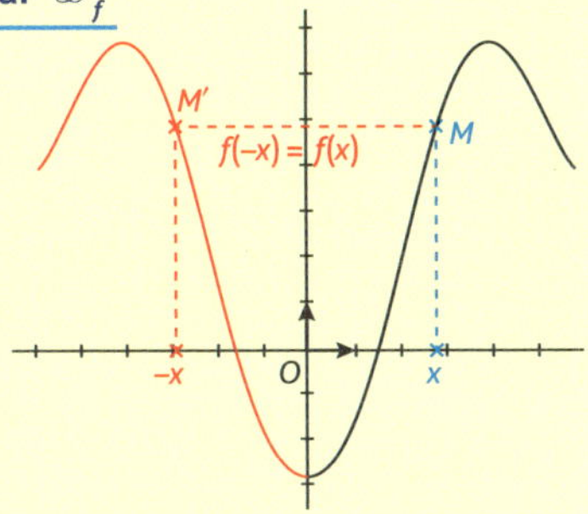

Graphiquement, la courbe représentative de f admet un axe de symétrie, l'axe des ordonnées (Oy).

Intérêt : il suffit d'étudier f pour les x positifs ; on en déduit alors la courbe représentative de f sur $\mathcal{D}_f$ par **symétrie par rapport à (Oy).**

Fonction impaire f définie sur $\mathcal{D}_f$

f est **impaire** signifie pour tout $x \in \mathcal{D}_f$,

$$\begin{cases} -x \in \mathcal{D}_f \\ f(-x) = -f(x) \end{cases} :$$

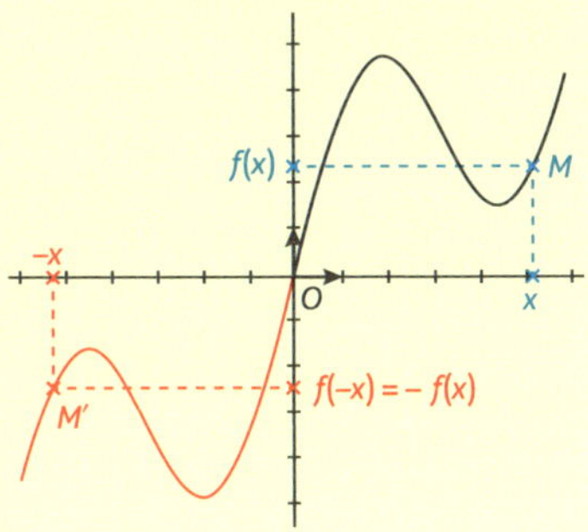

Graphiquement, la courbe représentative de f admet un centre de symétrie, l'origine O.

Intérêt : il suffit d'étudier f pour les x positifs ; on en déduit alors la courbe représentative de f sur $\mathcal{D}_f$ par **symétrie par rapport à l'origine.**

EXERCICES TYPES CORRIGÉS

EXERCICE 1 Soit f définie par $f(x) = \dfrac{4x^2 - 1}{x^2 + 1}$

1. Déterminer $\mathcal{D}_f$, ensemble de définition de f.
2. Montrer que f est paire. Que peut-on en déduire pour f ?
3. Étudier les variations de f sur $[0 ; +\infty[$.

Notes

EXERCICE 2 Soit f définie sur $\mathbb{R}$ par $f(x) = -2x^3 - 5x$. Étudier la parité.

Corrigé

1 **1.** $f(x)$ existe si et seulement si $x^2 + 1 \neq 0$.
Or pour tout réel x, $x^2 \geqslant 0$
donc $x^2 + 1 \geqslant 1 > 0$
et $x^2 + 1 \neq 0$.
Ainsi, $\mathcal{D}_f = \mathbb{R}$.

2. Pour cela, il suffit de montrer que $f(-x) = f(x)$ pour tout x.
Pour tout réel x, $-x \in \mathcal{D}_f = \mathbb{R}$ et

$$f(-x) = \frac{4(-x)^2 - 1}{(-x)^2 + 1} = \frac{4(-1)^2 x^2 - 1}{(-1)^2 x^2 + 1} \qquad \text{d'après } P_4 \text{ (\textit{cf. fiche 3})}$$

$$f(-x) = \frac{4x^2 - 1}{x^2 + 1} = f(x) \qquad (-1)^2 = 1 \text{ (règle des signes)}$$

Et **f est bien paire : il suffit d'étudier f sur $[0\,;+\infty[$**.

3. Pour étudier les variations de f sur $[0\,;+\infty[$, on procède comme à la fiche 28 :
soient $a, b \in [0\,;+\infty[$ tels que $0 \leqslant a \leqslant b$; comparons $f(a)$ et $f(b)$ en étudiant le signe de la différence d :

$$d = f(b) - f(a) = \frac{4b^2 - 1}{b^2 + 1} - \frac{4a^2 - 1}{a^2 + 1}$$

$$d = \frac{(4b^2 - 1)(a^2 + 1) - (4a^2 - 1)(b^2 + 1)}{(b^2 + 1)(a^2 + 1)} = \frac{5b^2 - 5a^2}{(b^2 + 1)(a^2 + 1)}$$

$$d = \frac{5(b^2 - a^2)}{(b^2 + 1)(a^2 + 1)} = \frac{5(b - a)(b + a)}{(b^2 + 1)(a^2 + 1)}$$

Or $a \leqslant b$ donc $b - a \geqslant 0$; de plus $a \geqslant 0$ et $b \geqslant 0$, donc $b + a \geqslant 0$.
De plus $b^2 + 1 > 0$ et $a^2 + 1 > 0$ d'après 1.
Donc par quotient $d \geqslant 0$ soit $f(b) \geqslant f(a)$ **et f est croissante sur $[0\,;+\infty[$.**
Par parité, f est décroissante sur $]-\infty\,;0]$.

2 On conjecture à l'aide de la calculatrice : la courbe semble admettre un centre de symétrie et f semble impaire. Montrons-le :

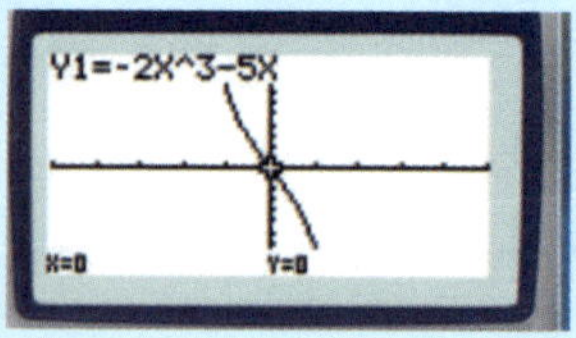

Pour tout réel x, $-x \in \mathcal{D}_f = \mathbb{R}$ et
f est croissante sur $[0\,;+\infty[$

$$f(-x) = -2(-x)^3 - 5(-x) = -2(-1)^3 x^3 + 5x = 2x^3 + 5x$$

$$\boldsymbol{-f(x) = -(-2x^3 - 5x) = 2x^3 + 5x = f(-x)}\ \textbf{: } \boldsymbol{f} \textbf{ est impaire.}$$

Utiliser la calculatrice pour remplir un tableau de valeurs ou tracer une courbe

EXERCICE TYPE CORRIGÉ

Soit f la fonction définie sur $\mathbb{R}$ par $f(x) = 3x^2 - x + 1$.

1. À l'aide de la calculatrice, remplir le tableau de valeurs suivant :

x	0	0,5	1	1,5	2
$f(x)$					

2. Faire tracer la courbe par la calculatrice sur [0 ; 2].

Corrigé

1. Pour remplir un tableau de valeurs, on utilise le tableur de la calculatrice :

Texas Instruments

• Appuyer sur la touche Y =

• Sur la ligne Y_1 =, saisir l'expression de $f(x)$, puis valider en appuyant sur la touche ENTER

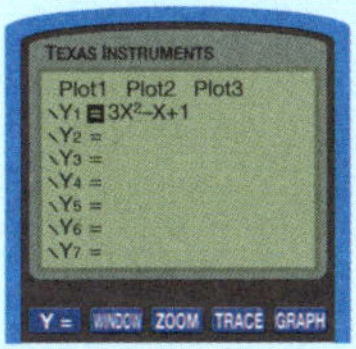

Casio

Sélectionner le menu TABLE

Sur la ligne Y_1 =, saisir l'expression de $f(x)$, puis valider en appuyant sur la touche EXE

On utilise la touche X,T pour saisir x, et x^2 ou ^ 2 pour saisir les puissances.

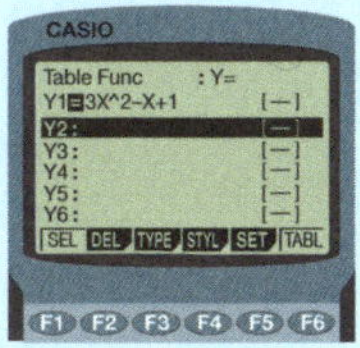

• Utiliser TBLSET pour configurer le tableau

(touche 2nd, puis WINDOW)

Utiliser RANG ou SET (touches F3, F4 ou F5) pour configurer le tableau

Valider à chaque étape en appuyant sur les touches ENTER ou EXE.

ΔTbl ou Pitch/Step correspond au pas dans le tableau (différence entre deux valeurs consécutives de x).

Notes

Notes

• Utiliser TABLE pour obtenir le tableau (touche 2nd, puis GRAPH)

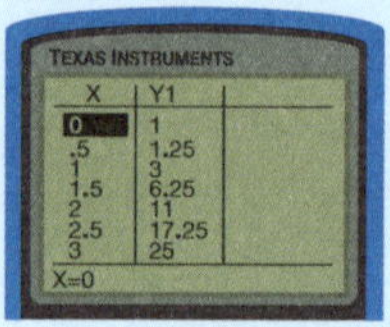

Utiliser TABLE (touches F4, F6) pour obtenir le tableau

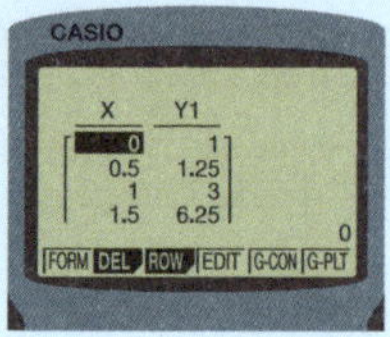

La colonne Y_1 donne les images $f(x)$.
$f(1) = 3$.
Pour se déplacer dans le tableau, on utilise les touches de direction.

En choisissant un pas égal à 0,5 et en commençant à $x = 0$, on obtient le tableau suivant :

x	0	0,5	1	1,5	2
$f(x)$	**1**	**1,25**	**3**	**6,25**	**11**

2. Pour tracer une courbe à l'aide de la calculatrice, on utilise le mode GRAPH ou TRACE (TRACE permet d'obtenir les coordonnées des points en se déplaçant sur la courbe avec les touches de direction).

• Saisir l'expression de $f(x)$ comme au paragraphe précédent

Sélectionner le menu GRAPH, puis saisir l'expression de $f(x)$ comme au **1.**

• Utiliser WINDOW pour changer la fenêtre graphique

Utiliser V-WINDOW pour changer la fenêtre (touche SHIFT, puis F3)

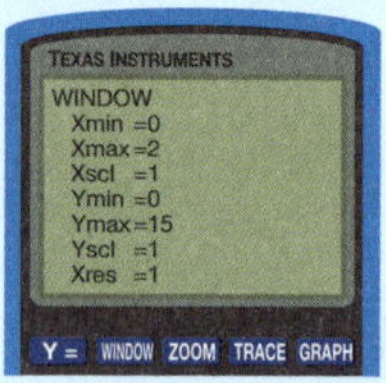

Une graduation sur (Ox)/(Oy) correspond à Xscl/Yscl.

Selon les modèles, il faut parfois utiliser les touches de direction pour saisir Ymin, Ymax et Yscale.

On utilise le tableau de valeurs pour déterminer Ymin et Ymax.

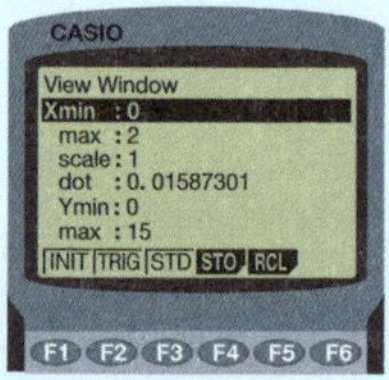

• Appuyer sur la touche GRAPH

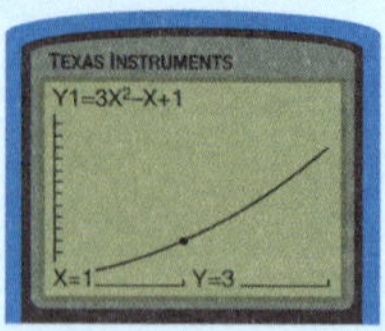

Appuyer sur la touche DRAW

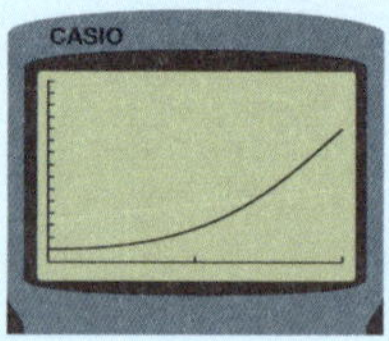

f semble être croissante sur [0 ; 2].

Malgré l'impression donnée par la calculatrice, f n'est pas croissante sur [0 ; 2] : $f(0{,}1) = 0{,}93$ et $f(0) > f(0{,}1)$. Il suffit d'utiliser la touche ZOOM (*cf. fiche 21*) pour s'en convaincre.

Utiliser la calculatrice pour conjecturer, vérifier et s'interroger

Fiche 21

Notes

EXERCICE TYPE CORRIGÉ

Lorsqu'il y a une multitude de lièvres, les renards sont bien nourris et leur population augmente. Lorsque les renards sont devenus nombreux, ils mangent trop de lièvres et la population de lièvres est rapidement décimée. Les renards n'ayant plus alors à manger, leur population diminue à son tour… On a établi que, sur une période allant de $t = 0$ à $t = 20$ ans, la population de renards est donnée par :

$$f(t) = 2t^2 - 48t + 293.$$

1. À l'aide de la calculatrice, donner le minimum de f sur $[0\ ;\ 20]$ et pour quelle valeur a de t il est atteint.

2. Montrer que, pour tout $t \in [0\ ;\ 20]$, $f(t) = 2(t - a)^2 + 5$.

3. Les chasseurs estiment que, s'il y a moins de 5 renards dans la région, ils ne peuvent plus se reproduire et disparaissent totalement de la région.
Quand les renards disparaissent-ils de la région ? Justifier.

Corrigé

1. On cherche d'abord à déterminer un minorant b et un majorant c de f pour choisir la bonne fenêtre graphique : soit l'énoncé permet de trouver b et c facilement, soit on remplit un tableau de valeurs avec la calculatrice.
Ici, on peut choisir $b = 0$ et $c = 300$.
Ensuite, on fait tracer la courbe en mode TRACE (*cf. fiche 20*).
Pour cela, on utilise comme fenêtre graphique :
$x_{min} = 0\ ;\ x_{max} = 20\ ;\ x_{scl} = 1$ et $y_{min} = 0\ ;\ y_{max} = 300\ ;\ y_{scl} = 50$.

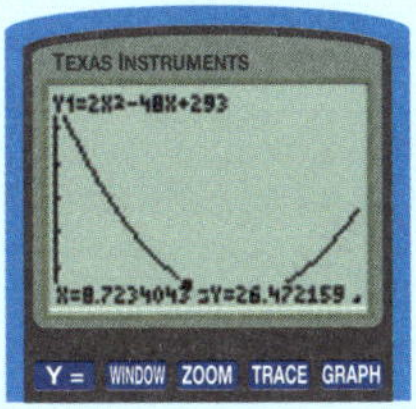

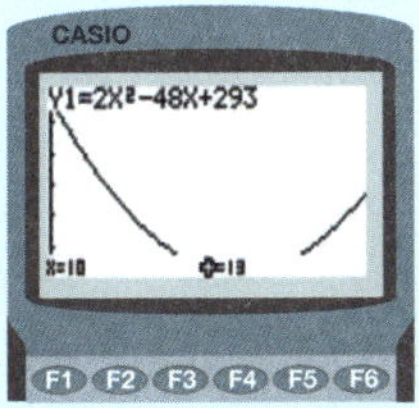

Pour faciliter la recherche de a, on utilise la fonctionnalité ZOOM, puis Zbox (ou box) : cela permet, en utilisant le curseur, de définir un rectangle correspondant à la zone à agrandir (on définit avec la touche ENTER ou EXE le coin en haut à gauche et en bas à droite).

Notes

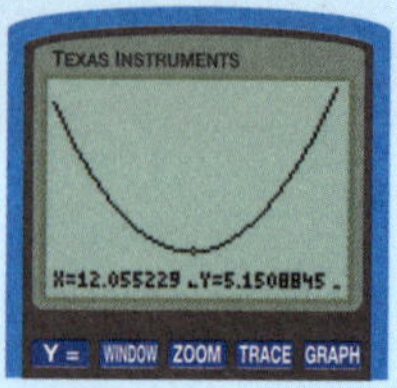

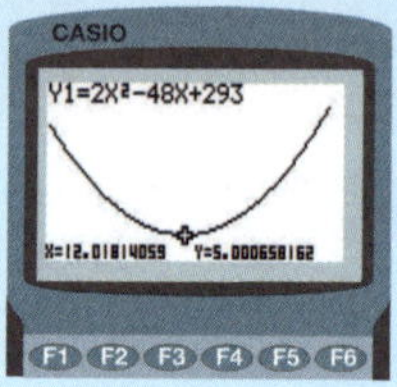

Sur [0 ; 20], f semble atteindre un minimum m = 5 pour a = 12.

2. On développe $2(t-12)^2+5$ pour trouver $f(t)$ (*cf. fiche 5*).
On a $2(t-12)^2+5 = 2(t^2-24t+144)+5 = 2t^2-48t+288+5$,
soit $\mathbf{2(t-12)^2+5 = f(t)}$.

3. On peut conjecturer la réponse à l'aide de la question **1.** En effet, d'après ce qui précède, le minimum de f sur [0 ; 20] semble être 5, ce qui signifierait que, pour tout t de [0 ; 20], $f(t) \geqslant 5$ et que donc les renards ne disparaissent pas de la région. Montrons ce résultat :

Pour répondre à cette question, comparons d'abord $f(t)$ et 5 en étudiant le signe de leur différence d : pour tout $t \in [0\,;20]$, on a :
$d = f(t)-5 = 2(t-12)^2 + \not{5} - \not{5}$.
On choisit cette forme de $f(t)$, car les « 5 » s'éliminent ; sinon, on aurait eu $d = 2t^2-48t+288$, qu'il aurait fallu factoriser pour en déterminer le signe.
Soit $d = 2(t-12)^2$.
Or un carré est toujours positif ou nul, donc
$2(t-12)^2 \geqslant 0$, soit $f(t)-5 \geqslant 0$ et $\mathbf{f(t) \geqslant 5}$ **pour tout $t \in [0\,;20]$**.
De plus $\mathbf{f(12)} = 2(\not{12}-\not{12})^2+5 \mathbf{= 5}$.
Ainsi, **5 est bien le minimum de f sur [0 ; 20]**.
Attention, ce *n'*est pas parce que $f(t) \geqslant 5$ pour tout $t \in [0\,;20]$ que 5 est le minimum de f sur [0 ; 20] (*cf. fiche 61*).

Comme le nombre de renards est donné par $f(t)$, cela montre bien qu'il y aura toujours au moins 5 renards dans la région et qu'ils ne peuvent donc pas disparaître.

On aurait pu aussi déterminer le minimum en raisonnant par balayage à l'aide du programme Python ci-dessous :

```
def(x) :
        y = 2 * x**2 – 48 * x + 293
        return( y ) ## on définit la fonction f(x) en amont pour
                    avoir un programme plus lisible
x = 0
minimum = f(0)
pas = 0.1
while x <=20 :
        if f(x) < minimum :
                minimum = f(x) ## si f(x) < minimum, alors f(x)
                               est un « meilleur » minimum et on
                               remplace minimum par f(x)
        x = x + pas
print(minimum)
```

Reconnaître une fonction affine et tracer sa représentation graphique

Fiche 22

Maths

Notes

LE COURS

Soient $a, b \in \mathbb{R}$.

- Une fonction affine est une fonction f définie sur $\mathbb{R}$ par une expression du type $f(x) = ax + b$.

- La représentation graphique de la fonction affine définie par $f(x) = ax + b$ est la droite d'équation $y = ax + b$.
Réciproquement, toute droite non parallèle à l'axe (Oy) est la représentation graphique d'une fonction affine.

- **Interprétation graphique de *a* et de *b***

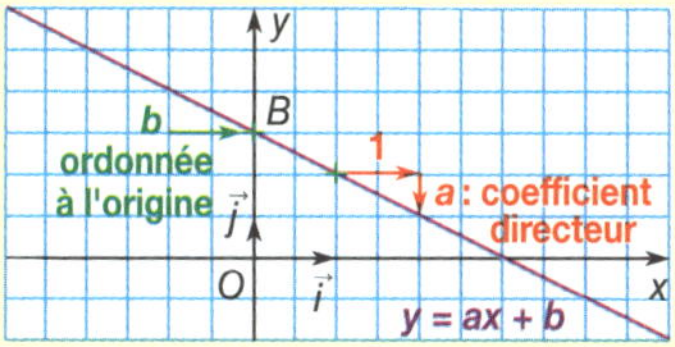

EXERCICE TYPE CORRIGÉ

Indiquer si les fonctions suivantes sont affines et, si oui, tracer leurs représentations graphiques :

$f : x \mapsto 2 - 3x$; $g : x \mapsto 4x^2 - 1$; $h : x \mapsto \frac{1}{3}x + \frac{2}{3}$.

Corrigé

Seules f et h sont des fonctions affines (g est définie par une expression de la forme $g(x) = ax^2 + b$).

Leurs représentations graphiques respectives sont les droites (d) d'équation $y = 2 - 3x$ et (Δ) d'équation $y = \frac{1}{3}x + \frac{2}{3}$.

Notes

Pour tracer une droite, il y a deux méthodes :

- soit on utilise l'interprétation graphique de a et de b (lorsque a et b sont des entiers) ;
- soit on remplit un tableau de valeurs pour obtenir des points à coordonnées entières.

On utilise la 1re méthode pour tracer la droite (d) d'équation $y = 2 - 3x$ ($a = -3$ et $b = 2$) :

On place le point $B(0 ; 2)$.

Puis comme $a = -3$, partant de B, on se décale d'une unité vers la droite selon l'axe (Ox), et on descend ($a < 0$) de 3 unités selon l'axe (Oy) : on obtient ainsi un nouveau point de la droite.

Afin d'obtenir un tracé le plus précis possible, on réitère généralement le procédé.

Attention à bien respecter les unités selon les axes.

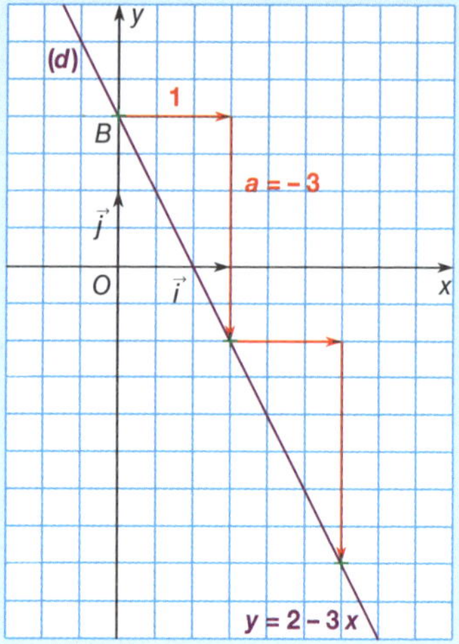

On utilise la 2de méthode pour tracer la droite (Δ) d'équation $y = \frac{1}{3}x + \frac{2}{3}$ $\left(a = \frac{1}{3} \text{ et } b = \frac{2}{3}\right)$:

À l'aide du tableur de la calculatrice (*cf. fiche 20*), on obtient le tableau de valeurs suivant (prendre X_{start} ou TBLSTART égal à – 5 avec un pas égal à 1) :

x	– 5	– 4	– 3	– 2	– 1	0	1	2	3	4
$y = \frac{1}{3}x + \frac{2}{3}$	– 1	≈ – 0,6	≈ – 0,3	0	≈ 0,3	≈ 0,6	1	≈ 1,3	≈ 1,6	2

Deux points suffisent pour tracer une droite : on ne garde donc que deux valeurs de x que l'on choisit pour avoir des y entiers.

x	– 2	4
y	0	2

(Δ) passe par les points $A(-2 ; 0)$ et $B(4 ; 2)$.

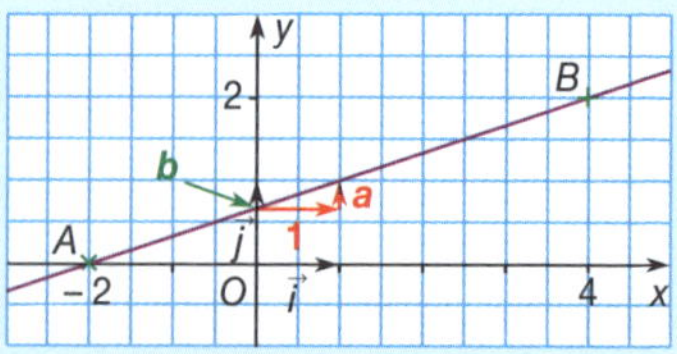

On vérifie bien par lecture que $b \in [0 ; 1]$ et que $a \in [0 ; 1]$.

Déterminer une fonction affine

Notes

LE COURS

Caractérisation d'une fonction affine

f est une fonction affine si, et seulement si, l'accroissement Δy de l'image est proportionnel à l'accroissement Δx de la variable.

Plus précisément, f est affine si, et seulement si :

$$\frac{\Delta y}{\Delta x} = \frac{f(x_2) - f(x_1)}{x_2 - x_1} = a \qquad (x_1 \neq x_2).$$

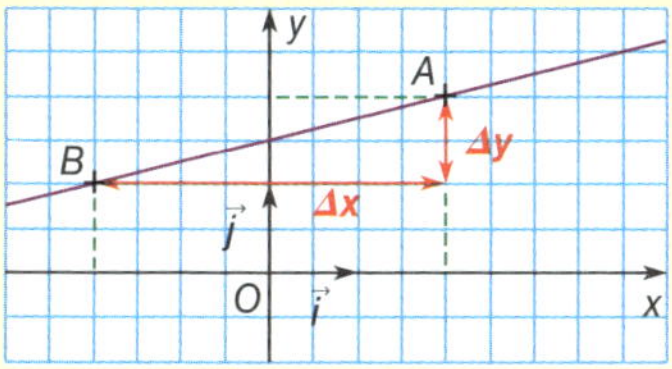

$$a = \frac{\Delta y}{\Delta x} = \frac{y_B - y_A}{x_B - x_A}$$

EXERCICE TYPE CORRIGÉ

Déterminer les fonctions f_1, f_2, f_3 et f_4 dont les représentations graphiques respectives sont les droites (d_1), (d_2), (d_3) et (d_4) données ci-dessous :

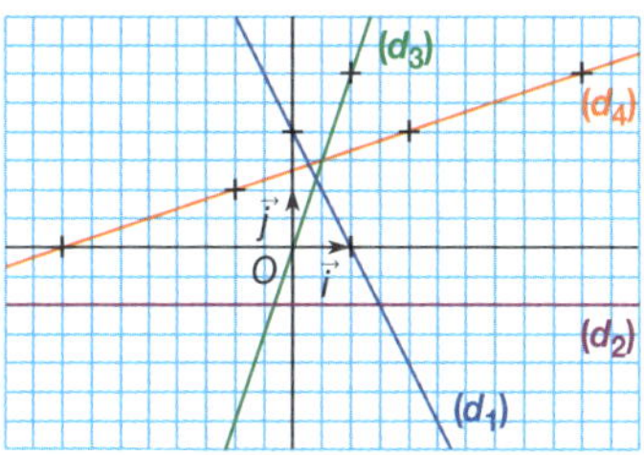

Corrigé

f_1, f_2, f_3 et f_4, étant représentées par des droites, sont des fonctions affines.

Déterminer une fonction affine f, c'est déterminer a et b tels que $f(x) = ax + b$. Deux méthodes sont possibles.

Notes

1re méthode : utilisation de l'interprétation graphique de a et b

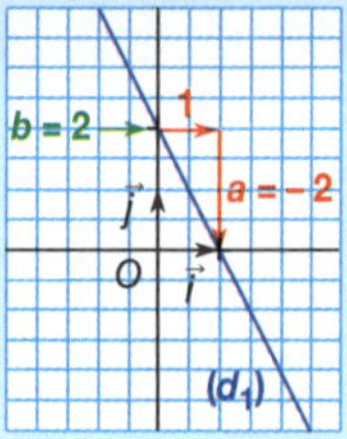

On lit $\begin{cases} b = 2 \\ a = -2 \end{cases}$ (*cf. fiche 22*)

f_1 est la fonction affine définie par $f_1(x) = -2x + 2$.

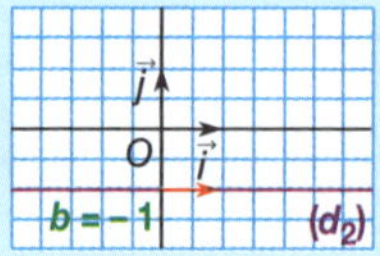

On lit $\begin{cases} b = -1 \\ a = 0 \end{cases}$ (droite horizontale)

f_2 est la fonction affine définie par $f_2(x) = -1$.

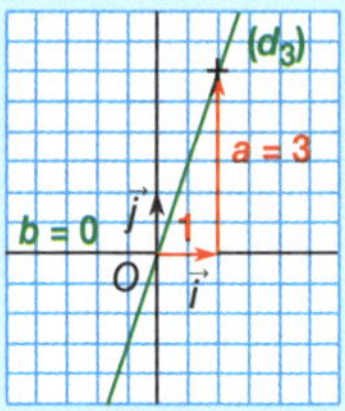

On lit $\begin{cases} b = 0 \\ a = 3 \end{cases}$

f_3 est la fonction affine définie par $f_3(x) = 3x$.

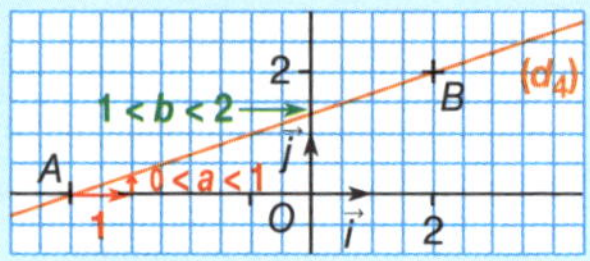

Ici, $a, b \notin \mathbb{Z}$.

On lit $a \in [0 ; 1]$ et $b \in [1 ; 2]$.

Pour déterminer f_4, on utilise la 2de méthode.

2de méthode : utilisation de la propriété de caractérisation

(d_4) passe par $A(-4 ; 0)$ et $B(2 ; 2)$.

On calcule a à l'aide de la formule $a = \dfrac{\Delta y}{\Delta x}$.

On a $a = \dfrac{y_B - y_A}{x_B - x_A} = \dfrac{2 - 0}{2 - (-4)} = \dfrac{2}{6} = \dfrac{1}{3}$ (ce qui est cohérent avec la lecture).

On cherche donc b tel que $f_4(x) = \dfrac{1}{3}x + b$.

On calcule b en utilisant un point de la droite.

Or $A(-4 ; 0) \in (d_4)$ donc $f_4(-4) = 0$ (d_4 est $\mathscr{C}_{f_4}$: *cf. fiche 14*).

Ainsi, b est tel que $\dfrac{1}{3} \times (-4) + b = 0$, soit $b = \dfrac{4}{3}$ (ce qui est cohérent avec la lecture).

f_4 est donc la fonction affine définie par $f_4(x) = \dfrac{1}{3}x + \dfrac{4}{3}$.

On vérifie les calculs en utilisant le point $B(2 ; 2)$ $\left(f_4(2) = \dfrac{1}{3} \times 2 + \dfrac{4}{3} = \dfrac{6}{3} = 2\right)$ et en s'assurant de la cohérence des résultats avec la lecture de a et b.

Utiliser la fonction affine pour encadrer ou résoudre des inéquations

Fiche 24

Maths

Notes

LE COURS

Variations de $x \mapsto ax + b$ ($a \in \mathbb{R}^*$, $b \in \mathbb{R}$)

Si $a > 0$

x	$-\infty$	$+\infty$
$ax + b$	↗	

Si $a < 0$

x	$-\infty$	$+\infty$
$ax + b$	↘	

EXERCICES TYPES CORRIGÉS

EXERCICE 1 Soient a, b réels tels que $a \leqslant b$. Comparer $-2a + 3$ et $-2b + 3$.

EXERCICE 2 On considère l'algorithme suivant qui permet de définir une fonction f sur $[-3\,;5]$.

```
Instructions d'entrée : saisir la valeur de x comprise dans [– 3 ; 5], la stocker
dans la variable correspondante
Traitement :
  si x ⩽ 1
     calculer la valeur – 2x – 1 et la stocker dans la variable y
  sinon,
     si x ⩽ 2
        alors calculer la valeur x – 4 et la stocker dans y
     sinon
        calculer la valeur 3x – 8 et la stocker dans y
     Fin si
  Fin si
  Instructions de sortie : afficher y
```

1. Écrire le script Python correspondant.
2. Exprimer $f(x)$ en fonction de x.
3. Tracer la représentation graphique de f et résoudre $f(x) \leqslant 1$.

Corrigé

1 Le plus simple consiste à utiliser les variations de la fonction f : $x \mapsto -2x + 3$. Comme le coefficient directeur est négatif, f est décroissante : si $a \leqslant b$, alors $f(a) \geqslant f(b)$ (*cf. fiche 17*).
La fonction $x \mapsto -2x + 3$ est strictement décroissante : donc, comme $a \leqslant b$, $\mathbf{-2a + 3 \geqslant -2b + 3}$.

Notes

2 **1.** Le script ci-dessous nécessite le module Python lycée :

```
from lycée import *
x = demande ("entrer une valeur comprise entre −3 et 5 ")
if x <=1 :
        y = −2 * x − 1
elif x <=2 :
        y = x − 4
else :
        y = 3 * x − 8
print(y)
```

2. Pour interpréter cet algorithme, il suffit de l'appliquer à quelques valeurs de x :

si $x = -2$, alors on calcule $-2 \times (-2) - 1 = 3$ $(-2 \leqslant 1)$: $f(-2) = 3$;
si $x = 0$, alors on calcule $-2 \times 0 - 1 = -1$ $(0 \leqslant 1)$: $f(0) = -1$;
si $x = 2$, alors on calcule $2 - 4 = -2$ $(2 \leqslant 2)$: $f(2) = -2$;
si $x = 4$, alors on calcule $3 \times 4 - 8 = 4$ $(4 \nleqslant 2)$: $f(4) = 4$.

Ainsi, l'expression de $f(x)$ dépend de l'appartenance de x aux trois intervalles suivants : $[-3 ; 1]$ $(x \leqslant 1)$, $]1 ; 2]$$(x \leqslant 2)$ et $]2 ; 5]$ (sinon).

Si $x \in [-3 ; 1]$, alors $f(x) = -2x - 1$;
si $x \in]1 ; 2]$, alors $f(x) = x - 4$;
si $x \in]2 ; 5]$, alors $f(x) = 3x - 8$.

***f* est une fonction affine par morceaux : elle est représentée par des segments de droite.**

3. Le plus simple consiste à calculer les coordonnées des points correspondant aux bornes de chaque intervalle ; puis à tracer les trois segments $[AB]$ ($\mathscr{C}_f$ sur **$[-3 ; 1]$**), $[CD]$ (sur **$]1 ; 2]$**), $[EF]$ (sur **$]2 ; 5]$**) (*cf. fiche 22*).

On a $A(-3 ; 5)$, $B(1 ; -3)$, $C(1 ; -3)$, $D(2 ; -2)$, $E(2 ; -2)$ et $F(5 ; 7)$ (*cf. fiches 14 et 22*).

$S = [-1 ; 3]$ (*cf.* fiche 16).

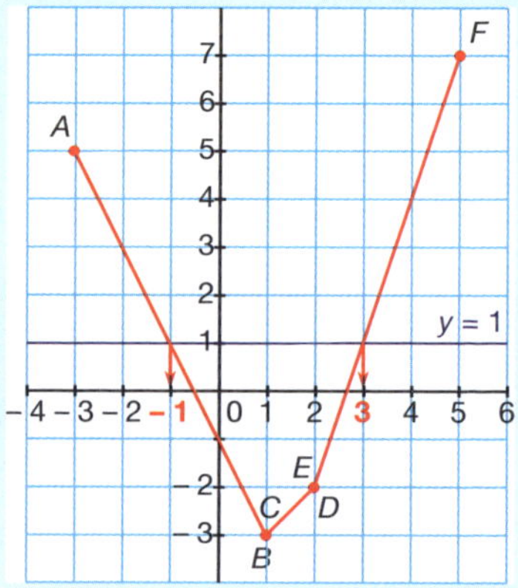

Utiliser la fonction carré pour encadrer ou résoudre des inéquations

LE COURS

La fonction carré est la fonction f définie sur $\mathbb{R}$ par $f(x) = x^2$.

Variations de la fonction carré

x	$-\infty$	0	$+\infty$
x^2	↘	0	↗

Représentation graphique de la fonction carré

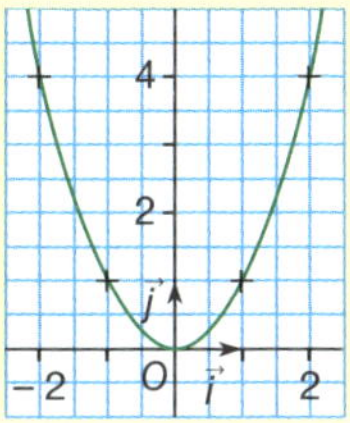

La représentation graphique de $x \mapsto x^2$ est une parabole de sommet O.

Cette courbe est symétrique par rapport à (Oy) : la fonction carré est paire (*cf. fiche 19*).

La représentation graphique n'est pas une droite : la fonction carré n'est pas affine.

Notes

EXERCICES TYPES CORRIGÉS

EXERCICE 1 **a.** Encadrer x^2 sachant que $x \in]-4\,;3]$. Justifier.

b. En déduire un encadrement de $4 - 5x^2$ si $x \in]-4\,;3]$.

EXERCICE 2 Résoudre, dans $\mathbb{R}$:

a. $x^2 \leqslant 4$; **b.** $-4x^2 < -9$.

Corrigé

1 **a.** Encadrer revient à comparer plusieurs réels. Pour encadrer x^2, il suffit donc d'utiliser les variations de $x \mapsto x^2$ sur $]-4\,;3]$ (*cf. fiche 18*).

On connaît les variations de $x \mapsto x^2$ sur $]-4\,;3]$:

le minimum est 0 (atteint pour $x = 0$) ;

le maximum est 16 (atteint pour $x = -4$).

x	-4	0	3
x^2	16 ↘	0	↗ 9

Notes

Comme $-4 \notin]-4\ ;\ 3]$, x^2 ne peut être égal à 16.

Ainsi, **pour tout $x \in]-4\ ;\ 3]$, $0 \leqslant x^2 < 16$.**

De façon générale, pour encadrer $f(x)$ si $x \in I$ (intervalle de $\mathbb{R}$), on peut :

- utiliser les variations de f et déterminer le minimum m et le maximum M de f sur I : alors $m \leqslant f(x) \leqslant M$ pour $x \in I$ (*cf. fiche 18*) ;

ou

- étudier le signe d'une différence si le majorant (minorant) est donné et conclure : si $f(x) - M \leqslant 0$ ($f(x) - m \geqslant 0$) pour $x \in I$, alors $f(x) \leqslant M$ ($f(x) \geqslant m$).

b. On utilise les règles sur les inégalités en suivant les priorités opératoires (*cf. fiche 9*) :

Comme $x \in]-4\ ;\ 3]$, $0 \leqslant x^2 < 16$ d'après **a.**

$\times(-5) < 0$: $0 \geqslant -5x^2 > -80$

$+4$: Ainsi si $x \in]-4\ ;\ 3]$, $\mathbf{4 \geqslant 4 - 5x^2 > -76}$

2 Pour résoudre des inéquations comportant uniquement « x^2 », on peut raisonner graphiquement en utilisant la courbe représentative de $x \mapsto x^2$: c'est plus rapide qu'avec les tableaux de signes (*cf. fiche 11*).

a. $x^2 \leqslant 4$

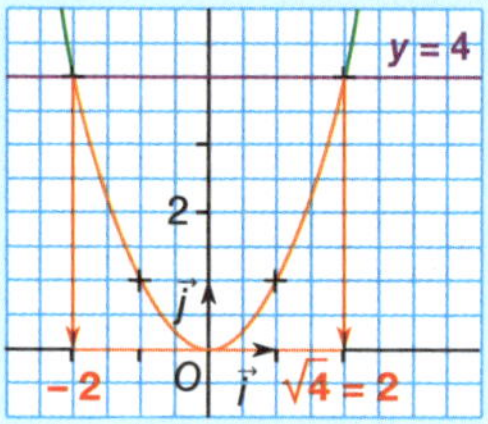

Les abscisses des points d'intersection de la courbe et de la droite d'équation $y = a$ ($a > 0$) sont les solutions de l'équation $x^2 = a$: ce sont donc $\sqrt{a}$ et $-\sqrt{a}$.

$\mathbf{S = [-2\ ;\ 2]}$.

b. On se ramène d'abord à une inégalité du type $x^2 < a$ ($x^2 \geqslant a$).

$-4x^2 < -9$

$\div(-4)$: $x^2 > \dfrac{9}{4}$

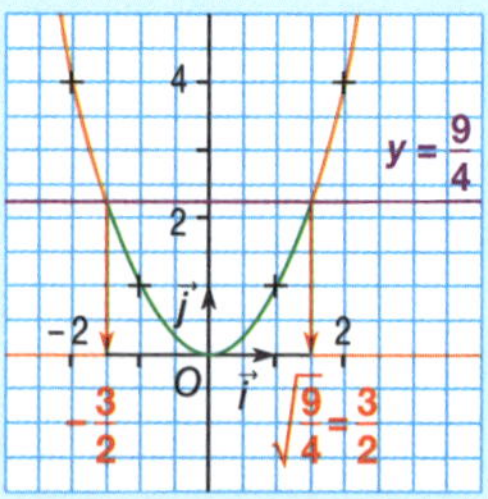

On résout ensuite graphiquement l'inéquation (*cf. fiche 16*) :

$\mathbf{S = \left]-\infty\ ;\ -\dfrac{3}{2}\right[\cup \left]\dfrac{3}{2}\ ;\ +\infty\right[}$.

Utiliser la fonction inverse pour encadrer ou résoudre des inéquations

Fiche 26

Maths

Notes

LE COURS

La fonction inverse est la fonction f définie sur $\mathbb{R}\backslash\{0\}$ par $f(x) = \frac{1}{x}$.

Variations de la fonction inverse

x	$-\infty$ ↘ 0 ‖ ↘ $+\infty$
$\frac{1}{x}$	↘ ‖ ↘

Représentation graphique de la fonction inverse

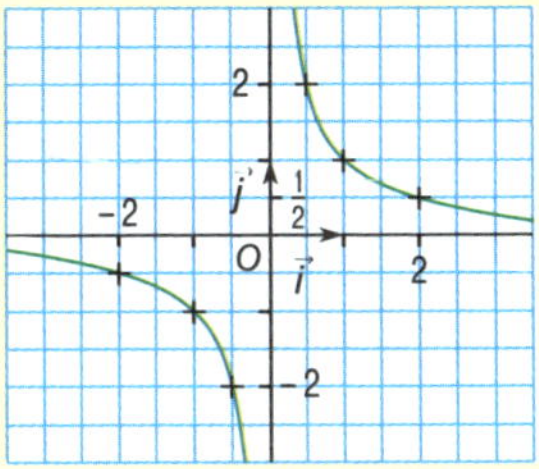

La représentation graphique de $x \mapsto \frac{1}{x}$ est une hyperbole.

Cette courbe est symétrique par rapport à O : la fonction inverse est impaire (*cf. fiche 19*).

Ce n'est pas une droite : la fonction inverse n'est pas affine.

EXERCICES TYPES CORRIGÉS

EXERCICE 1 a. Encadrer $\frac{1}{x}$ sachant que $x \in [-5\,;-3[$. Justifier.

b. En déduire un encadrement de $\frac{7}{x+1}$ si $x \in [-6\,;-4[$

EXERCICE 2 Résoudre, dans $\mathbb{R}$: a. $\frac{1}{x} \leqslant 1$; b. $\frac{3}{x} > 1$.

Corrigé

1 a. On utilise les variations de $x \mapsto \frac{1}{x}$ sur $[-5\,;-3[$ (*cf. fiche 18*).

Notes

Comme $x \in [-5\,;-3[$, $\quad -5 \leqslant x < -3$

soit si $\mathbf{x \in [-5\,;-3[}$, $\quad \dfrac{\mathbf{1}}{\mathbf{-5}} \geqslant \dfrac{\mathbf{1}}{\mathbf{x}} > \dfrac{\mathbf{1}}{\mathbf{-3}}$ $\quad$ car $x \mapsto \dfrac{1}{x}$ est décroissante sur $]-\infty\,;0[$

b. On utilise les règles sur les inégalités en suivant les priorités opératoires (*cf. fiche* 9), un trait de fractions faisant office de parenthèses, on commence par encadrer $x + 1$:

Comme $x \in [-6\,;-4[$ $\quad -6 \leqslant x < -4$ $\quad$ + 1

$-5 \leqslant x + 1 < -3$

$\dfrac{1}{-5} \geqslant \dfrac{1}{x+1} > \dfrac{1}{-3}$ $\quad$ d'après **a.**

$\times 7$

Ainsi si $\mathbf{x \in [-6\,;-4[}$ $\quad \dfrac{\mathbf{-7}}{\mathbf{5}} \geqslant \dfrac{\mathbf{7}}{\mathbf{x+1}} > \dfrac{\mathbf{-7}}{\mathbf{3}}$

2 Comme pour les inéquations comportant uniquement des x^2 (*cf. fiche 25*), il est généralement plus rapide de raisonner graphiquement.

a. $\dfrac{1}{x} \leqslant 1$

b. On se ramène à une inégalité du type $\dfrac{1}{x} < a$ $\left(\dfrac{1}{x} > a\right)$.

$\dfrac{3}{x} > 1$ $\quad \div 3$

$\dfrac{1}{x} > \dfrac{1}{3}$

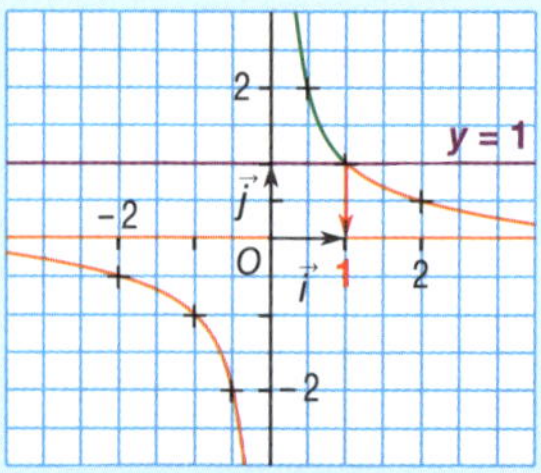

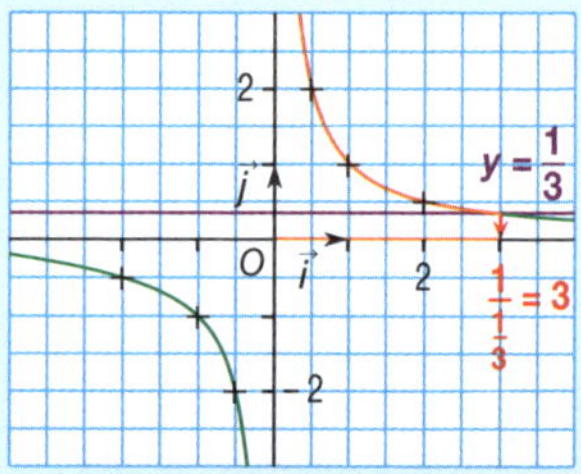

On résout graphiquement l'inéquation (*cf. fiche 16*).
Les abscisses des points d'intersection de la courbe et de la droite d'équation $y = a$ $(a \neq 0)$ sont les solutions de l'équation $\dfrac{1}{x} = a$: c'est $\dfrac{1}{a}$.

$\mathbf{S =]-\infty\,;0[\cup [1\,;+\infty[}$ $\qquad$ $\mathbf{S =]0\,;3[}$

Comme $\dfrac{1}{x}$ n'existe pas pour $x = 0$, 0 est toujours exclu.

Utiliser la fonction racine pour encadrer ou résoudre des inéquations

Fiche 27

Maths

Notes

LE COURS

La fonction racine est la fonction f définie sur $[0\,;+\infty[$ par $f(x)=\sqrt{x}$.

Variations de la fonction racine

x	0	$+\infty$
$\sqrt{x}$	0	↗

Représentation graphique de la fonction racine

La représentation graphique n'est pas une droite : la fonction racine n'est pas une fonction affine.

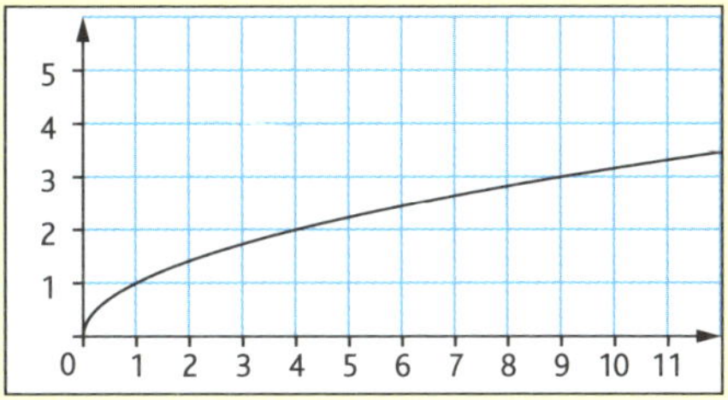

EXERCICES TYPES CORRIGÉS

EXERCICE 1 a. Encadrer $\sqrt{x}$ sachant que $x\in[1;9]$.

b. En déduire un encadrement de $5-\dfrac{3}{\sqrt{x}}$, quand $x\in[1;9]$.

EXERCICE 2 Résoudre dans $\mathbb{R}$: a. $\sqrt{x}<4$ b. $5-\dfrac{3}{\sqrt{x}}\geqslant-1$

Corrigé

1 a. On utilise les variations de $x\mapsto\sqrt{x}$ sur $[1;9]$ (*cf. fiche 9*).

Comme $x\in[1;9]$ $\quad 1\leqslant x\leqslant 9$

$\sqrt{1}\leqslant\sqrt{x}\leqslant\sqrt{9}$ car $x\mapsto\sqrt{x}$ est croissante sur $]0\,;+\infty[$

Ainsi quand $x\in[1;9]$ $\quad \mathbf{1\leqslant\sqrt{x}\leqslant 3}$

Notes

b. On utilise les règles sur les inégalités en suivant les priorités opératoires (*cf. fiche 9*) :

Comme $x \in [1;9]$: $1 \leqslant \sqrt{x} \leqslant 3$ (d'après **a.**)

$\frac{1}{1} \geqslant \frac{1}{\sqrt{x}} \geqslant \frac{1}{3}$ (car $x \mapsto \frac{1}{x}$ est décroissante sur $]0\,;+\infty[$)

$-3 \leqslant \frac{-3}{\sqrt{x}} \leqslant \frac{1}{3} \times (-3)$ ($\times (-3) < 0$)

$5 - 3 \leqslant 5 - \frac{3}{\sqrt{x}} \leqslant 5 - 1$ ($+5$)

soit **quand** $\boldsymbol{x \in [1;9]}$ $\quad \boldsymbol{2 \leqslant 5 - \frac{3}{\sqrt{x}} \leqslant 4}$

2 On résout graphiquement l'inéquation (*cf. fiche 16*).

a.

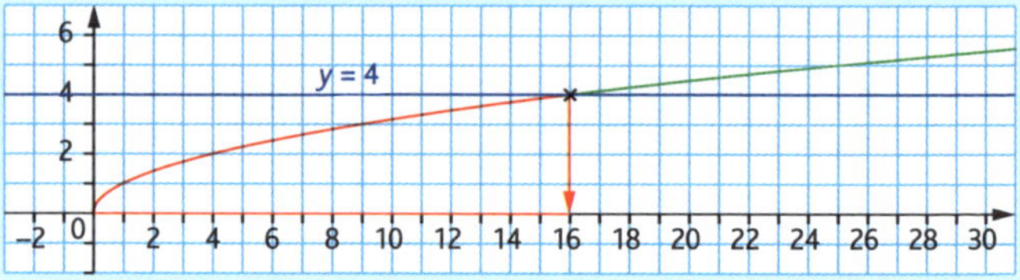

Les abscisses des points d'intersection de la courbe et de la droite $y = a$ ($a \geqslant 0$) sont les solutions de l'équation $\sqrt{x} = a$: c'est $x = a^2$.

$\mathcal{S} = [\mathbf{0}\,;\mathbf{16}[$

b. On se ramène à une inégalité du type $\sqrt{x} \geqslant a$ ou $\sqrt{x} \leqslant a$.

$5 - \frac{3}{\sqrt{x}} \geqslant -1$

$-\frac{3}{\sqrt{x}} \geqslant -1 - 5$ ($+(-5)$)

$\frac{1}{\sqrt{x}} \leqslant \frac{-6}{-3}$ ($\div (-3) < 0$)

$\sqrt{x} \geqslant \frac{1}{2}$ (car $x \mapsto \frac{1}{x}$ est décroissante sur $]0\,;+\infty[$)

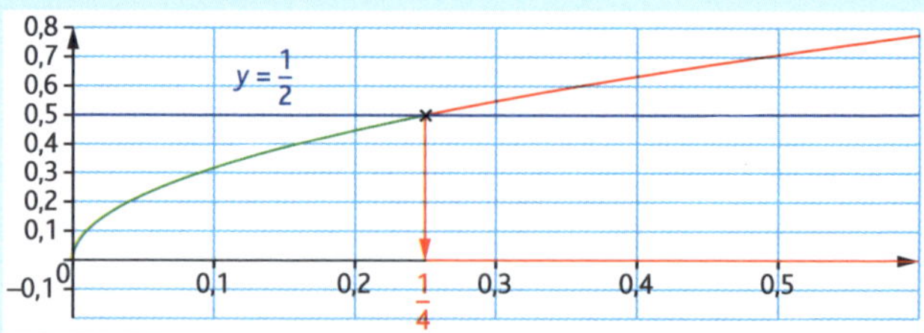

On résout graphiquement l'inéquation $\quad \mathcal{S} = \left[\frac{\mathbf{1}}{\mathbf{4}}\,;+\infty\right[$

Utiliser la fonction cube pour encadrer ou résoudre des inéquations

Fiche 28

Maths

Notes

LE COURS

La fonction cube est la fonction f définie sur $\mathbb{R}$ par $f(x) = x^3$.

Variations de la fonction cube

x	$-\infty$ 0 $+\infty$
x^3	↗ (0)

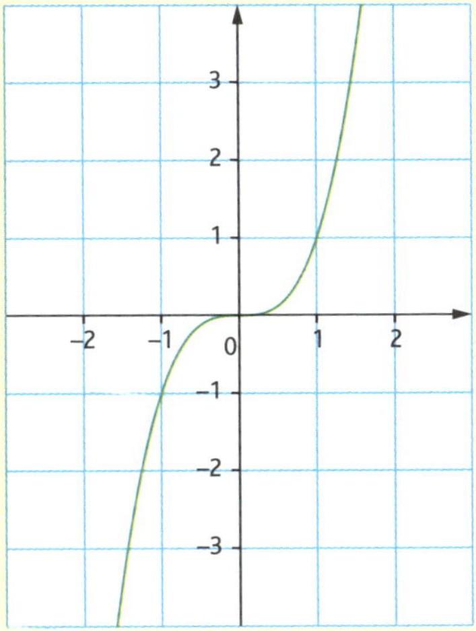

Représentation graphique de la fonction cube

La représentation graphique n'est pas une droite : la fonction cube n'est pas une fonction affine.

EXERCICES TYPES CORRIGÉS

EXERCICE 1 a. Encadrer x^3 sachant que $x \in [-3\,;1]$.
b. En déduire un encadrement de $-x^3 - 3x + 5$, si $x \in [-3\,;1]$.

EXERCICE 2 Résoudre dans $\mathbb{R}$: a. $x^3 > 1$ b. $3 + 2x^3 \leqslant -13$.

Corrigé

1 1. On utilise les variations de la fonction cube sur $[-3\,;1]$ (*cf. fiche* 9).

Comme $\boldsymbol{x \in [-3\,;1]}$ $-3 \leqslant x \leqslant 1$ car $x \mapsto x^3$ est croissante sur $\mathbb{R}$

$(-3)^3 \leqslant x^3 \leqslant 1^3$

soit $\boldsymbol{-27 \leqslant x^3 \leqslant 1}$ **quand** $x \in [-3\,;1]$

Notes

2. On utilise les règles sur les inégalités en suivant les priorités opératoires (*cf. fiche 9*) pour encadrer $-x^3$:

Comme $x \in [-3\,;1]$ $\quad -27 \leqslant x^3 \leqslant 1$ $\quad$ d'après le **a.**

$\times(-1) < 0$

$27 \geqslant -x^3 \geqslant -1$ (1)

Ensuite, on encadre $-3x+5$ sachant que $x \in [-3\,;1]$

Comme $x \in [-3\,;1]$ $\quad -3 \leqslant x \leqslant 1$

car $x \mapsto -3x+5$ est décroissante sur $\mathbb{R}$ (*cf. fiche 24*)

$14 \geqslant -3x+5 \geqslant 2$ (2)

Enfin, on ajoute membre à membre les inégalités (1) et (2) :

Par somme, $\quad 27+14 \geqslant -x^3-3x+5 \geqslant -1+2$

Soit, $\quad \mathbf{41 \geqslant -x^3-3x+5 \geqslant 1}$ **quand** $\mathbf{x \in [-3\,;1]}$

2 On ne peut pas résoudre ces inéquations par le calcul : on raisonne graphiquement :

a. On résout graphiquement l'inéquation (*cf. fiche 16*).

Les abscisses des points d'intersection de la courbe et de la droite $y = a$ ($a \geqslant 0$) sont les solutions de l'équation $x^3 = a$.

$\mathcal{S} =]\mathbf{1}\,;+\infty[$

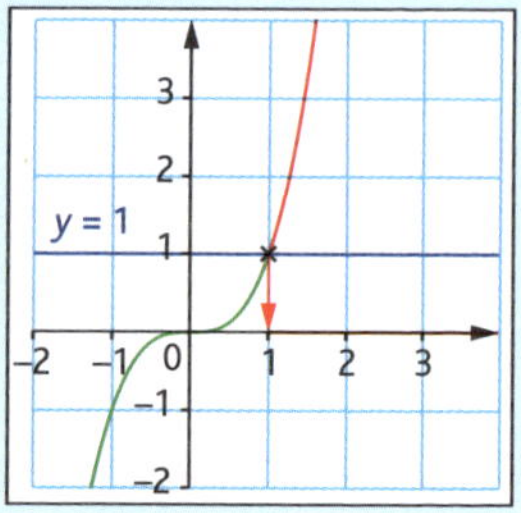

b. On se ramène à une inégalité du type $x^3 \geqslant a$ ou $x^3 \leqslant a$.

$3+2x^3 \leqslant -13$ $\quad +(-3)$

$2x^3 \leqslant -13-3$ $\quad \div 2$

$x^3 \leqslant \dfrac{-16}{2}$

$x^3 \leqslant -8$

$\mathcal{S} =]-\infty\,;\mathbf{-2}]$

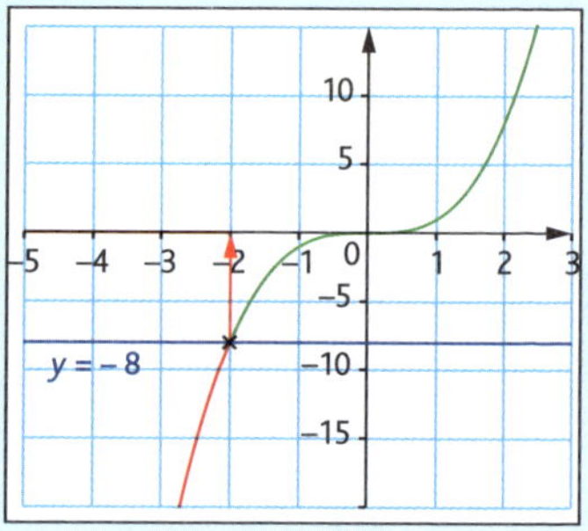

Étudier une fonction

Notes

EXERCICE TYPE CORRIGÉ

Soit f définie par $f(x) = \dfrac{-x+2}{x+1}$.

1. Déterminer l'ensemble de définition de f, noté $\mathcal{D}_f$.

2. Montrer que pour tout x, $f(x) = \dfrac{3}{x+1} - 1$.

3. À l'aide de la calculatrice, conjecturer les variations de f.

4. Montrer les conjectures établies au **3.**

5. En déduire, que pour tout x de $[0 ; 2]$, $0 \leqslant f(x) \leqslant 2$.

6. Écrire un script Python qui affiche la valeur approchée de la longueur de $\mathscr{C}_f$ sur $[0 ; 2]$.

Corrigé

1. On cherche l'ensemble des x tels que $f(x)$ existe : $f(x)$ existe si, et seulement si, le dénominateur $x + 1$ est non nul (*cf. fiche* 8).
$f(x)$ existe si, et seulement si, $x + 1 \neq 0$ soit si, et seulement si, $x \neq -1$.
Ainsi, $\mathcal{D}_f = \mathbb{R} \setminus \{-1\}$.

2. Pour montrer cette égalité, on réduit au même dénominateur l'expression dans le membre de droite (*cf. fiche* 5) : pour tout $x \neq -1$, on a :

$$\frac{3}{x+1} - \frac{1}{1} = \frac{3}{x+1} - \frac{1(x+1)}{x+1} = \frac{3-(x+1)}{x+1} = \frac{3-x-1}{x+1} = \frac{-x+2}{x+1} = f(x).$$

3. Pour cela, on fait tracer la courbe de f en mode GRAPH ou TRACE en choisissant comme fenêtre graphique (*cf. fiches* 20 et 21) :
$x_{min} = -10$; $x_{max} = 10$; $x_{scl} = 1$;
$y_{min} = -10$; $y_{max} = 10$; $y_{scl} = 1$.
Attention à ne pas oublier les parenthèses quand on saisit l'expression de $f(x)$: on doit saisir $Y = (-x + 2)/(x + 1)$.

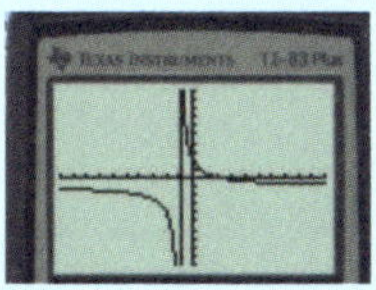

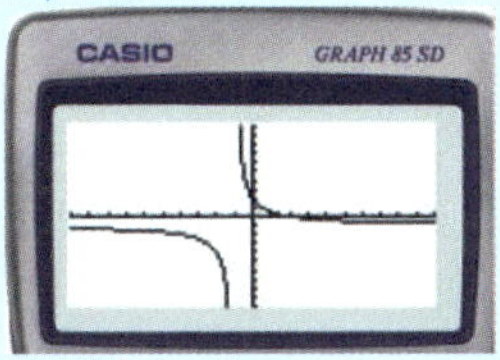

f semble être décroissante sur $]-\infty ; -1[$ et sur $]-1 ; +\infty[$.

x	$-\infty$	-1	$+\infty$
$f(x)$	↘	‖	↘

Par convention, on met des doubles barres pour les valeurs interdites.

4. Pour étudier les variations d'une fonction f sur un intervalle I :

Notes

- on considère deux réels a et b de I, avec $a \leqslant b$;
- on compare $f(a)$ et $f(b)$ (*cf. fiche* 9) ;
- on conclut : $\begin{cases} \text{si } f(a) \leqslant f(b), \text{ alors } f \text{ est croissante sur } I \\ \text{si } f(a) \geqslant f(b), \text{ alors } f \text{ est décroissante sur } I. \end{cases}$

Montrons d'abord que f est décroissante sur $]-\infty ; -1[$:

Soient a, $b \in]-\infty ; -1[$ tels que $a \leqslant b$.

Comparons $f(a)$ et $f(b)$ en travaillant sur les inégalités : on choisit la 2e forme de $f(x)$, qui permet d'utiliser les variations de la fonction inverse (la 1re forme de $f(x)$ ne peut pas être utilisée, car on ne peut pas diviser membre à membre).

On a : $a \leqslant b < -1$ (+1 ; un trait de fraction fait office de ( ))

$a + 1 \leqslant b + 1 < 0$

$0 > \dfrac{1}{a+1} \geqslant \dfrac{1}{b+1}$ car $x \mapsto \dfrac{1}{x}$ est décroissante sur $]-\infty ; 0[$

$0 > \dfrac{3}{a+1} \geqslant \dfrac{3}{b+1}$ (×3)

$-1 > \dfrac{3}{a+1} - 1 \geqslant \dfrac{3}{b+1} - 1$ (−1)

$f(a) \geqslant f(b)$ et **f est décroissante sur $]-\infty ; -1[$.**

On montrerait de même que **f est décroissante sur $]-1 ; +\infty[$** en considérant deux réels a, $b \in]-1 ; +\infty[$ tels que $a \leqslant b$ et en utilisant le fait que $x \mapsto \dfrac{1}{x}$ est décroissante sur $]0 ; +\infty[$.

5. On utilise les extrema de f sur $[0 ; 2]$ pour en déduire un encadrement de $f(x)$ (*cf. fiche 18*).

Comme f est décroissante sur $[0 ; 2]$,

le minimum de f sur $[0 ; 2]$ est $f(2) = \dfrac{-2+2}{2+1} = 0$;

le maximum de f sur $[0 ; 2]$ est $f(0) = \dfrac{-0+2}{0+1} = 2$.

Et **pour tout x de $[0 ; 2]$, $0 \leqslant f(x) \leqslant 2$.**

6. Le programme Python ci-dessous nécessite le module Python lycée :

Le programme affiche **2.9553348712731933.**

```
from lycée import *
def f (x) :
        y = (-x + 2) / (x + 1)
        return(y) ## on définit la fonction f(x) en amont pour avoir un programme plus lisible
x = 0
longueur = 0
pas = 0.001
while x <=2-pas :
        longueur = longueur +sqrt(pas**2+( f(x + pas) - f(x) )**2)
## on calcule la longueur de proche en proche en ajoutant au terme précédent la longueur AB où A(x ; f(x)) et B( x + pas ; f(x + pas))
        x = x + pas
print(longueur)
```

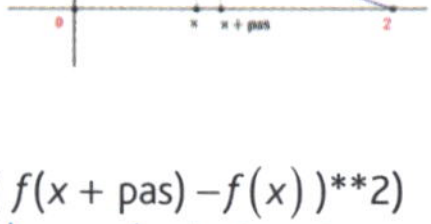

Reconnaître des figures clés pour montrer un parallélisme

Fiche 30

Maths

Notes

LE COURS

Propriétés sur les triangles et les quadrilatères

- **Médianes et centre de gravité**

Si (AI) et (BJ) sont deux médianes du triangle ABC qui se coupent en G, alors
{ G est le centre de gravité de ABC ;
les points C, G et K sont alignés.

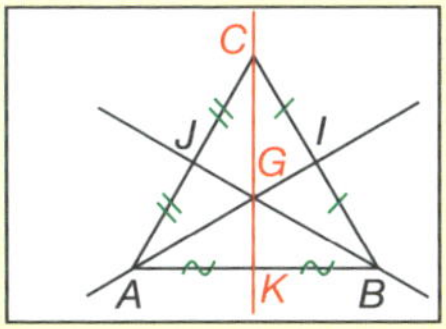

- **Parallélogrammes**

Si O milieu de $[AC]$ et de $[BD]$, alors
{ $ABCD$ est un parallélogramme ;
$(AB) // (DC)$ et $(AD) // (BC)$.

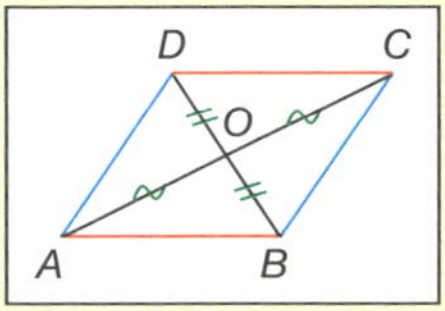

Autres propriétés

- **Parallélisme et orthogonalité**

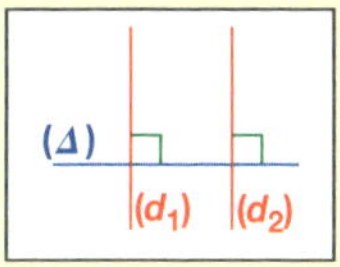

{ si $(d_1) \perp (\Delta)$
si $(d_2) \perp (\Delta)$,
alors $(d_1) // (d_2)$.

- **Droite des milieux**

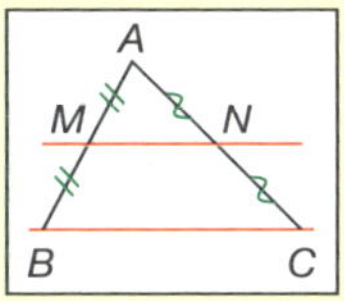

{ si M milieu de $[AB]$
si N milieu de $[AC]$,
alors $(BC) // (MN)$.

- **Angles correspondants**

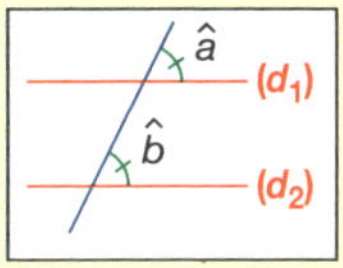

si $\widehat{a} = \widehat{b}$,
alors $(d_1) // (d_2)$.

- **Réciproque de Thalès**

{ Si A, B, M et A, C, N alignés dans le même ordre
si $\dfrac{AB}{AM} = \dfrac{AC}{AN}$,

alors $(BC) // (MN)$.

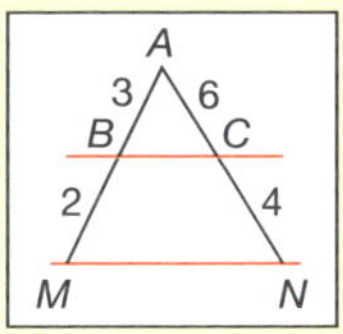

Notes

EXERCICE TYPE CORRIGÉ

Soit *ABCD* un quadrilatère quelconque ; soient *I*, *J*, *K* et *L* les milieux respectifs de [*AB*], [*BC*], [*CD*] et [*AD*].

1. Faire une figure avec un logiciel de géométrie dynamique. En faisant bouger les points *A*, *B*, *C*, *D*, que peut-on conjecturer sur la nature de *IJKL* ?

2. Montrer la conjecture.

Corrigé

1. Pour cela, on place d'abord quatre points libres *A*, *B*, *C*, *D* dans le plan, puis on crée le quadrilatère *ABCD*.
On crée ensuite les milieux de [*AB*], [*BC*], [*CD*] et [*AD*] que l'on renomme respectivement *I*, *J*, *K*, L.
Enfin, on crée le quadrilatère *IJKL*.
En faisant bouger les points *A*, *B*, *C*, *D*, il semblerait que le quadrilatère *IJKL* soit un parallélogramme.

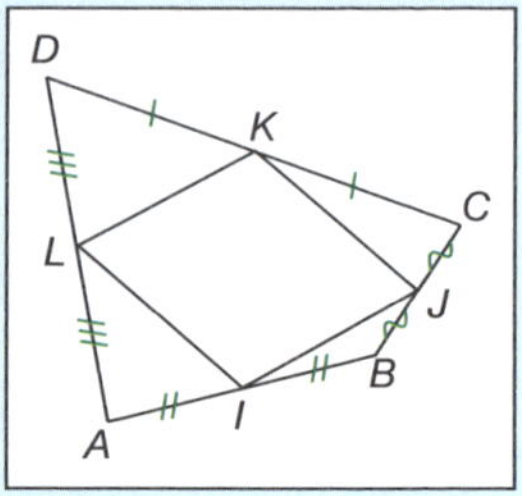

2. Pour faire une démonstration, on commence toujours par noter les hypothèses et la conclusion :

(H_1) *I* milieu de [*AB*],
(H_2) *J* milieu de [*BC*],
(H_3) *K* milieu de [*CD*],
(H_4) *L* milieu de [*AD*].

(C) *IJKL* parallélogramme, soit (*IJ*)//(*KL*) et (*IL*)//(*JK*).

On cherche ensuite à reconnaître les figures clés pour montrer un parallélisme. La présence de milieux de segments fait penser à utiliser le théorème de la droite des milieux :

D'après le théorème de la droite des milieux dans le triangle *ABC*,
(H_1) *I* étant le milieu de [*AB*]
(H_2) *J* étant le milieu de [*BC*] }, on a (*IJ*)//(*AC*).

De même dans le triangle *ADC*,
(H_3) *K* étant le milieu de [*CD*]
(H_4) *L* étant le milieu de [*AD*] }, on a (*KL*)//(*AC*).

Ainsi, (*IJ*)//(*KL*) (//(*AC*)).

On montrerait de même, en utilisant le théorème de la droite des milieux dans les triangles *ABD* et *BCD*, que (*IL*)//(*JK*) (//(*BD*)).
Ainsi, **comme (*IJ*)//(*KL*) et (*IL*)//(*JK*), *IJKL* est un parallélogramme.**

Reconnaître des figures clés pour montrer une orthogonalité

Fiche 31

Notes

LE COURS

Projeté orthogonal d'un point sur une droite

B est le projeté othogonal de A sur (d) signifie

$\begin{cases} B \in (d) \\ (AB) \perp (d) \end{cases}$

B est le point de (d) le plus proche de A.

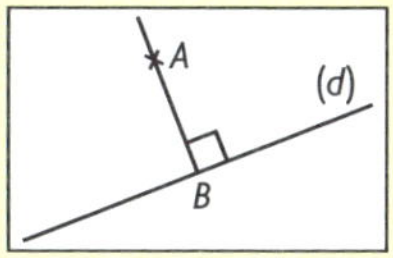

Propriétés sur les triangles et les quadrilatères

- **Hauteurs et orthocentre**

Si $(BH) \perp (AC)$
si $(CH) \perp (AB)$

alors $\begin{cases} H \text{ est l'orthocentre de } ABC \\ (AH) \perp (BC). \end{cases}$

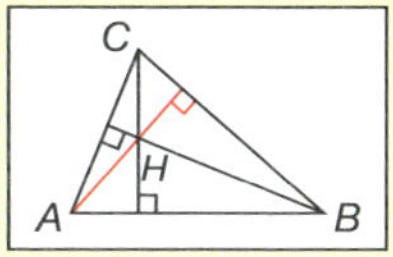

- **Médiatrices et centre du cercle circonscrit**

Si $(OJ) \perp (AC)$, où J est le milieu de $[AC]$
si $(OK) \perp (AB)$, où K est le milieu de $[AB]$

alors $\begin{cases} O \text{ est le centre du cercle circonscrit} \\ OA = OB = OC \\ (OI) \perp (BC), \text{ où } I \text{ est le milieu de } [BC] \end{cases}$

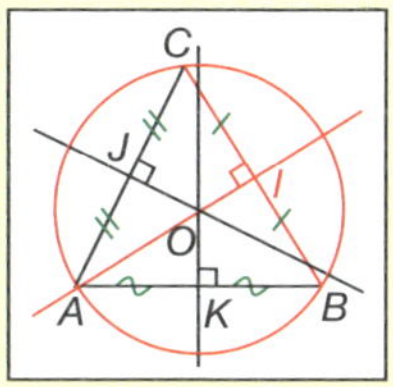

- **Losanges**

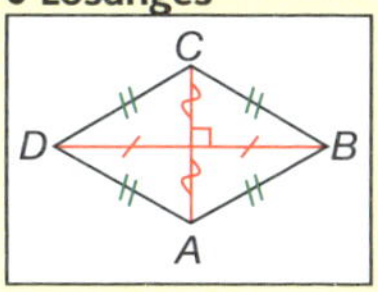

Si $AB = BC = CD = AD$, alors $ABCD$ est un losange et

$\begin{cases} (AC) \perp (BD) \\ [AC] \text{ et } [BD] \text{ ont même milieu.} \end{cases}$

- **Rectangles**

Si $[AC]$ et $[BD]$ ont même milieu et même longueur, alors
$ABCD$ est un rectangle et $(AB) \perp (BC) \perp (CD) \perp (AD)$.

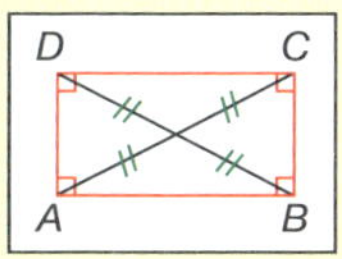

- **Carrés**

Si $[AC]$ et $[BD]$ ont même milieu, même longueur, et $(AC) \perp (BD)$, alors

$ABCD$ est un carré et $\begin{cases} AB = BC = CD = AD \\ (AB) \perp (BC) \perp (CD) \perp (AD) \end{cases}$

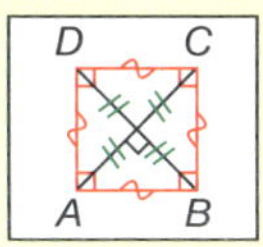

Notes

Les propriétés réciproques pour les quadrilatères sont vraies aussi.

Autres propriétés

• Orthogonalité et parallélisme

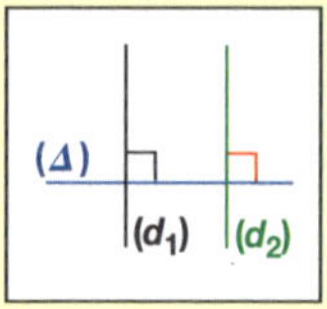

si (d_1) // (d_2)
si $(d_1) \perp (\Delta)$
alors $(d_2) \perp (\Delta)$

• Réciproque de Pythagore

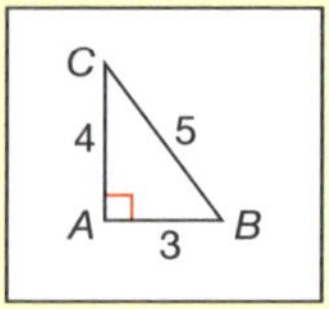

si $AB^2 + AC^2 = BC^2$
alors $(AB) \perp (AC)$

• Médiatrice d'un segment

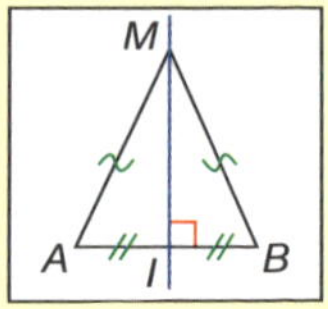

si $MA = MB$
si I milieu de $[AB]$
alors $(MI) \perp (AB)$

EXERCICE TYPE CORRIGÉ

Soit $ABCD$ un parallélogramme. Soit I le projeté orthogonal de A sur (BC) et J celui de B sur (AC). Soit O le point d'intersection de (AI) et de (BJ). Montrer que $(OC) \perp (DC)$.

Corrigé

D'abord, il faut faire une figure et noter hypothèses et conclusion.

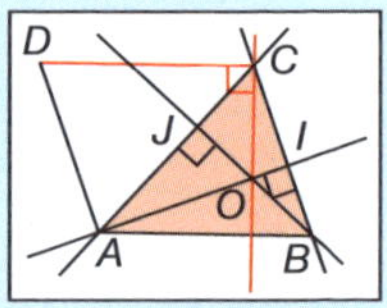

(H_1) $ABCD$ parallélogramme,
(H_2) $(AI) \perp (BC)$ et $I \in (BC)$,
(H_3) $(BJ) \perp (AC)$ et $J \in (AC)$,
(H_4) O point d'intersection de (AI) et de (BJ).
(C) $(OC) \perp (DC)$.

On cherche ensuite à reconnaître les figures clés :

- la présence de droites orthogonales et du point d'intersection O de (AI) et de (BJ) fait penser à utiliser les hauteurs et l'orthocentre O du triangle ABC : $(OC) \perp (AB)$;
- l'association orthogonalité/parallélogramme fait penser à utiliser la figure clé orthogonalité et parallélisme pour conclure.

D'après (H_2) et (H_3), (AI) et (BJ) sont deux hauteurs du triangle ABC. D'après (H_4), O étant leur point d'intersection, O est l'orthocentre du triangle ABC. Ainsi, (OC) est la 3e hauteur de ABC et $(OC) \perp (AB)$.
Or, d'après (H_1), (AB) // (DC). Ainsi, on a bien $\mathbf{(OC) \perp (DC)}$.

Reconnaître des figures clés pour déterminer une longueur ou un milieu

Notes

LE COURS

Propriétés sur les triangles et les quadrilatères

- **Médianes et centre de gravité**

Si (AI) et (BJ) sont deux médianes qui se coupent en G,

alors $\begin{cases} G \text{ est le centre de gravité de } ABC\,; \\ AG = \frac{2}{3}AI,\ GI = \frac{1}{3}AI,\ AG = 2GI\,; \\ (CG) \text{ coupe } [AB] \text{ en son milieu.} \end{cases}$

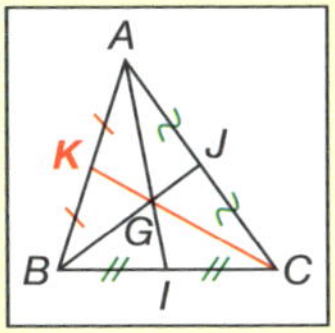

- **Parallélogrammes**

Si $(AB)//(DC)$ et $(AD)//(BC)$,

alors $\begin{cases} AB = DC \text{ et } AD = BC \\ O \text{ milieu de } [BD] \text{ et } [AC]. \end{cases}$

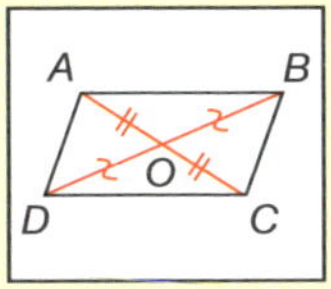

Les propriétés (réciproques) sur les losanges/rectangles/carrés (*cf. fiche* 31) correspondent aussi à des figures clés permettant de déterminer une longueur ou un milieu :

- si les diagonales d'un quadrilatère *ABCD* ont même milieu et sont orthogonales, alors *ABCD* est un losange et a 4 côtés égaux ;
- si *ABCD* a 4 angles droits, alors c'est un rectangle et ses diagonales ont même milieu et même longueur;
- si *ABCD* a 4 côtés de même longueur et 4 angles droits, alors c'est un carré et ses diagonales ont même milieu, même longueur et sont orthogonales.

Autres propriétés

- **Théorème de Pythagore**

Si ABC est rectangle en A, alors $AB^2 + AC^2 = BC^2$.

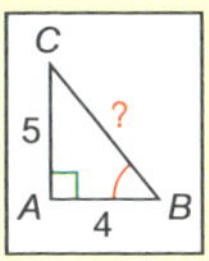

- **Trigonométrie dans un triangle rectangle**

Si ABC rectangle en A, alors

$$\begin{cases} AB = \cos \widehat{ABC} \times BC \\ AC = \sin \widehat{ABC} \times BC \\ AC = \tan \widehat{ABC} \times AB \\ \cos^2(\widehat{ABC}) + \sin^2(\widehat{ABC}) = 1 \end{cases}$$

Notes

- **Théorème de Thalès**

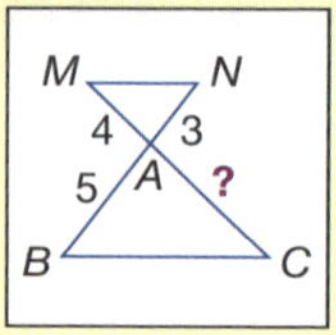

Si $(MN) // (BC)$, alors $\frac{AM}{AC} = \frac{AN}{AB} = \frac{MN}{BC}$.

- **Droite des milieux**

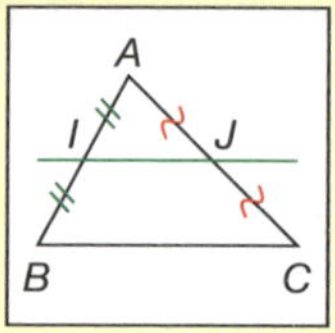

Si I est le milieu de $[AB]$, si $(IJ)//(BC)$ et $J \in [AC]$, alors J est le milieu de $[AC]$.

- **Médiatrice d'un segment**

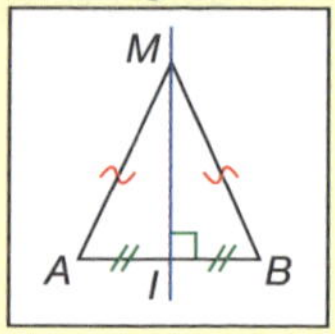

Si M est sur la médiatrice de $[AB]$, alors $MA = MB$.

EXERCICE TYPE CORRIGÉ

Soit $ABCD$ un parallélogramme de centre O. Soit P le symétrique de A par rapport à D. Soit Q le point d'intersection de (BP) et de (DC) et R celui de (DQ) et (OP).

1. Montrer que Q est le milieu de $[BP]$.
2. Montrer que (BR) coupe $[DP]$ en son milieu.

Corrigé

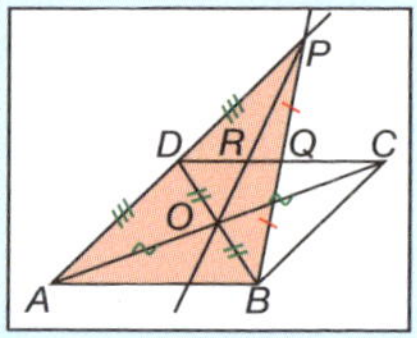

1. On fait une figure et on note hypothèses et conclusion :

(H_1) $ABCD$ parallélogramme de centre O ;
(H_2) P symétrique de A par rapport à D ;
(H_3) Q point d'intersection de (BP) et de (DC) ;
(H_4) R point d'intersection de (DQ) et de (OP).
(C) Q milieu de $[BP]$.

Puis on cherche à reconnaître les figures clés :
la présence de milieux associée à un parallélogramme et donc à des droites parallèles fait penser à utiliser le théorème de la droite des milieux.

Dans le triangle ABP, D est le milieu de $[AP]$ ((H_2)). De plus, d'après (H_1), $(AB) // (DC)$; soit, encore, d'après (H_3), $(AB) // (DQ)$. Ainsi, **d'après le théorème de la droite des milieux, comme $Q \in (BP)$ ((H_3)), Q est bien le milieu de $[BP]$.**

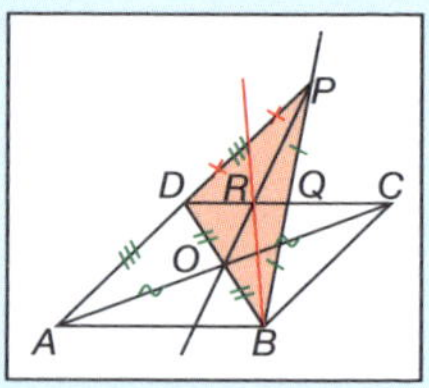

2. On a toujours (H_1), (H_2), (H_3) ;
(H_4) R point d'intersection de (DQ) et de (OP) ;
(H_5) Q milieu de $[BP]$ (d'après 1.).
(C) (BR) coupe $[DP]$ en son milieu.

La présence de milieux associée à des points d'intersection de droites fait penser à utiliser les médianes et le centre de gravité d'un triangle.

D'après (H_1), O est le milieu de $[BD]$, et (OP) est une médiane du triangle BDP ; de même, d'après (H_5), (DQ) est une 2e médiane de ce triangle. Ainsi, leur point d'intersection, R ((H_4)), est le centre de gravité de BDP. **(BR) est alors la 3e médiane de BDP et coupe donc $[DP]$ en son milieu.**

Reconnaître des figures clés pour déterminer un angle

Fiche 33

Maths

LE COURS

Propriétés sur les triangles

• Triangles isocèles

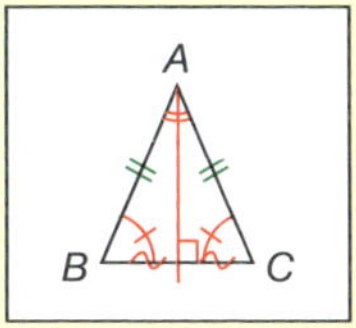

Si ABC est isocèle en A, alors $\widehat{ABC} = \widehat{ACB}$ et la médiane issue de A est aussi médiatrice/hauteur et bissectrice.

• Triangles équilatéraux

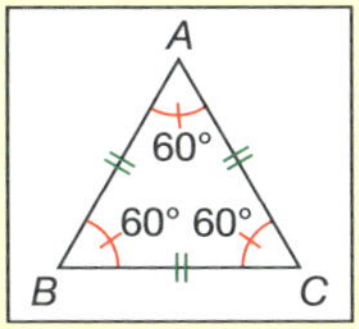

Si ABC équilatéral, alors $\widehat{ABC} = \widehat{ACB} = \widehat{BAC} = 60°$ et médianes/médiatrices/hauteurs/bissectrices sont confondues.

Autres propriétés

• Trigonométrie dans un triangle rectangle

Si ABC rectangle en A, alors

$$\begin{cases} \cos \widehat{ABC} = \dfrac{AB}{BC} \\ \sin \widehat{ABC} = \dfrac{AC}{BC} \\ \tan \widehat{ABC} = \dfrac{AC}{AB} \\ \cos^2(\widehat{ABC}) + \sin^2(\widehat{ABC}) = 1 \end{cases}$$

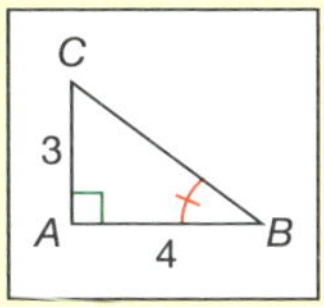

• Angles alternes externes, alternes internes, correspondants

Si $(d_1) // (d_2)$,

alors $\hat{a} = \hat{b}$ (angles correspondants)

$\hat{b} = \hat{c}$ (angles alternes internes)

$\hat{a} = \hat{d}$ (angles alternes externes)

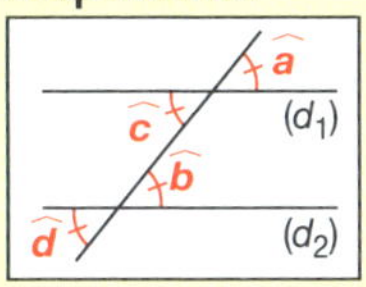

• Bissectrice

Si (AC) est la bissectrice de $\widehat{BAD}$,

alors $\widehat{DAC} = \widehat{CAB}$.

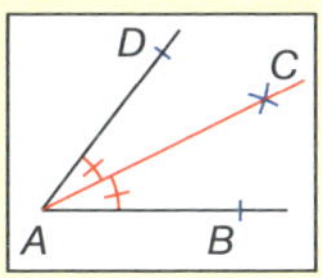

Notes

EXERCICE TYPE CORRIGÉ

Dans la figure ci-contre, *ABCD* est un carré et *ABE* est équilatéral.

1. Montrer que $\widehat{EDC} = 15°$.

2. *F* est tel que le triangle *BEF* est rectangle isocèle en *B*.
Montrer que *D*, *E*, *F* sont alignés.

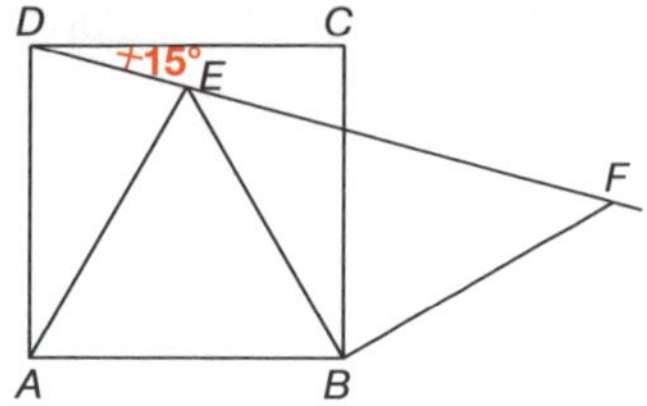

Corrigé

1. On écrit d'abord hypothèses et conclusion :
(H_1) *ABCD* est un carré ;
(H_2) *ABE* est équilatéral.
(C) $\widehat{EDC} = 15°$

Comme souvent, quand il s'agit de déterminer des angles, il suffit de raisonner directement sur la figure en utilisant les conventions de dessin sur les égalités de longueur et les angles.
On reconnaît comme figures clés un triangle équilatéral et un isocèle.

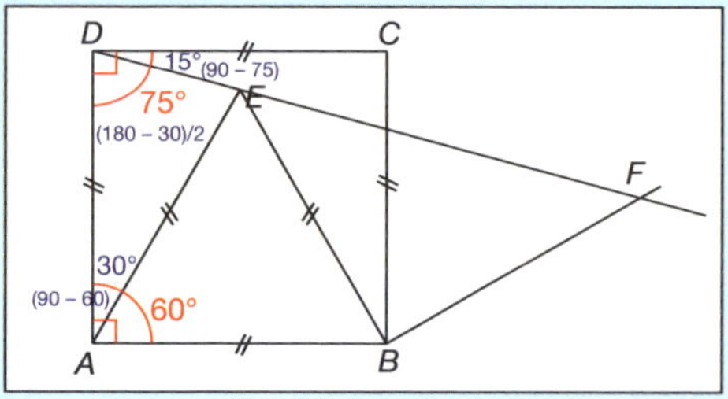

On a $\widehat{BAE} = 60°$, ((H_2)) et $\widehat{DAB} = 90°$ ((H_1)), donc $\widehat{DAE} = 90 - 60$, soit $\widehat{DAE} = 30°$.
De plus, *AB* = *AD* et *AB* = *AE*, donc le triangle *ADE* est isocèle en *A* et $\widehat{ADE} = \widehat{AED}$.

Ainsi, comme la somme des angles dans le triangle *ADE* est 180°, $2\widehat{ADE} + \widehat{DAE} = 180$ et $\widehat{ADE} = (180 - 30) \div 2 = 75$.

Enfin, comme $\widehat{ADC} = 90°$ ((H_1)), $\widehat{EDC} = 90 - 75$, soit $\boldsymbol{\widehat{EDC} = 15°}$.

2. Pour montrer que les 3 points sont alignés, il suffit de montrer que $\widehat{DEF} = 180°$.

D'après le 1. $\widehat{DEA} = \widehat{ADE} = 75°$.

De plus $\widehat{EAB} = 60°$ (H_2).

Enfin comme **BEF** est rectangle isocèle en **B**, $\widehat{BEF} = \widehat{BFE} = 45°$.

Ainsi $\widehat{DEF} = \widehat{DEA} + \widehat{AEB} + \widehat{BEF} = 75 + 60 + 45 = 180°$.

Et les points *D*, *E*, *F* sont bien alignés.

Résoudre des problèmes d'optimisation

Fiche 34

Maths

EXERCICE TYPE CORRIGÉ

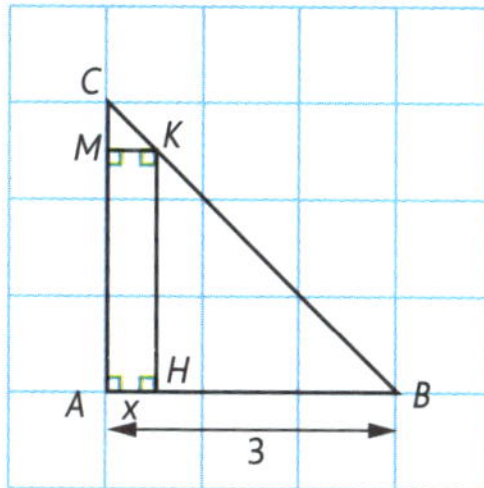

ABC est un triangle rectangle isocèle en A tel que $AB = AC = 3\text{ cm}$.
H est un point de $[AB]$ tel que $AH = x$.
$AHKM$ est un rectangle.

1. À quel intervalle I doit appartenir x ? Justifier.

2. Prouver que l'aire du rectangle $AHKM$ est $S(x) = -x^2 + 3x$.

3. a. Montrer que pour tout x de I,
$$S(x) = \frac{9}{4} - \left(x - \frac{3}{2}\right)^2$$

b. En déduire que S est croissante sur $\left[0 ; \frac{3}{2}\right]$.

4. On admet que S est décroissante sur $\left[\frac{3}{2} ; 3\right]$. Déterminer la position de H sur $[AB]$ pour que l'aire du rectangle $AHKM$ soit maximale.

Notes

Corrigé

1. Comme H est sur $[AB]$, $0 \leqslant x \leqslant 3$ et $x \in [0 ; 3]$. $\mathbf{I = [0 ; 3]}$.

2. L'aire du rectangle est $S(x) = AH \times HK$ avec $AH = x$.

Utilisons Thalès pour déterminer HK, comme $(HK)//(AC)$:

ABC est rectangle en A donc $(AC) \perp (AB)$.

De plus, $AHKM$ est un rectangle donc $(HK) \perp (AB)$.

Ainsi, $(HK)//(AC)$. Comme B, H, A et B, K, C sont alignés dans cet ordre, on a d'après le théorème de Thalès :

$$\frac{BH}{BA} = \frac{BK}{BC} = \frac{HK}{AC}$$

Or $BH = AB - AH = 3 - x$

Donc $\frac{BH}{BA} = \frac{HK}{AC}$ et $BH = BA\frac{HK}{AC} = HK = 3 - x\ (AB = AC = 3)$

Ainsi $\mathbf{S(x)} = AH \times HK = x(3 - x) = 3x - x^2 = \mathbf{-x^2 + 3x}$

3. a. Pour montrer l'égalité, on raisonne comme à la fiche 5 et on développe $\frac{9}{4} - \left(x - \frac{3}{2}\right)^2$:

Pour tout x de I :

$$\frac{9}{4} - \left(x - \frac{3}{2}\right)^2 = \frac{9}{4} - \left(x^2 + \left(\frac{3}{2}\right)^2 - \cancel{2} \times x \times \frac{3}{\cancel{2}}\right) = \frac{9}{4} - \left(x^2 + \frac{3^2}{2^2} - 3x\right)$$

$$\mathbf{\frac{9}{4}} - \left(x - \frac{3}{2}\right)^2 = \cancel{\frac{9}{4}} - x^2 - \cancel{\frac{9}{4}} + 3x = -x^2 + 3x = \mathbf{S(x)}$$

Notes

b. Pour étudier les variations de S, on raisonne comme à la fiche 29 :

Soient a et b de $\left[0\,;\frac{3}{2}\right]$ tels que $a \leqslant b$. Montrons que $S(a) \leqslant S(b)$:

On a
$$0 \leqslant a \leqslant b \leqslant \frac{3}{2}$$
$$-\frac{3}{2} \leqslant a-\frac{3}{2} \leqslant b-\frac{3}{2} \leqslant 0 \qquad \left(+\left(-\frac{3}{2}\right)\right)$$
$$\left(-\frac{3}{2}\right)^2 \geqslant \left(a-\frac{3}{2}\right)^2 \geqslant \left(b-\frac{3}{2}\right)^2 \geqslant 0 \qquad \text{(car } x \mapsto x^2 \text{ est décroissante sur }]-\infty\,;0])$$
$$-\frac{9}{4} \leqslant -\left(a-\frac{3}{2}\right)^2 \leqslant -\left(b-\frac{3}{2}\right)^2 \leqslant 0 \qquad (\times(-1) < 0)$$
$$0 \leqslant \frac{9}{4}-\left(a-\frac{3}{2}\right)^2 \leqslant \frac{9}{4}-\left(b-\frac{3}{2}\right)^2 \leqslant \frac{9}{4} \qquad \left(+\frac{9}{4}\right)$$

Soit $S(a) \leqslant S(b)$: **S est donc bien croissante sur $\left[0\,;\frac{3}{2}\right]$**.

4. L'aire du rectangle *AHKM* est maximale lorsque S admet un maximum. Or d'après l'étude des variations de S au **3.**, S admet un maximum pour $x = \frac{3}{2}$.

Ainsi l'aire du rectangle *AHKM* est maximale lorsque *H* est le milieu de [*AB*].

NB : On aurait pu aussi déterminer une valeur approchée du maximum en raisonnant par balayage comme à la fiche 21 à l'aide du programme Python ci-dessous :

```
def f (x) :
        y = -1 * x**2 + 3 * x
        return( y )
x = 0
maximum = f(0)
pas = 0.1
while x <=3 :
        if f(x)>  maximum :
                maximum = f(x)
                print(x,maximum)
        x = x +  pas
print(maximum)
```

On obtient :

Ce qui signifie bien que **le maximum est atteint pour x = 1,5.**

```
>>>
*** Console de processus distant Réinitialisée ***
>>>
...module lycee actif....
0.1 0.29000000000000004
0.2 0.56
0.30000000000000004 0.81
0.4 1.04
0.5 1.25
0.6 1.44
0.7 1.6099999999999997
0.7999999999999999 1.76
0.8999999999999999 1.89
0.9999999999999999 1.9999999999999998
1.0999999999999999 2.09
1.2 2.1599999999999997
1.3 2.21
1.4000000000000001 2.2399999999999998
1.5000000000000002 2.25
2.25
>>>
```

Définir et construire des vecteurs

LE COURS

Égalité de deux vecteurs

- $\overrightarrow{AB} = \overrightarrow{CD}$ si, et seulement si, D est l'image de C par la translation de vecteur $\overrightarrow{AB}$.
- $\overrightarrow{AB} = \overrightarrow{CD}$ si, et seulement si, $\begin{cases} (AB) \,/\!/\, (CD) \text{ (même direction)} \\ \overrightarrow{AB} \text{ et } \overrightarrow{CD} \text{ ont même sens} \\ \|\overrightarrow{AB}\| = \|\overrightarrow{CD}\| \text{ (même norme).} \end{cases}$

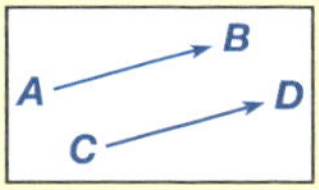

- $\overrightarrow{AB} = \overrightarrow{CD}$ si, et seulement si, $ABDC$ est un parallélogramme.
- $\overrightarrow{AI} = \overrightarrow{IB}$ si, et seulement si, I est le milieu de $[AB]$.

Somme de deux vecteurs

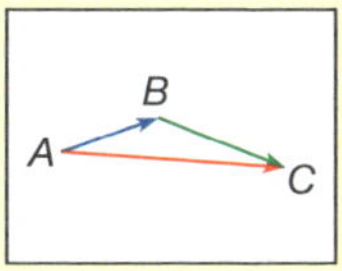

$\overrightarrow{AB} + \overrightarrow{BC} = \overrightarrow{AC}$

Chasles

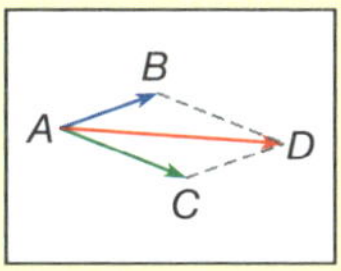

$\overrightarrow{AB} + \overrightarrow{AC} = \overrightarrow{AD}$

Règle du parallélogramme

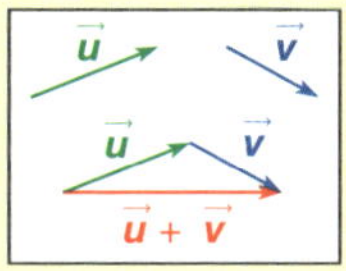

Dans le cas général, on se ramène à Chasles en construisant des représentants mis « bout à bout ».

Opposé d'un vecteur. Soustraction de deux vecteurs

- L'opposé de $\overrightarrow{AB}$, noté $-\overrightarrow{AB}$, est $-\overrightarrow{AB} = \overrightarrow{BA}$ (sens opposé).
- La différence de $\vec{u}$ et de $\vec{v}$ est le vecteur $\vec{u} - \vec{v} = \vec{u} + (-\vec{v})$.

(Soustraire, c'est ajouter l'opposé.)

Multiplication d'un vecteur $\vec{u}$ par un réel k

- Soit $\vec{u} \neq \vec{0}$ et $k \in \mathbb{R}^*$. Le vecteur $k\vec{u}$ a :

$\begin{cases} \text{même direction que } \vec{u} \,; \\ \text{même sens que } \vec{u} \text{ si } k > 0, \\ \text{le sens opposé de } \vec{u} \text{ si } k < 0 \,; \\ \text{pour norme } k\|\vec{u}\| \text{ si } k > 0, \\ -k\|\vec{u}\| \text{ si } k < 0. \end{cases}$

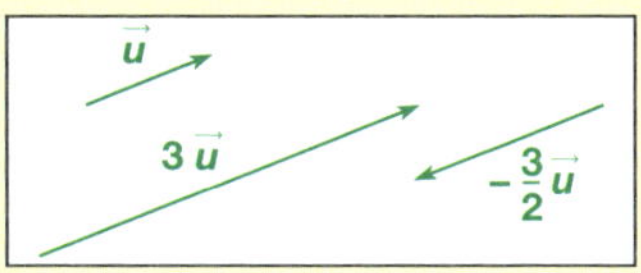

Notes

- Si $k = 0$ ou $\vec{u} = \vec{0}$, alors $k\vec{u} = \vec{0}$.
- Cas particulier : $\overrightarrow{AI} = \frac{1}{2}\overrightarrow{AB}$ si, et seulement si, I est le milieu de $[AB]$.

Les propriétés de calculs de l'addition et de la multiplication par un réel sont les mêmes que dans $\mathbb{R}$.

EXERCICES TYPES CORRIGÉS

EXERCICE 1 Sur la figure ci-dessous, construire les points D, E, F, G et H tels que :
$\overrightarrow{AD} = \overrightarrow{AB} + \overrightarrow{AC}$; $\overrightarrow{BE} = \overrightarrow{CB} + \overrightarrow{AB}$; $\overrightarrow{AF} = \overrightarrow{AB} - \overrightarrow{BC}$;
$\overrightarrow{AG} = 3\overrightarrow{AB}$; $\overrightarrow{BH} = 2\overrightarrow{CA} - 3\overrightarrow{CB}$.

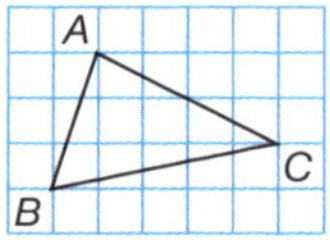

EXERCICE 2 Sur la figure ci-dessous, les graduations sont régulières.

Trouver les réels a, b, c tels que $\overrightarrow{AB} = a\overrightarrow{CD}$; $\overrightarrow{BD} = b\overrightarrow{BA}$;
$\overrightarrow{CD} = c\overrightarrow{CA}$.

Corrigé

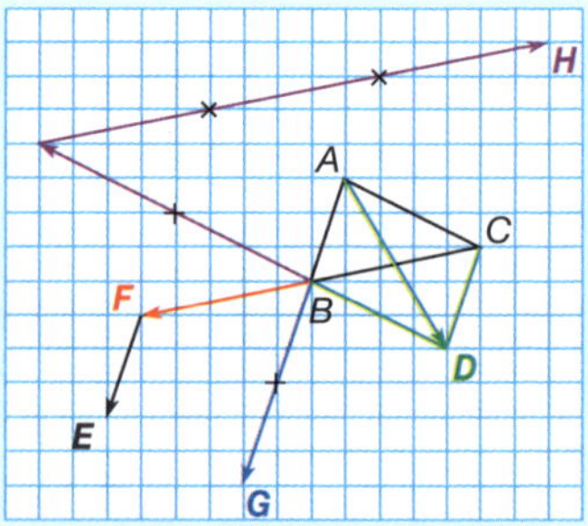

1 • Pour construire D, il suffit d'utiliser la règle du parallélogramme.

• Le point E est défini à partir du vecteur $\overrightarrow{BE}$: on applique le principe de construction du cas général « en partant de B ».

• $\overrightarrow{AF} = \overrightarrow{AB} + \overrightarrow{CB}$ (toujours transformer la soustraction en addition de l'opposé).

• $\overrightarrow{AG}$ a même direction et sens que $\overrightarrow{AB}$; $AG = 3AB$.

• $\overrightarrow{BH} = 2\overrightarrow{CA} + 3\overrightarrow{BC}$: on construit un représentant de $2\overrightarrow{CA}$ qui a pour origine B ; puis un représentant de $3\overrightarrow{BC}$ pour appliquer Chasles.

2 $\overrightarrow{AB}$ et $\overrightarrow{CD}$ ont le même sens, donc $a > 0$. De plus, $AB = 6$ et $CD = 2$.

$\overrightarrow{AB} = 3\overrightarrow{CD}$ $\left(|a| = \frac{AB}{CD}\right)$. De même, $\overrightarrow{BD} = -2\overrightarrow{BA}$ et $\overrightarrow{CD} = -\frac{1}{8}\overrightarrow{CA}$.

Établir la colinéarité de deux vecteurs
Démontrer un parallélisme

Fiche 36

Maths

Notes

LE COURS

Vecteurs colinéaires : soient $\vec{u}$ et $\vec{v}$ non nuls

- $\vec{u}$ et $\vec{v}$ sont colinéaires si, et seulement si, il existe un réel k tel que $\vec{v} = k\vec{u}$ (point de vue algébrique).

- $\vec{u}$ et $\vec{v}$ sont colinéaires si, et seulement si, ils ont même direction (point de vue géométrique).

Droites parallèles, points alignés

$(AB)//(CD)$ si, et seulement si,

$\overrightarrow{AB}$ et $\overrightarrow{CD}$ ont même direction
$\overrightarrow{AB}$ et $\overrightarrow{CD}$ sont colinéaires
il existe un réel k tel que $\overrightarrow{CD} = k\overrightarrow{AB}$.

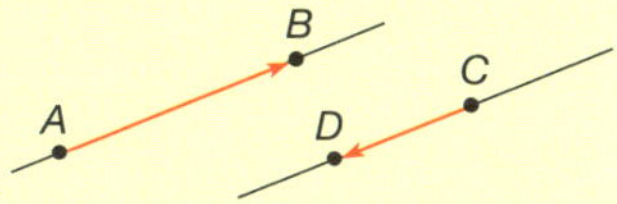

Les points A, B et C sont alignés si, et seulement si,

$\overrightarrow{AB}$ et $\overrightarrow{AC}$ ont même direction
$\overrightarrow{AB}$ et $\overrightarrow{AC}$ sont colinéaires
il existe un réel k tel que $\overrightarrow{AC} = k\overrightarrow{AB}$.

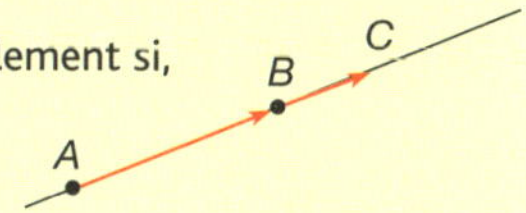

EXERCICES TYPES CORRIGÉS

EXERCICE 1 Soit ABC un triangle. Soient P et Q tels que $\overrightarrow{AP} = 3\overrightarrow{AB} + \overrightarrow{AC}$ et $\overrightarrow{AQ} = \overrightarrow{AB} + 3\overrightarrow{AC}$.

1. Faire une figure avec un logiciel de géométrie dynamique. Tracer les droites (BC) et (PQ). En faisant bouger les points A, B et C, que peut-on conjecturer ?
2. Montrer la conjecture.

EXERCICE 2 Soit ABC un triangle et D tel que $\overrightarrow{AD} = 3\overrightarrow{AB} - 2\overrightarrow{AC}$.
Montrer que les points B, C et D sont alignés.

Corrigé

1 1. Pour cela, on place d'abord trois points libres A, B et C dans le plan, puis on crée le triangle ABC. Ensuite, on crée les vecteurs $\overrightarrow{AB}$ et $\overrightarrow{AC}$ nommés « u » et « v » par défaut.
Puis dans la barre de saisie, on crée les vecteurs « w » $(w = 3u + v)$ et « t » $(t = u + 3v)$.

Notes

Ensuite, on crée les vecteurs $\overrightarrow{AP}$ et $\overrightarrow{AQ}$ en utilisant la commande Représentant (origine,vecteur) (avec comme origine le point A, et comme vecteurs respectivement « w » et « t »). Enfin, on renomme les extrémités de ces deux vecteurs respectivement P et Q, et on crée les droites (BC) et (PQ).

Les droites (*BC*) et (*PQ*) semblent parallèles.

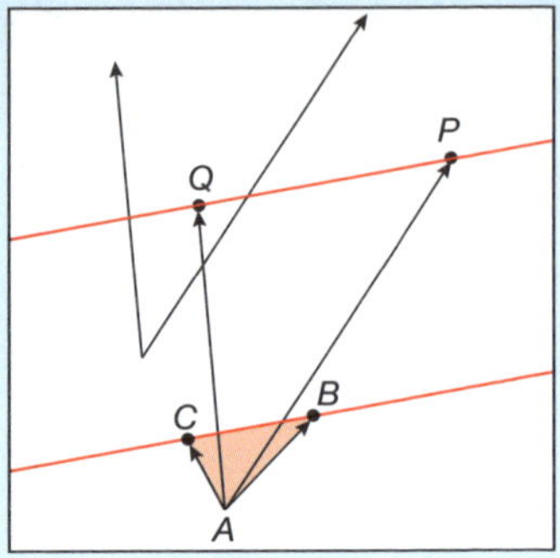

2. Comme pour toute démonstration, on écrit d'abord les hypothèses et la conclusion, que l'on traduit vectoriellement.

(H_1) $\overrightarrow{AP} = 3\overrightarrow{AB} + \overrightarrow{AC}$;

(H_2) $\overrightarrow{AQ} = \overrightarrow{AB} + 3\overrightarrow{AC}$.

(C) $(BC)//(PQ)$, soit $\overrightarrow{BC}$ et $\overrightarrow{PQ}$ colinéaires.

Pour montrer que deux vecteurs sont colinéaires, on exprime l'un en fonction de l'autre. Pour cela, on « casse » $\overrightarrow{PQ}$ en utilisant la relation de Chasles pour faire apparaître les vecteurs des hypothèses. On a :

$\overrightarrow{PQ} = \overrightarrow{PA} + \overrightarrow{AQ} = -\overrightarrow{AP} + (\overrightarrow{AB} + 3\overrightarrow{AC})$ ((H_2))

$\overrightarrow{PQ} = -(3\overrightarrow{AB} + \overrightarrow{AC}) + \overrightarrow{AB} + 3\overrightarrow{AC} = -3\overrightarrow{AB} + \overrightarrow{AB} - \overrightarrow{AC} + 3\overrightarrow{AC}$ ((H_1))

$\overrightarrow{PQ} = -2\overrightarrow{AB} + 2\overrightarrow{AC} = 2\overrightarrow{BA} + 2\overrightarrow{AC} = 2(\overrightarrow{BA} + \overrightarrow{AC}) = 2\overrightarrow{BC}$.

Ainsi, **$\overrightarrow{BC}$ et $\overrightarrow{PQ}$ sont colinéaires et (*BC*) et (*PQ*) sont parallèles.**

Toujours vérifier la relation de colinéarité ($\overrightarrow{PQ} = 2\overrightarrow{BC}$) sur la figure. En particulier, $2\overrightarrow{BA} + 2\overrightarrow{AC} \neq 4\overrightarrow{BC}$!

2 (H) $\overrightarrow{AD} = 3\overrightarrow{AB} - 2\overrightarrow{AC}$.

(C) Les points B, C et D sont alignés, soit $\overrightarrow{BC}$ et $\overrightarrow{BD}$ colinéaires.

Pour cela, on « casse » $\overrightarrow{BD}$ pour faire apparaître les vecteurs des hypothèses :

$\overrightarrow{BD} = \overrightarrow{BA} + \overrightarrow{AD} = -\overrightarrow{AB} + (3\overrightarrow{AB} - 2\overrightarrow{AC})$ ((H))

$\overrightarrow{BD} = 2\overrightarrow{AB} - 2\overrightarrow{AC} = 2\overrightarrow{AB} + 2\overrightarrow{CA} = 2(\overrightarrow{AB} + \overrightarrow{CA}) = 2(\overrightarrow{CA} + \overrightarrow{AB})$

$\overrightarrow{BD} = 2\overrightarrow{CB}$.

Ainsi, $\overrightarrow{BD}$ et $\overrightarrow{CB}$ sont colinéaires et les points *B*, *C* et *D* sont bien alignés.

On peut aussi démontrer l'alignement en utilisant les coordonnées (*cf. fiche* 39).

Lire les coordonnées de points et de vecteurs dans un repère

Fiche 37

Maths

Notes

LE COURS

Repère $(O\,;\vec{i},\vec{j}\,)$ du plan

$(O\,;\vec{i},\vec{j}\,)$ est un repère du plan si, et seulement si, $\vec{i}$ et $\vec{j}$ sont deux vecteurs non nuls qui n'ont pas la même direction.

Coordonnées d'un point dans un repère

M a pour coordonnées $\begin{pmatrix} x \\ y \end{pmatrix}$ dans le repère $(O\,;\vec{i},\vec{j}\,)$ si, et seulement si, $\overrightarrow{OM} = x\vec{i} + y\vec{j}$.

Les coordonnées sont uniques :

$\begin{cases} x \text{ est l'abscisse de } M \\ y \text{ est l'ordonnée de } M. \end{cases}$

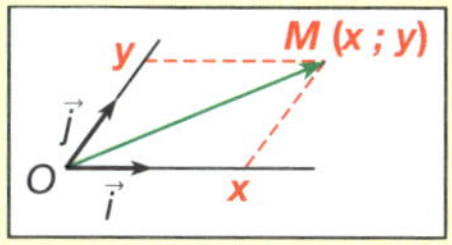

Coordonnées d'un vecteur dans un repère

$\vec{u}$ a pour coordonnées $\begin{pmatrix} x \\ y \end{pmatrix}$ dans le repère $(O\,;\vec{i},\vec{j}\,)$ si, et seulement si, $\vec{u} = x\vec{i} + y\vec{j}$.

Les coordonnées sont uniques :

$\begin{cases} x \text{ est l'abscisse de } \vec{u} \\ y \text{ est l'ordonnée de } \vec{u}. \end{cases}$

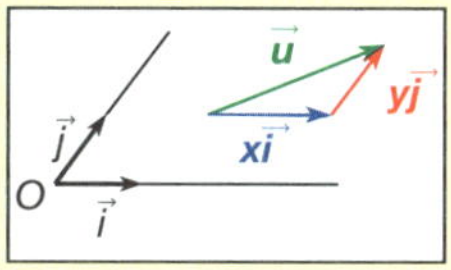

EXERCICES TYPES CORRIGÉS

EXERCICE 1 Lire les coordonnées de $\vec{u}, \vec{v}, \vec{w}$ et $\vec{t}$ dans le repère $(O\,;\vec{i},\vec{j}\,)$.

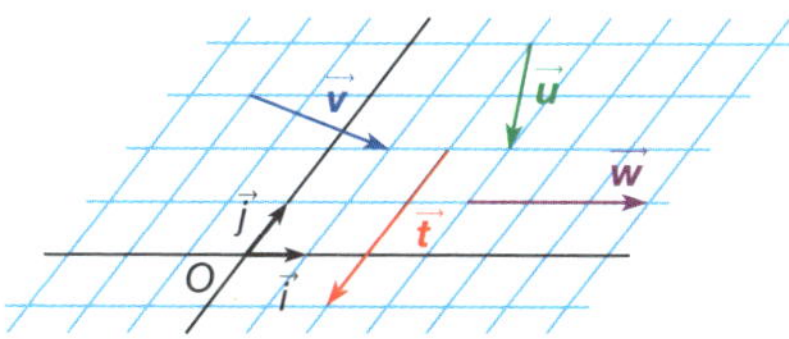

EXERCICE 2 Soit $ABCD$ un parallélogramme tel que $AB = 4$ et $AD = 2$.

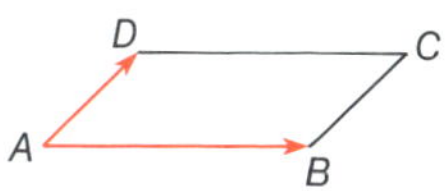

Lire les coordonnées de A, B, C, D, de $\overrightarrow{BD}$ dans le repère $(A\,;\overrightarrow{AB}, \overrightarrow{AD})$.

Notes

EXERCICE 3

ABCDEF est un hexagone régulier de centre *O*, de côté 2.

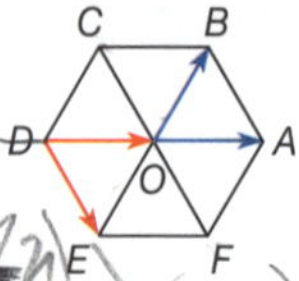

1. Lire les coordonnées de *A*, *B*, *C*, *D* dans le repère $(O\,;\overrightarrow{OA}, \overrightarrow{OB})$.

2. Lire les coordonnées de $\overrightarrow{AB}$, $\overrightarrow{AE}$ et $\overrightarrow{CF}$ dans le repère $(D\,;\overrightarrow{DE}, \overrightarrow{DO})$.

Corrigé

1 Pour lire les coordonnées d'un vecteur $\vec{u}$, on trace la parallèle à l'axe des abscisses passant par l'origine de ce vecteur $\vec{u}$ et la parallèle à l'axe des ordonnées passant par l'extrémité de $\vec{u}$.
On lit ensuite le déplacement selon l'axe des abscisses (*Ox*) et selon l'axe des ordonnées (*Oy*) :

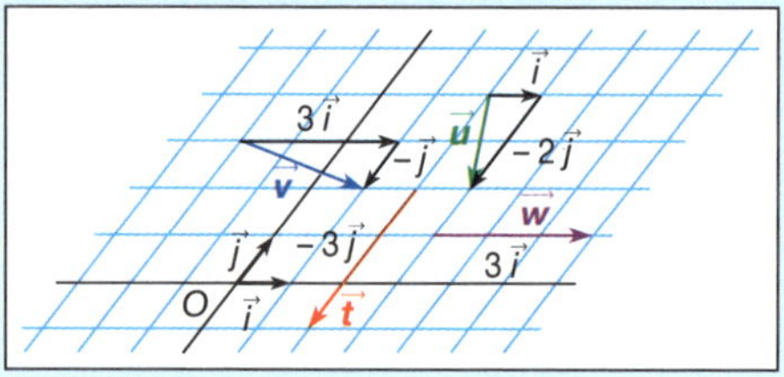

$\vec{u}(1\,;-2)$
$\vec{v}(3\,;-1)$
$\vec{w}(3\,;0)$
$\vec{t}(0\,;-3)$

Les coordonnées sont des réels, non des vecteurs : écrire « ~~$\vec{u}(\vec{i}\,;-2\vec{j})$~~ » n'a aucun sens ! Il faut écrire soit $\vec{u} = \vec{i} - 2\vec{j}$ soit $\vec{u}(1\,;-2)$.

2 $(A\,;\overrightarrow{AB}, \overrightarrow{AD})$ est bien un repère car $\overrightarrow{AB}$ et $\overrightarrow{AD}$ sont non nuls ($AB \neq 0$ et $AD \neq 0$) et n'ont pas la même direction (*ABCD* parallélogramme).

• Dans ce repère, **$A(0\,;0)$** (origine du repère) : **$B(1\,;0)$ et $D(0\,;1)$**.
B n'a pas pour coordonnées $(4\,;0)$ car $\overrightarrow{AB} = 1\overrightarrow{AB} + 0\overrightarrow{AD}$ (pas $4\overrightarrow{AB}$). Le vecteur $\overrightarrow{AB}$ donne l'unité selon l'axe des abscisses et $\overrightarrow{AD}$ donne l'unité selon l'axe des ordonnées.
Enfin, **$C(1\,;1)$** $(\overrightarrow{AC} = 1\overrightarrow{AB} + 1\overrightarrow{AD})$ dans $(A\,;\overrightarrow{AB}, \overrightarrow{AD})$.

• On a $\overrightarrow{BD} = \overrightarrow{BA} + \overrightarrow{AD} = -\overrightarrow{AB} + \overrightarrow{AD}$; ainsi, **$\overrightarrow{BD}(-1\,;1)$** dans $(A\,;\overrightarrow{AB}, \overrightarrow{AD})$.

3 1. **$A(1\,;0)$ et $B(0\,;1)$ dans $(O\,;\overrightarrow{OA}, \overrightarrow{OB})$.**
En projetant *C* sur (*OA*) parallèlement à (*OB*) et sur (*OB*) parallèlement à (*OA*), on a $\overrightarrow{OC} = -1\overrightarrow{OA} + 1\overrightarrow{OB}$: **$C(-1\,;1)$ dans $(O\,;\overrightarrow{OA}, \overrightarrow{OB})$.**
Enfin, **$D(-1\,;0)$** $(\overrightarrow{OD} = -1\overrightarrow{OA} = -1\overrightarrow{OA} + 0\overrightarrow{OB})$ dans $(O\,;\overrightarrow{OA}, \overrightarrow{OB})$.

2. $\overrightarrow{AB} = -\overrightarrow{DE} = -1\overrightarrow{DE} + 0\overrightarrow{DO}$: **$\overrightarrow{AB}(-1\,;0)$ dans $(D\,;\overrightarrow{DE}, \overrightarrow{DO})$;**
$\overrightarrow{AE} = -2\overrightarrow{DO} + \overrightarrow{DE} = 1\overrightarrow{DE} - 2\overrightarrow{DO}$: **$\overrightarrow{AE}(1\,;-2)$ dans $(D\,;\overrightarrow{DE}, \overrightarrow{DO})$;**
$\overrightarrow{CF} = 2\overrightarrow{DE} = 2\overrightarrow{DE} + 0\overrightarrow{DO}$: **$\overrightarrow{CF}(2\,;0)$ dans $(D\,;\overrightarrow{DE}, \overrightarrow{DO})$.**

Calculer les coordonnées de points et de vecteurs dans un repère

Fiche 38

Maths

LE COURS

Le plan est muni d'un repère $(O\,;\vec{i},\vec{j})$.

- Soient $\vec{u}\begin{pmatrix} x \\ y \end{pmatrix}$ et $\vec{v}\begin{pmatrix} x' \\ y' \end{pmatrix}$. Alors :
  - $\vec{u}=\vec{v}$ si, et seulement si, $\begin{cases} x = x' \\ y = y' \end{cases}$;
  - $\vec{u}+\vec{v}\begin{pmatrix} x+x' \\ y+y' \end{pmatrix}$ et $k\vec{u}\begin{pmatrix} kx \\ ky \end{pmatrix}$ $(k \in \mathbb{R})$.
- Soient $A\begin{pmatrix} x_A \\ y_A \end{pmatrix}$ et $B\begin{pmatrix} x_B \\ y_B \end{pmatrix}$. Alors $\overrightarrow{AB}\begin{pmatrix} x_B - x_A \\ y_B - y_A \end{pmatrix}$ et

I milieu de $[AB]$ a pour coordonnées $I\begin{pmatrix} \dfrac{x_A+x_B}{2} \\ \dfrac{y_A+y_B}{2} \end{pmatrix}$.

Notes

EXERCICE TYPE CORRIGÉ

Soit $(O\,;\vec{i},\vec{j})$ un repère du plan. Soient $A\begin{pmatrix} -1 \\ -1 \end{pmatrix}$, $B\begin{pmatrix} 1 \\ 2 \end{pmatrix}$ et $C\begin{pmatrix} 3 \\ -2 \end{pmatrix}$ dans ce repère.

1. Calculer les coordonnées de $\overrightarrow{AB}$ et de $\overrightarrow{AC}$.
2. a. Calculer les coordonnées de $2\overrightarrow{AB}+\overrightarrow{AC}$.
   b. En déduire les coordonnées du point D tel que $\overrightarrow{AD} = 2\overrightarrow{AB}+\overrightarrow{AC}$.
3. Calculer les coordonnées du point E tel que $ABCE$ soit un parallélogramme.

Corrigé

1. Toujours commencer par faire une figure : elle permet, par simple lecture (*cf. fiche* 37) de vérifier les calculs.

Notes

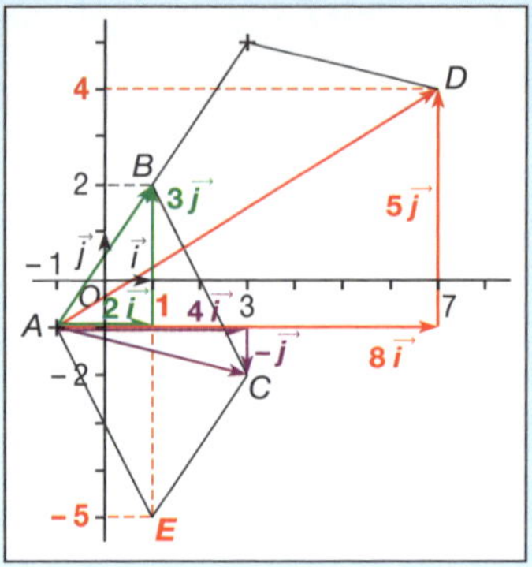

On a $A\begin{pmatrix}-1\\-1\end{pmatrix}$ et $B\begin{pmatrix}1\\2\end{pmatrix}$,

donc $\overrightarrow{AB}\begin{pmatrix}1-(-1)\\2-(-1)\end{pmatrix}$ soit $\boldsymbol{\overrightarrow{AB}\begin{pmatrix}2\\3\end{pmatrix}}$.

De même, $A\begin{pmatrix}-1\\-1\end{pmatrix}$ et $C\begin{pmatrix}3\\-2\end{pmatrix}$

donc $\overrightarrow{AC}\begin{pmatrix}3-(-1)\\-2-(-1)\end{pmatrix}$

soit $\boldsymbol{\overrightarrow{AC}\begin{pmatrix}4\\-1\end{pmatrix}}$.

2. a. D'après **1.**, $\overrightarrow{AB}\begin{pmatrix}2\\3\end{pmatrix}$ donc $2\overrightarrow{AB}\begin{pmatrix}4\\6\end{pmatrix}$. Or, $\overrightarrow{AC}\begin{pmatrix}4\\-1\end{pmatrix}$.

Ainsi, $2\overrightarrow{AB}+\overrightarrow{AC}\begin{pmatrix}4+4\\6+(-1)\end{pmatrix}$ soit $\boldsymbol{2\overrightarrow{AB}+\overrightarrow{AC}\begin{pmatrix}8\\5\end{pmatrix}}$.

b. Les coordonnées du point D ne sont pas celles de $\overrightarrow{AD}$ (*cf.* figure).
Pour déterminer les coordonnées d'un point défini par une égalité vectorielle, on appelle x et y les coordonnées recherchées et on utilise l'égalité vectorielle pour aboutir à un système.

D'après **2. a.**, $\boldsymbol{\overrightarrow{AD}\begin{pmatrix}8\\5\end{pmatrix}}$.

Soit $D\begin{pmatrix}x\\y\end{pmatrix}$ dans le repère $(O\,;\vec{i},\vec{j})$. On a alors $\boldsymbol{\overrightarrow{AD}\begin{pmatrix}x+1\\y+1\end{pmatrix}}$.

Par unicité des coordonnées, $\begin{cases}x+1=8\\y+1=5\end{cases}$ soit $\begin{cases}x=8-1=7\\y=5-1=4.\end{cases}$

Ainsi, les coordonnées de D sont $\boldsymbol{D(7\,;4)}$.

3. On traduit l'énoncé par une égalité vectorielle.
Comme $ABCE$ est un parallélogramme, $\overrightarrow{EC}=\overrightarrow{AB}$.
Puis on procède comme au **2.** :

D'après **1.**, $\overrightarrow{AB}\begin{pmatrix}2\\3\end{pmatrix}$ donc $\overrightarrow{EC}\begin{pmatrix}2\\3\end{pmatrix}$.

Soit, de plus, $E\begin{pmatrix}x\\y\end{pmatrix}$ dans le repère $(O\,;\vec{i},\vec{j})$. On a alors $\boldsymbol{\overrightarrow{EC}\begin{pmatrix}3-x\\-2-y\end{pmatrix}}$.

Par unicité des coordonnées, $\begin{cases}3-x=2\\-2-y=3\end{cases}$ soit $\begin{cases}3-2=x\\-2-3=y.\end{cases}$

Ainsi, les coordonnées de E sont $\boldsymbol{E(1\,;-5)}$.

Utiliser les coordonnées pour démontrer

Fiche 39

Maths

LE COURS

Vecteurs colinéaires : soient $\vec{u}$ et $\vec{v}$ non nuls

$\vec{u}(x\,;\,y)$ et $\vec{v}(x'\,;\,y')$ dans un repère $(O\,;\,\vec{i},\vec{j})$ sont colinéaires si, et seulement si, $\text{dét}(\vec{u},\vec{v}) = 0$ si, et seulement si, $\begin{vmatrix} x & x' \\ y & y' \end{vmatrix} = xy' - x'y = 0$.

Distance dans un repère orthonormé du plan

- $(O\,;\,\vec{i},\vec{j})$ est un repère orthonormé du plan si, et seulement si :

$$\vec{i} \perp \vec{j} \text{ et } \|\vec{i}\| = \|\vec{j}\| = 1.$$

- Dans un repère orthonormé du plan :

si $\vec{u}(x\,;\,y)$, alors $\|\vec{u}\| = \sqrt{x^2 + y^2}$;

si $A(x_A\,;\,y_A)$ et $B(x_B\,;\,y_B)$, alors $AB = \sqrt{(x_B - x_A)^2 + (y_B - y_A)^2}$.

Notes

EXERCICES TYPES CORRIGÉS

EXERCICE 1 Dans le plan muni d'un repère orthonormé, on considère les points $A(3\,;\,2)$, $B(7\,;\,3)$, $C(-3\,;\,-4)$ et $D\left(\frac{-14}{3}\,;\,-\frac{53}{12}\right)$.

1. Montrer que $(AB) \,//\, (CD)$.
2. Soit $E\left(6\,;\,-\frac{3}{2}\right)$. Montrer que E est sur la médiatrice de $[AB]$.

EXERCICE 2 Soit $ABCD$ un quadrilatère quelconque ; soient I, J, K et L les milieux respectifs de $[AB]$, $[BC]$, $[CD]$ et $[AD]$.
En considérant le repère $(A\,;\,\overrightarrow{AB}, \overrightarrow{AD})$, montrer que $IJKL$ est un parallélogramme.
On pourra appeler a et b les coordonnées de $C(a\,;\,b)$.

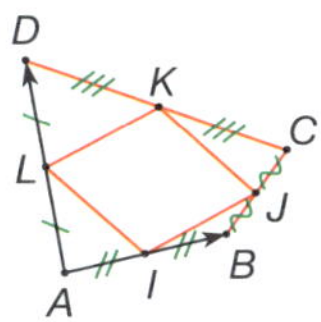

EXERCICE 3 Soit ABC un triangle et D tel que $\overrightarrow{AD} = 3\overrightarrow{AB} - 2\overrightarrow{AC}$.
En considérant le repère $(A\,;\,\overrightarrow{AB}, \overrightarrow{AC})$, montrer que les points B, C, D sont alignés.

Corrigé

1 1. Pour montrer que $(AB) \,//\, (CD)$, on montre que $\overrightarrow{AB}$ et $\overrightarrow{CD}$ sont colinéaires. Pour cela, on utilise les coordonnées :

Notes

$A\begin{pmatrix}3\\2\end{pmatrix}$ et $B\begin{pmatrix}7\\3\end{pmatrix}$, donc $\overrightarrow{AB}\begin{pmatrix}4\\1\end{pmatrix}$.

De même, $\overrightarrow{CD}\begin{pmatrix}-\dfrac{14}{3}-(-3)\\[2mm] -\dfrac{53}{12}-(-4)\end{pmatrix}$ soit $\overrightarrow{CD}\begin{pmatrix}-\dfrac{5}{3}\\[2mm] -\dfrac{5}{12}\end{pmatrix}$.

Or, $\text{dét}(\overrightarrow{AB},\overrightarrow{CD}) = \begin{vmatrix}4 & -\dfrac{5}{3}\\[2mm] 1 & -\dfrac{5}{12}\end{vmatrix} = 4\times\left(\dfrac{-5}{12}\right)-1\times\left(-\dfrac{5}{3}\right)=\dfrac{-5}{3}+\dfrac{5}{3}=0.$

Ainsi, **$\overrightarrow{AB}$ et $\overrightarrow{CD}$ sont colinéaires et (AB) // (CD).**

2. Il suffit de montrer que $EA = EB$.

$EA = \sqrt{(3-6)^2+\left(2+\dfrac{3}{2}\right)^2}=\sqrt{9+\dfrac{49}{4}}=\sqrt{\dfrac{85}{4}}$;

$EB = \sqrt{(7-6)^2+\left(3+\dfrac{3}{2}\right)^2}=\sqrt{1+\dfrac{81}{4}}=\sqrt{\dfrac{85}{4}}$.

On a bien **$EA = EB$ et E est sur la médiatrice de $[AB]$.**

2 Pour cela, on commence par déterminer les coordonnées de I, J, K et L.
$(A\,;\overrightarrow{AB},\overrightarrow{AD})$ est un repère, car $\overrightarrow{AB}$ et $\overrightarrow{AD}$ sont non nuls et non colinéaires. Dans ce repère, $A(0\,;0)$, $B(1\,;0)$ et $D(0\,;1)$ (*cf. fiche* 37).
De plus, soient a et b les coordonnées de C dans ce repère. Alors, I milieu de $[AB]$ a pour coordonnées $I\left(\dfrac{1}{2}\,;0\right)$ (*cf. fiche* 38) ;

de même, $J\left(\dfrac{1+a}{2}\,;\dfrac{b}{2}\right)$, $K\left(\dfrac{a}{2}\,;\dfrac{b+1}{2}\right)$ et $L\left(0\,;\dfrac{1}{2}\right)$.

On a $\overrightarrow{IJ}\begin{pmatrix}\dfrac{1+a}{2}-\dfrac{1}{2}\\[2mm] \dfrac{b}{2}-0\end{pmatrix}$, soit $\overrightarrow{IJ}\begin{pmatrix}\dfrac{a}{2}\\[2mm] \dfrac{b}{2}\end{pmatrix}$; $\overrightarrow{LK}\begin{pmatrix}\dfrac{a}{2}-0\\[2mm] \dfrac{b+1}{2}-\dfrac{1}{2}\end{pmatrix}$, soit $\overrightarrow{LK}\begin{pmatrix}\dfrac{a}{2}\\[2mm] \dfrac{b}{2}\end{pmatrix}$.

Ainsi, **$\overrightarrow{IJ}=\overrightarrow{LK}$ et $IJKL$ est bien un parallélogramme.**

Une seule égalité suffit à prouver que $IJKL$ est un parallélogramme. Mais $\overrightarrow{IJ}$ et $\overrightarrow{LK}$ sont colinéaires montre uniquement que $IJKL$ est un trapèze.

3 $(A\,;\overrightarrow{AB},\overrightarrow{AC})$ est un repère, car $\overrightarrow{AB}$ et $\overrightarrow{AC}$ sont non nuls et non colinéaires.
Dans ce repère, $A(0\,;0)$, $B(1\,;0)$ et $C(0\,;1)$.
De plus, $\overrightarrow{AD}=3\overrightarrow{AB}-2\overrightarrow{AC}$, donc $D(3\,;-2)$ dans $(A\,;\overrightarrow{AB},\overrightarrow{AC})$ (*cf. fiche* 37).
On montre ensuite que $\overrightarrow{BC}$ et $\overrightarrow{BD}$ sont colinéaires :
$\overrightarrow{BC}(-1\,;1)$ et $\overrightarrow{BD}(2\,;-2)$. Ainsi, $\overrightarrow{BD}=-2\overrightarrow{BC}$ (d'après les coordonnées).
$\overrightarrow{BC}$ et $\overrightarrow{BD}$ sont colinéaires et les points B, D et C sont bien alignés.

Déterminer une équation de droite

Fiche 40

Maths

Notes

LE COURS

Soit $(O\,;\vec{i},\vec{j})$ un repère du plan.

Vecteur directeur de droite

$\vec{u}$ est un vecteur directeur de la droite (d) siginifie
$\begin{cases} \vec{u} \neq \vec{o} \\ \text{la direction de } \vec{u} \text{ est celle de } (d). \end{cases}$

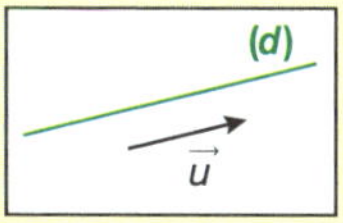

Équation cartésienne de droite

- Toute droite (d) du plan admet une équation cartésienne de la forme $ax + by + c = 0$ avec a et b non simultanément nuls.
- Réciproquement, l'ensemble des points $M(x\,;y)$ tels que $ax + by + c = 0$ avec a et b non simultanément nuls est une droite (d) de vecteur directeur $\vec{u}(-b\,;a)$.

Condition analytique d'appartenance à une droite (d)

$A(x_A\,;y_A)$ est sur une droite (d) si, et seulement si, ses coordonnées vérifient l'équation de (d) $ax_A + by_A + c = 0$.

Droites parallèles aux axes

(Ox) a pour équation $y = 0$.
Toute parallèle à (Ox) a pour équation $y = b$.

(Oy) a pour équation $x = 0$.
Toute parallèle à (Oy) a pour équation $x = c$.

EXERCICE TYPE CORRIGÉ

Dans un repère $(O\,;\vec{i},\vec{j})$, soient $A(1\,;4)$, $B(4\,;2)$ et $C(1\,;2)$.

1. Déterminer une équation de (AB).
2. Déterminer une équation de (AC).

Corrigé

1.

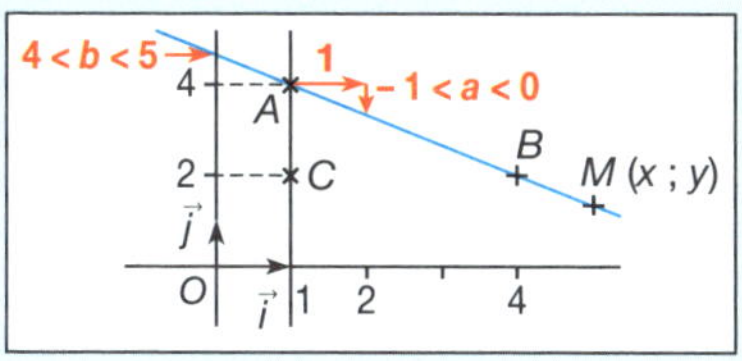

Notes

Pour déterminer une équation de (AB), deux méthodes sont possibles :

1re méthode : (AB) est l'ensemble des points M tels que A, B, M sont alignés.

$M(x\,;y) \in (AB)$ si, et seulement si, $\overrightarrow{AM}\begin{pmatrix} x-1 \\ y-4 \end{pmatrix}$ et $\overrightarrow{AB}\begin{pmatrix} 3 \\ -2 \end{pmatrix}$ sont colinéaires

si, et seulement si, $\text{dét}(\overrightarrow{AM}, \overrightarrow{AB}) = 0$

si, et seulement si, $\begin{vmatrix} x-1 & 3 \\ y-4 & -2 \end{vmatrix} = 0$

si, et seulement si, $-2(x-1) - 3(y-4) = 0$ (*cf. fiche* 39)

si, et seulement si, $-2x - 3y + 14 = 0$

Une équation cartésienne de (AB) est $-2x - 3y + 14 = 0$.

① $2x + 3y - 14 = 0$ est une équation cartésienne de (AB).
$20x + 30y - 140 = 0$; $-4x - 6y + 28 = 0$ sont d'autres équations équivalentes de (AB).

② À partir de l'équation cartésienne trouvée, on peut déterminer l'équation réduite de (AB) en exprimant y en fonction de x :

$$-2x - 3y + 14 = 0$$
$$\text{donc } -2x + 14 = 3y$$
$$\text{et } -\frac{2}{3}x + \frac{14}{3} = y$$

③ On vérifie avec les coordonnées de A et de B :

$-2x_A - 3y_A + 14 = -2 \times 1 - 3 \times 4 + 14 = 0$

$-2x_B - 3y_B + 14 = -2 \times 4 - 3 \times 2 + 14 = 0$

2de méthode : (AB) est la représentation graphique d'une fonction affine f.

Comme (AB) n'est pas parallèle à (Oy) $(x_A \neq x_B)$, l'équation de (AB) est de la forme $y = ax + b$ avec $a = \dfrac{y_B - y_A}{x_B - x_A} = \dfrac{2-4}{4-1} = -\dfrac{2}{3}$ (*cf. fiche* 23).

De plus, $A(1\,;4) \in (AB)$

donc $y_A = -\dfrac{2}{3}x_A + b$

et $b = y_A + \dfrac{2}{3}x_A$

soit $b = 4 + \dfrac{2}{3} = \dfrac{14}{3}$.

Ainsi, **l'équation réduite de (AB) est $y = -\dfrac{2}{3}x + \dfrac{14}{3}$.**

① On vérifie avec les coordonnées de B :

$$-\frac{2}{3}x_B + \frac{14}{3} = -\frac{2}{3} \times 4 + \frac{14}{3} = \frac{-8}{3} + \frac{14}{3} = \frac{6}{3} = 2 = y_B.$$

② Comme pour les fonctions affines (*cf. fiche* 23), on vérifie que les calculs de a et b sont bien cohérents avec la lecture de a et b sur le graphique.

2. Comme $x_A = x_C = 1$, **(AC) est parallèle à (Oy).**

Ainsi (AC) a pour équation $x = 1$.

Déterminer une équation de droite parallèle à une droite donnée

Fiche 41

Maths

LE COURS

Soit $(O\,;\vec{i},\vec{j})$ un repère du plan.
Soit (d) la droite d'équation $ax + by + c = 0$
Soit (d') la droite d'équation $a'x + b'y + 'c = 0$
avec a et b, a' et b' non simultanément nuls.
(d) // (d') si, et seulement si, $ab' - a'b = 0$

N.B. : lorsque b et b' sont tous les 2 non nuls, on retrouve (à partir des équations réduites) $(d)//(d')$ si, et seulement si, elles ont le même coefficient directeur.

Notes

EXERCICES TYPES CORRIGÉS

EXERCICE 1 Dans le repère $(O\,;\vec{i},\vec{j})$ du plan, soient les droites d'équations :

(d_1) $y = -\dfrac{5}{3}x + 1$ (d_2) $y = -\dfrac{10}{6}x + 1$

(d_3) $15x + 9y - 3 = 0$ (d_4) $10x + 9y + 2 = 0$.

Préciser les droites parallèles parmi ces droites.

EXERCICE 2 Soit $(O\,;\vec{i},\vec{j})$ un repère du plan. Soient $A(1\,;2)$, $B(3\,;-1)$ et $C(-4\,;3)$. Déterminer une équation de la droite (d) parallèle à (AB) passant par C.

Corrigé

1 Il suffit de comparer les coefficients directeurs de ces droites.

L'équation réduite de $\begin{cases} (d_3) \text{ est } y = -\dfrac{15}{9}x + \dfrac{3}{9} \text{ soit } y = \dfrac{-5}{3}x + \dfrac{1}{3} \\ (d_4) \text{ est } y = -\dfrac{10}{9}x - \dfrac{2}{9}. \end{cases}$

Ainsi, les coefficients directeurs de (d_1), (d_2) et (d_3) sont égaux $\left(-\dfrac{10}{6} = -\dfrac{5}{3}\right)$ et **(d_1) // (d_2) // (d_3)**.

Mais $a_4 \neq -\dfrac{5}{3}$ et **(d_4) n'est pas parallèle à (d_1), (d_2) ou (d_3).**

N.B. : pour les droites (d_3) et (d_4), on aurait pu aussi considérer les vecteurs directeurs :
un vecteur directeur de (d_3) est $\vec{u}_3\begin{pmatrix}-b\\a\end{pmatrix}$ soit $\vec{u}_3\begin{pmatrix}-9\\15\end{pmatrix}$.

De même un vecteur directeur de (d_4) est $\vec{u}_4\begin{pmatrix}-9\\10\end{pmatrix}$.

Notes

On détermine $\text{dét}(\vec{u_3},\vec{u_4}) = \begin{vmatrix} -9 & -9 \\ 15 & 10 \end{vmatrix} = -90 + 135 = 45 \neq 0$

$\vec{u_3}$ et $\vec{u_4}$ ne sont pas colinéaires et (d_3) et (d_4) ne sont pas parallèles.

2

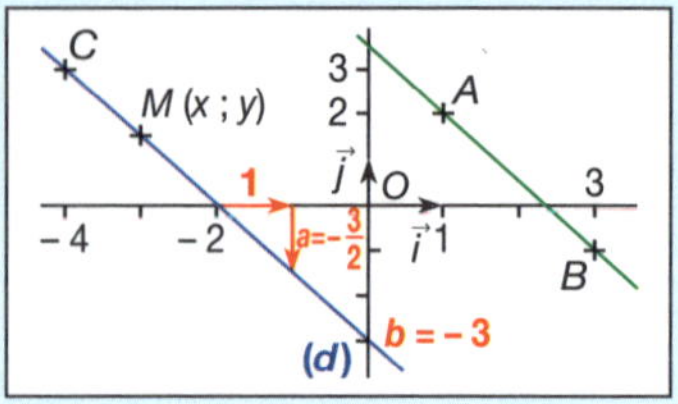

Comme toujours, il est préférable de faire une figure pour vérifier les calculs et déterminer la méthode. Ici, deux méthodes sont possibles.

1re méthode : (d) est l'ensemble des points $M(x\,;y)$ tels que $(CM)\ /\!/\ (AB)$.

Comme $(d)\ /\!/\ (AB)$, un vecteur directeur de (d) est $\overrightarrow{AB}$.

$M(x\,;y) \in (d)$

si, et seulement si, $\overrightarrow{CM}\begin{pmatrix} x+4 \\ y-3 \end{pmatrix}$ et $\overrightarrow{AB}\begin{pmatrix} 2 \\ -3 \end{pmatrix}$ sont colinéaires

si, et seulement si, $\text{dét}(\overrightarrow{CM}, \overrightarrow{AB}) = 0$

si, et seulement si, $\begin{vmatrix} x+4 & 2 \\ y-3 & -3 \end{vmatrix} = 0$

si, et seulement si, $-3(x+4) - 2(y-3) = 0$

si, et seulement si, $-3x - 2y - 6 = 0$

si, et seulement si, $3x + 2y + 6 = 0$.

Une équation de (d) est $3x + 2y + 6 = 0$.

N.B. : on peut montrer qu'une équation de (AB) est $3x + 2y - 7 = 0$ (*cf. fiche* 40) et que toute droite parallèle à (AB) a une équation cartésienne de la forme $3x + 2y + c = 0$.

2de méthode : (d) a pour équation réduite $y = ax + b$, où $a = \dfrac{y_B - y_A}{x_B - x_A}$.

Comme $(d)\ /\!/\ (AB)$, le coefficient directeur a de (d) est le même que celui de (AB).

Ainsi, $a = \dfrac{y_B - y_A}{x_B - x_A} = \dfrac{-1-2}{3-1} = -\dfrac{3}{2}$.

Une équation de (d) est donc de la forme $y = -\dfrac{3}{2}x + b$.

Or, $C(-4\,;3) \in (d)$, donc $y_C = -\dfrac{3}{2}x_C + b$ et $b = 3 + \dfrac{3}{2} \times (-4) = -3$.

Ainsi, **une équation de (d) est $y = -\dfrac{3}{2}x - 3$.**

Résoudre graphiquement un système et déterminer la position relative de deux droites

Notes

LE COURS

Résoudre le système $\begin{cases} ax + by = c \\ a'x + b'y = c' \end{cases}$ $(a \neq 0$ ou $b \neq 0)$ et $(a' \neq 0$ ou $b' \neq 0)$, c'est trouver tous les couples $(x\,;y)$ vérifiant en même temps les deux équations.

Résolution graphique : on munit le plan d'un repère $(O\,;\vec{i}, \vec{j})$

$ax + by = c$ est l'équation d'une droite (d).

$a'x + b'y = c'$ est l'équation d'une droite (d').

	Sécantes en un point S	Strictement parallèles	Confondues
Position des droites (d) et (d')	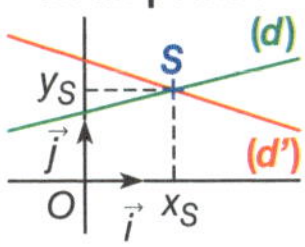	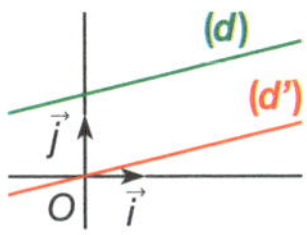	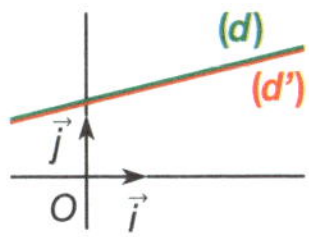
Critères	$ab' - a'b \neq 0$	$ab' - a'b = 0$; $bc' - b'c \neq 0$	$ab' - a'b = 0$; $bc' - b'c = 0$
Solutions du système	une seule : le couple $(x_S\,;y_S)$ coordonnées du point S	aucune solution	une infinité de solutions : tous les couples de coordonnées des points de (d) ou (d').

Toujours réécrire le système sous la forme $\begin{cases} ax + by = c \\ a'x + b'y = c' \end{cases}$ avant d'appliquer les critères : $ab' - a'b$ et $bc' - b'c$.

EXERCICE TYPE CORRIGÉ

Résoudre et interpréter graphiquement les systèmes suivants :

1. $\begin{cases} 2x + 4y = -4 \\ 3x + 6y = 1. \end{cases}$ **2.** $\begin{cases} 4x + 3y = -4 \\ 6x + \dfrac{9}{2}y = -6. \end{cases}$ **3.** $\begin{cases} 2x + 3y = -4 \\ 3x + y = 1. \end{cases}$

Notes

Corrigé

1. On calcule d'abord $ab' - a'b$.

$$\begin{cases} 2x + 4y = -4 \\ 3x + 6y = 1 \end{cases}$$

On a $ab' - a'b = 2 \times 6 - 3 \times 4 = 0$.

Le système admet soit aucune solution, soit une infinité de solutions. Pour le savoir, on calcule $bc' - b'c$:

De plus, $bc' - b'c = 4 \times 1 - 6 \times (-4) = 28 \neq 0$.

Le système n'admet aucune solution $S = \varnothing$.

Les droites d'équations $2x + 4y = -4$ et $3x + 6y = 1$ sont strictement parallèles.

2. On a $\begin{cases} ab' - a'b = 4 \times \dfrac{9}{2} - 6 \times 3 = 18 - 18 = 0 \\ bc' - b'c = 3 \times (-6) - \dfrac{9}{2} \times (-4) = -18 + 18 = 0. \end{cases}$

Le système admet une infinité de solutions $S = \{(x\,;y)\,/\,4x + 3y = -4\}$.

Les droites d'équations $4x + 3y = -4$ et $6x + \dfrac{9}{2}y = -6$ sont confondues.

3. On a $ab' - a'b = 2 \times 1 - 3 \times 3 = -7 \neq 0$. Le système admet une unique solution que l'on détermine graphiquement.

Pour cela, on trace la droite (d) d'équation $2x + 3y = -4$ et d'équation réduite $y = -\dfrac{2}{3}x - \dfrac{4}{3}$ (*cf. fiche 22*) : (d) passe par $A(-2\,;0)$ et $B(1\,;-2)$.

On trace aussi la droite (d') d'équation $3x + y = 1$ et d'équation réduite $y = -3x + 1$ ($a = -3$ et $b = 1$) ; **les droites (d) et (d') sont sécantes en un point S.**

On lit ses coordonnées : $S = \{(1\,;-2)\}$.

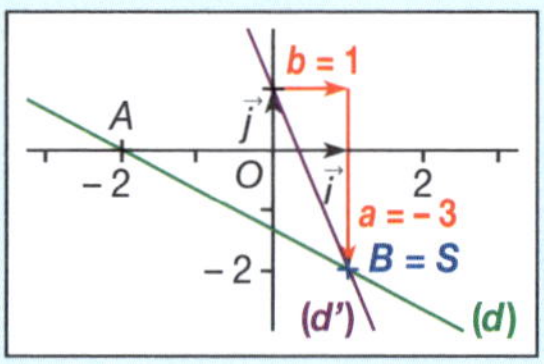

① On vérifie que la solution convient bien en remplaçant x par 1 et y par -2 dans les deux égalités : $\begin{cases} 2 \times 1 + 3(-2) = 2 - 6 = -4 \\ 3 \times 1 + (-2) = 3 - 2 = 1. \end{cases}$

② On aurait pu déterminer la solution par le calcul : *cf. fiche* 43.

③ Attention aux conventions d'écriture pour les solutions : $S = \{(x_S\,;y_S)\}$.

Résoudre un système par le calcul
Étudier l'intersection de deux droites

EXERCICES TYPES CORRIGÉS

EXERCICE 1 Résoudre par le calcul le système suivant $\begin{cases} 2x + 3y = -4 \\ 3x + y = 1. \end{cases}$

EXERCICE 2 Le plan est muni d'un repère $(O\,;\vec{i},\vec{j})$. Soit (d) la droite d'équation $2x - 3y + 1 = 0$ et (d') la droite d'équation $y = x - 1$.
Montrer que (d) et (d') sont sécantes en S et calculer les coordonnées du point d'intersection S.

Notes

Corrigé

1 On commence toujours par vérifier que le système admet bien une solution unique en calculant $ab' - a'b$ (*cf. fiche* 42).

On a $ab' - a'b = 2 \times 1 - 3 \times 3 = -7 \neq 0$. Le système admet une solution unique, que l'on détermine par le calcul.

Deux méthodes sont possibles :

1re méthode : résolution par substitution

On exprime x en fonction de y (ou y en fonction de x) à l'aide d'une des deux équations. Puis, on remplace (on substitue) x par son expression en fonction de y dans l'autre équation.

On ne choisit cette méthode que si l'un des coefficients devant x ou y est 1 ou – 1 (pour éviter les calculs avec les fractions).

Ici, comme $b' = 1$, on exprime y en fonction de x à l'aide de la 2e équation :

$$\begin{cases} 2x + 3y = -4 & (1) \\ y = 1 - 3x & (2) \end{cases} \quad \begin{cases} 2x + 3(1 - 3x) = -4 & (1) \\ y = 1 - 3x & (2) \end{cases} \quad \begin{cases} 2x + 3 - 9x = -4 \\ y = 1 - 3x \end{cases}$$

$$\begin{cases} -7x = -7 \\ y = 1 - 3x \end{cases} \quad \begin{cases} x = \dfrac{-7}{-7} = 1 \\ y = 1 - 3 \times 1 = -2. \end{cases} \quad \mathbf{S = \{(1\,;-2)\}}.$$

2de méthode : résolution par combinaison

On se ramène à une équation du 1er degré en combinant les deux équations de telle sorte qu'on élimine l'une des deux inconnues.

On privilégiera systématiquement cette méthode lorsqu'aucun des coefficients devant x ou y ne vaut 1 ou – 1.

On résout par combinaison :

On élimine les « x » :

$$\begin{cases} 2x + 3y = -4 & (1) \times (+3) \\ 3x + y = 1 & (2) \times (-2) \end{cases}$$

D'où $\begin{cases} 6x + 9y = -12 \\ -6x - 2y = -2 \end{cases}$

On élimine les « y » :

$$\begin{cases} 2x + 3y = -4 & (1) \\ 3x + y = 1 & (2) \times (-3) \end{cases}$$

$$\begin{cases} 2x + 3y = -4 \\ -9x - 3y = -3 \end{cases}$$

Notes

Par somme :

$$7y = -14$$

et $y = \dfrac{-14}{7} = -2$

Par somme :

$$-7x = -7$$

et $x = \dfrac{-7}{-7} = 1$

Ainsi, $\boldsymbol{S = \{(1\,;-2)\}}$.

① Attention à l'ordre des réels dans le couple solution (« d'abord x, puis y »).

② On vérifie que les solutions conviennent bien :

$$\begin{cases} 2 \times 1 + 3 \times (-2) = 2 - 6 = -4 \\ 3 \times 1 + (-2) = 3 - 2 = 1. \end{cases}$$

2 Les coordonnées du point d'intersection S, s'il existe, sont solutions du système

$$\begin{cases} 2x - 3y + 1 = 0 & (S(x\,;y) \in (d)) \\ y = x - 1 & (S(x\,;y) \in (d')) \end{cases} \quad \text{soit de} \quad \begin{cases} 2x - 3y = -1 \\ x - y = 1. \end{cases}$$

On a $ab' - a'b = 2 \times (-1) - 1 \times (-3) = -2 + 3 = 1 \neq 0$.

Un tel système admet bien une solution unique et **(*d*) et (*d'*) sont bien sécantes en un point S**.

Pour calculer les coordonnées de S, il suffit de résoudre le système ; on raisonne par substitution :

$$\begin{cases} 2x - 3y + 1 = 0 \\ y = x - 1 \end{cases}$$

$$\begin{cases} 2x - 3(x - 1) + 1 = 0 \\ y = x - 1 \end{cases}$$

$$\begin{cases} 2x - 3x + 3 + 1 = 0 \\ y = x - 1 \end{cases}$$

$$\begin{cases} -x + 4 = 0 \\ y = x - 1 \end{cases}$$

$$\begin{cases} 4 = x \\ y = 4 - 1 = 3. \end{cases}$$

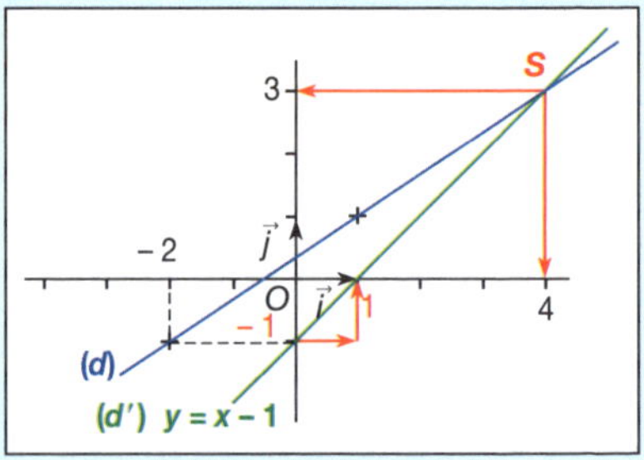

$\boldsymbol{S = \{(4\,;3)\}}$

Les coordonnées de S sont $S(4\,;3)$.

On peut vérifier graphiquement en traçant (d) d'équation $2x - 3y + 1 = 0$ (elle passe par $A(-2\,;-1)$ et $B(1\,;1)$ et (d') d'équation $y = x - 1$ (*cf. fiche* 22)).

Calculer des pourcentages

Fiche 44

Maths

Notes

LE COURS

Part et pourcentage

n	t
N	100

Un sous-ensemble d'effectif n représente $t\%$ d'un ensemble de référence d'effectif N signifie :

$$\frac{n}{N} = \frac{t}{100}$$

Évolution et pourcentage

- Augmenter de $t\%$ une quantité revient à la multiplier par : $CM = 1 + \frac{t}{100}$.
- Diminuer de $t\%$ une quantité revient à la multiplier par : $CM = 1 - \frac{t}{100}$.

Une baisse de $t\%$ n'est pas compensée par une hausse de $t\%$. Pour déterminer le taux d'évolution réciproque, on calcule $CM_{réc} = \frac{1}{CM}$.

- Variation relative/absolue :

Valeur initiale V_0 → $\times CM = \frac{V_1}{V_0}$ → Valeur finale V_1

La variation absolue est donnée par $V_1 - V_0$.
La variation relative est donnée par le taux d'évolution : $t = \frac{V_1 - V_0}{V_0}$.

Les pourcentages d'évolution ne s'ajoutent pas. Pour déterminer le taux d'évolution global, on calcule $CM_G = CM_1 \times CM_2$.

EXERCICE TYPE CORRIGÉ

1. Les taxes sur l'essence sans plomb représentent 61 % du prix à la pompe. Calculer le montant en € des taxes prélevées par l'État sur 1l de gasoil payé 1,51 €.
2. Après une hausse de 10 % des prix du gazole en France, le prix du carburant à la pompe s'élève à 1,51 €/l. Calculer le prix avant augmentation.
3. Le prix à la pompe de l'essence est actuellement de 1,55 €/l. Une hausse de 9 cents est prévue au 1er janvier. Calculer le pourcentage de hausse prévisible sur le prix de l'essence.
4. Commenter cette phrase d'un journaliste : « Une nouvelle hausse de 20 % des prix du gazole interviendra le 1er janvier 2019 ; ajoutée à la hausse précédente de 10 % survenue en novembre 2018, le gazole aura donc augmenté de 30 % ces 3 derniers mois. »

Notes

Corrigé

1. Pour les pourcentages correspondant à des parts d'un ensemble de référence, le plus simple est de remplir un tableau de proportionnalité et de calculer la 4e proportionnelle.

?	61
1,51	**100**

Le montant des taxes prélevées par l'État s'élève à $\frac{61}{100} \times 1{,}51$ soit à **0,9211 € par litre d'essence.**

2. Une hausse de 10 % n'est pas compensée par une baisse de 10 %.
Pour calculer le prix initial, on résout une équation :

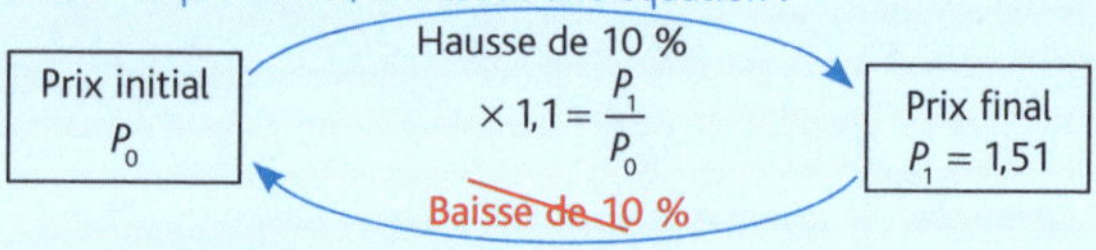

Augmenter une quantité revient à la multiplier par 1,1. On cherche donc P_0 tel que $P_0 \times 1{,}1 = 1{,}51$ soit tel que $P_0 = \frac{1{,}51}{1{,}1} \approx 1{,}37$.

Le prix du gazole avant augmentation s'élève à 1,37 €/L.

Le taux d'évolution réciproque correspond au $CM = \frac{1}{1{,}1} \approx 0{,}91$, soit à une baisse de 9 % (et non de 10 %).

3. Pour calculer un pourcentage d'évolution, il *y* a 2 méthodes :

<u>1re méthode : utilisation du *CM* :</u>

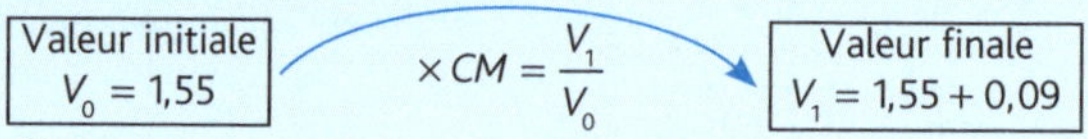

$$CM = \frac{V_1}{V_0} = \frac{1{,}64}{1{,}55} \approx 1{,}058$$

Et multiplier par 1,058 revient à augmenter de 5,8 %. **Le prix de l'essence a donc augmenté de 5,8 % environ.**

<u>2de méthode : utilisation de la formule $t = \frac{V_1 - V_0}{V_0} \times 100$:</u>

$$\frac{V_1 - V_0}{V_0} \times 100 = \frac{1{,}64 - 1{,}55}{1{,}55} \times 100 \approx 5{,}8$$

Le prix de l'essence a donc augmenté de 5,8 % environ.

4. Les pourcentages d'évolution ne s'ajoutent pas : il faut déterminer le pourcentage d'évolution globale en calculant le *CM* global :

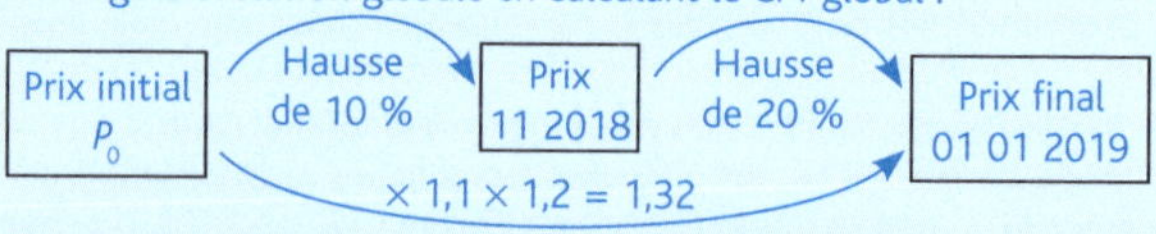

Augmenter une quantité de 10 % revient à la multiplier par $CM_1 = 1{,}10$.
Augmenter une quantité de 20 % revient à la multiplier par $CM_2 = 1{,}20$.
En tout, on a donc multiplié le prix du gazole par
$CM = CM_1 \times CM_2 = 1{,}1 \times 1{,}2 = 1{,}32$.
Multiplier par 1,32 revient à augmenter de 32 %.
Le prix du gazole a donc augmenté de 32 % (et non de 30 %).

Déterminer effectifs et fréquences cumulé(e)s (dé)croissant(e)s

Fiche 45

Maths

Notes

LE COURS

Description d'une série statistique

Population : ensemble étudié.
Individu : élément de cet ensemble.
Échantillon : partie de la population étudiée.
Caractère : aspect étudié.

- Le caractère est **quantitatif** si les valeurs prises peuvent être mesurées (**quantitatif discret** si les valeurs sont isolées ; **quantitatif continu** si les valeurs sont des intervalles) ;
- le caractère est **qualitatif**, sinon.

Série statistique : liste des valeurs (notées x_i) du caractère.

Effectif et fréquence

Effectif d'une valeur x_i : nombre n_i d'individus ayant cette valeur.

Fréquence d'une valeur x_i : $f_i = \dfrac{n_i}{N}$ ← effectif de la valeur de x_i (numérateur) ; ← effectif total (dénominateur)

Effectifs cumulés (dé)croissants : ils s'obtiennent en ajoutant au fur et à mesure, dans l'ordre (dé)croissant des données, les effectifs des valeurs précédentes.
Fréquences cumulées (dé)croissantes : on ajoute les fréquences dans l'ordre (dé)croissant des données.

EXERCICE TYPE CORRIGÉ

On s'intéresse au temps quotidien passé devant un écran par 30 élèves de seconde. On obtient le tableau suivant :

Temps quotidien en heure	[0 ; 1[	[1 ; 2[	[2 ; 3[	[3 ; 4[	[4 ; 24[
Pourcentage d'élèves	10	17	19	17	37

1. a. Quelle est la population étudiée ?
b. Préciser le caractère. Est-il quantitatif (discret ou continu) ?
2. Calculer les effectifs de cette série (arrondir à l'entier le plus proche).
3. a. Quel est le pourcentage d'élèves qui sont devant un écran au moins 2 heures par jour ? Justifier.
b. Combien d'élèves sont devant un écran moins de 2 heures par jour ?

Notes

Corrigé

1. a. La **population** étudiée est la **classe de seconde** (30 individus).

b. Le **caractère** étudié est le **temps quotidien** passé devant un écran ; c'est un **caractère quantitatif continu**.

2. En multipliant la fréquence f_i par 100, on obtient le pourcentage p_i d'élèves correspondant à la valeur x_i du caractère.

Ainsi, $p_i = f_i \times 100 = \dfrac{n_i}{N} \times 100$

et $n_i = \dfrac{p_i}{100} \times N$.

x_i	[0 ; 1[	[1 ; 2[	[2 ; 3[	[3 ; 4[	[4 ; 24[	Total
p_i	10	17	19	17	37	100
n_i	3 $\left(\dfrac{10 \times 30}{100}\right)$	≈ 5	≈ 6	≈ 5	≈ 11	30

3. a. On calcule les fréquences cumulées décroissantes en pourcentage (« au moins 2 heures par jour » correspond aux valeurs [2 ; 3[, [3 ; 4[et [4 ; 24[).

x_i	[0 ; 1[	[1 ; 2[	[2 ; 3[	[3 ; 4[	[4 ; 24[
p_i	10	17	19	17	37
p_i cumulés décroissants	100	90	73 (54 + 19)	54 (17 + 37)	37

73 % des élèves passent au moins 2 heures par jour devant un écran.

b. On calcule les effectifs cumulés croissants (« moins de 2 heures par jour » correspond aux valeurs [0 ; 1[et [1 ; 2[).

x_i	[0 ; 1[	[1 ; 2[	[2 ; 3[	[3 ; 4[	[4 ; 24[
n_i	3	5	6	5	11
n_i cumulés croissants	3	8 (3 + 5)	14 (8 + 6)	19	30

8 élèves passent moins de 2 heures par jour devant un écran.

Représenter une série

Fiche 46

Maths

Notes

LE COURS

Nuage de points

Les points ont pour abscisse la valeur du caractère x_i et pour ordonnée l'effectif n_i ou la fréquence correspondante f_i.

Histogramme

L'aire du rectangle est proportionnelle à l'effectif ou à la fréquence. En particulier, quand les classes du caractère ont même amplitude (rectangles de même largeur), la hauteur du rectangle est aussi proportionnelle à l'effectif ou à la fréquence.

Courbe des fréquences cumulées

C'est la ligne brisée obtenue en reliant les points qui ont pour abscisse la borne supérieure d'une classe et pour ordonnée la fréquence cumulée croissante ou décroissante correspondante.

EXERCICES TYPES CORRIGÉS

EXERCICE 1 Représenter chacune des séries ci-dessous en choisissant le diagramme le plus adapté. Que pouvez-vous déduire de ces représentations ?

1. Nombre d'enfants de 0 à 24 ans par famille à Cize.

Nombre d'enfants	0	1	2	3	4	5
Nombre de familles	124	59	53	14	1	1

2. Durée de vie en centaines d'heures d'une ampoule (taille échantillon : 100).

Durée de vie	[0 ; 1[	[1 ; 2[	[2 ; 3[	[3 ; 4[	[4 ; 5[	[5 ; 6[
Pourcentage d'ampoules	32	27	23	9	4	5

EXERCICE 2 Lors d'un concours de pêche, on a pesé les poissons de chaque pêcheur, puis on a réparti les résultats de la façon suivante :

Masse m (en kg)	[0 ; 0,5[	[0,5 ; 1[	[1 ; 1,5[	[1,5 ; 2[	[2 ; 2,5[
Pourcentage de pêcheurs	54	23	13	5	5

Construire le polygone des fréquences cumulées croissantes.

Notes

Corrigé

1 **1.** La première série correspond à un caractère quantitatif discret. La représentation la plus adaptée est le nuage de points.
On voit que la valeur la plus fréquente (le mode) est 0.
On rencontre le plus souvent des familles sans enfant à Cize.

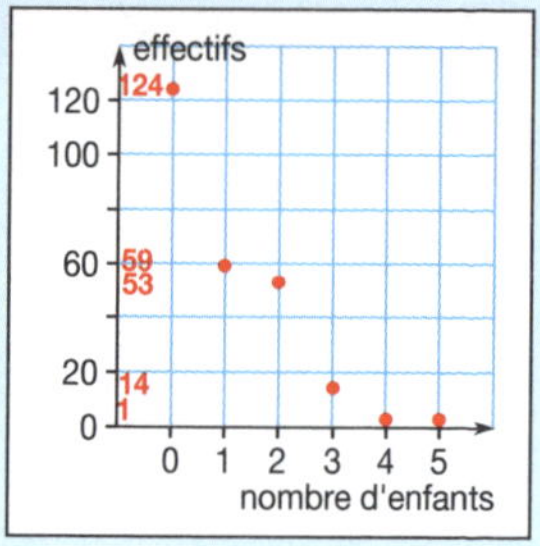

2. La seconde série correspond à un caractère quantitatif continu. La représentation la plus adaptée est l'histogramme. Comme les classes ont même amplitude, la hauteur des rectangles est proportionnelle à la fréquence.
La classe modale est [0 ; 1[.
Le plus souvent, les ampoules ont une durée de vie inférieure à 100 heures. La majorité des ampoules durent moins de 300 heures.

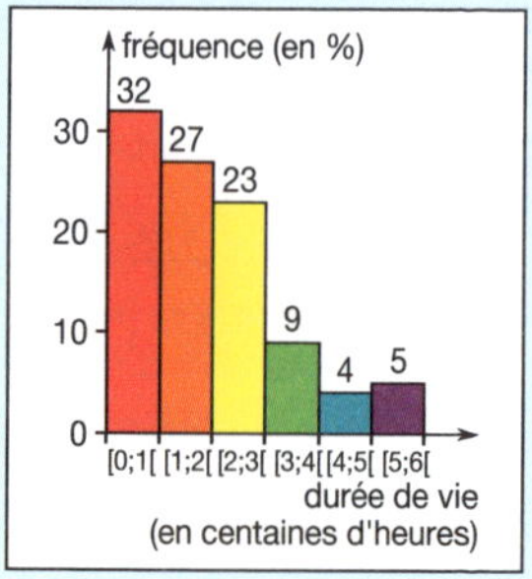

2 On commence par calculer les fréquences cumulées croissantes fcc (*cf. fiche* 45). On a :

Masse ***m*** (en kg)	[0 ; 0,5[	[0,5 ; 1[	[1 ; 1,5[	[1,5 ; 2[	[2 ; 2,5[
Fréquence	54	23	13	5	5
fcc	54	77	90	95	100

On considère ensuite les points *A*(0,5 ; 54), *B*(1 ; 77), *C*(1,5 ; 90), *D*(2 ; 95) et *E*(2,5 ; 100). Le polygone des fréquences cumulées croissantes est la ligne brisée *OABCDE*.
D'où le polygone des fréquences cumulées croissantes.

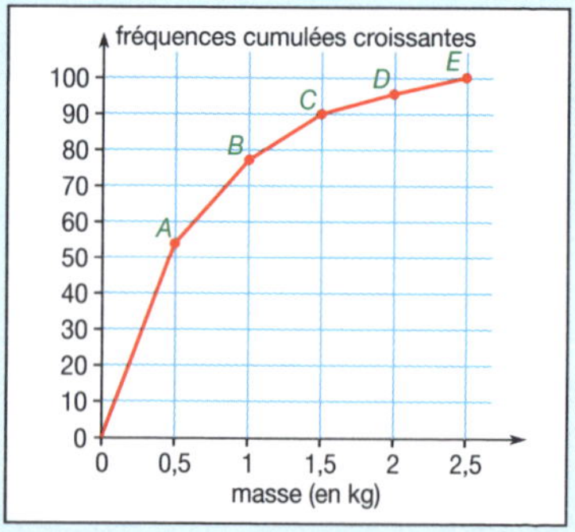

Déterminer la médiane d'une série

Fiche 47

Maths

Notes

LE COURS

• La médiane d'une série partage cette série en deux sous-séries de même effectif environ.

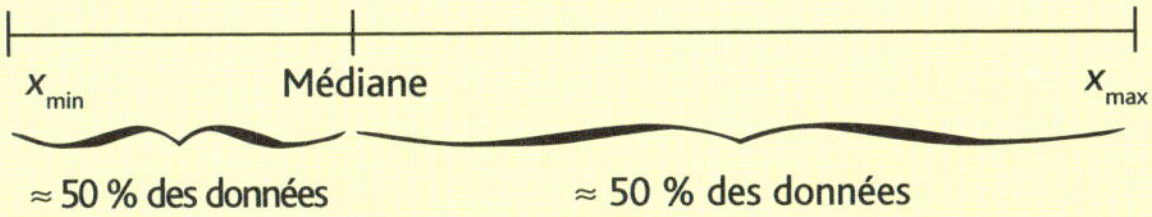

Au moins 50 % des données ont une valeur inférieure ou égale à la médiane.

• Pour déterminer la médiane d'une série à caractère discret, on range les N valeurs par ordre croissant :

• si N est impair, la médiane est la valeur centrale, soit le terme de rang $\dfrac{N+1}{2}$;

• si N est pair, la médiane est la demi-somme des valeurs centrales, soit la demi-somme du terme de rang $\dfrac{N}{2}$ et du terme de rang suivant $\left(\dfrac{N}{2}+1\right)$.

En fait, toute valeur comprise entre les deux valeurs centrales pourrait convenir comme médiane ; l'usage veut que l'on choisisse la demi-somme.

EXERCICES TYPES CORRIGÉS

EXERCICE 1 Le tableau ci-dessous donne la taille de 59 enfants âgés de 1 an :

Taille (en cm)	67	68	69	70	71	72	73	74	75	76	77	86
Effectif	1	3	4	7	9	10	8	7	5	3	1	1

1. Calculer la taille médiane et l'interpréter avec une phrase.
2. Que devient la médiane si on supprime la plus grande taille ?

Notes

EXERCICE 2 On donne les durées, en minutes, du trajet maison-lycée des élèves du lycée Louise Michel :

Durée d	[0 ; 20[	[20 ; 40[	[40 ; 60[	[60 ; 80[
Fréquence en %	26	34	19	21

Donner une valeur approchée de la médiane.

Corrigé

1 1. On a $N = 59$. La médiane est la valeur centrale, soit le terme de rang $\frac{N+1}{2} = 30$. Pour déterminer le terme de rang 30, on calcule les effectifs cumulés croissants (*cf. fiche* 45) :

Taille	67	68	69	70	71	72	73	74	75	76	77	86
Effectif	1	3	4	7	9	10	8	7	5	3	1	1
Effectif cumulé croissant	1	4	8	15	24	34	42	49	54	57	58	59

Le terme de rang 30 est 72 (le premier « 72 » est le terme de rang 25, le dernier « 72 » est le terme de rang 34).

La taille médiane est 72 cm : il *y* a au moins la moitié des enfants qui mesurent 72 cm et moins.

2. On a $N' = 58$. La médiane est alors la demi-somme des valeurs centrales, soit le terme de rang 29 $\left(\frac{N}{2} = \frac{58}{2} = 29\right)$ et de rang 30. D'après le tableau précédent, $t_{29} = t_{30} = 72$ et **la taille médiane reste 72 cm** $\left(\frac{72 + 72}{2} = 72\right)$.

2 La médiane correspond à une fréquence cumulée croissante de 50 %. On calcule les fréquences cumulées croissantes, puis on trace le polygone des fréquences cumulées croissantes (en considérant que les élèves se répartissent uniformément dans chaque classe) (*cf. fiche* 46).

d	[0 ; 20[	[20 ; 40[	[40 ; 60[	[60 ; 80[
Fréquence	26	34	19	21
Fréquences cumulées croissantes	26	60	79	100

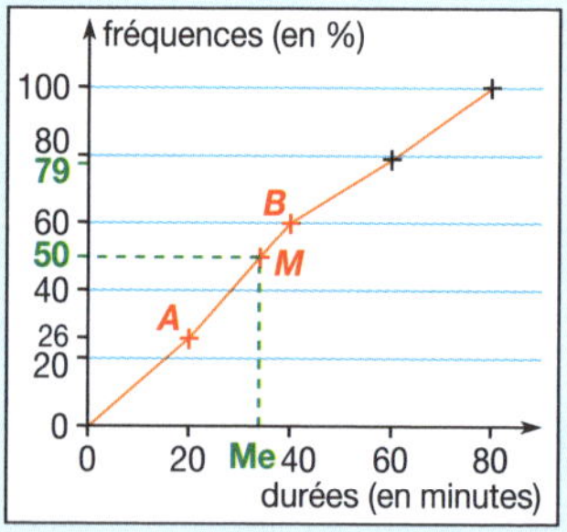

La classe médiane est [20 ; 40[. Une valeur approchée de la médiane est 34 minutes.

On peut déterminer la médiane à l'aide de la condition analytique de colinéarité (*cf. fiche* 39)

$A(20 ; 26)$, $M(\text{Me} ; 50)$ et $B(40 ; 60)$ donc $\overrightarrow{AM}(\text{Me} - 20 ; 24)$ et $\overrightarrow{AB}(20 ; 34)$ sont colinéaires.

Alors $\begin{vmatrix} \text{Me} - 20 & 20 \\ 24 & 34 \end{vmatrix} = 0$ soit $34(\text{Me} - 20) - 20 \times 24 = 0$

et $\text{Me} = \frac{480 + 680}{34} \approx 34$.

Déterminer les quartiles d'une série

LE COURS

• Les quartiles d'une série partagent cette série en quatre sous-séries de même effectif environ.

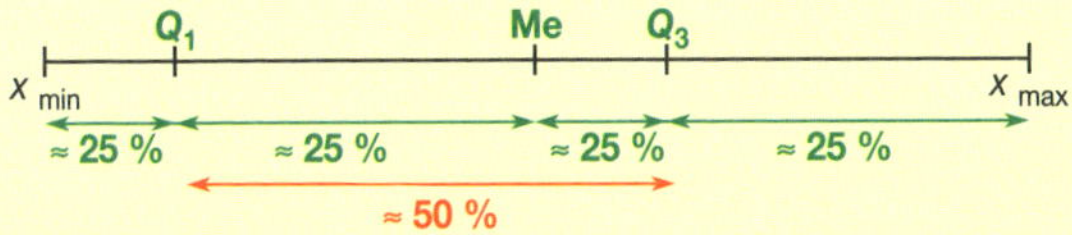

Au moins 25 % (75 %) des données ont une valeur inférieure ou égale au premier quartile Q_1 (au troisième quartile Q_3).
Le deuxième quartile est la médiane (*cf. fiche* 47).

• Pour déterminer les quartiles d'une série à caractère discret, on range les N valeurs de la série par ordre croissant :

Q_1 est le terme de rang immédiatement supérieur à $\frac{N}{4}$;

Q_3 est le terme de rang immédiatement supérieur à $\frac{3N}{4}$.

EXERCICES TYPES CORRIGÉS

EXERCICE 1 Un laboratoire a réalisé des analyses de glycémie à jeun sur 50 personnes. Les résultats sont regroupés dans le tableau ci-dessous :

Glycémie (en mg/L)	0,65	0,68	0,74	0,81	0,83	0,87
Effectifs	1	1	3	5	10	11

Glycémie (en mg/L)	0,92	0,96	1	1,02	1,11	1,13
Effectifs	8	6	1	1	2	1

Déterminer les quartiles de cette série. Les interpréter.

EXERCICE 2 Un site de vente aux enchères sur Internet désire réaliser une étude statistique de sa clientèle. Les responsables de l'étude utilisent un échantillon de 3 000 clients parmi les plus réguliers du site. La question posée porte sur la durée moyenne de connexion en minutes durant une période d'une semaine. On obtient les résultats suivants : $Q_1 = 65$; Me = 85 ; $Q_3 = 100$; $\bar{d} \approx 83,5$.

Notes

1. Quel est le nombre minimum de clients dont la durée moyenne de connexion par semaine sur le site est inférieure à 1 h 05 ?

2. Les responsables du site espèrent qu'au moins 1 000 personnes se connectent en moyenne 1 h 40 ou plus par semaine. Cet objectif est-il atteint ?

Corrigé

1 Pour cela, on commence par calculer les effectifs cumulés croissants, notés ecc (*cf. fiche* 45) :

Glycémie (en mg/L)	0,65	0,68	0,74	0,81	0,83	0,87
ecc	1	2	5	10	20	31

Glycémie (en mg/L)	0,92	0,96	1	1,02	1,11	1,13
ecc	39	45	46	47	49	50

On a $\frac{N}{4} = \frac{50}{4} = 12{,}5$ et $\frac{3N}{4} = \frac{150}{4} = 37{,}5$.

Donc $\begin{cases} Q_1 \text{ est le terme de rang 13, soit } \boldsymbol{Q_1 = 0{,}83}. \\ Q_3 \text{ est le terme de rang 38, soit } \boldsymbol{Q_3 = 0{,}92}. \end{cases}$

Le 1er « 0,83 » est le terme de rang 11, le dernier le terme de rang 20.

Au moins un quart des personnes ont un taux de glycémie à jeun inférieur ou égal à 0,83 mg/L ; au moins 75 % des personnes ont un taux de glycémie à jeun inférieur ou égal à 0,92 mg/L.

Par ailleurs, N est pair, donc la médiane est la demi-somme des valeurs centrales (*cf. fiche* 47), soit la demi-somme des termes de rang 25 et 26 $\left(\frac{N}{2} = 25\right)$. Or, d'après le tableau, $t_{25} = t_{26} = 0{,}87$.

Ainsi, la médiane est **Me = 0,87. Au moins la moitié des personnes ont un taux de glycémie à jeun supérieur ou égal à 0,87 mg/L.**

2 **1.** 1 h 05 correspond à 65 minutes, soit à Q_1. Calculons $N \div 4$:

On a $\frac{N}{4} = \frac{3\,000}{4} = 750$. Ainsi, comme $Q_1 = 65$ min = 1 h 05, **il y a au moins 750 clients qui se connectent en moyenne moins d'1 h 05 par semaine.**

2. 1 h 40 correspond à 100 minutes, soit à Q_3. Calculons $3N \div 4$:

On a $\frac{3N}{4} = \frac{9\,000}{4} = 2\,250$: il y a au moins 2 250 clients qui se connectent en moyenne moins d'1 h 40 par semaine. Il ne reste plus qu'au plus 750 clients qui se connecteraient plus d'1 h 40 par semaine : **l'objectif n'est pas atteint.**

Déterminer la moyenne pondérée d'une série

Fiche 49

Maths

Notes

LE COURS

Définition

- On considère la série statistique suivante d'effectif total N :

Valeurs du caractère x_i	x_1	x_2	...	x_p
Effectifs n_i	n_1	n_2	...	n_p

La moyenne est $$\bar{x} = \frac{n_1x_1 + n_2x_2 + \dots + n_px_p}{N} = \frac{\sum_{i=1}^{p} n_ix_i}{N}$$

(« $\sum$ » se lit somme).

Si au lieu de connaître la distribution des effectifs, on connaît la distribution des fréquences f_i, alors on a aussi :

$$\bar{x} = f_1x_1 + \dots + f_px_p = \sum_{i=1}^{p} f_ix_i.$$

Propriétés de la moyenne

- **Linéarité de la moyenne**

• si on multiplie toutes les valeurs x_i par un même réel a, alors la moyenne de cette nouvelle série est $a\bar{x}$ ($\overline{ax} = a\bar{x}$) ;

• si on ajoute à toutes les valeurs x_i un même réel b, alors la moyenne de cette nouvelle série est $\bar{x} + b$ ($\overline{x + b} = \bar{x} + b$).

- **Sous-groupes et moyennes**

Si une série d'effectif total N et de moyenne $\bar{x}$ est partagée en deux sous-groupes d'effectif total respectif N_1 et N_2 et de moyenne respective $\bar{x}_1$ et $\bar{x}_2$, alors :

$$\bar{x} = \frac{N_1\bar{x}_1 + N_2\bar{x}_2}{N}.$$

Notes

EXERCICES TYPES CORRIGÉS

EXERCICE 1 Calculer la moyenne de la série donnée ci-dessous :

x_i	[0 ; 10[	[10 ; 30[	[30 ; 40[	[40 ; 60[
n_i	13	37	54	46

EXERCICE 2 Un professeur de physique veut calculer la moyenne des mesures de résistance (en ohms) de ses 22 élèves : 8 ; 7,8 ; 7,6 ; 7,7 ; 7,9 ; 7,8 ; 8,1 ; 8 ; 7,9 ; 8,2 ; 11 ; 7,7 ; 8,1 ; 8,1 ; 8,3 ; 8 ; 8 ; 8 ; 7,9 ; 7,8 ; 7,8 ; 5.

1. Que pensez-vous des valeurs 5 et 11 ?
2. Après avoir enlevé les valeurs extrêmes, calculer la résistance moyenne $\overline{R}$ de ces 20 mesures sans calculatrice.

EXERCICE 3 Dans un centre d'appels, il y a 300 femmes et 50 hommes. Le salaire moyen est de 1 350 € pour les femmes et de 1 560 € pour les hommes. Quel est le salaire moyen dans ce centre d'appels ?

Corrigé

1 Pour calculer la moyenne d'une série à caractère continu, on remplace chaque intervalle par son centre ([0 ; 10[a pour centre 5, ...).

La moyenne est $\overline{x} = \dfrac{5 \times 13 + 20 \times 37 + 35 \times 54 + 50 \times 46}{150} = 33{,}3.$

2 **1.** Les valeurs 5 et 11 sont manifestement aberrantes. La moyenne calculée sur ces 22 valeurs n'aurait pas beaucoup de signification : il vaut mieux calculer une moyenne élaguée (*cf.* **2.**).

2. On utilise la linéarité de la moyenne en enlevant 8 à chaque valeur (toutes les valeurs sont proches de 8). On obtient ainsi une nouvelle série dont la moyenne est plus simple à calculer.

La série obtenue en enlevant 8 à chaque valeur a pour moyenne :

$$\overline{y} = \frac{-0{,}2 - 0{,}4 - 0{,}3 - 0{,}1 - 0{,}2 + 0{,}1 - 0{,}1 + 0{,}2 - 0{,}3 + 0{,}1 + 0{,}1 + 0{,}3 - 0{,}1 - 0{,}2 - 0{,}2}{20}$$

soit $\overline{y} = -\dfrac{1{,}3}{20} = -0{,}065.$

La résistance moyenne en ohms est $\overline{R} = \overline{y} + 8 = 7{,}935$.

3 Le salaire moyen dans ce centre d'appels est :

$$\overline{x} = \frac{300 \times 1\,350 + 50 \times 1\,560}{350},$$

soit **1 380 €**.

Déterminer l'écart-type d'une série

Fiche 50

Maths

Notes

LE COURS

Définition

On considère la série statistique suivante d'effectif total N.

Valeur du caractère x_i	x_1	x_2	...	x_p
Effectif n_i	n_1	n_2	...	n_p

La variance est $V = \dfrac{n_1(x_1 - \bar{x})^2 + n_2(x_2 - \bar{x})^2 + ... + n_p(x_p - \bar{x})^2}{N}$

L'écart-type est $s = \sqrt{V}$.

Si au lieu de connaître la distribution des effectifs, on connaît la distribution des fréquences f_i, alors on a aussi :

$$V = f_1(x_1 - \bar{x})^2 + f_2(x_2 - \bar{x})^2 + ... + f_p(x_p - \bar{x})^2$$

Propriétés

- Autre formule de calcul de la variance :

$$V = \frac{n_1 x_1^2 + n_2 x_2^2 + ... + n_p x_p^2}{N} - \bar{x}^2$$

- Intérêt de l'écart-type : plus l'écart-type est grand, plus la série est dispersée autour de la moyenne, moins la moyenne a un sens.

EXERCICE TYPE CORRIGÉ

On ajoute du SO_2 dans un vin pour le protéger d'une part des attaques des levures et des bactéries, d'autre part de l'oxydation.
Après embouteillage, on prélève des échantillons de 50 bouteilles sur la chaîne d'embouteillage et on dose dans chaque bouteille la concentration en SO_2 libre qui sera exprimée en $mg.l^{-1}$.
Voici les résultats du dosage du SO_2 libre dans l'échantillon n°1.

Concentration en SO_2 libre	Nombre de bouteilles
[20 ; 20,2[	5
[20,2 ; 20,4[	7
[20,4 ; 20,6[	18
[20,6 ; 20,8[	13
[20,8 ; 21[	7

Notes

On donnera les résultats à 10^{-2} près.

1. Calculer la moyenne m_1 et l'écart-type σ_1 de cet échantillon.

2. On considère que la production du vin est acceptable si au moins 75 % des bouteilles testées ont une concentration en SO_2 libre comprise entre $m_1 - 2\sigma_1$ et $m_1 + 2\sigma_1$ $\left(mg.l^{-1}\right)$. Peut-on accepter la production de ce vin ?

Corrigé

1. On remplace chaque intervalle par son centre pour calculer m_1 et σ_1 à l'aide de la calculatrice (*cf. fiches 49 et 51*)

$$m_1 = \frac{20{,}1 \times 5 + 20{,}3 \times 7 + 20{,}5 \times 18 + 20{,}7 \times 13 + 20{,}9 \times 7}{50} = 20{,}54$$

$$\sigma_1 = \frac{(20{,}1 - 20{,}54)^2 \times 5 + 0{,}14^2 \times 7 + 0{,}04^2 \times 18 + 0{,}16^2 \times 13 + 0{,}36^2 \times 7}{50}$$

$\sigma_1 \approx$ **0,23**

L'écart-type est faible : la série est peu dispersée autour de la moyenne et calculer cet indicateur a donc un sens.

2. On calcule $m_1 - 2\sigma_1$ et $m_1 + 2\sigma_1$; puis on utilise le tableau donné pour calculer le pourcentage demandé :

On a d'après le **1.**, $m_1 - 2\sigma_1 \approx 20{,}08$ et $m_1 + 2\sigma_1 \approx 20{,}99$.

On ne sait pas comment sont les concentrations des 5 premières bouteilles par rapport à $m_1 - 2\sigma_1$; de même pour les 7 dernières bouteilles par rapport à $m_1 + 2\sigma_1$. Mais on est sûr que les 38 autres bouteilles ont bien une concentration entre $m_1 - 2\sigma_1$ et $m_1 + 2\sigma_1$.

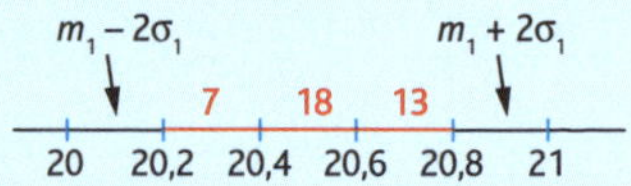

Or $[20{,}2 ; 20{,}8[\subset [m_1 - 2\sigma_1 ; m_1 + 2\sigma_1]$.

Il y a donc $7 + 18 + 13$ soit 38 bouteilles au moins qui ont une concentration comprise entre $m_1 - 2\sigma_1$ et $m_1 + 2\sigma_1$.

On calcule le pourcentage correspondant comme à la fiche 44 :

38	?
50	100

Cela représente $\frac{38}{50} \times 100$ soit **76 % des bouteilles testées :**

on peut ainsi considérer que la production de vin est acceptable.

Utiliser la calculatrice pour déterminer des indicateurs statistiques

EXERCICE TYPE CORRIGÉ

On s'intéresse aux IMC $\left(\text{indice de masse corporelle } \dfrac{\text{poids}}{\text{taille}^2}\right)$ d'un groupe de 800 femmes. On obtient les résultats suivants :

IMC	19	20	21	22	23	24	25	26	27	28	29
Effectif	50	74	211	184	76	79	32	24	31	26	13

Déterminer les paramètres statistiques de la série (médiane, quartiles et moyenne) avec la calculatrice.

Corrigé

On utilise le mode statistique de la calculatrice :

Texas Instruments

• Appuyer sur la touche [STAT], puis dans le menu EDIT, choisir « 1 : EDIT » en appuyant sur la touche [ENTER].

• Saisir les valeurs x_i du caractère (IMC) dans L1 et les effectifs n_i dans L2.

Casio

• Sélectionner le menu [STAT]

• Saisir les valeurs x_i du caractère (IMC) dans List 1 et les effectifs n_i dans List 2.

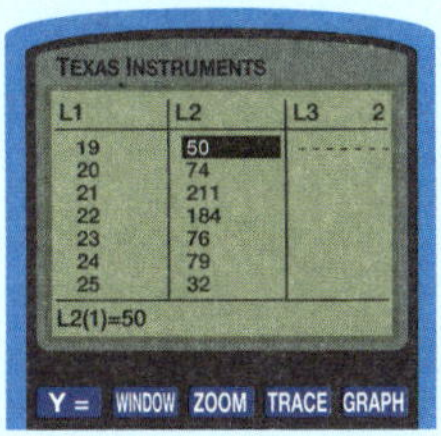

On utilise le curseur pour se déplacer dans le tableau ;

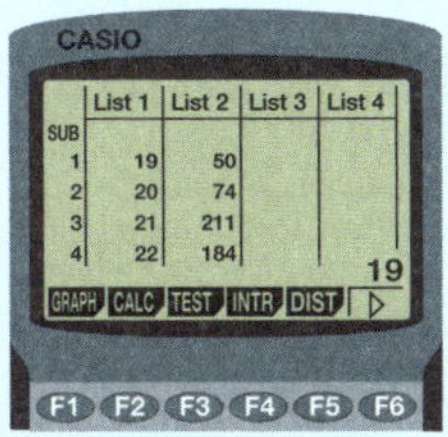

on appuie sur [ENTER] ou [EXE] après chaque saisie.

Texas Instruments

• Appuyer sur la touche [STAT] ; choisir le menu CALC avec le curseur, et dans ce menu, choisir « 1 :1-Var Stats » en appuyant sur la touche [ENTER].

Casio

• Sélectionner [CALC] (F2) puis [SET] (F6) ; choisir List 2 pour « 1Var Freq » (par défaut, les x_i sont associés à $n_i = 1$) puis appuyer sur [EXE].

Notes

1-Var Stats apparaît sur l'écran de la calculatrice ; il suffit alors de saisir « L1,L2 » en appuyant sur les touches [2nd] puis [1] [,] [2nd] puis [2] et [ENTER].

Sélectionner ensuite [1VAR] en appuyant sur la touche F1.

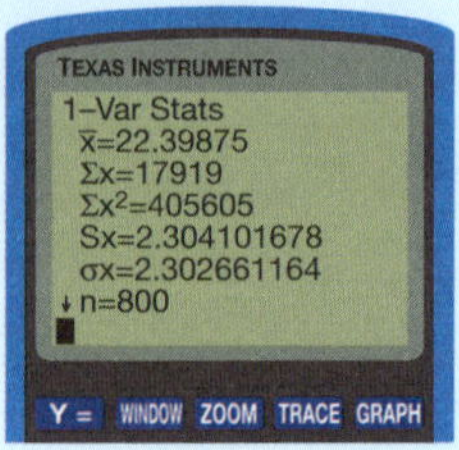

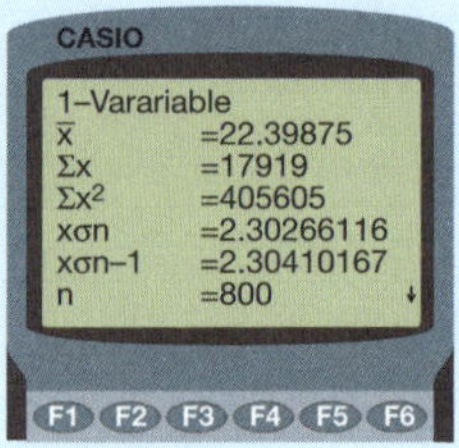

Pour visualiser l'ensemble des indicateurs, il faut utiliser le curseur.

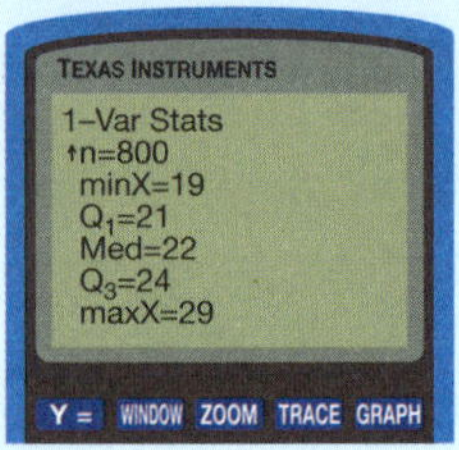

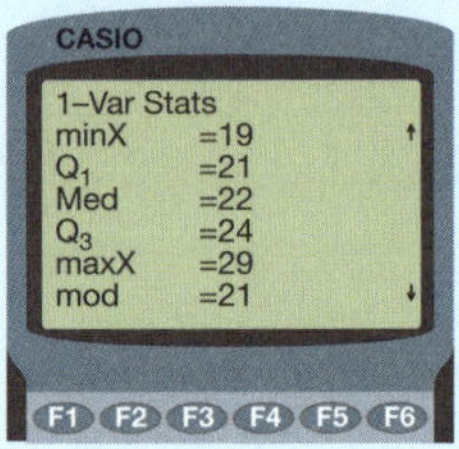

On obtient les résultats suivants :

l'IMC moyen est $\bar{x} \approx 22{,}40$; en moyenne, les femmes ont un IMC de 22,4 environ ;

le 1er quartile est $Q_1 = 21$: il y a au moins 25 % des femmes qui ont un IMC inférieur ou égal à 21 ;

la médiane est Me = 22 : il y a au moins 50 % des femmes qui ont un IMC inférieur ou égal à 22 ;

le 3e quartile est $Q_3 = 24$: il y a au moins 75 % des femmes qui ont un IMC inférieur ou égal à 24.

Pour effacer les données saisies (avant de saisir de nouvelles données),

Texas Instruments

se mettre en mode EDIT ;
placer le curseur sur le nom de la liste, appuyer sur la touche [CLEAR] puis sur [ENTER].

Casio

revenir sur la fenêtre de saisie ;
placer le curseur sur un élément de la liste à effacer, appuyer sur (*F*6) puis sur [DEL A] (*F*4) et enfin sur *F*1.

Comparer deux séries en mesurant la dispersion ; choisir le bon indicateur

Fiche 52

Maths

LE COURS

Mesure de la dispersion d'une série

- L'étendue d'une série statistique est la différence entre la plus grande et la plus petite valeur de la série : $e = x_{max} - x_{min}$.
- L'écart interquartile d'une série statistique est la différence entre Q_3 et Q_1 : $I = Q_3 - Q_1$.

EXERCICES TYPES CORRIGÉS

Notes

EXERCICE 1 Au devoir en commun de mathématiques des neuf classes de seconde du lycée Louise Michel, les 310 élèves ont obtenu les résultats suivants :

- note minimale : 2
- médiane : 7
- moyenne : 7,8
- note maximale : 18

1. Quelle est l'étendue de cette série ?
2. Comment peut-on expliquer que la moyenne est supérieure à la médiane ?
3. Quel est l'indicateur qui a le plus de signification pour un élève de seconde ? Pourquoi ?
4. Quel est l'indicateur qui a le plus de signification pour un enseignant de mathématiques ?

EXERCICE 2 On a relevé la température en sous-bois dans la forêt de Fontainebleau chaque heure pendant 4 jours. La température a été relevée de la même manière et aux mêmes instants dans un champ à l'extérieur de la forêt.

On a obtenu les résultats suivants :

Série forêt : $Q_1 = 16$ °C, Me = 16,5 °C, $Q_3 = 18$ °C, $\overline{T} = 16,9$ °C.
$T_{min} = 14,5$ °C et $T_{max} = 19,5$ °C.

Série champ : $Q'_1 = 15$ °C, Me′ = 23 °C, $Q'_3 = 28$ °C, $\overline{T'} = 18,6$ °C.
$T'_{min} = 13$ °C et $T'_{max} = 31$ °C.

En comparant ces deux séries, expliquer quelle semble être l'influence des arbres sur la température.

Notes

Corrigé

1 1. L'étendue est $e = 18 - 2 = 16$. *A priori*, les notes sont très dispersées.

2. Le plus simple est de représenter la série en ordonnant les notes dans l'ordre croissant :

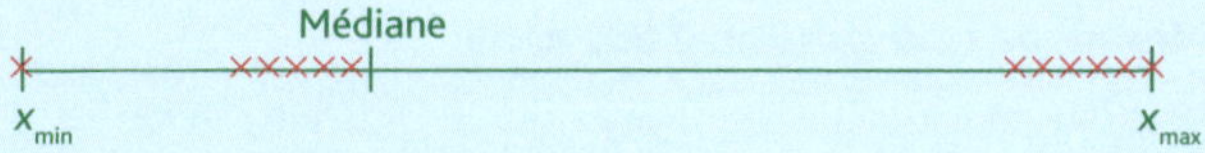

On peut penser que la première moitié des notes est proche de la médiane (sauf la note minimale, qui peut être considérée comme aberrante) et que la seconde moitié des notes est proche de la note maximale.

3. C'est la **note médiane** qui est l'indicateur le plus pertinent pour un élève : il sait ainsi comment se situer par rapport aux autres, dans la première moitié des résultats ou dans la seconde moitié.

4. C'est la **note moyenne** qui est l'indicateur le plus pertinent pour l'enseignant : il sait ainsi comment le devoir a été réussi en moyenne.

2 Le plus simple pour comparer ces deux séries, en l'absence de représentations (type nuages de points), est de dessiner les diagrammes suivants :

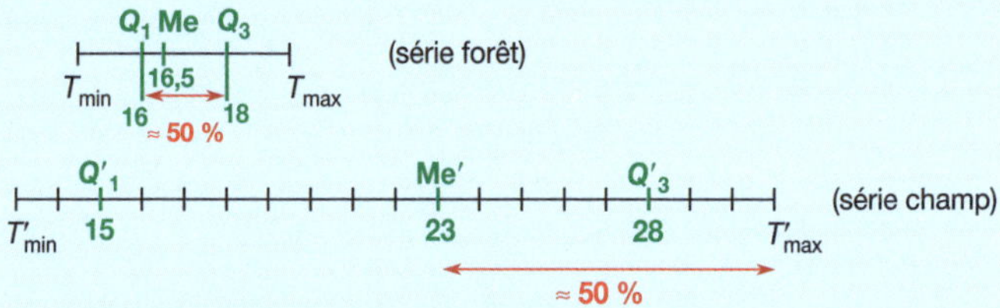

On voit que la série forêt est moins dispersée et plus froide.

L'écart interquartile de la série forêt est nettement plus faible que celui de la série champ : $I = Q_3 - Q_1 = 2$ contre $I' = 13$;

de même pour l'étendue : $e = T_{max} - T_{min} = 5$ contre $e' = 18$.

La série forêt est donc plus homogène.

De plus, au moins 50 % des températures de la forêt sont comprises entre 16 °C et 18 °C, alors qu'au moins 50 % des températures relevées dans le champ sont supérieures à 23 °C.

Ainsi, **les arbres semblent rendre la température plus homogène et plus froide.**

Mettre en œuvre des simulations pour estimer une probabilité

Notes

EXERCICES TYPES CORRIGÉS

EXERCICE 1 À l'aide de la calculatrice :

1. simuler 100 lancers d'une pièce de monnaie et donner la fréquence d'apparition de PILE ;
2. simuler 20 lancers d'un dé et donner la distribution de fréquences de chacune des six faces.

EXERCICE 2 1. À l'aide du tableur : simuler 100 tirages d'une boule dans une urne qui contient 3 boules rouges et 5 boules noires, puis donner la fréquence d'apparition d'une boule noire.

2. Simuler 100 naissances de trois enfants, puis donner la distribution de fréquences.

Corrigé

1 Pour effectuer des simulations à l'aide de la calculatrice, on utilise la fonction RANDOM qui renvoie un nombre décimal de [0 ; 1[avec 10 chiffres après la virgule :

Texas Instruments	Casio
Taper MATH ; sélectionner PRB et choisir 1 : Rand.	Choisir le menu RUN, puis OPTN ; sélectionner ▶, puis PROB et RAN#.

1. Il suffit d'utiliser 10 fois RANDOM et d'interpréter chaque décimale paire comme l'apparition de PILE. On obtient :

0,5291993586	0,2848309725	0,8691031114
0,2949229821	0,7868704330	0,1560831797
0,0410896424	0,0407030798	0,5615569520
0,3157538737		

Certaines calculatrices n'affichent pas le (ou les) dernier(s) chiffre(s) s'il(s) vaut (valent) 0 : il faut rajouter le (ou les) « 0 » manquant(s).

La fréquence d'apparition de PILE est 0,47.

En effectuant une autre simulation de cette même expérience, on obtient une fréquence différente (*cf. fiche* 55).

Néanmoins, toutes les fréquences simulées sont proches de $0{,}50 = \frac{1}{2}$, car on a *a priori* une chance sur deux d'obtenir PILE.

Notes

2. Pour obtenir un entier aléatoire compris entre 1 et 6, on tape :
int (6 × Rand + 1) sur TI et Int (6 × Ran # + 1) sur Casio.

Texas Instruments	Casio
Taper MATH ; sélectionner NUM et choisir 5 : int.	Choisir le menu RUN, puis OPTN ; sélectionner ▶, puis NUM et Int.

On obtient : 5 ; 4 ; 2 ; 5 ; 1 ; 6 ; 2 ; 2 ; 5 ; 4 ; 6 ; 1 ; 1 ; 3 ; 2 ; 6 ; 6 ; 3 ; 4 ; 6.
D'où la distribution de fréquences :

Faces	1	2	3	4	5	6
Fréquence	0,15	0,2	0,1	0,15	0,15	0,25

Les fréquences simulées sont proches de $\frac{1}{6} \approx 0{,}16$: on a 1 chance sur 6 d'obtenir, par exemple, la face 4.
De façon générale, pour obtenir un entier aléatoire compris entre 1 et n (entre p et n), il suffit de taper :
Int (n × rand + 1) (Int (n + 1 – p) × rand + p)

2 Comme la fonction RANDOM pour les calculatrices, la fonction ALEA() permet d'obtenir un nombre aléatoire de [0 ; 1[.

1. Il suffit de générer un entier aléatoire compris entre 1 et 8 à l'aide de la formule =ENT (8 × ALEA( ) + 1). On interprétera les chiffres 1, 2, 3 comme le tirage d'une boule rouge et les chiffres 4, 5, 6, 7, 8 comme le tirage d'une boule noire.
On obtient 36 tirages de boules rouges et 64 tirages de boules noires.
La fréquence d'apparition d'une boule noire est 0,64.
A priori, on a 5 chances sur 8 de tirer une boule noire, ce qui correspond à une probabilité de $\frac{5}{8} = 0{,}625$, proche de 0,64.

2. Il suffit de générer un entier aléatoire entre 0 et 999 à l'aide de la formule =ENT (1000 × ALEA()). On interprétera chaque nombre de trois chiffres de la façon suivante : tout chiffre pair correspondra à la naissance d'une fille et tout chiffre impair à la naissance d'un garçon. Par exemple, le nombre 906 correspondra à la naissance de deux filles et d'un garçon.
On complétera éventuellement par des 0 pour obtenir un nombre de trois chiffres. Par exemple, 44 correspondra à la naissance de trois filles, de même que 0 et 42. On obtient ainsi la distribution de fréquences suivante :

Famille	3 filles	2 filles et 1 garçon	2 garçons et 1 fille	3 garçons
f_i	**0,18**	**0,35**	**0,35**	**0,12**

Écrire des scripts Python pour faire des simulations

Notes

EXERCICES TYPES CORRIGÉS

EXERCICE 1 On lance n fois une pièce de monnaie et on s'intéresse à la fréquence d'apparition de PILE. Écrire un script Python permettant de simuler cette expérience.

EXERCICE 2 Une puce se déplace sur un axe gradué. À chaque saut, elle se déplace d'une unité, de façon aléatoire et avec la même chance, vers la gauche ou vers la droite.

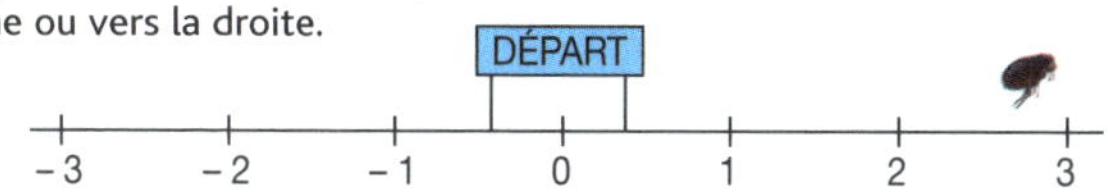

Écrire un script Python permettant de simuler cette expérience et de donner la position d'arrivée de la puce après 30 sauts.

EXERCICE 3 On lance un dé et on s'intéresse au nombre de lancers nécessaires pour obtenir un 6. Écrire un script Python simulant cette expérience.

Corrigé

1 Instructions d'entrée : saisir n ; la lire et la stocker dans la variable n.
Traitement : le nombre d'itérations est donné : on peut donc utiliser la boucle « pour i variant de début à fin, faire ». On a besoin de la variable p, qui correspond au résultat du lancer de la pièce, de la variable « nbrepiles » qui compte le nombre de fois où PILE (lorsque, par exemple, $p = 0$) est apparue, de la variable i, compteur qui permet de réaliser la boucle « pour... » et de la variable frequencepiles qui permet de calculer la fréquence d'apparition de PILE.
Le script ci-dessous nécessite le module Python lycée :

```
from lycée import *
 n = demande ("donner le nombre de lancers")
nbrepiles=0
for i in range (1 ; n+1) :
        p = randint(0,1)
        ##randint(0,1) renvoie un entier choisi de façon aléatoire
        entre 0 et 1.
        if p == 0 :
                nbrepiles=nbrepiles+1
frequencepiles=nbrepiles/ n
print( frequencepiles )
```

Lorsque l'on lance plusieurs fois de suite cet algorithme, on obtient des valeurs différentes affichées.
Par exemple pour $n = 100$, l'algorithme affiche 0,4 ; 0,47 ; 0,57...

Notes

2 Le nombre d'itérations est donné : on peut donc utiliser la boucle « pour i variant de début à fin, faire ». En plus de la variable i, compteur qui permet de réaliser la boucle « pour... », on a besoin de la variable x permettant de déterminer la position de la puce sur l'axe, et de la variable « chance » qui permet de savoir si la puce avance vers la gauche (si, par exemple, chance < 0,5) ou vers la droite.
Le script ci-dessous nécessite le module Python lycée :

```
from lycée import *
 x = 0
chance =0
for i in range (1 ; 31) :
        chance = random()
        if chance < 0.5 :
                x = x − 1
        else :
                x = x + 1
print( x)
```

L'algorithme affiche 2, 0, –2...

3 On ne connaît pas à l'avance le nombre d'itérations nécessaires. On ne peut pas utiliser la boucle « pour ... ».

On utilise la boucle « tant que..., faire » qui permet de tester la condition avant la boucle. On introduit alors un compteur qui est incrémenté à chaque fois que la condition est réalisée.
On a donc besoin de deux variables : la variable compteur « nbrelancers » qui va compter le nombre de boucles utilisées ; la variable « dé » qui correspond au résultat du lancer de dé.
Le script ci-dessous nécessite le module Python lycée :

```
from lycée import *
 nbrelancers = 0
dé =0
while dé!=6 :
        dé = randint(1,6)
        nbrelancers = nbrelancers + 1
print(nbrelancers)
```

L'algorithme affiche 28, 2, 11, 20...

Estimer une proportion dans une population

Fiche 55

Maths

Notes

LE COURS

Échantillon, fluctuation d'échantillonnage

On étudie un caractère $\mathscr{C}$ dans une population donnée.
Un échantillon de taille n est un ensemble de n individus prélevés au hasard (successivement et avec remise) dans cette population.
On observe dans cet échantillon la fréquence f_e d'individus présentant le caractère $\mathscr{C}$.

Quand on prélève un autre échantillon de taille n dans cette population, on observe une autre fréquence f_e' d'individus présentant le caractère $\mathscr{C}$. C'est la fluctuation d'échantillonnage.

Estimation d'une proportion p inconnue dans une population

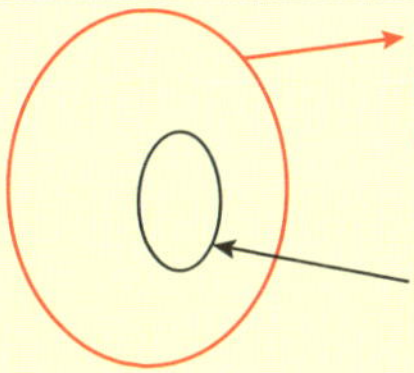

On peut estimer p en première approche par f_e. Mais du fait de la fluctuation d'échantillonnage, on préfère estimer p par l'intervalle $\mathrm{I} = \left[f_e - \frac{1}{\sqrt{n}} \,;\, f_e - \frac{1}{\sqrt{n}} \right]$.

EXERCICE TYPE CORRIGÉ

Un candidat, lors d'une élection, effectue un sondage pour connaître les intentions de vote. Sur les 4 807 inscrits dans sa circonscription, on a réalisé un sondage sur 150 personnes : 68 déclarent voter pour lui.
Le candidat souhaite estimer la proportion p de votes en sa faveur au 1er tour.

1. Que peut-il prendre comme première estimation p_{est} de p ?
2. Considérant qu'un autre sondage sur 150 personnes donnerait un autre résultat, il préfère estimer p avec l'intervalle :
$\mathrm{I} = \left[f_e - \frac{1}{\sqrt{n}};\quad f_e - \frac{1}{\sqrt{n}} \right]$.
Pour s'assurer de la pertinence de ce choix, il désire simuler 10 000 échantillons de taille 150 à l'aide d'un script Python et compter le nombre d'échantillons pour lesquels p_{est} est dans I.

Notes

Compléter l'algorithme ci-dessous :

```
from lycée import *
 compteur = 0
 rac = 1/ sqrt(150)
 p_est = 68 / 150
for i in range (10000 ) :
        echantillon = [randint(......) for j in range(......)]
        ##Echantillon est donc une liste aléatoire de 150 0 ou 1, le 1
        permettant de simuler le vote pour le candidat
        nombre_votants = 0
        for k in range (.....................) :
        nombre_votants = ..........................
        ##nombre_votants compte le nombre de votants soit le
        nombre de 1 dans l'échantillon de taille 150
        frequence = nombre_votants/.....................
        a = .....................
        b = ...............
   ## a est la borne inférieure de l'intervalle I, b la borne supérieure
        if a ⩽ p_est ⩽ b :
              compteur = ........................
   ## la variable compteur permet de compter le nombre d'échantillons
   dont p_est est dans I
print(compteur/....................)
```

Corrigé

1. Le candidat peut considérer en première approche que $p \approx \dfrac{68}{150}$: $\mathbf{p_{est} = 0,45}$.

2. Le script ci-dessous nécessite le module Python lycée :

```
from lycée import *
 compteur = 0
 rac = 1/ sqrt(150)
 p_est = 68 / 150
for i in range (10000) :
        echantillon = [randint(0,1) for j in range(150)]
        nombre_votants = 0
        for k in range (150 ) :
        nombre_votants = nombre_votants + echantillon[k]
        frequence = nombre_votants/150
         a = frequence − rac
         b = frequence + rac
        if a ⩽ p_est ⩽ b :
              compteur = compteur + 1
print(compteur/10000)
```

L'algorithme affiche 0,8111 ; 0,8218 ; 0,818... : environ 80 % des intervalles contiennent p_{est} .

Modéliser une expérience aléatoire

Fiche 56

Maths

Notes

LE COURS

Expérience aléatoire, issues, univers

Une **expérience** est dite **aléatoire** lorsqu'on ne peut pas en prévoir avec certitude le résultat.
On appelle **issue** d'une expérience aléatoire tout résultat possible de cette expérience.
L'ensemble de tous les résultats possibles d'une expérience aléatoire s'appelle l'**univers** U.

Loi de probabilité, modélisation d'une expérience aléatoire

Définir une loi de probabilité sur un univers U, c'est associer à chaque issue de l'expérience (notée x_i) un nombre positif compris entre 0 et 1 (noté p_i) tel que $p_1 + p_2 + ... + p_n = 1$.
Modéliser une expérience aléatoire, c'est lui associer une loi de probabilité telle que chaque p_i représente les chances de réalisation de l'issue x_i.

EXERCICE TYPE CORRIGÉ

On lance deux dés tétraédriques (4 faces numérotées de 1 à 4) parfaitement équilibrés et on s'intéresse à la somme des deux numéros obtenus. On souhaite modéliser cette expérience par l'un des modèles suivants :

1er modèle

x_i	2	3	4	5	6	7	8
p_i	$\frac{1}{7}$	$\frac{1}{7}$	$\frac{1}{7}$	$\frac{1}{7}$	$\frac{1}{7}$	$\frac{1}{7}$	$\frac{1}{7}$

2e modèle

x_i	2	3	4	5	6	7	8
p_i	$\frac{1}{16}$	$\frac{1}{8}$	$\frac{3}{16}$	$\frac{1}{4}$	$\frac{3}{16}$	$\frac{1}{8}$	$\frac{1}{16}$

Notes

Pour cela, on simule cette expérience (*cf. fiche* 53) avec EXCEL et on obtient la distribution des fréquences suivantes :

x_i	2	3	4	5	6	7	8
Fréquence	0,066	0,119	0,176	0,252	0,189	0,129	0,069

1. Quel est le modèle qui paraît le plus approprié ?
2. Remplir le tableau suivant et en déduire le bon modèle :

Dé 2 \ Dé 1	1	2	3	4
1				
2				
3				
4				

Corrigé

1. Les fréquences observées ne sont pas les mêmes pour chaque issue ; de plus, $\frac{1}{16} = 0,0625$ (proche de 0,066 et de 0,069), $\frac{1}{8} = 0,125$ (proche de 0,119 et de 0,129), $\frac{3}{16} = 0,1875$ et $\frac{1}{4} = 0,25$.

C'est le 2e modèle qui paraît le plus approprié.

2. On écrit dans chaque case la somme des numéros des deux faces :

Dé 2 \ Dé 1	1	2	3	4
1	2	3	4	5
2	3	4	5	6
3	4	5	6	7
4	5	6	7	8

Il y a équiprobabilité, donc $p(A) = \dfrac{\text{nombre de cas favorables à } A}{\text{nombre de cas total}}$ (*cf. fiche* 57).

Ainsi, $p(2) = \frac{1}{16}$, $p(3) = \frac{2}{16} = \frac{1}{8}$, $p(4) = \frac{3}{16}$, $p(5) = \frac{4}{16} = \frac{1}{4}$, $p(6) = \frac{3}{16}$, $p(7) = \frac{2}{16} = \frac{1}{8}$ et $p(8) = \frac{1}{16}$.

C'est bien le 2e modèle qui convient.

① Il n'y a pas équiprobabilité sur les 7 résultats possibles de la somme obtenue, mais sur les 16 résultats des tirages {(1,1) ; (1,2) ; ... ; (4,4)}.

② Si on simule *n* lancers de dés, plus *n* devient grand, plus la distribution des fréquences se rapproche de la loi de probabilité de cette expérience. Cette propriété permet d'approcher une loi de probabilité quand on ne sait pas la déterminer *a priori*.

Évaluer des probabilités en cas d'équiprobabilité

Fiche 57

Maths

Notes

LE COURS

On considère une expérience aléatoire donnée pour laquelle on a défini un univers U et une loi de probabilité.

Événement A

Un **événement** A est un sous-ensemble de l'univers U. On a $A \subset U$. Une issue x réalise A (ou est favorable à A) lorsque x est un élément de A. On a $x \in A$.

Probabilité d'un événement

La probabilité de l'événement A est la somme des probabilités des issues qui réalisent A. On la note $p(A)$. On a $0 \leqslant p(A) \leqslant 1$.

Équiprobabilité

Lorsque chaque issue a la même probabilité d'être réalisée, il y a équiprobabilité. Alors, pour tout événement A, on a :

$$p(A) = \frac{\text{nombre de cas favorables à A}}{\text{nombre de cas possibles}}.$$

EXERCICES TYPES CORRIGÉS

EXERCICE 1 Une urne contient 6 boules noires, 9 boules blanches, 8 boules rouges indiscernables au toucher. On tire au hasard une boule de l'urne. Déterminer la probabilité d'obtenir une boule rouge.

EXERCICE 2 On jette n fois de suite une pièce de monnaie parfaitement équilibrée. On note P (F) l'événement : « on obtient Pile (Face) ».

1. $n = 2$. Calculer la probabilité de l'événement A : « on obtient exactement une fois pile sur les 2 lancers ».
2. $n = 3$. Calculer la probabilité de l'événement B : « on obtient exactement une fois pile sur les 3 lancers ».

Corrigé

1 L'ensemble des issues possibles est {la boule tirée est noire (N) ; la boule tirée est blanche (B) ; la boule tirée est rouge (R)}. Comme les boules sont indiscernables au toucher et qu'elles sont tirées au hasard, il y a équiprobabilité sur l'ensemble des 23 tirages (et non sur les 3 couleurs).

Notes

Il y a équiprobabilité des tirages. On a donc :

$$p(\text{R}) = \frac{\text{nombre de cas favorables à R}}{\text{nombre de cas possibles}} = \frac{\text{nombre de boules rouges}}{\text{nombre total de boules}},$$

soit $\boldsymbol{p(\text{R}) = \frac{8}{23}}$ **: la probabilité d'obtenir une boule rouge est $\frac{8}{23}$.**

Toujours vérifier que la probabilité calculée est comprise entre 0 et 1.

2 **1.** Pour calculer cette probabilité, on cherche d'abord à décrire l'ensemble des issues possibles. Pour cela, on peut utiliser un tableau à double entrée ou un arbre. On choisit généralement le tableau lorsque l'expérience se déroule en 2 étapes (lancer de 2 dés, tirage de 2 boules,...) et l'arbre lorsqu'il y a trois et plus étapes.

1er lancer / 2e lancer	P	F
P	(P,P)	(F,P)
F	(P,F)	(F,F)

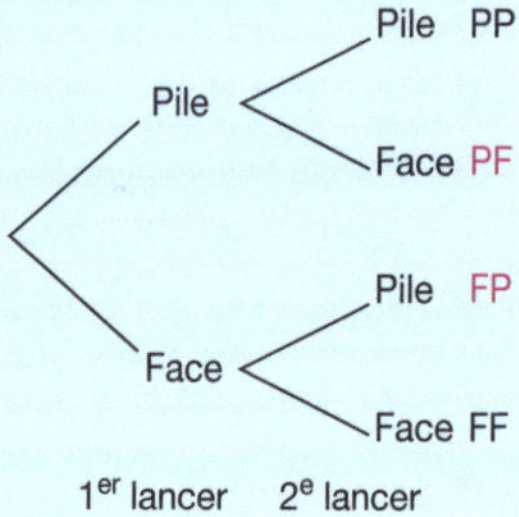

Il y a équiprobabilité des tirages, donc :

$$p(A) = \frac{\text{nombre de cas favorables à A}}{\text{nombre de cas possibles}}.$$

Soit $\boldsymbol{p(\text{A}) = \frac{2}{4} = \frac{1}{2}}$ **: la probabilité d'obtenir exactement une fois pile sur les 2 lancers est $\frac{1}{2}$.**

2. Ici, comme l'expérience se déroule en 3 étapes, on décrit l'ensemble des issues possibles avec un arbre :

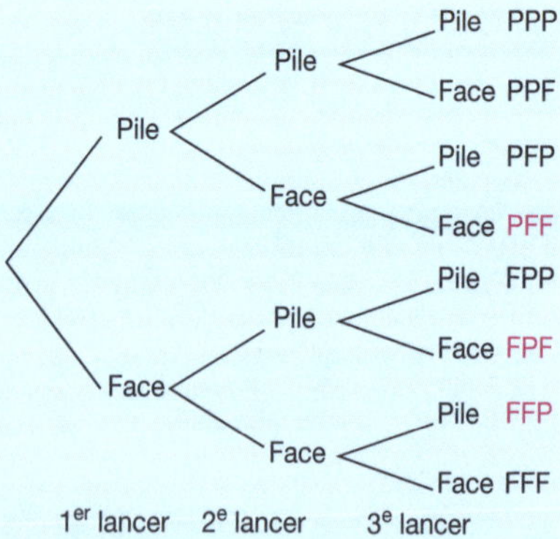

Il y a équiprobabilité des tirages, donc :

$$p(\text{B}) = \frac{\text{nombre de cas favorables à B}}{\text{nombre de cas possibles}} = \frac{3}{8}.$$

La probabilité d'obtenir exactement une fois pile est 0,375.

Utiliser les propriétés sur les probabilités

Notes

LE COURS

Intersection et réunion de deux événements A et B

L'**intersection** des événements A et B, notée **A ∩ B**, est l'ensemble des issues qui sont dans A **et** dans B.
On a $x \in A \cap B$ **signifie** $x \in A$ **et** $x \in B$.

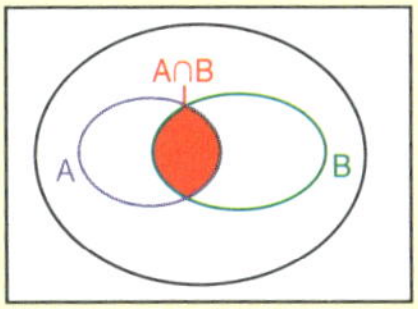

La **réunion** des événements A et B, notée **A ∪ B**, est l'ensemble des issues qui sont dans A **ou** dans B.
On a $x \in A \cup B$ **signifie** $x \in A$ **ou** $x \in B$.

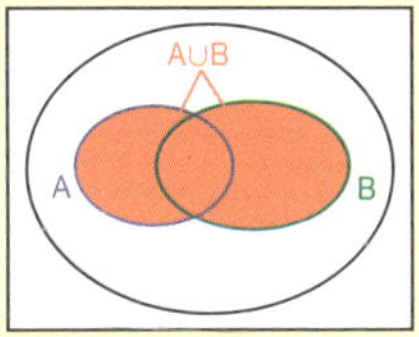

Pour tout événement *A* et B, on a :

$$p(A \cup B) = p(A) + p(B) - p(A \cap B).$$

Événement contraire d'un événement A

L'événement contraire à A, noté $\overline{A}$, est l'ensemble des issues qui ne sont pas dans A.

Pour tout événement A, on a :

$$p(\overline{A}) = 1 - p(A).$$

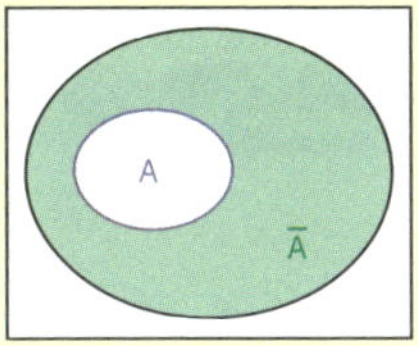

EXERCICES TYPES CORRIGÉS

EXERCICE 1 On sait que 35 % des lycéens pratiquent le cyclisme (sport A), que 25 % des lycéens pratiquent le tennis (sport B), et que 15 % pratiquent les deux sports (A et B). On interroge au hasard un lycéen. En assimilant les probabilités aux fréquences observées :

1. Quelle est la probabilité pour qu'il pratique un sport ?
2. Quelle est la probabilité pour qu'il ne pratique ni A ni B ?

EXERCICE 2 En observant chaque mois les fréquences d'interventions de l'équipe de maintenance d'une société informatique, il a été établi que leur nombre suivait la loi de probabilité ci-après :

Notes

Nombre d'interventions/mois	0	1	2	3	4	5	6
Probabilité	0,03	0,17	0,38	0,22	0,1	0,09	0,01

Quelle est la probabilité pour que l'équipe de maintenance intervienne au plus 4 fois dans le mois (événement A) ?

Corrigé

1 1. Comme toujours, pour calculer une probabilité, on cherche à décrire l'ensemble U des issues possibles. Ici, l'expérience se déroule en une seule étape et on ne connaît pas les nombres d'élèves concernés : on choisit donc de décrire U par un diagramme.

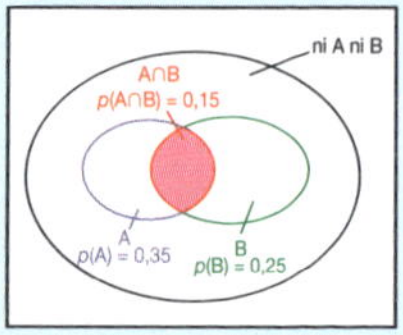

On traduit l'énoncé en terme de probabilités et d'événements : par exemple, « ou » se traduit par ∪, « et » se traduit par ∩, les phrases négatives ou les expressions du type « au plus/au moins » conduisent à considérer l'événement contraire.

D'après l'énoncé, $p(A) = 0{,}35$, $p(B) = 0{,}25$ et $p(A \cap B) = 0{,}15$.

Pratiquer un sport, c'est A ou B (événement $A \cup B$).

On cherche $p(A \cup B) = p(A) + p(B) - p(A \cap B)$,

soit $p(A \cup B) = 0{,}35 + 0{,}25 - 0{,}15 = 0{,}45$.

La probabilité pour que le lycéen pratique un sport est de 0,45.

2. On cherche $p(\overline{A} \cap \overline{B})$. Or $\overline{A} \cap \overline{B}$ est l'événement contraire de $A \cup B$ (*cf.* diagramme). Ainsi, $p(\overline{A} \cap \overline{B}) = 1 - p(A \cup B)$.

On cherche $p(\overline{A} \cap \overline{B}) = 1 - p(A \cup B) = 1 - 0{,}45 = 0{,}55$.

La probabilité pour que le lycéen ne pratique ni A ni B est de 0,55.

2 La présence de l'expression « au plus » nous incite à considérer l'événement contraire $\overline{A}$.

En effet, l'événement A est réalisé pour les 5 issues {0 ; 1 ; 2 ; 3 ; 4}, alors que $\overline{A}$ n'est réalisé que pour les 2 issues {5 ; 6}. Il est donc plus simple de calculer $p(\overline{A})$ et d'en déduire $p(A)$.

On considère l'événement $\overline{A}$: « l'équipe intervient au moins 5 fois dans le mois » qui est réalisé par les issues {5 ; 6}.

Alors $p(\overline{A}) = p(5) + p(6) = 0{,}09 + 0{,}01 = 0{,}1$.

Et $p(A) = 1 - p(\overline{A}) = 1 - 0{,}1 = 0{,}9$.

La probabilité pour que l'équipe de maintenance intervienne au plus 4 fois dans le mois est de 0,9.

On peut vérifier en calculant directement $p(A)$:

$p(A) = p(0) + p(1) + p(2) + p(3) + p(4)$

et $p(A) = 0{,}03 + 0{,}17 + 0{,}38 + 0{,}22 + 0{,}1 = 0{,}9$.

Identifier hypothèses et conclusion ; distinguer un théorème de sa réciproque

Fiche 59

Maths

Notes

LE COURS

- **Hypothèses** : ce sont les données du problème, ce que l'on sait (précédées de « soit », « si », « sachant que », « dans la figure, on a... »).

- **Conclusion** : ce que l'on veut montrer (précédée de « montrer que », « alors », « donc », « déterminer » ...).

- **Implication directe et réciproque**

• Un théorème *s*'énonce généralement sous la forme :
Si Ⓗ est vraie, alors © est vraie $\left(Ⓗ \Rightarrow ©\right)$.

• Dans certains cas, le théorème réciproque se vérifie aussi :
Si © est vraie, alors Ⓗ est vraie.
Dans ces cas-là, on dit que Ⓗ et © sont équivalentes ou que Ⓗ si, et seulement si, © $\left(Ⓗ \Leftrightarrow ©\right)$.

EXERCICE TYPE CORRIGÉ

Dans chacun des cas ci-dessous, énoncer l'implication sous la forme : « si Ⓗ est vraie, alors © est vraie » ; préciser si la réciproque se vérifie et si Ⓗ est équivalente à © .

	Proposition ①	Proposition ②
1.	$x^2 = 9$	$x = 3$
2.	$x^2 \geqslant 4$	$x \geqslant 2$
3.	$x \geqslant 1$	$\frac{1}{x} \leqslant 1$
4.	$x^2 \geqslant x$	$x \geqslant 1$
5.	$AB^2 + AC^2 = BC^2$	ABC rectangle en A
6.	I milieu de $[AB]$	$AI = IB$
7.	$\overrightarrow{AB} = 3\,\overrightarrow{AC}$	Les points A, B, C sont alignés

Corrigé

1. Si $x = 3$, alors $x^2 = 9$.
La réciproque (« si $x^2 = 9$, alors $x = 3$ ») est fausse :
si $x^2 = 9$, alors $x = 3$ ou $x = -3$
(les solutions de l'équation $x^2 = 9$ sont $S = \{-3 ; 3\}$: *cf. fiche 7*).

2. Si $x \geqslant 2 > 0$, alors $x^2 \geqslant 4$ (car $x \mapsto x^2$ est croissante sur $[0 ; +\infty[$).
La réciproque (« si $x^2 \geqslant 4$, alors $x \geqslant 2$ ») est fausse :
si $x^2 \geqslant 4$, alors $x \geqslant 2$ ou $x \leqslant -2$
(les solutions de l'inéquation $x^2 \geqslant 4$, soit de $x^2 - 4 \geqslant 0$ et $(x+2)(x-2) \geqslant 0$, sont $S =]-\infty ; -2] \cup [2 ; +\infty[$: *cf. fiche 11*).

3. Si $x \geqslant 1 > 0$, alors $\dfrac{1}{x} \leqslant \dfrac{1}{1}$ (car $x \mapsto \dfrac{1}{x}$ est décroissante sur $]0 ; +\infty[$).

La réciproque $\left(\text{« si } \dfrac{1}{x} \leqslant 1, \text{ alors } x \geqslant 1 \text{ »}\right)$ est fausse :

si $\dfrac{1}{x} \leqslant 1$, alors $x \geqslant 1$ ou $x < 0$

(les solutions de l'inéquation $\dfrac{1}{x} \leqslant 1$, soit de $\dfrac{1}{x} - 1 \leqslant 0$ et $\dfrac{1-x}{x} \leqslant 0$,

sont $S =]-\infty ; 0[\cup [1 ; +\infty[$: *cf. fiche 12*).

4. Si $x \geqslant 1$, alors $x \times x \geqslant 1 \times x$ (car $x > 0$)
soit $x^2 \geqslant x$.
La réciproque (« si $x^2 \geqslant x$, alors $x \geqslant 1$ ») est fausse :
si $x^2 \geqslant x$, alors $x \geqslant 1$ ou $x \leqslant 0$
(les solutions de l'inéquation $x^2 \geqslant x$, soit de $x^2 - x \geqslant 0$ et $x(x-1) \geqslant 0$, sont $S =]-\infty ; 0] \cup [1 ; +\infty[$: *cf. fiche 11*).

5. Si ABC est rectangle en A, alors $AB^2 + AC^2 = BC^2$ (Pythagore).
Si $AB^2 + AC^2 = BC^2$, alors ABC est rectangle en A (réciproque de Pythagore) : les deux propositions sont équivalentes.

6. Si I est le milieu de $[AB]$, alors $AI = IB$.
La proposition réciproque (« si $AI = IB$, alors I est le milieu de $[AB]$ ») est fausse :
Si $AI = IB$, alors I est situé sur la médiatrice de $[AB]$.

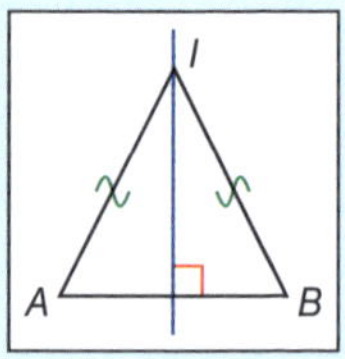

7. Si $\overrightarrow{AB} = 3\overrightarrow{AC}$, alors $\overrightarrow{AB}$ et $\overrightarrow{AC}$ sont colinéaires et les points A, B, C sont alignés (*cf. fiche 36*).

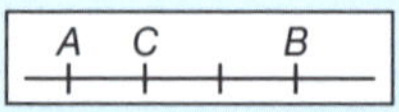

La réciproque (« si les points A, B, C sont alignés, alors $\overrightarrow{AB} = 3\overrightarrow{AC}$ ») est fausse.
Si les points A, B, C sont alignés, alors il existe un réel $k \neq 0$ tel que $\overrightarrow{AB} = k\,\overrightarrow{AC}$, mais k n'est pas nécessairement égal à 3. Par exemple :

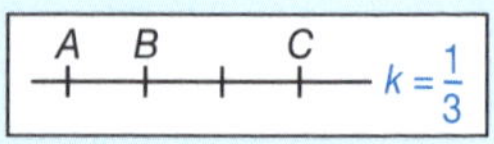

Raisonner par l'absurde, par disjonction des cas

Fiche 60

Maths

Notes

LE COURS

Les connecteurs logiques « ET » et « OU »

- Le mot « ET » en mathématiques signifie « à la fois ».

Par exemple, la proposition « 3, 5, 7 sont des entiers premiers et inférieurs à 10 » est vraie, car « les entiers 3, 5, 7 sont premiers » et « les entiers 3, 5, 7 sont inférieurs à 10 ».

Mais la proposition « 3, 5, 7, 9 sont des entiers premiers et inférieurs à 10 » est fausse, car « les entiers 3, 5, 7, 9 ne sont pas premiers » (9 n'est pas premier).

- Le mot « OU » en mathématiques signifie « soit l'un, soit l'autre, soit les deux à la fois ».

Par exemple, la proposition « 3, 5, 7, 9 sont des entiers premiers ou inférieurs à 10 » est vraie, car « les entiers 3, 5, 7, 9 sont inférieurs à 10 » (même si la première proposition « 3, 5, 7, 9 sont des entiers premiers » est fausse).

EXERCICES TYPES CORRIGÉS

EXERCICE 1 Pour chacune des propositions ci-dessous, écrire la négation de cette proposition :

1. $x \geqslant 2$ et $x < 5$.
2. Toute fonction polynôme de degré 2 admet deux racines sur $\mathbb{R}$.

EXERCICE 2 Démontrer par l'absurde que l'équation $x^2 + 1 = 0$ n'admet pas de solution sur $\mathbb{R}$.

EXERCICE 3 Montrer que, pour tout réel $x \neq 0$ et $y \neq 0$, $|xy| = |x| \times |y|$.

Corrigé

1 La négation d'une proposition P est la proposition non P qui est fausse si P est vraie ou vraie si P est fausse. Ainsi :
la négation de « A et B » est « non A ou non B » ;
la négation de « A ou B » est « non A et non B ».

1. La négation de « $x \geqslant 2$ et $x < 5$ » est **« $x < 2$ ou $x \geqslant 5$ ».**

Notes

2. La négation de « toute fonction polynôme de degré 2 admet deux racines sur $\mathbb{R}$ » est **« il existe une fonction polynôme de degré 2 qui n'admet pas deux racines sur $\mathbb{R}$ ».**
Cette négation est manifestement vraie : il suffit de considérer la fonction f définie par $f(x) = x^2$ qui n'admet qu'une seule racine sur $\mathbb{R}$, 0. De même, la fonction h définie par $h(x) = x^2 + 1$ n'admet pas de racine sur $\mathbb{R}$ (pour tout réel x, $x^2 \geqslant 0$ donc $x^2 + 1 \geqslant 1 > 0$ et $x^2 + 1 \neq 0$).
La proposition initiale est donc fausse.

2 Il est souvent difficile de montrer directement qu'un objet n'existe pas. Le plus simple, c'est de supposer qu'il existe et de montrer qu'on arrive à une contradiction. Ce type de raisonnement est un raisonnement par l'absurde.
Supposons, pour cela, que l'équation $x^2 + 1 = 0$ admet une solution a réelle.
Alors a est tel que :

$$a^2 + 1 = 0$$
$$a^2 = -1.$$

Or, un carré est toujours positif ou nul, donc $a^2 \geqslant 0$. De plus, $-1 < 0$.
L'égalité $a^2 = -1$ est donc impossible (un nombre positif ou nul ne peut pas être égal à un nombre strictement négatif !).
Ainsi, l'équation $x^2 + 1 = 0$ n'admet pas de solution réelle.

3 Comme la valeur absolue est définie en différenciant deux cas ($x \geqslant 0$ et $x < 0$), on a l'idée de raisonner par disjonction des cas.

On raisonne en différenciant tous les cas possibles :

1er cas : $x > 0$ et $y > 0$: alors,
$|x| = x$, $|y| = y$ et $|x| \times |y| = xy$;
de plus, $x \times y > 0$ donc $|x \times y| = xy$.
Ainsi, $|\boldsymbol{x} \times \boldsymbol{y}| = |\boldsymbol{x}| \times |\boldsymbol{y}|$ **(=** $\boldsymbol{xy}$**)**.

2e cas : $x > 0$ et $y < 0$: alors,
$|x| = x$, $|y| = -y$ et $|x| \times |y| = -xy$;
de plus, $x \times y < 0$ donc $|x \times y| = -xy$.
Ainsi, $|\boldsymbol{x} \times \boldsymbol{y}| = |\boldsymbol{x}| \times |\boldsymbol{y}|$ **(=** $-\boldsymbol{xy}$**)**.

3^e^ cas : $x < 0$ et $y > 0$: alors,
$|x| = -x$, $|y| = y$ et $|x| \times |y| = -xy$;
de plus, $x \times y < 0$ donc $|x \times y| = -xy$.
Ainsi, $|\boldsymbol{x} \times \boldsymbol{y}| = |\boldsymbol{x}| \times |\boldsymbol{y}|$ **(=** $-\boldsymbol{xy}$**)**.

4e cas : $x < 0$ et $y < 0$: alors,
$|x| = -x$, $|y| = -y$ et $|x| \times |y| = xy$;
de plus, $x \times y > 0$ donc $|x \times y| = xy$.
Ainsi, $|\boldsymbol{x} \times \boldsymbol{y}| = |\boldsymbol{x}| \times |\boldsymbol{y}|$ **(=** $\boldsymbol{xy}$**)**.

Ainsi, pour tout réel $x \neq 0$ et $y \neq 0$, on a bien $|\boldsymbol{x} \times \boldsymbol{y}| = |\boldsymbol{x}| \times |\boldsymbol{y}|$.

Il est clair que l'égalité reste vraie si $x = 0$ ou $y = 0$ ($|x \times y| = |0| = 0$ et $|x| \times |y| = 0$).
Ainsi, on a, pour tout réel x et y : $|x \times y| = |x| \times |y|$.

Utiliser les contre-exemples

Fiche 61

Maths

EXERCICE TYPE CORRIGÉ

Indiquer pour chacune des propositions ci-dessous si elles sont vraies ou fausses. Justifier.

1. La solution de l'équation $-\frac{4}{3}x = 0$ est $\frac{4}{3}$.
2. Si $x^2 \geqslant 4$, alors $x \geqslant 2$.
3. Si $(x + 5)(2x - 1) \geqslant 0$, alors $x + 5 \geqslant 0$ ou $2x - 1 \geqslant 0$.
4. Soit f une fonction définie sur $\mathbb{R}$:
   a. si $f(0) \leqslant f(2)$, alors f est croissante sur $[0 ; 2]$;
   b. si, pour tout $x \in \mathbb{R}$, $f(x) \geqslant -1$, alors -1 est le minimum de f sur $\mathbb{R}$;
   c. si f n'est pas croissante sur $\mathbb{R}$, alors f est décroissante sur $\mathbb{R}$.
5. Si $\overrightarrow{AC} = 3\overrightarrow{AB}$, alors $\overrightarrow{BC} = 2\overrightarrow{AB}$.
6. Si $\overrightarrow{AB}$ et $\overrightarrow{CD}$ sont colinéaires, alors $ABDC$ est un parallélogramme.
7. $\sqrt{(x-3)^2} = x - 3$ pour tout réel x.

Notes

Corrigé

Pour justifier un Vrai/Faux, on procède de la façon suivante :

- si la proposition est vraie, on la montre à l'aide d'une définition, d'un théorème connu ou d'un calcul ;
- si la proposition est fausse, il suffit de donner un contre-exemple ou de corriger en expliquant la démarche.

1. **Faux :** l'égalité n'est pas vérifiée pour $x = \frac{4}{3}$: $-\frac{4}{3} \times \frac{4}{3} = -\frac{16}{9} \neq 0$.

La solution de $-\frac{4}{3}x = 0$ est $x = \dfrac{0}{-\frac{4}{3}} = 0$.

2. **Faux :** $(-3)^2 = 9$ donc $(-3)^2 \geqslant 4$, mais $-3 < 2$.

Si $x^2 \geqslant 4$, alors $x \geqslant 2$ ou $x \leqslant -2$ (*cf. fiche* 59).

3. **Faux :** $(-6 + 5)(2(-6) - 1) = 13$, donc $(-6 + 5)(2(-6) - 1) \geqslant 0$, mais $-6 + 5 < 0$ et $2(-6) - 1 < 0$.

Il suffit de résoudre l'inéquation $(x + 5)(2x - 1) \geqslant 0$ (*cf. fiche* 11) avec un tableau de signes : $S =]-\infty ; -5] \cup \left[\frac{1}{2} ; +\infty\right[$.

Ainsi si $(x + 5)(2x - 1) \geqslant 0$, alors $x \leqslant -5$, ou $x \geqslant \frac{1}{2}$.

4. a. b. Faux : il suffit de considérer la fonction f dont la courbe est donnée ci-dessous :

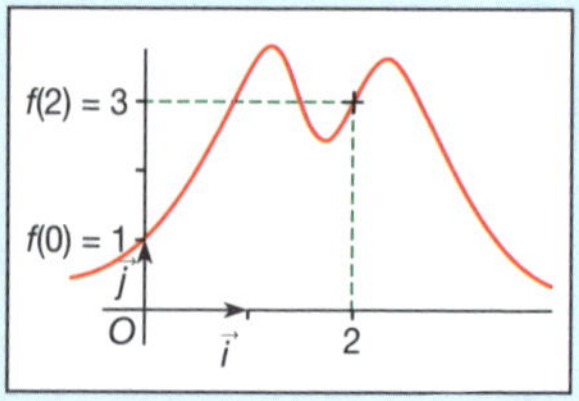

$f(0) \leqslant f(2)$,
mais cette fonction f n'est manifestement pas croissante sur $[0 ; 2]$.
Pour avoir f croissante sur $[0 ; 2]$, il aurait fallu avoir : **pour tout réel a et $b \in [0 ; 2]$** (et pas seulement 0 et 2), si $a \leqslant b$ alors $f(a) \leqslant f(b)$.

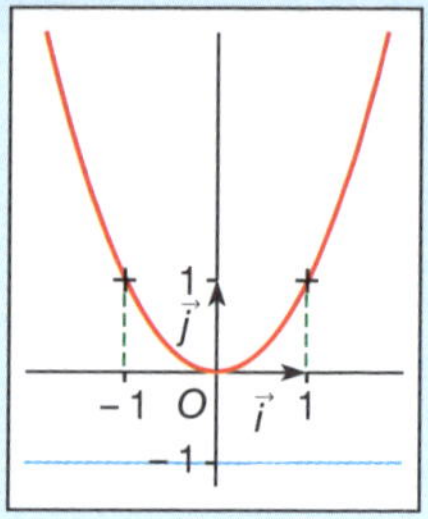

Pour tout x, $f(x) \geqslant -1$,
mais -1 n'est pas le minimum de f sur $\mathbb{R}$ (0 est le minimum).
-1 est un minorant de f.
Pour avoir -1 minimum de f, il aurait fallu que -1 soit atteint **(il existe $a \in \mathbb{R}$ tel que $f(a) = -1$)**.

c. Faux : il suffit de considérer la fonction f (tracée ci-dessus) : f n'est pas croissante sur $\mathbb{R}$, mais n'est pas non plus décroissante sur $\mathbb{R}$.

5. Vrai : Ⓗ $\overrightarrow{AC} = 3\overrightarrow{AB}$

Ⓒ $\overrightarrow{BC} = 2\overrightarrow{AB}$ (*cf. fiche* 36).

On a $\overrightarrow{BC} = \overrightarrow{BA} + \overrightarrow{AC} = -\overrightarrow{AB} + 3\overrightarrow{AB}$ d'après Ⓗ
soit $\overrightarrow{BC} = 2\overrightarrow{AB}$.

6. Faux :

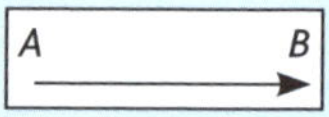

$\overrightarrow{AB}$ et $\overrightarrow{CD}$ sont bien colinéaires

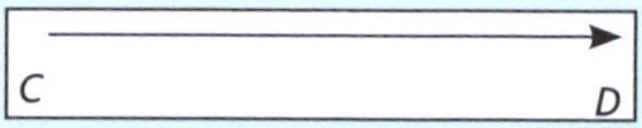

($\overrightarrow{CD} = 2\overrightarrow{AB}$), mais $ABDC$ n'est manifestement pas un parallélogramme.

Pour caractériser $ABDC$ parallélogramme, il aurait fallu écrire :
si $\overrightarrow{AB} = \overrightarrow{CD}$, alors $ABDC$ est un parallélogramme.

7. Faux : pour $x = 0$ $\sqrt{(0-3)^2} = \sqrt{(-3)^2} = \sqrt{9} = 3$ et $0 - 3 = -3 \neq 3$.
$\sqrt{x^2}$ est le nombre positif qui élevé au carré donne x^2.
Or $|x| \geqslant 0$
et $(|x|)^2 = x^2$ si $x \geqslant 0$
ou $(|x|)^2 = (-x)^2$
$= x^2$ si $x \leqslant 0$ (*cf. fiches* 3 et 4).
Donc $\sqrt{x^2} = |x|$ pour tout réel x.
En particulier $\sqrt{(x-3)^2} = |x-3|$ pour tout réel x.

Physique
Chimie

Sommaire

Constitution et transformations de la matière

Mouvement et interactions

Ondes et signaux

Notes

L'atome : constituant fondamental de la matière

Fiche 1

Physique-Chimie

LE COURS

Constitution de l'atome

• **L'atome est l'élément de base de la matière.** Il présente une forme sphérique avec un diamètre de l'ordre de 10^{-10} m.

• Un atome comporte **un noyau chargé positivement autour duquel gravitent un ou plusieurs électrons chargés négativement**. Il est toujours **électriquement neutre** car il y a autant de charges positives que de charges négatives.

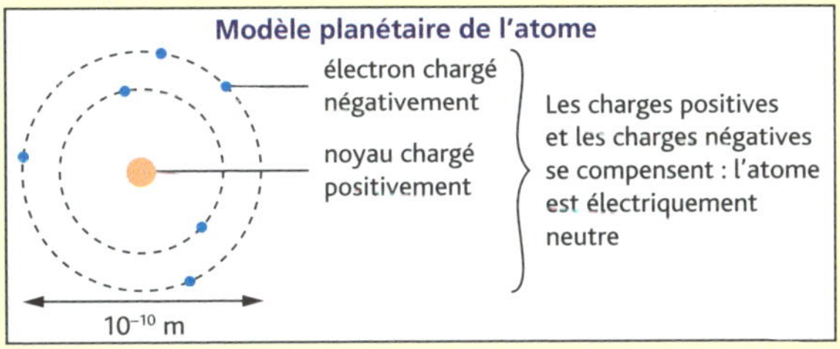

Atome et entités chimiques

• **Trois types d'entités chimiques constituent la matière : les atomes, les molécules et les ions.** Les molécules et les ions se forment à partir des atomes.

Symbole et formule

• **Il existe différents types d'atomes.** Chaque atome est décrit par un nom et un symbole.

Ex. :

Nom de l'atome	hydrogène	carbone	azote	oxygène
Symbole	H	C	N	O

• **Les atomes peuvent se combiner entre eux pour former une molécule.** Une molécule est définie par un nom et une formule chimique, cette dernière renseignant sur sa composition atomique.

Ex. :

Nom de la molécule	eau	saccharose
Formule chimique	H_2O	$C_{12}H_{22}O_{11}$
Composition	2 atomes d'hydrogène 1 atome d'oxygène	12 atomes de carbone 22 atomes d'hydrogène 11 atomes d'oxygène

Notes

Notes

Remarque : l'indice « 1 » n'apparaît jamais dans la formule d'une molécule. On écrit ainsi H_2O et non pas H_2O_1.

• **Un atome peut aussi perdre ou gagner des électrons, formant ainsi une entité chimique électriquement chargée : un ion.** Un ion positif est appelé cation, un ion négatif **anion**. Un ion est caractérisé par son nom, mais aussi par une formule chimique qui renseigne sur sa formation.

Ex. :

Nom de l'ion	ion hydrogène	ion nitrure
Formule chimique	H^+	N^{3-}
Type d'ion	cation	anion
Formation	à partir d'un atome d'hydrogène qui a perdu 1 électron	à partir d'un atome d'azote qui a gagné 3 électrons

EXERCICE TYPE CORRIGÉ

1. Lors d'un contrôle de la qualité de l'air ou de l'eau, on détermine la teneur en substances polluantes. Les formules chimiques de certaines d'entre elles sont : PO_4^{3-}, NH_3, Pb^{2+}, NO_2, SO_2, NO_3^-.
Indiquer, pour chaque formule, si l'entité chimique ainsi décrite est un atome, une molécule ou un ion.

2. L'aspirine (ou acide acétylsalicylique) est l'un des médicaments les plus anciens. L'entité chimique qui le constitue est une molécule de formule chimique $C_9H_8O_4$.
Donner la composition atomique de cette molécule.

3. En 1929, Alexander Fleming observe des propriétés de la pénicilline qui permettront son développement en tant que premier antibiotique quelques années plus tard. La molécule de pénicilline G est constituée de 16 atomes de carbone, 18 atomes d'hydrogène, 2 atomes d'azote, 4 atomes d'oxygène et 1 atome de soufre (de symbole S).
Écrire la formule chimique de cette molécule.

Corrigé

1.

Molécule	Ion
NH_3, NO_2, SO_2	PO_4^{3-}, Pb^{2+}, NO_3^-

2. La molécule d'aspirine est constituée de **9 atomes de carbone, 8 atomes d'hydrogène et 4 atomes d'oxygène**.

3. La formule chimique de la pénicilline G est $\mathbf{C_{16}H_{18}N_2O_4S}$.

Corps pur et mélange

Notes

LE COURS

Notion d'espèce chimique

• **Une espèce chimique est constituée d'entités chimiques (atomes, molécules, ions) identiques.**

Ex. :

– l'espèce chimique *argon* constituée d'atomes d'argon de symbole Ar ;

– l'espèce chimique *eau* constituée de molécules d'eau de formule chimique H_2O ;

– l'espèce chimique *chlorure* constituée d'ions chlorure de formule chimique $C\ell^-$.

• Une espèce chimique possède des **caractéristiques physiques** (état physique, couleur, viscosité, etc.) et des **propriétés physiques** (masse volumique, températures de changement d'état, etc.).

• La matière étant électriquement neutre, un cation ne saurait exister isolément. Il lui est nécessairement associé un ou plusieurs anions. **Par extension, on parle aussi d'espèce chimique lorsqu'une espèce donnée de type cation est associée à une et une seule espèce de type anion.**

Ex. : Le chlorure de sodium est un composé ionique abondant sur Terre et constitué uniquement des espèces *ion sodium* Na^+ et *ion chlorure* $C\ell^-$. Il s'agit d'une espèce chimique par extension.

Corps pur

• **Un corps pur est constitué d'une seule espèce chimique.**

Ex. : Le diamant (seule l'espèce chimique atomique *carbone* C le constitue), l'eau distillée (présence uniquement de l'espèce chimique moléculaire *eau* H_2O).

Mélange

• **Un mélange est constitué de plusieurs espèces chimiques.**

Ex. : l'eau salée (présence des espèces H_2O, Na^+ et $C\ell^-$), le bronze (alliage de cuivre et d'étain).

• **Lorsque les constituants du mélange ne peuvent pas être distingués à l'œil nu, on parle de mélange homogène. Dans le cas contraire, on parle de mélange hétérogène.**

• Dans le cas du mélange de liquides, on utilise un terme particulier : la miscibilité. **Deux liquides sont dits miscibles si leur mélange est homogène.**

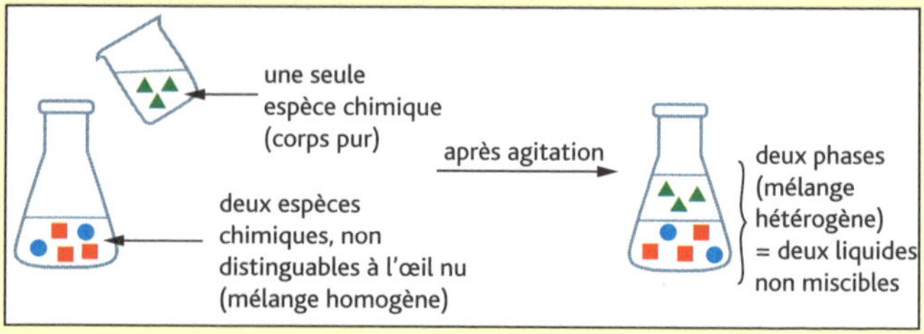

• **Pour quantifier la présence d'une espèce E dans un mélange, on utilise son pourcentage massique P_m(E) ou son pourcentage volumique P_v(E) :**

$$P_m(E) = \frac{m(E)}{m_{tot}}$$

$m(E)$: Masse de l'espèce E dans le mélange

m_{tot} : Masse totale du mélange

Les masses sont à exprimer dans la même unité.

$$P_v(E) = \frac{V(E)}{V_{tot}}$$

$V(E)$: Volume de l'espèce E dans le mélange

V_{tot} : Volume total du mélange

Les volumes sont à exprimer dans la même unité.

EXERCICE TYPE CORRIGÉ

1. Donner deux exemples courants de mélanges homogènes. Pour l'un d'eux, indiquer le nom de deux espèces chimiques présentes.

2. Reprendre la question précédente avec des mélanges hétérogènes.

3. L'or rose est de l'or jaune cuivré. Il contient donc de l'or, de l'argent et du cuivre suivant des proportions bien précises. Sachant qu'une bague en or rose de masse m = 3,0 g contient 2,25 g d'or et 84 mg d'argent, déterminer ces proportions, exprimées en pourcentage.

Corrigé

1. Exemples de **mélanges homogènes** : **le sirop** (eau, sucre) et **le lait**.

2. Exemples de **mélanges hétérogènes** : **la vinaigrette** (eau, huile) et **l'eau pétillante**.

3. On calcule les pourcentages massiques en or P_m(or) et en argent P_m(argent) à partir des données de l'énoncé.

$$P_m(\text{or}) = \frac{m(\text{or})}{m_{tot}} = \frac{2{,}25}{3{,}0} = 0{,}75 = \frac{75}{100} = \mathbf{75\,\%}$$

$$P_m(\text{argent}) = \frac{m(\text{argent})}{m_{tot}} = \frac{0{,}084}{3{,}0} = 0{,}028 = \frac{2{,}8}{100} = \mathbf{2{,}8\,\%}$$

On en déduit le pourcentage massique en cuivre P_m (cuivre).

En effet, on a : $P_m(\text{or}) + P_m(\text{argent}) + P_m(\text{cuivre}) = 100$

D'où : $\mathbf{P_m(\text{cuivre}) = 100 - P_m(\text{or}) - P_m(\text{argent})} = 100 - 75 - 2{,}8 = \mathbf{22{,}2\,\%}$

Identification d'espèces chimiques

LE COURS

Identification par des méthodes physiques

Critères qualitatifs

État physique (solide, liquide, gaz), **couleur**, **transparence**, **dureté**, **viscosité**, etc.

Les **températures de changement d'état** (solidification, fusion, ébullition, liquéfaction).

Ex. 1 : Lors du chauffage d'un liquide

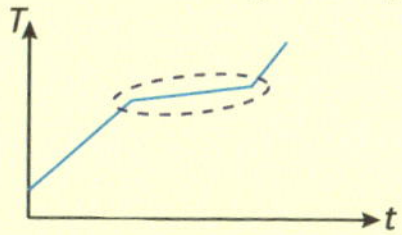

L'ébullition ne s'effectue pas à température constante : c'est un mélange.

Ex. 2 : Lors du refroidissement d'un liquide

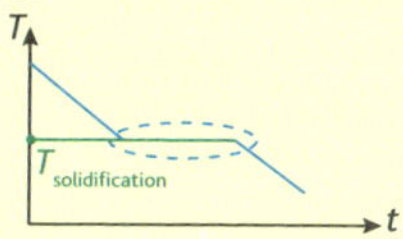

La courbe présente un palier de température : la solidification s'effectue à température constante. C'est un corps pur. On détermine graphiquement sa température de solidification.

Critères quantitatifs

La **solubilité**, l'**indice de réfraction**, etc.

La **masse volumique** ρ d'une espèce chimique est égale au rapport entre sa masse *m* et le volume *V* qu'elle occupe.

$$\rho = \frac{m}{V}$$

avec :

ρ : masse volumique de l'espèce chimique, en gramme par litre ($g.L^{-1}$) ;

m : masse de l'espèce chimique, en gramme (g) ;

V : volume de l'espèce chimique, en litre (L).

Remarque : En toute rigueur, la masse volumique devrait s'exprimer en $kg.m^{-3}$. Mais on trouve plus fréquemment d'autres unités comme le $g.L^{-1}$, le $g.mL^{-1}$, le $kg.L^{-1}$, etc.

Pour les solides et les liquides, la **densité** *d* est définie comme étant le quotient de la masse volumique de l'espèce par celle de l'eau.

$$d = \frac{\rho}{\rho_{eau}}$$

avec :

d : densité de l'espèce chimique, sans unité ;

ρ : masse volumique de l'espèce chimique, en gramme par litre ($g.L^{-1}$) ;

ρ_{eau} : masse volumique de l'eau ($\rho_{eau} = 1,0 \times 10^3$ $g.L^{-1}$).

Les masses volumiques doivent être exprimées dans la même unité.

Identification par des méthodes chimiques

Ex. :

	Eau H_2O	Dioxyde de carbone CO_2	Dihydrogène H_2	Dioxygène O_2
Test d'identification	bleuissement du sulfate de cuivre anhydre	trouble de l'eau de chaux	détonation caractéristique (aboiement) en présence d'une flamme	ravive une allumette incandescente

Notes

Notes

- **La chromatographie sur couche mince (CCM)** est une technique d'identification des espèces contenues dans un mélange. Son principe repose sur la différence d'affinité d'une espèce donnée vis-à-vis de la **phase mobile** (appelée **éluant**) et de la **phase stationnaire (plaque CCM)**.

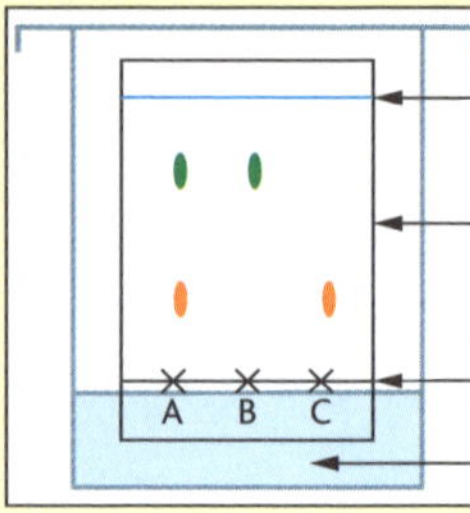

– La **lecture verticale du chromatogramme** permet de savoir si le dépôt est un **corps pur (une seule tache)** ou un **mélange (plusieurs taches)**.

– La **lecture horizontale** permet d'identifier une espèce chimique par comparaison avec un échantillon de référence. Ici, A est un mélange et il contient les espèces chimiques B et C.

EXERCICE TYPE CORRIGÉ

Au laboratoire, on souhaite déterminer la nature de trois liquides **A**, **B** et **C**.
A bleuit le sulfate de cuivre anhydre, contrairement à **B** et **C**.
B est visqueux et de couleur jaune.
C présente une odeur caractéristique d'alcool (due à l'éthanol).
Donnée : ρ(éthanol) = 0,79 g.mL^{-1}.

1. Indiquer la nature possible du liquide **A**. Que faut-il faire pour la préciser ?
2. Même question pour le liquide **B**.
3. Pourquoi est-on quasiment sûr que le liquide **C** est de l'éthanol pur ?
4. Pour le vérifier, on détermine expérimentalement sa masse volumique. Un volume V = 50 mL de ce liquide a une masse m = 39,9 g.
Calculer sa masse volumique. Conclure.

Corrigé

1. **A** bleuit le sulfate de cuivre anhydre. **Il contient donc de l'eau**. Cette seule expérience ne permet pas de savoir s'il s'agit d'eau pure ou d'un mélange contenant de l'eau. Pour préciser cela, on peut par exemple déterminer sa température d'ébullition. S'il s'agit d'eau pure, un palier de température surviendra à 100 °C (sous une pression de 1 013 hPa).
2. **B est très probablement de l'huile**. Pour s'en assurer, on peut par exemple déterminer sa masse volumique, puis la comparer à celle d'huiles alimentaires
(ex. : ρ(huile tournesol) = 0,918 g.mL^{-1}).
3. **C** renferme de l'éthanol mais pas d'eau. **Il s'agit très certainement d'éthanol pur**.
4. On calcule la masse volumique ρ de ce liquide :

$$\rho = \frac{m}{V} = \frac{39,9}{50} = \mathbf{0,80\ g.mL^{-1}} \approx \rho(\text{éthanol})$$

Le liquide **C** est bien de l'éthanol pur.

Solutions aqueuses (1) : la dissolution

Fiche 4

Physique-Chimie

LE COURS

Solution aqueuse

• **On obtient une solution en mélangeant une espèce chimique majoritaire (le solvant) et une ou plusieurs espèces chimiques minoritaires (le(s) soluté(s)).** Le solvant est liquide alors que le soluté peut être solide, liquide ou gazeux.

Ex. : Sucre (soluté solide), éthanol (liquide), dioxyde de carbone (gaz).

• Lorsqu'une espèce chimique devient le soluté d'une solution, on dit qu'il y a **dissolution** de cette espèce chimique dans le solvant. On dit aussi qu'elle **se solubilise** dans le solvant.

• **Lorsque le solvant est l'eau, la solution est dite aqueuse.**

Concentration en masse

• Si on prend l'exemple d'un jus de fruits, on aura une sensation plus ou moins sucrée en fonction de la masse de sucre dissous dans un volume donné de jus. Pour quantifier cela, on introduit une grandeur : **la concentration en masse, notée *t*.**

$$t = \frac{m}{V}$$

- t : Concentration en masse de soluté en $g.L^{-1}$
- m : Masse de soluté en g
- V : Volume de solution en L

• **Les formules de la masse volumique ρ et de la concentration en masse *t* se ressemblent, mais ces grandeurs sont bien différentes.**

– La masse volumique d'une espèce chimique est constante (à une pression et à une température données) et caractéristique de cette espèce.

– La concentration en masse est variable et associée à un mélange.

Ex. : Éthanol pur

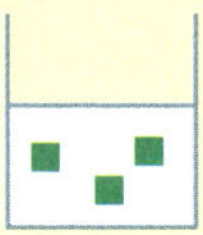

On calcule **sa** masse volumique :

$$\rho(\text{éthanol}) = \frac{m(\text{éthanol})}{V(\text{éthanol})}$$

Ex. : Éthanol solubilisé dans de l'eau

On calcule **la** concentration en masse :

$$t(\text{éthanol}) = \frac{m(\text{éthanol})}{V_{solution}}$$

avec $V_{solution} = V(\text{eau}) + V(\text{éthanol})$

Notes

Notes

Concentration maximale d'un soluté

- Un soluté ne peut pas se dissoudre en quantité infinie dans un volume donné V de solvant. **Il existe une masse maximale m_{max} au-delà de laquelle le soluté ne peut plus se solubiliser. La solution est alors dite saturée.** Cette concentration en masse maximale est appelée **solubilité** du soluté, notée s :

$$\text{en g.L}^{-1} \rightarrow s = t_{max} = \frac{m_{max} \leftarrow \text{en g}}{V \leftarrow \text{en L}}$$

- **La solubilité dépend du solvant, du soluté et de la température.**

EXERCICE TYPE CORRIGÉ

Le sérum physiologique à 0,9 % est une solution aqueuse de chlorure de sodium qui a une concentration en masse t = 9,0 g.L^{-1}.

1. Identifier le soluté et le solvant de cette solution.
2. Calculer la masse m de chlorure de sodium nécessaire pour préparer un volume V = 100,0 mL de sérum physiologique.
3. Indiquer le matériel nécessaire pour réaliser cette dissolution.
4. Une eau minérale présente une concentration en masse de chlorure sodium t' égale à 1,8 g.L^{-1}. Est-elle plus salée que le sérum physiologique ?
5. Déterminer la masse de chlorure de sodium qu'il faudra rajouter à la solution préparée pour la saturer. On prendra comme valeur de la solubilité du chlorure de sodium s = 360 g.L^{-1}.

Corrigé

1. Le **soluté** est le **chlorure de sodium** et le **solvant** l'**eau**.
2. On s'appuie sur la formule permettant de calculer la concentration en masse et on isole la grandeur *masse* :

$$t = \frac{m}{V} \Rightarrow \boldsymbol{m = t \times V} = 9{,}0 \times 100{,}0 \times 10^{-3} = \mathbf{0{,}90\,g}$$

3. Pour réaliser cette dissolution, on a besoin **d'une balance électronique, d'une capsule de pesée, d'une spatule, d'une fiole jaugée de 100,0 mL.**
4. Comme **$t' < t$, cette eau minérale n'est pas plus salée** que le sérum physiologique.
5. Soit m_{max} la masse maximale de chlorure de sodium que l'on peut dissoudre dans 100,0 mL d'eau distillée avant d'atteindre la saturation.

On a : $s = \dfrac{m_{max}}{V} \Rightarrow m_{max} = s \times V$

On en déduit la valeur de la masse m' de chlorure de sodium à rajouter pour saturer la solution déjà préparée :

$$\boldsymbol{m'} = m_{max} - m = s \times V - t \times V = \boldsymbol{(s - t) \times V}$$

$$\boldsymbol{m'} = (360 - 9{,}0) \times 100{,}0 \times 10^{-3} = \mathbf{35{,}1\,g}$$

Solutions aqueuses (2) : la dilution

LE COURS

Solution mère, solution fille

- **Diluer une solution consiste à augmenter le volume de solvant, sans ajouter de soluté**. Lorsque l'on dilue une solution, **la concentration en masse du(des) soluté(s) diminue**.
- On peut diluer une solution soit par ajout direct de solvant dans la solution initialement préparée, soit en transvasant un volume donné de cette dernière dans un autre récipient dans lequel on ajoute ensuite du solvant.
- La solution initiale est appelée **solution mère**. Après dilution, on obtient une **solution fille** moins concentrée.

Conservation de la masse

- Lors d'une dilution, **la masse de soluté dans la solution fille est égale à la masse de soluté prélevée depuis la solution mère.**

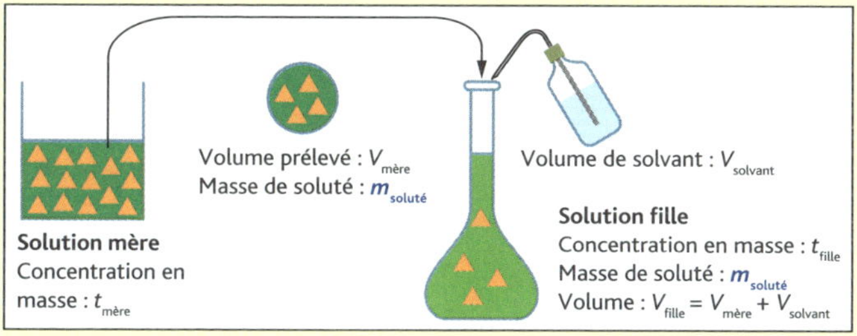

- Comme $t_{mère} = \dfrac{m_{soluté}}{V_{mère}}$ et $t_{fille} = \dfrac{m_{soluté}}{V_{fille}}$, on peut écrire les égalités :

$$m_{soluté} = t_{mère} \times V_{mère} \quad \text{et} \quad m_{soluté} = t_{fille} \times V_{fille}$$

D'où :

$$t_{mère} \times V_{mère} = t_{fille} \times V_{fille}$$

(volumes en L ; concentrations en $g.L^{-1}$)

Facteur de dilution

- On peut modifier la forme de l'expression précédente et introduire une nouvelle grandeur : **le facteur de dilution, noté *F***. Il permet de comparer les concentrations en masse des solutions mère et fille (ou leurs volumes) :

$$F = \frac{t_{mère}}{t_{fille}} = \frac{V_{fille}}{V_{mère}}$$

Notes

Notes

EXERCICE TYPE CORRIGÉ

Lorsque l'on effectue une course de montagne, il faut s'hydrater régulièrement. Il importe également d'avoir un apport en glucides et en sels minéraux. Les boissons isotoniques couvrent ces besoins.
Léo décide de préparer lui-même 1,5 L de boisson isotonique en respectant les concentrations en masse : $t_{sucre} = 60\ g.L^{-1}$ et $t_{sel} = 1,0\ g.L^{-1}$.

1. Calculer la masse de sel contenue dans la boisson ainsi préparée.

2. Pour l'ajout de sucre, Léo utilise un sirop ayant une concentration en masse en sucre $t_{sirop} = 700\ g.L^{-1}$. Quel volume de ce sirop doit-il prélever pour préparer sa boisson ?

3. Après avoir consommé 1,0 L de sa boisson isotonique, Léo remplit sa bouteille avec de l'eau. Calculer le facteur de dilution, puis déterminer les nouvelles concentrations.

4. Indiquer les masses de solutés qu'il devrait rajouter à sa boisson pour qu'elle soit à nouveau isotonique.

Corrigé

1. On a : $t_{sel} = \frac{m_{sel}}{V_{boisson}} \Rightarrow \boldsymbol{m_{sel} = t_{sel} \times V_{boisson}} = 1,0 \times 1,5 = \mathbf{1,5\ g}$

2. Il s'agit ici d'une dilution. On peut écrire que :

$$t_{mère} \times V_{mère} = t_{fille} \times V_{fille}$$

On contextualise cette expression en utilisant les notations de l'énoncé :

$$t_{sirop} \times V_{sirop} = t_{sucre} \times V_{boisson}$$

Enfin, on isole la grandeur à calculer, c'est-à-dire V_{sirop} :

$$\boldsymbol{V_{sirop}} = \frac{\boldsymbol{t_{sucre} \times V_{boisson}}}{\boldsymbol{t_{sirop}}} = \frac{60 \times 1,5}{700} = \mathbf{0,13\ L = 13\ cL}$$

3. D'après l'énoncé, le volume de boisson dans la bouteille avant remplissage vaut : $V'_{boisson} = 0,5\ L$.

On peut donc calculer la valeur du facteur de dilution :

$$\boldsymbol{F} = \frac{\boldsymbol{V_{boisson}}}{\boldsymbol{V'_{boisson}}} = \frac{1,5}{0,5} = \mathbf{3}$$

On en déduit les nouvelles concentrations, que l'on note t'_{sucre} et t'_{sel}, sachant que :

$$F = \frac{t_{sucre}}{t'_{sucre}} = \frac{t_{sel}}{t'_{sel}}$$

D'où : $\boldsymbol{t'_{sucre}} = \frac{t_{sucre}}{F} = \frac{60}{3} = \mathbf{20\ g.L^{-1}}$ et $\boldsymbol{t'_{sel}} = \frac{t_{sel}}{F} = \frac{1,0}{3} = \mathbf{0,33\ g.L^{-1}}$

4. On raisonne à partir des concentrations initiales t_{sucre} et t_{sel}. Sachant qu'un litre de boisson isotonique a été consommé avant le remplissage, **60 g de sucre et 1,0 g de sel** ont été ingérés. Il faudrait donc rajouter ces solutés suivant les mêmes masses.

Dosage par étalonnage

Notes

LE COURS

Solution étalon

- **Doser une espèce chimique E consiste à déterminer sa concentration en masse dans une solution.**
- Pour déterminer cette concentration, lors d'un dosage par étalonnage, on s'appuie sur des solutions présentant une concentration connue en l'espèce chimique à laquelle on s'intéresse : ce sont les **solutions étalon**.

Courbe d'étalonnage

- Soit G une grandeur physique (masse volumique, indice de réfraction, conductivité, etc.) qui varie en fonction de la concentration en masse de E. On mesure cette grandeur pour des solutions étalon de concentrations différentes, ce qui permet de tracer la courbe $G = f(t)$, appelée **courbe d'étalonnage**.
- On mesure la grandeur G pour la solution de concentration inconnue, ce qui permet de déterminer graphiquement la valeur de cette concentration.

Ex. :

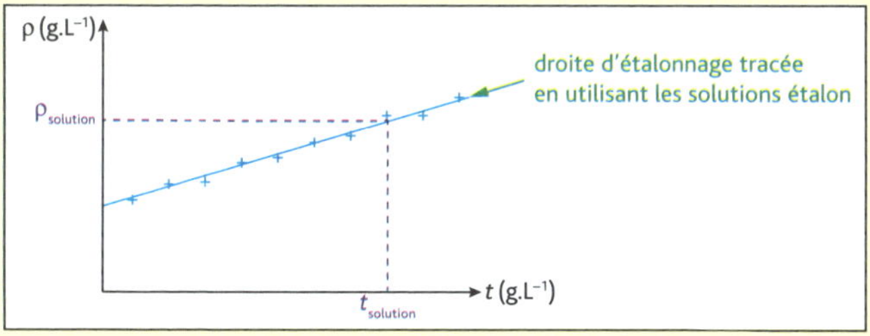

Échelle de teinte

- Lorsqu'un soluté colore une solution, la teinte qu'elle lui donne va dépendre de sa concentration, mais aussi de la forme du récipient. Pour un récipient donné, **la couleur de la solution s'éclaircit lorsque la concentration en masse diminue**.
- On peut ainsi réaliser une **échelle de teinte**. Les solutions étalon, qui peuvent être des solutions filles préparées à partir d'une solution mère, constituent un nuancier de couleurs, auquel est ensuite comparée la couleur de la solution de concentration inconnue.
- Cette comparaison permet d'obtenir un **encadrement de cette concentration en masse**.

Notes

EXERCICE TYPE CORRIGÉ

Le Dakin est une solution antiseptique, contenant notamment du permanganate de potassium de formule chimique $KMnO_4$. On se propose dans cet exercice de déterminer un encadrement de la concentration en masse du permanganate de potassium dans le Dakin en réalisant une échelle de teinte. On dispose pour cela d'une solution mère de concentration en permanganate de potassium $t_{\text{mère}} = 0{,}050 \text{ g.L}^{-1}$.

1. On prépare dans un premier temps différentes solutions filles à partir de la solution mère. On prélève pour cela 5,0 mL ; 10,0 mL ; 15,0 mL ; 20,0 mL ; 30,0 mL ; 40,0 mL de solution mère. Le volume de chaque solution fille vaut $V_{\text{fille}} = 50{,}0$ mL.
Indiquer la concentration de chaque solution fille dans le tableau ci-après, après avoir détaillé le calcul pour la solution S_A :

Solution fille	S_A	S_B	S_C	S_D	S_E	S_F
$V_{\text{mère}}$ (mL)	5,0	10,0	15,0	20,0	30,0	40,0
$t_{\text{mère}}$ (g.L^{-1})	0,050	0,050	0,050	0,050	0,050	0,050
V_{fille} (mL)	50	50	50	50	50	50
t_{fille} (g.L^{-1})						

2. Quelle verrerie doit-on utiliser pour réaliser le prélèvement permettant de préparer la solution S_B ?

3. L'échelle de teinte est réalisée en versant dans 6 tubes à essais des volumes égaux de solutions filles. On introduit dans un 7ᵉ tube à essais le même volume de Dakin afin de comparer les teintes.
En déduire un encadrement de la concentration en masse du permanganate de potassium dans le Dakin.

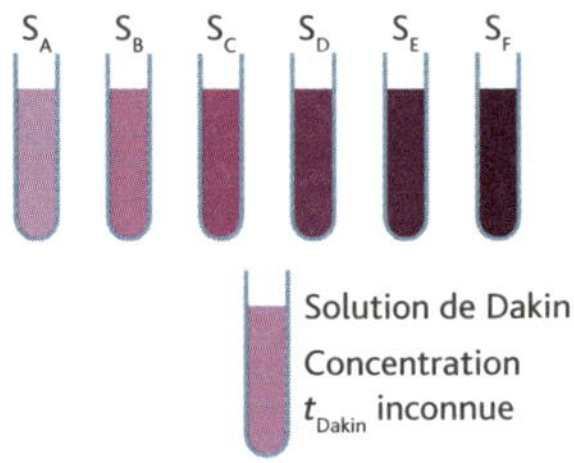

Corrigé

1. On utilise la relation qui traduit la conservation de la masse du soluté :

$$t_{\text{mère}} \times V_{\text{mère}} = t_{\text{fille}} \times V_{\text{fille}} \Rightarrow \boldsymbol{t_{\text{fille}}} = \frac{\boldsymbol{t_{\text{mère}} \times V_{\text{mère}}}}{\boldsymbol{V_{\text{fille}}}}$$

Soit pour la solution S_A : $\boldsymbol{t_{S_A}} = \dfrac{0{,}050 \times 5{,}0 \times 10^{-3}}{50 \times 10^{-3}} = \mathbf{5{,}0 \times 10^{-3} \text{ g.L}^{-1}}$

On réitère ce calcul pour les différents volumes de solution mère prélevés.

t_{fille} (g.L^{-1})	**5,0×10^{-3}**	**1,0×10^{-2}**	**1,5×10^{-2}**	**2,0×10^{-2}**	**3,0×10^{-2}**	**4,0×10^{-2}**

2. Ce prélèvement doit être le plus précis possible : on utilise une **pipette jaugée de 10,0 mL**.

3. La teinte du Dakin se situe entre celles des solutions S_A et S_B.
D'où : $\mathbf{5{,}0 \times 10^{-3} \text{ g.L}^{-1}} < \boldsymbol{t_{\text{Dakin}}} < \mathbf{1{,}0 \times 10^{-2} \text{ g.L}^{-1}}$

Le noyau de l'atome

Notes

LE COURS

Constitution de l'atome

• Un atome est constitué de particules élémentaires : **des protons et des neutrons** (désignés sous le terme générique de **nucléons**) **renfermés dans un noyau autour duquel circulent des électrons.**

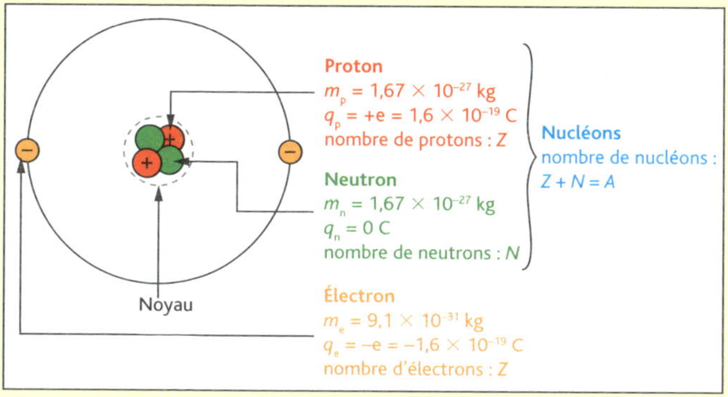

Remarque : La plus petite charge électrique que l'on puisse trouver dans la nature s'appelle **charge élémentaire** et a pour valeur $\mathbf{e = 1,6 \times 10^{-19}\,C}$.

• La nature d'un atome est défini par le nombre de protons, appelé nombre atomique et noté Z.

• **Tous les atomes qui possèdent un même nombre de protons sont désignés par un même nom et un symbole X.**

Ex. : Les atomes qui contiennent deux protons sont des atomes d'hélium, de symbole He.

• Le nombre de nucléons est appelé **nombre de masse et noté A**.

• **La notation symbolique du noyau d'un atome est :** $^{A}_{Z}\mathrm{X}$

Ex. : L'atome représenté ci-avant a pour notation symbolique $^{4}_{2}\mathrm{He}$.

Masse d'un atome

• $m_{atome} = m_{noyau} + m_{électrons} = m_{protons} + m_{neutrons} + m_{électrons}$

$m_{atome} = Z \times m_p + N \times m_n + Z \times m_e$

• **La masse d'un électron est négligeable devant celle d'un proton ou d'un neutron.**

$\Rightarrow m_{atome} = Z \times m_p + N \times m_n$

• **La masse d'un proton est environ égale à celle d'un neutron.**

$\Rightarrow m_{atome} = Z \times m_{nucléon} + N \times m_{nucléon} = (Z + N) \times m_{nucléon} = A \times m_{nucléon}$

Notes

Propriétés

- Un atome contient autant de protons que d'électrons : il est **électriquement neutre**.
- Le diamètre de l'atome est de l'ordre de 10^{-10} m et celui du noyau de 10^{-15} m : **l'atome est 100 000 fois plus grand que le noyau.**
- Sa masse étant concentrée dans le noyau, un atome est donc essentiellement constitué de vide : on dit qu'il a une **structure lacunaire**.

Élément chimique et isotopes

- **Un élément chimique est caractérisé par un nombre donné de protons et un nom.** Par exemple, pour $Z = 1$, on a l'élément hydrogène.
- **Le nombre de neutrons peut lui varier et donner différents atomes d'un élément donné. On les appelle des isotopes.** Par exemple, l'élément hydrogène existe sous la forme de trois isotopes : ${}^{1}_{1}H$, ${}^{2}_{1}H$ et ${}^{3}_{1}H$.

EXERCICE TYPE CORRIGÉ

Les terres rares, indispensables pour la fabrication des téléphones portables, contiennent de nombreux métaux parmi lesquels le scandium de symbole Sc et de numéro atomique 21. Son isotope le plus stable contient 45 nucléons.
Données : $e = 1{,}6 \times 10^{-19}$ C ; $m_{nucléon} = 1{,}67 \times 10^{-27}$ kg.

1. Écrire la notation symbolique de cet atome.
2. Indiquer le nombre de protons, d'électrons et de neutrons.
3. Calculer la charge électrique de son noyau.
4. La consommation mondiale en scandium est estimée à 10 tonnes par an. Déterminer le nombre d'atomes que cela représente.

Corrigé

1. La notation symbolique de cet atome est ${}^{45}_{21}\mathbf{Sc}$.
2. On a $Z = 21$: il y a donc **21 protons** dans le noyau. Un atome étant électriquement neutre, **21 électrons** se déplacent autour ce dernier. Enfin, comme le nombre de masse est de 45, on en déduit le nombre de neutrons :
$$A = Z + N \Rightarrow \mathbf{N} = \mathbf{A} - \mathbf{Z} = 45 - 21 = \mathbf{24}$$
3. Ce sont les protons qui confèrent au noyau sa charge électrique :
$$q_{noyau} = q_{protons} = Z \times e = 21 \times 1{,}6 \times 10^{-19} = \mathbf{3{,}4 \times 10^{-18}\ C}$$
4. On détermine au préalable la masse d'un atome de scandium :
$$m_{atome} = A \times m_{nucléon} = 45 \times 1{,}67 \times 10^{-27} = \mathbf{7{,}5 \times 10^{-26}\ kg}$$
On en déduit le nombre d'atomes dans 10 tonnes de scandium :
$$1\ \text{atome} \leftrightarrow 7{,}5 \times 10^{-26}\ \text{kg} \qquad x\ \text{atomes} \leftrightarrow 10 \times 10^{3}\ \text{kg}$$
$$x = \frac{1 \times 10 \times 10^{3}}{7{,}5 \times 10^{-26}} = \mathbf{1{,}3 \times 10^{29}}$$

Configuration électronique

Fiche 8

Physique-Chimie

LE COURS

Couche et sous-couches

- Autour du noyau de l'atome, seules certaines régions de l'espace, appelées **couches**, peuvent être occupées par les électrons. On les désigne par le **nombre quantique principal** n qui peut prendre pour valeur 1, 2, 3, etc.
- Une couche se décompose en **une ou plusieurs sous-couches** caractérisées par le nombre quantique secondaire l qui peut prendre pour valeur 0, 1, 2, etc. Chaque sous-couche, qu'on désigne également par une lettre, correspond à un niveau d'énergie et comporte un nombre maximal d'électrons :

Valeur de l	0	1	2
Lettre désignant la sous-couche	s	p	d
Nombre maximal d'électrons	2	6	10

Règles de remplissage

- Les électrons occupent d'abord la sous-couche de moindre énergie, c'est-à-dire la sous-couche 1s, puis se répartissent dans les autres sous-couches par **niveau énergétique croissant** : 2s, 2p, 3s, 3p.
- **Une sous-couche doit être remplie avant de passer à la sous-couche suivante.**

Électrons de valence

- La dernière couche occupée est appelée **couche de valence**, et les électrons qui s'y trouvent les **électrons de valence**.

Ex. : $1s^2$ $\boxed{2s^2 2p^4}$ (Couche de valence) Nombre d'électrons de valence : 2 + 4 = 6

- Ce sont les électrons de valence qui **confèrent ses propriétés chimiques à un atome.**

Configuration électronique et classification périodique

- La classification périodique recense tous les éléments connus.
- **Les éléments sont classés par numéro atomique croissant et les atomes des éléments d'une même colonne présentent des propriétés chimiques communes.**
- Les lignes de la classification sont appelées **périodes**.
- Les colonnes correspondent aux **familles** d'éléments.

Ex. : colonne 1 : les alcalins ; colonne 2 : les alcalino-terreux ; colonne 17 : les halogènes ; colonne 18 : les gaz nobles.

Notes

Notes

- Sauf pour l'hélium, **la position d'un élément dans la classification traduit la configuration électronique de ses atomes.**

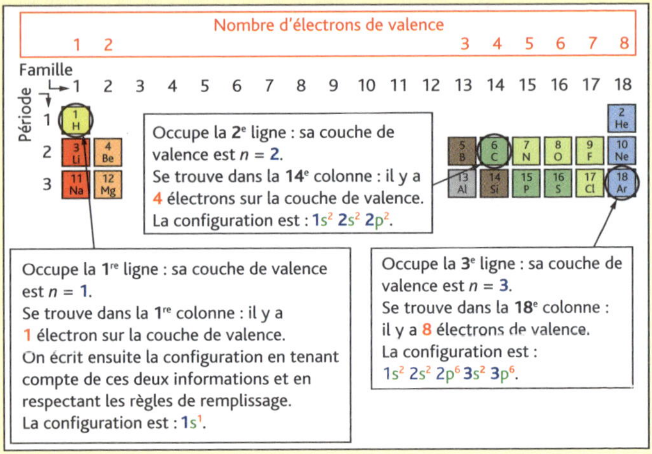

- Les atomes se trouvant dans une même colonne ont ainsi la même couche de valence, au nombre quantique principal près ($3s^2\ 3p^6$ pour Ar et $2s^2\ 2p^6$ pour Ne).

EXERCICE TYPE CORRIGÉ

1. Écrire la configuration électronique du fluor (symbole F, $Z = 9$).
2. En déduire la position de l'élément fluor dans la classification périodique. À quelle famille appartient-il ?
3. Localiser le magnésium (symbole Mg) dans la classification périodique. En déduire la configuration électronique de ses atomes.
4. Déterminer rapidement la configuration électronique d'un atome de néon (symbole Ne).

Corrigé

1. Il y a 9 électrons à répartir dans les sous-couches suivant les règles de remplissage. Sa configuration électronique est $\mathbf{1s^2\ 2s^2\ 2p^5}$.
2. La couche de valence est $2s^2\ 2p^5$. **Le nombre quantique principal vaut $n = 2$** : cet élément se situe dans la **2e ligne**. Il y a **7 électrons de valence** : il est dans la **17e colonne**. Il appartient à la **famille des halogènes**.
3. Le magnésium se situe dans la 3e ligne et la 2e colonne. La couche de valence est donc $n = 3$ et comporte deux électrons de valence, soit $3s^2$. La configuration électronique est $\mathbf{1s^2\ 2s^2\ 2p^6\ 3s^2}$.
4. Le néon est de la même famille que l'argon, de configuration électronique $1s^2\ 2s^2\ 2p^6\ 3s^2\ 3p^6$. Il a donc la même couche de valence, au nombre quantique principal près. Comme il se situe dans la 2e ligne, la configuration électronique est $\mathbf{1s^2\ 2s^2\ 2p^6}$.

Vers des entités plus stables chimiquement (1) : la formation des ions

Fiche 9

Physique-Chimie

LE COURS

Stabilité chimique des gaz nobles

• Les **gaz nobles** (éléments se trouvant dans la dernière colonne de la classification périodique) ont une **réactivité chimique faible**. On dit qu'ils sont **inertes**.

• Les trois premiers gaz nobles dans la classification périodique sont l'**hélium** (de configuration électronique $1s^2$), le **néon** ($1s^2\,2s^2\,2p^6$) et l'**argon** ($1s^2\,2s^2\,2p^6\,3s^2\,3p^6$).

• La **couche de valence est remplie** à chaque fois. On dit qu'elle est **saturée**. C'est cela qui explique la stabilité chimique des gaz nobles.

Règles de stabilisation des autres atomes

• **Les atomes tendent à obtenir la configuration électronique du gaz noble le plus proche.**

• Les atomes qui se trouvent au voisinage de l'hélium **($Z \leqslant 4$)** dans la classification périodique, vont chercher à avoir une **couche de valence saturée à deux électrons : c'est la règle du duet.**

• **Pour les atomes tels que $5 \leqslant Z \leqslant 18$, la couche de valence sera saturée à 8 électrons : c'est la règle de l'octet.**

• Pour se stabiliser suivant les règles du duet ou de l'octet, un atome va perdre ou gagner un ou plusieurs électrons, **formant ainsi un ion.**

Ex. :

Atome de lithium Li ($Z = 3$)
$1s^2\,2s^1$
cherche à obtenir la configuration électronique du gaz noble le plus proche
cède l'électron se trouvant sur la sous-couche 2s pour former le cation Li^+.
Ion lithium Li^+ : $1s^2$ — Atome d'hélium : $1s^2$
L'ion lithium est **isoélectronique** de l'atome d'hélium.

Atome d'oxygène O ($Z = 8$)
$1s^2\,2s^2\,2p^4$
cherche à obtenir la configuration électronique du gaz noble le plus proche
gagne 2 électrons au niveau de la sous-couche 2p pour former l'anion O^{2-}.
Ion oxygène O^{2-} : $1s^2\,2s^2\,2p^6$ — Atome de néon : $1s^2 2s^2 2p^6$
L'ion oxygène est **isoélectronique** de l'atome de néon.

Électroneutralité

• La matière étant électriquement neutre, **des cations seront toujours associés à des anions.**

• Cette association s'effectue **suivant des proportions précises**. Cela permet d'établir la formule chimique d'un solide ionique, également

Notes

Notes

appelée **formule statistique**, ou la formule de la solution qui résulte de sa dissolution dans un solvant.

Ex. :

- **Le chlorure de sodium**

Ions présents : $Na^+ \Rightarrow$ 1 charge ⊕
$C\ell^- \Rightarrow$ 1 charge ⊖

$$1+(-1)=0$$

L'électroneutralité est vérifiée.
En proportion, il y a donc 1 ion Na^+ pour 1 ion $C\ell^-$.
Formule statistique : $NaC\ell$
En solution dans l'eau : $(Na^+_{(aq)} + C\ell^-_{(aq)})$

- **Le sulfure de fer (III)**

Ions présents : $Fe^{3+} \Rightarrow$ 3 charges ⊕ $\times 2$
$S^{2-} \Rightarrow$ 2 charges ⊖ $\times 3$

$$2\times 3+3\times(-2)=0$$

Formule statistique : Fe_2S_3
En solution dans l'eau : $(2Fe^{3+}_{(aq)} + 3S^{2-}_{(aq)})$

- **Le chlorure de fer (III)**

Ions présents : $Fe^{3+} \Rightarrow$ 3 charges ⊕
$C\ell^- \Rightarrow$ 1 charge ⊖

$$3+(-1)=-2$$

L'électroneutralité n'est pas vérifiée.
Il faut trouver les coefficients multiplicateurs (les plus petits) pour que cela soit le cas.

$Fe^{3+} \Rightarrow$ 3 charges ⊕ $\times 1$
$C\ell^- \Rightarrow$ 1 charge ⊖ $\times 3$

$$1\times 3+3\times(-1)=0$$

En proportion, il y a donc 1 ion Fe^{3+} pour 3 ions $C\ell^-$.
Formule statistique : $FeC\ell_3$
En solution dans l'eau : $(Fe^{3+}_{(aq)} + 3C\ell^-_{(aq)})$

EXERCICE TYPE CORRIGÉ

On considère une solution aqueuse contenant uniquement des ions azote, appelés ions nitrure, et des ions magnésium.

1. Établir la formule chimique de l'ion nitrure, sachant que l'atome d'azote N a pour numéro atomique $Z = 7$.
2. Même question pour l'ion magnésium, sachant que $Z = 12$ pour l'atome de magnésium Mg.
3. En déduire la formule chimique de cette solution ionique.
4. Déterminer, en pourcentage, la proportion d'ions magnésium dans celle-ci.

Corrigé

1. La configuration électronique de l'atome d'azote est $1s^2\,2s^2\,2p^3$. Le gaz noble le plus proche est le néon, de configuration électronique $1s^2\,2s^2\,2p^6$. Pour saturer sa couche de valence à 8 électrons, l'atome d'azote va gagner 3 électrons, formant ainsi **l'ion nitrure de formule N^{3-}.**

2. La configuration électronique de l'atome de magnésium est $1s^2\,2s^2\,2p^6\,3s^2$. Le gaz noble le plus proche est le néon. L'atome de magnésium va donc céder 2 électrons pour satisfaire à la règle de l'octet. **La formule de l'ion qui se forme est Mg^{2+}.**

3. La matière étant électriquement neutre, il y aura en proportion 2 ions N^{3-} pour 3 ions Mg^{2+} : **la formule de cette solution ionique est donc $(3Mg^{2+}_{(aq)} + 2N^{3-}_{(aq)})$.**

4. On en déduit le pourcentage d'ions magnésium dans la solution :

$$\%\mathbf{Mg} = \frac{3}{3+2} = 0{,}6 = \mathbf{60\ \%}$$

Vers des entités plus stables chimiquement (2) : la liaison chimique

Fiche 10

Notes

LE COURS

Liaison covalente

- **Pour se stabiliser,** un atome peut **s'associer à d'autres atomes pour former une molécule.**
- **Cette stabilisation est due à la saturation de sa couche de valence à 2 électrons** (uniquement pour l'hydrogène) **ou à 8 électrons,** comme pour les gaz nobles.
- Pour comprendre le mécanisme permettant cette stabilisation, il est utile de **représenter un atome entouré de ses électrons de valence.** Cette représentation est appelée **schéma de Lewis de l'atome.**
- **La liaison covalente (également appelée doublet liant ou liaison chimique) résulte de la mise en commun de deux électrons de valence entre deux atomes.**

Ex. : La molécule de dihydrogène H_2.

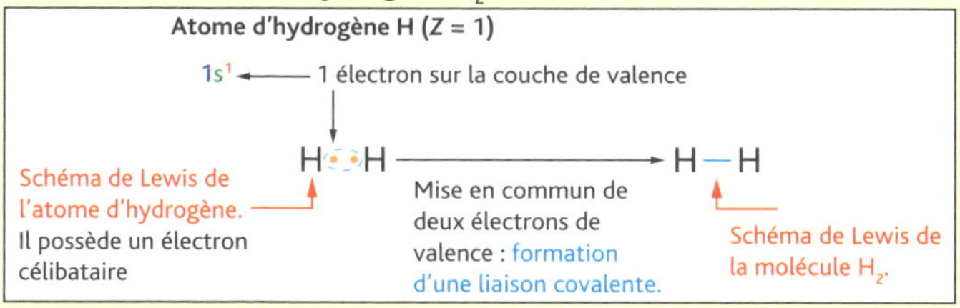

- Chaque atome d'hydrogène est entouré de **deux électrons** : son électron propre et celui partagé par l'autre atome. **La règle du duet est vérifiée.**

Doublet liant, doublet non liant

- Une molécule est constituée d'atomes liés entre eux par des **liaisons covalentes qui peuvent être simples, doubles ou triples.**

Certains atomes possèdent **des doublets d'électrons qui ne forment pas de liaison chimique : ce sont des doublets non liants.**

- La manière dont un atome va s'imbriquer au sein d'une molécule dépend de son environnement électronique propre.

Atome	Hydrogène H	Carbone C	Azote N	Oxygène O	Fluor F
Schéma de Lewis	H•	•Ċ• (4 électrons célibataires)	•N̄• (3 électrons célibataires, 1 doublet non liant)	•Ō• (2 électrons célibataires, 2 doublets non liants)	|F̄• (1 électron célibataire, 3 doublets non liants)

• : électron célibataire ; — : doublet non liant.

Ex. : La molécule de dioxyde de carbone CO_2.

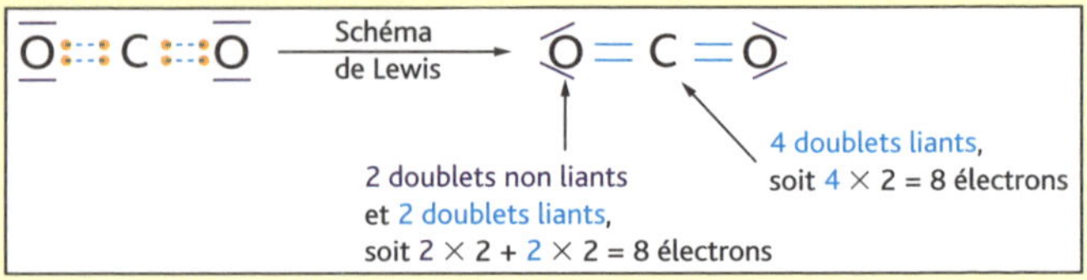

Énergie de liaison

- La formation d'une molécule s'accompagne d'une libération d'énergie, ce qui montre sa stabilisation.
- **L'énergie de liaison E_{A-B} d'une liaison entre un atome A et un atome B correspond à l'énergie qui faut fournir à cette liaison A – B pour reformer les atomes isolés.**
- Une liaison est d'autant plus stable que son énergie de liaison est grande.

EXERCICE TYPE CORRIGÉ

Le polychlorure de vinyle (PVC) est une matière plastique qui provient de la condensation d'un très grand de nombre de molécules de chlorure de vinyle dont le schéma de Lewis est indiqué ci-contre.

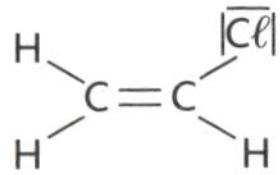

Données : Énergies de liaison (en USI : Unité du Système International) :

$$E_{C-H} = 413\ ;\ E_{C=C} = 614\ ;\ E_{C-C\ell} = 331\,.$$

1. Dénombrer les électrons autour de chaque atome d'hydrogène.
2. Même question pour les atomes de carbone.
3. Même question pour l'atome de chlore.
4. Justifier alors la stabilité de cette molécule.
5. Indiquer la liaison covalente le plus stable.

Corrigé

1. Chaque **atome d'hydrogène** est engagé dans 1 liaison chimique simple, ce qui représente **2 électrons. La règle du duet est vérifiée.**
2. Chaque **atome de carbone** est concerné par 1 liaison covalente double et 2 liaisons simples. Cela représente 4 doublets, **soit 8 électrons. La règle de l'octet est respectée.**
3. Pour **l'atome de chlore**, on dénombre également **huit électrons** car il est entouré de 3 doublets non liants et engagé dans 1 liaison chimique simple.
4. **Tous les atomes de cette molécule satisfont aux règles du duet et de l'octet. Elle est bien stable.**
5. Une liaison est d'autant plus stable que son énergie de liaison est élevée : **c'est donc la liaison C = C qui est la plus stable.**

Mole et quantité de matière

Notes

LE COURS

Masse d'une entité

• **Pour un atome ou un ion monoatomique**, la masse est égale au produit du nombre de masse *A*, qui correspond au nombre de nucléons, par la masse d'un nucléon :

$$m = A \times m_{\text{nucléon}}$$

• **Pour une molécule ou un ion polyatomique,** la masse est égale à la somme des masses des atomes les constituant.

Ex. :

- $m(C_4H_{10}) = 4 \times m(C) + 10 \times m(H)$
- $m(SO_4^{2-}) = 1 \times m(S) + 4 \times m(O)$

• **La masse $m_{\text{éch}}$ d'un échantillon** constitué de *N* entités chimiques de masse *m* vaut :

$$m_{\text{éch}} = N \times m$$

Nombre d'Avogadro

• Quelques grammes de matière renferment un très grand nombre d'entités chimiques. Dans 1 g d'or par exemple, il y a $3,0 \times 10^{21}$ atomes d'or.

• **Le nombre d'atomes contenus dans 12 g de carbone 12 définit une constante de la chimie.** On l'appelle **nombre d'Avogadro (ou constante d'Avogadro), noté** $\mathcal{N}_A$. On montre par le calcul que : $\mathcal{N}_A = \mathbf{6,02 \times 10^{23}}$.

Mole et quantité de matière

• Les nombres d'entités écrits ci-avant ne sont pas intelligibles. Pour avoir des quantités qui le soient, **on va dénombrer non plus le nombre d'entités, mais des « paquets » contenant un nombre donné d'entités** (tout comme on compterait des sacs de billes plutôt que les billes elles-mêmes).

• **Une mole d'une espèce chimique donnée correspond à un « paquet » contenant $\mathcal{N}_A$ entités chimiques, soit $6,02 \times 10^{23}$ entités.**

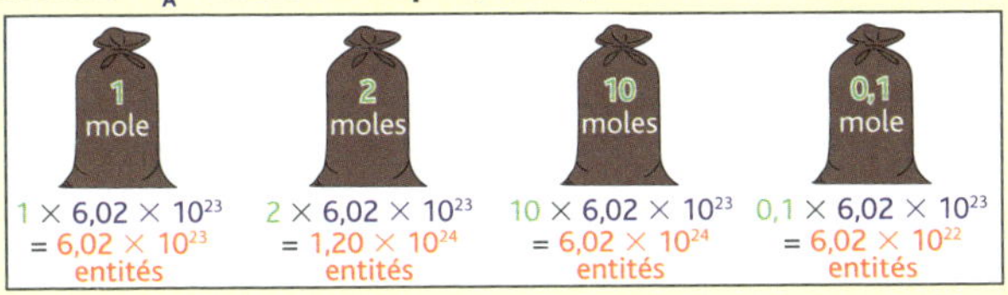

• **La grandeur associée au nombre de paquets est appelée quantité de matière, notée *n*. Son unité est la mole, de symbole mol.**

Notes

- Il existe une relation simple entre la quantité de matière n, le nombre d'Avogadro $\mathcal{N}_A$ et le nombre d'entités N :

$$n \times \mathcal{N}_A = N \quad \text{ou} \quad n = \frac{N}{\mathcal{N}_A}$$

n : Quantité de matière en mol
N : Nombre d'entités chimiques sans unité
$\mathcal{N}_A$: Nombre d'Avogadro en mol^{-1}

Ex. : On calcule la quantité de matière dans 1 g d'or :

$$n = \frac{N}{\mathcal{N}_A} = \frac{3,0 \times 10^{21}}{6,02 \times 10^{23}} = 5,0 \times 10^{-3} \text{ mol}$$

EXERCICE TYPE CORRIGÉ

On considère un paquet de sucre de canne de masse $m_{sachet} = 1,0$ kg. Ce sucre est constitué de molécules de saccharose de formule $C_{12}H_{22}O_{11}$.

Données : $m(H) = 0,167 \times 10^{-26}$ kg ; $m(C) = 1,99 \times 10^{-26}$ kg ;
$m(O) = 2,66 \times 10^{-26}$ kg ; $\mathcal{N}_A = 6,02 \times 10^{23}$ mol^{-1}.

1. Déterminer la masse m d'une molécule de saccharose.
2. En déduire le nombre de molécules N dans ce paquet de sucre.
3. Calculer la quantité de matière n que cela représente.
4. Comparer cette dernière à la quantité de matière n' contenue dans un paquet de 1,0 kg de fructose de formule $C_6H_{12}O_6$.

Corrigé

1. La masse d'une molécule est égale à la somme des masses de ses atomes constitutifs :

$$\boldsymbol{m = 12 \times m(C) + 22 \times m(H) + 11 \times m(O)}$$
$$= 12 \times 1,99 \times 10^{-26} + 22 \times 0,167 \times 10^{-26} + 11 \times 2,66 \times 10^{-26}$$
$$\boldsymbol{m = 5,68 \times 10^{-25} \text{ kg}}$$

2. On calcule le nombre de molécules N dans le sachet sachant que :

$$m_{sachet} = N \times m.$$

D'où : $$\boldsymbol{N = \frac{m_{sachet}}{m}} = \frac{1,0}{5,68 \times 10^{-25}} = \boldsymbol{1,8 \times 10^{24}}$$

3. On en déduit la quantité de matière n que cela représente :

$$\boldsymbol{n = \frac{N}{\mathcal{N}_A}} = \frac{1,8 \times 10^{24}}{6,02 \times 10^{23}} = \boldsymbol{2,9 \text{ mol}}$$

4. Soit m' et N' respectivement la masse d'une molécule de fructose et le nombre de molécules de fructose dans un sachet de 1,0 kg.

$$\boldsymbol{m' = 6 \times m(C) + 12 \times m(H) + 6 \times m(O)}$$

Nécessairement, on a $\boldsymbol{m' < m}$.

En raisonnant sur les quotients permettant de calculer le nombre de molécules et la quantité de matière, cela implique donc que $\boldsymbol{N' > N}$ et que $\boldsymbol{n' > n}$.

Transformation physique

Fiche 12

Physique-Chimie

Notes

LE COURS

Caractéristiques de la matière

- Un corps pur est dans un **état physique** donné (**solide, liquide ou gazeux**) en fonction des conditions de température et de pression.
- À l'état solide, les entités chimiques le constituant sont immobiles, au contact les unes des autres et ordonnées.

À l'état liquide, elles sont en mouvement, proches et désordonnées.
À l'état gazeux, elles sont très agitées, dispersées et désordonnées.

Modélisation d'une transformation physique

- **Lors d'une transformation physique, une espèce chimique n'est pas dénaturée. Elle change seulement d'état grâce à un transfert d'énergie.**
- Le changement d'état d'un corps pur s'effectue à température constante. Cette dernière dépend de la pression.
- Il existe six changements d'état (voir partie suivante). On les modélise à l'aide **d'une équation où figurent la formule de l'espèce chimique et son état physique.**

Ex. : Ébullition de l'eau : $H_2O_{(\ell)} \rightarrow H_2O_{(g)}$

- **La dissolution n'est pas un changement d'état.** En effet, elle fait intervenir une autre espèce chimique : le solvant.

Énergie mise en jeu

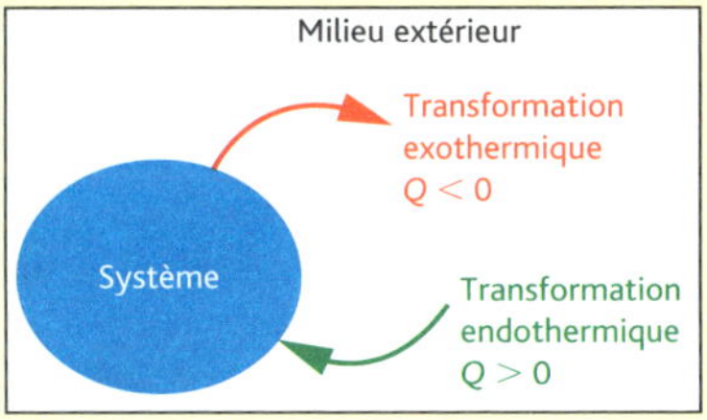

- Un corps pur constitue le système d'étude. Il prélève de l'énergie au milieu environnant (on parle de **milieu extérieur**) lors de sa fusion, de sa vaporisation et de sa sublimation. **Cette énergie Q, exprimée en joule (J), est alors comptée positivement ($Q > 0$). On parle de transformation endothermique.**

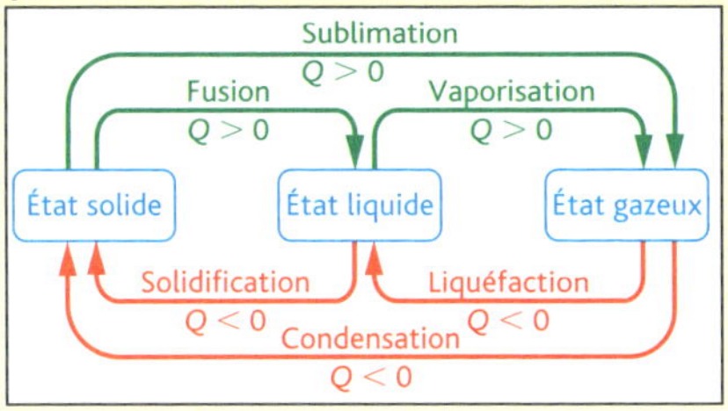

- Lors de sa liquéfaction, de sa solidification et de sa condensation Il va au contraire céder de l'énergie au milieu extérieur. **On a ainsi $Q < 0$: on parle de transformation exothermique.**

Notes

- **Les caractéristiques de la matière s'expliquent par des liaisons entre les entités chimiques. Elles sont très fortes à l'état solide et nulles à l'état gazeux.**
- Certaines espèces changent d'état plus facilement que d'autres. Pour quantifier cela, on introduit une grandeur : **la chaleur latente de changement d'état, notée *L*.** Elle s'exprime en joule par kilogramme ($J.kg^{-1}$).
- Les chaleurs latentes de changements d'états inverses l'un de l'autre ont des valeurs opposées. Par exemple, $L_{fusion} = -L_{solidification}$.
- **Lors du changement d'état d'une masse *m* d'une espèce chimique, l'énergie transférée vaut :**

$$Q = m \times L$$

Énergie transférée en J (Q) ; Chaleur latente en $J.kg^{-1}$ (L) ; Masse en kg (m)

EXERCICE TYPE CORRIGÉ

Les canettes en aluminium sont recyclables. Pour ce faire, après l'étape de tri, elles sont fondues, puis transformées en bobines qui seront ensuite vendues à des industriels.
On s'intéresse ici à la fusion d'une canette de masse $m_{canette} = 13{,}2$ g.

Donnée : Chaleur latente de solidification de l'aluminium :
$L_{solidification} = -393$ $kJ.kg^{-1}$.

1. Écrire l'équation modélisant ce changement d'état.
2. Déterminer la valeur de la chaleur latente de fusion de l'aluminium.
3. Calculer l'énergie *Q* transférée lors de ce changement d'état.
4. Est-il endothermique ou exothermique ?
5. Justifier la réponse précédente d'un point de vue microscopique.

Corrigé

1. Il s'agit d'une fusion : l'aluminium passe donc de l'état solide à l'état liquide. L'équation de cette transformation physique s'écrit : $\mathbf{Al_{(s)} \rightarrow Al_{(\ell)}}$.
2. La valeur de la chaleur latente de solidification est indiquée dans l'énoncé.
D'où : $L_{fusion} = -L_{solidification} = \mathbf{393\ kJ.kg^{-1} = 393 \times 10^3\ J.kg^{-1}}$.
3. L'énergie *Q* transférée lors de la fusion d'une canette vaut :
$$Q = m \times L = 13{,}2 \times 10^{-3} \times 393 \times 10^3 = \mathbf{5{,}19 \times 10^3\ J = 5{,}19\ kJ}$$
4. Il s'agit d'une **transformation endothermique car $Q > 0$.**
5. Il faut fournir de l'énergie au système pour **affaiblir les liaisons entre les atomes d'aluminium.**

Transformation chimique

Notes

LE COURS

Notion de transformation chimique

• On verse un peu d'acide chlorhydrique (solution contenant des ions hydrogène $H^+_{(aq)}$ et chlorure $C\ell^-_{(aq)}$) dans un tube à essais au fond duquel se trouve un petit morceau de craie (constitué de carbonate de calcium $CaCO_{3(s)}$). Le tube est muni d'un système à dégagement plongeant dans de l'eau de chaux.

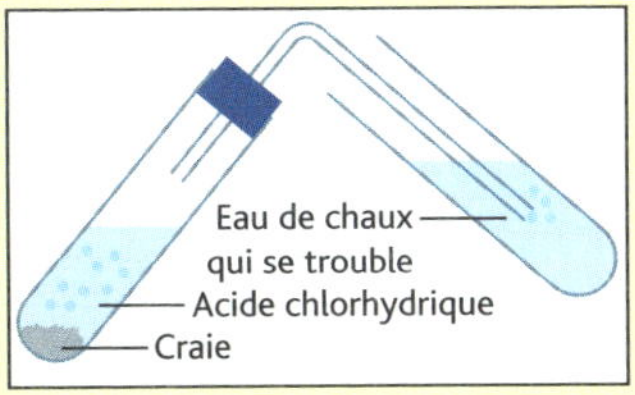

• Lors d'une transformation chimique, nos sens perçoivent une modification du système. (Ici, un dégagement gazeux.)

• **De nouvelles espèces se forment à partir des éléments chimiques présents dans le système à l'état initial.** (Ici, Ca^{2+} et CO_2.)

État initial, état final, réaction chimique

• On recense toutes les informations relatives au système à l'état initial et lorsqu'il cesse d'évoluer (état final) : **température, pression, quantités de matière des espèces chimiques**.

État initial		État final
– Température : T		– Température : T'
– Pression : P		– Pression : P'
– Espèces chimiques :	**Transformation chimique** →	– Espèces chimiques :
$H_2O_{(\ell)}$: $n_i(H_2O)$		$H_2O_{(\ell)}$: $n_f(H_2O) > n_i(H_2O)$
$H^+_{(aq)}$: $n_i(H^+)$		$H^+_{(aq)}$: $n_f(H^+) < n_i(H^+)$
$C\ell^-_{(aq)}$: $n_i(C\ell^-)$		$C\ell^-_{(aq)}$: $n_f(C\ell^-) = n_i(C\ell^-)$
$CaCO_{3(s)}$: $n_i(CaCO_3)$		$CaCO_{3(s)}$: $n_f(CaCO_3) = 0$
		$Ca^{2+}_{(aq)}$: $n_f(Ca^{2+})$
		$CO_{2(g)}$: $n_f(CO_2)$

• L'évolution du système montre la consommation **d'espèces chimiques, appelés** réactifs, et la formation **d'autres espèces, les** produits.

• On modélise la transformation chimique par une **réaction chimique** qui intègre uniquement les espèces chimiques dont les quantités de matière évoluent. Celles présentes dans le système mais qui ne réagissent pas sont dites **spectatrices**. (Ici, $C\ell^-$.)

Notes

- La transformation chimique cesse lorsqu'au moins l'un des réactifs a totalement disparu : c'est le **réactif limitant**.
- Si $T' > T$, la transformation a libéré de l'énergie thermique. Elle est **exothermique**. Si $T' < T$, le milieu extérieur a fourni de l'énergie thermique au système. La transformation est **endothermique**.

Équation de réaction

- **L'équation de réaction est l'écriture symbolique de la réaction chimique.** On l'écrit de la manière suivante : réactifs → produits.

Ex. : $CaCO_{3(s)} + H^+_{(aq)} \rightarrow Ca^{2+}_{(aq)} + CO_{2(g)} + H_2O_{(\ell)}$

- Il faut cependant veiller à l'ajuster en plaçant devant certains symboles ou formules chimiques **des coefficients stœchiométriques, qui sont des nombres entiers les plus petits possible**. On dit que l'**on équilibre l'équation**. Cela traduit la conservation des éléments chimiques (**la masse de l'ensemble des réactifs est donc égale à la masse de l'ensemble des produits**) et l'**électroneutralité** de la matière.

Ex. : $CaCO_{3(s)} + \mathbf{2}\ H^+_{(aq)} \rightarrow Ca^{2+}_{(aq)} + CO_{2(g)} + H_2O_{(\ell)}$

EXERCICE TYPE CORRIGÉ

Le méthane, de formule CH_4, est un gaz qui brûle facilement dans l'air. Il réagit en effet avec le dioxygène pour former du dioxyde de carbone et de la vapeur d'eau.

1. Écrire l'équation de la réaction associée à cette transformation chimique.
2. Nommer une espèce spectatrice.
3. On fait brûler 10 g de méthane dans l'air. Quel est le réactif limitant ?
4. Le dioxygène qui a réagi représente une masse de 40 g. Sachant qu'il s'est formé 22,5 g de vapeur d'eau, déterminer la masse de dioxyde de carbone que l'on a obtenue.
5. Indiquer la nature endothermique ou exothermique de cette transformation.

Corrigé

1. $\mathbf{CH_{4(g)} + 2O_{2(g)} \rightarrow CO_{2(g)} + 2H_2O_{(g)}}$
2. **Le diazote**, gaz le plus abondant de l'air, ne figure pas dans l'équation de la réaction : c'est **une espèce spectatrice**.
3. Le dioxygène contenu dans l'air est ultra-majoritaire : **le réactif limitant est donc le méthane.**
4. Lors d'une transformation chimique, il y a conservation de la masse :

$$m(CH_4) + m(O_2) = m(CO_2) + m(H_2O).$$

D'où : $\mathbf{m(CO_2) = m(CH_4) + m(O_2) - m(H_2O)}$

$$m(CO_2) = 10 + 40 - 22{,}5 = \mathbf{27{,}5\ g}$$

5. Une combustion libère de l'énergie sous forme de chaleur. **Cette transformation est exothermique.**

Synthèse de molécules

Fiche 14

Physique-Chimie

Notes

LE COURS

Molécule naturelle, molécule de synthèse

• Depuis la nuit des temps, l'Homme a prélevé dans la nature des espèces chimiques à différentes fins (baumes, parfums, arômes, médicaments, etc.). Ces espèces sont dites **naturelles.**

• Le développement de la chimie au XIXe siècle a permis à l'Homme de copier à l'identique ces molécules auxquelles il trouvait un intérêt : acide salicylique (aspirine), acide ascorbique (vitamine C), β-carotène (additif alimentaire), etc. On parle alors d'**espèces chimiques synthétiques.**

• **Une molécule de synthèse a les mêmes propriétés physico-chimiques que la molécule naturelle dont elle est la copie.**

• La chimie de synthèse permet de préserver les ressources naturelles et de diminuer les coûts de production. Elle permet aussi d'obtenir des molécules impossibles à extraire de la nature (arôme de muguet par exemple) ou de synthétiser des molécules qui ne s'y trouvent pas (acide acétylsalicylique, éthylvanilline, etc.).

Étapes de la synthèse d'une espèce chimique

• **La première étape est l'étape de transformation au cours de laquelle l'espèce chimique est synthétisée grâce à une ou plusieurs réactions chimiques.**
Pour cette étape, on utilise généralement **un dispositif de chauffage à reflux** (voir ci-contre) qui permet de maintenir le mélange réactionnel à ébullition et de limiter les pertes de matière par liquéfaction des vapeurs émises dans le réfrigérant à boules.

Montage à reflux

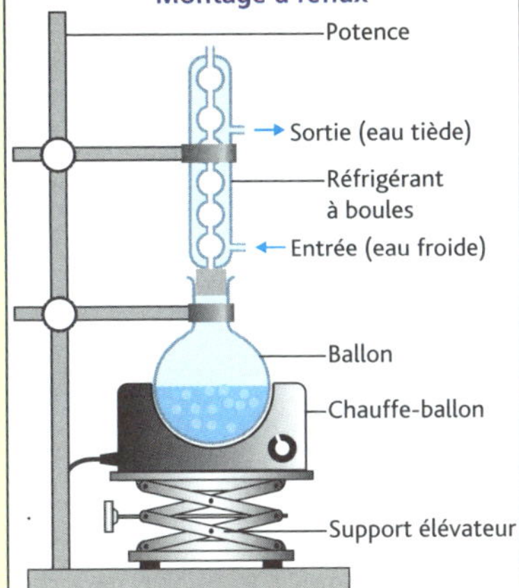

• À l'issue de la synthèse, la molécule cible se trouve en présence d'autres espèces chimiques. **Il faut alors recourir à des techniques d'extraction, de séparation et de purification. Il s'agit de l'étape de traitement.**

Notes

- **Enfin, il faut vérifier que l'espèce chimique synthétisée est bien celle que l'on voulait obtenir : c'est l'étape d'identification.** On peut réaliser une chromatographie sur couche mince, ou alors déterminer l'une de ses caractéristiques physiques (masse volumique, température de fusion, etc.).

EXERCICE TYPE CORRIGÉ

L'acétate de linalyle ($C_{12}H_{20}O_2$) est la molécule responsable de l'odeur caractéristique de la lavande.
Pour la synthétiser, on fait réagir du linalol ($C_{10}H_{18}O$) avec de l'anhydride acétique ($C_4H_6O_3$). Il se forme également de l'acide acétique ($C_2H_4O_2$).
Données : d(linalol) = 0,87 ; d(anhydride acétique) = 1,08 ;
d(acétate de linalyle) = 0,89.

1. Écrire l'équation de la réaction associée à cette transformation chimique.
2. Nommer le dispositif utilisé pour effectuer cette synthèse. Quel est son intérêt ?

À l'issue de la synthèse, on ajoute de l'eau dans le ballon. Le contenu du ballon est ensuite transvasé dans une ampoule à décanter. Il s'y forme deux phases.

3. Sachant que seul l'anhydride acétique est soluble dans l'eau, situer la phase dans laquelle se trouve l'acétate de linalyle.
4. Indiquer le nom de cette étape.

On réalise ensuite une chromatographie sur couche mince avec trois dépôts :
L : linalol commercial
A : acétate de linalyle commercial
S : acétate de linalyle synthétisé

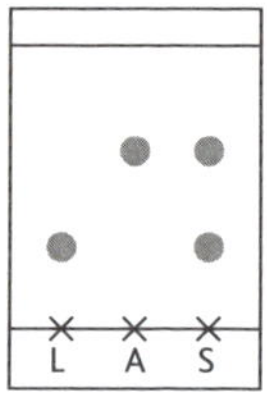

5. En interprétant le chromatogramme ci-contre, indiquer si la synthèse est terminée.

Corrigé

1. L'équation s'écrit : $C_{10}H_{18}O_{(\ell)} + C_4H_6O_{3(\ell)} \rightarrow C_{12}H_{20}O_{2(\ell)} + C_2H_4O_{2(\ell)}$
Ainsi écrite, elle est bien équilibrée.

2. On utilise un **dispositif de montage à reflux** pour réaliser cette synthèse. **Il permet de maintenir le mélange réactionnel à ébullition et de limiter les pertes de matière.**

3. L'acétate de linalyle ne se solubilise pas dans l'eau. **Sa densité étant inférieure à 1, il va donc se trouver dans la phase supérieure.**

4. Il s'agit **d'une étape de traitement (séparation).**

5. La **lecture horizontale** du chromatogramme montre bien la **présence d'acétate de linalyle (A) dans le produit synthétisé.** Cependant, la **lecture verticale** montre que **l'acétate de linalyle synthétisé (S) n'est pas pur** car il y a une deuxième tache qui correspond à du linalol qui est donc encore présent. **Il faut encore procéder à une purification.**

Transformation nucléaire

Fiche 15

Physique-Chimie

Notes

LE COURS

Notion de transformation nucléaire

- Des **noyaux isotopes** sont des noyaux comportant le même nombre de protons (il s'agit donc du même élément chimique), mais pas le même nombre de nucléons (leurs masses diffèrent).

Ex. : Trois isotopes de l'élément carbone : ${}^{12}_{6}\mathrm{C}$, ${}^{13}_{6}\mathrm{C}$ et ${}^{14}_{6}\mathrm{C}$.

- Un **noyau radioactif (noyau père)** est un noyau qui va se **désintégrer spontanément** pour donner naissance à un **nouveau noyau (noyau fils), d'un autre élément chimique.** Il se forme aussi des **particules** qui peuvent être de trois types :

Nom	Type de particule	Notation symbolique
particule α	noyau d'hélium	${}^{4}_{2}\mathrm{He}$
particule β^+	positon	${}^{0}_{1}\mathrm{e}$
particule β^-	électron	${}^{0}_{-1}\mathrm{e}$

Modélisation d'une transformation nucléaire

- On modélise une transformation nucléaire à l'aide d'une **équation** qui doit respecter **la conservation du nombre de charge Z et la conservation du nombre de masse A :**

Désintégration α	Désintégration β^+	Désintégration β^-
${}^{A}_{Z}\mathrm{X} \rightarrow {}^{4}_{2}\mathrm{He} + {}^{A-4}_{Z-2}\mathrm{Y}$	${}^{A}_{Z}\mathrm{X} \rightarrow {}^{0}_{1}\mathrm{e} + {}^{A}_{Z-1}\mathrm{Y}$	${}^{A}_{Z}\mathrm{X} \rightarrow {}^{0}_{-1}\mathrm{e} + {}^{A}_{Z+1}\mathrm{Y}$

Ex. : $Z = 2 + (Z - 2)$ et $A = 4 + (A - 4)$ (désintégration α).

Transformation physique, chimique ou nucléaire ?

- Lors d'une transformation physique, l'espèce chimique de départ n'est pas modifiée. Seul son état physique l'est.
- Une **transformation chimique** entraîne la formation de nouvelles espèces chimiques à partir des éléments présents dans les réactifs.
- Lors d'une **transformation nucléaire**, les **éléments produits diffèrent des éléments présents dans les réactifs.**

Fission et fusion

- Lors d'une **fusion**, deux noyaux légers s'assemblent pour former un noyau plus lourd. Lors d'une **fission**, qui est une réaction provoquée, un noyau lourd va donner naissance à des noyaux plus légers.

Notes

- **Ces deux types de transformations nucléaires produisent une très grande quantité d'énergie.**

<table>
<tr><th>Fusion nucléaire</th><th>Fission nucléaire</th></tr>
<tr><td>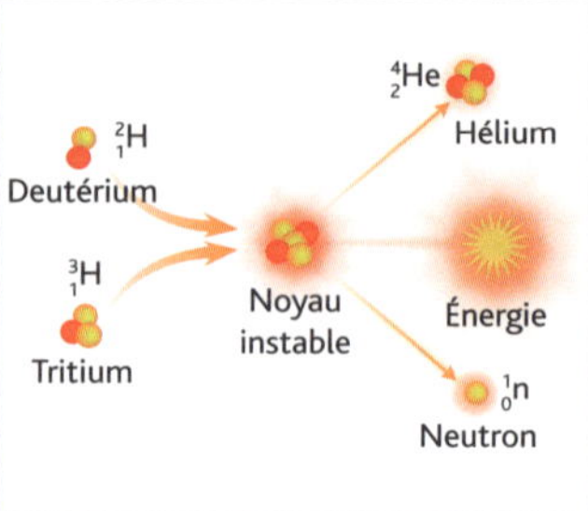
</td><td>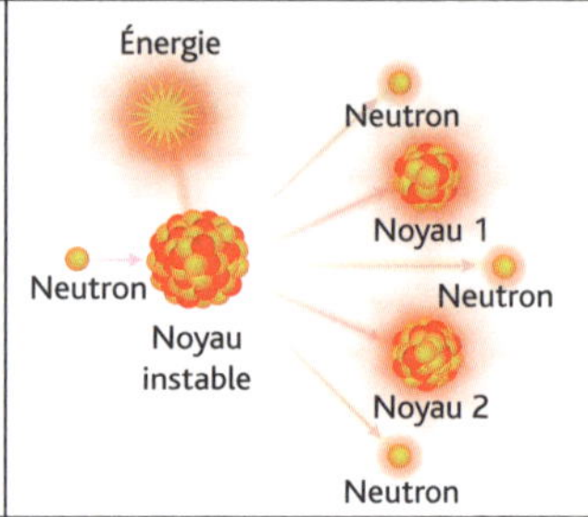
</td></tr>
<tr><td>$^{2}_{1}H + ^{3}_{1}H \rightarrow ^{4}_{2}He + ^{1}_{0}n$</td><td>$^{235}_{92}U + ^{1}_{0}n \rightarrow ^{141}_{56}Ba + ^{92}_{36}Kr + 3\,^{1}_{0}n$</td></tr>
</table>

EXERCICE TYPE CORRIGÉ

L'iode 131, noté $^{131}_{53}I$, est un isotope radioactif utilisé lors du traitement des cancers de la thyroïde. Il possède une activité $A = 1{,}5 \times 10^{8}$ Bq. Cela signifie que $1{,}5 \times 10^{8}$ noyaux d'iode 131 se désintègrent par seconde.

1. Indiquer, en le justifiant, la nature physique, chimique ou nucléaire de chacune des transformations modélisées par les équations :

a) $^{131}_{53}I_{(s)} \rightarrow ^{131}_{53}I_{(\ell)}$

b) $^{123}_{53}I + ^{0}_{-1}e \rightarrow ^{123}_{52}Te$

c) $I_{2(aq)} + 2\,S_2O_3^{2-} \rightarrow S_4O^{2-}_{6(aq)} + 2\,I^-_{(aq)}$

2. Écrire l'équation de désintégration de l'iode 131 (émetteur β^-).

3. La désintégration d'un noyau d'iode 131 libère une énergie $E = 2{,}6 \times 10^{-14}$ J. Calculer l'énergie libérée par un échantillon d'iode 131 en une minute.

Corrigé

1. La transformation **a) est une transformation physique** car l'espèce chimique $^{131}_{53}I$ n'est pas modifiée, seul son état l'est. La transformation **b) est une transformation nucléaire** car un nouvel élément (le tellure Te) est produit. Enfin, **c) est une transformation chimique** car les nouvelles espèces ($S_4O_6^{2-}$ et I^-) se forment à partir des éléments présents dans les réactifs.

2. L'iode 131 étant un émetteur β^-, un électron va être émis lors de la désintégration d'un noyau. L'équation s'écrit : $\mathbf{^{131}_{53}I \rightarrow ^{0}_{-1}e + ^{131}_{54}Xe}$

3. On détermine le nombre N de noyaux qui se désintègrent pendant une durée $\Delta t = 60$ s : $N = A \times \Delta t = 1{,}5 \times 10^{8} \times 60 = 9{,}0 \times 10^{9}$

D'où : $E_{libérée} = N \times E = 9{,}0 \times 10^{9} \times 2{,}6 \times 10^{-14} = \mathbf{2{,}3 \times 10^{-4}\ J}$

Mouvement d'un système (1) : éléments d'étude

LE COURS

• Définir l'objet ou les objets dont on va étudier le mouvement : **le système**. (On le note entre accolades.)

Ex. : {véliplanchiste}, {véliplanchiste + planche à voile}

• Indiquer **le référentiel**, c'est-à-dire l'objet par rapport auquel est étudié le mouvement.

Ex. : La Terre avec sa rotation propre : référentiel terrestre.

Ex. : Tout objet immobile par rapport à la Terre est un référentiel terrestre (arbre, sol, etc.).

Ex. : La Terre « privée » de sa rotation propre : référentiel géocentrique.

Ex. : Le Soleil : référentiel héliocentrique.

• Utiliser **un repère** pour associer des coordonnées à chaque position occupée par le système lors de son mouvement…

… à une dimension

Ex. : chute libre

… à deux dimensions

Ex. : lancer de javelot

… à trois dimensions

Ex. : coup franc au football

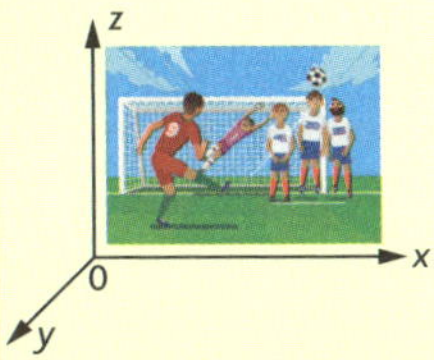

• Adjoindre **une horloge** au référentiel pour la mesure du temps et utiliser **des unités** de longueur et de temps **adaptées**.

 En secondes

 En mètres

Notes

Notes

Trajectoire et types de mouvements

- Pour simplifier l'étude, le système est assimilé à un point. On parle de **système ponctuel.**
- L'ensemble des positions M_0, M_1, M_2 ... occupées par le système aux **dates** t_0, t_1, t_2... définit la **trajectoire** du système.
- Si la trajectoire est une droite, on parle de **mouvement rectiligne**. Lorsqu'il s'agit d'un arc de cercle ou d'un cercle, le **mouvement est dit circulaire.** Enfin, on parle de **mouvement uniforme** si la vitesse est constante.

Relativité du mouvement et vitesse

- Si un arbre est immobile par rapport au sol, il ne l'est pas par rapport au centre de la Terre, du fait de la rotation propre de cette dernière : on parle de **relativité du mouvement.** La trajectoire et la vitesse d'un système dépendent donc du référentiel choisi.
- La **vitesse moyenne** v_{moy} entre deux points M_i et M_j vaut :

$$v_{moy} = \frac{M_iM_j}{t_j - t_i} = \frac{M_iM_j}{\Delta t}$$

Vitesse moyenne en $m.s^{-1}$

Distance parcourue entre les points M_i et M_j en m

Durée du parcours entre les points M_i et M_j en s

EXERCICE TYPE CORRIGÉ

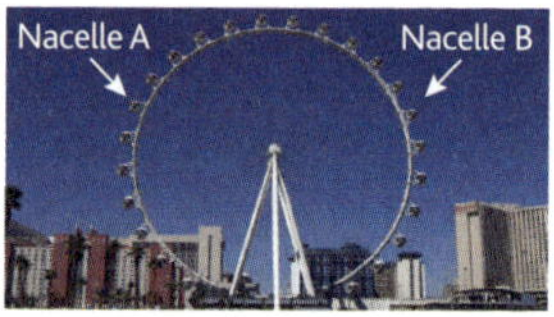

La High Roller Observation Wheel, située à Las Vegas, est une grande roue aux dimensions remarquables. En effet, sa hauteur est de 167,6 m et son diamètre de 160 m.

1. Indiquer la nature de la trajectoire et la vitesse du système {nacelle B}, assimilé à un point, dans le référentiel défini par la nacelle A.
2. Qualifier le mouvement de ce système dans le référentiel terrestre.
3. Calculer sa vitesse dans ce référentiel sachant qu'une nacelle met 30 minutes pour faire un tour complet.

Corrigé

1. La distance entre la nacelle B et la nacelle A est invariable. Le système {nacelle B} est donc immobile dans le référentiel défini par la nacelle A. **Sa trajectoire est réduite à un point et sa vitesse est nulle.**
2. Dans le référentiel terrestre, la trajectoire est un cercle et la vitesse est constante : il s'agit d'un **mouvement circulaire uniforme.**
3. La distance parcourue en un tour correspond au périmètre d'un cercle de diamètre D = 160 m.

D'où : $v_{moy} = \frac{2 \times \pi \times R}{\Delta t} = \frac{\pi \times D}{\Delta t} = \frac{\pi \times 160}{30 \times 60} = \mathbf{0{,}28\ m.s^{-1}}$

Mouvement d'un système (2) : introduction des vecteurs

Fiche 17

Physique-Chimie

LE COURS

Vecteur déplacement, vecteur vitesse moyenne

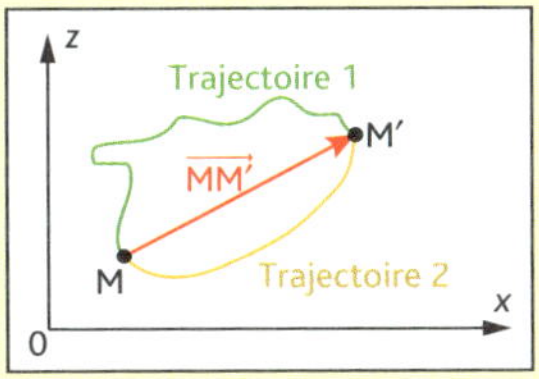

- Soit M la position d'un système ponctuel à un instant t et M′ sa position à l'instant t' (avec $t' > t$). On appelle **vecteur déplacement, le vecteur $\overrightarrow{MM'}$**.

Ses caractéristiques sont :
- Direction : la droite (MM′)
- Sens : celui du mouvement (de M vers M′)
- Valeur : la distance séparant les points M et M′

- Le vecteur déplacement définit le plus court chemin d'un point à un autre et ne dépend donc pas de la trajectoire.
- Le **vecteur vitesse moyenne** $\vec{v}_{moy}$ entre deux positions M et M′ du système est une grandeur vectorielle définie à partir du vecteur déplacement $\overrightarrow{MM'}$:

$$\vec{v}_{moy} = \frac{\overrightarrow{MM'}}{\Delta t}$$

Vecteur vitesse moyenne → $\vec{v}_{moy}$; $\overrightarrow{MM'}$ ← Vecteur déplacement entre les positions M et M′ ; Δt ← Durée de parcours entre les points M et M′

Ses caractéristiques sont :
- Direction : la droite (MM′)
- Sens : celui du mouvement (de M vers M′)
- Valeur : $v_{moy} = \dfrac{MM'}{\Delta t}$ (avec MM′ en m et Δt en s)

Vecteur vitesse en un point

- **Le vecteur vitesse moyenne n'est pas constant**, sauf dans le cas d'un mouvement rectiligne uniforme (mêmes direction, sens et valeur).

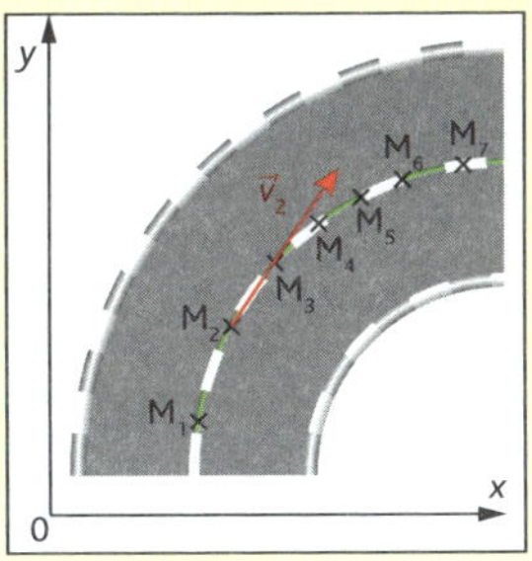

- Pour étudier de façon plus pertinente le mouvement d'un système, on introduit le **vecteur vitesse en un point, noté $\vec{v}$** (également appelé **vecteur vitesse instantanée**).
- En Seconde, ce vecteur sera approximé par le **vecteur vitesse moyenne entre deux points consécutifs de la trajectoire** du système si la durée de parcours n'est pas trop élevée.

Notes

Notes

Dans l'exemple, on a : $\vec{v}_2 \approx \frac{\overrightarrow{M_2M_3}}{\Delta t}$

Ses caractéristiques sont :

- Direction : tangente à la trajectoire au point M_2
- Sens : celui du mouvement (de M_2 vers M_3)
- Valeur : $v_2 = \frac{M_2M_3}{\Delta t}$ (avec M_2M_3 en m et Δt en s)

Vecteur vitesse et mouvement

- Si la direction du vecteur vitesse change, le mouvement n'est pas rectiligne.
- Si sa valeur est constante, le mouvement est dit **uniforme**. Si elle augmente (respectivement diminue), le mouvement est **accéléré** (respectivement **décéléré**).

EXERCICE TYPE CORRIGÉ

On enregistre la position d'un point d'un véhicule à intervalles de temps réguliers (Δt = 0,80 s). Ces positions sont indiquées dans le repère d'espace ci-contre.

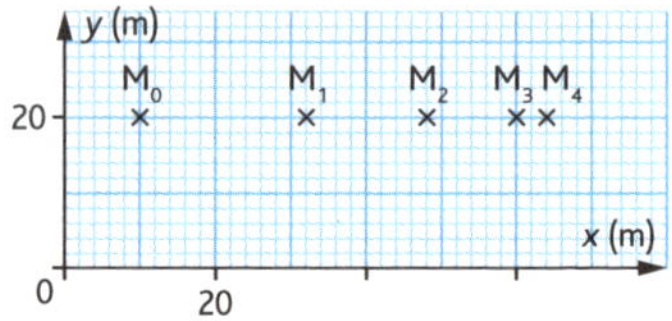

1. Indiquer la nature du mouvement.
2. Écrire l'expression du vecteur vitesse au point M_1, que l'on notera $\vec{v}_1$.
3. Donner les caractéristiques du vecteur $\vec{v}_1$.
4. Représenter ce vecteur en indiquant l'échelle choisie.

Corrigé

1. Il s'agit d'un **mouvement rectiligne décéléré**.

2. On a $\vec{v}_1 = \frac{\overrightarrow{M_1M_2}}{\Delta t}$.

3. • **Direction : tangente à la trajectoire** (horizontale ici)
- **Sens : de la gauche vers la droite**
- **Valeur :** $v_1 = \frac{M_1M_2}{\Delta t}$

On détermine la distance entre M_1 et M_2 en s'aidant de l'échelle de l'axe (Ox).

1 division ↔ 20 m $\qquad M_1M_2 = \frac{0{,}8 \times 20}{1} = 16$ m

0,8 division ↔ M_1M_2 $\qquad$ D'où : $v_1 = \frac{16}{0{,}80}$ **= 20 m.s⁻¹**

4. On représente ce vecteur suivant l'échelle : 1 division ↔ 20 m.s^{-1}.

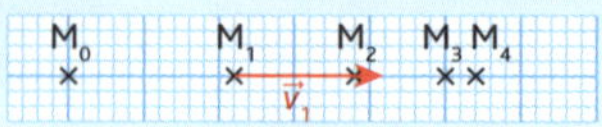

Modélisation des actions mécaniques

LE COURS

Action mécanique de contact, action mécanique à distance

- Une **action mécanique** permet de mettre un système en mouvement ou de le stopper, de modifier sa trajectoire et/ou sa vitesse, ou de le déformer.
- Lorsqu'il y a contact direct entre l'**auteur** de l'action mécanique et le **receveur**, on parle d'**action mécanique de contact** (*Ex. :* action du vent sur une voile, action d'une raquette sur une balle de tennis, etc.). Autrement, on parle d'**action à distance** (*Ex. :* attraction exercée par la Terre, action d'un aimant sur une bille en acier, etc.).
- Le **diagramme objets-interactions (DOI)** permet de visualiser l'ensemble des actions mécaniques s'exerçant sur un receveur donné (le système).

Ex. : Actions mécaniques s'exerçant sur un parachutiste.

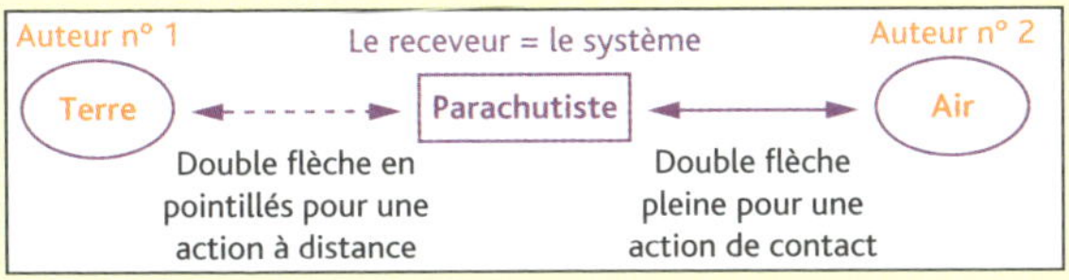

Notes

Vecteur force

- On modélise une action mécanique par un **vecteur force, noté $\vec{F}_{auteur/receveur}$**, ce qui permet de rendre compte de la **direction** dans laquelle elle s'exerce, de son **sens**, de son **intensité** et de son **point d'application**.
- Son intensité (également appelée **valeur** ou **norme du vecteur**) s'exprime en **newton (N)**.
- Le tracé rigoureux d'un vecteur force nécessite le choix d'une échelle.

Principe des actions réciproques

- Si un système {A} exerce une force $\vec{F}_{A/B}$ sur un système {B}, alors le système {B} exerce en retour une force $\vec{F}_{B/A}$ sur le système {A}. C'est le **principe des actions réciproques.**
- Ces deux forces ont la même direction, la même valeur mais des sens opposés. Cela se traduit par la relation vectorielle : $\vec{F}_{A/B} + \vec{F}_{B/A} = \vec{0}$.

Dans l'exemple ci-contre, on a donc :

$$\vec{F}_{fusée/gaz} + \vec{F}_{gaz/fusée} = \vec{0}.$$

Notes

Poids d'un objet

• L'attraction exercée par la Terre sur tout objet situé dans son voisinage est modélisée par **le vecteur poids, noté $\vec{P}$**, dont le point d'application est le centre de masse G du système. Ce vecteur est **dirigé suivant la verticale du lieu** où se trouve le système et **orienté vers le centre de la Terre**. Il a pour valeur :

Poids en N → $P = m \times g$; m : Masse du système en kg ; g : Intensité de la pesanteur en $N.kg^{-1}$

• Tout système reposant sur un support (sol, neige, table, etc.) est soumis à une action mécanique appelée **réaction du support** et **modélisée par un vecteur force noté $\vec{R}$. Si le système est immobile et qu'il n'est soumis qu'à son poids et à la réaction du support, on a $\vec{P} + \vec{R} = \vec{0}$. Il en résulte que $R = P = m \times g$.**

EXERCICE TYPE CORRIGÉ

Un joueur de football frappe un ballon, immobile et posé au sol.
Donnée : intensité de la pesanteur : $g = 10\ N.kg^{-1}$.

1. Réaliser le diagramme objets-interactions du système {ballon}.
2. Calculer le poids du ballon sachant que sa masse est de 450 g.
3. En déduire les caractéristiques de la réaction du support avant la frappe.
4. L'action exercée par le joueur peut être modélisée par un vecteur force d'intensité 700 N et faisant un angle α de 45° avec l'horizontale. En assimilant le ballon à un système ponctuel, représenter les forces qui s'exercent sur lui au moment de la frappe sans souci d'échelle.

Corrigé

1.

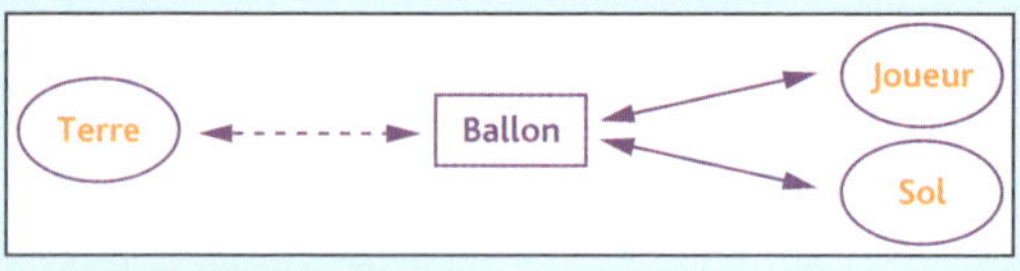

2. Le poids du ballon vaut : $P = m \times g = 450 \times 10^{-3} \times 10 =$ **4,5 N**

3. Les caractéristiques de la réaction du support $\vec{R}$ sont :
- **Direction : verticale**
- **Sens : vers le haut**
- **Valeur : $R = P = 4,5\ N$**

4. Schéma ci-contre.

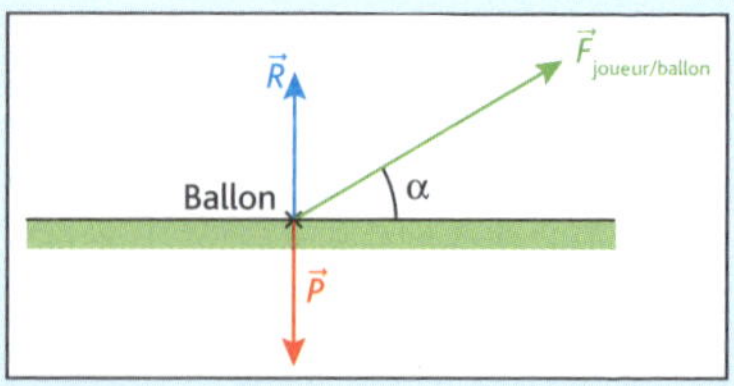

Force d'interaction gravitationnelle

Notes

LE COURS

Une force universelle

- Le physicien anglais Isaac Newton (1642-1727) a montré que deux objets s'attirent mutuellement. **Ils sont en interaction sous l'effet de la gravitation.**
- Deux objets de centres respectifs A et B, de masses respectives m_A et m_B, séparés par une distance d, exercent l'un sur l'autre des **actions mécaniques attractives modélisées par des forces dites d'interaction gravitationnelle, de même direction, de même intensité mais de sens opposés.**

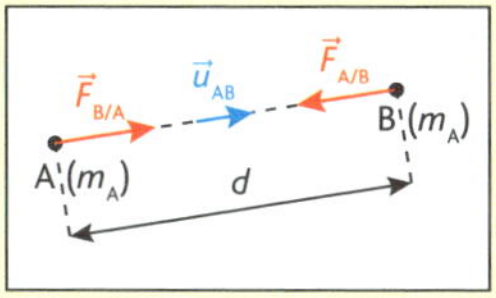

$$\vec{F}_{A/B} = -\vec{F}_{B/A} = -G \times \frac{m_A \times m_B}{d^2}\vec{u}_{AB}$$

$\vec{F}_{A/B}$: force exercée par A sur B ; $\vec{F}_{B/A}$: force exercée par B sur A ;
$\vec{u}_{AB}$: vecteur unitaire porté par la droite (AB) et dirigé de A vers B.

- Ces forces ont pour valeur : $F_{A/B} = F_{B/A} = G \times \frac{m_A \times m_B}{d^2}$

$F_{A/B}$ et $F_{B/A}$: en N ; m_A et m_B : masses en kg ;
d : distance entre les centres des deux objets en m ;
G : constante de gravitation universelle, G = 6,67 × 10^{-11} N.m².kg⁻².

- La force gravitationnelle est à l'origine du poids d'un objet sur Terre, du mouvement des planètes autour du Soleil, des marées, etc.

Poids et force d'interaction gravitationnelle

- Le poids $\vec{P}_A$ d'un objet à la surface d'un astre A est assimilé à la force d'interaction gravitationnelle $\vec{F}_{A/objet}$ exercée par l'astre A sur cet objet.

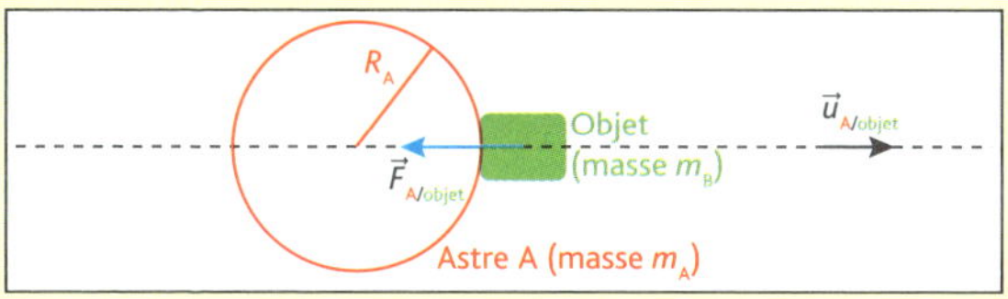

On a : $$\vec{F}_{A/objet} = -G \times \frac{m_A \times m_{objet}}{{R_A}^2}\vec{u}_{A/objet}$$

Donc : $$\vec{P}_A = \vec{F}_{A/objet} = -G \times \frac{m_A \times m_{objet}}{{R_A}^2}\vec{u}_{A/objet}$$

Notes

Soit : $P_A = F_{A/objet} = G \times \dfrac{m_A \times m_{objet}}{R_A^{\ 2}}$

Or : $P_A = m_{objet} \times g_A$ où g_A est l'intensité de la pesanteur sur l'astre A.

Par identification, on obtient l'expression : $g_A = G \times \dfrac{m_A}{R_A^{\ 2}}$

L'intensité de la pesanteur sur un astre dépend donc de sa masse et de son rayon.

EXERCICE TYPE CORRIGÉ

La Lune s'éloigne de la Terre, à raison de 3,8 cm par an. Cela trouve-t-il son explication dans les forces d'interaction gravitationnelle mises en jeu, notamment avec le Soleil ?

On se place dans la configuration où les centres des trois astres sont alignés.

Données : $m_{Terre} = 5{,}97 \times 10^{24}$ kg ; $m_{Lune} = 7{,}35 \times 10^{22}$ kg ;
$m_{Soleil} = 1{,}99 \times 10^{30}$ kg ; $d_{Terre-Soleil} = 1{,}50 \times 10^{8}$ km ;
$d_{Terre-Lune} = 3{,}84 \times 10^{5}$ km ; $G = 6{,}67 \times 10^{-11}$ N.m².kg⁻².

1. Donner l'expression de la force d'interaction gravitationnelle $\vec{F}_{Terre/Lune}$ exercée par la Terre sur la Lune, puis calculer sa valeur.

2. Calculer la valeur de la force $\vec{F}_{Soleil/Lune}$.

3. Comparer les valeurs de ces deux forces. Commenter le résultat.

Corrigé

1. La force d'interaction gravitationnelle exercée par la Terre sur la Lune a pour expression : $\vec{F}_{Terre/Lune} = -G \times \dfrac{m_{Terre} \times m_{Lune}}{d^2_{Terre-Lune}} \vec{u}$

où $\vec{u}$ est un vecteur unitaire de direction passant par les centres des deux astres et orienté vers la Lune. On calcule la valeur de la force :

$$F_{Terre/Lune} = G \times \frac{m_{Terre} \times m_{Lune}}{d^2_{Terre-Lune}}$$

$$F_{Terre/Lune} = 6{,}67 \times 10^{-11} \times \frac{5{,}97 \times 10^{24} \times 7{,}35 \times 10^{22}}{(3{,}84 \times 10^{5} \times 10^{3})^2} = \mathbf{1{,}98 \times 10^{20}\ N}$$

2. $$F_{Soleil/Lune} = G \times \frac{m_{Soleil} \times m_{Lune}}{d^2_{Soleil-Lune}} = G \times \frac{m_{Soleil} \times m_{Lune}}{(d_{Terre-Soleil} - d_{Terre-Lune})^2}$$

$$F_{Soleil/Lune} = 6{,}67 \times 10^{-11} \times \frac{1{,}99 \times 10^{30} \times 7{,}35 \times 10^{22}}{(1{,}50 \times 10^{8} \times 10^{3} - 3{,}84 \times 10^{5} \times 10^{3})^2}$$

$$F_{Soleil/Lune} = \mathbf{4{,}36 \times 10^{20}\ N}$$

3. $$\frac{F_{Soleil/Lune}}{F_{Terre/Lune}} = \frac{4{,}36 \times 10^{20}}{1{,}98 \times 10^{20}} = \mathbf{2{,}20}$$

La force exercée par le Soleil sur la Lune n'est qu'environ deux fois supérieure à celle exercée par la Terre. Ces deux forces ont donc le même ordre de grandeur. Cela ne peut expliquer complètement l'éloignement de la Lune de la Terre.

Principe d'inertie

Fiche 20

Physique-Chimie

Notes

LE COURS

Principe d'inertie

- L'**inertie** d'un système caractérise sa tendance à rester au repos ou à conserver sa vitesse, en l'absence d'influence extérieure.

Ex. : Lors d'un freinage, la ceinture de sécurité permet de retenir le passager qui tend à garder la vitesse qu'avait le véhicule avant le freinage.

- Le principe d'inertie s'énonce ainsi : « **Lorsqu'un système est soumis à des forces qui se compensent, il est soit au repos soit animé d'un mouvement rectiligne uniforme.** » Autrement dit, son mouvement persévère.
- **La réciproque est également vraie** : si un système est au repos ou animé d'un mouvement rectiligne uniforme, alors il est soumis à des forces qui se compensent.
- **Les forces se compensent** lorsque la somme vectorielle des forces s'appliquant au système est nulle ($\sum \vec{F} = \vec{0}$).
- Le principe d'inertie s'applique dans un **référentiel galiléen** (référentiel héliocentrique, référentiel géocentrique pour des durées négligeables devant une année, référentiel terrestre pour des durées négligeables devant une journée).

Ex. : Palet de hockey glissant sans frottement sur la glace ou air hockey, etc.

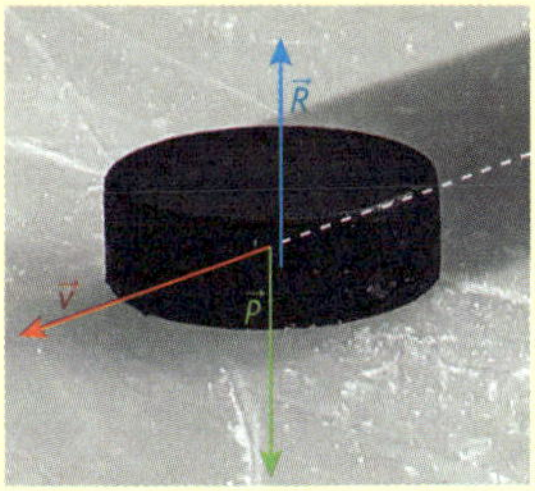

$\sum \vec{F} = \vec{0} \Leftrightarrow$ système immobile ou animé d'un mouvement rectiligne uniforme

$\vec{v} = \overrightarrow{\text{constant}} \Leftrightarrow$ La direction, le sens et la valeur du vecteur vitesse $\vec{v}$ sont constants.

Contraposée du principe d'inertie

- **Dans un référentiel galiléen, si un système est soumis à des forces qui ne se compensent pas, alors il n'est ni immobile, ni animé d'un mouvement rectiligne uniforme.** La réciproque est vraie.

Ex. : Mouvement de la Lune autour de la Terre, chute libre, etc.

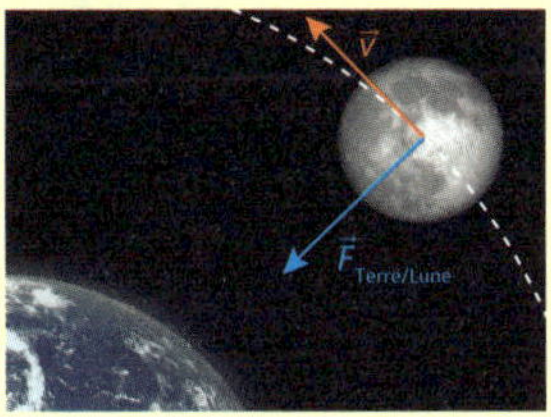

$\sum \vec{F} \neq \vec{0} \Leftrightarrow$ système ni immobile, ni animé d'un mouvement rectiligne uniforme

$\vec{v} \neq \overrightarrow{\text{constant}} \Leftrightarrow$ La direction et/ou la valeur du vecteur vitesse $\vec{v}$ varient.

Notes

• L'évolution de la vitesse peut être caractérisée par le **vecteur variation de vitesse** $\Delta\vec{v} = \vec{v}_{i+1} - \vec{v}_i$. Les vecteurs $\Delta\vec{v}$ et $\sum\vec{F}$ ont la même direction et le même sens. Si le mouvement est rectiligne et uniforme, alors $\Delta\vec{v} = \vec{0}$. Si le mouvement est accéléré, ce vecteur est orienté dans le sens du mouvement.

EXERCICE TYPE CORRIGÉ

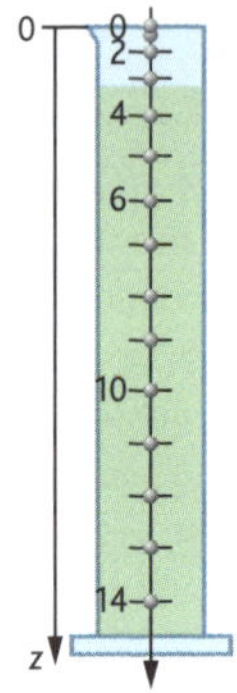

Une bille de masse $m = 4{,}0 \times 10^{-3}$ kg est lâchée sans vitesse initiale dans un liquide visqueux. Sa chute est filmée avec une webcam. Le film est ensuite numérisé puis analysé par un logiciel adapté. Le document ci-contre montre l'ensemble des positions successives occupées par la bille à intervalles de temps réguliers $\tau = 0{,}050$ s. Les frottements du fluide sur l'objet peuvent être modélisés par une force $\vec{f}$ verticale, orientée vers le haut. L'étude se fait dans le référentiel terrestre, supposé galiléen pendant la chute.

Donnée : $g = 9{,}8$ N.kg^{-1}.

1. Le mouvement de la bille peut être décomposé en deux phases. Indiquer les positions délimitant ces deux phases, ainsi que la nature du mouvement lors de chacune d'entre elles.

2. Représenter, sans souci d'échelle, le vecteur vitesse aux positions 4, 10 et 12.

3. Indiquer la phase lors de laquelle le système est soumis à des forces qui se compensent.

4. Calculer la valeur de la force de frottement lors de la seconde phase du mouvement en appliquant le principe d'inertie.

Corrigé

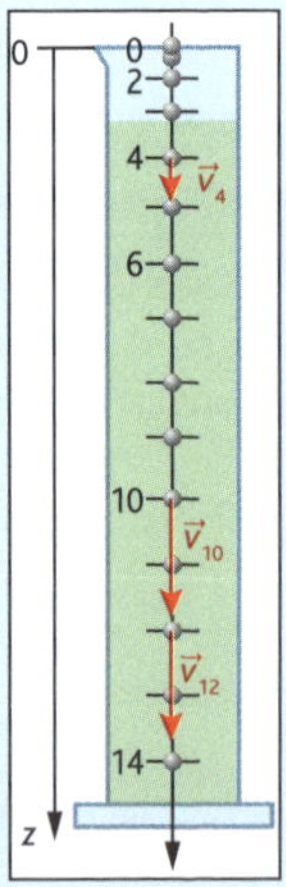

1. La première phase correspond aux **positions 0 à 9**. La distance entre deux positions successives augmente : le **mouvement est rectiligne accéléré**. Pour les **positions 9 à 14**, cette distance ne varie pas. La vitesse du système {bille} est alors constante : le **mouvement est rectiligne uniforme**.

2. La réponse à la question précédente permet de comparer qualitativement la valeur du vecteur vitesse pour ces positions : $v_{10} > v_4$ et $v_{12} = v_{10}$.

3. D'après le principe d'inertie, les forces se compensent lors de la seconde phase car le système {bille} est alors animé d'un mouvement rectiligne uniforme.

4. Les forces qui s'exercent sur le système sont le poids $\vec{P}$ et la force de frottement $\vec{f}$. Comme elles se compensent, on a la relation vectorielle : $\vec{P} + \vec{f} = \vec{0}$.

Soit : $f = P = m \times g = 4{,}0 \times 10^{-3} \times 9{,}8 = \mathbf{3{,}9 \times 10^{-2}\ N}$.

Chute libre

LE COURS

Système en chute libre verticale

• Rigoureusement, **un système est dit en chute libre s'il n'est soumis qu'à son poids $\vec{P}$.**

• Si la chute s'effectue dans un fluide (l'air par exemple), les entités chimiques le constituant exercent **des actions mécaniques de frottements sur le système, modélisées par une force de frottement notée $\vec{f}$.**

• Dans ce cas, **la chute sera considérée comme une chute libre si la valeur de $\vec{f}$ est négligeable devant celle de $\vec{P}$. On dit que l'on néglige les frottements.**

• L'évolution de la vitesse peut être caractérisée par le **vecteur variation de vitesse $\Delta\vec{v} = \vec{v}_{i+1} - \vec{v}_i$**. Les vecteurs $\Delta\vec{v}$ et $\sum\vec{F}$ ont la même direction et le même sens. Si le mouvement est rectiligne et uniforme, alors $\Delta\vec{v} = \vec{0}$. Si le mouvement est accéléré, ce vecteur est orienté dans le sens du mouvement.

Étude du saut d'un parachutiste

On étudie dans le référentiel terrestre le mouvement d'un parachutiste, lors de la phase sans parachute.

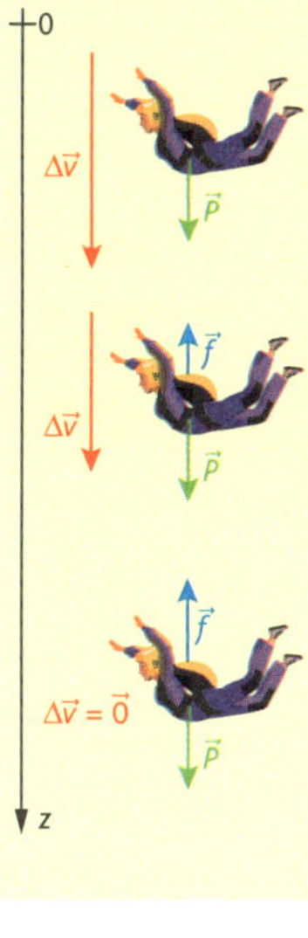

Au début du saut, la valeur de $\vec{f}$ est négligeable devant celle de $\vec{P}$. C'est une chute libre. **La valeur de $\Delta\vec{v}$ augmente : le système accélère.**

La valeur de la force de frottement augmente avec la vitesse du système. Les frottements ne sont plus négligeables. La vitesse continue d'augmenter, mais moins rapidement : **La valeur de $\Delta\vec{v}$ diminue progressivement.**

À ce stade du saut, la valeur de $\vec{f}$ égale celle de $\vec{P}$. Dans le référentiel terrestre galiléen, on a alors $\vec{P} + \vec{f} = \vec{0}$. Suivant le principe d'inertie, le système est alors animé d'un mouvement rectiligne uniforme : la valeur de $\Delta\vec{v}$ est nulle. **La vitesse du système atteint alors une valeur limite et constante jusqu'à l'ouverture du parachute.**

Notes

EXERCICE TYPE CORRIGÉ

On étudie la chute verticale d'un parachutiste, de masse m = 80 kg. Il s'agit d'un mouvement à une dimension : on repère ainsi ses positions suivant un axe (Oz) orienté vers le bas à intervalles de temps réguliers (Δt = 1,0 s).
Donnée : g = 9,8 N.kg^{-1}.

t (s)	z (m)	v (m.s^{-1})	Δv (m.s^{-1})
0	0	0	
1,0	8,1	8,1	8,1
2,0	28,3		
3,0	59,4	31,1	10,9
4,0	98,3	38,9	7,8
5,0	142,8	44,5	5,6
6,0	190,9	48,1	3,6
7,0	240,1	49,2	1,1
8,0	289,8	49,7	0,5
9,0	339,8	50	0,3
10,0	389,8	50	0

1. Calculer la valeur du vecteur vitesse et celle du vecteur variation de vitesse à la date t = 2,0 s. On utilisera les expressions suivantes :

$$v(t_i) = \frac{z(t_i) - z(t_{i-1})}{\Delta t}$$

et $\Delta v(t_i) = v(t_i) - v(t_{i-1})$

2. Indiquer la durée pendant laquelle le parachutiste est en chute libre.
3. Justifier l'évolution de la valeur du vecteur variation de vitesse.
4. Calculer la valeur de la force de frottement exercée par l'air à la date t = 10 s.
5. Indiquer qualitativement comment va évoluer la valeur de la vitesse du système à l'ouverture du parachute.

Corrigé

1. On a : $\boldsymbol{v(t = 2{,}0)} = \dfrac{\boldsymbol{z(t = 2{,}0) - z(t = 1{,}0)}}{\boldsymbol{\Delta t}} = \dfrac{28{,}3 - 8{,}1}{1{,}0} = \mathbf{20{,}2\ m.s^{-1}}$

Et : $\boldsymbol{\Delta v(t = 2{,}0) = v(t = 2{,}0) - v(t = 1{,}0)} = 20{,}2 - 8{,}1 = \mathbf{12{,}1\ m.s^{-1}}$

2. La valeur du vecteur variation de vitesse augmente jusqu'à la date **t = 2,0 s**, puis décroît progressivement. **Le parachutiste est en chute libre jusqu'à cette date**.

3. Au début du saut, les forces de frottement sont négligeables devant le poids. Le système est en chute libre et accélère. La vitesse augmente donc, ainsi que la valeur de la force de frottement. La vitesse du système continue d'augmenter, mais moins rapidement : la valeur du vecteur $\Delta\vec{v}$ diminue jusqu'à devenir nulle.

4. À la date t = 10,0 s, le système est animé d'un mouvement rectiligne uniforme ($\Delta\vec{v} = \vec{0}$). On lui applique le principe d'inertie :

$$\vec{P} + \vec{f} = \vec{0} \Rightarrow \boldsymbol{f = P = m \times g} = 80 \times 9{,}8 = \mathbf{7{,}8 \times 10^2\ N}$$

5. À l'ouverture du parachute, la valeur de la force de frottement augmente brusquement ($f > 7{,}8 \times 10^2$ N) : le système décélère fortement (le vecteur $\Delta\vec{v}$ est alors orienté vers le haut). La valeur de la vitesse diminue ensuite progressivement jusqu'à atteindre une nouvelle valeur limite et constante ($f = 7{,}8 \times 10^2$ N à nouveau, d'après le principe d'inertie).

Le son (1) : émission et propagation

LE COURS

Chaîne de propagation

• Un son est émis par une **source sonore** dont l'**une des parties se met à vibrer, produisant ainsi un signal sonore.**

Ex. : Cordes vocales, cordes d'une guitare, colonne d'air d'une flute.

Très souvent, le signal sonore possède une énergie trop faible et nécessite d'être amplifié. C'est le rôle de la **caisse de résonance**.

• Cette vibration **se propage** ensuite dans un milieu matériel par **suite de compressions et de dilatations** au niveau des entités chimiques qui le constituent, ce qui explique que le son ne peut pas se propager dans le vide. **À 15 °C, la vitesse du son dans l'air, également appelée célérité du son (notée c), vaut 340 m.s^{-1}.**

• Enfin, le signal sonore arrive au niveau d'un **récepteur** (membrane du tympan, microphone).

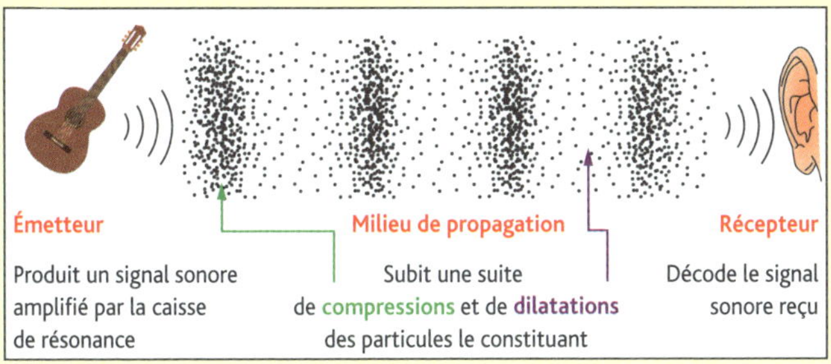

Signal sonore périodique

• Un signal sonore **périodique** se caractérise par des **vibrations qui se reproduisent à l'identique à intervalles de temps réguliers.** L'enregistrement d'un tel signal montre un **motif élémentaire** qui va se répéter.

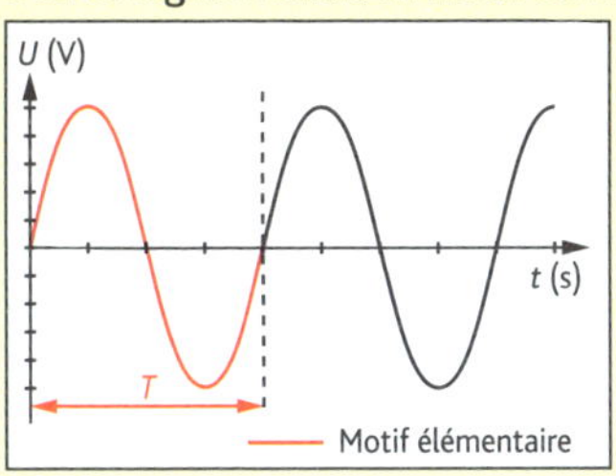

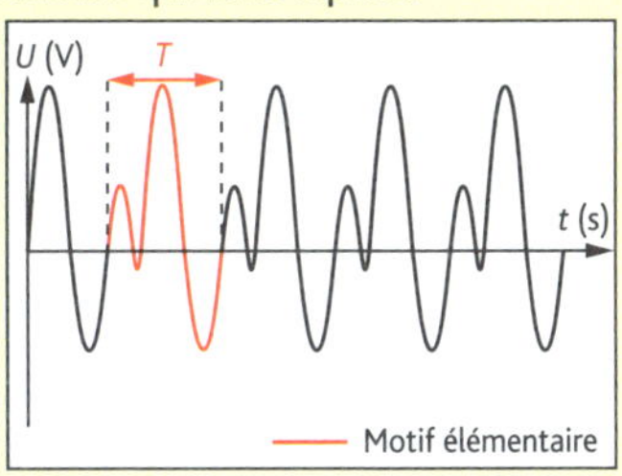

Notes

- La durée d'un motif est appelé **période du signal**. Elle est notée T et s'exprime **en seconde (s)**.
- Le nombre de périodes par seconde correspond à la **fréquence du signal**. Elle est notée f et son unité est le **hertz (Hz)**. Une relation simple existe entre la période et la fréquence d'un signal.

Fréquence du signal en Hz → $f = \frac{1}{T}$ ← Période du signal en s

EXERCICE TYPE CORRIGÉ

On considère un signal sonore dont l'enregistrement est représenté ci-dessous.

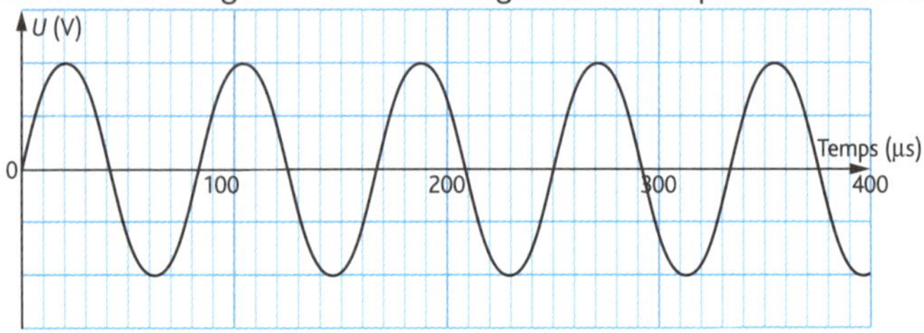

1. Justifier la nature périodique de ce signal sonore.

2. Déterminer sa période, puis sa fréquence.

3. Indiquer si l'oreille humaine peut percevoir ce signal sonore, sachant que sa bande passante s'étend de 20 Hz à 20 kHz.

4. Ce signal est produit par un sonar. Il effectue un aller-retour pour un fond marin se situant à une profondeur d = 500 m pendant une durée Δt = 667 ms. En déduire la valeur de la célérité du son dans l'eau.

Corrigé

1. On identifie un **motif élémentaire qui se répète à intervalles de temps réguliers**. Il s'agit bien d'un signal périodique.

2. Afin de limiter l'imprécision sur le résultat final, on considère un ensemble de motifs : trois motifs, et donc trois périodes, s'étalent sur une durée de 250 µs = 250×10^{-6} s.

D'où : $T = \frac{250 \times 10^{-6}}{3} = \mathbf{83{,}3 \times 10^{-6}\ s}$

Et : $f = \frac{1}{T} = \frac{1}{83{,}3 \times 10^{-6}} = \mathbf{12{,}0 \times 10^{3}\ Hz = 12{,}0\ kHz}$

3. La fréquence calculée précédemment **se situe bien dans la bande passante de l'oreille humaine** qui est donc sensible à ce signal sonore.

4. Comme on considère un aller-retour, la distance parcourue n'est pas de 500 m, mais le double.

Ainsi : $v = \frac{2d}{\Delta t} = \frac{2 \times 500}{667 \times 10^{-3}} = \mathbf{1{,}50 \times 10^{3}\ m.s^{-1}}$

Le son (2) : perception et dangers

Fiche 23

Physique-Chimie

Notes

LE COURS

Hauteur et timbre d'un son

• **L'oreille humaine est sensible aux sons dont la fréquence est comprise entre 20 Hz et 20 000 Hz.** On parle d'**infrasons** lorsque $f < 20$ Hz et d'**ultrasons** lorsque $f > 20\,000$ Hz.

• La fréquence d'un son est également appelée **hauteur** du son. Plus la fréquence est élevée (respectivement basse), plus le son est aigu (respectivement grave).

• L'oreille humaine est capable de faire la distinction entre différents instruments jouant la même note. Cette spécificité sonore de l'instrument (ou d'une voix) constitue son **timbre. Les signaux sonores présentent alors la même fréquence mais des motifs élémentaires différents.**

Ex. : La3 (f = 440 Hz) jouée par deux sources différentes :

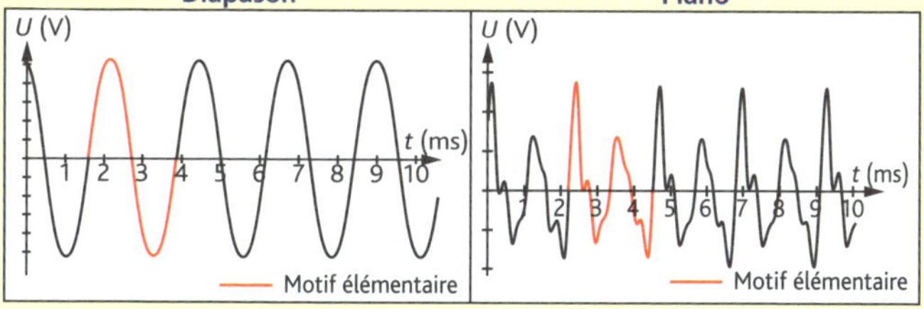

Niveau sonore et dangers liés au son

• Plus la corde d'une guitare est pincée fortement, plus l'**amplitude** du son produit est importante. Le son est alors perçu plus fort. La grandeur **intensité sonore, notée *I* (en watt par mètre carré, W.m^{-2})**, quantifie cela.

• Un son produit avec une amplitude deux fois plus élevée, et donc avec une intensité sonore doublée, ne sera pas perçue deux fois plus fort par l'oreille. Pour rendre compte de la sensibilité de l'oreille, on utilise une autre grandeur physique, liée à l'intensité sonore I : le **niveau d'intensité sonore, noté *L* (en décibel, dB).** On le mesure à l'aide d'un sonomètre.

• L'oreille humaine ne peut percevoir un son que si son niveau sonore est supérieur à 0 dB.

Un son présentant un niveau sonore trop élevé risque d'endommager de manière irréversible l'oreille.

Notes

Les sons au-dessus de 85 dB sont nocifs.
Une durée d'écoute trop importante présente également des risques.
Le niveau d'intensité sonore L augmente de 3 dB lorsque l'intensité sonore I est multipliée par 2.

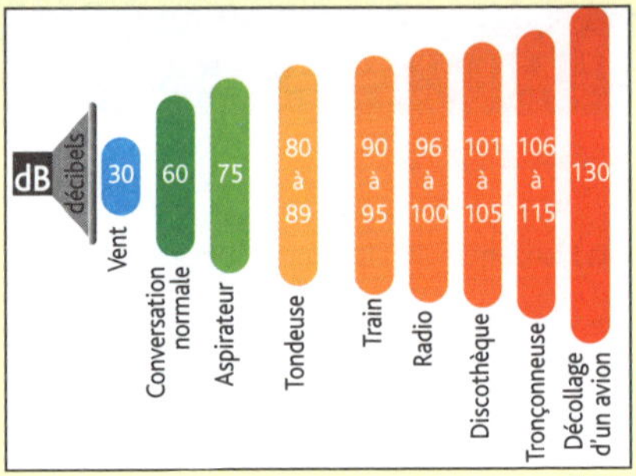

EXERCICE TYPE CORRIGÉ

Un musicien s'exerce sur sa guitare électrique. Il est placé à une distance d = 1,0 m de son ampli. Un sonomètre mesure un niveau d'intensité sonore de 85 dB.
On indique ci-dessous l'enregistrement d'une note produite par la guitare et celui d'un diapason qui vibre.

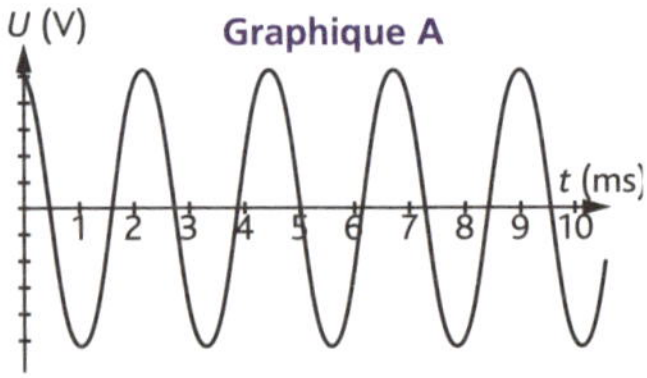

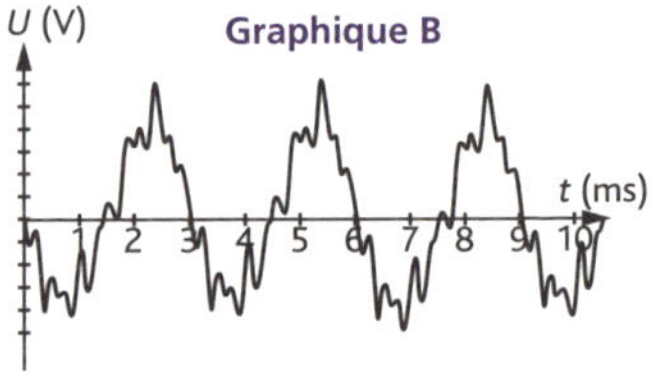

1. Identifier le graphique correspondant à la note jouée à la guitare.
2. Déterminer la hauteur de la note jouée à la guitare.
3. Préciser si le son correspondant à l'autre graphique est plus aigu ou plus grave.
4. Pourquoi ce musicien doit-il prendre des précautions. Lesquelles ?

Corrigé

1. La guitare émet un son qui présente un motif élémentaire qui lui est propre. C'est donc le **graphique B** qui correspond à son enregistrement.

2. Deux motifs élémentaires couvrent une durée allant de 3,0 ms à 9,1 ms. On a donc $2T$ = 6,1 ms, soit T = 3,05 ms. On en déduit la hauteur de la note jouée, c'est-à-dire la fréquence du signal sonore :

$$f = \frac{1}{T} = \frac{1}{3{,}05 \times 10^{-3}} = \mathbf{328\ Hz}$$

3. La période sur le graphique A est plus faible (2,2 ms environ). La fréquence est donc plus élevée, ce qui correspond à un **son plus aigu**.

4. Une exposition à un niveau sonore de 85 dB présente des risques. **Pour protéger son audition, ce musicien peut s'éloigner de l'ampli ou utiliser des protections auditives.**

Caractéristiques de la lumière

Fiche 24

Notes

LE COURS

Caractéristiques de la lumière

- **La lumière peut se propager dans tous les milieux transparents, mais aussi dans le vide** (contrairement au son).
- **Dans un milieu transparent et homogène, la lumière se propage en ligne droite.**
- La vitesse de la lumière dans le vide, également appelée **célérité de la lumière dans le vide notée c, est une constante : c = 299 792 458 m.s^{-1}.**
- **c est une constante fondamentale de la physique.** Il s'agit aussi d'une valeur limite de la vitesse pour tout objet massif.
- On se borne le plus souvent à trois chiffres significatifs dans les calculs, soit **c = 3,00 × 10^{8} m.s^{-1}**. Cette vitesse est environ 900 000 fois plus élevée que celle du son dans l'air.
- Cela signifie que la lumière parcourt 300 000 000 m (300 000 km), dans le vide en une seconde !
- La valeur de la célérité de la lumière dépend du milieu de propagation.

Lumière et longueurs d'onde

- **La lumière produite par le Soleil est la superposition d'une infinité de radiations.** Chacune d'entre elles est caractérisée par une grandeur physique : la **longueur d'onde dans le vide, notée λ_0**. Elle s'exprime en mètre, mais on utilise le plus souvent le nanomètre lorsque l'on travaille avec la lumière visible.
- **Le domaine visible de la lumière s'étend de 400 nm à 800 nm**. Il est borné par les domaines correspondant aux **ultraviolets** et aux **infrarouges**.
- La longueur d'onde permet de délimiter les différents domaines de la lumière :

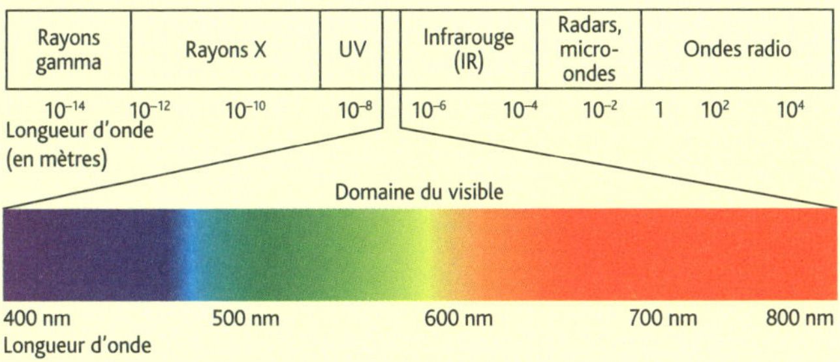

- Lorsqu'une radiation change de milieu de propagation, les valeurs de la célérité et de sa longueur d'onde sont modifiées.

Notes

EXERCICE TYPE CORRIGÉ

En 1849, Hippolyte Fizeau effectua la première mesure de la célérité de la lumière dans l'air sans recourir à des observations astronomiques.
Le dispositif expérimental peut être schématisé de la façon suivante :

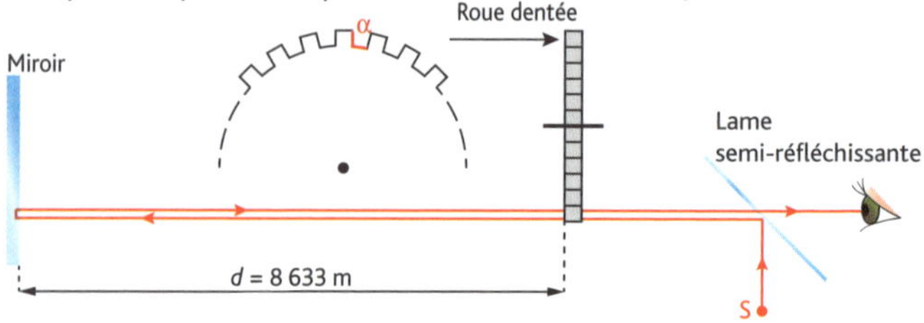

Grâce à la lame semi-réfléchissante, de la lumière provenant d'une source S se propage en direction du miroir qui la réfléchit à son tour. Si la lumière « rencontre » une dent de la roue lors de son trajet retour, l'observateur ne reçoit plus de lumière. Cela se produit lorsque la vitesse de rotation du disque est de 12,6 tours par seconde. La roue dentée que Fizeau utilisa était constituée de 720 dents et de 720 creux.

1. On appelle secteur angulaire la portion du disque délimitée par les centres successifs d'un creux et d'une dent. Déterminer le nombre de secteurs angulaires de ce disque. En déduire la mesure de l'angle α d'un secteur angulaire.

2. Montrer que la vitesse de rotation du disque, noté v, vaut également $4{,}54 \times 10^3\ °.s^{-1}$ (degré par seconde) : on parle alors de vitesse angulaire. Autrement dit, il s'agit de montrer que le disque effectue une rotation de $4{,}54 \times 10^3$ degrés pendant une seconde.

3. Calculer la durée Δt nécessaire pour que la roue tourne d'un secteur angulaire.

4. Déterminer alors la valeur de la célérité de la lumière dans l'air que Fizeau a mesurée.

Corrigé

1. Il y 720 dents et 720 creux, soit **1 440 secteurs angulaires**. On en déduit la mesure d'un secteur angulaire sachant que ces 1 440 secteurs couvrent le disque, soit un angle de 360° :

1 440 secteurs ↔ 360°
1 secteur ↔ α

$$\alpha = \frac{360 \times 1}{1440} = \mathbf{0{,}25°}$$

2. Un tour correspondant à 360°, on a donc :

$$v = 12{,}6 \times 360 = \mathbf{4{,}54 \times 10^3\ °.s^{-1}}.$$

3. Par analogie avec la formule que l'on utilise pour la vitesse lorsque l'on travaille avec une distance, on peut écrire s'agissant de l'écart angulaire :

$$v = \frac{\alpha}{\Delta t} \Rightarrow \Delta t = \frac{\alpha}{v} = \frac{0{,}25}{4{,}54 \times 10^3} = \mathbf{5{,}5 \times 10^{-5}\ s}$$

4. Pendant cette durée, la lumière effectue un aller-retour entre la roue dentée et le miroir, soit une distance parcourue égale à $2d$. D'où :

$$c = \frac{2d}{\Delta t} = \frac{2 \times 8\,633}{5{,}5 \times 10^{-5}} = \mathbf{3{,}1 \times 10^8\ m.s^{-1}}$$

Lois de Snell-Descartes

Fiche 25

Physique-Chimie

Notes

LE COURS

Réflexion et réfraction de la lumière

• Le trajet de la lumière est modélisé par des demi-droites munies d'une flèche : c'est le **modèle du rayon lumineux.**

• Dans un milieu transparent et homogène, la lumière se propage en ligne droite. On parle de la **propagation rectiligne** de la lumière. Cela n'est plus le cas lorsque la lumière arrive à la surface de séparation entre deux milieux différents. Cette surface est appelée **dioptre**.

• Lorsqu'un **rayon incident** arrive sur un dioptre suivant une direction donnée, il engendre **un rayon réfléchi et un rayon réfracté se propageant dans des directions différentes.**

• Les rayons incident, réfléchi et réfracté sont dans le même plan, celui contenant le rayon incident et la normale au dioptre passant par le **point d'incidence** I : le **plan d'incidence.**

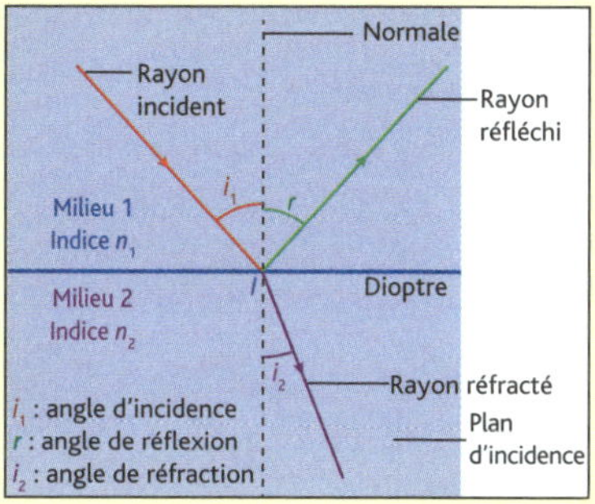

• Le changement de direction des rayons lumineux à la traversée d'un dioptre dépend des milieux que ce dernier sépare. Cette capacité d'un milieu à réfracter plus ou moins les rayons lumineux est quantifiée par une grandeur physique : l'**indice de réfraction, noté** n. Cette grandeur n'a pas d'unité.

Lois de Snell-Descartes

• Ces lois permettent de déterminer les directions du rayon réfléchi et du rayon réfracté pour un rayon incident donné.

Pour la réflexion : $i_1 = r$

Pour la réfraction : $n_1 \times \sin i_1 = n_2 \times \sin i_2$

où n_1 est l'indice de réfraction du milieu 1, qui est traversé par le rayon incident, et n_2 l'indice de réfraction du milieu 2, qui est traversé par le rayon réfracté.

• Lorsque $n_2 < n_1$, il existe une valeur limite pour l'angle d'incidence au-delà de laquelle la réfraction ne se produit plus : l'énergie du rayon incident se concentre dans le rayon réfléchi. On parle alors de **réflexion totale**. C'est le principe de la fibre optique.

Notes

EXERCICE TYPE CORRIGÉ

Un rayon lumineux arrive sur un hémi-cylindre en Plexiglas®. À la traversée de ce dioptre air/Plexiglas®, il change alors de direction de propagation. Pour différentes valeurs de l'angle d'incidence i_1, on mesure la valeur de l'angle de réfraction i_2. Les résultats sont consignés dans le tableau ci-dessous.

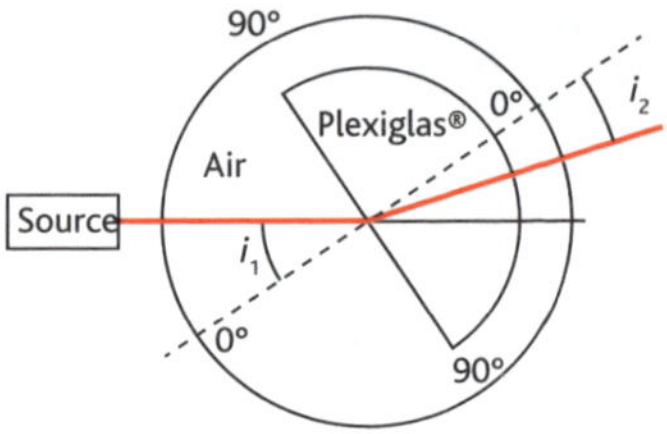

i_1 (en °)	20	25	30	35	40	45	50
i_2 (en °)	14	17	20	23	26	29	31

Donnée : indice de réfraction de l'air $n_1 = 1{,}0$.

1. Calculer pour chaque valeur de l'angle d'incidence le rapport $\dfrac{\sin i_1}{\sin i_2}$.

2. Justifier qu'il y a une relation de proportionnalité entre $\sin i_1$ et $\sin i_2$. Indiquer la valeur du coefficient de proportionnalité k, au 1/10e près.

3. Montrer que $k = \dfrac{n_2}{n_1}$, où n_2 est l'indice de réfraction du Plexiglas®.

En déduire la valeur de n_2.

4. Déterminer l'angle d'incidence pour lequel l'angle de réfraction vaut $40°$.

Corrigé

1.

i_1 (degré)	20	25	30	35	40	45	50
$\dfrac{\sin i_1}{\sin i_2}$	1,41	1,45	1,46	1,47	1,47	1,46	1,49

2. Les résultats précédents montrent que le rapport $\dfrac{\sin i_1}{\sin i_2}$ est à peu près constant. Il y a proportionnalité entre $\sin i_1$ et $\sin i_2$, avec :

$$\boldsymbol{k} = \frac{1{,}41 + 1{,}45 + 1{,}46 + 1{,}47 + 1{,}47 + 1{,}46 + 1{,}49}{7} = \mathbf{1{,}5}$$

3. On applique la relation de Snell-Descartes pour la réfraction :

$$n_1 \times \sin i_1 = n_2 \times \sin i_2 \Rightarrow \frac{\sin i_1}{\sin i_2} = \frac{n_2}{n_1} = k$$

D'où la valeur de n_2 : $\boldsymbol{n_2} = \boldsymbol{k} \times \boldsymbol{n_1} = 1{,}5 \times 1{,}0 = \mathbf{1{,}5}$

4. On calcule la valeur de l'angle d'incidence i_1 sachant que $i_2 = 40°$:

$$n_1 \times \sin i_1 = n_2 \times \sin i_2 \Rightarrow \sin i_1 = \frac{n_2 \times \sin i_2}{n_1}$$

Il faut ensuite utiliser la fonction réciproque de la fonction sinus, soit la fonction arc sinus :

$$\boldsymbol{i_1} = \textbf{arc sin}\ \frac{\boldsymbol{n_2} \times \textbf{sin}\ \boldsymbol{i_2}}{\boldsymbol{n_1}} = \text{arc sin}\ \frac{1{,}5 \times \sin 40}{1{,}0} = \mathbf{75°}$$

Dispersion de la lumière

LE COURS

Spectre d'émission, dispersion de la lumière

• Dans la plupart des cas, une source primaire produit une lumière **polychromatique** qui se compose de **plusieurs types de radiations, de différentes longueurs d'onde.**

• Le **spectre d'émission** d'une lumière permet de rendre compte de toutes les radiations qui la composent. Il se présente sous la forme de **bandes ou de raies colorées sur un fond sombre**.

• Le spectre d'une source lumineuse s'obtient par **dispersion** de la lumière qu'elle émet. Pour cela, cette lumière doit traverser un **système dispersif** (goutte d'eau, prisme, réseau, etc.).

• **L'indice de réfraction d'un milieu dispersif dépend de la longueur d'onde de la radiation qui le traverse.** Dans un prisme, la lumière traverse deux dioptres (air/verre, puis verre/air). Le chemin suivi par les différentes radiations lors de cette double réfraction diffère, permettant ainsi leur séparation.

Spectre continu

• Lorsque c'est la température de la source qui permet l'émission de lumière, le spectre est un fond coloré qui n'est altéré d'aucune raie ou bande sombre : c'est un **spectre continu d'émission.** On parle alors de **source chaude** (le filament d'une lampe, la lave en fusion, etc.).

Ex. : Spectre d'émission du Soleil :

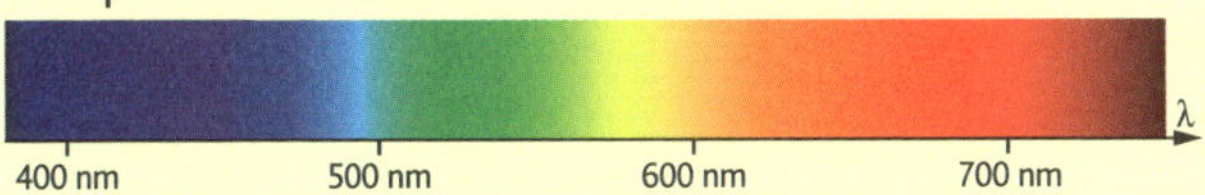

• Un tel spectre nous renseigne sur la température de la source : **plus cette température est élevée, plus le spectre s'enrichit en radiations de courtes longueurs d'onde**.

Ex. : Spectre d'une lampe à incandescence à l'allumage (augmentation de température du filament) :

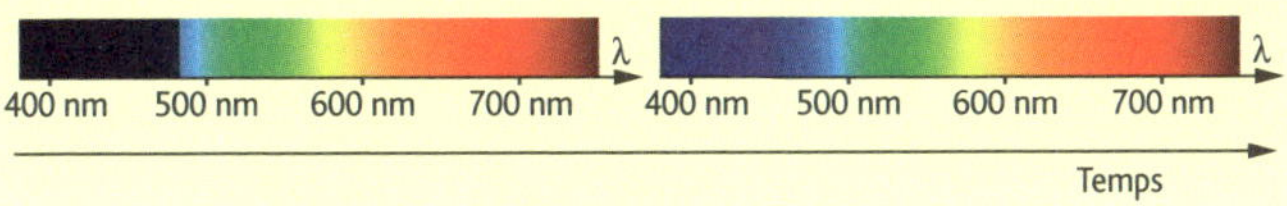

Notes

Spectre de raies

- Les lampes à vapeur (de sodium, de mercure) émettent de la lumière grâce à l'excitation des atomes qui constituent les gaz qu'elles renferment. Les spectres de ces **sources dites froides** présentent des raies sur un fond sombre : ce sont des **spectres de raies d'émission**.
- Les longueurs d'onde des raies présentes sont caractéristiques de l'entité chimique à l'origine de l'émission de lumière.

Ex. : Spectres de raies d'émission d'entités différentes.

Lampe à vapeur de mercure

Lampe à vapeur de cadmium

EXERCICE TYPE CORRIGÉ

Associer à chacune des sources de lumière ci-après son spectre d'émission. Justifier en utilisant les termes *continu*, *de raies*.

Source	Spectre
1. Bételgeuse (étoile dont la température de surface est de 3 500 K)	
2. Sirius (étoile dont la température de surface est de 9 940 K)	
3. Laser (source monochromatique)	
4. Lampe à vapeur de sodium	

Corrigé

3.b. Le laser est une source monochromatique. Il est constitué d'un seul type de radiations. **Son spectre comporte une seule raie.**

4.d. La lampe à vapeur de sodium est une source froide. La dispersion de la lumière qu'elle émet donne **un spectre de raies**.

1.c. et **2.a.** Bételgeuse et Sirius sont des sources chaudes. **Leurs spectres sont donc continus.** De plus, la température de surface de Sirius étant plus élevée, son spectre sera plus riche en radiations de courtes longueurs d'onde.

Lentille convergente

Notes

LE COURS

Caractéristiques et modélisation d'une lentille mince convergente

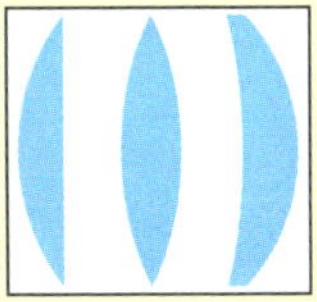

• **Une lentille convergente est un milieu transparent et homogène (souvent du verre) délimité par deux surfaces, dont au moins une non plane.**

• Elle est plus épaisse en son centre que sur les bords et présente un axe de symétrie que l'on appelle **axe optique** de la lentille.

• Un rayon lumineux qui la traverse subit une **réfraction** et émerge en se rapprochant de l'axe optique.

• Une lentille mince convergente est modélisée par une double flèche orientée vers l'extérieur. On représente également, en pointillés, son axe optique noté Δ. On lui associe trois points caractéristiques aux propriétés optiques remarquables :

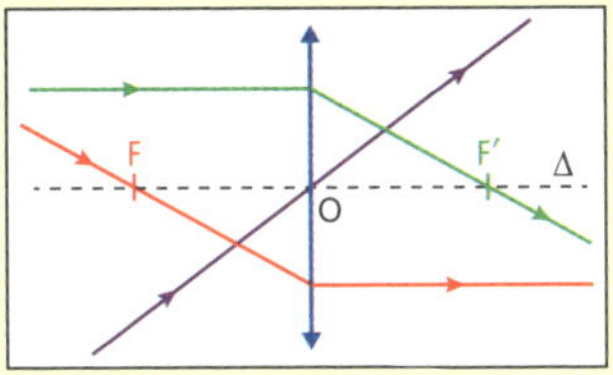

- **le centre optique O** : tout rayon passant par O n'est pas dévié ;
- **le foyer objet F** : tout rayon passant par F émerge parallèlement à l'axe optique ;
- **le foyer image F′**, symétrique de F par rapport à O : tout rayon incident parallèle à l'axe optique émerge en passant par F′.

• La distance $f' = \mathbf{OF'}$ est appelée **distance focale de la lentille.**

Image d'un objet par une lentille mince convergente

• L'**objet, noté AB**, est ce qui est observé à travers la lentille, et l'**image A′B′** ce qui en est formé par la lentille.

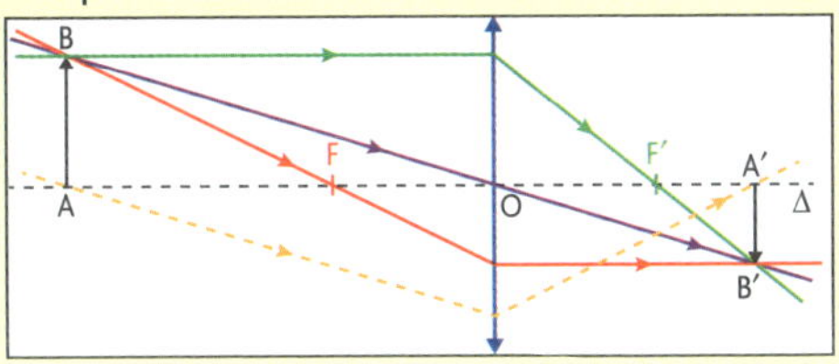

Une lentille donne d'un objet, situé devant son centre optique (**objet réel**) et son foyer objet F, une image unique située derrière son centre optique (**image réelle**) que l'on peut observer sur un écran. On peut déterminer graphiquement la position de cette image.

Notes

• La marche des rayons passant par les points caractéristiques de la lentille permet de déterminer la position de B′ qui se trouve à leur intersection, et par projection orthogonale sur l'axe optique celle de A′ . On peut ensuite tracer la marche de tout autre rayon lumineux (voir tracé jaune en pointillés).

• On appelle **grandissement** γ le rapport entre la taille de l'image A′B′ et celle de l'objet AB . En utilisant le théorème de Thalès, on montre que :

$$\gamma = \frac{A'B'}{AB} = \frac{OA'}{OA}$$

Le grandissement est sans unité. Il est supérieur (respectivement inférieur) à 1 lorsque l'image est agrandie (respectivement rétrécie).

EXERCICE TYPE CORRIGÉ

On souhaite déterminer la position de l'image formée par une lentille convergente d'un objet réel AB perpendiculaire à l'axe optique et de taille AB = 10 cm. Le point A est sur l'axe optique. La distance focale de la lentille vaut $f' = 10\,\text{cm}$.

1. En prenant l'échelle 1/5e, tracer l'axe optique et positionner la lentille et ses points caractéristiques.
2. L'objet AB est situé à 30 cm de la lentille. Le placer sur le schéma.
3. Construire l'image A′B′ donnée de l'objet par la lentille.
4. Déterminer graphiquement la position de l'image, ainsi que sa taille.
5. Calculer alors le grandissement de cette lentille. Commenter le résultat.

Corrigé

1. Voir principe du schéma dans *LE COURS*.

Compte tenu des échelles, on a : **OF′ = OF = 2,0 cm.**

2. En tenant compte de l'échelle : **OA = 6,0 cm et AB = 2,0 cm.**

3. La construction de l'image A′B′ nécessite le tracé d'au moins deux rayons caractéristiques. (voir *LE COURS*)

4. **Position de l'image :**

Sur le papier : OA′ = 3,0 cm.

En réalité : $\mathbf{OA' = 3{,}0 \times 5 = 15\,cm}$.

Taille de l'image :

Sur le papier : A′B′ = 1,0 cm.

En réalité : $\mathbf{A'B' = 1{,}0 \times 5 = 5{,}0\,cm}$.

5. On a : $\gamma = \frac{A'B'}{AB} = \frac{OA'}{OA} = \frac{15}{30} = \mathbf{0{,}5}$

L'image est rétrécie car le grandissement est inférieur à 1.

Loi des nœuds, loi des mailles

Fiche 28

Physique-Chimie

Notes

LE COURS

Le circuit électrique

• Un **circuit électrique** est constitué de **dipôles**, qui sont des composants électriques possédant deux bornes, et de fils de connexion.
• Certains dipôles (piles, accumulateurs, dynamos) fournissent l'énergie nécessaire au fonctionnement du circuit. Ce sont les **générateurs**. Les **récepteurs** (lampe, moteur, DEL) sont les dipôles qui utilisent cette énergie.
• Un circuit électrique est représenté à l'aide d'un **schéma normalisé**.
Ex. : Schémas de deux montages électriques simples.

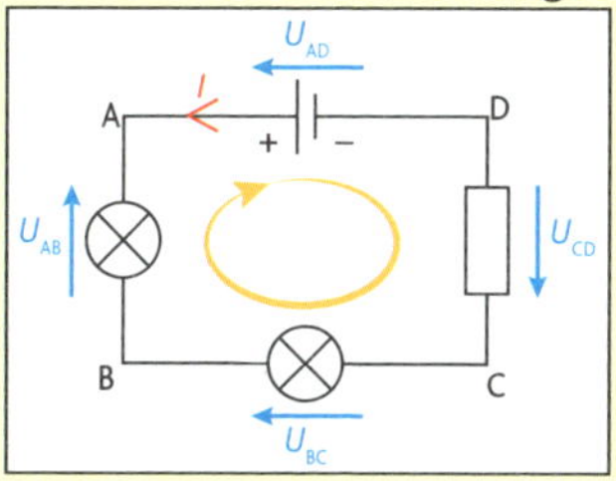

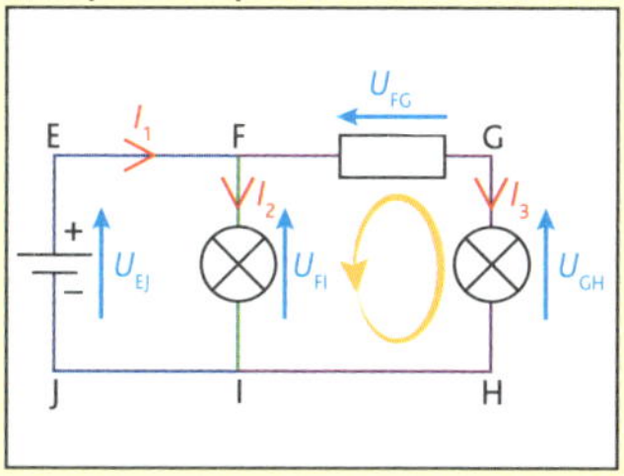

Le circuit de gauche ne comporte qu'une seule boucle, appelée **maille**. C'est un **circuit en série**. Celui de droite en comporte plusieurs. C'est un **circuit en dérivation**. Un **nœud** est un point de connexion entre au moins trois fils de connexion. I et F sont des nœuds. IJEF est appelée **branche principale**. FI et FGHI sont des **branches dérivées**.

Lois sur l'intensité du courant électrique

• **L'intensité du courant électrique**, notée I, s'exprime en ampère (A).
• Par convention, elle est orientée de la borne positive du générateur à la borne négative, à l'extérieur de celui-ci.
• On la mesure à l'aide d'un **ampèremètre** qui doit être branché en série et de façon à ce que le courant ressorte par sa borne COM.
• **Loi d'unicité de l'intensité** : **l'intensité du courant est la même en tout point d'un ensemble de dipôles associés en série.**
Application : L'intensité du courant est partout la même en tout point du circuit de gauche.
• **Loi d'additivité des intensités ou loi des nœuds** : **la somme des intensités des courants qui arrivent à un nœud est égale à la somme des intensités qui en repartent.**
Application : Dans le circuit de droite, on a $I_1 = I_2 + I_3$.

Notes

Lois sur la tension électrique

- La **tension électrique**, notée U, s'exprime en volt (V).
- Par convention, la tension U_{AB} aux bornes d'un dipôle est représentée par une flèche orientée de B vers A.
- On la mesure à l'aide d'un **voltmètre** qui doit être branché en dérivation et de façon à ce que sa borne COM soit reliée au point B.
- **Loi d'unicité des tensions : pour des dipôles associés en dérivation, la tension est la même aux bornes de chaque dipôle ou ensemble de dipôles entre deux mêmes nœuds.**

Application : $U_{EJ} = U_{FI}$

- **Loi d'additivité des tensions ou loi des mailles : dans une maille orientée, la somme des tensions fléchées dans le sens défini arbitrairement est égale à la somme des tensions orientées dans l'autre sens.**

Application : $U_{AD} = U_{AB} + U_{BC} + U_{CD}$; $U_{FI} = U_{FG} + U_{GH}$

EXERCICE TYPE CORRIGÉ

On considère le circuit électrique schématisé ci-contre. On a $U_G = 12{,}0$ V, $U_{R_1} = 8{,}5$ V, $U_{R_2} = 6{,}5$ V, $I = 0{,}60$ A, $I_2 = 430$ mA.

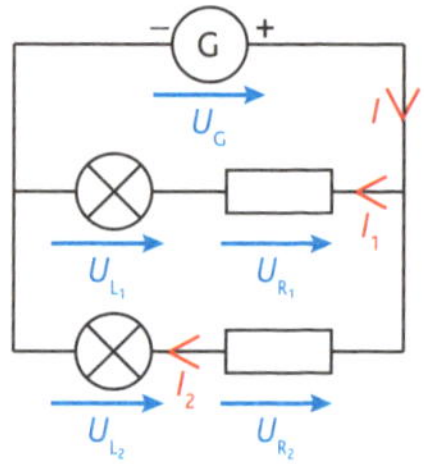

1. Calculer la valeur de l'intensité du courant électrique I_1.

2. Positionner un voltmètre sur le circuit pour mesurer la tension U_{L_1}, en indiquant la position de ses bornes V et COM. Quelle valeur indique-t-il ?

3. Calculer la valeur de U_{L_2}.

Corrigé

1. On applique la loi des nœuds :

$$I = I_1 + I_2 \Rightarrow \mathbf{I_1 = I - I_2} = 0{,}60 - 0{,}430 = \mathbf{0{,}17\ A}$$

2. Voir ci-contre le branchement du voltmètre. Par application de la loi des mailles dans la maille comportant le générateur (avec une orientation dans le sens des aiguilles d'une montre), on peut écrire que :

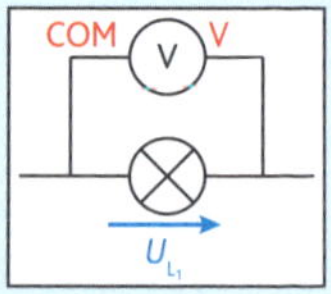

$$U_G = U_{L1} + U_{R1} \Rightarrow \mathbf{U_{L1} = U_G - U_{R1}}$$
$$U_G = 12{,}0 - 8{,}5 = \mathbf{3{,}5\ V}$$

3. En s'appuyant à nouveau sur la loi d'additivité des tensions, dans l'autre maille cette fois, on obtient la relation :

$$U_{L1} + U_{R1} = U_{L2} + U_{R2}$$
$$\Rightarrow \mathbf{U_{L2} = U_{L1} + U_{R1} - U_{R2} = U_G - U_{R2}} = 12{,}0 - 6{,}5 = \mathbf{5{,}5\ V}$$

Caractéristique tension-intensité d'un dipôle

Fiche 29

Physique-Chimie

Notes

LE COURS

Convention générateur, convention récepteur

• L'intensité du courant électrique I et la tension électrique U peuvent prendre des valeurs positives ou négatives suivant le branchement de l'appareil de mesure. Pour travailler avec ces **grandeurs algébriques**, il convient donc de fixer des **conventions** :
• **pour un générateur** : la tension électrique et le courant électrique sont orientés dans le même sens ;
• **pour un récepteur** : la tension électrique et le courant électrique sont orientés dans des sens opposés.

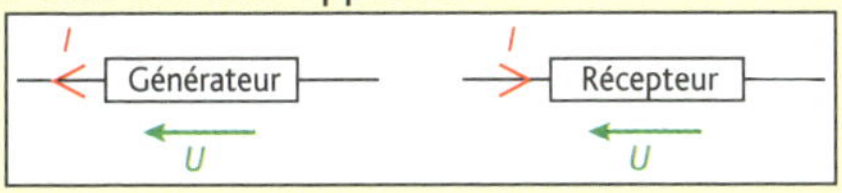

Ainsi orientés, les grandeurs I et U auront le même signe pour un dipôle donné.
• Ce signe est déterminé à l'aide d'une autre convention : **l'intensité du courant électrique orienté de la borne positive à la borne négative du générateur, à l'extérieur de celui-ci, est comptée positivement.**

Caractéristique tension-intensité : exemple de la loi d'Ohm

• La **caractéristique tension-intensité** d'un dipôle est la représentation graphique de l'évolution de l'intensité du courant I qui le traverse en fonction de la tension U entre ses bornes, soit la courbe $I = f(U)$.
• Il est également possible de tracer la courbe $U = g(I)$. Il s'agit alors de la **caractéristique intensité-tension** du dipôle.

Ex. : Caractéristique intensité-tension d'un résistor.

La caractéristique ci-contre est une **droite passant par l'origine**. Il s'agit donc d'une **fonction linéaire** qui traduit une **relation de proportionnalité** entre la tension aux bornes d'un résistor et l'intensité du courant qui le traverse. C'est la **loi d'Ohm**.

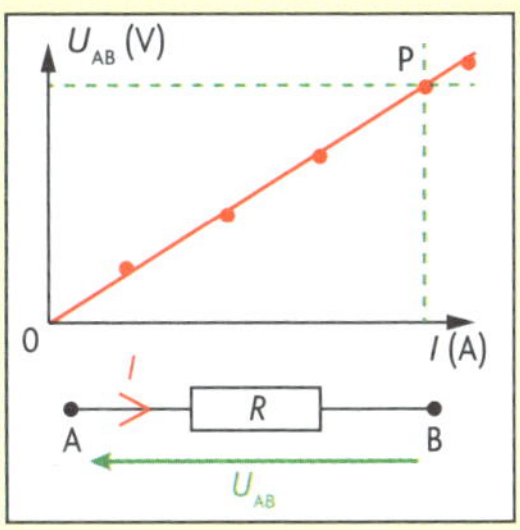

$$U = R \times I$$

(U en V, R en Ω, I en A)

Le coefficient de proportionnalité R est appelé **résistance** du résistor.

Point de fonctionnement d'un circuit

- On considère un circuit électrique constitué d'un générateur et d'un récepteur. On appelle **point de fonctionnement P** du circuit les coordonnées du point d'intersection des caractéristiques de ces deux dipôles.

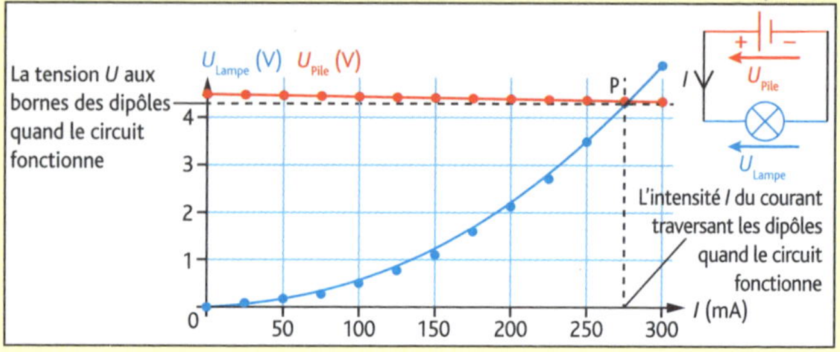

EXERCICE TYPE CORRIGÉ

On indique ci-dessous le schéma d'un circuit électrique, ainsi que, ci-contre, la caractéristique tension-intensité aux bornes de l'un des dipôles récepteurs.

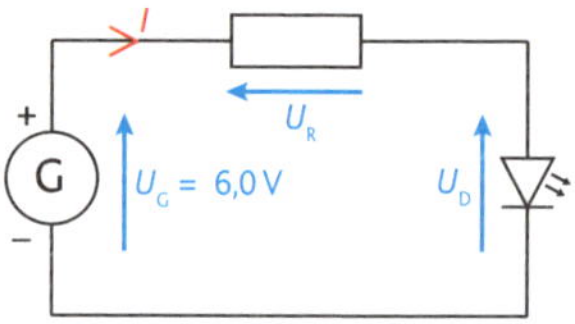

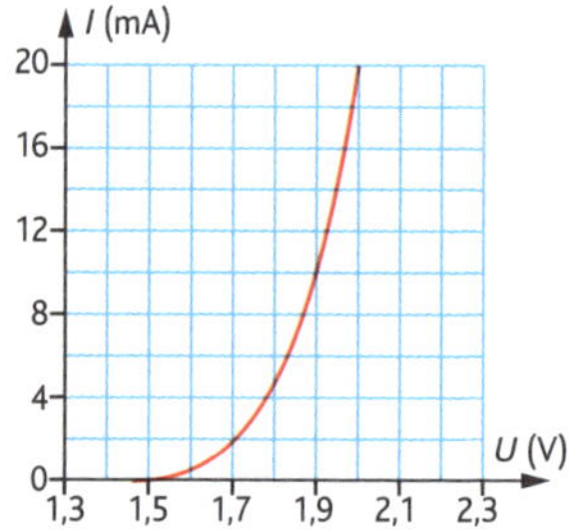

1. Justifier qu'il s'agit de la caractéristique tension-intensité de la DEL.
2. Le constructeur préconise un point de fonctionnement tel que l'intensité du courant qui parcourt la DEL soit de 10 mA. Déterminer alors la tension entre ses bornes.
3. Calculer la valeur de la résistance R que doit avoir le conducteur ohmique pour atteindre le point de fonctionnement.

Corrigé

1. La caractéristique tension-intensité d'un résistor étant une droite passant par l'origine, il s'agit là de la **caractéristique de la DEL**.
2. On détermine graphiquement que, pour I = 10 mA, $\boldsymbol{U_D} = \mathbf{1{,}9\ V}$.
3. On applique la loi des mailles :

$$U_G = U_R + U_D \Rightarrow \boldsymbol{U_R} = \boldsymbol{U_G} - \boldsymbol{U_D} = 6{,}0 - 1{,}9 = \mathbf{4{,}1\,V}$$

La loi d'Ohm permet de déterminer la valeur de la résistance, sachant que l'intensité du courant est de 10 mA (loi de l'unicité de l'intensité) :

$$U_R = R \times I \Rightarrow \boldsymbol{R} = \frac{\boldsymbol{U_R}}{\boldsymbol{I}} = \frac{4{,}1}{10 \times 10^{-3}} = \mathbf{4{,}1 \times 10^2\ \Omega}$$

Capteurs électriques

LE COURS

Principe de fonctionnement

• Les **capteurs**, et notamment les **capteurs électriques**, sont de plus en plus présents dans les objets du quotidien (plusieurs dizaines de capteurs dans une seule voiture). Ils sont également à la base du développement de l'Internet des objets (IdO).

• **Un capteur électrique est un dispositif qui convertit une grandeur physique d'entrée (pression, température, luminosité, humidité, etc.) en une grandeur électrique (tension, intensité).**

Grandeur physique d'entrée → Capteur électrique → Grandeur physique de sortie

• Lorsque la résistance du capteur varie en fonction de la grandeur physique d'entrée, le capteur est dit **résistif**.

Ex. : Des capteurs résistifs :

- la **thermistance** : sa résistance diminue lorsque la température augmente ;
- la **photorésistance** : sa résistance augmente avec la luminosité.

• Un capteur s'inscrit dans une **chaîne de mesure** qui comporte un **microcontrôleur** afin de produire une action.

Ex. : Chaînes de mesures de capteurs résistifs :

Capteur résistif →

Microcontrôleur

→ Afficher une température

→ Commander un éclairage

Courbe d'étalonnage

• La mesure de la grandeur physique de sortie G_{sortie} et de la grandeur physique d'entrée $G_{entrée}$ permet de tracer la courbe $G_{sortie} = f(G_{entrée})$ qui

Notes

Notes

constitue la **courbe d'étalonnage** du capteur.

- Pour pouvoir exploiter un capteur résistif, il faut disposer de sa courbe d'étalonnage $R = f(G_{\text{entrée}})$ et l'insérer dans un circuit produisant une tension U qui est fonction de la résistance R, et donc de la grandeur physique d'entrée $G_{\text{entrée}}$.

EXERCICE TYPE CORRIGÉ

Une thermistance, de symbole 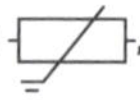, est insérée dans un montage permettant de mesurer la température. Sa courbe d'étalonnage est indiquée ci-après :

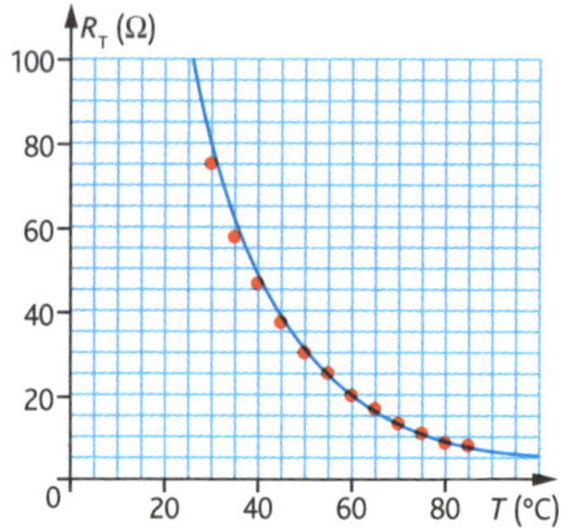

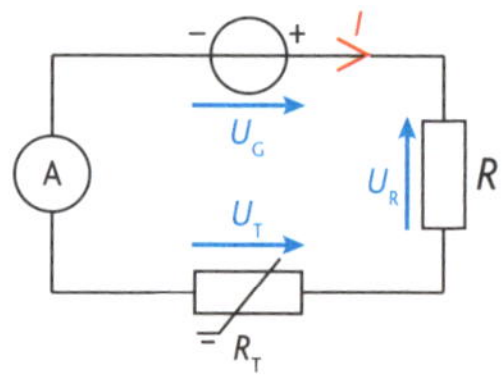

Données : $U_G = 6{,}0\ \text{V}$; $R = 50\ \Omega$.

1. Justifier l'utilisation de la thermistance pour mesurer la température.
2. Calculer la tension U_R sachant que $I = 8{,}0 \times 10^{-2}\ \text{A}$.
3. Déterminer la résistance R_T de la thermistance dans ces conditions.
4. En déduire la valeur de la température mesurée ici.

Corrigé

1. La courbe d'étalonnage montre que **la résistance de la thermistance dépend de la température**. La thermistance est donc un dipôle dont l'utilisation comme capteur est indiquée pour mesurer la température.

2. On applique la loi d'Ohm :

$$\boldsymbol{U_R} = \boldsymbol{R} \times \boldsymbol{I} = 50 \times 8{,}0 \times 10^{-2} = \mathbf{4{,}0\ V}$$

3. On déduit de la question précédente, et par application de la loi des mailles, la tension aux bornes de la thermistance :

$$U_G = U_R + U_T \Rightarrow \boldsymbol{U_T} = \boldsymbol{U_G} - \boldsymbol{U_R} = 6{,}0 - 4{,}0 = \mathbf{2{,}0\ V}$$

D'où la valeur de sa résistance :

$$U_T = R_T \times I \Rightarrow \boldsymbol{R_T} = \frac{\boldsymbol{U_T}}{\boldsymbol{I}} = \frac{2{,}0}{8{,}0 \times 10^{-2}} = \mathbf{25\ \Omega}$$

4. On détermine l'antécédent de $R_T = 25\ \Omega$ par la courbe d'étalonnage $R_T = f(T)$, soit $\boldsymbol{T} = \mathbf{55\ °C}$.

SVT

Sommaire

La Terre, la vie et l'organisation du vivant

Les enjeux contemporains de la planète

Corps humain et santé

L'organisation du vivant

Fiche 1

SVT

Notes

Le monde vivant est caractérisé par une multitude de formes facilement visibles à l'œil nu ou nécessitant parfois des outils d'observation (microscope, loupe).

Quelle est l'organisation commune aux êtres vivants ?

1 De l'organisme pluricellulaire à la molécule

■ À partir de l'exemple ci-dessous, il est possible de définir **six niveaux d'organisation** du vivant.

Niveau d'organisation	organisme	organe	tissu	cellule	organite	molécule
Taille (ordre de grandeur)	en mètre	en cm	en mm	en µm	µm au nm	nm
Exemple	homme	pancréas	exocrine	cellule acineuse	granule	enzyme
			endocrine	cellule bêta	granule	hormone

■ La coupe histologique de **pancréas** présentée ci-dessous montre au microscope optique un **tissu endocrine** producteur d'hormones dont l'**insuline**, et un **tissu exocrine** producteur d'enzymes diverses dont l'**amylase pancréatique**. Les molécules d'insuline et d'enzyme produites au niveau cellulaire sont stockées dans des structures cytoplasmiques ou organites présents en abondance dans le cytoplasme : les granules. Leur contenu est ensuite libéré soit dans le sang (cas de l'insuline) soit dans l'intestin (cas des enzymes). Le pancréas est donc un organe composé de deux tissus ayant chacun une fonction précise : régulation de la glycémie pour l'insuline et digestion de l'amidon pour l'amylase.

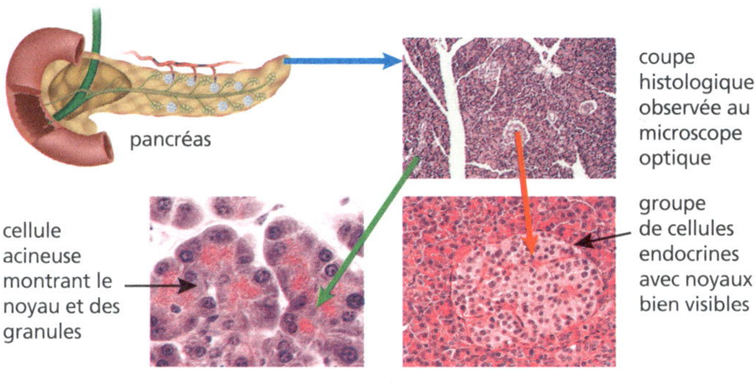

Notes

2 Des observations comparatives au niveau cellulaire

■ Les microscopes optique et électronique sont des outils d'observation indispensables pour comprendre l'organisation de **microorganismes unicellulaires** comme les levures (champignon), les euglènes (algue verte) ou les bactéries, et pour étudier dans des **organismes pluricellulaires** les tissus d'un organe (foie, feuille, tubercule de pomme de terre) et les cellules qui les composent.

■ Le tableau suivant rassemble les structures cellulaires (noyau, paroi cellulaire, chloroplastes...) observées au microscope dans des organismes unicellulaires et pluricellulaires. Il permet de mettre en évidence, au niveau cellulaire, deux caractéristiques communes à l'ensemble des êtres vivants : présence d'une **membrane plasmique** délimitant un **cytoplasme**. Ainsi, la cellule apparaît comme l'**unité structurale du vivant.**

Caractéristique visible au microscope	Bactérie	Levure	Euglène	Cellule de foie	Cellule de feuille d'élodée	Cellule de pomme de terre
Taille	2 µm	5 µm	50 µm	20 µm	100 µm	50 µm
Noyau	–	+	+	+	+	+
Membrane	+	+	+	+	+	+
Paroi	+	+	+	–	+	+
Cytoplasme	+	+	+	+	+	+
Chloroplaste	–	–	+	–	+	–
Mitochondrie	–	+	+	+	+	+

(+) présent ; (–) absent.

■ Les **procaryotes** (bactéries) regroupent des êtres vivants unicellulaires dont la cellule est dépourvue de noyau mais avec une information génétique libre dans le cytoplasme.

■ Les **eucaryotes** regroupent les êtres vivants dont les cellules possèdent un noyau incluant l'information génétique. Ils sont soit **unicellulaires soit pluricellulaires**, et présentent des organites.

■ Et les **virus** ? Ils ont une taille d'environ 10^3 fois inférieure à celle des bactéries. Leur structure et leur mode de reproduction les placent à la limite du vivant... Il est donc difficile de les classer.

Testez-vous !

Corrigés p. 311

A. La mitochondrie est :	B. La levure est un champignon :	C. Un organisme pluricellulaire est constitué :
un organe	pluricellulaire eucaryote	de cellules organisées en tissu
un organite	unicellulaire procaryote	de tissus organisés en cellule
une molécule	unicellulaire eucaryote	de cellules organisées en molécules

La spécialisation cellulaire

Fiche 2

SVT

Chez les **organismes unicellulaires**, toutes les fonctions sont assurées par une seule cellule. Ils se reproduisent en formant un clone où chaque cellule possède la même information génétique.

En revanche, un **organisme pluricellulaire** est issu d'une cellule œuf, résultat de la rencontre entre deux cellules sexuelles lors de la fécondation. C'est au cours du développement embryonnaire que les cellules initialement indifférenciées vont acquérir une spécialisation.

Qu'appelle-t-on spécialisation cellulaire ?

1 Quelques exemples de spécialisation cellulaire

Notes

Chez les organismes pluricellulaires, les organes sont constitués de cellules spécialisées formant des tissus et assurant des fonctions précises. Le tableau ci-dessous présente des exemples chez un animal (cellule musculaire et cellule nerveuse) et un végétal (cellule chlorophyllienne). Dans chaque situation, la structure de la cellule est en relation avec sa fonction.

Exemple de cellule	Organisation structurale	Fonction
cellule musculaire	cellule allongée possédant des protéines contractiles (actine et myosine)	contraction musculaire
cellule nerveuse (ou neurone)	cellule présentant des prolongements (dendrites et axone)	transmission des messages nerveux
cellule chlorophyllienne	cellule contenant des chloroplastes	photosynthèse

2 Un génome identique

Le génome d'une espèce regroupe l'ensemble des gènes constitués d'ADN. Chaque gène est localisé à un endroit précis sur le chromosome. Cette localisation est appelée locus du gène. Un organisme étant issu d'une cellule œuf unique ayant subi de nombreuses mitoses, chaque cellule de cet individu possédera le même caryotype et donc les mêmes gènes.

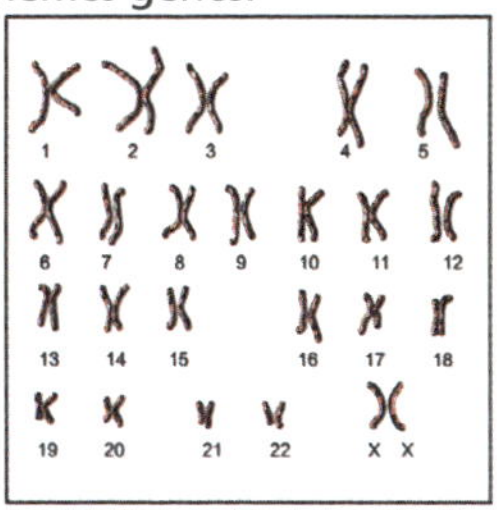

Caryotype normal d'une femme

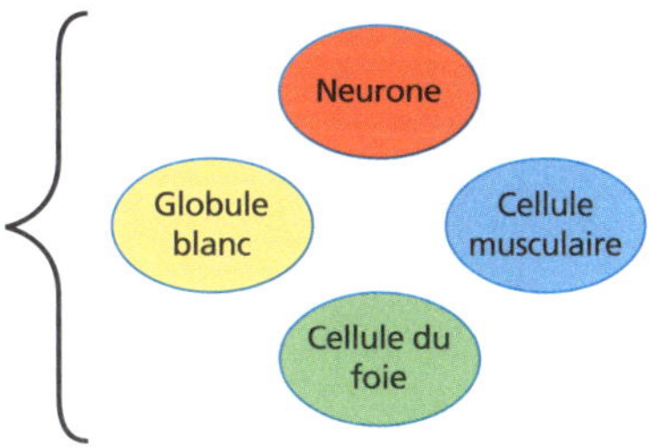

Même génome : mêmes gènes

Notes

3 Une expression différente des gènes

Qu'appelle-t-on expression des gènes ?

Un organisme génétiquement modifié, ou OGM, exprime une nouvelle caractéristique fonctionnelle suite à l'insertion d'un gène étranger appelé transgène. Une nouvelle protéine est alors synthétisée dans la cellule : **un gène s'exprime en une protéine**.

Ex. : *Bacillus thuringiensis* (Bt) est une bactérie possédant des propriétés insecticides. Exemple de la transgenèse chez le maïs :

Organisme donneur	Gène transféré	Organisme receveur = OGM	Application agronomique
bactérie Bt	« insecticide »	maïs Bt synthétisant son propre insecticide	éviter l'épandage de produits chimiques sur le sol

Qu'en est-il des cellules spécialisées ?

Ex. : Le pancréas est un organe comportant un tissu exocrine organisé en acini, producteurs d'enzymes digestives, et un tissu endocrine organisé en îlots de Langerhans, producteur d'hormones régulatrices de la glycémie. Le tissu endocrine est pour l'essentiel composé de cellules bêta sécrétrices d'insuline et de cellules alpha sécrétrices de glucagon. Ainsi, **un organe**, comme le pancréas **possède différents types de cellules spécialisées assurant chacune une fonction précise**.

Pancréas (organe)	Cellule	Expression du gène			Protéine synthétisée	Fonction de la protéine
		de l'insuline	du glucagon	de l'amylase		
tissu endocrine	bêta	oui	non	non	insuline	hypoglycémiante
	alpha	non	oui	non	glucagon	hyperglycémiante
tissu exocrine	exocrine	non	non	oui	amylase	dégradation de l'amidon

Les cellules spécialisées possèdent les mêmes gènes mais n'expriment qu'une partie de leur génome : ainsi elles ne synthétisent pas les mêmes protéines.

Testez-vous !

Corrigés p. 311

A. Un organisme unicellulaire :	B. Un organisme pluricellulaire possède :	C. Un gène s'exprime :
ne peut réaliser qu'une seule fonction car il est spécialisé	des organes constitués de cellules non spécialisées formant des tissus	en ADN
peut réaliser plusieurs fonctions car il est non spécialisé	des organes constitués de cellules spécialisées formant des tissus	en protéine
peut réaliser plusieurs fonctions car il est spécialisé	des cellules constituées d'organes spécialisés formant des tissus	en cellule

La matrice extracellulaire

Notes

Les tissus des êtres vivants pluricellulaires présentent une cohésion assurée grâce à une matrice extracellulaire.

Comment la matrice extracellulaire est-elle organisée ?

1 La matrice extracellulaire des tissus végétaux

■ Il est facile de mettre en évidence la matrice extracellulaire des cellules végétales à partir du prélèvement d'un épiderme d'oignon rouge placé ensuite dans une solution salée puis observé au microscope optique. Les cellules observées sont alors en état de plasmolyse suite à la perte d'eau : la vacuole pigmentée en rose est rétractée ; la membrane plasmique (fine) est alors détachée partiellement de la paroi (épaisse).

Cellule d'oignon rouge en plasmolyse

La **présence de la paroi** permet le maintien de la cohésion cellulaire du tissu végétal : c'est la **matrice extracellulaire**.

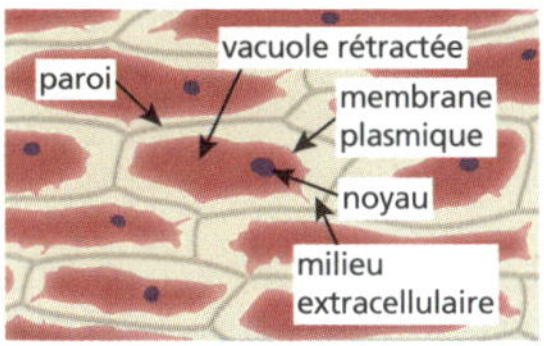

Protoplastes de feuilles de poireau

L'**absence de paroi** désorganise le tissu : il n'y a plus de cohésion cellulaire car la matrice extracellulaire a disparu.

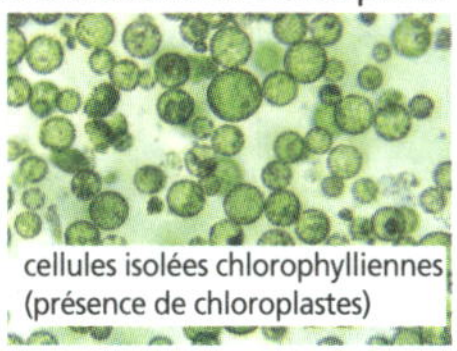

■ Il est possible expérimentalement de détruire la paroi végétale en utilisant deux enzymes : la cellulase et la peptinase. Le résultat est l'obtention de cellules végétales isolées appelées **protoplastes** visibles sur le document ci-dessus (protoplastes de feuilles de poireau). On en déduit alors la nature chimique de la paroi végétale composée de **peptine** et de **cellulose**. Ces molécules de nature glucidique forment un enchevêtrement de longues chaînes carbonées ou fibres végétales expliquant la **rigidité de la paroi végétale**, d'où son appellation aussi de paroi squelettique.

La paroi végétale constitue la matrice extracellulaire qui relie entre elles toutes les cellules végétales.

Remarques :

– Les protoplastes sont utilisés en laboratoire pour introduire du matériel génétique étranger dans le cas d'une transgenèse.
– La paroi des cellules végétales trouve son importance comme ressources naturelles (bois de construction, ou fibres végétales dans l'industrie textile) mais également en tant que fibre alimentaire essentiel au transit intestinal.

2 La matrice extracellulaire des tissus animaux

La peau est un organe constitué de trois couches : l'épiderme, le derme, l'hypoderme. Les **fibroblastes** sont des cellules du derme qui produisent **les composants de la matrice extracellulaire** comme les fibres de **collagène** et l'**élastine**.

– Le collagène est une protéine structurale de forme fibrillaire dont la fonction est de conférer aux tissus cutanés une **résistance mécanique à l'étirement**.

– L'élastine est une protéine structurale qui possède des **propriétés élastiques** qui expliquent que la peau reprenne sa forme initiale après un pincement ou un étirement.

Au cours du vieillissement cutané, le nombre de fibroblastes du derme diminue. La peau devient moins élastique suite à une diminution des molécules de collagène et d'élastine produites par ces fibroblastes. La conséquence est l'apparition de rides.

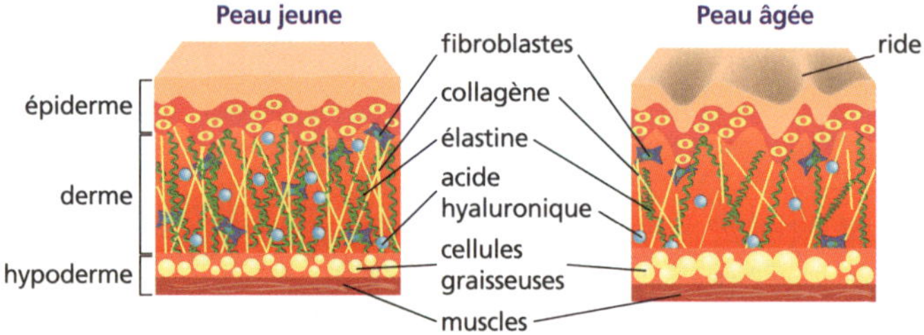

La matrice extracellulaire assure la cohésion au niveau des tissus. C'est un réseau extracellulaire constitué de macromolécules de collagène et d'élastine pour les cellules animales, pectine et cellulose pour les cellules végétales.

Cette matrice agit comme un ciment intercellulaire qui permet l'adhérence cellulaire au niveau des tissus.

Testez-vous !

Corrigés p. 311

A. Lors du vieillissement cutané la matrice extracellulaire est :	B. La cohésion des cellules végétales est assurée par :	C. La matrice extracellulaire est :
renforcée	une membrane plasmique de pectine et de cellulose	intacte pour les protoplastes
éliminée	une paroi composée de pectine et de cellulose	éliminée pour les protoplastes
réduite	une paroi composée de collagène et d'élastine	éliminée pour l'épiderme d'oignon rouge

L'information génétique

Fiche 4

SVT

Notes

La présence d'ADN chez tous les êtres vivants est un argument essentiel en faveur de leur unité sur le plan évolutif. Cette molécule est également très médiatisée (police scientifique, cinéma...).

Comment la structure de la molécule d'ADN lui donne-t-elle une propriété informative ?

1 Des repères historiques essentiels pour définir l'ADN

Chronologie	Découverte scientifique	Scientifique
1902	Lien gène-protéine	Bayliss, Starling
1928	L'information génétique peut être transférée d'un organisme à l'autre (expérience sur la transformation bactérienne).	Griffith
1944	L'ADN, support de l'hérédité, et non les protéines Les chromosomes sont constitués d'**acide désoxyribonucléique (ADN)**.	Avery
1950	La **complémentarité des bases azotées** ATCG : calcul des rapports de base : A/T = C/G = 1 quelles que soient les espèces	Chargaff
1952	Mesure du diamètre de la molécule d'ADN grâce aux rayons X	Franklin
1953	Prix Nobel de chimie : **double hélice** moléculaire constituée de deux brins complémentaires de nucléotides	Watson et Crick
1957	Réplication semi-conservative de l'ADN	Meselson, Stahl
1966	Découverte du code génétique	Nirenberg
1977	Première technique de séquençage du génome	Sanger
1990 à 2003	Projet Génome Humain pour séquencer le génome humain. Génome initialement estimé à 100 000 et finalement réduit à environ **20 000 gènes**	–

■ **L'ADN** (Acide DésoxyriboNucléique) est une longue molécule composée de **nucléotides** ; chaque nucléotide étant constitué d'une base azotée, d'un glucide (le désoxyribose) et d'un acide phosphorique. Il en existe quatre types se différenciant par leur base azotée : **l'adénine (A), la thymine (T), la cytosine (C) et la guanine (G).** Ils s'enchaînent les uns aux autres en formant deux brins enroulés l'un autour de l'autre, en **double hélice**. Leur association suit une règle : le nucléotide A d'un brin s'associe toujours avec le nucléotide T de l'autre brin. De la même façon, C avec G. On dit que les deux brins de nucléotides sont **complémentaires**.

Notes

■ Un **gène** est une **séquence** de paires de nucléotides complémentaires. L'expression d'un gène (message génétique) est responsable d'un caractère (couleur des cheveux…). L'ensemble des gènes constitue le **génome**. Il est hérité de nos parents.

2 Savoir travailler avec un logiciel de modélisation moléculaire

Libmol est un logiciel de visualisation moléculaire libre et gratuit : **https://libmol.org/**

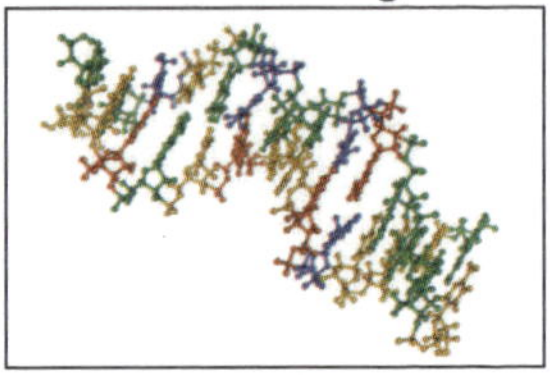

– Travail 1 : **visualiser une molécule d'ADN en 3D** : dans la librairie de molécules, taper le mot clé « ADN » et choisir « ADN 14 paires de bases ». Le menu « commande » permet d'obtenir différentes représentations. Le menu « séquence » permet de déterminer la séquence nucléotidique.

– Travail 2 : **obtenir la séquence** de la molécule d'ADN affichée.

– Travail 3 : **visualiser la complémentarité des nucléotides** : dans la librairie de molécules, taper le mot clé « nucléotide » puis choisir « paire de nucléotides » : un nucléotide est constitué d'un assemblage de trois molécules : base azotée (elle contient de l'azote N), désoxyribose, acide phosphorique.

3 Savoir schématiser et légender la molécule d'ADN

Remarque : les deux brins sont reliés par des liaisons fragiles entre bases complémentaires permettant facilement leur séparation.

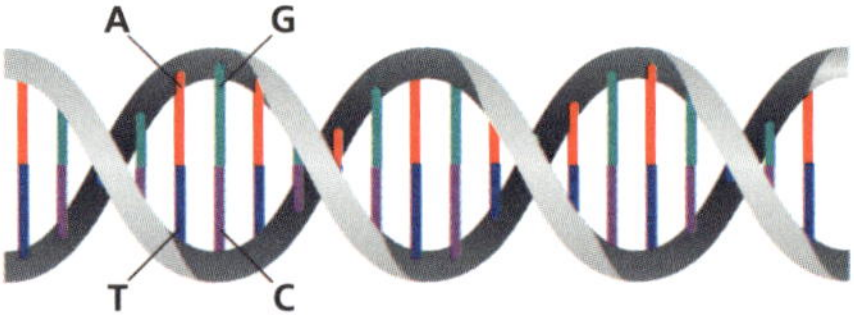

Bases azotées : A (adénine) ; T (thymine) ; C (cytosine) ; G (Guanine)

La structure de la molécule d'ADN permet de comprendre qu'elle est le support de l'information génétique codée sous forme d'une séquence de nucléotides.

Testez-vous !

Corrigés p. 311

A. L'ADN est une molécule codée par une séquence :	B. Un nucléotide est une association :	C. Le séquençage de l'ADN consiste à déterminer l'ordre :
de désoxyriboses	d'une molécule	des acides phosphoriques
d'acides phosphoriques	de deux molécules	des bases azotées
de nucléotides	de trois molécules	des désoxyriboses

Autotrophie et hétérotrophie

La culture hors-sol des tomates montre qu'une plante chlorophyllienne est capable de produire sa propre matière organique uniquement à partir d'eau et de sels minéraux et d'assurer ainsi sa croissance (production primaire) : la tomate réalise un métabolisme **autotrophe**.

La fabrication de la bière nécessite des levures qui transforment le maltose en alcool. Ces levures ont besoin de matière organique pour se multiplier et assurer leur croissance (production secondaire) : la levure réalise un métabolisme **hétérotrophe**.

Quelles réactions biochimiques du métabolisme sont réalisées au niveau cellulaire ?

1 Le métabolisme des cellules non chlorophylliennes

Un exemple d'étude expérimentale : les levures sont des champignons unicellulaires. Placées en milieu aérobie (présence de O_2), elles respirent. Placées en milieu anaérobie (pauvre en O_2), elles fermentent. Dans les deux cas, elles consomment un substrat organique : le glucose ($C_6H_{12}O_6$).

Conditions environnementales	levures en **aérobiose** à 37 °C	levures en **anaérobiose** à 37 °C
Produits formés	CO_2	CO_2 et alcool (C_2H_5OH)
Substrats consommés	glucose	glucose
Vu au microscope électronique	mitochondries grandes et nombreuses	mitochondries petites et peu nombreuses
Métabolisme réalisé	respiration	fermentation alcoolique

Les levures ont besoin de matière organique pour se développer : elles sont dites hétérotrophes. Dans ce cas, leur métabolisme est dit hétérotrophe. La mitochondrie est l'organite permettant la respiration au niveau cellulaire.

2 Le métabolisme des cellules chlorophylliennes

Grâce à la photosynthèse, la canne à sucre produit du saccharose, ou sucre, stocké dans la tige. Cette production primaire est le résultat de réactions biochimiques au niveau de la feuille, organe chlorophyllien de la plante assurant la photosynthèse grâce aux chloroplastes (organites pigmentés en vert) présents en abondance dans les cellules foliaires.

Ex. : Un exemple d'étude expérimentale sur des euglènes, algues vertes unicellulaires et flagellées, dont il est possible d'obtenir des variants incolores dans le tableau ci-après.

Notes

Conditions environnementales	euglène « verte » éclairée	euglène « incolore » éclairée
Produits formés	O_2 et glucide	CO_2
Substrats consommés	H_2O et CO_2	glucose
Vu au microscope optique	présence de chloroplastes	absence de chloroplastes
Métabolisme réalisé	photosynthèse	respiration

Les euglènes sont capables de se développer sur un milieu uniquement minéral et de produire ainsi leur propre matière organique : elles sont dites autotrophes.
Le chloroplaste est l'organite chlorophyllien permettant d'assurer cette autotrophie au niveau cellulaire grâce à la photosynthèse.

3 Savoir réaliser un schéma fonctionnel

Schéma fonctionnel du métabolisme

d'une cellule hétérotrophe	**d'une cellule autotrophe**

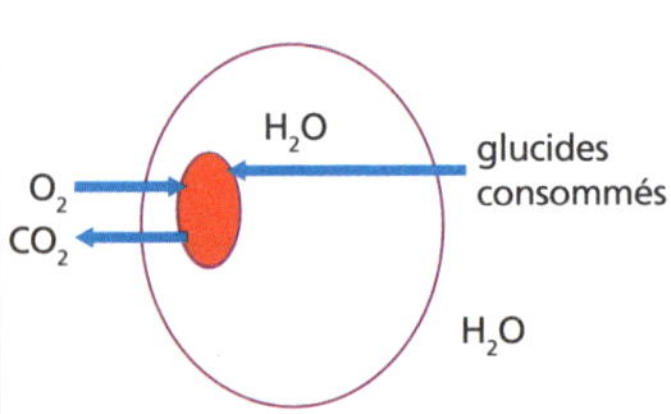

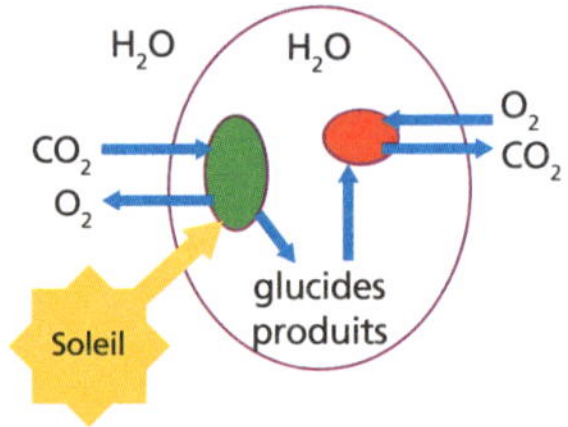

en rouge : mitochondrie (respiration) — en vert : chloroplaste (photosynthèse)

Bilan chimique de la respiration :	Bilan chimique de la photosynthèse :
$C_6H_{12}O_6 + 6\ O_2 \rightarrow 6\ H_2O + 6\ CO_2$	$6\ H_2O + 6\ CO_2 \rightarrow C_6H_{12}O_6 + 6\ O_2$

Pour fonctionner, la cellule réalise des réactions biochimiques : c'est le métabolisme qui peut être autotrophe ou hétérotrophe. Ces réactions nécessitent des échanges avec le milieu extracellulaire (entrée et sortie de matière : O_2, CO_2, H_2O, glucides).

Testez-vous !

Corrigés p. 311

A. Une cellule autotrophe réalise :	B. La respiration est un mécanisme biochimique :	C. La photosynthèse est un mécanisme biochimique :
uniquement la photosynthèse	de dégradation complète du glucose	dépendant d'une source d'énergie lumineuse et du dioxygène
uniquement la respiration	de dégradation incomplète du glucose	dépendant d'une source d'énergie lumineuse et du dioxyde de carbone
la photosynthèse et la respiration	de synthèse du glucose	indépendant d'une source d'énergie lumineuse et du dioxyde de carbone

Voies métaboliques et spécialisation cellulaire

Fiche 6

SVT

Notes

Le métabolisme est l'ensemble des transformations biochimiques présentes dans une cellule. Les enzymes sont des protéines essentielles dans le fonctionnement des cellules.

Quelle est l'importance des enzymes dans le métabolisme cellulaire ?

1 La voie métabolique de la synthèse de mélanine

■ La pigmentation cutanée est liée à l'accumulation dans l'épiderme d'un pigment sombre, appelé la mélanine, qui est synthétisé par les mélanocytes situés à la base de l'épiderme. L'exposition de la peau aux rayonnements solaires intensifie cette synthèse : c'est le bronzage.

La voie métabolique conduisant à la synthèse de mélanine à partir de la phénylalanine met en jeu deux réactions biochimiques qui s'effectuent chacune grâce à une enzyme :

molécule initiale phénylalanine → (Enzyme E1) → molécule intermédiaire tyrosine → (Enzyme E2) → molécule finale mélanine

Remarque : la mutation du gène codant pour la tyrosinase (enzyme E2) provoque l'absence de produit final car l'enzyme mutée est inactive. La conséquence est une dépigmentation de la peau à l'origine du phénotype « albinos », anomalie héréditaire.

■ **Un exemple de démarche expérimentale : la production *in vitro* de mélanine**

Les champignons de Paris noircissent assez vite quand on les coupe. On émet l'hypothèse suivante : les tissus du champignon contiennent l'enzyme tyrosinase.

Contenu du tube	Tube 1	Tube 2	Tube 3
Eau	+	+	–
Tyrosine	+	–	+
Extrait de champignon	–	+	+
Résultat (30')	clair	clair	foncé

(+) présent ; (–) absent.

Analyse du résultat : je compare le contenu du tube 3 avec celui des tubes 1 et 2.

Conclusion : j'en déduis : « l'extrait de champignon contient une enzyme capable de transformer la tyrosine en mélanine ».

Une voie métabolique est une succession de réactions biochimiques transformant un produit initial en un produit final.

2 Équipement enzymatique et spécialisation cellulaire

Pour suivre le devenir du glucose après son absorption par les cellules, on demande à des sujets d'ingérer du glucose ($C_6H_{12}O_6$) marqué à l'aide d'un isotope radioactif du carbone (^{14}C ou carbone 14). Un atome de carbone de la molécule est alors capable d'émettre un rayonnement détectable par des appareils de mesure. La radioactivité dans les tissus est mesurée deux heures après l'ingestion.

Lecture du tableau :

Tissus	% de radioactivité	Activité de E1	Activité de E2	Molécules marquées
Foie	55	+	+	glycogène et triglycéride
Muscles	18	+	–	glycogène
Tissu adipeux	11	–	+	triglycéride

(+) enzyme active ; (–) enzyme inactive ; E1 : enzyme qui permet la synthèse du glycogène (glucide) ; E2 : enzyme qui permet la synthèse de triglycéride (lipide).

Je sais qu'un :

– pourcentage élevé de radioactivité dans le tissu signifie que les cellules ont assimilé une quantité importante de molécules de glucose marqué ;

– pourcentage faible de radioactivité dans le tissu signifie que les cellules ont assimilé une quantité faible de molécules de glucose marqué.

J'en déduis que :

– le tissu hépatique (foie) assimile davantage de glucose car la cellule hépatique transforme le glucose en glycogène et en triglycéride respectivement grâce aux enzymes E1 et E2 ;

– les tissus musculaires et adipeux assimilent moins de glucose car la cellule musculaire transforme uniquement le glucose en glycogène grâce à l'enzyme E1, et la cellule adipeuse transforme uniquement le glucose en triglycéride grâce à l'enzyme E2.

Le métabolisme d'une cellule dépend de son équipement enzymatique, c'est-à-dire de la diversité d'enzymes produites.

Testez-vous !

Corrigés p. 311

A. La cellule hépatique a un équipement enzymatique :	B. La mélanine est la molécule :	C. La spécialisation d'une cellule :
plus faible que la cellule adipeuse	finale d'une voie métabolique des mélanocytes	est inchangée en cas de mutation
plus important que la cellule musculaire	intermédiaire d'une voie métabolique des mélanocytes	n'est pas liée à son équipement enzymatique
identique à la cellule musculaire	initiale d'une voie métabolique des mélanocytes	est modifiée en cas de mutation

La complémentarité des métabolismes

Fiche 7

SVT

Notes

La photosynthèse permet l'autotrophie des végétaux chlorophylliens. Ils sont dépendants de l'énergie solaire. Les animaux et les champignons doivent utiliser la matière organique et donc l'énergie d'autres êtres vivants : ils sont hétérotrophes.

Comment l'interconnexion des métabolismes permet des échanges de matière et d'énergie au sein d'un organisme et entre les êtres vivants ?

1 Des flux de matière et d'énergie au sein d'un organisme

Si nous prenons un plant de pomme de terre, la photosynthèse est réalisée au niveau de l'organe aérien « feuille » avec le bilan chimique suivant : $6\ H_2O + 6\ CO_2 \rightarrow C_6H_{12}O_6 + 6\ O_2$

Des substances organiques (glucose) sont produites dans la feuille puis migrent par la sève élaborée vers un organe souterrain : le tubercule de pomme de terre. Celui-ci est composé de cellules dépourvues de chloroplastes qui produisent de l'amidon stocké dans des amyloplastes, ou grains d'amidon. Le glucose (glucide simple) est alors transformé en amidon (glucide complexe formé d'un grand nombre de molécules de glucose) faisant du tubercule un organe de réserve.

Le plant de pomme de terre est donc à la fois **autotrophe au niveau des feuilles** et **hétérotrophe au niveau du tubercule.**

Ces deux métabolismes sont interconnectés grâce à des échanges de matières entre les différentes parties de la plante.

Schéma fonctionnel 1

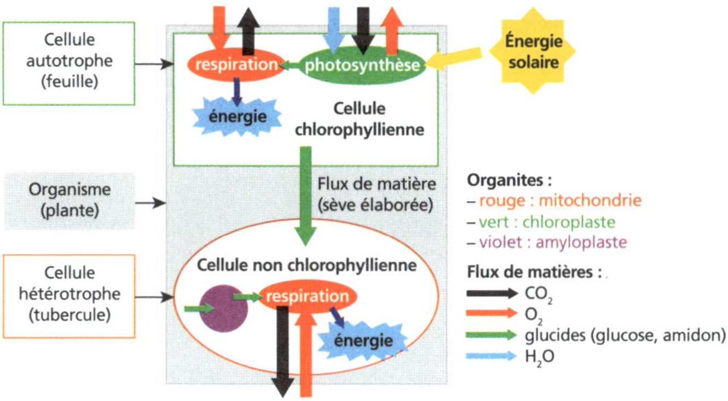

Les voies du métabolisme sont interconnectées par les molécules intermédiaires des métabolismes au sein d'un organisme.

Notes

2 Des flux de matière et d'énergie entre les organismes

■ La photosynthèse permet l'entrée dans la biosphère de matière minérale stockant de l'énergie lumineuse sous forme chimique : c'est la **production primaire** (exemple : production de bois d'une forêt).

■ La matière organique synthétisée par les producteurs primaires (autotrophes) est transférée aux producteurs secondaires (hétérotrophes) qui la transforme en d'autres matières organiques : c'est la **production secondaire** (exemple : production de poissons dans l'océan).

Schéma fonctionnel 2

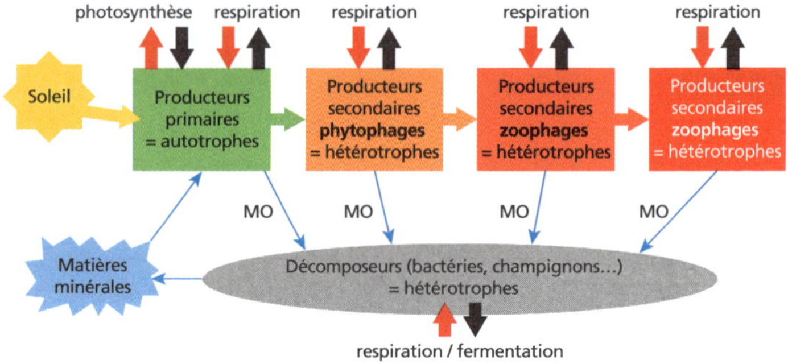

MO = matière organique morte

Les voies du métabolisme sont interconnectées par des molécules entre les organismes et leur milieu de vie formant ainsi des chaînes alimentaires.

Testez-vous !

Corrigés p. 311

A. Une chaîne alimentaire permet un transfert de matière et d'énergie :	B. Dans un plant de pomme, l'interconnexion des métabolismes fait intervenir :	C. Les décomposeurs permettent une transformation :
des producteurs secondaires aux producteurs primaires autotrophes	un seul organite	de la matière minérale en matière organique grâce à un métabolisme hétérotrophe
des producteurs primaires aux producteurs secondaires hétérotrophes	deux organites	de la matière organique en matière minérale grâce à un métabolisme hétérotrophe
des producteurs primaires aux producteurs secondaires autotrophes	trois organites	de la matière organique en matière minérale grâce à un métabolisme autotrophe

La biodiversité

Fiche 8

SVT

L'Union Internationale pour la Conservation de la Nature (UICN), l'Observatoire National de la Biodiversité (ONB), les Parcs Nationaux français … sont des organismes qui démontrent l'importance de préserver la biodiversité comme enjeu majeur du XXIe siècle. Le mot « biodiversité » est la contraction de l'expression « diversité biologique » ou « diversité des êtres vivants ».

Quelle définition précise donner à la biodiversité ?

1 La construction du concept de biodiversité

Notes

■ En 1848, David Thoreau (philosophe, naturaliste et poète), dénonce la destruction des ressources au profit des ressources à exploiter : c'est l'époque de la révolution industrielle.

■ En 1859, Charles Darwin (naturaliste et paléontologue) démontre l'origine de la diversité du vivant et de son évolution.

■ Dans les années 1960 débute une prise de conscience d'une crise écologique causée par les activités humaines.

■ 1972 est l'année de la création du Programme des Nations Unies pour l'Environnement.

■ À partir de 1980 émerge un nouveau domaine de recherche sur la biologie de la conservation des espèces.

■ En 1992, lors du sommet de Rio (Brésil), conférence des Nations Unies sur l'environnement, sont ratifiés une série de principes pour une gestion écologique et rationnelle de l'environnement.

2 Les échelles de la biodiversité

La biodiversité se définit selon trois **échelles** faisant partie de l'enveloppe vivante de la Terre : la biosphère.

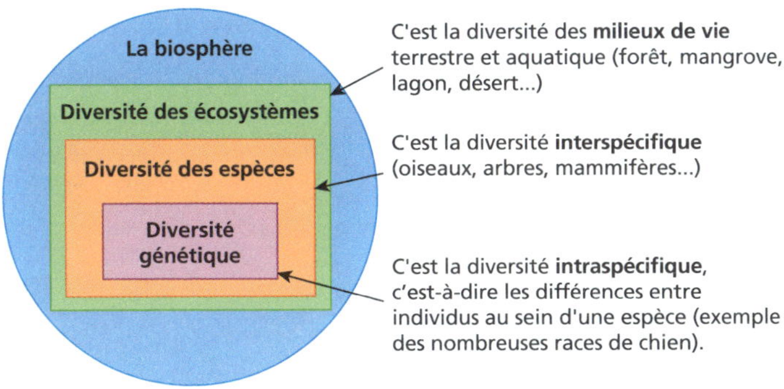

Notes

3 Classser, mesurer, conserver la biodiversité

■ Les études peuvent porter sur le suivi du rythme d'extinction des espèces et permettent de démontrer l'influence des activités humaines. Il est donc essentiel de savoir **identifier** les espèces animales et/ou végétales rencontrées en utilisant une **clé de détermination** mais aussi de **quantifier** cette biodiversité (nombre d'individus au sein d'une espèce, nombre d'espèces rencontrées).

■ Une clé de détermination est basée sur des séparations ou dichotomies successives indiquant la présence ou l'absence d'un caractère visible. On parle aussi de **clé dichotomique**. Ces clés sont ainsi des documents essentiels pour le travail du naturaliste sur le terrain aussi bien en botanique qu'en zoologie. Ces clés peuvent également s'intéresser à l'observation des traces laissées par l'animal comme des empreintes de mammifères ou d'oiseaux.

Traces de lynx

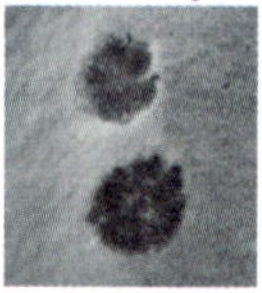

Traces de raton laveur

Traces d'oiseau

■ Des méthodes d'**échantillonnage statistique** permettent des descriptions rigoureuses de la biodiversité, comme la méthode des quadrats : sur une surface de 1 m^2, on compte le nombre d'individus pour chaque espèce. Ce travail de terrain peut se faire sur un écosystème terrestre (*Ex. :* prairie) ou aquatique (*Ex. :* suivi du peuplement en corail dans une réserve marine).

■ Enfin, il est possible de suivre une **campagne d'études de la biodiversité** (*Ex. :* expéditions, programme Vigie-Nature des sciences participatives). L'Inventaire National du Patrimoine Naturel (INPN) (voir le site https://inpn.mnhn.fr/accueil/index) en est un bon exemple.

Le terme de biodiversité est utilisé pour désigner la diversité du vivant et sa dynamique aux différentes échelles, depuis les variations entre individus d'une même espèce (diversité génétique) jusqu'aux différentes espèces et aux écosystèmes composant la biosphère.

Testez-vous !

Corrigés p. 247

A. Les trois échelles de la biodiversité du petit au plus grand sont :	B. Charles Darwin était :	C. L'inventaire de la biodiversité dans un milieu est :
écosystème-espèce-individu	présent à Rio car naturaliste	uniquement qualitative
individu-espèce-écosystème	absent de Rio car en voyage aux Galápagos	uniquement quantitative
espèce-écosystème-individu	absent au sommet de Rio car décédé	qualitative et quantitative

Le concept d'espèce

La diversité du vivant est décrite comme une diversité d'espèces. Toutes les espèces sont nommées en latin selon le système binominal initié par le naturaliste Carl von Linné au XVIIIe siècle. Ainsi les humains actuels ou homme moderne sont des *Homo sapiens*.

Comment déterminer si deux individus ou deux populations d'individus appartiennent ou non à la même espèce ?

1 Définitions typologique et biologique de l'espèce

Définition	Typologique ou morphologique	Biologique
Repère historique	Carl von Linné (1707-1778) : *« Une espèce est un ensemble d'individus qui engendrent par reproduction d'autres individus semblables à eux-mêmes. »*	Enrst Mayr (1904-2005) : *« Les espèces sont des groupes de populations réellement ou potentiellement capables de se croiser et qui sont reproductivement isolées des autres groupes ayant les mêmes propriétés. »*
Arguments scientifiques	Deux individus sont de la même espèce s'ils **ressemblent** au « type » de cette espèce conservée dans un musée. Le « type » est fixe au cours du temps. Les variabilités sont considérées comme des anomalies.	Deux individus sont de la même espèce s'ils peuvent se reproduire entre eux (interfécondité) et avoir une **descendance fertile**, MAIS deux populations qui se rencontrent sans brassage génétique impliquent qu'il s'agit de deux espèces distinctes.
Exemples	La diversité des ornementations visibles sur les coquilles fossiles d'ammonites est utilisée par les paléontologues pour les classer. 	Croisement possible entre le chien (*Canis* ***lupus*** *familiaris*) et le loup gris commun (*Canis* ***lupus*** *lupus*) : il s'agit de la même espèce. Hybridation interspécifique chez les félidés en captivité mais leur descendance viable est stérile. *Ex. :* croisement entre un lion mâle et un tigre femelle = un ligre. 

Notes

2 Des exceptions à la définition typologique de la notion d'« espèce »

La définition typologique de la notion d'« espèce » est parfois difficilement compatible avec la diversité des individus au sein d'une espèce, ou au contraire avec la similitude de morphologie entre espèces différentes.

Ex. : cas du dimorphisme sexuel (différences visibles entre les sexes) très marqué chez le canard colvert (*Anas platyrhynchos)* et le lucane cerf-volant (*Lucanus cervus)* :

Canard colvert
Femelle (en avant) et mâle (en arrière)

Lucane cerf-volant
Mâle (à gauche) et femelle (à droite)

3 Des exceptions à la définition biologique de la notion d'« espèce »

Il y a 50 000 ans *Homo sapiens* (homme actuel) explorait la planète et côtoyait d'autres humanités : *Homo denisovensis* et *Homo neandertalensis.* La paléogénétique a démontré une hybridation entre notre espèce et d'autres humanités. Suite à ce métissage entre espèces proches du genre Homo, nous avons gardé un peu de génome de néandertalien et de dénisovien.

La notion d'espèce est essentielle pour décrire la biodiversité. Bien que ce concept présente des limites, des individus seront d'une même espèce s'ils se reproduisent entre eux et engendrent une descendance viable et fertile.

Testez-vous !

Corrigés p. 311

A. La définition biologique de l'espèce est :	B. Un dimorphisme sexuel marqué pose problème à la définition :	C. Des individus d'une même espèce présentent une descendance :
plus récente que la définition typologique	biologique de l'espèce	viable et stérile
plus ancienne que la définition typologique	typologique de l'espèce	non viable et stérile
contemporaine à la définition typologique	typologique et biologique de l'espèce	viable et fertile

La variabilité phénotypique

Fiche 10

SVT

Notes

Le **phénotype** d'un individu correspond à des caractères facilement observables (couleur, taille, forme…) mais aussi des caractères physiologiques non visibles comme les groupes sanguins. Il est donc possible de distinguer au sein d'une espèce des variations phénotypiques à l'échelle macroscopique et moléculaire. C'est le polymorphisme.

Quelle est l'origine de la diversité des individus au sein d'une espèce ?

1 Exemples de polymorphisme au sein d'une espèce

■ Une **population** regroupe un **ensemble d'individus d'une même espèce** vivant sur un territoire donné. Une population est dite **polymorphe** quand au moins deux phénotypes y sont présents. Ce qui n'est pas rare !

Massif de pensées *Viola tricolor*

Carpe commune *Cyprinus carpio* →

Variabilité des carpes koï

Les premières mutations chromatiques remarquables chez la carpe koï sont apparues entre 1804 et 1830.

2 Origine de la diversité génétique au sein d'une espèce

■ Un gène peut présenter différentes versions ou **allèles**. Dans ce cas, **le gène est dit polymorphe**.

Ex. : Prenons deux exemples, celui d'un animal (la drosophile) et d'un végétal (maïs hybride) :

Exemple de phénotype	Souche sauvage (phénotype fréquent)			Souche mutante (phénotype rare)	
	gène « yeux »	yeux rouges	allèle w+	yeux blancs (white)	allèle w
	gène « corps »	corps clair	allèle b+	corps foncé	allèle b
	gène « forme »	grain lisse	allèle L	grain ridé	allèle r
	gène « couleur »	grain jaune	allèle J	grain noir	allèle n

Notes

■ Le **logiciel *GenieGen*** est un logiciel libre et gratuit permettant de faire des analyses de séquences d'ADN notamment pour repérer des mutations.

Ex. : **Utilisation d'un logiciel de séquence nucléotidique**

Dans la population humaine, la répartition des groupes sanguins constitue un bon exemple de variabilité génétique au sein d'une espèce. Les groupes sanguins proviennent de la présence de marqueurs protéiques à la surface des hématies : marqueurs A pour le groupe A, marqueurs B pour le groupe B ; marqueurs absents pour le groupe O ; marqueurs A et B pour le groupe AB. Chaque marqueur est codé par un allèle A, B ou O.

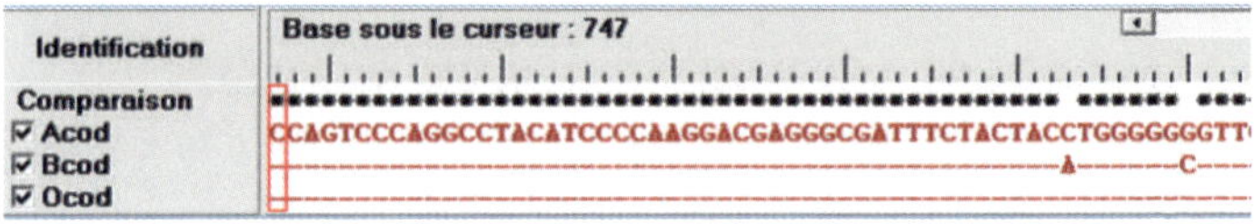

Remarque : les étoiles noires et tirets rouges signifient une identité de base azotée entre les séquences des trois allèles.

Dans cet exemple, après alignement des **séquences nucléotidiques**, on met en évidence **deux mutations** au niveau de l'allèle B par rapport à l'allèle A servant de référence : substitution des bases azotées C et G respectivement par A et C.

Le logiciel permet également de mesurer la longueur de la séquence d'un gène en paire de bases.

Ex. : L'allèle A mesure 1062 pb.

Au sein de chaque espèce, la diversité des individus repose sur la variabilité de l'ADN : c'est la diversité génétique.
Différents allèles d'un même gène coexistent dans une même population : c'est le polyallélisme.
Les mutations sont à l'origine du polymorphisme des gènes.

Testez-vous !

Corrigés p. 311

A. Sur la photographie de l'épi de maïs :	B. Le cliché de la drosophile montre :	C. La variabilité phénotypique résulte :
le % du phénotype grain noir est plus important que le % du phénotype grain jaune	une mutation	d'allèles porteurs des mêmes séquences nucléotidiques
le % du phénotype grain noir est moins important que le % du phénotype grain jaune	deux mutations	du polymorphisme des gènes à l'origine des mutations
les % des deux phénotypes visibles sont équivalents	aucune mutation	de mutations à l'origine du polymorphisme des gènes

La biodiversité au cours des temps géologiques

Fiche 11

SVT

Notes

Les scientifiques ont estimé que les organismes vivants actuels ne représentent qu'une infime partie (1 % des espèces) des organismes ayant existé depuis l'origine de la vie il y a près de 4 milliards d'années (4 Ga).

Quels indices permettent de montrer des changements anciens de la biodiversité ?

1 Des variations à l'échelle des temps géologiques

■ La paléontologie permet l'étude de la biodiversité du passé par l'examen des fossiles notamment pour rechercher et dater « le premier » de chaque groupe ou taxon.

Diversification des formes marines *	600 Ma
Premiers poissons (premiers Vertébrés)	510 Ma
Premières plantes terrestres	470 Ma
Premiers vertébrés terrestres (Amphibiens)	400 Ma
Premiers reptiles	315 Ma
Premiers mammifères	125 Ma
Premiers oiseaux	150 Ma
Développement des plantes à fleurs	130 Ma

Ma = million d'années

* faune d'Ediacara (Australie) : témoin du développement des animaux pluricellulaires.

La lignée humaine (taxon des mammifères) débute entre 6 à 7 Ma.

■ La datation des fossiles est utilisée pour préciser sur un arbre de parenté la chronologie des ancêtres communs hypothétiques (nœud de l'arbre : rond rouge).

Arbre de parenté de quelques vertébrés actuels et fossiles obtenu avec le logiciel *Phylogène*

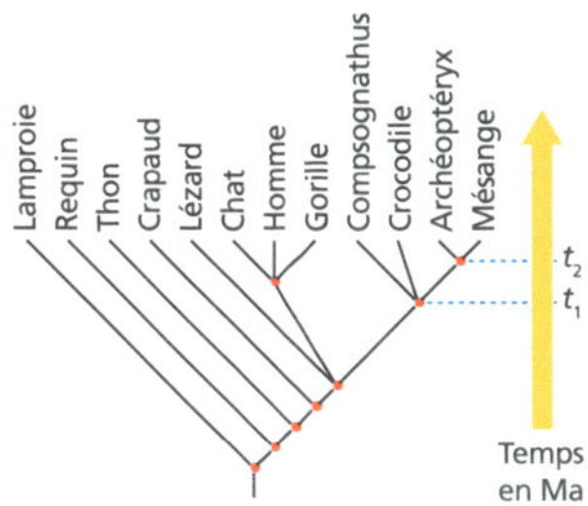

Reconstitution de l'archéoptéryx (Muséum de Bruxelles)

Ex. : L'archéoptéryx est un dinosaure à plumes (145 Ma). Compsognathus est un petit dinosaure bipède daté de 155 Ma.

Notes

L'étude de la biodiversité du passé par l'examen des fossiles montre que l'état actuel de la biodiversité ne correspond qu'à une étape de l'histoire du vivant.

2 Mise en évidence d'une crise biologique passée par l'observation de fossiles

La crise Crétacé-Paléocène est l'une des **5 crises biologiques** de l'histoire de la vie sur Terre. Elle marque la limite entre les ères Secondaire et Tertiaire. La **cause** naturelle de cette crise serait la conjonction d'un phénomène volcanique intense et de l'impact d'une météorite. Elle est caractérisée par une **extinction majeure** de certaines espèces entraînant une **radiation évolutive** d'autres groupes et donc une **diversification** du vivant.

Ex. : En domaine continental, l'extinction des dinosaures a libéré des niches écologiques profitables aux mammifères. En domaine océanique, la fin du Crétacé est caractérisée par un arrêt brûtal et temporaire de la sédimentation carbonatée lié à la disparition du plancton marin carbonaté représenté par le groupe des Foraminifères : les globotruncanidés sont remplacés par les globigérinidés

On observe des exosquelettes carbonatés fossilisés.

Foraminifères vus au microscope optique dans des lames minces de roches sédimentaires calcaires. Chaque microfossile mesure quelques dizaines de micromètres

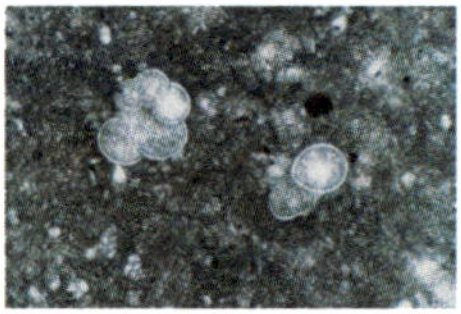

deux globigérines

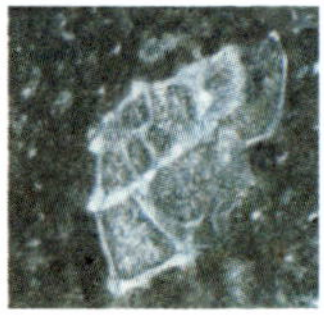

un *globotruncana*

Danien* (début de l'ère Tertiaire)	abondants	absents
Maastrichien* (fin de l'ère Secondaire)	absents	abondants

*Danien et Maastrichien sont des étages de l'échelle des temps géologiques.

Les crises biologiques caractérisent une modification importante et brutale de la biodiversité au cours du temps.

Testez-vous !

Corrigés p. 311

A. La crise biologique à la fin du Crétacé :	B. La faune d'Ediacara marque :	C. La mésange :
s'observe uniquement en milieu marin	le développement de la vie sur les continents il y a 600 Ma	a un lien de parenté étroit avec l'archéoptéryx
s'observe uniquement en milieu terrestre	le développement de la vie dans les océans il y a 600 Ma	a un lien de parenté très éloigné avec l'archéoptéryx
est globale	le développement de la vie dans les océans il y a 400 Ma	est un descendant de l'archéoptéryx

Évolution récente de la biodiversité

Fiche 12

SVT

Notes

La biodiversité peut évoluer rapidement à l'échelle de l'humanité. ***Quels indices permettent de montrer des changements récents de la biodiversité ?***

1 Un exemple d'inventaire de la faune sur l'île de La Réunion

L'île de La Réunion est une île volcanique montagneuse dont 30 % de sa surface possède une végétation indigène. L'homme commence à s'y installer au milieu du XVIIe siècle.

Tableau construit par les élèves à partir du site de la SEOR (Société d'Études Ornithologiques de La Réunion)

Catégorie d'espèce	indigène	endémique	exotique	endémique disparue	indigène disparue	**Total**
Nombre d'espèces	12	9	26	17	5	69
Exemple	paille-en-queue	papangue (1)	cardinal	solitaire ou ibis de La Réunion (2)	cormoran africain	

(1) Seul oiseau rapace de l'île de La Réunion, actuellement en danger d'extinction.
(2) Le dodo ou dronte de Maurice (*Raphus cucullatus*) n'a pas existé à La Réunion mais à l'île Maurice ! *Threskiornis solitarius* est le « faux-dodo » de La Réunion, espèce éteinte peu après 1708.

Quelques définitions :

Indigène : espèce qui vit dans son aire de répartition naturelle.

Endémique : espèce localisée sur une aire restreinte.

Exotique : espèce qui est délibérément introduite ou s'installe accidentellement dans une aire distincte de son aire d'origine sans pour autant être nécessairement envahissante.

2 Des variations récentes et rapides

De 1968 à 2002, la population de moustiques *Culex pipiens* est contrôlée dans la région de Montpellier par épandage d'insecticide sur les étendues d'eau pour limiter la prolifération des larves. La zone côtière traitée montre que 80 à 100 % des moustiques sont devenus résistants à l'insecticide. Cette perte de sensibilité est due à des duplications d'un gène à l'origine de la synthèse d'une enzyme efficace pour dégrader l'insecticide.

La biodiversité évolue en permanence. Cette évolution est observable sur de courtes échelles de temps, tant au niveau génétique que spécifique.

Notes

3 Origine de l'érosion actuelle de la biodiversité et comment la limiter

- Augmentation du taux d'extinction d'espèces
- Déclin des populations de certaines espèces
- Dégradation d'habitats naturels

→ Érosion de la biodiversité = Sixième crise biologique mais d'origine anthropique*

* : dû à l'homme.

Actions négatives de l'homme = érosion de la biodiversité		Actions positives de l'homme = conservation de la biodiversité	
à effets directs	**à effets indirects**	**à effets directs**	**à effets indirects**
• Chasse, pêche,… • Incendie, déforestation,… • Pollutions, aménagement du territoire (routes, urbanisation, agriculture)…	• Introduction de pestes végétales et animales (les nuisibles), importation de maladies (virus, bactéries, champignons)… • Réchauffement climatique	• Reboisement, réintroduction d'espèces animales, lutte contre les nuisibles introduits par l'homme…	• Création de parcs naturels, de zones sanctuaires, trame verte et bleue (réseau de continuité écologique)… • Lutte contre le réchauffement climatique

L'Union Internationale pour la Conservation de la Nature (UICN) classe les espèces animales et végétale selon trois niveaux : **CR** : en danger critique d'extinction ; **EN** : en danger ; **VU** : vulnérable. *Ex. :* Le papangue de La Réunion est classé EN.

Les activités humaines provoquent des modifications néfastes à la biodiversité : la sixième extinction de masse est en cours. Cette crise biologique actuelle est d'origine anthropique et nécessite des actions fortes pour préserver la biodiversité.

Testez-vous !

Corrigés p. 311

A. La biodiversité actuelle :	B. Les activités humaines :	C. Une espèce endémique :
reste stable	perturbent durablement la biodiversité	est envahissante car apportée par l'homme
est la même que par le passé	sont toujours nocives pour les êtres vivants	ne peut exister en présence de l'homme
est le résultat d'une longue histoire évolutive	n'ont aucun effet important sur la biodiversité	est également indigène

Les forces évolutives et leurs conséquences

Fiche 13

SVT

Notes

Une population est un ensemble d'individus de même espèce vivant sur une aire géographique donnée.

Comment évolue la fréquence des allèles au sein de cette population ?

1 Une force évolutive non aléatoire : la sélection naturelle

■ La phalène du bouleau (*Biston betularia*) est un papillon souvent immobile sur les troncs d'arbres. Il est alors une proie facile pour les oiseaux sauf s'il est confondu avec son milieu (homochromie). Il existe deux phénotypes « clair » et « foncé » dépendant de deux allèles c et f. Dans les années 1950, la Grande-Bretagne a appliqué une législation antipollution de l'air : les papillons sombres ont alors facilement été capturés par les oiseaux car les troncs redevenaient clairs.

Évolution des fréquences des allèles c et f dans des populations de phalène du bouleau

Milieu	pollué						non pollué	
Année	1848	1868	1888	1908	1928	1938	1960	1995
Allèle f	0	0,03	0,76	0,9	0,94	0,96	0,75	0,09
Allèle c	1	0,96	0,24	0,1	0,06	0,04	0,24	0,90
Avantage sélectif	pour l'allèle « foncé » car milieu pollué						pour l'allèle « clair » car milieu dépollué	

■ **La sélection naturelle résulte de la pression du milieu et des interactions entre les organismes.** Elle conduit au fait que certains individus auront une descendance plus nombreuse que d'autres dans certaines conditions : **les individus mieux adaptés auront un avantage sélectif.** La fréquence de l'allèle avantagé par les modifications du milieu augmente : sa variation au cours du temps n'est donc pas aléatoire.

2 Une force évolutive aléatoire : la dérive génétique

Les lions du cratère Ngorongoro en Afrique de l'Est forment une **sous-population** d'une centaine d'individus issus d'une **population** voisine du parc naturel du Serengeti. En 1962, une maladie infectieuse fit chuter brutalement l'effectif de cette sous-population à une dizaine d'individus pour retrouver sa taille initiale en 1972. Des scientifiques ont alors mesuré les fréquences alléliques de deux gènes au sein de ces deux populations (tableau ci-après) :

Notes

Lions du	Effectifs	Gène 1*	Gène 2*
Serengeti	2 000	a : 0,79 b : 0,19 c : 0,02	r : 0,99 s : 0,01
Ngorongoro	**100**	a : 0,85 b : 0,15	r : 1

* Les lettres représentent différents allèles.

La baisse de l'effectif de la **sous-population** a provoqué une **modification aléatoire des fréquences alléliques** et une **disparition d'allèles** au cours du temps : c'est la **dérive génétique.**

Ainsi, l'érosion actuelle de la biodiversité (voir *fiche 12*) liée aux activités humaines peut contribuer à une baisse de la diversité allélique des espèces menacées et ainsi une dérive génétique.

3 Sélection naturelle et dérive génétique, moteur de la spéciation

L'exemple des pinsons de Darwin :

Localisation	archipel des Galápagos (océan Pacifique)
Environnement	ensemble d'îles volcaniques avec niches écologiques différentes
Espèce originelle (individus pionniers)	arrivée il y a 2,3 Ma depuis le continent sud-américain situé à 900 km des Galápagos
Diversification des pinsons de Darwin *(Geospiza)*	espèces aux formes de becs différents en relation avec leur source de nourriture
Mécanisme de spéciation	**l'isolement géographique**

Lorsqu'une population conquiert un nouveau territoire, elle fonde une nouvelle population à partir d'individus pionniers qui ont peu de chance d'avoir la totalité des allèles présents dans la population d'origine : la fréquence allélique sera différente de celle d'origine et plus faible entraînant alors une dérive génétique.

Séparée génétiquement de la population d'origine, cette sous-population peut évoluer et former alors une nouvelle espèce : la dérive génétique et une nouvelle pression sélective du milieu conduisent alors à l'**apparition d'une nouvelle espèce**. C'est la **spéciation.**

Testez-vous !

Corrigés p. 311

A. La spéciation :	B. La sélection naturelle est :	C. La population du cratère de Ngorongoro voit sa diversité allélique :
est comparable à l'extinction d'une espèce	indépendante de l'environnement	augmenter de manière aléatoire
dépend uniquement de la dérive génétique	dépendante de l'environnement	diminuer de manière aléatoire
est opposée à l'extinction d'une espèce	aléatoire	diminuer de manière non aléatoire

La communication intra-spécifique

Fiche 14

SVT

Notes

Pour augmenter leurs chances de survie, les animaux d'une même espèce communiquent entre eux par des signaux porteurs d'informations. C'est ce que l'on appelle la communication intra-spécifique.

Quels sont le déroulement et la fonction de la communication intra-spécifique ?

1 De l'organisme émetteur à l'organisme récepteur

■ **Jean-Henri Fabre** (1823-1915), entomologiste français, élève des papillons de nuit (grand paon de nuit). Un jour, il constate que dans son élevage, une femelle qui vient de naître est entourée de nombreux mâles alors qu'il n'y en avait pas dans l'élevage ni dans la région. Le scientifique réalise alors des expériences pour comprendre ce comportement sexuel :

Expériences	Attirance des mâles	Conclusion
papillon femelle dans une cage grillagée	oui	Les femelles émettent des substances chimiques qui sont dispersées dans l'air. Ces substances attirent les mâles : ce sont des phéromones sexuelles.
papillon femelle dans une boîte vitrée fermée hermétiquement	non	
morceau de papier sur lequel a séjourné une femelle	oui	

■ Bien que l'observation et l'étude des comportements animaux soit ancienne, il faut attendre les travaux du zoologiste autrichien **Konrad Lorenz** sur le phénomène de l'empreinte chez les oies cendrées et l'apprentissage chez les oiseaux : il fonde à la fin des années 1930 cette **science du comportement** que l'on appelle **éthologie**. C'est l'étude biologique des comportements des espèces animales (y compris l'homme) dans leur milieu naturel ou un environnement expérimental par des méthodes scientifiques d'observation et de quantification des comportements. C'est une science au champ disciplinaire très vaste.

■ En 1940, l'éthologue autrichien **Karl von Frisch** découvrit le langage des abeilles en décodant la « danse des abeilles » ou « danse frétillante ». L'abeille effectue une danse dans laquelle elle fait vibrer son abdomen de façon à décrire l'angle, par rapport au Soleil, qui indique la **direction** de la nourriture. Pour la **distance**, elle fait varier la durée de la vibration de son corps. Plus la source de nourriture est abondante, plus elle va **répéter** la danse.

Notes

2 Quelques exemples de communication animale intra-spécifique

Animal	Signaux ou messages émis	Fonctions biologiques
chien de prairie	sonore (cris)	défense, protection
fourmis	chimique (phéromone d'alarme)	nutrition
paon	visuel (la parure)	reproduction
cerf	sonore (le brame)	reproduction
abeilles	tactile, chimique (« danse »)	nutrition

Ex. : Les chiens des prairies sortent de leurs terriers en observant les prédateurs potentiels. Ils émettent alors des cris d'alarme dont la fréquence sonore, en hertz, varie en fonction du danger.

3 Schéma fonctionnel illustrant la communication animale intra-spécifique

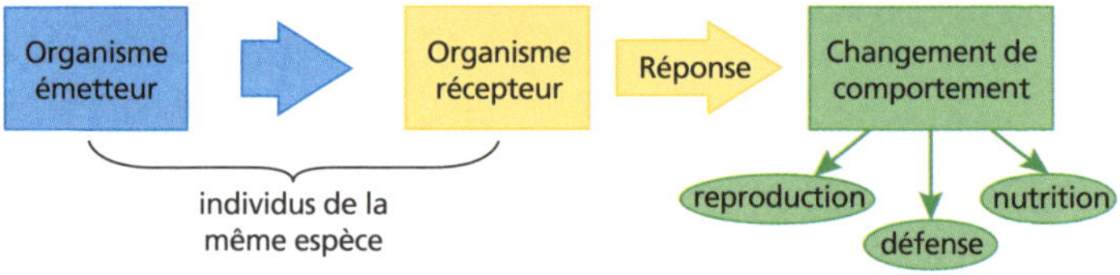

Organisme émetteur : individu qui envoie dans le milieu un message pouvant être capté par des individus de son espèce.

Organisme récepteur : individu qui reçoit le message et qui modifie son comportement en réponse.

Testez-vous !

Corrigés p. 311

A. Les comportements de reproduction dépendent :	**B. La communication intra-spécifique se fait selon la séquence :**	**C. La communication de la localisation de source de nourriture aux abeilles réceptrices est réalisée par :**
uniquement de signaux physiques	réponse-organisme récepteur-organisme émetteur	la reine selon une danse frétillante
uniquement de signaux chimiques	organisme émetteur-organisme récepteur-réponse	les butineuses de retour à la ruche selon une danse frétillante
de signaux chimiques et physiques	organisme récepteur-organisme émetteur-réponse	les butineuses de retour à la ruche selon une danse sautillante

La sélection sexuelle

Fiche 15

SVT

Notes

C'est le printemps. Les oiseaux chantent à nouveau.

En quoi la communication intra-spécifique est-elle essentielle à la sélection naturelle ?

1 Un paradoxe soulevé par Darwin

■ Chez le paon, l'évolution a conduit à l'existence d'un mâle porteur d'une queue tellement grande qu'elle semble diminuer ses chances de survie car visible des prédateurs et limitant sa fuite.

Dès 1859, Charles Darwin reconnaissait que les **caractères sexuels secondaires***, c'est-à-dire ceux qui ne participent pas directement au système reproducteur, posaient un problème à sa **théorie de la sélection naturelle**. Il parvint à résoudre ce problème en ajoutant un autre versant à sa théorie de l'évolution qu'il baptisa la **sélection sexuelle liée à la lutte pour la reproduction.**

■ Pour être choisi par une femelle et s'accoupler avec elle, le mâle paon doit « faire la roue » avec sa queue qui présente des taches arrondies colorées, appelées ocelles. Les scientifiques ont montré aussi que ce comportement de séduction est lié à la durée de vibration de chaque plume.

Couple de paons bleus domestiqués *Pavo cristatus*

■ La queue du paon lui confère un handicap vis-à-vis des prédateurs mais un avantage bien plus grand pour le succès de la reproduction :

Nombre d'ocelles ♂	141	146	148	150	153	158	162
Nombre de partenaires ♀	0	1	1	2	6	7	8

(*) Le dimorphisme sexuel est l'ensemble des caractères sexuels notamment secondaires qui permet de différencier les individus mâles et femelles d'une espèce.

2 Communication intraspécifique et spéciation

■ Les signaux de reconnaissance permettant l'accouplement, comme le chant, la parade, la taille et les ornements sont les caractères qui divergent en général le plus vite.

Il arrive qu'après séparation d'une population de départ en deux sous-populations, suivie d'un isolement géographique, des individus appartenant à l'une des deux sous-populations ne reconnaissent plus les membres de l'autre comme partenaires sexuels.

Notes

Des difficultés dans la communication intra-spécifique (mauvaise réception des signaux émis) peuvent alors **générer sur le long terme un isolement reproducteur entre individus de la même espèce et être à l'origine d'une spéciation**.

Ex. : **Un exemple en ornithologie (science d'étude des oiseaux)**

Lors d'une parade nuptiale, la femelle reconnaît un mâle comme un partenaire sexuel possible si les séquences sonores du chant de ce mâle sont proches de celles des chants de son père ou de ses frères.

Le pouillot verdâtre (*Phylloscopus trochiloïdes*) est une espèce de passereau issue d'une population ancestrale localisée au sud du plateau tibétain. Au cours d'un mouvement migratoire vers de nouveaux territoires à coloniser, deux populations ont contourné ce relief par l'est et par l'ouest. De nouvelles sous-espèces se sont alors individualisées, interfécondes entre elles lorsque leurs territoires étaient géographiquement proches. Cependant, au nord du plateau tibétain, les **deux sous espèces *plumbeitarsus* et *viridanus*,** qui se rejoignent aujourd'hui dans une même aire de répartition, ne peuvent pas se reproduire entre elles : il y a eu **isolement reproducteur.**

■ Démarche expérimentale en éthologie : la bioacoustique

Problématique : déterminer si l'impossibilité d'accouplement entre les sous-espèces de pouillots *plumbeitarsus* et *viridanus* est d'origine comportementale.

Mise en œuvre d'un protocole : étude comparative de **sonogrammes** de chant d'oiseau en utilisant le logiciel *Audacity*.

Exemple de résultat :

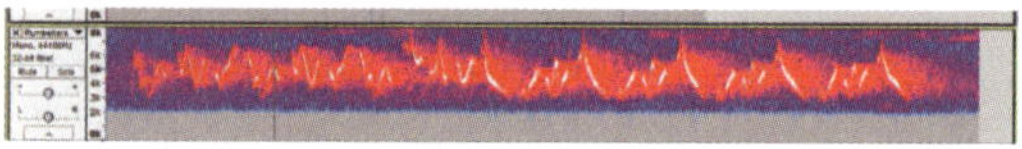

« plumbeitarsus »

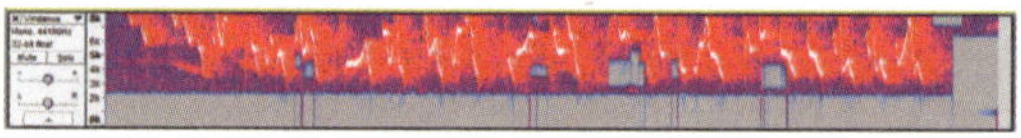

« viridanus »

L'analyse de l'enregistrement des deux chants montre des séquences sonores différentes.

Testez-vous !

Corrigés p. 311

A. La sélection sexuelle chez le paon est basée sur une communication :	B. La sélection sexuelle chez le pouillot est basée sur une communication :	C. La sélection sexuelle est liée à la lutte pour la :
chimique	chimique	défense contre partenaire
visuelle	visuelle	nutrition du partenaire
sonore	sonore	reproduction avec un partenaire

Érosion et altération des roches

Fiche 16

SVT

Notes

L'**altération** est la modification d'une roche sous l'action d'un agent naturel mécanique ou chimique. L'**érosion** est l'ensemble des phénomènes qui enlèvent les débris et les particules issus de l'altération et façonnent ainsi le relief.

Comment l'eau contribue-t-elle à la dynamique des paysages ?

1 Un exemple d'érosion : la formation des cirques

Un cirque est une enceinte naturelle à parois abruptes, de forme circulaire ou semi-circulaire. Le Piton des Neiges (3 070 m) est entouré de trois cirques, témoins de la transformation permanente de l'île de La Réunion née il y a près de 3 Ma : coulées de lave, érosion, effondrements, glissements de terrains.

L'un des trois cirques de La Réunion (Mafate)

2 L'eau : principal facteur d'altération

L'eau est le principal facteur de l'**altération** des reliefs terrestres en modifiant l'aspect **physique** et la nature **chimique** des roches en surface.

Altération physique des roches

L'altération physique ou mécanique des roches **dépend principalement des conditions climatiques et de la présence ou non de végétation**.

Ex. : Le gel-dégel peut provoquer des fissures et des éboulements. La pluie et le ruissellement peuvent provoquer des glissements de terrain, des effondrements, des coulées de boue. La présence de végétation peut ralentir le phénomène d'érosion.

Altération chimique des roches

Les réactions chimiques mettant en jeu l'eau sont de différents types (dissolution, oxydation, hydrolyse, hydratation, décarbonatation). Les éléments **solubles** (ions) qui en résultent sont lessivés et les parties **insolubles** restent sur place pour contribuer à la formation de nouveaux minéraux (ou minéraux secondaires) comme les argiles.

Ex. : Exemple du bilan général d'une réaction d'hydrolyse partielle :

Minéral primaire + Eau $\rightarrow$ Minéral secondaire + Solution de lessivage

Notes

L'intensité de l'altération chimique sera fonction de la **quantité d'eau** qui agit sur les minéraux, c'est-à-dire du lessivage des roches inversement proportionnel à la température (l'évaporation faible favorise l'action chimique). Mais il faut également faire intervenir le degré hygrométrique de l'air qui freine cette évaporation : l'**altération chimique est donc dépendante du climat.**

Ex. : **Hydrolyse totale** des minéraux du basalte avec formation d'oxyde de fer et d'aluminium :

Terre des sept Couleurs de Chamarel à l'île Maurice

Ex. : **Dissolution** d'une roche calcaire sous l'action de l'eau et du dioxyde de carbone de l'air :

3 Devenir des produits issus du démantèlement des reliefs

L'eau joue aussi un rôle important comme agent de transport des produits de l'altération : transport fluviatile, provoquant ainsi l'érosion et contribuant à la modification du paysage :

Lit de la rivière des Galets (La Réunion)

– le **transport** sous forme **solide** : minéraux et débris de granulométrie variée (bloc, gravier, sable). Le transport s'accompagne d'un phénomène de tri qui dépend du diamètre des éléments solides et du débit du cours d'eau ;

– le **transport** sous forme **soluble** : ions (anions et cations) issus de l'altération chimique des roches.

Testez-vous !

Corrigés p. 312

A. La disparition d'un relief se réalise dans l'ordre :	B. La photo ci-dessus a été prise en :	C. La Terre des sept Couleurs de Chamarel résulte d'une :
transport-altération-érosion	amont de la rivière des galets	altération physique intense du basalte
altération-transport-érosion	aval de la rivière des Galets	altération chimique faible du basalte
altération-érosion-transport	à la source de la rivière des Galets	altération chimique intense du basalte

Un exemple de roche sédimentaire

Fiche 17

SVT

La lithosphère présente une grande diversité de roches sédimentaires dont la classification est délicate. Il est cependant possible de les classer selon leur :
– **mode de formation** : roche détritique (grès), chimique (silex, gypse, halite, dolomie), biochimique (craie, radiolarite, charbon) ;
– **composition chimique** : roche silicatée (grès) ; carbonatée (calcaire) ; siliceuse (radiolarite) ; carbonée (charbon) ; aluminée (bauxite) ; évaporite (gypse).

Les roches sédimentaires détritiques représentent 85 % des roches sédimentaires sur Terre.

Comment passer du sédiment à une roche sédimentaire détritique ?

Notes

1 Du sédiment à la roche sédimentaire détritique

Les sédiments sont les particules issues de l'érosion et de l'altération des roches de surface. Ils sont transportés puis déposés dans un milieu de dépôt : le bassin sédimentaire.

En fonction de la taille des particules déposées, il est possible de classer ces roches sédimentaires selon le tableau ci-dessous.

Diamètre des particules	Nature du dépôt	Sédiments non consolidés (ou meubles)	Sédiments consolidés = roche
$>$ 2 mm	bloc, galet, cailloux, graviers	cailloutis, gravier	conglomérat
2 mm à 63 µm	grains	sables	grès
$<$ 63 µm	particules fines	silt (63 à 4 µm) et argiles ($<$ 4 µm)	pélites (siltites et argilites)

Ex. : **Du granite au grès : une transformation en plusieurs étapes**

Le granite est une roche magmatique entièrement cristallisée constituée d'une association de trois minéraux : micas, feldspath et quartz. Micas et feldspaths s'altèrent facilement contrairement au quartz qui sera davantage transporté puis déposé.

Falaise de grès rouge en Écosse (Seaton)

Le poids des sédiments accumulés entraîne une **compaction** accompagnée d'une **expulsion de l'eau** : la taille des pores, c'est-à-dire des espaces entre les grains, diminue alors. L'espace restant entre les grains de quartz est rempli par une précipitation chimique, c'est la **cimentation.**

Notes

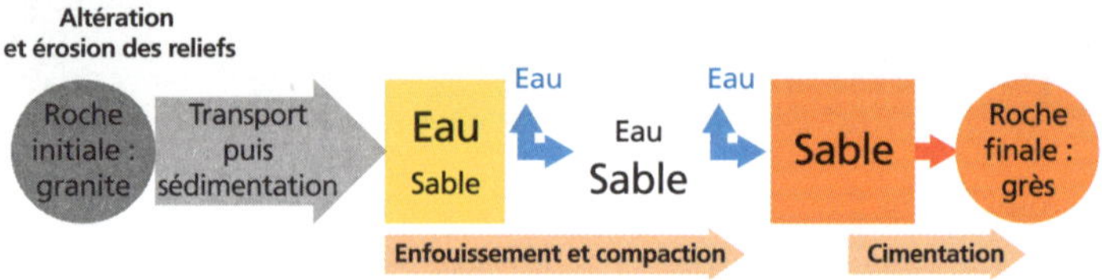

Selon le degré de cimentation et sa composition, le grès sera une roche très friable à une roche cohérente. Enfin, on distingue plusieurs types de grès, dont les grains et le ciment diffèrent : le grès quartzeux, l'arkose, le grauwacke...

2 La reconstitution des paléo-environnements

■ Reconstituer un environnement ancien consiste à rechercher des indices sur le terrain comme lors d'une enquête policière pour reconstituer une scène de crime. Ces indices doivent être datés (« paléo »). Il est important de rechercher des traces de fossiles (marin, continental) et d'analyser les structures sédimentaires caractéristiques.

■ Les observations faites dans les milieux actuels, transposées aux phénomènes du passé, permettent de reconstituer certains éléments des paysages anciens : on applique alors le **principe de l'actualisme** (théorie postulant que les lois régissant les phénomènes géologiques actuels étaient également identiques dans le passé).

Les roches sédimentaires formées dépendant des **apports** et du **milieu de sédimentation.** Leur analyse permettra de reconstituer le milieu de sédimentation passé et donc le **paléo-environnement**.

■ **Méthode de reconstitution d'un paléo-environnement :**
– données de terrain : colonne stratigraphique de la région étudiée (*Ex. :* massif des Vosges daté du Trias : – 250 Ma) ;
– recherches de fossiles comme indicateur du milieu de sédimentation (*Ex. :* grès à voltzia (conifère disparu) → milieu de sédimentation continental) ;
– observation dans le grès vosgien de stratifications entrecroisées → indicateur de bordure d'un bassin océanique avec alternance des marées (application du principe d'actualisme).

Testez-vous !

Corrigés p. 312

A. Le grès est une roche sédimentaire :	B. Le grès se forme à partir de la consolidation de :	C. La reconstitution des paléo-environnements est basée sur le principe :
biochimique et silicatée	gravier	du passéisme
détritique et carbonatée	sable	du futurisme
détritique et silicatée	argile	de l'actualisme

Érosion et activités humaines

Fiche 18

SVT

Notes

L'être humain utilise de nombreux produits de l'érosion pour ses besoins.

Quelle relation existe entre l'érosion et notre vie quotidienne ?

1 Utilisation des produits de l'érosion

Un **alluvion** est un dépôt abandonné par un cours d'eau en fonction du débit (m^3/sec) et du dénivelé du lit de la rivière ou du fleuve.

Lors de la sédimentation, un tri mécanique, appelé granoclassement, va donc se réaliser en fonction de la taille des débris transportés.

L'homme peut modifier l'apport des alluvions :

– l'extraction excessive du sable dans une rivière en creusant le lit de la rivière peut entraîner une augmentation du débit du cours d'eau et donc favoriser le **transport** de matériaux plus gros ;

– à l'opposé, un barrage diminue le débit du cours d'eau en amont de cet ouvrage, permettant ainsi une **sédimentation** ou un dépôt de matériaux plus fins.

Utilisation des alluvions ou granulats après exploitation dans des carrières alluvionnaires		
Alluvion	**Taille**	**Utilisation**
bloc	supérieur à 10 cm	endiguement, mur de soutènement, gabion, ornementation
galet	1 cm à 10 cm	gabion pour protéger les routes des éboulis en zone montagneuse
gravier	1 mm à 1cm	béton, asphalte
sable	0,1 à 1 mm	mortier, asphalte
argile	inférieur à 0,1 mm	ciment (80 % de calcaire et 20 % d'argile) : les deux éléments sont broyés, cuits à très haute température puis à nouveau broyés

2 Favoriser ou limiter l'érosion

Exemple de zone impactée	Actions humaines favorisant l'érosion	Actions humaines limitant l'érosion
sol	déforestation, incendie, suppression des haies (bocage), exploitation de carrières (extraction de minerais)	reboisement, prévention face au risque incendie, POS (Plan d'Occupation des Sols), reconstruction des haies
littoral	urbanisation côtière (zones touristiques), aménagement portuaire	endiguement pour faire face à l'élévation du niveau marin suite au réchauffement climatique, respect de la loi littorale

Notes

3 Un aménagement ancien et actuel face à l'érosion

La route du littoral de La Réunion est un axe routier de deux fois deux voies, essentiel, reliant le nord et l'ouest de l'île. La falaise est protégée par des filets métalliques le long de l'ancienne route. Une nouvelle route est en construction pour sécuriser la circulation de plus de 50 000 véhicules par jour dont 60% du fret de l'île.

Quelques définitions :

Aléas naturel : possibilité qu'un phénomène naturel relativement brutal menace ou affecte une zone donnée (*Ex. :* aléas géologiques liés à l'érosion : glissement de terrain, coulée de boue, éboulement).

Vulnérabilité : désigne l'aptitude d'un milieu, d'un bien, d'une personne à subir un dommage à la suite d'un événement, naturel ou anthropique.

Risque : probabilité que survienne un événement dangereux (aléa) et la sévérité de ses conséquences.

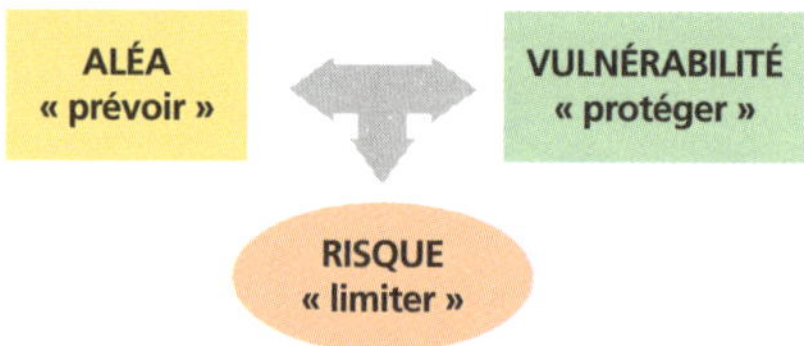

L'érosion a des implications dans notre vie quotidienne, tant du point de vue des matériaux utiles dans notre vie quotidienne que des risques liés à l'érosion.

Testez-vous !

Corrigés p. 312

A. Les filets permettent de protéger contre :	B. La nouvelle route du littoral correspond :	C. Le trafic routier de la route du littoral constitue :
la houle	à la route sur digue pour se protéger de l'érosion de la falaise	un aléa
l'érosion de la falaise	à la route sur digue pour se protéger de la houle	une vulnérabilité
la houle et l'érosion de la falaise	à la route sur viaduc pour se protéger de l'érosion de la falaise	un risque

Les agrosystèmes

Fiche 19

SVT

Notes

En domestiquant des espèces végétales et animales, l'homme est passé de chasseur-cueilleur à éleveur-cultivateur en développant et en maîtrisant progressivement des agrosystèmes dont l'objectif essentiel est de favoriser une production de biomasse utilisable.

Comment définir un agrosystème ?

1 Une grande diversité d'agrosystèmes

Un agrosystème est un écosystème construit ou modifié par l'être humain afin de produire la biomasse nécessaire à l'humanité pour ses différents besoins. Il existe des agrosystèmes terrestres ou aquatiques.

■ Quelques exemples d'agrosystèmes :

Agrosystème	Production végétale (culture) = biomasse végétale	Production animale (élevage) = biomasse animale
terrestre	canne à sucre ; betterave sucrière ; maïs ; blé ; sylviculture ; maraîchage (fruits, légumes) ; champignons ; riziculture ; vignoble ; horticulture ; agrocarburant	vache, chèvre, mouton, lapin, poule, apiculture, lombriculture…
aquatique	algoculture (culture de microalgues comme les spirulines ou de macroalgues rouges, vertes et brunes)	pisciculture (poissons), mytiliculture (moules), ostréiculture (huîtres), crustacés…

■ Quelques exemples d'utilisation :

La culture de végétaux et l'élevage d'animaux sert à se nourrir, à la construction ou l'aménagement de notre habitat, à se chauffer, à l'industrie textile, à la fabrication de produits cosmétiques et pharmaceutiques, à se déplacer, etc.

■ Plusieurs modèles de culture peuvent être envisagés :

- agriculture vivrière, extensive ou intensive ;
- agriculture urbaine ou agrosystèmes citadins (toiture d'Agro Paris Tech, jardins partagés des éco-cités), agriculture hors-sol ;
- agroforesterie,…

2 Structure et fonctionnement d'un agrosystème

Exportation de la biomasse (récolte de canne) vers l'usine sucrière

Notes

Pour caractériser l'organisation d'un agrosystème, on recense :

– les **flux de matière** (dont l'eau) et d'**énergie dans l'agrosystème** (*Ex. :* canne à sucre, eau, résidus de canne, sucre, rhum…) ;

– les **entrées et sorties du système** (*Ex. :* lumière pour la photosynthèse ; exportation = récolte ; importation = intrants comme l'eau, les engrais, les produits phytosanitaires…) ;

– les choix que l'exploitant doit faire (*Ex. :* utilisation de produits phytosanitaires pour lutter contre les « ennemis » des cultures à l'origine d'une baisse de rendement agricole comme la larve du hanneton, ravageur des tiges de canne) ;

– les conséquences pour l'environnement (*Ex. :* lessivage des sols) ;

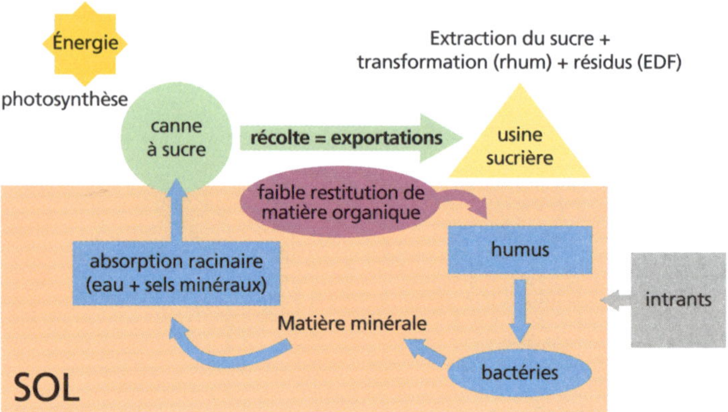

Schéma fonctionnel de l'agrosystème « canne à sucre »

Un agrosystème est un **système ouvert** : entrée et sortie de matière et d'énergie car une partie de la production du système est exportée. Il faut donc remettre le système à l'équilibre, le plus souvent en utilisant des **intrants** (fertilisation des sols par les engrais) afin de maintenir un bon rendement de production de biomasse, c'est-à-dire un bon **rendement agricole**.

Testez-vous !

Corrigés p. 312

A. Les intrants sont nécessaires car la restitution au sol de matière organique est :	B. La biomasse « canne » est :	C. La production d'électricité à partir des résidus de la canne :
forte	totalement exportée de l'agrosystème	est dépendante du soleil
insuffisante	partiellement exportée de l'agrosystème	est indépendante du soleil
faible	jamais exportée de l'agrosystème	n'est pas une énergie durable

Les sols et la production de biomasse

Notes

La pédologie est la discipline scientifique qui étudie les sols. La biosphère prélève dans les sols des éléments minéraux participant à la production de biomasse.

Quelles sont les caractéristiques d'un sol et son lien avec la biomasse ?

1 La formation d'un sol

Le sol est la couche externe de la croûte terrestre caractérisée par la présence de nombreux êtres vivants. Il s'étend de la surface jusqu'à la roche mère et est organisé en différentes couches appelées horizons.

■ **Schéma d'un profil pédologique montrant l'organisation et la composition d'un sol :**

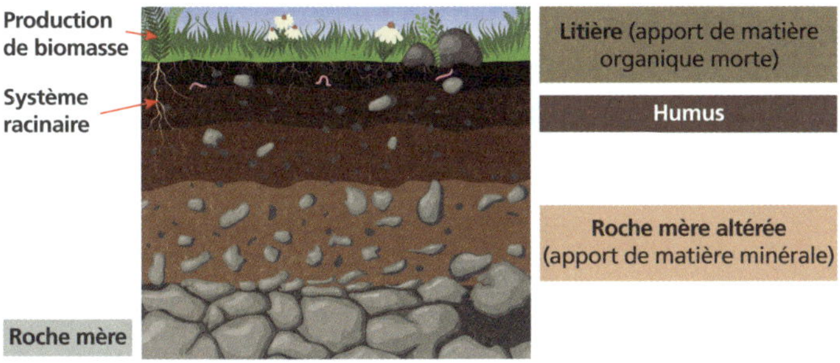

■ **La modalité de la formation d'un sol (= pédogenèse)**

La nature et la composition d'un sol dépendent du sous-sol (la roche mère) mais aussi des facteurs climatiques et biologiques.

Facteurs géologiques
composition de la roche mère (pH du sol)

Facteurs climatiques
climat froid à chaud
climat sec à humide

Facteurs biologiques
couverture végétale

Diversité des sols = diversité de cultures (exemple : terroir viticole)

Temps en milliers d'années

Processus très lent et donc nécessité de protéger les sols notamment contre l'érosion

Notes

2 Le sol est un système vivant

■ Le sol présente un **réseau trophique* complexe** permettant de recycler progressivement la biomasse apportée par les plantes et les animaux morts en surface formant une litière riche en **matière organique**. La litière est ensuite transformée en **humus**. Mélangé à des éléments minéraux, le sol devient cultivable : c'est une terre arable. En consommant localement la biomasse morte, les êtres vivants du sol recyclent cette biomasse en éléments minéraux, c'est la minéralisation qui assure la **fertilité du sol.**

* réseau trophique : ensemble de chaînes alimentaires au sein d'un écosystème.

Dans les sols cultivés, l'humus est souvent peu abondant, une grande partie de la biomasse cultivée étant exportée.

■ Les êtres vivants du sol étant nombreux et variés, les chaînes alimentaires seront nombreuses et par conséquent le réseau trophique complexe :

– phytophages (larves d'insectes, nématodes…) : ils se nourrissent de végétaux vivants ;

– prédateurs (araignées, pseudoscorpions) : ils se nourrissent d'animaux vivants ;

– micro-organismes (bactéries, champignons) :

→ **humification** : transforment la matière organique morte en grosses molécules complexes : l'humus ;

→ **minéralisation** : transforme l'humus en matière minérale (ions) qui sera absorbée par les plantes en surface pour produire de la biomasse ;

– décomposeurs (vers de terre, cloportes, gastéropodes, acariens, collemboles) : ils se nourrissent de matière organique morte, ce sont des saprophages.

La nature et la composition des sols résultent de l'interaction entre les roches et la biosphère. Le sol est une ressource peu renouvelable à l'échelle humaine.

Testez-vous !

Corrigés p. 312

A. Le sol peut être défini comme étant un système :	B. Le réseau trophique du sol permet de transformer :	C. L'humus du sol provient :
inerte constitué de roche	la matière organique en matière minérale	de la roche mère située en surface
non dynamique entre roches et biosphère	la matière minérale en matière organique	de la biomasse produite à la surface du sol
dynamique entre roches et biosphère	la matière organique en roche mère	de la roche mère située en profondeur

Vers une gestion durable des agrosystèmes

La forte croissance de la démographie mondiale pose le problème de l'impact de l'agriculture sur l'environnement pour nourrir l'humanité.

Quels sont les impacts des agrosystèmes sur l'environnement ?

1 La problématique de l'agriculture intensive

Cette agriculture vise un haut rendement de production.

■ **La production animale intensive** pose le problème des rejets organiques mais également d'éthique animale (conditions d'élevage et d'abattage).

■ **La production végétale intensive** impose une utilisation importante d'intrants : produits phytosanitaires et engrais. Les produits phytosanitaires ou pesticides (insecticides, fongicides, herbicides…) plus utilisés en monoculture, permettent de lutter contre les « ennemis des cultures » ou bioagresseurs.

La conséquence est une **perte de biodiversité** dans l'environnement rural. Ainsi, la lutte contre des insectes ravageurs diminue les apports alimentaires des prédateurs naturels comme les oiseaux (impact sur les chaînes alimentaires), et est à l'origine de la forte baisse de la biodiversité des oiseaux de nos campagnes.

■ Dans l'agriculture intensive, on pratique l'épandage des engrais azotés sur les sols pour compenser l'exportation de la biomasse récoltée et un fort prélèvement de substances minérales au niveau du système racinaire des végétaux cultivés. La faible restitution de matière organique au sol limite d'autant plus sa minéralisation par les bactéries.

■ Cet agrosystème a une incidence sur la qualité des sols et l'environnement comme l'**eutrophisation** des écosystèmes aquatiques. La quantité d'engrais apportée au sol n'étant pas totalement absorbée par la culture, il s'en suit un lessivage et une circulation des nitrates dans les nappes phréatiques et les cours d'eau.

La conséquence est une production primaire intense des écosystèmes aquatiques suite à une forte activité photosynthétique.

Ex. : marées vertes sur le littoral atlantique (prolifération d'algues vertes) avec un effet néfaste pour le tourisme balnéaire (pollution visuelle et chimique).

Notes

2 Pratiquer une agriculture durable

■ La recherche agronomique se tourne vers l'**agroécologie** dont l'objectif est de proposer des systèmes de production agricole en s'appuyant sur les fonctionnalités des écosystèmes naturels :

– réintroduire de la biodiversité en restaurant une mosaïque de paysages (haie, agroforesterie) ;

– favoriser une fertilisation naturelle des sols (rotation des cultures avec légumineuses, compost) tout en protégeant les ressources en eau ;

– limiter les pesticides (lutte biologique) ;

– réduire le travail mécanique du sol pour limiter leur érosion (semis sans labours, labours moins profonds).

■ **Exemple de lutte biologique :**
Si la larve du hanneton pose un vrai problème aux cultures, il est possible de s'en débarrasser biologiquement en arrosant le sol avec des nématodes (vers) entomophages (mangeur d'insectes) ou en ensemençant le sol de spores de *Beauveria brongniartii,* un champignon dont les toxines tuent les larves.

■ **Exemple de fertilisation naturelle :**
La luzerne est une légumineuse (famille des Fabacées) cultivée capable de fixer l'azote gazeux (N_2) présent dans le sol grâce à une bactérie présente dans ses racines. Cette bactérie transforme N_2 en azote minéral utilisé ensuite par la plante pour sa croissance. Le labour du champ après fauchage des parties aériennes permet alors d'enrichir naturellement le sol en azote et ainsi de se passer d'engrais chimiques.

Les agrosystèmes ont une incidence sur la qualité des sols et l'état général de l'environnement proche de façon plus ou moins importante selon les modèles agricoles.

L'enjeu environnemental majeur de l'agriculture est de couvrir les besoins de l'humanité tout en limitant les impacts sur l'environnement.

Testez-vous !

Corrigés p. 312

A. L'agriculture intensive :	B. L'eutrophisation résulte d'un apport :	C. L'agroécologie consiste à :
se limite uniquement à la production végétale	d'azote minéral	baisser le rendement agricole
se limite uniquement à la production animale	de pesticides	respecter l'environnement
ne se limite pas qu'à la production végétale	d'azote organique	augmenter le rendement agricole

Devenir homme ou femme

L'homme et la femme présentent des appareils génitaux organisés différemment.

Comment se met en place l'appareil reproducteur de l'homme ou de la femme ?

1 Les appareils reproducteurs

■ Le **sexe phénotypique** correspond aux **caractères sexuels** :

– les organes génitaux internes et externes permettent de décrire l'appareil reproducteur. Ils sont en place et visibles dès la naissance et définissent les **caractères sexuels primaires** ;

– les **caractères sexuels secondaires** (différences morphologiques et comportementales) apparaissent à la puberté marquée par des transformations morphologiques et la production de gamètes : les cellules sexuelles.

■ Les gonades sont les organes producteurs de cellules sexuelles : gamètes mâles (spermatozoïdes) et gamètes femelles (ovocytes).

	Mâle ♂	Femelle ♀
Organes copulateurs	1 pénis (pe)	1 vagin (v)
Voies génitales	2 spermiductes (s)	2 oviductes (o) et 1 utérus (u)
Gonades	2 testicules (t)	2 ovaires (g)
Glandes annexes	2 vésicules séminales (v) 1 prostate (p)	1 muqueuse vaginale (m)
Schéma des appareils génitaux de l'homme et de la femme	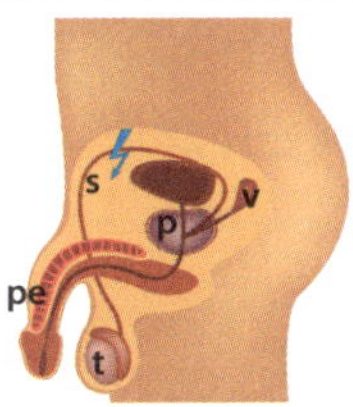 vue latérale ϟ vasectomie (section)	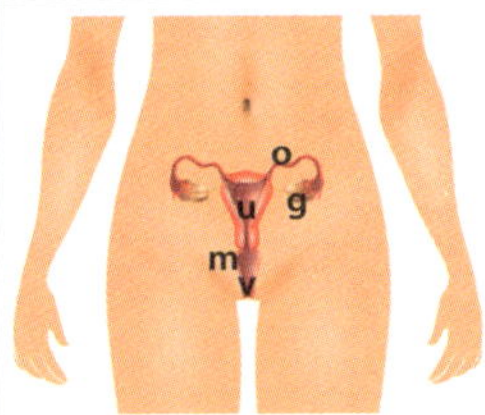 vue de face

2 La construction du sexe phénotypique

■ Le **sexe chromosomique** peut être mis en évidence en réalisant un caryotype. On distingue alors facilement les chromosomes sexuels X et Y : XX pour la femme et XY pour l'homme.

Notes

■ Lors de la fécondation, la rencontre du gamète mâle possédant un chromosome X ou Y avec le gamète femelle possédant obligatoirement le chromosome X permet de déterminer le sexe chromosomique XX ou XY de la cellule œuf.

■ Chez l'embryon humain, les gonades indifférenciées (ni testicule, ni ovaire) se forment lors de la quatrième semaine de gestation. C'est à partir de la septième semaine de grossesse que les deux gonades se différencient en testicules ou ovaires : c'est le **sexe gonadique.**

L'extrémité du bras court du chromosome sexuel Y porte le gène SRY : Sex determining Region of Y. Ce gène découvert en 1989 est responsable de la **différenciation sexuelle gonadique.**

Spermatozoïde / Ovocyte	X	Y
X	cellule œuf avec XX	cellule œuf avec XY
Gène SRY	absent	présent

Chronologie de mise en place d'un appareil génital fonctionnel

Étape 1 →	Étape 2 →	Étape 3 →	Étape 4 →	Étape 5
vie embryonnaire	**fœtale**	**naissance**	**enfance**	**puberté**
fécondation (cellule œuf)	sexe chromosomique et génétique	sexe gonadique	sexe phénotypique non fonctionnel	sexe phénotypique fonctionnel
– sexe mâle : gène SrY – sexe femelle : pas de gène SrY	gonades indifférenciées	testicules ou ovaires	appareils génitaux masculin ou féminin non fonctionnels	appareils génitaux masculin ou féminin fonctionnels

La mise en place du phénotype sexuel est contrôlée génétiquement.

Testez-vous !

Corrigés p. 312

A. La vasectomie est une méthode de contraception masculine permettant de produire du :	**B. Le sexe gonadique est visible :**	**C. La gonade indifférenciée se transforme en :**
liquide séminal avec spermatozoïdes	dès la formation de la cellule œuf	testicule suite à l'absence du gène SRY
liquide séminal sans spermatozoïdes	à partir de la puberté	ovaire suite à la présence du gène SRY
des spermatozoïdes sans liquide séminal	avant la naissance	testicule suite à la présence du gène SRY

Le fonctionnement des gonades

Notes

Les appareils reproducteurs de l'homme et de la femme ont une organisation anatomique différente. La physiologie est l'étude fonctionnelle d'un organe.

Quelles sont les caractéristiques physiologiques des gonades mâle et femelle ?

1 Observation de coupes histologiques de gonades

	Sexe phénotypique masculin	Sexe phénotypique féminin
Production de gamètes	gamétogenèse mâle = spermatogenèse	gamétogenèse femelle = ovogenèse
Observation de coupes histologiques de gonades (les deux clichés ne sont pas à la même échelle)	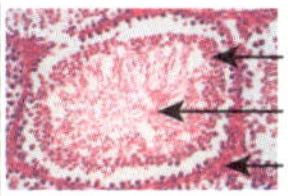	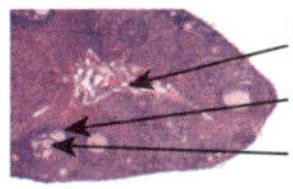 Observation en phase folliculaire
Fonction gamétogénétique	**tubes séminifères** : spermatozoïdes (cellules flagellées) bien visibles	un follicule mûr libère un ovocyte au 14e jour du cycle ovarien
Fonction endocrine	tissu **interstitiel** constitué de **cellules endocrines** productrices de testostérone et de capillaires sanguins. La production de testostérone est continue.	en phase folliculaire, un **follicule** cavitaire grossit : il sécrète des œstrogènes. Après ovulation, il se transforme en **corps jaune** (phase lutéale) qui sécrète des œstrogènes et surtout de la progestérone. La production de ces hormones est cyclique.
Évolution dans le temps du fonctionnement des gonades	continue et reproduction possible après andropause liée à une baisse de la sécrétion de testostérone	cyclique et reproduction impossible après ménopause qui s'accompagne d'un arrêt de la sécrétion des hormones ovariennes

2 Mise en fonctionnement des appareils reproducteurs

■ L'apparition des caractères sexuels secondaires lors de la puberté est contrôlée par une sécrétion accrue de testostérone (hormone « masculinisante ») ou d'œstrogène (hormone « féminisante ») : les hormones sexuelles agissent sur des **organes cibles** via des récepteurs à ces molécules circulantes.

■ Chez l'adolescente, la puberté est marquée par l'apparition des premières règles ou menstruation : le cycle utérin est contrôlé par le cycle ovarien via les œstrogènes et la progestérone.

Dosage sanguin d'hormones ovariennes et testiculaires en fonction de l'âge

Âge (en années)	Taux d'œstrogènes (en ng·nL^{-1}) ♀	Taux de testostérone (en ng·nL^{-1}) ♂
8	10	1
12	30	10
14	75	220
16	65	480
18	65	520

■ Schémas fonctionnels comparatifs

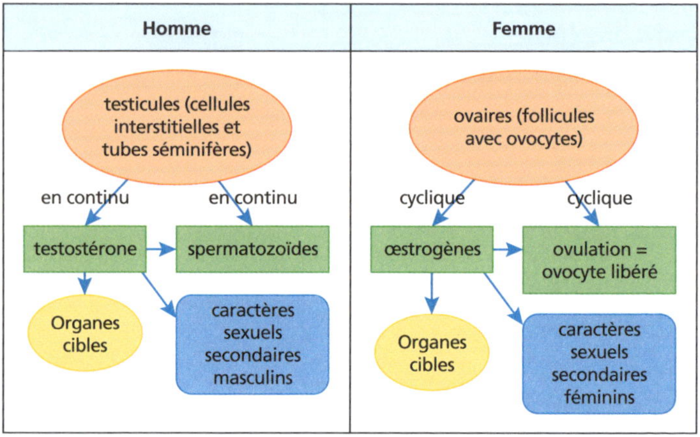

Remarque : la progestérone n'est pas représentée sur le schéma de la femme car le corps jaune n'est pas présent.

Testez-vous !

Corrigés p. 312

A. Les spermatozoïdes sont produits par :	B. Le corps jaune se forme :	C. L'analyse des dosages en hormones sexuelles montre que le début de la puberté de la fille est :
le tissu interstitiel	avant l'ovulation	synchrone à celle des garçons
les tubes séminifères	à l'ovulation	postérieure à celle des garçons
le tissu interstitiel et les tubes séminifères	après l'ovulation	antérieure à celle des garçons

Cerveau, plaisir, sexualité

Chez l'homme et la femme, le système nerveux est impliqué dans la réalisation de la sexualité.

Quelle sont les bases biologiques du plaisir sexuel ?

1 La biologie du plaisir

Le déclenchement du plaisir sexuel

Pénis et **clitoris** présentent des homologies anatomiques : ce sont des structures érectiles grâce à la présence de corps caverneux et spongieux. Si le plaisir sexuel est une **perception cérébrale**, il résulte dans un premier temps de sensations reçues par différentes régions du corps : les **zones érogènes**. Chez la femme comme chez l'homme, la région pelvienne est innervée par le **nerf pudendal**, dont les multiples terminaisons entrent dans la constitution des organes génitaux, notamment le clitoris ou le pénis. Il joue un rôle sensitif, transmettant aux centres nerveux les messages résultant de stimulations, mais aussi un rôle moteur, contrôlant l'afflux de sang responsable de l'érection du clitoris comme du pénis.

La mise en évidence du circuit de la récompense

Chez l'animal : C'est au début des années 1950 que Olds et Milner ont montré l'existence d'un circuit de la récompense chez le rat en réalisant des expériences d'auto-stimulation. L'existence de ce **circuit neuronique cérébral** a été ensuite identifié chez de nombreux vertébrés dont le poisson rouge !

Chez l'homme : L'imagerie fonctionnelle par résonance magnétique (IRMf) permet de mettre en évidence les **zones cérébrales qui s'activent lors de stimulations érogènes** (caresses).

Schéma simplifié des mécanismes de la biologie du plaisir sexuel

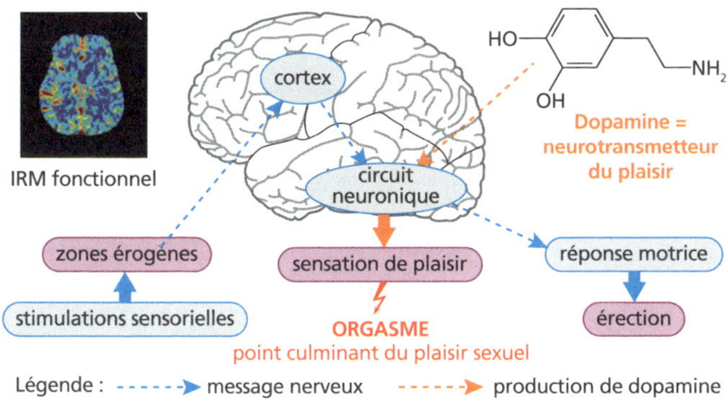

Notes

Trois étapes essentielles traduisent les mécanismes biologiques du plaisir dans l'espèce humaine :

– étape 1 : stimulation de zones érogènes et contractions musculaires ;

– étape 2 : activation de zones cérébrales = circuit de la récompense avec libération de dopamine ;

– étape 3 : orgasme = récompense = activité maximale = point culminant du plaisir sexuel.

Remarque : au cours de l'évolution humaine, chez la femme, l'orgasme aurait joué un rôle prépondérant dans l'ovulation pour n'être ensuite que du plaisir. Il n'a plus de fonction directe dans la reproduction. Chez l'homme, l'orgasme coïncide avec l'éjaculation et donc une éventuelle fécondation. Il a une fonction directe dans la reproduction.

Le plaisir sexuel chez l'espèce humaine repose sur des mécanismes biologiques, en particulier l'activation dans le cerveau du système de récompense.

2 Identité et orientation sexuelle

■ **L'identité sexuelle** est le fait de **se reconnaître ou d'être socialement reconnu(e) comme homme ou femme ou ni l'un ni l'autre**.

Cette identité relève de trois composantes :
– le **sexe biologique** déterminé génétiquement ;
– le **sexe psychologique** (conviction intime d'être fille ou garçon) ;
– le **sexe social** (adoption de comportements stéréotypés propres aux filles ou au garçons).

■ L'**orientation sexuelle** est l'attirance affective et sexuelle envers une personne de même sexe (**homosexualité**), de sexe opposé (**hétérosexualité**) ou les deux (**bisexualité**).

Les facteurs affectifs et cognitifs ainsi que le contexte culturel ont une influence majeure sur le comportement sexuel humain.

Testez-vous !

Corrigés p. 312

A. La biologie du plaisir est basée sur des messages nerveux :	B. L'identité et l'orientation sexuelle montrent :	C. L'érection du pénis ou du clitoris est le résultat d'un :
sensoriels puis l'inhibition de la sécrétion de dopamine	que le sexe biologique peut prédominer sur le sexe social	message nerveux sensoriel puis moteur
moteurs puis la stimulation de la sécrétion de dopamine	que le sexe social peut prédominer sur le sexe biologique	message nerveux moteur puis sensoriel
sensoriels puis la stimulation de la sécrétion de dopamine	l'égalité entre sexe social et biologique	d'aucun message nerveux

La contraception

La **contraception** désigne l'ensemble des techniques destinées à éviter la conception d'un enfant. Ces méthodes de régulation des naissances sont variées ; elles sont basées sur des moyens naturels, mécaniques ou chimiques.

Quelles sont les différentes méthodes de contraception masculine et féminine ?

1 Des méthodes non urgentes

La contraception doit si possible s'appliquer dans une situation non urgente. Il s'agit dans ce cas d'une contraception programmée.

Méthodes de contraception masculine et féminine		
naturelles	**mécaniques**	**chimiques**
abstinence périodique (a) après repérage de la date de l'ovulation	**préservatif** : éviter le dépôt de sperme dans le vagin (c)	**spermicides vaginaux** : destruction des spermatozoïdes
retrait ou coït interrompu (b) : pas de dépôt de sperme mais risque d'IST	**stérilet** ou dispositif intra-utérin : nidation impossible de l'embryon sur l'endomètre	**pilule combinée** : ovaire, glaire, endomètre modifiés
	diaphragme ou cape cervicale : pas de franchissement du col utérin par les spermatozoïdes	**micropilule (P)** : glaire et endomètre modifiés
	vasectomie chez l'homme et **ligature des trompes** chez la femme (peu pratiquées en France)	**pilule masculine** : blocage de la spermatogenèse

(a) 30 % d'échecs : méthode qui consiste à éviter un rapport sexuel pendant la période de fécondité. Elle implique un repérage de la date présumée de l'ovulation : température, état de la glaire, pic de LH dans les urines, début des règles.
(b) 17 % d'échecs : méthode répandue dès le XVIIIe siècle ayant contribué à faire baisser nettement la natalité à partir de cette époque.
(c) protection contre les IST : infections sexuellement transmissibles.

2 Apport des connaissances scientifiques en endocrinologie de la reproduction

■ Le cycle ovarien met en jeu des hormones produites par l'ovaire, l'œstrogène et la progestérone. Ce cycle est stimulé par des hormones, appelées les gonadostimulines FSU et LH, sécrétées par l'hypophyse. L'hypophyse étant elle aussi contrôlée par l'hypothalamus via des neuro-hormones. Un pic de LH pré-ovulatoire est nécessaire pour expulser l'ovocyte du follicule mûr au 14e jour du cycle.

Le fonctionnement de l'appareil reproducteur repose donc sur un dispositif neuroendocrinien faisant intervenir l'hypothalamus, l'hypophyse (ou complexe hypothalamo-hypophysaire) **et les organes sexuels.**

■ La connaissance de plus en plus précise des hormones naturelles endogènes contrôlant les fonctions de reproduction humaine a permis progressivement la mise au point de molécules de synthèse exogènes permettant une maîtrise de la procréation tout en limitant les effets secondaires de la pilule utilisée :
– la **pilule combinée** comprend des **analogues structuraux** de l'œstrogène (O) et de la progestérone (P) qui vont mimer l'action des hormones ovariennes naturelles sur le complexe hypothalamo-hypophysaire, conduisant ainsi à l'absence de pic de LH pré-ovulatoire et donc d'ovulation. Elle modifie également la glaire cervicale (mucus sécrété par le col utérin) et l'endomètre susceptible de recevoir un embryon (nidation). **Ces molécules exogènes agissent donc comme des « leurres » en bloquant l'ovulation et en désynchronisant le fonctionnement de l'appareil reproducteur.**
– la **micropilule** composée de progestérone modifie uniquement l'état de la glaire cervicale et de l'endomètre. Elle est prescrite en cas de contre-indication aux pilules œstroprogestatives.

Schéma fonctionnel expliquant le mode d'action de la pilule combinée

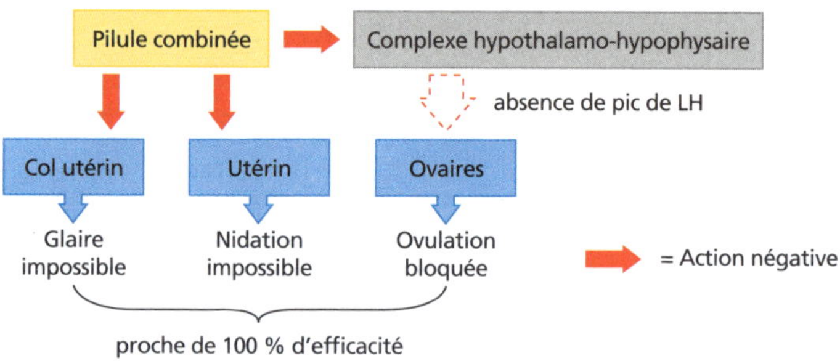

Testez-vous !

Corrigés p. 312

A. La micropilule est prescrite quand la femme est intolérante :	B. La pilule combinée agit à :	C. La pilule combinée mime l'effet de :
à la progestérone	un niveau de l'appareil génital féminin	la LH en stimulant l'ovulation
aux œstrogènes	deux niveaux de l'appareil génital féminin	l'œstrogène en inhibant l'ovulation
aux œstrogènes et à la progestérone	trois niveaux de l'appareil génital féminin	l'œstrogène en stimulant l'ovulation

La contragestion

Pour sa contraception régulière, la femme peut utiliser des molécules de synthèse comme la pilule combinée dont le mode d'action essentiel est de bloquer l'ovulation. Elle peut aussi après conception avoir recours en début de grossesse à une interruption volontaire de grossesse (IVG) médicamenteuse en utilisant une pilule abortive. On parle alors de contra-gestation ou contragestion. Cette méthode s'applique donc dans le cas d'une situation urgente comme pour la pilule du lendemain.

Quel est le mode d'action de la pilule abortive ?

Notes

1 Un cycle utérin sous contrôle hormonal

■ Après les menstruations ou règles, la reconstruction de la muqueuse utérine ou endomètre est sous le contrôle d'une sécrétion accrue d'œstrogènes par le follicule ovarien en croissance : c'est la **phase de régénération** ou de prolifération du cycle utérin.

À l'ovulation, le follicule mûr libère un ovocyte et se transforme en corps jaune. Commence alors la phase lutéale du cycle ovarien où le corps jaune sécrète de la progestérone et en quantité moindre des œstrogènes.

■ La progestérone est essentielle pour maintenir l'endomètre et donc la **nidation d'un éventuel embryon**. Cette hormone stimule également la sécrétion de mucus par les glandes utérines. C'est la **phase de sécrétion** du cycle utérin.

L'action de la progestérone sera prépondérante pendant la grossesse ou gestation : sa sécrétion augmente régulièrement pour chuter avant l'accouchement.

Schéma expliquant la synchronisation entre cycles ovarien et utérin

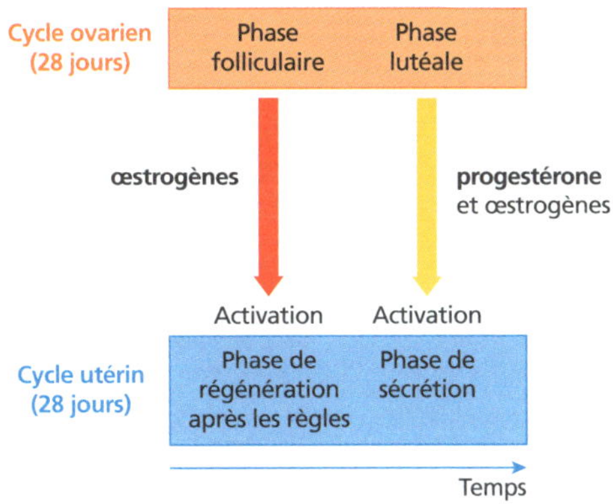

Notes

2 Le RU486, une anti-hormone

■ À partir du troisième mois de grossesse, l'embryon humain devient un fœtus. Mais il est possible de réaliser une IVG médicamenteuse en tout début de grossesse. Le RU486 sera prescrit à moins de trois semaines de retard des règles. Comment le RU486 peut-il stopper une grossesse débutante ?

■ **Résultat d'une expérience réalisée sur des rates** ayant reçues différentes molécules dont certaines sont radioactives : 15 minutes après l'injection, on réalise des coupes fines de l'endomètre pour quantifier le nombre de molécules marquées qui se sont fixées sur l'endomètre grâce à des récepteurs.

	Lot A	**Lot B**	**Lot C**
Protocole	injection de RU486 marqué	injection de progestérone marquée	injection de RU486 non marqué puis de progestérone marquée
Résultat : nombre de molécules marquées fixées sur l'endomètre	80	85	23

Explication : le RU 486 et la progestérone ont des configurations spatiales assez proches permettant au RU 486 de se fixer sur le récepteur de la progestérone et d'empêcher l'action de cette hormone sur l'utérus : le RU 486 agit comme une anti-hormone.

Le RU486 est considéré comme une anti-hormone permettant une interruption de grossesse dans le cas de son utilisation thérapeutique. Elle empêche l'action de la progestérone et donc le maintien de l'endomètre.

■ **Une autre pilule d'urgence, la pilule du lendemain**

Fortement dosée en progestérone, elle provoque un déséquilibre hormonal qui déclenche les règles, à savoir le délabrement de la muqueuse utérine. La nidation ne peut pas avoir lieu.

Testez-vous !

Corrigés p. 312

A. L'analyse du résultat du lot C montre que le RU 486 :	B. La progestérone contrôle le cycle utérin :	C. La pilule abortive permet une IVG précoce en expulsant :
facilite la fixation de la progestérone sur l'endomètre	pendant les phases de régénération et sécrétoire	l'embryon de l'ovaire
limite la fixation de la progestérone sur l'endomètre	pendant la phase de régénération	l'ovaire de l'embryon
ne modifie pas la fixation de la progestérone sur l'endomètre	pendant la phase sécrétoire	l'embryon de l'utérus

L'aide médicalisée à la procréation ou AMP

Le corps médical considère la stérilité quand après deux ans de rapports sexuels réguliers et non protégés le couple n'a pas d'enfant. Si aucun traitement n'est possible (chirurgie, hormones), des méthodes médicales sont proposées en fonction du diagnostic.

Quelles méthodes permettent d'assister la procréation humaine ?

1 Quelques exemples d'infertilité ou stérilité

La fertilité de la femme dépend de plusieurs facteurs : un nombre suffisant de follicules ovariens avec des ovocytes de bonne qualité, des sécrétions hormonales adéquates, des trompes perméables permettant la migration de l'ovocyte et des spermatozoïdes, la présence d'un utérus favorable à l'implantation de l'embryon (nidation). Chez l'homme, la fertilité est liée à un sperme de bonne qualité. La réalisation d'un spermogramme permettra de rechercher une cause à son infertilité.

Stérilité masculine	Stérilité féminine	Stérilité mixte	Stérilité inexpliquée
30 %	**30 %**	**20 %**	**20 %**
absence de spermatozoïdes	absence d'ovulation	facteurs environnementaux : tabagisme, perturbateurs neuroendocriniens, stress facteurs biologiques : incompatibilité de pH glaire-sperme	causes inconnues
spermatozoïdes peu mobiles	obstruction des trompes		
spermatozoïdes anormaux	glaire cervicale altérée		
trouble de l'érection	peur de la pénétration		

2 Aperçu sur les techniques d'AMP

Selon la cause d'infertilité, différentes techniques médicales peuvent être utilisées pour aider à la procréation : AMP, traitement hormonaux ou chirurgicaux.

Fécondation *in vitro* et transfert d'embryon ou FIVETE en quatre étapes :

1 : Stimulation ovarienne	2 : Obtention des gamètes	3 : Fécondation *in vitro* (FIV)	4 : Transfert des embryons
Traitement hormonal de 10 à 20 jours pour permettre la croissance simultanée de plusieurs follicules ovariens.	Prélèvement d'ovocytes dans l'ovaire après traitement hormonal. Recueil du sperme. Examen microscopique des gamètes.	Rencontre des gamètes. Obtention de plusieurs embryons à quatre cellules issus chacun d'une cellule œuf qui s'est divisée.	Deux jours après la FIV, plusieurs embryons sont implantés dans la muqueuse utérine (nidation).

Notes

Notes

Méthode	Prélèvement d'ovocyte	Cellule(s) nécessaire(s)	Stade du transfert	Site de transfert
IAD	non	spermatozoïdes d'un donneur	gamète	col utérin ou cavité utérine
IAC	non	spermatozoïdes du conjoint	gamète	col utérin ou cavité utérine
FIVETE sans ICSI	oui	spermatozoïdes et ovocytes	embryon à 4 cellules	cavité utérine
FIVETE avec ICSI	oui	1 spermatozoïde et 1 ovocyte	embryon à 4 cellules	cavité utérine
FIV puis DPI	oui	embryonnaire	embryon à 4 cellules	cavité utérine
Stimulation ovarienne	injection d'hormones hypophysaires LH et FSH ; installation d'une pompe à GnRH* pour compenser une déficience au niveau de l'hypothalamus			

* neurohormone hypothalamique qui contrôle la production des gonadostimulines hypophysaires FSH et LH indispensables au bon déroulement du cycle ovarien dont l'élément clé est l'ovulation.

3 Ce que vous pourriez aborder en EMC : bioéthique et AMP

IAD (insémination artificielle avec le sperme d'un donneur) : levée de l'anonymat du donneur et donc du père biologique.

IAC (insémination artificielle avec le sperme du conjoint) : si conception post-mortem, l'enfant ne pourra pas connaître son père.

FIVETE : devenir des embryons surnuméraires congelés ; nombre d'embryons à implanter ; cadre légale de la GPA (gestation pour autrui).

FIVETE avec ICSI (ICSI : *intra cytoplasmic sperm injection*) : injection d'un spermatozoïde dans le cytoplasme de l'ovocyte : choix du spermatozoïde X ou Y et donc du sexe de l'embryon.

FIV puis DPI (diagnostic pré-implantatoire) : cas d'un couple non stérile mais avec risque d'anomalie génétique pour l'embryon. Le DPI sélectionne donc l'embryon à implanter.

Testez-vous !

Corrigés p. 312

A. L'IAD peut concerner un couple quand :	B. La FIVETE avec ICSI peut concerner un couple quand le sperme du conjoint :	C. La stimulation ovarienne est proposée dans le cas d'une déficience hormonale :
le conjoint est fertile	a un faible pouvoir fécondant	du conjoint
le conjoint est stérile	a bon pouvoir fécondant	de la conjointe
la conjointe est stérile	est dépourvu de spermatozoïdes	du conjoint et de la conjointe

La transmission des agents pathogènes

Fiche 28

SVT

Notes

Certaines maladies dites infectieuses sont causées par des agents pathogènes qui altèrent l'état de santé de la personne.

Comment peuvent se transmettre des agents pathogènes au sein d'une population humaine ?

1 La transmission des maladies infectieuses

■ Un **agent pathogène** (virus, certaines bactéries ou eucaryotes) vit aux dépens d'un autre organisme qui devient alors son milieu biologique : **l'hôte**. L'hôte devient un réservoir à pathogènes.

■ L'agent pathogène peut porter préjudice à son hôte. Des symptômes se manifestent : fièvre, douleurs, fatigues, etc. L'hôte est malade.
En l'absence de symptômes, l'hôte est un porteur sain ou asymptomatique.

■ Dans une population, la propagation du pathogène se fait soit par :
– **contact entre hôtes**, *Ex. :* cas du virus de l'immunodéficience acquise (VIH) responsable du SIDA ;
– **le milieu ambiant** (air, eau), *Ex. :* cas de la bactérie *Vibrio cholerae* responsable du choléra par ingestion d'eau contaminée ;
– **un vecteur biologique**, *Ex. :* cas du protozoaire *Plasmodium falciparum* responsable du paludisme. L'homme est infecté quand un moustique le pique. Le parasite continue à se reproduire dans les hématies. Quand une personne infectée est piquée par un moustique, le parasite est absorbé et peut ensuite se propager à d'autres personnes. Le paludisme tue plus d'un million de personnes chaque année, principalement des enfants de moins de cinq ans, et infecte plusieurs centaines de millions de personnes supplémentaires, causant des symptômes sévères et perpétuant le cycle de transmission.

Cycle de transmission du paludisme

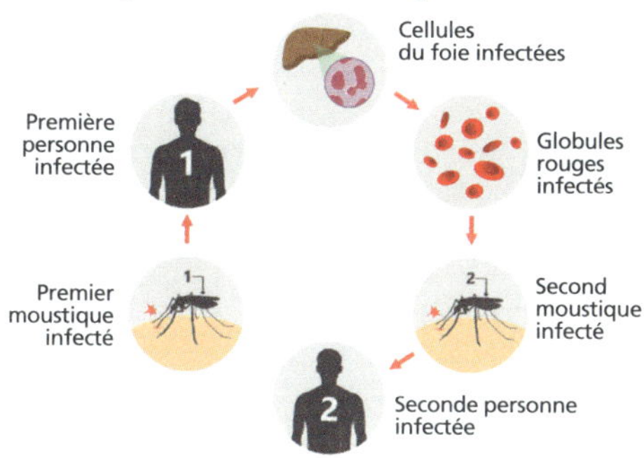

Notes

■ En fonction de l'extension géographique de la maladie on parlera :

– **d'endémie :** maladie qui sévit en permanence dans une région. Le paludisme est l'une des grandes endémies des continents africain et asiatique.

– **d'épidémie :** développement et propagation rapide d'une maladie contagieuse, le plus souvent d'origine infectieuse, dans une population. *Ex. :* la dengue et le chikungunya sur l'île de La Réunion.

– **de pandémie :** épidémie étendue à toute la population d'un continent, voire au monde entier. *Ex. :* SIDA, COVID-19.

2 Lutte contre les agents pathogènes

■ La **prophylaxie** désigne l'ensemble des moyens mis en œuvre pour prévenir l'apparition, la propagation, l'aggravation d'une maladie.

La connaissance des modalités de propagation du pathogène, avec ou sans vecteur, permet d'envisager des luttes individuelles et collectives pour limiter sa propagation.

■ **À court terme, par :**

– **des actions individuelles** : élimination des gîtes larvaires ; gestes barrières ; mesures d'hygiène ;

– **des actions collectives** : confinement pour limiter la propagation d'un virus, vaccination.

■ **À long terme, par :**

– **la lutte contre le réchauffement climatique** actuel afin de limiter l'expansion de pathogènes hors de leur foyer d'origine ;

– **la lutte contre l'émergence de zoonoses** (maladies transmissibles de l'animal à l'homme) souvent associée aux changements environnementaux liés aux activités humaines, comme la déforestation au profit de l'agriculture. Les zoonoses représentent un problème de santé majeur (mortalité, invalidité) affectant tous les continents aussi bien en médecine humaine que vétérinaire.

Testez-vous !

Corrigés p. 312

A. La transmission du pathogène responsable du choléra se réalise de façon :	B. Grâce à une bonne prophylaxie, les maladies infectieuses sont :	C. Le réchauffement climatique favorise l'émergence de maladies vectorielles vers les zones :
directe par un vecteur biologique	moins fréquentes dans les pays à économie favorable	tempérées car plus chaudes
indirecte par un vecteur biologique	plus fréquentes dans les pays à économie défavorable	tropicales car plus chaudes
directe par le milieu ambiant	moins fréquentes dans les pays à économie défavorable	tempérées car plus froides

Microbiote humain et santé

Fiche 29

SVT

Notes

Le microbiote humain représente l'ensemble des microorganismes vivant sur et dans le corps humain.

Quelles sont les relations entre l'hôte et son microbiote ?

1 La diversité du microbiote humain

Pour l'essentiel, le microbiote est constitué de bactéries mais également de champignons microscopiques et de microarthropodes comme les acariens.

Ce microbiote constitue un véritable écosystème par l'existence d'interactions complexes entre ces microorganismes et leur hôte.

Ex. : L'acarien *Demodex folliculorum* vit dans les follicules pileux à la base des cils et sur la peau.

Ex. : Le microbiote intestinal est l'ensemble des microorganismes hébergés dans le tube digestif.

Ex. : Les bactéries du genre *Lactobacillus* protègent le vagin des infections en fabriquant de l'acide lactique hostile à bon nombre de microbes.

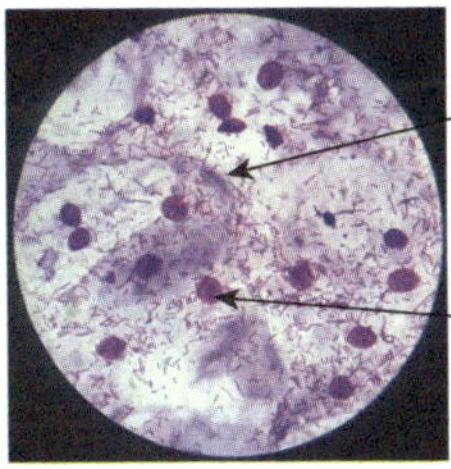

Ex. : Les cellules épithéliales qui tapissent la cavité buccale présentent à leur surface des bactéries.

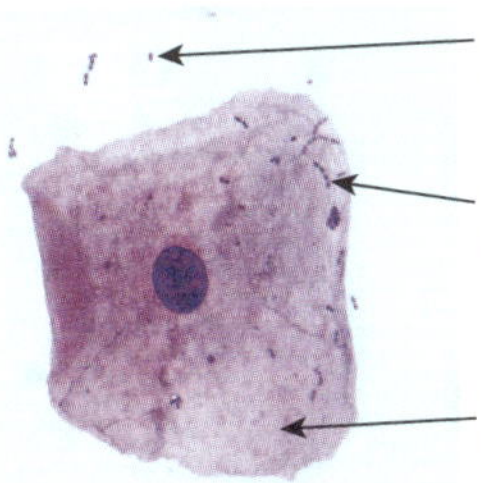

2 La construction de la symbiose hôte-microbiote

■ Le microbiote se met en place dès la naissance (rôle de l'accouchement par voie basse ou césarienne). Il évolue ensuite au cours de la vie en fonction du régime alimentaire (carné ou végétarien). Des facteurs économiques, éthiques, religieux influenceront également l'alimentation. Le microbiote sera donc différent d'un individu à l'autre.

Notes

■ Le microbiote intestinal, appelé autrefois « flore intestinale » (bactéries, levures), a un rôle indispensable dans l'immunité et dans la digestion.

L'apport en fibres alimentaires favorise la diversité du microbiote et stimule le système immunitaire et donc la prévention de nombreuses maladies, certaines bactéries ayant des propriétés anti-inflammatoires.

À l'opposé, la prise abusive d'antibiotiques peut chez certaines personnes entraîner une propagation de bactéries pathogènes au détriment des autres bactéries du microbiote intestinal. Il y a alors une altération écologique du microbiote : c'est la dysbiose qui peut être mortelle. Le traitement envisagé peut consister alors en une greffe fécale pour restaurer l'équilibre de cet écosystème intestinal.

Enfin, une solution hydroalcoolique tue les microorganismes pathogènes, mais son utilisation répétée détruit le biofilm protecteur de la peau formé par le microbiote cutané. La barrière immunitaire cutanée de trouve alors affaiblie. Il faut donc savoir évaluer les précautions hygiéniques nécessaires au plus juste (fréquence et pertinence des lavages de mains).

L'association hôte-microbiote : des interactions bénéfiques = symbiose

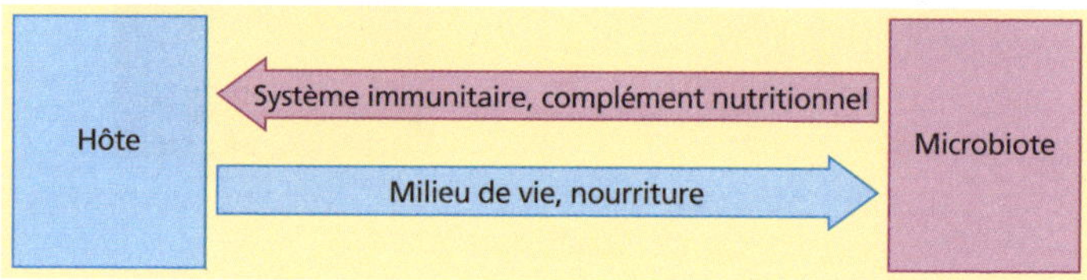

■ Les interactions entre hôte et microbiote jouent un rôle essentiel pour le maintien de la santé et du bien-être de l'hôte. Ainsi, la composition en microorganismes et la diversité du microbiote sont des indicateurs de santé. Il nous faut donc accepter d'être des êtres non-indépendants hébergeant d'autres êtres vivants qui nous sont indispensables. **Respecter et cultiver cette symbiose active est probablement une clé majeure de notre santé.**

Testez-vous !

Corrigés p. 312

A. Le microbiote est présent :	B. Une greffe fécale se fait :	C. Le microbiote est :
uniquement dans le corps	d'un sujet sain à un sujet malade	bénéfique au milieu de vie de l'hôte
uniquement à la surface du corps	d'un sujet malade à un sujet sain	bénéfique au système immunitaire de l'hôte
dans et à la surface du corps	d'un sujet malade à un sujet malade	néfaste au système immunitaire de l'hôte

CORRIGÉS DES *TESTEZ-VOUS* !

Fiche 1. A : La mitochondrie est un organite. - **B** : La levure est un champignon unicellulaire eucaryote. - **C** : Un organisme pluricellulaire est constitué de cellules organisées en tissu.
Fiche 2. A : Un organisme unicellulaire peut réaliser plusieurs fonctions car il est non spécialisé. - **B** : Un organisme pluricellulaire possède des organes constitués de cellules spécialisées formant des tissus. - **C** : Un gène s'exprime en protéine.
Fiche 3. A : Lors du vieillissement cutané, la matrice extracellulaire est réduite. - **B** : La cohésion des cellules végétales est assurée par une paroi composée de pectine et cellulose. - **C** : La matrice extracellulaire est éliminée pour les protoplastes.
Fiche 4. A : L'ADN est une molécule codée par une séquence de nucléotides. - **B** : Un nucléotide est une association de trois molécules. - **C** : Le séquençage de l'ADN consiste à déterminer l'ordre des bases azotées.
Fiche 5. A : Une cellule autotrophe réalise la photosynthèse et la respiration. - **B** : La respiration est un mécanisme biochimique de dégradation complète du glucose. - **C** : La photosynthèse est un mécanisme biochimique dépendant d'une source d'énergie lumineuse et du dioxyde de carbone.
Fiche 6. A : La cellule hépatique a un équipement enzymatique plus important que la cellule musculaire. - **B** : La mélanine est la molécule finale d'une voie métabolique des mélanocytes. - **C** : La spécialisation d'une cellule est modifiée en cas de mutation.
Fiche 7. A : Une chaîne alimentaire permet un transfert de matière et d'énergie des producteurs primaires aux producteurs secondaires hétérotrophes. - **B** : Dans un plant de pomme, l'interconnexion des métabolismes fait intervenir trois organites. - **C** : Les décomposeurs permettent une transformation de la matière organique en matière minérale grâce à un métabolisme hétérotrophe.
Fiche 8. A : Les trois échelles de la biodiversité du petit au plus grand sont individu-espèce-écosystème. - **B** : Charles Darwin était absent au sommet de Rio car décédé. - **C** : L'inventaire de biodiversité dans un écosystème est qualitatif et quantitatif.
Fiche 9. A : La définition biologique de l'espèce est plus récente que la définition typologique. - **B** : Un dimorphisme sexuel marqué pose problème à la définition typologique de l'espèce. - **C** : Des individus d'une même espèce présente une descendance viable et fertile.
Fiche 10. A : Sur la photographie de l'épi de maïs, le % du phénotype grain noir est plus important que le % du phénotype grain jaune. - **B** : Le cliché de la drosophile montre une mutation. - **C** : La variabilité phénotypique résulte de mutations à l'origine du polymorphisme des gènes.
Fiche 11. A : La crise biologique à la fin du Crétacé est globale. - **B** : La faune d'Ediacara marque le développement de la vie dans les océans il y a 600 Ma. - **C** : La mésange a un lien de parenté étroit avec l'archéoptéryx.
Fiche 12. A : La biodiversité actuelle est le résultat d'une longue histoire évolutive. - **B** : Les activités humaines perturbent durablement la biodiversité. - **C** : Une espèce endémique est également indigène.
Fiche 13. A : La spéciation est opposée à l'extinction d'une espèce. - **B** : La sélection naturelle est dépendante de l'environnement. - **C** : La population du cratère de Ngorongoro voit sa diversité allélique diminuer de manière aléatoire.
Fiche 14. A : Les comportements de reproduction dépendent de signaux chimiques et physiques. - **B** : La communication intraspécifique se fait selon la séquence organisme émetteur- organisme récepteur-réponse. - **C** : La communication de la localisation de source de nourriture aux abeilles réceptrices est réalisée par les butineuses de retour à la ruche selon une danse frétillante.
Fiche 15. A : La sélection sexuelle chez le paon est basée sur une communication visuelle. - **B** : La sélection sexuelle chez le pouillot est basée sur une communication sonore. - **C** : La sélection sexuelle est liée à la lutte pour la reproduction avec un partenaire.

Notes

Notes

Fiche 16. A : La disparition d'un relief se réalise dans l'ordre altération-érosion-transport. - **B** : La photo a été prise en amont de la rivière des Galets. - **C** : La Terre des sept Couleurs de Chamarel résulte d'une altération chimique intense du basalte.
Fiche 17. A : Le grès est une roche sédimentaire détritique et silicatée. - **B** : Le grès se forme à partir de la consolidation de sable. - **C** : La reconstitution des paléo-environnements est basée sur le principe de l'actualisme.
Fiche 18. A : Les filets permettent de protéger contre l'érosion de la falaise. - **B** : La nouvelle route du littoral correspond à la route sur viaduc pour se protéger de l'érosion de la falaise. - **C** : Le trafic routier de la route du littoral constitue une vulnérabilité.
Fiche 19. A : Les intrants sont nécessaires car la restitution au sol de matière organique est faible. - **B** : La biomasse « canne » est partiellement exportée de l'agrosystème. - **C** : La production d'électricité à partir des résidus de la canne est dépendante du soleil.
Fiche 20. A : Le sol peut être défini comme étant un système dynamique entre roches et biosphère. - **B** : Le réseau trophique du sol permet de transformer la matière organique en matière minérale. - **C** : L'humus du sol provient de la biomasse produite à la surface du sol.
Fiche 21. A : L'agriculture intensive ne se limite pas qu'à la production végétale. - **B** : L'eutrophisation résulte d'un apport d'azote minéral. - **C** : L'agroécologie consiste à respecter l'environnement.

Fiche 22. A : La vasectomie est une méthode de contraception masculine permettant de produire du liquide séminal sans spermatozoïdes. - **B** : Le sexe gonadique est visible avant la naissance. - **C** : La gonade indifférenciée se transforme en testicule suite à la présence du gène SRY.
Fiche 23. A : Les spermatozoïdes sont produits par les tubes séminifères. - **B** : Le corps jaune se forme après l'ovulation. - **C** : L'analyse des dosages en hormones sexuelles montre que le début de la puberté de la fille est antérieure à celle des garçons.
Fiche 24. A : La biologie du plaisir est basée sur des messages nerveux sensoriels puis la stimulation de la sécrétion de dopamine. - **B** : L'identité et l'orientation sexuelle montrent que le sexe social peut prédominer sur le sexe biologique. - **C** : L'érection du pénis ou du clitoris est le résultat d'un message nerveux sensoriel puis moteur.
Fiche 25. A : La micropilule est prescrite quand la femme est intolérante aux œstrogènes. - **B** : La pilule combinée agit à trois niveaux de l'appareil génital féminin. - **C** : La pilule combinée mime l'effet de l'œstrogène en inhibant l'ovulation.
Fiche 26. A : L'analyse du résultat du lot C montre que le RU 486 limite la fixation de la progestérone sur l'endomètre. - **B** : La progestérone contrôle le cycle utérin pendant la phase sécrétoire. - **C** : La pilule abortive permet une IVG précoce en expulsant l'embryon de l'utérus.
Fiche 27. A : L'IAD peut concerner un couple quand le conjoint est stérile. - **B** : La FIVETE avec ICSI peut concerner un couple quand le sperme du conjoint a un faible pouvoir fécondant. - **C** : La stimulation ovarienne est proposée dans le cas d'une déficience hormonale de la conjointe.
Fiche 28. A : La transmission du pathogène responsable du choléra se réalise de façon directe par le milieu ambiant. - **B** : Grâce à une bonne prophylaxie, les maladies infectieuses sont moins fréquentes dans les pays à économie favorable. - **C** : Le réchauffement climatique favorise l'émergence de maladies vectorielles vers les zones tempérées car plus chaudes.
Fiche 29. A : Le microbiote est présent dans et à la surface du corps. - **B** : Une greffe fécale se fait d'un sujet sain à un sujet malade. - **C** : Le microbiote est bénéfique au système immunitaire de l'hôte.

Histoire

Sommaire

Notes

Le modèle britannique et son influence

Les Lumières et le développement des sciences

Tensions, mutations et crispations de la société d'ordres

Cartes

(La couleur renvoie au thème correspondant.)

La périodisation de l'histoire

Fiche 1

Histoire

Notes

1 L'histoire et la périodisation

■ L'histoire désigne à la fois le travail de recherche sur le passé et l'ère qui succède à la Préhistoire. Traditionnellement, elle commence avec les toutes premières formes d'écriture, vers 3300 av. J.-C. au Moyen-Orient. La mise au point de l'écriture constitue en effet une étape décisive dans le développement des civilisations, car elle facilite le commerce, l'administration et la transmission des savoirs.

■ L'invention de l'écriture est aussi une étape majeure dans l'émergence de l'histoire, comme enregistrement des faits et réflexion sur le passé. Le travail historique repose notamment sur la périodisation, c'est-à-dire la délimitation de périodes afin de rendre intelligible l'articulation des faits. Thucydide (v.460-v.377 av. J.-C.) est l'un des premiers penseurs à mener ce travail.

■ La périodisation dépend du point de repère choisi par les différents calendriers : fondation légendaire de Rome (753 av. J.-C.) dans l'Antiquité romaine ; naissance traditionnelle du Christ dans le monde chrétien ; Hégire (622 apr. J.-C.) dans le monde musulman, etc.

Info-clé

En grec, le mot *Historia* signifie « enquête », c'est-à-dire « recherche d'information ». Il est le titre de l'œuvre du penseur grec Hérodote (480 av. J.-C.-v.425 av. J.-C.).

2 Les périodes traditionnelles de l'histoire

■ La « périodisation traditionnelle » est élaborée au cours du XIXe siècle, plus précisément à partir des années 1820. Les historiens français s'inspirent de représentations chronologiques plus anciennes, remontant pour certaines au XVe siècle, afin de délimiter les quatre périodes de l'histoire : l'Antiquité (vers 3500 av. J.-C.- 476 apr. J.-C.), le Moyen Âge (476-1492), les Temps modernes (1492-1789) et l'époque contemporaine (1789 à nos jours).

■ Ces périodes traditionnelles correspondent à des évolutions politiques, économiques, sociales et culturelles majeures. Elles sont bornées par des dates charnières, qui servent de marqueurs chronologiques : la fin de l'Empire romain d'Occident (476) ; la prise de Constantinople par les Turcs (1453) ou bien l'arrivée

Notes

de Christophe Colomb en Amérique (1492) et le début de la Révolution française (1789).

■ Cependant, la périodisation varie selon les pays. Ainsi, dans le monde anglo-saxon, les historiens distinguent la « *Early Modern History* » (correspondant aux « Temps modernes » français) de la « *Late Modern History* » qui équivaut à l'époque contemporaine. Au Japon, la période antique s'étend traditionnellement du VIe au XIIe siècle, et le Moyen Âge du XIIe au XVIe siècle.

3 Vers de nouvelles périodisations ?

■ Élaborée au XIXe siècle, la périodisation traditionnelle est centrée sur l'Europe (**européocentrisme**) ou l'Occident, et n'aborde qu'à la marge les autres civilisations ou les échanges mondiaux. De plus, elle valorise les événements politiques et institutionnels au détriment des évolutions sociales ou économiques.

> **Européocentrisme**
> Fait de valoriser systématiquement l'Europe et de n'adopter qu'un point de [illegible] européen.

■ Au XXe siècle, la périodisation traditionnelle fait l'objet de nombreuses remises en question. L'historien Fernand Braudel (1902-1985) décrit des évolutions de plus ou moins longue durée, à la fois techniques, économiques et culturelles, qui concernent de vastes territoires, les « économies-mondes* ».

■ Dans le sillage de l'histoire globale*, des historiens proposent de nouvelles périodisations qui prennent en compte les relations entre l'humanité et son environnement (anthropocène*), la diversité des sociétés, des points de vue et des représentations, en croisant les échelles géographiques. Ils montrent toute l'importance des échanges et des rapports socio-économiques et culturels.

Testez-vous !

Corrigés p. 399

A. Quelles sont les périodes traditionnelles de l'histoire ?
B. Quelles critiques sont apportées à la périodisation traditionnelle de l'histoire ?
C. Quels enjeux les nouvelles périodisations mettent-elles en valeur ?

Les dates-clés de l'histoire

Fiche 2

Histoire

Notes

1 Les dates traditionnelles de l'histoire

■ Les périodes traditionnelles de l'histoire sont bornées par des événements-clés, qui constituent des ruptures historiques majeures.

■ La fin de l'Empire romain d'Occident (476) redessine la carte de l'Europe de l'Ouest, avec l'émergence d'une mosaïque de royaumes « barbares ». Elle renforce la divergence politique, sociale et culturelle entre les parties orientale et occidentale de l'Europe.

■ La prise de Constantinople par les Turcs en 1453 est une étape majeure dans l'émergence de l'Empire ottoman et la disparition de l'Empire byzantin. Elle ferme les marchés asiatiques aux Occidentaux, et les contraint à rechercher d'autres routes commerciales à travers les océans Indien et Atlantique.

■ Le premier voyage de Christophe Colomb en Amérique (1492) met en contact les Européens avec des populations qui leur étaient inconnues (Amérindiens Taïnos), et inaugure la colonisation de ce continent.

Christophe Colomb (1451-1506)
Il a effectué quatre voyages en Amérique entre 1492 et 1504.

■ La Révolution française (1789) pose les bases d'un nouveau régime politique, social et culturel, fondé sur les droits de l'homme et la souveraineté nationale*. Cet événement sert de référence à de nombreuses révolutions libérales ou nationales en Europe au cours du XIXe siècle.

2 Questionner la pertinence des dates-clés

■ Le choix de ces dates, comme marqueurs chronologiques, ne va cependant pas de soi. En 476, la déposition de l'empereur d'Occident Romulus Augustule et le renvoi des insignes impériaux en Orient, ne constituaient pas une rupture historique à l'époque. En 1492, Christophe Colomb n'a pas encore conscience qu'il débarque sur un continent inconnu des Européens. C'est le navigateur italien Amerigo Vespucci (1454-1512) qui est le premier à comprendre cette réalité, dès 1502.

■ La mise au point de l'imprimerie en Occident par Johannes Gutenberg (vers 1454) ou la prise de Grenade par les rois chrétiens d'Espagne (1492), marquant la fin de la *Reconquista**, peuvent être des charnières tout aussi pertinentes.

Notes

■ Le choix des dates dépend en outre de ce que l'historien veut montrer. Se référer à 1453 permet d'éclairer les relations politiques entre l'Occident et l'Orient. La référence à la mise au point de l'imprimerie sert à expliquer les évolutions culturelles en Europe (humanisme*). La charnière de 1492 permet d'évoquer l'expansion de l'Europe et la constitution des empires coloniaux européens.

■ Les dates traditionnelles doivent enfin être questionnées en raison de leur connotation institutionnelle ou politique, et de leur européocentrisme. Elles correspondent en effet au contexte intellectuel de l'époque où elles ont été établies, celle de la seconde moitié du XIXe siècle L'histoire est alors conçue comme un moyen de légitimer la construction des États-nations* européens. C'est à cette époque qu'est forgé le « **roman national** » français, qui repose notamment sur les « grands personnages » et les « grandes dates ».

> **Roman national**
> Récit historique élaboré au XIXe siècle qui célèbre systématiquement la nation française.

3 Définir des charnières mondiales

■ Certains historiens estiment que les dates traditionnelles ne correspondent plus à l'état présent de la recherche scientifique ou aux historiographies actuelles, fondées notamment sur les apports de l'histoire globale*. Ils privilégient des charnières mondiales, correspondant à l'évolution de l'humanité, dans ses différents aspects, notamment sociaux et culturels.

■ Le principe même de considérer des événements comme des marqueurs historiques décisifs, est contesté. Certains historiens leur préfèrent des charnières plus longues, qui montrent que le basculement d'une période à une autre s'effectue dans la durée et sur une échelle plus vaste.

■ Ainsi, considérer le XVe siècle comme un tournant historique permet de prendre en compte à la fois l'ouverture commerciale de la Chine, l'expansion du monde turc ou la naissance de l'imprimerie en Europe. Il est ainsi possible de croiser des problématiques politiques, militaires, économiques, sociales et culturelles sur une échelle mondiale.

Testez-vous !

Corrigés p. 399

A. Quelles sont les différentes dates-clés qui peuvent marquer la fin du Moyen Âge ?

B. En quoi le choix d'une date dépend-il de ce que l'historien veut montrer ?

C. Quelles nouvelles charnières historiques sont proposées ?

La naissance de la démocratie athénienne

Fiche 3

Histoire

Notes

1 Une démocratie limitée et inachevée

■ Athènes est une cité* grecque qui s'étend sur un territoire de 2 500 km^2 comprenant la ville, le port du Pirée et les campagnes environnantes. La cité se définit comme une communauté d'hommes possédant des droits politiques : « la cité des Athéniens ». Le corps des citoyens* forme le démos (le peuple), seul à détenir les droits politiques.

■ En 508 av. J.-C., Clisthène établit l'égalité des citoyens devant la loi (l'isonomie) et pose les bases de la démocratie* athénienne. Il s'agit d'un nouveau régime. La démocratie athénienne repose sur plusieurs institutions, dont l'Ecclésia (l'Assemblée du peuple d'Athènes) qui possède le pouvoir souverain. Elle décide de la guerre ou de la paix, vote les lois et le budget de la cité et désigne les magistrats.

■ La démocratie athénienne est limitée. Les citoyens ne représentent que 12 à 15 % de la population de la cité d'Athènes, estimée à 300 000 habitants au Ve s. av. J.-C. Les femmes, les esclaves et les métèques (étrangers) sont exclus de la citoyenneté. La nature démocratique du régime est aussi limitée par la domination des plus riches familles, les Eupatrides, qui concentrent les magistratures les plus élevées.

■ Au cours du Ve siècle av. J.-C., plusieurs réformes sont adoptées pour protéger et étendre la démocratie athénienne. En 488 av. J.-C., la procédure de l'ostracisme est votée par l'Ecclésia qui exclut de la cité pour dix ans toute personne considérée comme un danger pour la démocratie. À partir de 487, les archontes (magistrats chargés des cultes et des fêtes) sont tirés au sort par les membres de l'Ecclésia. En 462, le contrôle des magistrats est désormais confié à l'Ecclésia et au tribunal populaire de l'Héliée.

Ostracisme
Décision politique permettant de déchoir de sa citoyenneté et d'exiler pour 10 ans un citoyen accusé de mettre en péril la liberté de la cité.

2 Périclès et l'approfondissement de la démocratie

■ Périclès joue un rôle décisif dans la construction de la démocratie athénienne. Issu de la prestigieuse famille athénienne des Alcméonides, il entre en politique en 461 et est réélu à la fonction de stratège quinze années de suite (443-428). En 451,

Notes

il apporte une définition précise de la citoyenneté athénienne. Pour être citoyen athénien, il faut avoir un père citoyen et une mère fille de citoyen.

■ Périclès est convaincu que l'exercice des droits civiques nécessite des conditions de vie décentes. Il lance une politique de grands travaux non seulement pour aménager et embellir Athènes, mais aussi pour fournir du travail au peuple. En 457, il permet aux citoyens les moins riches de devenir archontes. Vers 451, il institue le *misthos*, une compensation financière versée aux citoyens les plus pauvres. Elle leur permet de faire partie d'un jury de tribunal, d'être membre de la **Boulè** ou magistrats, sans perdre leurs revenus. Cette idemnité sera étendue, vers 400 av. J.-C., à tous ceux qui participent aux séances de l'Ecclésia.

> **Boulè**
> Conseil chargé de préparer le travail de l'Ecclésia, veil à l'application des lois et contrôler les magistrats.

3 Démocratie et impérialisme athéniens

■ La formation de la démocratie athénienne est indissociable de l'impérialisme* maritime de la cité. Dès 483 av. JC, sous l'impulsion de Thémistocle, la cité se dote d'une flotte de trières*, financée par les mines d'argent du Laurion, afin de se protéger des Perses. En 478-477, Athènes fonde la Ligue de Délos, une alliance regroupant des cités qui payent un tribut pour leur défense commune.

■ À partir de cette organisation défensive, Athènes impose sa domination à ses alliés, qui sont progressivement soumis. Au milieu du Ve siècle, la Ligue de Délos devient une confédération* dominée par Athènes. Elle punit brutalement les cités membres qui veulent quitter la Ligue, comme Naxos en 468 puis Thasos en 465, qui sont assiégées par les Athéniens. Elle confisque des terres chez ses alliés les plus riches. En 454, le trésor de la Ligue de Délos est même transféré dans la cité athénienne.

■ Athènes accumule ainsi un butin monétaire et foncier immense, qui lui sert à financer des réformes démocratiques, mais aussi des distributions alimentaires et des fêtes civiques. Les terres confisquées sont colonisées par des citoyens athéniens pauvres. Enfin, Athènes puise dans le trésor de la Ligue de Délos pour financer des grands travaux, comme la reconstruction de l'Acropole.

Testez-vous !

Corrigés p. 399

A. Pourquoi la citoyenneté athénienne est-elle limitée ?

B. Quelles sont les réformes de Périclès ?

C. Pourquoi la démocratie athénienne est-elle liée à l'impérialisme d'Athènes ?

Les institutions politiques de la démocratie athénienne

Fiche 4

Histoire

1 Les assemblées athéniennes

A. L'Ecclésia, la source de la démocratie athénienne

■ C'est l'assemblée des citoyens* d'Athènes. Disposant du pouvoir souverain, L'Ecclesia est la source de la démocratie athénienne. Elle décide de la guerre et de la paix, vote les lois et le budget de la cité, désigne (par élection ou par tirage au sort) les magistrats (stratèges, archontes), l'Héliée (le tribunal populaire) et la Boulè (le conseil). Elle peut seule décider l'exil d'un citoyen (ostracisme).

Info-clé

Les séances de l'Ecclésia ne réunissent jamais l'ensemble du corps civique. Elles accueillent rarement plus de 6 000 citoyens.

■ L'Ecclésia se réunit quatre fois par mois sur la colline de la Pnyx. Les votes se déroulent à main levée et à la majorité simple, à partir des propositions des citoyens.

Notes

B. La Boulè, gardienne de la loi

■ Ce conseil prépare le travail de l'Ecclésia. Il émet un avis sur les propositions qui ont été votées par l'Assemblée des citoyens, veille à l'application des lois, contrôle les magistrats et leur administration, surveille les finances. Il est aussi chargé de recevoir les ambassadeurs étrangers et de surveiller l'état et la construction de la flotte de guerre.

■ La Boulè est composée de 500 membres (les bouleutes), 50 par tribu, tirés au sort pour un an parmi les citoyens âgés de plus de 30 ans. Elle est divisée en 10 groupes, les prytanies, siégeant chacune dans le Bouleutérion, en bordure de l'agora, pendant un mois de l'année. Ils touchent une rémunération quotidienne d'une drachme.

C. L'Héliée, le tribunal populaire d'Athènes

■ Il est chargé de juger les affaires privées et publiques de la cité en une seule journée. Ses 6 000 membres, les héliastes, sont tirés au sort chaque année parmi les membres de l'Ecclésia.

D. Des pouvoirs imbriqués

■ La démocratie athénienne ne connaît pas la séparation des pouvoirs. L'Ecclésia et la Boulè exercent ainsi à la fois des pouvoirs législatifs et judiciaires. Quant à l'exécutif, il est du ressort des magistrats.

Notes

2 Les magistrats

A. Le pouvoir exécutif

■ Les magistrats sont élus ou tirés au sort pour un an parmi les citoyens. Ils sont chargés d'appliquer les lois. Pour exercer leurs fonctions, ils reçoivent une indemnité journalière de 3 à 6 oboles. De plus, ils disposent d'une administration composée d'esclaves et d'affranchis.

■ Ils travaillent le plus souvent en collège de 10 afin de se contrôler mutuellement. Par ailleurs, les magistratures les plus importantes sont élues et non tirées au sort, pour sélectionner les personnalités les plus compétentes. Enfin, depuis 462 av. J.-C., les magistrats sont tous placés sous la surveillance du tribunal populaire de l'Héliée et de l'Ecclésia. Ils doivent lui rendre des comptes à leur sortie de charge. Ils peuvent être suspendus, révoqués ou ostracisés.

> **Citation-clé**
> « Le sort distribue les charges, le magistrat rend compte de ses actes, toute décision est portée devant le peuple. »
> (Hérodote, vers 445 av. J.-C

■ Dans les faits, les magistratures élues, notamment la stratégie, sont souvent détenues par les représentants des plus puissantes familles (Eupatrides). Ils sont en effet assez riches pour mener une efficace campagne politique.

B. Les différentes magistratures

■ La stratégie est la magistrature la plus importante de la cité. Les 10 stratèges commandent l'armée et la flotte, et veillent à l'application des lois. Ils sont élus et rééligibles chaque année par l'Ecclésia.

■ Les archontes sont tirés au sort depuis 487 av. J.-C. parmi les membres de l'Ecclésia. Ils n'ont qu'un rôle honorifique. Ils sont notamment chargés d'organiser les cérémonies des cultes, des fêtes religieuses et de présider les tribunaux.

■ Élus par l'Ecclésia, les magistrats financiers sont chargés de la gestion du trésor public, de la monnaie, de la surveillance des marchés ou du contrôle des poids et mesures.

Testez-vous !

Corrigés p. 399

A. Quelle institution dispose du pouvoir souverain à Athènes ?

B. Quels rôles jouent les magistrats ?

C. En quoi le système politique athénien est-il démocratique ?

La naissance de l'Empire romain

Fiche 5

Histoire

1 La crise de la République

■ Au Iᵉʳ siècle av. J.-C., la République romaine est déchirée par des guerres civiles entre factions rivales. Elles opposent les *populares*, partisans d'un élargissement des droits du peuple, et les *optimates*, attachés à la prédominance des grandes familles patriciennes* et du Sénat.

■ Les *populares* sont dirigés par Jules César qui parvient en 48 av. J.-C. à s'imposer sur son rival, Pompée, favori des *optimates*. À la fois consul et **dictateur**, Jules César concentre des titres, des pouvoirs et des honneurs presque monarchiques. Accusé de vouloir restaurer la royauté, il est assassiné par une conspiration de sénateurs en 44 av. J.-C.

> **Dictateur**
> Magistrat romain auquel sont accordés, pour une durée limitée, les pleins pouvoirs pendant une période de crise.

■ L'assassinat de César provoque une guerre civile entre ceux qui se considèrent comme ses deux héritiers : son fils adoptif Octave et son ancien compagnon d'armes Antoine. Après avoir vaincu Antoine à Actium en 31 av. J.-C., Octave prend le pouvoir à Rome.

2 Un nouveau régime : le Principat

■ En quelques années, Octave cumule les titres de Grand Pontife (chef de la religion romaine), de *Princeps* (rang le plus élevé du Sénat), d'*Imperator,* réservé aux généraux victorieux, et enfin de « Père de la Patrie ».

■ En vertu du titre religieux d'Auguste attribué par le Sénat en 27 av. J.-C., il est considéré comme un personnage sacré, doté non seulement de la *potestas* (le pouvoir légal) et de l'*imperium* (le pouvoir civil et militaire le plus élevé), mais aussi de l'*auctoritas* (l'autorité supérieure). Il prend le nom d'Auguste.

■ Cette concentration des honneurs marque l'instauration d'un nouveau régime politique : le Principat. Il associe la prééminence d'un homme, l'empereur, au respect des institutions républicaines.

■ L'empereur a le pouvoir de convoquer le Sénat, de présenter les candidats aux Assemblées du peuple et de nommer certains magistrats. Doté de la puissance tribunitienne, il peut s'opposer à la décision d'un magistrat et porter assistance à tout citoyen qui fait appel à lui.

Notes

Notes

■ Pour légitimer le nouveau régime, Auguste se pose en restaurateur de la République et de Rome, divisées par les guerres civiles. Il s'attache à apparaître comme le rassembleur du peuple romain et le garant de la stabilité politique. Il s'entoure de conseillers, comme Agrippa et Mécène, et d'écrivains et d'artistes, comme les poètes Horace et Virgile.

Dynastie
Auguste désigne son successeur, son fils adoptif Tibère, fondant ainsi une première dynastie impériale : les Julio-Claudiens.

3 Un nouvel ordre politique

■ Auguste s'emploie à réorganiser la ville impériale, qui abrite alors un million d'habitants. Il la redécoupe en 14 grandes régions et procède à de grands travaux, avec l'aménagement d'un grand forum, du théâtre de Marcellus, du Panthéon et le temple d'Apollon Palatin.

■ Auguste réorganise aussi le territoire romain qui s'étend alors de l'ouest de la Gaule jusqu'au sud de l'Égypte, et qui compte 60 millions d'habitants. Il établit la distinction entre les provinces sénatoriales, anciennement conquises et qui dépendent du Sénat, et les provinces impériales, plus récemment conquises, qui sont directement administrées par l'empereur et protégées par des légions.

■ L'action d'Auguste est relayée par un culte impérial. Il se manifeste par de nombreux portraits officiels, comme la statue de Prima Porta où figurent les symboles religieux et militaires de sa puissance. Elle est diffusée aussi par les *Actes du Divin Auguste*, des rouleaux confiés aux Vestales puis gravés sur des tables de bronze qui font le bilan de l'œuvre impériale.

Testez-vous !

Corrigés p. 399

A. Quand est fondé l'Empire romain ?
B. Qu'est-ce que le Principat ?
C. Quels sont les principaux pouvoirs de l'empereur ?

L'Empire romain : immensité et diversité

Fiche 6

Histoire

1 Le « corps immense de l'Empire » (Tacite)

■ L'Empire territorial romain est le résultat d'une expansion, menée depuis sa fondation au VIIIe siècle av. J.-C. D'abord royauté couvrant une partie du Latium, Rome devient, en 509 av. J.-C., une République qui étend sa domination à presque toute la Péninsule italienne entre le VIe et le IIIe siècle av. J.-C. Après les trois guerres Puniques (264-146 av. J.-C.), Rome vainc la cité rivale de Carthage et s'empare de ses territoires en Méditerranée occidentale. Avec la conquête de la Grèce (146 av. J.-C.) et de la Gaule (52 av. J.-C.), elle devient la première puissance méditerranéenne.

■ Sous le règne de Trajan (98-117), l'Empire romain atteint sa plus grande extension. De l'océan Atlantique à la mer Rouge, il s'étend alors de la Bretagne (Angleterre) à l'Arabie, sur près de 5 millions de km². Cependant, sa superficie varie selon les époques, et plusieurs annexions, comme la Mésopotamie, ne seront qu'éphémères.

Info-clé

Construit entre 122 et 127 apr. J.-C., le mur d'Hadrien est le vestige du *limes* qui séparait la province romaine de Bretagne (Angleterre) de la Calédonie (Écosse), indépendante.

■ L'Empire romain bénéficie d'un important réseau de communication et de défense. Il est traversé par près de 150 000 km de routes pavées et dotées de bornes milliaires, disposées tous les mille pas. Ses frontières les plus exposées sont protégées par des fortifications (le *limes*) formées de murailles et de fortins.

■ Cet immense Empire connaît une longue période de paix, la *Pax Romana*, aux Ier et IIe siècles. Elle correspond à une époque de prospérité économique, fondée notamment sur le commerce méditerranéen. Elle s'appuie sur la romanisation*, c'est-à-dire la diffusion de la langue et du mode de vie romains, et sur le prestige de la citoyenneté romaine, qui donne de nombreux droits.

2 Le brassage des peuples et des cultures

■ Au IIe siècle apr. J.-C., l'Empire romain compte 70 millions d'habitants appartenant à des peuples très différents : Latins, Grecs, Celtes, Germains, Égyptiens… Il est caractérisé par la grande diversité des langues : latin et grec (langues officielles), gaulois, araméen ou berbère… À cela s'ajoute la diversité religieuse : paganisme romain officiel, judaïsme des Hébreux, culte d'Isis

Notes

Notes

des Égyptiens, culte de Cybèle des Phrygiens, christianisme en Méditerranée orientale…

■ Ville cosmopolite d'un million d'habitants, Rome témoigne de cette diversité culturelle. Les multiples communautés habitent dans des quartiers différents, qui dépendent souvent des lieux de culte : Égyptiens sur le Champs de Mars, Syriens sur les monts Aventin et Janicule, Africains sur le Caelius.

Barbare
Pour les Romains, il s'agit d'une personne qui ne parle ni grec ni latin.

■ Les habitants de l'Empire qui ne sont ni latins ni grecs sont pour la plupart considérés comme des **barbares** et ne bénéficient d'aucun droit. Cependant, certains étrangers ont le statut de pérégrins*, et disposent de quelques droits du citoyen.

■ Le brassage des peuples se manifeste notamment dans l'armée romaine, formée aux deux tiers de troupes auxiliaires. Elles sont recrutées parmi les pérégrins ou les barbares, qu'ils soient éclaireurs germains, cavaliers numides ou archers palmyréniens… Une même diversité existe parmi les esclaves et les gladiateurs, qui sont souvent des prisonniers de guerre originaires d'Afrique, de Thrace ou de Gaule.

■ Cette coexistence de peuples différents génère de nombreux échanges dans tous les domaines. L'armée romaine elle-même est le résultat des apports techniques conjugués des peuples barbares, notamment le glaive ibérique. Les marchands d'Ostie, originaires de Gaule, de Libye ou d'Égypte, font venir les produits de leurs pays dans le port romain. À Rome, les précepteurs grecs ou égyptiens diffusent les idées et la culture de leurs pays dans la capitale.

■ En 212 apr. J.-C., l'empereur Caracalla accorde à tous les habitants libres de l'Empire la citoyenneté romaine. Cette décision achève le processus de romanisation des populations et des territoires romains.

Testez-vous !

Corrigés p. 399

A. Quels éléments montrent l'immensité du territoire romain ?

B. Qu'est-ce que la *Pax romana* ?

C. Pourquoi peut-on parler de diversité de la population romaine ?

L'évolution de l'Empire romain au IVe siècle

Fiche 7

Histoire

Notes

1 L'Empire réorganisé

■ Depuis 293, l'Empire est dirigé par un groupe de quatre empereurs, les Tétrarques, qui se partagent la défense du territoire romain face aux barbares. Cependant, ce système est miné par les rivalités entre les souverains. Nommé empereur en 306, Constantin (272-337) élimine ses rivaux, Maxence en 312 puis Licinius en 324, pour réunifier l'Empire sous son autorité.

■ Seul Empereur depuis 324, Constantin crée une véritable administration centrale. Il réforme le conseil impérial, dorénavant composé de membres permanents et spécialisés, les comtes du consistoire. Il institue la fonction de Maître des offices pour diriger la chancellerie, la garde impériale et les ambassadeurs. L'administration est structurée en bureaux de secrétaires, sous l'autorité du Primicier des notaires. Elle est surveillée et contrôlée par des chargés de mission, les *Agentes in rebus*.

■ La défense de l'Empire nécessite la fondation d'une seconde capitale. Le choix de Constantin se porte sur Byzance, dans le détroit du Bosphore, entre l'Europe et l'Asie, sur une péninsule facilement fortifiable et proche des frontières orientales de l'Empire. En 330 est fondée la nouvelle capitale qui porte le nom de l'empereur, **Constantinople**. Dotée d'institutions et de monuments impériaux, notamment d'un palais et d'un sénat, elle fait figure de « seconde Rome ».

> **Constantinople**
> En 395, Constantinople devient la capitale de l'Empire romain d'Orient, qui prendra le nom d'Empire byzantin au VIe siècle.

2 Le christianisme toléré

■ Selon la tradition chrétienne, c'est parce qu'il aurait fait inscrire le symbole du **chrisme** sur les étendards de son armée, que Constantin aurait remporté la bataille du Pont-Milvius sur son rival Maxence en 312. C'est peut-être après cette victoire qu'il devient le premier empereur à se convertir au christianisme. Cette religion ne représente alors que 5 à 10 % de la population romaine.

> **Chrisme**
> Symbole formé des deux lettres grecques du nom « Christ » : X (khi) et P (rhô).

Notes

■ En 313, avec l'empereur d'Orient Licinius, Constantin adopte l'édit de Milan qui reconnaît la liberté des cultes, et ainsi autorise le christianisme. Les biens des chrétiens confisqués lors des persécutions leur sont restitués. De nombreuses églises sont alors érigées et commencent à marquer le paysage des villes. Les chrétiens y célèbrent la messe lors de laquelle ils se souviennent du sacrifice de Jésus. En 321, Constantin déclare le dimanche jour férié. À partir de 324, il fait construire les premières basiliques chrétiennes à Rome puis à Constantinople et à Jérusalem.

■ Constantin se pose en organisateur de l'Église chrétienne pour garantir son unité et lutter contre les hérésies*. En 325, il convoque à Nicée un premier concile œcuménique* qui adopte le Credo* : celui-ci fixe la foi chrétienne et affirme la nature divine identique de Dieu et de Jésus qui ne font qu'un.

■ Après un éphémère retour du paganisme au pouvoir sous le règne de Julien l'Apostat (361-363), le christianisme s'impose définitivement. À partir de 380, avec l'édit de Thessalonique, adopté par l'empereur Théodose, il devient la religion officielle et unique de l'Empire romain.

■ Les lieux de cultes païens sont détruits ou transformés en églises. Les fêtes païennes sont christianisées. L'action des missionnaires, soutenus par les autorités, permet au christianisme de s'enraciner dans les campagnes.

Testez-vous !

Corrigés p. 399

A. Quelles sont les principales réformes administratives de Constantin ?

B. Quelle nouvelle capitale fonde-t-il ?

C. Qu'est-ce que l'édit de Milan ?

La Méditerranée à la croisée des civilisations

Fiche 8

Histoire

Notes

1 Trois ensembles de civilisations

■ Au cours du Moyen Âge, trois ensembles de civilisations émergent dans le Bassin méditerranéen. Ces civilisations se définissent par des caractéristiques religieuses, culturelles ou politiques spécifiques.

■ Byzance se considère comme la seule héritière de l'Empire romain, et sa capitale, Constantinople, est appelée la « nouvelle Rome ». C'est un Empire grec et chrétien qui s'étend en Méditerranée orientale, des Balkans à l'Anatolie. Il est dirigé par l'empereur byzantin (le *Basileus*). Considéré comme le « Lieutenant de Dieu sur Terre », il est à la fois source des lois, chef de l'État et des armées. Il nomme le patriarche, à la tête de l'Église orthodoxe, et d'une administration ecclésiastique.

■ Le monde musulman est né des conquêtes menées par les califes* pour diffuser l'islam, après la mort de **Mahomet** en 632. À partir de l'Arabie, il s'est étendu à l'Afrique du Nord, à une grande partie de l'Espagne, au Proche-Orient, à la Perse et au nord de l'Inde. Unifiée par l'islam et la langue arabe, une civilisation brillante s'y épanouit, profitant de sa situation de carrefour entre Asie, Afrique et Europe. Le monde musulman est caractérisé par la prospérité de son commerce et de ses villes, parfois immenses comme Bagdad et ses 500 000 habitants au XIIe siècle.

> **Mahomet (v. 570-v. 632)**
> Ce caravanier de La Mecque est considéré par les musulmans comme le dernier prophète du dieu unique Allah, et le fondateur de l'islam.

■ L'Occident chrétien est issu de la disparition de l'Empire romain d'Occident en 476. C'est un ensemble de royaumes chrétiens, placés sous l'autorité spirituelle du pape, l'archevêque de Rome. À partir du XIe siècle, les sociétés occidentales se structurent en trois ordres complémentaires et hiérarchiques : les clercs (« ceux qui prient »), les nobles et les chevaliers (« ceux qui combattent »), puis les paysans, les artisans et les commerçants (« ceux qui travaillent »). Ces sociétés féodales sont morcelées en seigneuries, dominées par des seigneurs, où travaillent les paysans.

2 Des civilisations hétérogènes

■ Ces trois ensembles de civilisations sont caractérisés par leur hétérogénéité. Le monde musulman est divisé en deux courants

Notes

religieux, le sunnisme* et le chiisme*, qui trouvent leur origine dans la succession du Prophète Mahomet au VIIe siècle. Largement majoritaires, les sunnites sont fidèles à la *sunna* (la « tradition »), c'est-à-dire aux règles de succession traditionnelles, alors que les chiites considèrent que les califes doivent être des descendants d'Ali, le gendre du Prophète.

Sunna
Ce mot (« tradition » en arabe) regroupe les règles de l'islam prescrites, notamment dans le Coran et dans les Hadiths (actes et paroles de Mahomet).

■ Au sein du christianisme aussi, des différences religieuses importantes se manifestent. Les Byzantins ne partagent pas les mêmes pratiques religieuses que les Occidentaux. Ils célèbrent la messe en grec, reconnaissent le mariage des prêtres et vénèrent les images pieuses (icônes). Ces différences renforcent la rivalité entre le pape et le patriarche qui aspirent tous deux à la primauté. En 1054, elles provoquent un schisme*, une séparation entre les deux Églises qui deviendra irréversible en 1204 avec le sac de Constantinople par les croisés francs.

■ Ces civilisations sont également traversées par des divisions politiques. L'Occident chrétien est une mosaïque de royaumes, souvent en conflits dynastiques pour la possession de seigneuries. La France des Capétiens et l'Angleterre des Plantagenets s'opposent ainsi de 1159 et 1259, puis pendant la guerre de Cent ans (1337-1453). Le monde musulman est divisé en califats rivaux, certains sunnites comme les Abbassides à Bagdad ou les Omeyyades de Cordoue, d'autres chiites comme les Fatimides au Caire.

Testez-vous !

Corrigés p. 399

A. Quelles sont les caractéristiques de l'Empire byzantin ?

B. Quels sont les trois ordres des sociétés occidentales ?

C. Quels éléments montrent que le monde musulman est divisé ?

La Méditerranée, un espace d'échanges commerciaux

Notes

1 La Méditerranée, un carrefour commercial

■ La Méditerranée est traversée par de grandes routes maritimes entre l'Occident chrétien, l'Empire byzantin et le monde musulman. La plus importante relie Valence, Barcelone, Marseille, Gênes, Venise, à Alexandrie, Saint-Jean-d'Acre et Constantinople. Ces routes maritimes sont connectées à des voies terrestres : les routes de la Soie* entre la Chine et le Levant, celle de la laine entre Bruges et Gênes, les pistes des esclaves noirs entre la mer Rouge et Alexandrie.

■ Jusqu'au VIIIe siècle, l'Empire byzantin domine le commerce en Méditerranée orientale, grâce à sa situation géographique sur les routes de la Soie et grâce à sa flotte marchande. À partir du VIIIe siècle, il subit la concurrence des marchands arabes, qui disposent d'un vaste réseau de *souks* (marchés) et de *fondouks*, des ensembles d'entrepôts et magasins et de logements pour les commerçants étrangers.

■ D'autres acteurs commerciaux s'imposent à partir de la fin du Xe siècle : les cités italiennes (d'abord Amalfi et Pise, puis Gênes et Venise). Les commerçants italiens vendent des tissus de Lombardie et des fourrures du nord de l'Europe. Ils achètent aux marchands musulmans des épices et des soieries importées d'Asie. À Alexandrie s'échangent les épices de l'Inde, l'huile du Maghreb, les tissus et le miel d'Italie, les fruits du Liban et l'ivoire et les esclaves noirs du cœur de l'Afrique. Dans les ports latins d'Orient parviennent les soieries et les épices acheminées par les marchands musulmans le long des routes de la Soie, ainsi que le blé, le vin, les laines d'Occident.

■ Les marchands de Venise, de Pise et de Gênes servent d'intermédiaires commerciaux entre le nord de l'Europe et la Méditerranée. Ils échangent la laine, le bois, les métaux (étain, fer, cuivre), les fourrures contre les soieries et les épices d'Orient. Ces cités profitent de l'affaiblissement de l'Empire byzantin pour se développer.

2 Venise, grande puissance maritime et commerciale

■ Située au cœur d'une lagune, c'est par le commerce maritime, que Venise réalise son développement économique. Le port se spécialise dans le négoce du luxe entre l'Occident chrétien,

Notes

l'Empire byzantin et le monde musulman. Les Vénitiens achètent du coton, des soieries et des épices aux marchands musulmans, pour les revendre en Occident.

■ En 1082, Venise se voit accorder le droit de disposer de comptoirs dans l'Empire byzantin. Elle passe aussi des accords commerciaux avec des cités du monde musulman (Alexandrie, Acre...). C'est le début de son expansion commerciale en Méditerranée. À la fin du XIIIe siècle, Venise est à la tête de villes, de comptoirs et de territoires en Méditerranée et en mer Noire.

■ Venise, qui compte 100 000 habitants au XIIIe siècle, est une République dirigée par de riches marchands, notamment le doge, véritable chef d'État. La ville est aménagée pour le commerce maritime, avec son Arsenal, qui regroupe un chantier naval, une manufacture d'armes et un ensemble d'entrepôts, et ses monuments aménagés grâce à l'argent du négoce (première basilique Saint-Marc).

Le ducat

Monnaie de Venise, le ducat d'or est l'une des devises les plus utilisées en Méditerranée au Moyen Âge.

■ Au début du XVe siècle, Venise domine le commerce méditerranéen. La cité-État peut s'appuyer sur un large réseau de ports (Raguse) et de colonies (Crète, Eubée, Chypre) en Méditerranée et en mer Noire (Tana).

Testez-vous !

Corrigés p. 399

A. Quels sont les principaux acteurs du commerce en Méditerranée ?

B. Quels produits sont échangés ?

C. Comment expliquer la domination commerciale de Venise ?

La Méditerranée, un carrefour culturel

Fiche 10

Histoire

Notes

1 Les échanges culturels en Méditerranée

■ Les échanges culturels entre l'Occident chrétien, l'Empire byzantin et le monde musulman se manifestent d'abord dans le domaine de la traduction. Entre 750 et 950, le califat abbasside fait traduire en arabe les principales œuvres des penseurs grecs de l'Antiquité. Entre 1100 et 1300, ce sont des ouvrages scientifiques arabes qui font l'objet de traductions en latin, notamment dans l'atelier de Tolède (Espagne).

■ Les Occidentaux découvrent ainsi les sciences et les techniques inventées ou diffusées par les Arabes, notamment dans le domaine des mathématiques (zéro, chiffres indiens, algèbre) ou de l'agriculture (*noria*, *qanat*). C'est également par l'intermédiaire des Arabes qu'ils découvrent les œuvres des penseurs grecs de l'Antiquité (Aristote, Euclide, Hippocrate). Ces échanges sont favorisés par la diffusion du papier, un support plus pratique, inventé en Chine et introduit en Europe par les Arabes, à la place du parchemin.

■ Plusieurs personnalités incarnent ce brassage intellectuel : le médecin et juriste musulman Averroès (1126-1198), le philosophe et théologien juif Maïmonide (1138-1204) et le chrétien d'Occident Pierre le Vénérable (v.1092-1156). Par leurs inspirations ou leurs traductions, elles mettent en relation les savoirs issus des différentes civilisations.

Info-clé

Pierre le Vénérable, abbé de Cluny, a dirigé la première traduction du Coran en latin au milieu du XIIe siècle.

■ L'échange des idées est particulièrement intense dans les espaces de contact culturel, comme le sud de l'Italie et le sud de l'Espagne. Chrétiens, musulmans et juifs coexistent dans les villes d'Al Andalous, le sud de la péninsule Ibérique dominé par les musulmans depuis le début du VIIIe siècle.

2 La Sicile, espace multiculturel

■ La Sicile est l'un des principaux espaces de brassage culturel en Méditerranée. Après l'avoir conquise sur les Arabes en 1091, les Normands font régner dans l'île un climat de relative tolérance. Elle permet la coexistence pacifique des différentes communautés qui y vivent : Francs catholiques, Grecs orthodoxes, Arabes musulmans, Arméniens, Juifs et Slaves.

Notes

■ Dans la capitale, Palerme, le roi normand Roger II (1130-1154) se considère comme l'héritier des émirs et entretient un harem ainsi qu'un *tiraz*, un atelier de tissage oriental, où travaillent des artisans arabes, grecs et juifs. Trilingue (latin, grec, arabe), Roger II s'entoure de conseillers et de notaires, latins, byzantins et arabes, et fait rédiger ses actes dans les trois langues. Il reconnaît à chacun de ces peuples le droit de pratiquer sa langue et sa religion.

Normands

Aux XIe et XIIe siècles, ils conquièrent le sud de la Péninsule italienne et la Sicile.

■ Les échanges culturels entre les différentes communautés contribuent aux progrès scientifiques. Le roi Roger II commande au savant arabe al-Idrissi (v.1100-v.1175) un livre de géographie, surnommé *Le Livre de Roger*, qui comporte le planisphère le plus détaillé de l'époque.

■ L'architecture de Palerme manifeste ce brassage culturel. La résidence du roi, la Cuba, s'inspire à la fois du style roman, avec ses lignes droites et épurées, et de la civilisation musulmane avec son parc luxuriant. Il en va de même de l'église de la Martorana, qui mélange les influences architecturales franques (campanile), byzantines (plan grec, mosaïques) et arabes (coupoles, motifs en arabesques). Près de Palerme, le cloître de la cathédrale de Monreale comporte à la fois une fontaine à l'orientale et des chapiteaux romans.

Testez-vous !

Corrigés p. 399

A. Quels savoirs sont transmis aux Occidentaux par le monde arabe ?

B. Quelles sont les personnalités qui incarnent le brassage intellectuel ?

C. Comment le roi de Sicile favorise-t-il le brassage culturel ?

Les Croisades

Fiche 11

Histoire

Notes

1 Les principales causes des Croisades*

■ Au XIe siècle, les chrétiens sont nombreux à effectuer le pèlerinage en Terre sainte. Ils y sont en effet autorisés par les Arabes musulmans qui occupent cette région depuis 638. À la fin du XIe siècle, les Turcs Seldjoukides, musulmans, conquièrent le Proche-Orient entre 1071 et 1087. Contrairement à leurs prédécesseurs, ils interdisent les pèlerinages chrétiens. Face au danger, l'empereur byzantin demande le secours du pape.

> **Terre sainte**
> Désigne, chez les chrétiens, la région du Proche-Orient où est né et a vécu Jésus-Christ.

■ Le pape Urbain II décide de mobiliser les chevaliers d'Occident pour libérer les Lieux saints. Il veut ainsi se réconcilier avec l'Église d'Orient, après le schisme* de 1054, mais aussi apparaître comme le véritable chef de la chrétienté. Le pape entend aussi canaliser la violence des chevaliers pour une sainte cause. Cette ambition s'inscrit dans la perspective des institutions de paix (Paix et Trêve de Dieu).

2 La première croisade

■ En 1095, à Clermont, Urbain II appelle tous les chrétiens à aller délivrer les Lieux saints et leur promet la rémission immédiate de leurs péchés. Les chevaliers répondent en masse. Avant de partir, ils cousent sur leurs vêtements une croix rouge, d'où le nom de croisade.

■ Venus de tout l'Occident, les chevaliers suivent deux voies principales : la route reliant Ratisbonne à Constantinople par Vienne ou celle de Milan à Constantinople par Durazzo. Puis ils traversent l'Anatolie et le Levant jusqu'à Jérusalem. Le voyage entier dure trois ans.

■ Après avoir pris Antioche, les croisés s'emparent de Jérusalem le vendredi 15 juillet 1095. C'est le début de trois jours de pillages et de massacres qui font plusieurs dizaines de milliers de morts.

■ Les croisés fondent en Orient des États francs, notamment la principauté d'Antioche, le royaume de Jérusalem, le comté de Tripoli et le comté d'Edesse. Ils y implantent le système féodal et y construisent des châteaux forts (Krak des Chevaliers).

3 Les Croisades et leurs conséquences

■ Face à l'occupation durable des Latins, les musulmans lancent la guerre sainte puis parviennent à reprendre Edesse en 1144.

Notes

Les chrétiens réagissent. Dès Noël 1145, le roi de France Louis VII annonce qu'il partira en croisade.

■ Abbé de Clairvaux et réformateur de l'Église, Bernard (vers 1090-1153) s'engage pour la création d'une « nouvelle chevalerie » contre ceux qu'ils considèrent comme les ennemis du christianisme. À la demande du pape Eugène III, il appelle tous les chrétiens à la croisade, lors de l'assemblée des barons à l'abbaye de Vézelay, à Pâques 1146. Cette deuxième croisade (1146-1149) se solde par la défaite des Francs, qui perdent la ville d'Edesse. En 1187, ils sont battus à Hattin, par **Saladin** qui reconquiert Jérusalem, Tripoli et Antioche.

Saladin (1138-1193)
D'origine kurde, ce sultan d'Égypte commande les armées musulmanes face aux croisés francs.

■ En réaction, une troisième croisade (1189-1192) est organisée à laquelle participent l'empereur germanique Frédéric Barberousse, le roi de France Philippe Auguste et le roi d'Angleterre Richard Cœur de Lion. C'est un nouvel échec. Décidée en 1198, une quatrième croisade est lancée en 1202. Détournée de son objectif par les Vénitiens, elle aboutit au pillage de Constantinople (1204) par les croisés francs. Le schisme* de 1054 entre les Églises d'Occident et d'Orient est désormais irréversible.

■ Sur le plan religieux, les Croisades ont entraîné un renforcement de l'autorité du pape. Sur le plan économique, elles ont stimulé l'activité commerciale des cités italiennes (Venise). Enfin, d'un point de vue culturel, elles ont pu favoriser la diffusion chez les Francs de certaines techniques venues d'Orient, comme la culture de la canne à sucre ou du coton et l'usage de la boussole.

Testez-vous !

Corrigés p. 400

A. Quelles sont les causes des Croisades ?

B. Quelle est la principale conséquence de la première croisade ?

C. En quoi les Croisades ont-elles divisé la chrétienté ?

L'évolution des échanges commerciaux aux XVe et XVIe siècles

Fiche 12

Histoire

Notes

1 La domination commerciale de Venise et de Bruges au XVe siècle

■ Au début du XVe siècle, le commerce européen est organisé autour de deux espaces d'échanges : la Méditerranée et l'ensemble maritime formé de la Manche, de la mer du Nord et de la Baltique.

■ Le commerce méditerranéen est dominé par Venise. La cité-État peut s'appuyer sur un large réseau de comptoirs, de ports et de colonies* (Crète, Chypre) en Méditerranée et en mer Noire (Tana). Elle a passé des accords commerciaux avec l'Empire byzantin (traité de 1082) et avec des cités du monde musulman (Alexandrie, Acre...). Spécialisés dans le négoce du luxe, les Vénitiens achètent du coton, des soieries et des épices aux marchands musulmans, pour les revendre en Occident.

■ Au nord de l'Europe, **Bruges** joue un rôle commercial très important avec ses deux avant-ports (Damme et l'Écluse), ses halles et ses 400 marchands qui travaillent en relation avec toute l'Europe. Sur ses quais sont déchargées les marchandises de la Baltique (bois, cire, ambre, goudron, fourrure), de la Manche (étain, laine d'Angleterre), de l'Atlantique (sel de Bretagne, vins de Bordeaux), de la Méditerranée (cuir d'Espagne) et de l'Orient (épices et soieries).

> **Chiffre-clé**
> Bruges compte 125 000 habitants au début du XVe siècle.

■ Bruges est concurrencée au XVe siècle par la Ligue hanséatique (ou Hanse), une association fondée en 1241 regroupant une quarantaine de ports pour la plupart allemands (Lübeck, Hambourg) et disposant de nombreux comptoirs, depuis les pays baltes jusqu'à Bordeaux. Ces marchands sont spécialisés dans l'importation et l'exportation de produits lourds et peu coûteux (bois, goudron) entre la Baltique et l'Atlantique.

2 Nouveaux débouchés et nouveaux ports au XVIe siècle

■ Dès le milieu du XVe siècle, l'expansion des Turcs Ottomans en Asie Mineure ferme l'accès aux routes de la Soie* et bloque l'approvisionnement en épices et en soieries asiatiques. Cette situation fragilise le commerce vénitien mais profite aux ports ibériques (Lisbonne puis Séville). Ces derniers bénéficient de

Notes

l'ouverture de nouvelles routes maritimes vers les Indes et l'Amérique du Sud, puis de la naissance des colonies portugaises et espagnoles.

■ Principal port de l'empire colonial portugais, Lisbonne reçoit les marchandises du Brésil (or, « bois brésil » qui permet la fabrication de la teinture rouge...) et des épices d'Indonésie. Chaque année, 600 kilogrammes d'or et 1 000 tonnes d'épices sont ainsi déchargés dans ce port.

■ Au fond de l'estuaire du Guadalquivir, Séville est, au XVIe siècle, le principal port de l'immense empire espagnol. Les métaux précieux y affluent : 30 tonnes d'or et 1 000 tonnes d'argent y sont débarquées tous les dix ans au milieu du XVIe siècle. Séville devient une véritable métropole avec sa population qui passe de 40 000 à 120 000 habitants entre 1490 et 1590, ses arsenaux, ses ateliers et sa ***Casa de Contratación*** (« maison du commerce ») qui organise les relations commerciales entre l'Espagne et ses colonies.

La Casa de Contratación

Depuis 1503, la *Casa de Contratación* de Séville a le monopole du commerce avec l'Amérique.

■ Au XVIe siècle, le commerce de l'Europe du Nord n'est plus dominé par Bruges. La ville subit en effet l'ensablement du fleuve Zwyn, bloquant ainsi l'accès à son avant-port de Damme. C'est Anvers, située au bord de l'Escaut, qui profite de cette nouvelle situation pour conquérir à la fois les marchés du Nord et s'ouvrir aux ports ibériques. Anvers expédie à Séville les produits de la Baltique et reçoit en échange les métaux précieux (argent) de l'empire espagnol qui servent à financer la politique de l'empereur Charles Quint.

Testez-vous !

Corrigés p. 400

A. Quelles sont les évolutions du commerce européen aux XVe et XVIe siècles ?

B. Montrez la puissance commerciale de Séville au XVIe siècle.

C. Comment expliquer la prospérité d'Anvers au XVIe siècle ?

De la conquête à la formation des empires coloniaux

Fiche 13

Histoire

Notes

1 Les empires précolombiens avant la conquête

■ L'Empire aztèque est une confédération* de peuples amérindiens (Mexicas, Mixtèques, Totonaques...), dirigée par l'empereur Moctezuma II, qui compte 25 millions d'habitants au début du XVIe siècle. Originaires du nord du Mexique, les Aztèques (ou Mexicas) se sont établis dans la vallée de Mexico au XIVe siècle. Ils parviennent à vaincre les Tépanèques et les Totonaques pour imposer leur domination sur un vaste territoire entre les océans Pacifique et Atlantique.

■ Au XVe siècle, Pachacutec, le chef de la tribu des Incas, établie autour de Cuzco, fonde un véritable Empire qui s'étend, au XVIe siècle, de l'Équateur jusqu'au centre du Chili et compte 8 millions d'habitants. Les empereurs incas imposent leur langue, le quechua, leur religion, leur administration centralisée et leurs fonctionnaires aux autres peuples amérindiens. Grâce au système de la corvée (la *mita*), ils font bâtir des champs en terrasses, un réseau de routes pavées et développent l'agriculture irriguée.

2 La conquête européenne des empires précolombiens

■ Le premier voyage de Christophe Colomb (1492) ouvre la voie à l'exploration et à la conquête de l'Amérique. Deux ans plus tard, par le traité de Tordesillas (1494), les Portugais et les Espagnols se partagent les terres découvertes et à découvrir.

■ En 1519, le conquistador espagnol Hernan Cortés pénètre dans l'Empire aztèque, avec 400 hommes. Il parvient à rallier les Tlaxcaltèques, peuple ennemi des Aztèques. Il tente d'abord d'instaurer légalement le pouvoir espagnol en obtenant que Moctezuma II se soumette à l'empereur Charles Quint.

> **Conquistadors**
> Ce sont souvent de petits seigneurs originaires des régions les plus pauvres de la péninsule Ibérique.

■ Cependant, la situation tourne à l'affrontement lorsque son lieutenant Alvarado fait massacrer, le 22 mai 1520, les nobles aztèques (10 000 morts). Contraints de fuir Tenochtitlan dans la nuit du 30 juin 1520, les conquistadors reviendront pour raser la ville en 1521 puis s'emparer de tout l'Empire aztèque.

■ À l'arrivée de Francisco Pizarro, l'Empire inca est ébranlé par une crise dynastique entre Atahualpa et Huascar, les fils de l'empereur

Notes

Huayna Capac, mort en 1524. Au terme d'une guerre, Atahualpa a écarté son frère. Mais la population inca reste divisée, ce qui facilite la conquête du pays. Pizarro se fait d'abord passer pour un allié d'Atahualpa avant de le capturer. L'exécution de l'empereur en 1533 entraînera l'effondrement de l'Empire inca et le début de la colonisation espagnole.

Chiffres-clés

Entre 1519 et 1605, la population aztèque passe de 25,2 à 1 million d'habitants.

3 Domination et exploitation coloniales

■ Les territoires conquis sont transformés en colonies (vice-royauté du Brésil pour le Portugal, vice-royautés de Nouvelle-Espagne et du Pérou pour l'Espagne), dirigées par des vice-rois qui gouvernent au nom des souverains ibériques. Le Brésil est divisé en capitaineries, des concessions attribuées à des nobles chargés de les exploiter. La domination de la métropole transparaît aussi dans la fondation des villes coloniales (Mexico, Lima).

■ Les ressources sont exploitées par les colonisateurs qui ont recours aux différentes formes de travail forcé des populations amérindiennes, comme l'*encomienda* au Mexique et la *mita* au Pérou. C'est le cas des métaux précieux : l'or des mines du Choco ou du Darien (Amérique Centrale) et l'argent des mines du Potosi (Andes) ou de Zacatecas (Mexique). Le roi d'Espagne prélève le *Quinto Real*, un cinquième de l'or et de l'argent extraits.

■ Les afflux de métaux précieux vers l'Europe sont considérables : ils enrichissent les ports atlantiques. Grâce à sa *Casa de Contratación* (« maison du commerce ») qui a le monopole du commerce atlantique, Séville devient l'une des villes les plus prospères d'Europe et voit sa population doubler au cours du siècle.

■ Cette domination et cette exploitation forcée des ressources se sont faites aux dépens des Amérindiens. Le travail forcé (*mita* et *encomienda*), les massacres, le choc microbien* entraînent la mort de 80 % des populations amérindiennes au cours du XVIe siècle.

Testez-vous !

Corrigés p. 400

A. Montrez l'importance et la puissance des Empires aztèque et inca.

B. Comment sont administrés les territoires conquis ?

C. Quelles sont les conséquences de la conquête espagnole ?

La première mondialisation (XVe-XVIe siècles)

Fiche 14

Histoire

1 Une ouverture économique au monde

■ Les voyages d'exploration ont ouvert les Européens sur le monde, d'abord au niveau commercial. Dès la fin du XVe siècle, l'Europe intègre l'économie-monde* de l'océan Indien. Les navigateurs et les commerçants portugais se greffent sur les routes maritimes et les marchés (Aden, Ormuz, Cambay, Malacca) de ce vaste espace économique. Ils entrent en contact avec les intermédiaires commerciaux arabes et indiens, et avec les principales zones de production : Chine (soieries, porcelaine), Bengale (sucre), sud de l'Inde (coton, cannelle, ivoire), Moluques (épices), Afrique de l'Est (esclaves, ivoire).

■ À l'ouest, les Européens ouvrent des routes maritimes entre l'Europe et l'Amérique. Dans les archipels atlantiques (Canaries, Madère, Sao Tomé), les Portugais et les Espagnols expérimentent les plantations sucrières et la traite négrière*, qui sont ensuite diffusées aux Antilles et au Brésil. Un nouveau système-monde s'établit ainsi entre l'Europe, l'Afrique d'où sont déportés les esclaves, et l'Amérique. Il donne naissance au commerce triangulaire* des XVIIe et XVIIIe siècles.

Zheng He

Les Chinois ont aussi organisé des grands voyages d'exploration dans l'océan Indien pour étendre leur commerce, comme ceux du navigateur Zheng He (1405-1433).

■ Les Espagnols établissent aussi des relations commerciales entre l'Amérique et l'Asie, par l'intermédiaire du « galion de Manille », une flotte de navires marchands qui relie le Mexique aux Philippines. Ce commerce est fondé sur l'échange de l'or et de l'argent américains contre les épices, les soieries et les porcelaines asiatiques.

■ Cette ouverture commerciale débouche sur une mondialisation* de l'alimentation. Elle fait découvrir aux Européens les épices d'Indonésie, le café, les tomates, le cacao, le maïs américains, qui sont ensuite diffusés en Asie. Les colonisateurs introduisent aussi en Amérique des produits cultivés en Europe, comme les oranges, le citron, la canne à sucre.

2 Une nouvelle conception du monde

■ Les explorations permettent un élargissement du monde connu des Européens. Il se manifeste dans les progrès rapides

Notes

Notes

de la cartographie. En 1507, à Saint-Dié, le géographe Martin Waldseemüller réalise le premier planisphère où figure l'Amérique. Celle-ci doit son nom au navigateur italien Amerigo Vespucci, qui est l'un des premiers à prendre conscience, dès 1502, qu'il s'agit d'un « nouveau continent » pour les Européens.

■ La connaissance du monde s'étend au rythme des grands voyages d'exploration. Ainsi, le tour de monde réalisé par Fernand de Magellan puis El Cano (1519-1522) vient prouver la rotondité de la Terre. En 1569, Gerhard Mercator dessine un planisphère encore plus détaillé, selon une projection qui respecte les angles des méridiens et des parallèles.

Magellan

Après la mort de Magellan en 1521, c'est son compagnon El Cano qui achève son tour du monde (1519-1522).

■ L'ouverture au monde passe aussi par la connaissance de populations jusqu'alors inconnues des Européens. Au Brésil, les Amérindiens Tupis font l'objet de descriptions précises, menées par les explorateurs et écrivains André Thevet puis Jean de Léry. Certains sont emmenés en France pour être exhibés, comme à Rouen lors de la « fête brésilienne » de 1550.

■ L'élargissement des connaissances bouleverse les repères culturels et moraux des Européens. En 1550-1551, à Valladolid, une controverse oppose le dominicain Bartolomé de Las Casas au Jésuite Juan Ginés de Sepulveda sur la question de la conversion forcée des Amérindiens. En 1588, l'écrivain Michel de Montaigne, en déplorant les conséquences dramatiques de la colonisation, relativise les notions de « civilisation » et de « barbarie ». Cette nouvelle conception du monde et de l'homme va nourrir la pensée humaniste.

Testez-vous !

Corrigés p. 400

A. Quelles sont les principales zones de production dans l'océan Indien ?

B. Quelle route commerciale relie l'Amérique et l'Asie ?

C. Qu'est-ce que la « controverse de Valladolid » ?

Les sociétés coloniales dans l'Amérique ibérique au XVIe siècle

Fiche 15

Histoire

1 Le choc de la colonisation

■ La colonisation se manifeste par l'exploitation systématique des territoires conquis. Les populations amérindiennes sont réquisitionnées de force pour cultiver les terres distribuées aux colons, dans le cadre de l'*encomienda*, ou pour exploiter les mines dans le cadre de la *mita*.

■ Les colonisateurs diffusent le christianisme, par l'intermédiaire des missionnaires. L'évangélisation est souvent brutale : baptêmes forcés ; destruction des sanctuaires païens et édifications d'églises chrétiennes (Notre-Dame de Guadalupe à Mexico) ; déplacement d'1,5 million d'Amérindiens dans des *Réductions* (villages contrôlés par le clergé). Cependant, les Jésuites fondent un grand nombre d'écoles primaires pour les Indiens et de collèges pour les **Créoles**. Au Brésil, ils prennent la défense des Tupis contre le travail forcé.

> **Créole**
> Personne d'origine européenne, mais qui est née dans une colonie.

■ L'impact de la colonisation est dramatique. Avec les guerres, les massacres et le travail forcé, le choc microbien* provoque la mort de 80 % de la population amérindienne au cours du XVIe siècle. Ce n'est qu'à la fin du XIXe siècle que la population américaine retrouvera le niveau de population de la fin du XVe siècle.

■ Certains Européens dénoncent les conséquences de la colonisation, comme le dominicain espagnol Bartolomé de Las Casas, auteur de la *Très Brève relation de la Destruction des Indes* (1552). En 1550-1551, lors d'une controverse organisée à Valladolid face au jésuite Juan Ginés de Sepulveda, il exprime son opposition à toute conversion forcée des Amérindiens.

> **Citation-clé**
> « Il y a deux façons pour ces gens qu'on appelle chrétiens de tuer les Indiens : […] les guerres cruelles et sanglantes […] et […] un esclavage […] si horrible que jamais des bêtes n'y ont été soumises. » (Bartolomé de Las Casas).

2 La naissance des sociétés coloniales

■ Les premiers colonisateurs, les conquistadors, sont de petits seigneurs, jeunes, célibataires et originaires des régions pauvres d'Espagne (Estrémadure, Andalousie) et du Portugal (Algarve). Leurs motivations sont diverses : goût de l'aventure, soif de

Notes

Notes

richesses ou volonté d'assurer leur salut en participant à ce qu'ils considèrent comme un prolongement de la *Reconquista**.

■ Dans leur sillage, ce sont près de 240 000 Européens, d'abord des hommes puis des familles, qui s'établissent en Amérique au XVIe siècle. Ils participent à la fondation des villes coloniales, comme Veracruz (1519), Mexico (1521) et Lima (1535). Elles sont toutes organisées sur le même plan, en damier, avec leur cour provinciale (résidence du vice-roi), leur *cabildo* (conseil municipal), leurs *audiencias* (tribunaux d'appel), leur cathédrale, leurs couvents...

■ Des sociétés coloniales, segmentées et hiérarchisées, se développent. Elles sont dirigées par les Européens, qui détiennent les terres et occupent les postes du pouvoir politique ou économique. Ils dominent les Amérindiens et les Africains, issus de la traite atlantique. Les anciens chefs locaux, les *Curacas*, servent d'intermédiaires entre les colons et les Amérindiens.

■ Ces sociétés n'en sont pas moins métissées. Les tout premiers colonisateurs, qui n'ont pas emmené de femmes européennes, s'unissent avec des Amérindiennes ou avec des Africaines. Parmi les enfants métis, seules les filles peuvent se marier avec des Européens, à condition qu'ils soient de basse extraction.

■ En quelques générations se développent ainsi des sociétés issues du métissage des différentes communautés. Inégalitaires, elles reposent sur une hiérarchie sociale, fondée sur la couleur de la peau. Plusieurs groupes de population sont ainsi différenciés, notamment les *mestizos* ou *castizos*, dont les parents sont européen et amérindien ; les mulâtres, issus de parents européen et africain, et les *zambos* dont les parents sont amérindien et africain.

Testez-vous !

Corrigés p. 400

A. Qu'est-ce que le choc microbien ?

B. Comment sont organisées les villes coloniales ?

C. Montrez que les sociétés coloniales sont métissées.

La traite atlantique

Fiche 16

Histoire

Notes

1 La naissance de la traite atlantique

■ La traite* atlantique commence vers 1441, lorsque des marchands portugais déportent des captifs africains en Europe, puis dans les îles de Madère et de Sao Tomé à la fin du XVe siècle. Ces captifs travaillent dans les *engenhos*, les exploitations sucrières comprenant plantations et moulins, qui y ont été aménagées. Entre 1515 et 1530, près de 4 000 esclaves originaires des royaumes du Bénin et du Congo sont déportés à Sao Tomé. Les Espagnols pratiquent aussi la traite négrière aux Canaries, en Andalousie et à Valence.

■ La traite négrière s'étend en Amérique, d'abord dans les plantations sucrières d'Hispaniola au tout début du XVIe siècle. puis au Brésil dans les années 1540. Cependant, le nombre d'esclaves africains reste limité. Dans l'Amérique espagnole de cette époque, ce sont surtout les Amérindiens qui servent de main-d'œuvre, dans le cadre de l'*encomienda* au Mexique ou de la *mita* au Pérou, deux formes de travail forcé. Au Brésil, les Amérindiens Tupis livrent aux Portugais du **bois de braise**, en échange de diverses marchandises.

Bois de braise

Ce bois (appelé aussi *pau-brasil*) qui fournit une teinture rouge très prisée, a donné son nom au Brésil.

■ Après le « cycle du bois » commence, dans les années 1530, le « cycle du sucre », un produit rare et précieux. Sa diffusion est très rapide. En 1570, le Brésil compte déjà une soixantaine d'*engenhos*. En guise de main-d'œuvre, les Portugais tentent de recruter des Amérindiens, qui refusent. Ils ont alors recours à des esclaves, achetés aux tribus indiennes ou raflés lors d'expéditions.

■ Cependant, les colonisateurs ibériques se heurtent à l'empereur Charles Quint en 1526 puis à la Papauté en 1537 (bulle *Sublimis Deus*), qui interdisent l'esclavage des Amérindiens. Au Brésil, ce sont les Jésuites qui fournissent des armes aux Tupis pour se défendre.

2 Le développement massif de la traite atlantique

■ À partir du début du XVIIe siècle, de nouvelles puissances coloniales (France, Angleterre, Hollande...) se joignent aux pays Ibériques. Comme le Portugal et l'Espagne, elles exploitent de façon systématique les territoires conquis et cultivent des produits

Notes

tropicaux : sucre, tabac, indigo (plante qui produit une teinture bleue) puis café. Le besoin de main-d'œuvre est donc croissant au cours du XVIIe siècle, notamment aux Antilles.

■ Pour remplacer les Amérindiens, les colonisateurs ibériques pratiquent l'esclavage des Noirs d'Afrique. Ils profitent du fait que la traite négrière est autorisée par la Papauté depuis 1454.

■ De leur côté, les Français et les Anglais font d'abord appel à des engagés, des personnes libres venues d'Europe qui travaillent sous contrat pour une durée limitée (3 ans). Cependant, en raison des conditions de travail, peu de personnes s'engagent et ce système est abandonné au profit de la traite négrière.

■ À partir de 1660, les Européens organisent un système d'échanges transatlantiques, fondé sur la traite : le commerce triangulaire*. Les navires se rendent en Afrique (golfe de Guinée, Angola, Sénégal) pour échanger des esclaves contre des armes, des tissus ou des bijoux. Les captifs sont ensuite déportés au Brésil ou aux Antilles, pour être vendus à des propriétaires blancs et travailler dans les plantations de café ou de canne à sucre. Les marchandises sont enfin ramenées en Europe pour y être vendues.

■ Du XVIe au milieu du XIXe siècle, ce sont plus de 11 millions d'Africains qui sont déportés dans le cadre de la traite atlantique. Le bilan humain de la traite négrière est effroyable. 10 à 20 % des esclaves périssent pendant la traversée de l'Atlantique. La moitié des captifs meurent dans les trois ans qui suivent leur débarquement.

France

Au XVIIIe siècle, la France a déporté plus d'un million d'esclaves (20 % de la traite européenne).

Testez-vous !

Corrigés p. 400

A. Quand commence la traite atlantique ?

B. Qu'est-ce que le commerce triangulaire ?

C. Combien d'Africains ont été déportés dans le cadre de la traite atlantique ?

La Renaissance

Fiche 17

Histoire

Notes

1 Un vaste mouvement artistique

■ La Renaissance prend sa source en Italie. La prospérité économique des villes italiennes a créé une classe de riches notables, princes et ecclésiastiques. Ces notables deviennent les mécènes* des artistes, savants et gens de lettres qui entrent dans leur clientèle.

■ Les artistes utilisent les progrès techniques qui influencent grandement leur art. En architecture, on redécouvre la coupole et les questions théoriques prennent de l'importance (Alberti). Sous l'influence de la pensée antique, on recherche les proportions idéales de l'homme (*L'Homme de Vitruve* de Vinci). En peinture, la fresque se développe, la toile et le chevalet font leur apparition. La perspective est inventée en Italie, la peinture à l'huile en Flandre.

Jan Van Eyck (v. 1390-1441)
Ce peintre flamand est l'un des premiers à diffuser la peinture à l'huile en Europe.

■ Les thèmes religieux restent prépondérants en peinture mais ils se mêlent à ceux du portrait, du corps, du paysage et de la nature. La perspective, le dégradé de couleur et le *sfumato* (effet vaporeux) donnent de la profondeur et du réalisme aux œuvres. La sculpture se développe pour elle-même et non plus comme une simple décoration architecturale (*David* de Michel Ange). L'influence de Platon est ici évidente à travers la recherche du Beau idéal. L'art est désormais au service de l'homme et plus seulement de la foi.

2 Foyers et diffusion de la Renaissance

■ La Renaissance prend son essor à Florence sous le mécénat des Médicis au *Quattrocento* (XVe siècle). De nombreux artistes s'y épanouissent : Brunelleschi, Donatello, Masaccio, Botticelli et l'humaniste Ficin. Le début du *Cinquecento* (XVIe siècle) est marqué par la prééminence de Rome qui durera jusqu'en 1527. Les papes Jules II et Léon X sont les mécènes de nombreux artistes. La basilique Saint-Pierre est décorée par Raphaël.

■ À partir de ces deux centres, la Renaissance va rayonner en Italie puis se diffuser en Europe. En Italie, Venise accueille des artistes majeurs comme les peintres Titien et Tintoret, ainsi que l'architecte Palladio. En France, le roi François Ier fait venir

Notes

Léonard de Vinci à sa Cour. Les châteaux de la Loire associent influences italienne et médiévale. Les travaux de Pierre Lescot au Louvre annoncent le classicisme. En Espagne, se développe le style plateresque avec le palais de l'Escurial (1563-1584). Dans le Saint Empire, Dürer est l'artiste majeur de cette période. Les nombreux voyages que les artistes de toute l'Europe font en Italie, les échanges commerciaux mais aussi les guerres d'Italie permettent la diffusion des idées nouvelles.

■ La Flandre est l'autre foyer de la Renaissance. Les frères Van Eyck et Bruegel l'Ancien travaillent les effets de lumière, la vie quotidienne, le fantastique (Bruegel, *Le Triomphe de la mort*, 1562) qui deviennent des sujets fréquents ainsi que l'attention portée aux individus (J. Van Eyck, *Les Époux Arnolfini*, 1434).

3 Michel-Ange (1475-1564), un artiste de la Renaissance

■ Michelangelo Buonarroti (Michel-Ange) est un artiste complet, influencé par l'humanisme*. Né en Toscane, il a été formé dans l'atelier de Ghirlandaio à la peinture, à la sculpture et à l'architecture. Michel-Ange est remarqué par le prince de Florence **Laurent de Médicis** qui, devenant son mécène*, lui fait rencontrer des humanistes et découvrir les œuvres antiques.

Laurent de Médicis (1449-1492)

Laurent Ier le Magnifique règne sur Florence de 1469 à 1492.

■ Après la mort de Laurent en 1492, Michel-Ange change de ville au gré des commandes : Bologne, Florence, Rome. Entre 1492 et 1508, il se consacre essentiellement à la sculpture (*Pietà* du Vatican, 1499), avec une esthétique directement inspirée de l'art antique. À la demande du pape Jules II, il réalise entre 1508 et 1512 les fresques de la Chapelle Sixtine.

■ Michel-Ange est aussi un architecte de génie. Il travaille pour le compte des Médicis à Florence (bibliothèque Laurentienne) et pour les papes Clément VII puis Paul III, dans la ville de Rome (aménagement du palais Farnèse ; direction du chantier de la basilique Saint-Pierre de Rome).

Testez-vous !

Corrigés p. 400

A. Où la Renaissance a-t-elle pris son essor ?

B. Montrez que Michel-Ange est un artiste de la Renaissance.

C. Par qui a-t-il été protégé à Florence ? à Rome ? Quel nom donne-t-on à ces protecteurs ?

L'imprimerie

Notes

1 Les origines de l'imprimerie*

■ Jusqu'au milieu du XVe siècle, les textes sont écrits, copiés et composés à la main, le plus souvent par des moines dans les *scriptoria*, les salles d'écriture des monastères. Ces copistes utilisent des plumes d'oie taillées en biseau, du parchemin, des poudres de pierres (craie, azurite, malachite), de métaux (plomb) ou de plantes (santal, garance) pour les enluminures. Cette technique nécessite du temps et le nombre d'ouvrages est donc réduit, quelques milliers de manuscrits par an.

■ Au VIIe siècle, les artisans chinois inventent le tout premier système d'impression, la xylographie. Il permet de reproduire un texte sur une feuille de papier grâce à une planche de bois gravée et recouverte d'encre.

■ Au XIe siècle, l'alchimiste Bi Sheng met au point les premiers caractères mobiles, réalisés en bois ou en faïence. Il suffit de modifier leur ordre pour composer n'importe quel texte. En 1377, est réalisé en Corée le plus ancien ouvrage imprimé avec des caractères en métal (bronze) mobiles et réutilisables.

2 L'imprimerie réinventée par Gutenberg

■ De son vrai nom Johannes Gensfleisch, l'apprenti orfèvre allemand Gutenberg réalise vers 1440 des poinçons de lettres en plomb. Financé par un banquier de Mayence, Johann Fust, il façonne vers 1448 ses premiers caractères mobiles en métal (alliage de plomb, de fer, d'étain et d'antimoine).

■ En même temps, Gutenberg construit la première presse à bras, réalisée en bois. Les caractères métalliques sont disposés dans l'ordre du texte à reproduire sur une plaque, la matrice, avant d'être encrés. Pour cela, Gutenberg élabore une nouvelle encre grasse qui ne poche pas, adaptée à l'impression.

■ Vers 1453-1454, Gutenberg réalise le premier document (la *Grammaire* de Donat) puis le premier livre imprimé en Occident, la « Bible à 42 lignes » ainsi appelée car chaque page est formée de deux colonnes de 42 lignes. Ces ouvrages sont réalisés sur parchemin (**vélin**) et sur papier, un support moins cher qui a l'avantage d'être utilisables sur les deux faces de la feuille.

Vélin
Support d'écriture très fin, fabriqué à partir d'une peau de veau.

Notes

3 Une révolution culturelle

■ « L'invention » de Gutenberg connaît un succès rapide et considérable. En 1500, 12 millions de livres ont déjà été imprimés en Europe sur une population de 100 millions d'habitants dont environ 3 millions de lettrés. Ce nouveau procédé permet une plus large diffusion de la culture, en accélérant la reproduction des livres et en réduisant leur coût. Les imprimeries se concentrent dans plusieurs régions : la Flandre, la vallée du Rhin, le nord de l'Italie, les régions de Londres, Paris, Lyon et Salamanque.

Date-clé

La première imprimerie française a été établie à Paris en 1470.

■ C'est dans ces régions que se développent les grands foyers de l'humanisme. L'imprimerie permet d'une part une large diffusion des idées des humanistes, et d'autre part un vaste mouvement d'édition, de traduction et de correction des œuvres de l'Antiquité.

■ Les livres imprimés sont d'abord en majorité religieux. Des humanistes comme Érasme de Rotterdam encouragent la traduction de la Bible en langue vernaculaire (locale). Cet accès direct au texte de la Bible transforme les relations entre l'Église et ses fidèles. Il participe au développement et à la diffusion des idées de la Réforme.

Testez-vous !

Corrigés p. 400

A. Gutenberg est-il l'inventeur de l'imprimerie ? Justifiez votre réponse.

B. En quoi l'imprimerie est-elle une révolution en Occident ?

C. Quels sont les liens entre l'imprimerie et le développement de l'humanisme ?

L'humanisme

Fiche 19

Histoire

Notes

1 Un retour à l'Antiquité

■ En redécouvrant les textes et vestiges antiques, les humanistes* développent une vision optimiste de l'homme. À partir de 1453, avec la chute de Constantinople, de nombreux textes grecs sont emmenés en Italie, notamment l'œuvre de Platon, alors que le Moyen Âge ne connaissait qu'Aristote. Les savants commencent à s'intéresser à l'homme. Et s'ils ne rejettent ni Dieu ni l'Église, pour eux, le destin des hommes ne se réduit pas à l'héritage du péché originel.

■ Les textes antiques sont étudiés de manière critique au moyen de la philologie*, ce qui conduit à lire différemment les Écritures et à s'interroger sur la qualité des traductions disponibles. Aussi, les humanistes étudient-ils les langues anciennes (grec, latin, hébreu) dans des collèges et des universités qui se multiplient dans toute l'Europe. Ils cherchent également à développer l'expérimentation et l'observation personnelle. Des hommes comme Vésale, Copernic et Vinci inventent la démarche scientifique moderne.

■ Les humanistes sont soutenus par de nombreux princes, comme Laurent le Magnifique à Florence et le roi François Ier en France, qui les accueillent dans leur Cour. Grâce à ces voyages, les humanistes sillonnent l'Europe et peuvent se rencontrer. Ces savants échangent également d'importantes correspondances (Érasme a ainsi écrit plus de 3 000 lettres). Grâce à l'imprimerie, ils accroissent leur audience et les ateliers des imprimeurs servent de lieu de rencontres et d'échanges.

Citation-clé

« L'homme ne naît pas homme. Il se fait homme. » (Érasme).

2 De nouvelles idées

■ Leur conception optimiste de l'homme conduit les humanistes à s'intéresser à l'éducation. Dès lors, le maître est le pédagogue et l'enseignement doit être fondé sur le dialogue. Pour faciliter la diffusion du savoir, les humanistes écrivent en langue vernaculaire (locale). En France, le poète du Bellay rédige en 1549 une *Défense et Illustration de la langue française*.

■ Les questions sociales et politiques ne sont pas étrangères aux humanistes. Ils militent pour la paix et l'entente entre les princes chrétiens. En 1516, l'Anglais Thomas More (1478-1535) publie *Utopie* qui décrit une société imaginaire fondée sur la paix, l'égalité et la tolérance. En 1534, dans *Gargantua*, Rabelais (1494-1553) dénonce les ravages de la guerre. En revanche, le Florentin Machiavel, conseiller des princes, décrit les règles du pragmatisme en politique dans *Le Prince* (1532).

■ Les humanistes privilégient une relation directe à Dieu. Il prône une religion plus individuelle fondé sur la connaissance des Écritures par les fidèles. Cela les conduit à traduire la Bible en langue vernaculaire pour la rendre plus accessible et à corriger les erreurs contenues dans la ***Vulgate***. Ils s'opposent également au luxe des princes de l'Église, aux superstitions (culte des reliques des saints). Même s'ils ne cherchent pas à sortir de l'Église, une telle attitude les rend suspects aux yeux des autorités catholiques qui y voient une remise en cause de leur pouvoir sur les fidèles. Aussi l'Église s'attaque à nombre d'entre eux et à leurs œuvres. Sur ordre de l'Inquisition*, l'éditeur Étienne Dolet est brûlé vif avec ses livres en 1546 à Paris.

> ***Vulgate***
> Version latine de la Bible.

3 Érasme, « prince des humanistes »

■ Prêtre hollandais, Didier Érasme (1469-1536) a une formation européenne. Il suit des études de théologie à Paris puis obtient un doctorat à Turin. Philologue, il montre la complémentarité entre les savoirs classique et biblique en partant des textes anciens, qu'il traduit et analyse. En 1516, il traduit ainsi le *Nouveau Testament* en grec et en latin.

■ Les recherches d'Érasme sont mises au service de sa foi chrétienne. Dans son *Éloge de la Folie* publié en 1511, il célèbre la « folie de la foi », qui doit être appuyée sur la connaissance des Évangiles. Il appelle à ce que le texte sacré puisse être lu et connu de chacun, quelle que soit sa condition.

■ C'est pourquoi Érasme accorde une grande importance à la pédagogie. Il développe un programme d'éducation libérale et humaniste qui repose sur l'épanouissement des enfants. Il recommande ainsi de recourir à des jeux, des fables, des images et des activités physiques dès l'âge de 3 ans.

■ Érasme parcourt le cœur de l'Europe, de Rome à Londres en passant par Paris et Bâle. Il est en contact avec les autres penseurs de son époque. Il participe ainsi à la formation d'une « République des lettres », un réseau de lettrés européens qui diffusent les idées humanistes, notamment au moyen de l'imprimerie.

Testez-vous !

Corrigés p. 400

A. Quels sont les textes qui permettent le développement de l'humanisme ?

B. Quelles sont les idées nouvelles des humanistes ?

C. Pourquoi Érasme a-t-il été surnommé le « prince des humanistes » ?

Les Réformes religieuses

Fiche 20

Histoire

Notes

1 La Réforme de Luther

A. L'angoisse du salut

■ Au XVIe siècle, l'angoisse de la mort et la crainte de l'enfer conduisent de nombreux fidèles à multiplier les dévotions aux saints et les pèlerinages. Face à cette crise spirituelle, l'Église, trop occupée de ses intérêts matériels, n'offre pas de réponse à des fidèles qui craignent pour leur salut lors du Jugement dernier.

B. Martin Luther (1483-1546)

■ Formé à la philosophie et à la théologie, l'Allemand Luther devient moine en 1505, prêtre en 1507, avant d'entrer un an plus tard comme professeur à l'université de Wittenberg. Lors d'un voyage à Rome en 1510, il découvre les fastes de la Cour papale qui le révulsent. Entre 1512 et 1515, il connaît une intense crise spirituelle, mais il ne s'agit pas encore pour lui de sortir de l'Église catholique. Le 31 octobre 1517, il affiche ses 95 thèses sur la porte de l'église de Wittenberg. Pour lui, la foi seule sauve, les œuvres ne servent à rien, le contact entre le fidèle et Dieu est personnel et passe par la lecture des Écritures, seul Dieu à la possibilité d'accorder le salut. Par ces thèses, il conteste le rôle d'intermédiaire de l'Église et s'oppose à la vente des indulgences. Ses thèses rencontrent un immense succès parmi les fidèles qui sont à la recherche d'une foi plus personnelle et intense que celle proposée par l'Église catholique.

> **Indulgences**
> Remises de peines accordées par l'Église aux chrétiens contre de l'argent.

C. La Confession d'Augsbourg

■ Luther traduit la Bible en allemand. La diffusion de ses idées est facilitée par l'imprimerie. Mais il est excommunié par le pape en 1520 et condamné par l'empereur Charles Quint neuf ans plus tard. Certains princes allemands le soutiennent, ils sont appelés « protestants ». En 1530, Luther fonde une nouvelle religion, la Confession d'Augsbourg.

2 Les autres réformes protestantes

A. Jean Calvin (1509-1564)

■ Le Français Calvin a été influencé lors de ses études par ses maîtres humanistes. À partir de 1533, il s'engage en faveur des

Notes

thèses luthériennes. Il doit s'exiler à Bâle en Suisse où il publie son *Institution de la religion chrétienne* (1536). En 1538, il fonde une Église réformée à Strasbourg. En 1541, il s'exile à Genève où il développe un essai de théocratie puritaine. La participation au culte est rendue obligatoire, la moralité des citoyens est surveillée et les dérives sévèrement punies. Calvin va plus loin que Luther et nie le libre arbitre de l'homme. Pour lui, le salut est lié à la grâce que Dieu accorde à ses élus selon un dessein connu de lui seul. C'est la théorie de la prédestination.

B. L'anglicanisme

■ En Angleterre, l'anglicanisme trouve son origine dans la rupture du roi Henri VIII avec le pape en 1534. Il est véritablement institué en 1563, soutenu par la reine Elisabeth Ire, sur une base doctrinale calviniste mais en conservant la liturgie et la hiérarchie catholiques. Les protestants ont en commun de rejeter le culte des saints et de la Vierge et de ne conserver que deux sacrements, le baptême et la communion. Sauf pour l'anglicanisme, leur clergé est très restreint et les pasteurs peuvent se marier.

Dates-clés

Elisabeth Ire règne sur l'Angleterre et l'Irlande de 1558 à 1603.

3 La Réforme catholique

■ Alors que le protestantisme progresse dans tout le centre et le nord de l'Europe ainsi qu'en France, l'Église catholique réagit. Le concile qui se tient à Trente, de 1545 à 1563, réaffirme la doctrine catholique. Un catéchisme est publié pour unifier l'enseignement du dogme catholique. Il prend une forme simple de questions et de réponses. La formation des prêtres est améliorée par la création de séminaires. L'Inquisition pourchasse les protestants comme hérétiques*.

■ À la fin du XVIe siècle, les premiers succès viennent de France et d'Europe centrale qui connaissent de nombreux retour au catholicisme. L'Espagne et l'Italie sont préservées du protestantisme par la répression. Cependant, l'unité de l'Église a définitivement éclaté.

Testez-vous !

Corrigés p. 400

A. Qui sont les fondateurs du protestantisme ?

B. Quelles sont les différences entre catholicisme et protestantisme ?

C. Où le protestantisme se développe-t-il le plus ?

L'État royal sous le règne de François Ier (1515-1547)

Fiche 21

Histoire

1 L'extension du domaine royal

■ À son avènement en 1515, François Ier règne sur le plus peuplé (15 millions d'habitants) et le plus riche État d'Europe. Cependant, le royaume de France paraît morcelé. Il comporte de nombreuses enclaves étrangères (Calais, Charolais, Comtat Venaissin, Orange) et des principautés théoriquement vassales mais dans les faits autonomes (duchés de Bretagne et de Bourbon).

■ Au cours de son règne (1515-1547), François Ier étend le domaine royal et renforce son autorité sur ses vassaux, par divers moyens. Marié depuis 1514 à Claude de France, la duchesse de Bretagne, il rattache cette principauté au domaine royal en 1532. François Ier utilise la force pour soumettre Charles III de Bourbon, qui dirige un État autonome au cœur de la France (Bourbonnais, Auvergne, Nivernais…). Au milieu du XVIe siècle, le domaine royal en vient à couvrir la quasi-totalité du royaume.

Notes

Domaine royal
Ensemble des territoires qui sont sous l'autorité directe du roi.

■ Les ambitions territoriales de François Ier s'étendent aussi en Italie. Le roi de France revendique en effet le Milanais, du fait que son arrière-grand-mère était la fille du duc de Milan. Après sa victoire à Marignan en 1515, François Ier cultive son image de roi-chevalier. Si ses expéditions militaires échouent finalement, elles n'en permettent pas moins au roi de découvrir les œuvres artistiques et l'art de vivre des princes de la Renaissance italienne. À son retour, il invitera en France plusieurs artistes italiens, notamment Léonard de Vinci, pour aménager ou décorer les résidences royales.

2 La construction administrative

■ L'affirmation de l'État transparaît aussi dans la politique administrative du souverain. En août 1539, François Ier fait adopter l'ordonnance de Villers-Cotterêts qui oblige les curés à tenir des registres paroissiaux mentionnant les baptêmes et certains décès, actes qui n'étaient auparavant réalisés que dans certains diocèses. Cette loi marque la naissance d'un véritable état civil. Elle sera complétée par l'ordonnance de Blois (1579) qui impose l'enregistrement obligatoire des décès et des mariages.

Notes

■ François Ier manifeste sa volonté d'unification administrative du royaume. La France est alors caractérisée par sa diversité linguistique, presque chaque province ayant son patois ou sa langue. Pourtant, les documents officiels sont rédigés en latin et donc réservés aux élites. L'ordonnance de Villers-Cotterêts impose qu'ils soient prononcés et rédigés en français et non plus en latin. Elle contribue ainsi à la diffusion du français dans les provinces.

3 L'État royal et la religion

■ Roi catholique de droit divin, François Ier affirme aussi son autorité dans le domaine religieux. L'ordonnance de Villers-Cotterêts renforce la justice royale aux dépens de celle de l'Église. Elle interdit ainsi aux juges ecclésiastiques de convoquer un sujet du royaume sur des motifs autres que religieux.

■ L'État royal manifeste son autorité à l'égard des protestants. La France compte alors 2 millions de Réformés qui se concentrent dans le « croissant huguenot », entre le Béarn, le Poitou, le Dauphiné et la Provence. La nouvelle religion se diffuse très vite, notamment parmi les nobles, les avocats, les professeurs, les imprimeurs, les commerçants et les artisans.

Date-clé

En 1517, les 95 Thèses de Martin Luther, affichées à Wittenberg, marquent la naissance de la Réforme protestante.

■ Les relations entre le roi et les protestants se dégradent après l'affaire des Placards (1534), des affiches rédigées par des Réformés, qui dénoncent le pape et la messe. La réaction de François Ier est brutale. Considérant qu'il s'agit d'un crime de lèse-majesté, il ordonne la destruction des ouvrages protestants et l'arrestation d'une centaine de fidèles, dont certains sont exécutés. La politique royale nourrit ainsi les germes de la haine qui éclatera pendant les guerres de religion (1562-1598).

Testez-vous !

Corrigés p. 400

A. Comment François Ier étend-il le domaine royal ?

B. Comment unifie-t-il l'administration du royaume ?

C. Quelles sont les relations entre François Ier et les protestants ?

L'affirmation du pouvoir monarchique (XVIe-XVIIIe siècles)

Fiche 22

Histoire

1 La crise de l'autorité royale

■ Au cours des guerres de religion (1562-1598), la légitimité et l'autorité des rois de France sont contestées à la fois par des grandes familles protestantes et catholiques. En 1589, Henri III est ainsi assassiné par un membre de la **Ligue**. Cependant, son successeur Henri IV (1589-1610) parvient, par la guerre et la négociation, à reconquérir cette autorité sur son peuple et son royaume.

> **Ligue**
> Mouvement ultra-catholique qui a lutté contre le protestantisme pendant les guerres de religion.

■ En 1598, il impose un édit, signé à Nantes, qui reconnaît officiellement la religion protestante. L'édit de Nantes accorde aux huguenots la liberté de religion, l'égalité devant la loi et des places de sûreté. Mais ils ne peuvent célébrer publiquement leur culte que dans certaines régions du royaume. Il faut encore un an pour que l'édit de Nantes soit accepté par les différents parlements.

■ Pendant les guerres de religion, des juristes, comme Jean Bodin, prônent l'absolutisme*, une théorie qui remonte au Moyen Âge. Elle désigne le fait que le souverain doit être délié des lois et que sa volonté doit avoir force de loi. Dans l'esprit de ces juristes, il ne s'agit pas seulement d'un pouvoir exceptionnel, justifié par une situation d'urgence, comme une guerre, mais d'un pouvoir ordinaire.

2 Le renforcement de la monarchie

■ Après la mort d'Henri IV en 1610, l'avenir de la monarchie française suscite des débats parmi les proches du souverain. Les partisans de la monarchie mixte*, comme le prince de Condé, sont favorables à un système politique où le roi gouverne avec la haute noblesse et les **États généraux**. Leurs adversaires, comme la régente Marie de Médicis, prônent la monarchie absolue*.

> **États généraux**
> Assemblée réunissant les représentants des trois ordres du royaume (clergé, noblesse, tiers état).

■ Les idées absolutistes s'imposent en 1614 lorsque les États généraux appellent à un renforcement de l'autorité royale. Le règne de Louis XIII (1610-1643) s'inscrit dans cette perspective.

Notes

Notes

À cette époque, les idées absolutistes sont déjà largement diffusées à l'étranger, dans l'Espagne de Philippe II (1556-1598) ou l'Angleterre de Jacques Ier (1603-1625).

3 Le triomphe de l'absolutisme

■ Le règne de Louis XIV (1643-1715) marque le triomphe de l'absolutisme. Le roi réprime la Fronde (1648-1653), le mouvement de révolte des nobles et des parlementaires. À la mort de Mazarin en 1661, il décide de se passer de principal ministre pour gouverner par lui-même.

■ C'est le début d'un pouvoir monarchique centralisé où le souverain décide seul, après avoir demandé l'avis de ses conseils. Louis XIV réduit progressivement les pouvoirs du Parlement de Paris, en limitant son droit de remontrance, c'est-à-dire son droit de contester les édits royaux. Il mobilise les écrivains et les artistes pour célébrer le « Roi-Soleil », comme en témoigne l'aménagement du château de Versailles où est installée la cour en 1682.

■ L'absolutisme se manifeste enfin dans le domaine religieux. Au nom de la devise « une foi, une loi, un roi », Louis XIV révoque (c'est-à-dire abroge) l'édit de Nantes en 1685, et interdit ainsi le protestantisme. Les huguenots qui refusent de se convertir au catholicisme sont pourchassés, lors de dragonnades*, et contraints à l'exil.

■ Le pouvoir du roi n'en a pas moins des limites. Le souverain se doit de respecter les lois fondamentales du royaume, c'est-à-dire la défense du christianisme, les règles de succession royale, le refus de toute abdication et l'unité du domaine de la couronne. Il doit aussi garantir les privilèges de ses sujets.

Testez-vous !

Corrigés p. 401

A. Qu'est-ce que l'édit de Nantes ?

B. Qu'est-ce que l'absolutisme ?

C. Quelles sont les limites de l'absolutisme ?

La monarchie sous le règne de Louis XIV

Notes

1 Une monarchie absolue

■ Après la répression de la Fronde (1648-1653), Louis XIV met en place une monarchie absolue. Après la mort de Mazarin en 1661, le roi décide de gouverner par lui-même, sans principal ministre. La même année, il fait emprisonner son ambitieux ministre des Finances, Nicolas Fouquet.

■ Pour domestiquer la haute noblesse, Louis XIV l'installe en 1682 à l'écart de Paris, dans le château de Versailles qu'il a fait aménager. C'est la naissance d'une société de cour, entièrement dévouée au souverain. Elle est organisée par l'étiquette, un ensemble de règles et de protocoles, centrés sur les moments de la journée du roi.

Versailles

Près de 6 000 courtisans s'installent à Versailles à partir de 1682.

■ Comme l'avait fait Richelieu, Louis XIV s'emploie à écarter la noblesse d'épée* du gouvernement. Il nomme des personnes issues de la haute bourgeoisie, comme Colbert, ou de la noblesse de robe*, comme Michel Le Tellier, aux postes de ministres ou de secrétaires d'État.

2 Une monarchie administrative

■ Louis XIV préside une série de conseils, comme le Conseil d'en haut qui réunit les ministres d'État sur les grandes affaires du royaume, notamment étrangères. Le Conseil des parties rassemble conseillers et maîtres des requêtes pour régler les questions de justice. Le Conseil des dépêches passe en revue les rapports des intendants dans les provinces.

■ Cette haute administration est formée d'officiers, détenteurs d'une charge héréditaire, comme les maîtres des requêtes. Certains d'entre eux, les commissaires, sont chargés d'une mission spécifique. C'est le cas des intendants, envoyés dans les provinces pour rendre la justice et la police et répartir les impôts royaux au nom du souverain.

■ L'État royal exerce une pression fiscale croissante. Pour financer les guerres ou l'aménagement du château de Versailles, les impôts indirects (gabelle, aides…), ne cessent d'augmenter. Si la perception des impôts directs est assurée par des collecteurs (élus par les habitants), la collecte des impôts indirects est sous-traitée à des fermiers, qui réalisent d'importants bénéfices.

Notes

3 Une politique de puissance

■ La guerre est l'un des principaux moyens utilisés par Louis XIV pour manifester sa puissance, étendre son royaume et imposer l'hégémonie de la France sur l'Europe. Le roi charge Vauban, Commissaire général des fortifications, de construire un réseau de places fortes pour protéger les frontières. Il confie à son ministre Louvois la mission de réformer l'armée, en améliorant la discipline et le ravitaillement.

■ Les guerres contre l'Espagne, la Hollande ou le Saint-Empire permettent à Louis XIV d'annexer une partie de la Franche-Comté, de la Flandre et de l'Alsace. À la fin du XVIIe siècle, la France apparaît comme la puissance dominante en Europe.

■ La politique de puissance du roi passe aussi par l'économie. Contrôleur général des Finances, Colbert met en pratique ses idées **mercantilistes**, le développement du l'industrie et du commerce. Elles passent par la réduction des importations étrangères, la création de manufactures royales (Les Gobelins en 1662) et de compagnies maritimes (Compagnies des Indes orientales en 1664, Compagnie du Levant en 1670), la colonisation (fondation de la Louisiane en 1682) et la traite négrière*.

Mercantilisme
Théorie économique selon laquelle la puissance d'un pays repose notamment sur l'accumulation de métaux précieux.

■ La culture et les arts servent la gloire du roi. L'aménagement du château de Versailles a mobilisé les architectes (Le Vau, Hardouin-Mansart), les jardiniers (Le Nôtre) et les peintres (Le Brun) les plus prestigieux. Écrivains et artistes reçoivent des pensions pour célébrer la figure du Roi-Soleil.

Testez-vous !

Corrigés p. 401

A. En quoi la monarchie sous Louis XIV est-elle une monarchie administrative ?

B. Comment Louis XIV utilise-t-il la guerre pour manifester le pouvoir monarchique ?

C. Quelle est la politique maritime de Colbert ?

L'évolution politique de l'Angleterre

Fiche 24

Histoire

1 L'affirmation des droits du Parlement

■ Depuis la Grande Charte de 1215, le pouvoir du roi d'Angleterre est limité par un Parlement. Celui-ci réunit les grands propriétaires au sein de deux assemblées : la Chambre des lords (évêques et nobles) et la Chambre des communes (représentants des villes et des comtés).

■ Au XVIIe siècle, le Parlement s'oppose aux rois Stuarts Jacques Ier (1603-1625) et Charles Ier (1625-1649) qui tentent d'imposer à tous leurs sujets l'absolutisme* et l'anglicanisme. En 1628, il réussit à faire adopter la Pétition des droits qui circonscrit les pouvoirs du roi. Par ce texte, le Parlement obtient le droit de voter l'impôt et la fin des arrestations arbitraires.

Anglicanisme
Courant du protestantisme fondé par le roi d'Angleterre Henri VIII en 1534.

Notes

■ L'opposition entre Charles Ier et les parlementaires débouche sur deux guerres civiles (1642-1649). Grâce à son armée conduite par Oliver Cromwell (1599-1658), le Parlement l'emporte sur les troupes royales. Vaincu, Charles Ier est arrêté et exécuté en 1649. C'est la première révolution d'Angleterre.

■ Le Parlement abolit la monarchie et instaure une République, dirigée par Oliver Cromwell, le chef des puritains*. Cependant, le nouveau régime, qui sombre dans la dictature, est trop contesté pour durer. En 1660, le Parlement restaure la monarchie au profit de l'héritier des Stuarts, Charles II.

■ L'Angleterre retrouve la stabilité. En 1679, le Parlement vote *l'Habeas Corpus** (« Sois maître de ton corps » en latin), qui garantit le droit de toute personne arrêtée à être présentée devant un juge. Les premiers partis politiques apparaissent : les *Tories*, tenants d'une autorité royale forte, et les *Whigs*, attachés aux pouvoirs du Parlement.

2 La naissance progressive d'une monarchie parlementaire

■ À la fin du XVIIe siècle, un nouveau rapport de force oppose le souverain et le Parlement. Fils de Charles Ier, Jacques II (1685-1688) est contesté par les parlementaires anglicans et les puritains, en raison de sa politique favorable aux catholiques. Les puritains

Notes

soutiennent les ambitions de l'héritière du trône, Marie Stuart, et de son époux, le prince protestant, Guillaume d'Orange.

■ En 1688, Guillaume d'Orange et son épouse débarquent en Angleterre et contraignent Jacques II à la fuite. Ils se font remettre la Couronne par le Parlement et prennent les noms de Guillaume III et Marie II. C'est la « Glorieuse Révolution ».

■ Le Parlement oblige les deux souverains à respecter le *Bill of Rights* (« La déclaration des droits »), adopté en 1689. Ce texte proclame la liberté des élections et impose au roi d'obtenir le consentement du Parlement pour suspendre les lois, lever et percevoir des impôts. Les parlementaires bénéficient en outre de la liberté de parole et de réunion. En 1695, une loi supprime la censure préalable des journaux, ce qui permet un développement rapide de la presse.

Déclaration des droits (1689)

« Le prétendu pouvoir de suspendre les lois ou l'ex[illegible]cution des lois par l'autor[illegible] royale, sans le consentement du Parlement, est illégal ».

■ En vertu du *Bill of Rights*, le souverain ne peut gouverner sans l'accord du Parlement. Ce texte pose ainsi les bases d'une monarchie tempérée* et représentative. Cependant, le nouveau régime est fondé sur un suffrage censitaire* encore très restreint, car seuls les riches propriétaires ont le droit de vote (4 % de la population adulte). De plus, il ne s'agit pas encore d'une monarchie parlementaire*, car le souverain n'est pas contraint de choisir le Premier ministre parmi le groupe politique majoritaire aux élections.

■ Ce n'est qu'en 1782 que la Grande-Bretagne devient une monarchie parlementaire lorsque le Premier ministre Lord North, devant l'hostilité de la Chambre des communes, est contraint de démissionner.

Testez-vous !

Corrigés p. 401

A. Qu'est-ce que *l'Habeas Corpus* ?

B. En quoi la Déclaration des droits pose-t-elle les bases d'une monarchie tempérée ?

C. En quoi la monarchie britannique n'est-elle pas encore une monarchie parlementaire au début du XVIIIe siècle ?

La puissance britannique au XVIIIe siècle

Fiche 25

Histoire

Notes

1 Une domination commerciale et coloniale

■ Au cours du XVIIIe siècle, la Grande-Bretagne devient la première puissance coloniale du monde. En 1763, à l'issue de la guerre de Sept Ans, elle acquiert de nombreuses colonies françaises, notamment le Canada. Son empire s'étend alors sur une grande partie de l'Amérique du Nord et de l'Inde. Il s'appuie sur un réseau de ports et de « factoreries » (comptoirs coloniaux).

■ Au XVIIIe siècle, la Grande-Bretagne est aussi la première puissance négrière. Au cours du siècle, près de 3,4 millions d'esclaves africains sont déportés par les navires britanniques en Amérique pour travailler de force dans les plantations de canne à sucre, de coton et de tabac.

■ Cet empire colonial, notamment fondé sur la traite négrière*, permet à la Grande-Bretagne de devenir la première puissance commerciale d'Europe, devant les Pays-Bas, dans la seconde moitié du XVIIIe siècle. Sa puissance commerciale, d'envergure mondiale, repose notamment sur l'exportation de cotonnades (étoffes de coton), produites dans la région de Manchester, et sur les échanges de produits coloniaux d'Amérique (sucre, tabac, café) et d'Asie (poivre, thé, riz).

Grande-Bretagne
En 1707, les royaumes d'Angleterre et d'Écosse s'unissent pour former le royaume de Grande-Bretagne.

2 La puissance industrielle britannique

■ Grâce à la révolution industrielle*, la Grande-Bretagne devient au XVIIIe siècle. la première puissance industrielle d'Europe. L'invention et le perfectionnement de la machine à vapeur permettent d'accélérer la production, dans les mines de charbon et les usines sidérurgiques, en diminuant les coûts d'extraction ou de transformation.

■ Dans l'industrie textile, plusieurs innovations sont décisives, comme la machine à filer de Richard Arkwright (1768), la *mule-jenny* de Samuel Crompton qui peut produire tous les types de fils (1779) et le premier métier à tisser mécanique d'Edmund Cartwright (1785).

■ La puissance de l'industrie britannique repose aussi sur des centres de production spécialisés : Manchester pour le coton, Norwich pour la laine, Newcastle pour le charbon et l'acier,

Notes

Plymouth et Portsmouth pour la construction navale. Dans la seconde moitié du XVIIIe siècle, ces villes sont reliées par un réseau de routes et de canaux, qui facilitent la circulation des marchandises.

■ Cependant, au milieu du XVIIIe siècle, la Grande-Bretagne ne représente encore que 2 % de la production mondiale. Celle-ci est en effet réalisée à 70 % en Asie, et notamment en Chine, qui est alors l'« atelier du monde ».

3 Londres, capitale d'empire

■ Capitale de la Grande-Bretagne et de son empire colonial, Londres est la première ville d'Europe. Elle connaît une croissance démographique très rapide au cours du siècle. Sa population passe ainsi de 500 000 en 1700 à 900 000 habitants à la fin du siècle.

■ Le port de Londres devient l'un des principaux centres du commerce mondial. Les marchandises du monde entier sont déchargées sur le *Pool*, un ensemble de quais et d'entrepôts sur la rive gauche la Tamise. Le port est dominé par l'imposant Bureau des douanes, qui perçoit les taxes sur les différents produits.

Monnaie

Au XVIIIe siècle, la livre sterling devient la monnaie la plus forte d'Europe.

■ C'est à cette époque que la City devient le cœur financier de l'empire. Le long de la *Lombard Street* sont situées les principales institutions de la finance britannique, comme le marché d'assurances de la Lloyd's créé en 1686 et la Banque d'Angleterre fondée en 1694.

■ Londres connaît des transformations urbaines massives et rapides. Après le grand incendie de 1666, toute la ville est reconstruite en briques et en pierre. Au cœur de la City, l'architecte Christopher Wren édifie, entre 1675 et 1710, la monumentale cathédrale Saint-Paul qui domine la ville. Dans la seconde moitié du XVIIIe siècle, des quartiers résidentiels sont aménagés dans le *West End*, selon le style architectural géorgien, caractérisé par ses lignes symétriques.

Testez-vous !

Corrigés p. 401

A. En quoi la Grande-Bretagne est-elle la première puissance coloniale ?

B. Quels sont les grands centres de production industrielle en Angleterre ?

C. Quels espaces de Londres montrent la puissance économique de cette capitale ?

Le modèle britannique au XVIIIe siècle

Fiche 26

Histoire

Notes

1 Un modèle politique

■ La Grande-Bretagne fait d'abord figure de modèle par son régime politique, qui suscite l'admiration des philosophes des Lumières. Après un séjour en Angleterre entre 1726 et 1728, Voltaire publie les *Lettres philosophiques* ou *Lettres anglaises* (1734). Il vante les qualités de la monarchie tempérée britannique, fondée sur « le partage du gouvernement » entre le roi et le Parlement, en l'opposant à la monarchie absolue* française. Voltaire célèbre la fiscalité britannique, qui s'applique aussi à la noblesse, contrairement au système fiscal français où les nobles sont exemptés de la plupart des impôts.

■ Les philosophes anglais exercent une influence considérable en Europe. Dans *Léviathan* (1651), Thomas Hobbes (1588-1679) forge la notion de contrat social entre la société et l'État, qui pose les bases de la souveraineté politique. Un siècle plus tard, il inspire le contrat social de Jean-Jacques Rousseau (1712-1778). Dans le *Second traité du gouvernement civil* (1690), John Locke (1632-1704) distingue les pouvoirs législatif et exécutif. Cette distinction inspire Montesquieu dans l'élaboration du principe de séparation des pouvoirs législatif, exécutif et judiciaire, qu'il théorise dans *L'Esprit des Lois* (1748).

2 Un modèle juridique

■ Au début du XVIIIe siècle, la Grande-Bretagne est aussi pionnière dans le domaine des libertés individuelles et collectives. La Pétition des droits (1628), l'*Habeas Corpus* (1679) et la déclaration des droits (1689) ont affirmé les droits des personnes contre l'arbitraire royal.

> ***Habeas Corpus* (1679)**
> Loi anglaise qui énonce le droit fondamental de ne pas être arrêté et emprisonné sans jugement.

Cette reconnaissance des droits, notamment dans le domaine de la justice, inspire les philosophes des Lumières qui l'opposent à l'arbitraire royal qui règne en France.

■ John Locke met en valeur la notion de « droits naturels* », c'est-à-dire attachés à la personne humaine. Dans ses *Deux traités du gouvernement civil* (1690), il considère que, dans l'état de nature, tous les hommes sont libres, égaux et indépendants. Ce penseur défend aussi le principe de liberté religieuse dans sa *Lettre sur la*

Notes

tolérance (1689). Ses idées inspireront la Déclaration des droits de Virginie (1776) et la Déclaration des droits des États-Unis (1789-1791).

3 « L'anglomanie »

■ Dans la seconde moitié du XVIIIe siècle, l'Europe, et notamment la France, sont traversées par une « anglomanie », un engouement pour la civilisation anglaise. Il concerne notamment l'agriculture. Les expériences d'agronomie menées par des grands propriétaires terriens anglais, comme Arthur Young, inspirent les **physiocrates** français.

Physiocratie
Pensée économique selon laquelle la richesse d'un pays repose sur l'agriculture, la libre production et la libre circulation des marchandises.

■ L'anglomanie touche aussi au cadre et au mode de vie. La vogue des « jardins à l'anglaise », à l'aspect plus irrégulier et plus luxuriant que les jardins classiques, se diffuse dans l'aristocratie française, comme en témoigne le parc d'Ermenonville, créé par le marquis de Girardin en 1764.

■ L'anglomanie transforme aussi les habitudes des aristocrates français. Ils sont de plus en plus nombreux à s'habiller à l'anglaise : *riding coat* (habit long et étroit qui a donné le mot « redingote ») et cravate bouffante pour les hommes ; talons plats et chapeaux de castor pour les femmes. Ils consomment du thé à l'anglaise, voyagent dans des berlines anglaises.

Testez-vous !

Corrigés p. 401

A. En quoi la Grande-Bretagne est-elle un modèle politique et juridique au XVIIIe siècle ?

B. En quoi les philosophes des Lumières s'inspirent-ils des penseurs anglais ?

C. Comment se manifeste l'anglomanie ?

La Révolution américaine

Notes

1 Des colonies prospères et défiantes

■ Treize colonies britanniques s'étirent le long de la façade Atlantique de l'Amérique du Nord. Issues de plusieurs vagues d'immigrations majoritairement anglo-saxonnes, elles ont été fondées aux XVIIe et XVIIIe siècles par des communautés religieuses persécutées (puritains dans le Massachusetts, catholiques dans le Maryland) ou par des compagnies commerciales (Virginie).

■ À la fin du XVIIIe siècle, la population des Treize colonies compte près de 2,5 millions d'habitants, dont 250 000 Africains, en majorité esclaves, et 200 000 Amérindiens. La colonisation européenne s'est faite aux dépens des populations amérindiennes, chassées de leurs terres et repoussées vers l'Ouest. Elle s'est aussi bâtie sur la traite négrière*, pratiquée dans les colonies du Sud (Virginie, Carolines…).

Esclavage
Dans les colonies du Sud, près de 40 % de la population est formée d'esclaves, Africains ou métis.

■ Les Treize colonies sont autonomes par rapport à leur métropole. Chacune a son propre gouverneur, représentant le roi d'Angleterre, sa propre assemblée élue au suffrage censitaire, et ses propres cours de justice.

■ L'économie des Treize colonies est très prospère. Elle repose notamment sur les produits d'une agriculture d'exportation (tabac, coton, riz, indigo…), expédiés par les ports américains (Boston, New York, Philadelphie…) vers l'Europe.

■ L'enrichissement des ports américains a permis la naissance d'une élite ouverte sur le monde, informée et éclairée. Le développement des universités (Harvard, Princeton…) et de la presse écrite stimule en effet la circulation et l'échange des idées. Les élections aux assemblées sont l'occasion de débats politiques qui portent notamment sur les relations avec la métropole britannique.

■ Les habitants des Treize colonies sont nombreux à s'opposer aux taxes sur le sucre, les timbres ou le thé, imposées par la Grande-Bretagne. Ils revendiquent le droit d'être représentés au Parlement de Londres pour participer au vote des impôts, selon le principe « Pas de taxation sans représentation ».

Notes

2 De la défiance à l'indépendance

■ La protestation prend de l'ampleur, notamment par le boycott des produits britanniques. En 1773, des Bostoniens jettent à la mer des balles de thé (« Boston Tea Party »). La protestation devient politique. En 1774, un congrès continental, réunissant les élus des colonies, demande à la métropole de respecter les libertés américaines. Après l'échec des tentatives de conciliation, la guerre est déclarée en 1775.

■ Les colons américains s'inspirent des textes juridiques anglais, comme *l'Habeas Corpus* de 1679 et le *Bill of Rights* de 1689, ou des idées des philosophes anglais Thomas Hobbes et John Locke. Ils en retiennent plusieurs principes : l'idée d'un contrat entre la métropole et ses colonies ainsi qu'entre la société et l'État, le respect des droits naturels face à l'arbitraire et à l'oppression, le refus de l'absolutisme*, les notions de souveraineté et de gouvernement représentatif.

■ Une œuvre exerce une influence considérable : *Le Sens Commun* publié en 1776. Elle a été écrite par Thomas Paine, un écrivain anglais établi en Amérique du Nord, qui est influencé par les idées de Jean-Jacques Rousseau. Dans cet ouvrage, il appelle à l'instauration d'une union de républiques indépendantes, qu'il nomme « États-Unis d'Amérique ».

■ Le 4 juillet 1776, les représentants des Treize colonies réunis à Philadelphie adoptent une Déclaration d'Indépendance des États-Unis d'Amérique, rédigée par Thomas Jefferson (1743-1826).

■ Ce texte de portée universelle retourne contre la Grande-Bretagne les principes et les valeurs de liberté et de souveraineté. Il accuse ainsi la métropole de « tyrannie » car elle ne respecte pas le contrat qui la lie à ses colonies.

Déclaration d'indépendance

« […] tous les hommes sont créés égaux ; ils sont doués par le Créateur de certains droits inaliénables ; parmi ces droits se trouvent la vie, la liberté et la recherche du bonheur ».

Testez-vous !

Corrigés p. 401

A. Quelle est la principale cause économique de la Révolution américaine ?

B. Quels principes inspirent la Révolution américaine ?

C. Quel régime politique les révolutionnaires veulent-ils fonder ?

La guerre d'Indépendance américaine

Fiche 28

Histoire

1 De la contestation à la guerre

■ Depuis les années 1760, les habitants des Treize colonies dénoncent les taxes sur le sucre, les timbres ou le thé, imposées par la métropole britannique. À Boston, en 1770, une manifestation est réprimée dans le sang par l'armée britannique. Trois ans plus tard, des Bostoniens jettent symboliquement à la mer des balles de thé (« Boston Tea Party »).

Info-clé

Les taxes imposées par la métropole britannique visent notamment à éponger les dettes contractées par la Grande-Bretagne lors de la guerre de Sept Ans (1756-1763).

■ La contestation devient politique lorsqu'en 1774, un congrès continental est réuni pour demander à la Grande-Bretagne le respect des libertés américaines. Après l'échec des tentatives de conciliation, la guerre est déclarée en 1775. Le 4 juillet 1776, les représentants des Treize colonies déclarent l'indépendance des États-Unis d'Amérique.

■ La guerre d'Indépendance n'oppose pas seulement les habitants des Treize colonies à la Grande-Bretagne. Elle divise la société américaine en deux camps : d'une part, les *Insurgents*, tenants de l'indépendance et majoritaires dans l'opinion publique, et d'autre part, les « loyalistes », partisans du maintien dans l'empire colonial britannique, qui représentent près de 20 % de la population.

■ Dans leur guerre d'Indépendance, les Américains sont commandés par George Washington (1732-1799), un riche planteur de Virginie, qui s'est illustré pendant la guerre de Sept Ans (1756-1763). À partir de troupes inexpérimentées, il fonde une véritable armée. Pour cela, il établit une discipline stricte, et recrute aussi des soldats amérindiens et noirs.

■ Avec cette armée, George Washington parvient à s'emparer de Boston en 1776 mais échoue devant New York. Après avoir traversé le fleuve Delaware à Noël, il remporte les batailles de Trenton et Princeton (fin décembre 1776 - début janvier 1777).

Notes

Notes

2 L'intervention française

■ La révolution américaine suscite un véritable engouement populaire en France, notamment dans la noblesse et la bourgeoisie éclairées. Ambassadeur officieux, le savant Benjamin Franklin se rend en 1776 à Paris pour sensibiliser les Français à la cause des *Insurgents*. Sa personnalité et ses manières simples lui valent une immense popularité.

Benjamin Franklin (1706-1790)
Ce savant américain est notamment l'inventeur du paratonnerre (1752).

■ Les Français répondent aux attentes des *Insurgents*. Dès 1777, c'est le marquis de La Fayette (1757-1834) qui débarque en Amérique et s'engage aux côtés de George Washington. De son côté, l'écrivain Beaumarchais, qui est aussi agent secret, anime un trafic d'armes pour aider les *Insurgents*. Le soutien devient officiel, en 1778, avec la signature d'un traité d'alliance entre la France et les États-Unis, puis avec l'entrée de la France en guerre.

■ En 1780, Louis XVI envoie en Amérique un corps expéditionnaire, commandé par le comte de Rochambeau. De son côté, l'amiral de Grasse prépare une opération maritime de grande ampleur. En septembre 1781, il parvient à expulser les Britanniques de la baie de la Chesapeake. Cette opération permet à George Washington et au comte de Rochambeau de remporter la victoire décisive de Yorktown, en octobre 1781.

■ La paix est signée lors du traité de Paris, conclu en 1783 sous l'égide du roi de France. La Grande-Bretagne reconnaît l'indépendance des États-Unis d'Amérique. S'il a été décisif, le soutien français aux États-Unis pour la guerre puis pour la reconstruction du pays a été très coûteux (plus de 20 millions de livres). À cela s'ajoute le coût encore plus important de la guerre franco-anglaise de 1778-1783, qui est estimé à 1 milliard de livres. Ces engagements militaires expliquent en grande partie la crise budgétaire de l'État royal à la veille de la Révolution française.

Testez-vous !

Corrigés p. 401

A. Comment passe-t-on de la révolte à la guerre ?

B. Montrez que les Américains sont divisés sur l'indépendance.

C. Comment la France participe-t-elle à la guerre d'Indépendance américaine ?

La naissance des États-Unis d'Amérique

Fiche 29

Histoire

Notes

1 L'élaboration d'un nouveau modèle politique

■ Le 4 juillet 1776, les représentants des Treize colonies déclarent l'indépendance des États-Unis d'Amérique. À l'issue d'une guerre (1775-1783), cette indépendance est reconnue par la Grande-Bretagne, en vertu du traité de Paris, signé en 1783.

Date-clé

La fête nationale des États-Unis se déroule chaque année le 4 juillet, « Jour de l'Indépendance ».

■ Dès 1776, les révolutionnaires américains ont posé les bases juridiques et politiques des États-Unis d'Amérique, en s'inspirant des penseurs anglais du XVIIe siècle (Hobbes, Locke) et des philosophes des Lumières (Montesquieu, Rousseau). Ils s'accordent sur le fait que le nouvel État doit être fondé sur le respect des droits naturels*, notamment la liberté et l'égalité entre les hommes, sur un gouvernement représentatif et sur la séparation des pouvoirs.

■ Inspirés par Thomas Paine, les révolutionnaires travaillent à l'instauration d'une union de républiques indépendantes. En 1777, ils forment une confédération*, une union d'États conservant chacun une très large autonomie. Elle ne prend en charge que certaines compétences, notamment la monnaie et la politique étrangère. Trop faible, elle ne parvient pas à empêcher les rivalités commerciales entre les États confédérés. Faute de compétence fiscale, elle n'a pas de ressources propres et pas de véritable armée.

■ C'est pourquoi de nombreux révolutionnaires, comme Alexander Hamilton, demandent que la confédération soit remplacée par une fédération, c'est-à-dire une union dotée d'un pouvoir central fort. D'autres, à l'instar de Thomas Jefferson, veulent que les États confédérés conservent leurs pouvoirs. Finalement, ce sont les partisans d'un pouvoir central fort qui l'emportent.

2 La République fédérale des États-Unis

■ Adoptée en 1787, la Constitution fonde une république fédérale*, reposant sur la séparation et l'équilibre des pouvoirs. Le pouvoir exécutif est représenté par un président, élu au suffrage indirect pour 4 ans, qui applique les lois et commande l'armée. Le pouvoir législatif est exercé par un Congrès formé de deux

Notes

assemblées élues (Chambre des représentants et Sénat), qui vote les lois et le budget. Enfin, le pouvoir judiciaire est représenté par une Cour suprême, composée de 9 juges nommés à vie, qui contrôlent le président et les lois.

■ Représentatif, le système politique américain respecte à la fois l'égalité entre les États fédérés et le poids démographique de chaque État. Au sein du Congrès, les représentants sont élus (pour 2 ans), en fonction de la population des États, et les sénateurs sont élus (pour 6 ans), à raison de deux par État.

■ S'il est représentatif, ce régime politique n'est pas pour autant démocratique : les femmes, les Noirs, les Amérindiens sont exclus du droit de vote. De plus, il repose sur le suffrage censitaire*, réservé aux propriétaires blancs. Dans le dénombrement de la population des États, chaque esclave ne représente que 3/5e d'une personne libre.

■ Pour rallier les partisans des États fédérés, une Déclaration des droits est rédigée par James Madison en 1789, sur le modèle de celle de Virginie adoptée en 1776. Elle comporte 10 amendements à la Constitution, qui proclament notamment la liberté de pensée et de religion (amt. 1er) ou le droit au port d'armes (amt. 2). Votée entre 1789 et 1791, ce texte protège ainsi les citoyens et les États contre les empiètements du pouvoir fédéral.

La déclaration des droits

« Le Congrès n'adoptera aucune loi relative à l'établissement d'une religion, ou à l'interdiction de son libre exercice ; ou pour limiter la liberté d'expression, de la presse ou le droit des citoyens de se réunir pacifiquement ou d'adresser au Gouvernement des pétitions [...]. » (amt. 1er).

■ Élu en 1789 et réélu en 1793, George Washington est président des États-Unis de 1789 à 1797. Pour renforcer l'union, il fonde une capitale fédérale, Washington, en 1791. Il supervise l'établissement de la Banque fédérale en 1791 et du dollar en 1792. Au niveau international, il pratique une politique de neutralité, y compris avec la France. Dans son discours d'adieu (1796), il appelle les États-Unis à étendre les relations commerciales mais aussi à éviter les alliances politiques.

Testez-vous !

Corrigés p. 402

A. Quels sont les principes qui fondent les États-Unis d'Amérique ?

B. En quoi les fondateurs des États-Unis d'Amérique sont-ils divisés ?

C. Quelles sont les limites de l'application de ces principes ?

L'essor de l'esprit scientifique

Fiche 30

Histoire

Notes

1 La naissance de la science moderne

■ Au XVIe siècle, les humanistes* posent les bases de la science moderne. Elle est fondée sur l'observation critique et l'expérimentation qui s'affranchit des croyances religieuses.

■ C'est par l'observation de la rotation de la Terre que l'astronome polonais Nicolas Copernic (1473-1543) propose en 1543 sa théorie héliocentrique (du grec hélios, « soleil »), selon laquelle les planètes tournent autour du Soleil. Elle remet en question la représentation géocentrique (du grec géo, « terre ») de l'univers élaborée par le savant grec Ptolémée (IIe siècle ap. JC).

Aristarque de Samos (310-v. 230 av. J.-C.)

Ce savant grec est l'un des premiers théoriciens de l'héliocentrisme.

■ La méthode expérimentale est mise au point par le philosophe anglais Francis Bacon (1561-1626) dans *Le Nouvel Organon* (1620). Elle est appliquée par le médecin anglais William Harvey (1578-1657) qui réalise de nombreuses dissections humaines pour observer et comprendre en 1628 le fonctionnement de la circulation sanguine.

■ Cette méthode est aussi mise en pratique par le Français Blaise Pascal (1623-1662) qui mène des expériences, notamment sur le puy de Dôme, pour prouver l'existence du vide ou la pression atmosphérique. Il les décrit dans le *Récit de la grande expérience de l'équilibre des liqueurs* (1648).

■ Cette nouvelle démarche scientifique est théorisée par René Descartes (1596-1650) dans son *Discours de la Méthode* (1637). Il considère qu'elle doit s'appuyer sur les principes, les règles et la rigueur des mathématiques.

2 Galilée, symbole de la rupture scientifique du XVIIe siècle

■ Professeur de mathématiques à Pise et à Padoue, Galilée (1564-1642) est en relation avec l'astronome allemand Johannes Kepler, partisan de l'héliocentrisme, qui a déjà mis en évidence les trajectoires elliptiques des planètes.

■ En 1609, Galilée met au point une nouvelle lunette astronomique, qui lui permet d'observer le relief de la Lune, les

Notes

étoiles de la ceinture d'Orion et des Pléiades, la planète Jupiter et de découvrir les quatre satellites de celle-ci.

■ Étudiant le mouvement des astres, il constate que les planètes tournent autour du Soleil, comme la Lune tourne autour de la Terre. Il prend soin de décrire avec une grande précision ses observations astronomiques dans un livre, *Le Messager des étoiles* (1610).

Citation-clé

« Nous voyons [...] quatre astres qui tournent autour de Jupiter, comme la Lune autour de la Terre, tandis que l'ensemble tourne autour du Soleil » (Galilée, 1610).

■ C'est grâce à ses observations scientifiques que Galilée justifie la thèse héliocentrique de Nicolas Copernic et conteste le géocentrisme, considéré alors comme un dogme par l'Église.

■ Pour expliquer ses recherches, il écrit à la demande du pape Urbain VIII, *Le Dialogue sur les deux grands systèmes du monde* en 1632. Cet ouvrage fait scandale car Galilée prend parti pour la théorie héliocentrique, alors condamnée par l'Église.

■ Accusé d'hérésie*, Galilée comparaît en avril 1633 devant les juges de l'Inquisition* à Rome. Le 22 juin 1633, il est condamné à la prison à vie (peine qui sera commuée en résidence surveillée) et à une pénitence. À la fin du procès, la théorie héliocentrique est déclarée fausse et hérétique par l'Inquisition, et Galilée est contraint d'abjurer.

■ La condamnation de Galilée n'empêche pas les progrès astronomiques. En 1687, l'Anglais Isaac Newton (1643-1727) énonce la loi universelle de la gravitation, selon laquelle tous les astres s'attirent mutuellement. En 1727, c'est son compatriote James Bradley qui prouve, par l'expérimentation, la révolution de la Terre autour du Soleil.

Testez-vous !

Corrigés p. 402

A. Quels sont les principes du nouvel esprit scientifique ?

B. Quelles sont les principales découvertes de Galilée ? Pourquoi se heurte-t-il au pouvoir de l'Église ?

C. La condamnation de Galilée empêche-t-elle les progrès de l'astronomie ?

La machine à vapeur, une révolution technologique

Fiche 31

Histoire

Notes

1 Invention et perfectionnements de la machine à vapeur

■ Depuis l'Antiquité, des recherches sont menées pour tirer parti de la puissance de la vapeur. Dès le Ier siècle apr. J.-C., le savant grec Héron d'Alexandrie imagine l'éolipile, une sphère creuse qui, une fois chauffée, tourne sous l'action de la vapeur. Une étape est franchie en 1707, lorsque le Français Denis Papin met au point le piston flottant qui permet de transformer la pression en force mécanique.

■ L'Anglais Thomas Newcomen est le premier à construire en 1712 une véritable machine à vapeur pour pomper les eaux d'infiltration qui gênent le travail dans les mines. Elle est formée d'une chaudière, d'un balancier et d'un piston. Chauffée, l'eau se transforme en vapeur, pousse le piston qui actionne le balancier. Cependant, l'invention de Newcomen n'est pas pratique. Il faut régulièrement rafraîchir le piston par un jet d'eau froide, pour condenser la vapeur, c'est-à-dire la transformer en eau.

■ C'est en réparant l'une des machines de Newcomen que l'ingénieur écossais James Watt a l'idée d'y apporter quelques perfectionnements décisifs. En 1769, il invente le condenseur*, une petite chambre séparée qui permet de condenser la vapeur sans refroidir le piston. Onze ans plus tard, Watt met aussi au point un piston à deux faces, qui peut être actionné par la vapeur aussi bien vers le haut que vers le bas. Grâce à ses inventions, Watt multiplie presque par trois la puissance de la machine à vapeur de Newcomen.

Chiffre-clé

Les perfectionnements de J. Watt ont multiplié par 3 le rendement des machines à vapeur.

2 La machine à vapeur révolutionne l'industrie

■ L'invention de James Watt est rapidement diffusée par l'entrepreneur anglais Matthew Boulton. En 1790, l'Angleterre compte près de 2 500 machines à vapeur, qui servent à pomper l'eau des mines, à actionner les métiers à tisser et les hauts-fourneaux, à moudre le grain. Ces progrès permettent une hausse de la production et une baisse du prix de revient.

■ La diffusion de machine à vapeur suscite de nouveaux besoins en chaudières, en cylindres et en pistons. Elle profite des progrès

Notes

accomplis par la métallurgie, notamment l'invention du *puddlage* en 1784 par Henry Cort qui permet de fabriquer directement de l'acier à partir de la fonte réchauffée avec du coke (charbon de terre).

■ La diffusion des nouvelles techniques sidérurgiques entraîne l'apparition en Angleterre d'importantes régions industrielles, situées en ville (Soho, Birmingham) ou autour des mines de charbon (Yorkshire, Lancashire).

■ En 1779, un accord est conclu entre James Watt, Matthew Boulton et les autorités françaises pour introduire la machine à vapeur en France. Entre 1781 et 1783, les frères Périer commandent à l'inventeur anglais deux modèles pour puiser l'eau de la Seine et pour actionner une fonderie, à Chaillot. Créée en 1782, la fonderie du Creusot, dans le sud de la Bourgogne, compte plusieurs machines à vapeur actionnant des hauts-fourneaux.

■ Cependant, en France, la vapeur ne remplace pas l'**énergie hydraulique**. Celle-ci constitue toujours une source d'énergie importante notamment dans les forges, les papeteries et les filatures.

Énergie hydraulique
Énergie générée par le mouvement de l'eau.

Testez-vous !

Corrigés p. 402

A. Comment fonctionne la machine à vapeur de James Watt ?

B. Quel pays est le plus équipé en machines à vapeur au XVIIIe siècle ? Pourquoi ?

C. Pourquoi la machine à vapeur est-elle une révolution technologique ?

La diffusion des sciences au XVIIIe siècle

Fiche 32

Histoire

Notes

1 Des institutions pour la diffusion des sciences

■ Depuis le XVIIe siècle, les Académies européennes sont des centres de recherche et de diffusion scientifiques, à travers leurs conférences et leurs publications : Royal Society en Grande-Bretagne, Académie Leopoldina dans le Saint Empire, Académie des Sciences de Turin (Italie)…

■ Les sociétés savantes ou « académies de province » participent à la diffusion des sciences dans les grandes villes européennes. Réunissant chacune jusqu'à 3 000 personnes, elles sont fréquentées par près d'un citadin sur dix. 28 sont créées en France entre 1715 et 1789. L'académie de Bordeaux propose de multiples sujets de réflexion scientifique, concernant les métaux, l'électricité, le climat ou la pharmacie. Moins importants dans ce domaine, les salons n'en sont pas moins des lieux privilégiés où l'on discute notamment des questions scientifiques.

■ Les sciences occupent une place croissante dans l'enseignement. Les écoles royales diffusent un enseignement scientifique pour former les futurs ingénieurs : écoles royales du génie de Mézières, des ponts et chaussées (créée en 1747), des mines (fondée en 1783) où sont enseignées la chimie, la minéralogie, la physique ou l'hydraulique.

2 Les hommes des Lumières et la diffusion des sciences

■ Certains savants jouent un rôle déterminant dans la diffusion des sciences. En 1753, l'abbé Nollet fonde au collège de Navarre à Paris un enseignement de physique expérimentale ouvert au grand public. Il organise des expériences d'électrostatique sur les places publiques pour populariser ses découvertes.

■ Par leurs voyages en Europe, les hommes et les femmes des Lumières permettent de diffuser les idées scientifiques. Après son séjour en Angleterre (1726-1729), Voltaire devient un défenseur des thèses de Newton qu'il contribue à populariser à France (*Éléments de la philosophie de Newton*, 1738).

Date-clé

En 1687, l'Anglais Isaac Newton énonce la loi de la gravitation universelle, selon laquelle tous les astres s'attirent mutuellement.

Notes

■ Sa compagne, la physicienne Gabrielle Émilie Le Tonnelier de Breteuil, **marquise du Châtelet** (1706-1749) entretient une large correspondance avec des scientifiques de toute l'Europe, notamment le mathématicien allemand Samuel König, les mathématiciens et physiciens suisses Bernoulli et Euler. Par ses œuvres, elle contribue aussi à diffuser l'œuvre des savants étrangers. Elle fait ainsi publier un ouvrage sur une *Analyse de la philosophie de Leibniz* en 1740, avant de traduire et de commenter, entre 1745 et 1750, les *Principes mathématiques de la philosophie naturelle de Newton*, permettant ainsi une large diffusion de ses découvertes. Cet ouvrage restera un livre de référence jusqu'au milieu du XIXe siècle.

Mme du Châtelet (1706-1749)
Cette femme de lettres, liée à Voltaire, participe à la diffusion de la loi de la gravitation universelle.

3 Des œuvres de vulgarisation scientifique

■ La Grande-Bretagne est pionnière dans le domaine de la vulgarisation scientifique, avec la publication en 1728 de la *Cyclopaedia* (*Dictionnaire universel des arts et des sciences*) d'Ephraïm Chambers qui présente notamment de planches anatomiques particulièrement détaillées pour l'époque. Publiée en 1768, *l'Encyclopaedia Britannica* connaîtra un immense succès (quatre éditions jusqu'en 1815).

■ Inspirée par la *Cyclopaedia* et publiée entre 1751 et 1772, l'*Encyclopédie* (*Dictionnaire raisonné des sciences, des arts et des métiers*) aborde l'ensemble des savoirs scientifiques et techniques sous la forme d'articles et de gravures qui présentent les outils et les techniques propres aux différents « arts mécaniques », avec un véritable souci didactique.

■ À ces encyclopédies s'ajoutent les nombreuses publications d'information scientifique, comme le *Journal des savants* ou les *Mémoires pour servir à l'histoire des sciences et des arts*, rédigé par les Jésuites.

Testez-vous !

Corrigés p. 402

A. Quelles institutions ont permis la diffusion des sciences au XVIIIe siècle ?

B. Comment certains savants participent-ils à la diffusion des sciences ?

C. Comment les encyclopédies diffusent-elles les sciences ?

Les Lumières

Fiche 33

Histoire

Notes

1 Un mouvement culturel européen

■ Les Lumières* constituent un mouvement intellectuel et culturel européen et nord-américain qui s'épanouit de la fin du XVIIe à la fin du XVIIIe siècle. Appelé *Aufklärung* en Allemagne, *Enlightment* en Grande-Bretagne ou *Illuminismo* en Italie, il renvoie au projet d'éclairer l'esprit et de lutter contre les ténèbres de l'obscurantisme. Les philosophes des Lumières dénoncent les superstitions religieuses, et s'opposent à la vérité révélée de l'Église, en fondant leur critique sur l'usage de la raison.

■ Les philosophes des Lumières s'engagent pour la liberté, qu'ils distinguent des libertés associées aux privilèges. Voltaire défend la liberté de pensée dans son livre *De l'horrible danger de la lecture* en 1765. Au nom de la liberté de conscience, il prend la défense de Jacques Calas, accusé d'avoir tué son fils pour l'empêcher de devenir catholique, puis du chevalier de la Barre, accusé d'avoir mutilé un crucifix. En s'inspirant de la pensée de John Locke, les philosophes des Lumières en viennent à définir des droits de l'homme, inaliénables et universels.

Citation-clé

« Ose penser par toi-même » (Emmanuel Kant, 1784).

■ La liberté est aussi politique. Montesquieu et Voltaire vantent les mérites de la monarchie tempérée* britannique, fondée sur l'indépendance du Parlement par rapport au roi. Montesquieu s'en inspire pour établir le principe de séparation des pouvoirs législatif, exécutif et judiciaire. Il oppose le régime britannique à la monarchie absolue* française, qui repose sur l'arbitraire royal.

■ La liberté s'applique enfin à l'économie. Les physiocrates*, comme François Quesnay et Vincent de Gournay, sont favorables à la libre circulation des céréales et des autres marchandises. Ils s'opposent à toute réglementation, notamment aux taxes qui pèsent sur les échanges commerciaux. Leur libéralisme économique est résumé par la formule : *« Laissez faire les hommes, laissez passer les marchandises »*.

2 *L'Encyclopédie* (1751-1772)

■ Inspirés par un livre anglais (la *Cyclopaedia*), l'écrivain Denis Diderot (1713-1784) et le mathématicien Jean d'Alembert (1717-1783) dirigent l'*Encyclopédie ou Dictionnaire raisonné*

Notes

des sciences, des arts et des métiers. Comme son nom l'indique, cette œuvre fait le tour de toutes les connaissances techniques et scientifiques de l'époque.

■ Diderot et d'Alembert font appel aux plus grands spécialistes de leur temps, notamment Rousseau et Voltaire. Pendant près de 15 ans, 68 000 articles sont rédigés par près de 250 collaborateurs, dont le scientifique Louis de Jaucourt qui écrit à lui seul le quart des textes. Ces articles sont réunis en 17 volumes de textes, auxquels s'ajoutent 11 volumes d'illustrations.

■ *L'Encyclopédie* aborde tous les domaines, y compris les arts mécaniques, qui sont alors méprisés. Un soin particulier est apporté à la description détaillée des métiers, des techniques et des outils, notamment à travers des gravures légendées. Par cette approche didactique, il s'agit de s'adresser à un large public.

■ À travers cette œuvre, les auteurs diffusent les idées des Lumières. Certains articles prônent la tolérance religieuse, en dénonçant les persécutions contre les protestants (article « Réfugiés »), la libre circulation des marchandises (art. « Grains ») ou l'égalité juridique (art. « Égalité naturelle »).

Citation-clé

« *Le prince ne peut pas disposer de son pouvoir sans le consentement de la nation* » (Diderot, 1751).

■ *L'Encyclopédie* est publiée entre 1751 et 1772 grâce à un système de souscription. Il reçoit le soutien de Malesherbes, directeur de la Librairie, institution chargée de la censure royale. Cela ne l'empêche pas d'être interdit par l'Église en 1752 et par le Conseil d'en haut en 1759. Il sera publié et vendu clandestinement à plus de 25 000 exemplaires.

Testez-vous !

Corrigés p. 402

A. Au nom de quels principes les philosophes des Lumières dénoncent-ils l'absolutisme ?

B. Quel est le modèle politique des philosophes des Lumières ?

C. En quoi l'*Encyclopédie* diffuse-t-elle les idées des Lumières ?

La société d'ordres au XVIIIe siècle

Fiche 34

Histoire

1 Une société rigide et inégalitaire

■ La société d'ordres, issue de Moyen Âge, cloisonne la société française de l'époque. Deux ordres, le clergé et la noblesse, surplombent le tiers état qui représente 98 % de la population. De fait, la société d'ordres est une société de privilèges.

Privilèges
Distinctions, droits et avantages accordés à certains sujets du roi, en raison de leur ordre, de leur fonction, de leur province, de leur ville, de leur famille ou de leur corporation.

■ Le clergé (0,5 % de la population) est divisé en deux de manière stricte. Le haut clergé, issu de la noblesse, vit richement des revenus du patrimoine de l'Église et de la dîme. Le bas clergé (simples curés et moines), issu du monde des roturiers, vit modestement voire pauvrement et n'a aucun pouvoir de décision.

■ La noblesse (1,5 % de la population) possède des privilèges héréditaires honorifiques (porter l'épée) et matériels (exemptions fiscales). La haute noblesse monopolise les hautes charges politiques, religieuses et militaires. La petite noblesse provinciale vit parfois modestement du revenu de ses terres. Elle est d'autant plus attachée à ses privilèges, ce qui accroît les tensions avec les paysans. Enfin, de nombreux bourgeois enrichis achètent des offices anoblissant pour intégrer la noblesse de robe*.

■ L'ordre majoritaire, le tiers état, est le plus divers. Quoi de commun entre le misérable journalier, qui loue sa force de travail au jour le jour, et le riche laboureur propriétaire de ses terres. En ville, se côtoient une masse de nécessiteux, les artisans et la bourgeoisie urbaine (négociants, médecins, avocats). Cette bourgeoisie, qui possède le pouvoir économique, aurait souhaité rejoindre les rangs de la noblesse dont l'accès est de plus en plus restreint.

Notes

2 Les tensions dans la société d'ordres

■ Au XVIIIe siècle, la société d'ordres est devenue inadaptée. Bien que très minoritaires, le clergé et la noblesse concentrent de nombreux privilèges. Ils ne paient pas d'impôt direct. De plus, le clergé perçoit un impôt, la dîme.

■ Pour le petit peuple, les conditions de vie sont très difficiles. Ils sont soumis à une lourde fiscalité : taxes, redevances seigneuriales,

Notes

dîme, taille. Dans les campagnes, les fermiers souffrent de l'augmentation du fermage de la terre. Les ouvriers agricoles se plaignent de la faible augmentation des salaires par rapport à celle des prix. La récolte de 1788 est catastrophique et entraîne une importante hausse du prix du pain.

Chiffre-clé

Les paysans représentent 80 % de la population française au XVIIIe siècle.

■ Même s'ils appartiennent au tiers état, certains bourgeois sont très riches : négociants, banquiers, officiers, etc. Ils partagent le mode de vie des nobles et fréquentent les mêmes salons. Ils peuvent être anoblis par un mariage ou en achetant certains offices*. Pourtant, ils souffrent du mépris attaché à leur ordre. C'est une bourgeoisie puissante mais frustrée. De plus, à la fin du XVIIIe siècle, la mobilité entre tiers-état et noblesse se réduit.

■ Face à la puissance de la bourgeoisie, la haute noblesse étend ses privilèges. Elle accapare les charges les plus élevées de l'État, de l'armée et de l'Église. Depuis 1781, l'accès aux plus hauts grades de l'armée est réservé aux nobles qui disposent des quatre quartiers de noblesse. Cette situation ne fait qu'accentuer la rancœur de la bourgeoisie qui se sent privée de tout pouvoir politique.

Testez-vous !

Corrigés p. 402

A. Qu'est-ce qu'une société d'ordres ?

B. Montrez que la noblesse se renforce au XVIIIe siècle.

C. Quels sont les blocages de la société d'ordres au XVIIIe siècle ?

Le monde paysan sous l'Ancien Régime

Fiche 35

Histoire

Notes

1 Diversité et dynamisme du monde paysan

■ Aux XVIIe et XVIIIe siècles, les paysans représentent 80 % de la population française. En grande majorité, ils sont propriétaires de leurs terres. Les différences n'en sont pas moins importantes entre les laboureurs, qui possèdent de nombreuses terres, et les ménagers qui n'ont qu'un lopin qui leur permet de vivre. Les autres paysans sont locataires de leur terre, moyennant le paiement d'un loyer fixe (fermiers), ou d'une part de la récolte (métayers). Plus basse est la condition des journaliers, qui louent à la journée leur bras pour les travaux agricoles.

Impôts

En moyenne, les impôts représentent 45 % de la récolte d'une famille paysanne.

■ Les paysans restent soumis à de nombreux aléas, liés aux guerres, aux variations climatiques ou aux épidémies. La France est ainsi frappée par la peste entre 1627 et 1631 qui tue près de 2 millions de personnes. Les crises de subsistance* sont encore nombreuses. Ainsi, des mauvaises récoltes peuvent entraîner des périodes de disette, voire de famines, et plonger des campagnes dans la misère, comme pendant les hivers 1690-1693, 1709 et 1788-1789.

■ Cependant, le monde paysan connaît aussi de nombreux progrès au XVIIIe siècle : recours systématique aux engrais naturels, remplacement de la jachère par les cultures fourragères (trèfle), utilisation de trois chevaux (et non plus deux) pour les charrues…

■ Ces progrès contribuent à la croissance de la production agricole, qui augmente de 60 % au XVIIIe siècle, permettant une nette amélioration de l'alimentation. Ils participent ainsi à l'augmentation de la population française qui passe de 20 à 28 millions d'habitants entre 1700 et 1789.

2 Un monde paysan sous tensions

■ Les paysans sont soumis à de nombreux impôts qui représentent presque la moitié de leurs revenus. À leur seigneur, ils payent le cens, des banalités (pour l'utilisation du moulin, du four ou du pressoir), des droits de mutations (héritage) et de justice, et la corvée. S'ils sont locataires, ils versent un loyer au propriétaire des terres. Au curé, ils s'acquittent de la dîme, soit en moyenne

Notes

10 % de la récolte. Au roi, ils doivent payer la taille ainsi que des impôts indirects sur le sel (gabelle) et les boissons (aides), ou des droits de douane (traites).

■ Cette pression fiscale est particulièrement inégalitaire, puisqu'elle ne concerne pas la noblesse, exemptée de nombreux impôts. De plus, elle connaît de fortes variations entre les provinces et dans le temps. Si la taille évolue peu, les impôts indirects augmentent très nettement entre 1660 et 1789.

Chiffre-clé

40 % des révoltes populaires sont causées par la fiscalité royale au XVIIIe siècle.

■ Loin d'être soumis, le monde paysan manifeste régulièrement son mécontentement. Les révoltes populaires s'expliquent d'abord par le poids croissant de la fiscalité, notamment indirecte : Jacqueries des Croquants contre les aides dans le Périgord au XVIIe siècle ; révolte des Va-nu-pieds contre la gabelle en 1639 dans le Cotentin ; révolte du « papier timbré » contre la création d'une taxe sur des documents administratifs en Bretagne en 1675…

■ En 1639, les habitants du Cotentin se voient imposer la gabelle, alors qu'ils bénéficiaient jusqu'alors d'une taxe allégée sur le sel, le Quart Bouillon. Ils se soulèvent, sous la direction d'un certain « Jean Nu-pied », qui donne son nom au mouvement. La révolte des Va-nu-pieds est marquée par l'assassinat d'un percepteur de l'impôt, et s'étend à une grande partie de la Normandie. Cependant, elle se heurte à la réaction violente du pouvoir royal qui réprime le soulèvement au prix de dizaines d'exécutions.

■ La fiscalité n'est pas la seule cause de révoltes. Les émeutes trouvent aussi leur origine dans les crises de subsistance, comme la « guerre des farines » qui a éclaté en 1775 en Île-de-France, à cause de la hausse du prix du blé après deux années de mauvaises récoltes.

Testez-vous !

Corrigés p. 402

A. Montrez la diversité du monde paysan au XVIIIe siècle.

B. Quels sont les impôts qui pèsent sur les paysans ?

C. Quelles sont les causes des révoltes paysannes ?

Le monde des villes sous l'Ancien Régime

Fiche 36

Histoire

1 Le développement des villes

■ Au XVIIIe siècle, 20 % de la population française habitent en ville. Avec 500 000 habitants, Paris est la première cité de France et la seconde d'Europe. Capitale du royaume, elle abrite plusieurs résidences royales (Louvre, Tuileries). Détruites en 1670, ses enceintes ont été remplacées par un « cours planté » pour la promenade. Des places royales (place des Vosges, place Vendôme), de style classique, décorées de statues du souverain, sont édifiées. Même lorsque la Cour s'établit à Versailles en 1682, Paris reste la capitale. Elle est dotée de manufactures (Gobelins), d'académies (Académie des Sciences) et d'édifices monumentaux (Invalides).

■ Les autres villes françaises sont loin derrière Paris, notamment Lyon (97 000 habitants), Marseille (80 000) et Rouen (65 000). Cependant, les ports atlantiques connaissent un développement rapide, appuyé sur la traite négrière* et le commerce des produits exotiques (sucre, café, coton…). Premiers et seconds ports négriers de France, Nantes et Bordeaux voient leur population doubler au cours du XVIIIe siècle. **Nantes** étend ses quais, ses docks et ses chantiers de construction sur la rive droite de la Loire. L'enrichissement de la bourgeoisie négociante transparaît dans l'aménagement de l'Île-Feydeau, où sont construits des hôtels particuliers.

> **Nantes**
> Du XVIIe au XIXe siècle, plus de 550 000 esclaves ont été déportés par les navires nantais (43 % des expéditions).

2 Riches et pauvres en ville

■ Les villes abritent les différentes élites économiques du royaume : la haute noblesse traditionnelle et les bourgeoisies parlementaire, financière et négociante. Ces élites sont d'abord caractérisées par leurs revenus très élevés et par leurs conditions de vie. Elles habitent dans des hôtels particuliers, au sein des nouveaux quartiers du Marais à Paris ou de Bellecour à Lyon.

■ Les villes sont marquées par des disparités socio-économiques très importantes. Elles sont majoritairement peuplées par des familles d'artisans, de commerçants et de domestiques, qui à eux seuls peuvent représenter le quart de la population urbaine.

■ Les crises de subsistance* des années 1690-1693, 1709-1710 et 1771-1773 ont poussé de nombreux paysans miséreux à s'installer en ville. À la fin du XVIIIe siècle, les pauvres représentent de 18 %

Notes

Notes

(Toulouse) à 50 % (Lille) de la population urbaine. Ils s'installent le plus souvent dans les **faubourgs**, car les logements y sont moins chers.

Faubourgs
Quartiers situés hors des enceintes d'une ville. Paris intègre ses faubourgs à partir de 1701.

■ Les mendiants et les vagabonds sont pris en charge, et souvent enfermés, dans des hôpitaux généraux, des établissements royaux créés à partir de 1656. Ils sont aussi aidés par des institutions religieuses (Filles de la charité fondées en 1633 par Saint Vincent de Paul).

3 Les lieux de sociabilité en ville

■ Les villes comportent de nombreux lieux de sociabilité, qui profitent des aménagements urbains. À Paris, le « cours planté » est bordé de cafés, de restaurants et de théâtres. Au XVIIIe siècle, le café Procope, dans le centre de la capitale, est le point de rendez-vous de la bourgeoisie éclairée, en particulier des philosophes des Lumières*.

■ La haute noblesse et la grande bourgeoisie se retrouvent notamment dans les salons parisiens. Ils sont animés par des femmes comme Mme Geoffrin, Mlle de Lespinasse, Mme du Deffand ou Mme Necker. À partir de 1718, Madame de Tencin tient un salon, chez elle rue Saint-Honoré, où se pressent de nombreuses personnalités, comme Montesquieu et Marivaux.

■ Ces salons sont le cadre de conversations mondaines et littéraires portant sur les sujets les plus divers, de lectures ou de concerts, permettant ainsi la diffusion des idées des Lumières.

■ Madame Geoffrin n'hésite pas à aider financièrement Diderot pour la publication de l'*Encyclopédie*. Mais les hôtesses jouent aussi de leur influence pour favoriser la carrière de leurs proches. Madame de Tencin profite aussi de son salon pour aider son frère à devenir l'homme de confiance du cardinal Dubois, principal ministre de Louis XV.

Testez-vous !

Corrigés p. 402

A. Quelles villes connaissent un développement rapide au XVIIIe siècle ?
B. Quels éléments montrent l'importance de la pauvreté dans les villes à cette époque ?
C. Comment les salons diffusent-ils les idées des philosophes des Lumières ?

Plan d'Athènes au Ve siècle av. J.-C.

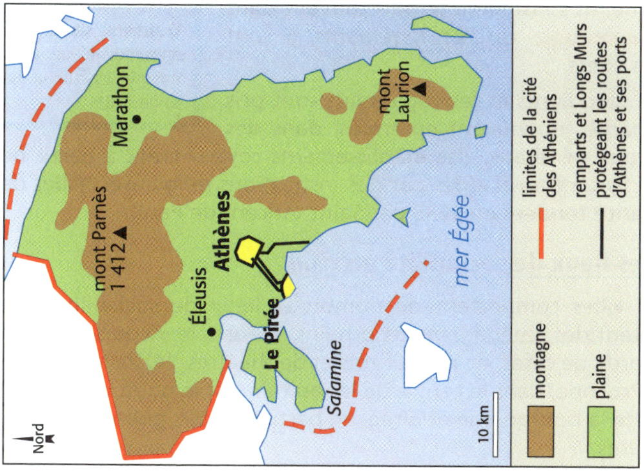

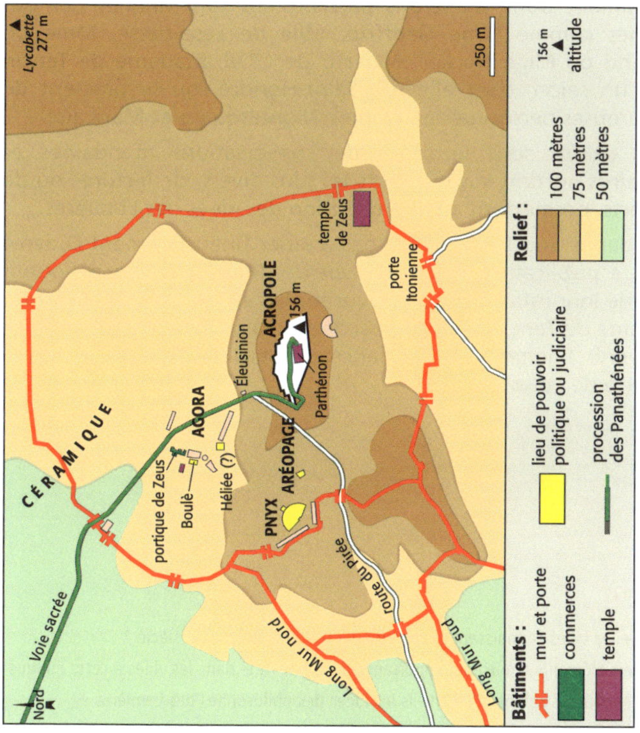

Cartes

Notes

Notes

L'Empire romain (Ier-IIIe siècle)

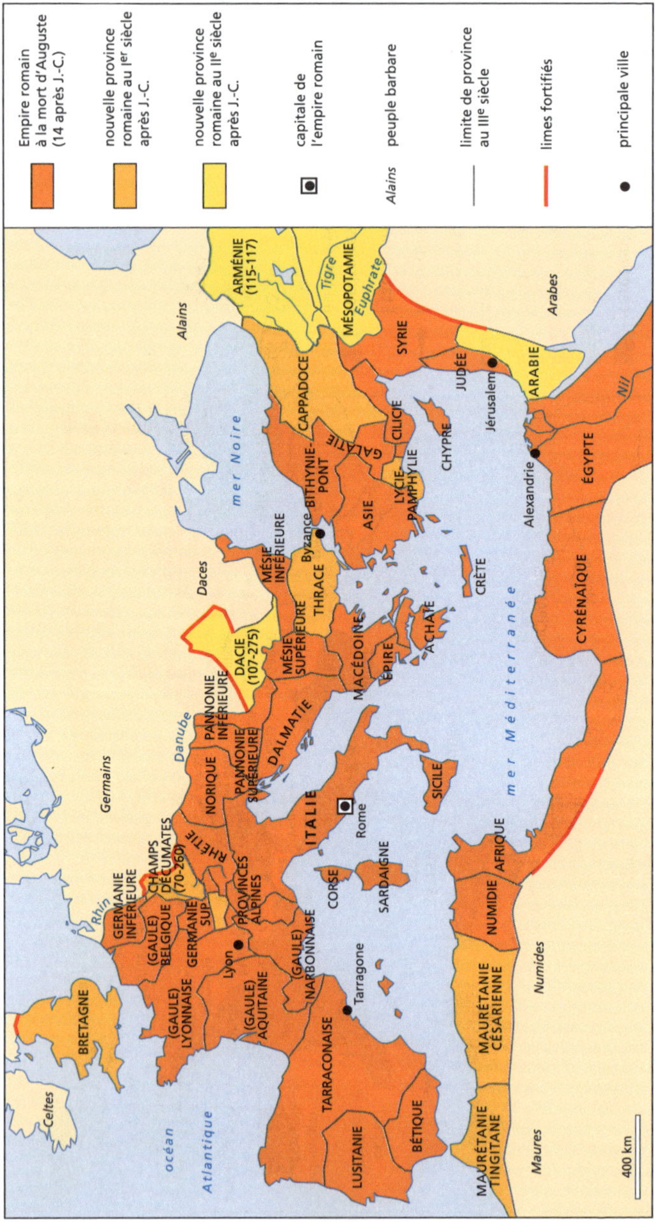

La Méditerranée au XIIe siècle

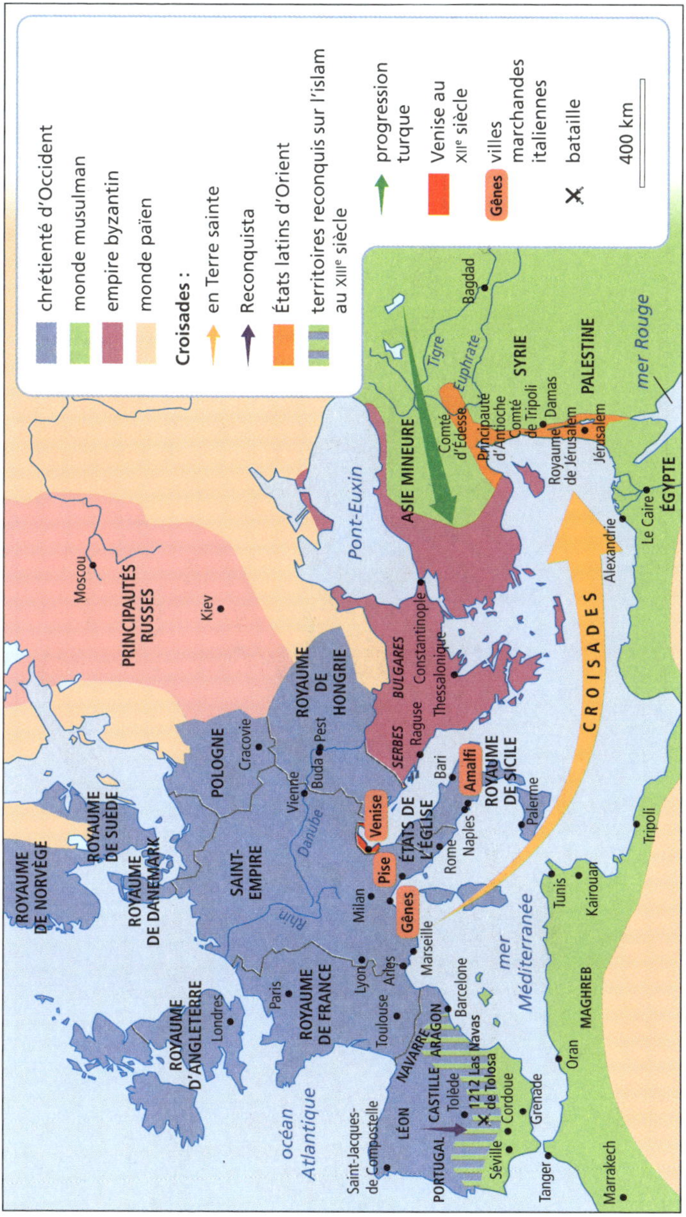

Cartes

Notes

Notes

La Méditerranée, carrefour commercial au Moyen Âge

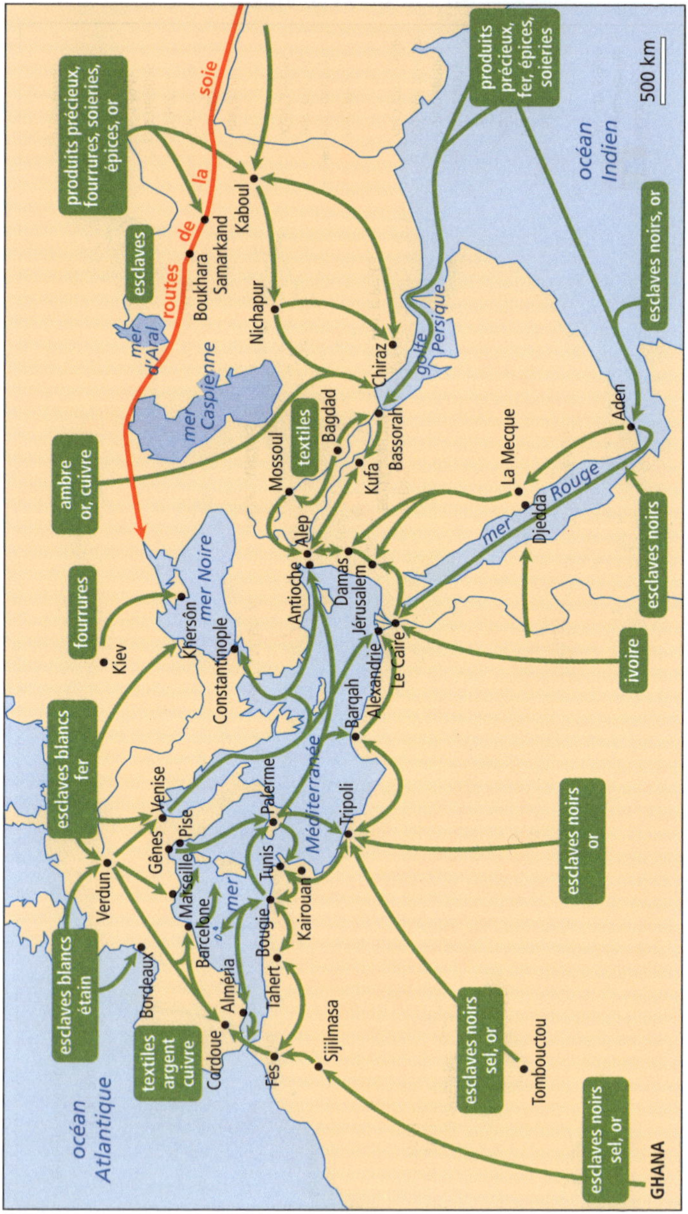

Colonisation et migrations européennes du XVIe au XVIIIe siècle

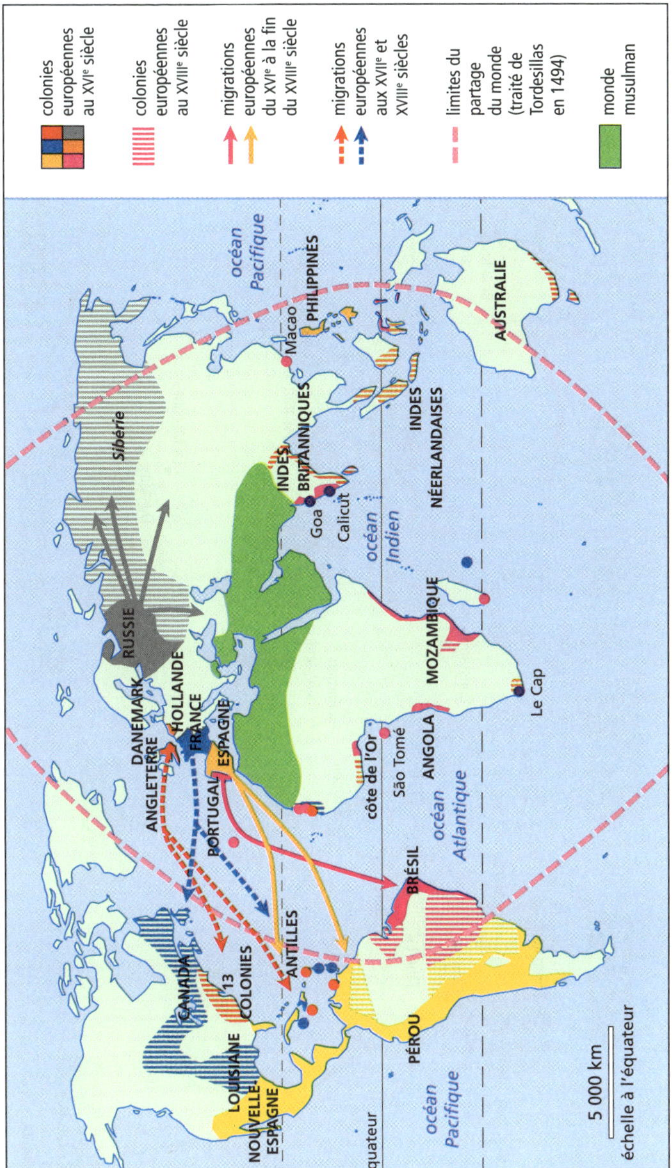

Notes

Notes

Les colonies ibériques en Amérique latine

La traite atlantique

Source : « Atlas des Amériques », *L'Histoire*, 2012.

Cartes

Notes

Notes

L'Europe de la Renaissance

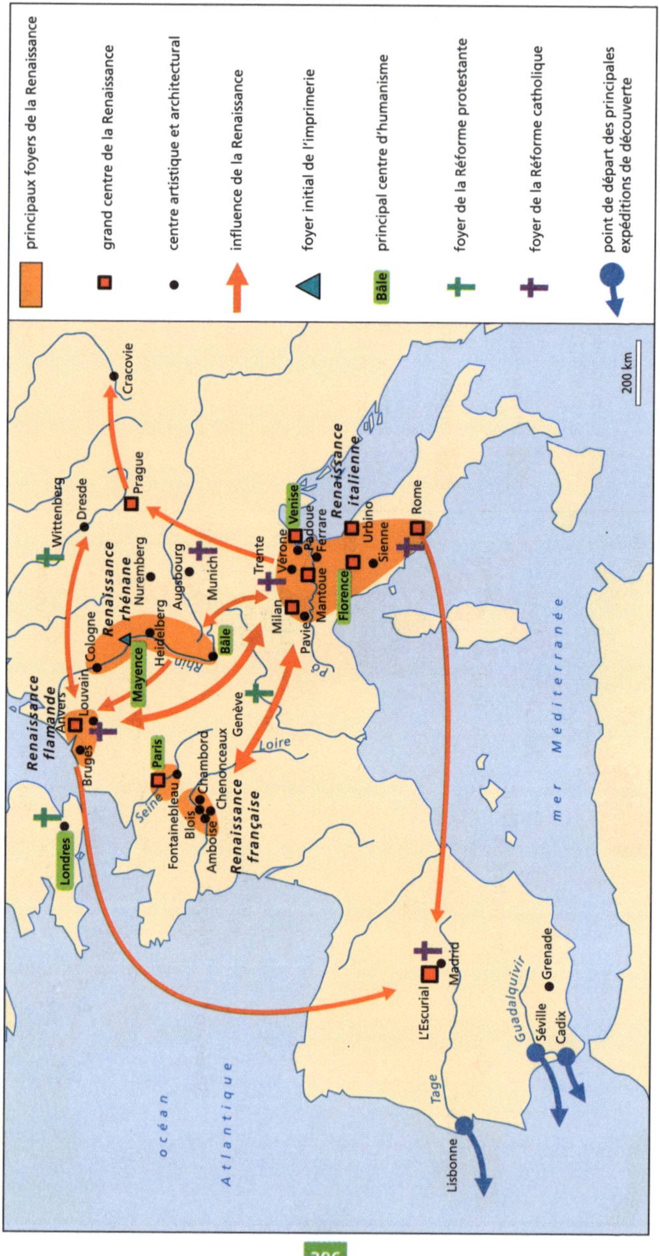

L'évolution du royaume de France du début du XVIe siècle à 1715

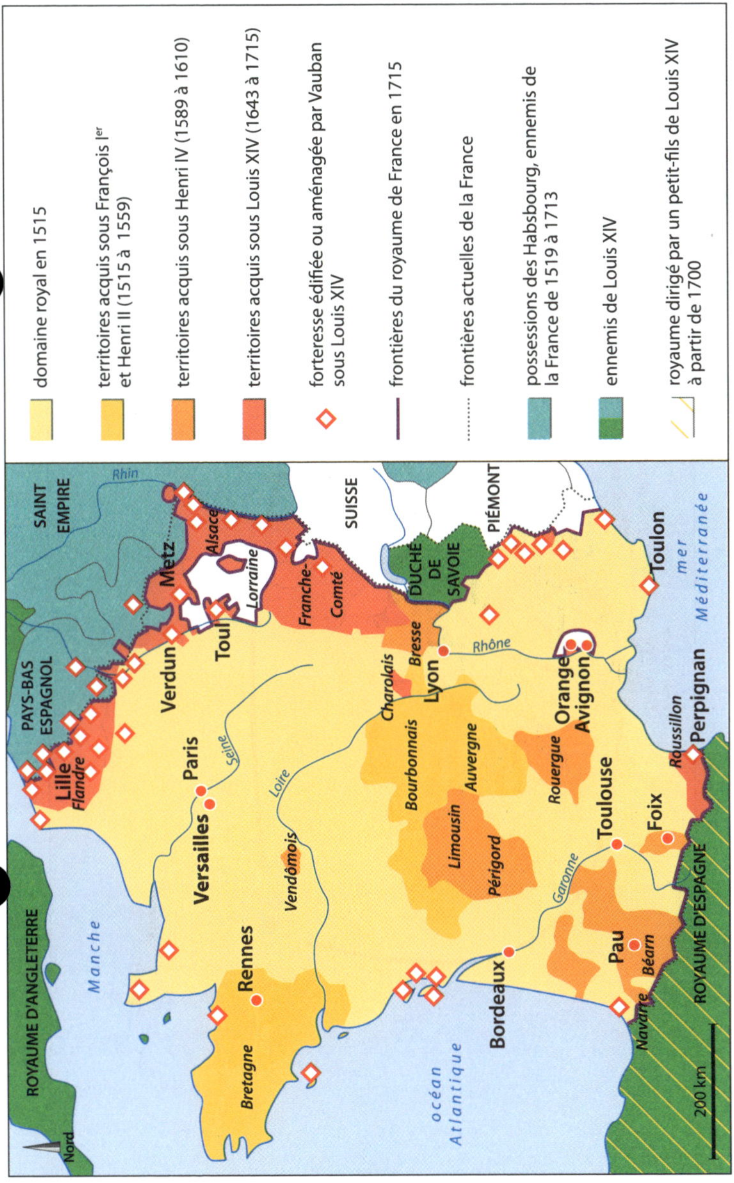

Cartes

Notes

Notes

La société française au XVIIIe siècle

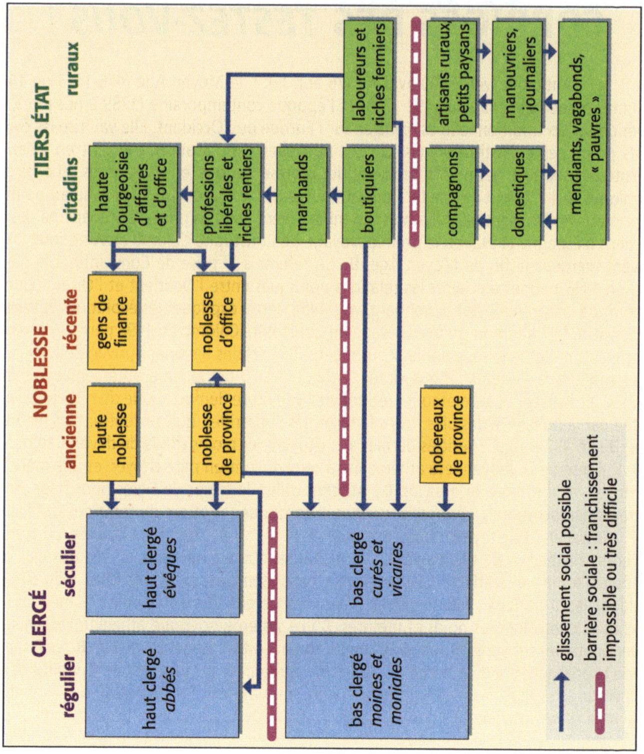

CORRIGÉS DES *TESTEZ-VOUS* !

Fiche 1. A : L'Antiquité (vers 3500 av. J.-C.-476 apr. J.-C.), le Moyen Âge (476-1453 ou 1492), les Temps modernes (1453 ou 1492-1789) et l'époque contemporaine (1789 à nos jours). **B :** La périodisation traditionnelle est centrée sur l'Europe ou l'Occident. Elle valorise les événements politiques et institutionnels. **C :** Les nouvelles périodisations mettent en valeur la diversité des sociétés, des points de vue et des représentations, en croisant les échelles géographiques. **Fiche 2. A :** La prise de Constantinople par les Turcs (1453), la mise au point de l'imprimerie en Occident par Johannes Gutenberg (vers 1454), la prise de Grenade par les rois chrétiens d'Espagne (1492) ou le premier voyage de Christophe Colomb en Amérique (1492) peuvent marquer la fin du Moyen Âge. **B :** Se référer à la prise de Constantinople par les Turcs en 1453 permet d'éclairer les relations politiques entre l'Occident et l'Orient. La mise au point de l'imprimerie par Gutenberg, vers 1454, sert à expliquer les évolutions culturelles en Europe. L'évocation du premier voyage de Christophe Colomb en 1492 permet d'évoquer la constitution des empires coloniaux européens. **C :** Certains historiens privilégient des charnières mondiales, de plus longue durée. **Fiche 3. A :** La démocratie athénienne exclut les femmes, les esclaves et les métèques (étrangers). La nature démocratique du régime est aussi limitée par la puissance des plus riches familles, les Eupatrides, qui concentrent les magistratures. **B :** En 457 av. J.-C., Périclès permet aux citoyens les moins riches de devenir archontes. En 451, il réserve la citoyenneté athénienne à ceux qui ont un père citoyen et une mère fille de citoyen, et il institue le *misthos*. **C :** Athènes utilise le trésor de Délos pour financer des réformes démocratiques, comme le *misthos*. Il confisque les terres de certaines cités alliées pour y installer des citoyens athéniens pauvres. **Fiche 4. A :** L'Ecclésia dispose du pouvoir souverain à Athènes. **B :** Les magistrats sont chargés d'appliquer les lois : les stratèges commandent l'armée et la flotte ; les archontes organisent les cultes, les fêtes religieuses et président les tribunaux ; les magistrats financiers gèrent le trésor public, la monnaie, les marchés et contrôlent les poids et mesures. **C :** Le système politique athénien repose sur la souveraineté des citoyens. **Fiche 5. A :** L'Empire romain est fondé en 27 av. J.-C. **B :** Le Principat associe la prééminence d'un homme, l'Empereur, au respect des institutions républicaines. **C :** L'Empereur a le pouvoir de convoquer le Sénat, de présenter les candidats aux Assemblées du peuple et de nommer certains magistrats. Doté de la puissance tribunitienne, il peut s'opposer à la décision d'un magistrat. **Fiche 6. A :** Au IIe s. apr. J.-C., le territoire romain s'étend de la Bretagne (Angleterre) à l'Arabie, sur près de 5 millions de km². **B :** La *Pax romana* est la longue période de paix que connaît l'Empire romain aux Ier et IIe siècles. **C :** Les habitants de l'Empire romain sont issus de peuples multiples (Latins, Grecs, Celtes...), de langues (latin, grec, gaulois, araméen ou berbère...) et de religions différentes (paganisme romain, judaïsme, christianisme...). **Fiche 7. A :** Constantin réforme le conseil impérial, crée les fonctions de Maître des offices, de Primicier des notaires et d'*Agentes in rebus* (chargés de missions). **B :** Constantinople. **C :** L'édit de Milan (313) reconnaît la liberté des cultes dans l'Empire romain, et autorise ainsi le christianisme. **Fiche 8. A :** C'est un empire grec et chrétien qui s'étend en Méditerranée orientale, des Balkans à l'Anatolie. **B :** Les clercs (« ceux qui prient »), les nobles et les chevaliers (« ceux qui combattent »), puis les paysans, les artisans et les commerçants (« ceux qui travaillent »). **C :** Le monde musulman est divisé d'un point de vue religieux, entre sunnites et chiites, et d'un point de vue politique, entre des califats rivaux. **Fiche 9. A :** L'Empire byzantin jusqu'au VIIIe siècle, les marchands arabes jusqu'à la fin du Xe siècle, puis les cités italiennes, d'abord Amalfi et Pise puis Gênes et Venise. **B :** Les tissus d'Italie, le blé, le vin et les laines d'Europe occidentale, les fourrures du nord de l'Europe, les épices d'Inde, l'huile du Maghreb, les fruits du Liban et l'ivoire et les esclaves noirs du cœur de l'Afrique. **C :** Venise est dirigée par des marchands, elle possède des chantiers navals et des entrepôts, et dispose de comptoirs, de ports (Raguse) et de colonies (Crète, Chypre) en Méditerranée et en mer Noire. **Fiche 10. A :** Les connaissances liées aux mathématiques (zéro, chiffres indiens, algèbre) ou à l'agriculture (*noria*, *qanat*) et les œuvres des penseurs grecs de l'Antiquité (Aristote...). **B :** Le médecin et juriste musulman Averroès, le philosophe et théo-

Histoire

Notes

Notes

logien juif Maïmonide et le chrétien d'Occident Pierre le Vénérable. **C :** L'administration royale est formée d'agents latins, byzantins et arabes. Les actes sont rédigés en latin, en grec et en arabe. Le roi reconnaît à ses sujets le droit de pratiquer leur langue et leur religion. **Fiche 11. A :** Elles s'expliquent, d'abord, par la conquête des Lieux Saints par les Turcs Seldjoukides musulmans, mais aussi par la volonté du pape d'aider l'Église d'Orient et de canaliser la violence des chevaliers. **B :** La première croisade a abouti à la création d'États francs au Proche-Orient. **C :** Les Croisades ont renforcé la division entre les Églises chrétiennes d'Occident et d'Orient. **Fiche 12. A :** L'expansion des Turcs Ottomans en Asie mineure fragilise le commerce vénitien mais profite aux ports ibériques (Lisbonne puis Séville). **B :** Séville devient une métropole avec sa population qui passe de 40 000 à 120 000 habitants entre 1490 et 1590, ses arsenaux, ses ateliers et sa *Casa de Contratación*. **C :** Bruges subit l'ensablement du fleuve Zwyn, bloquant ainsi l'accès à son avant-port de Damme. Cette situation profite à Anvers. **Fiche 13. A :** L'Empire aztèque compte 25 millions d'habitants au début du XVIe siècle et s'étend entre les océans Pacifique et Atlantique. L'Empire inca s'étend de l'Équateur jusqu'au centre du Chili et compte 8 millions d'habitants. **B :** Les territoires conquis sont transformés en colonies : vice-royauté du Brésil pour le Portugal, vice-royautés de Nouvelle-Espagne et du Pérou pour l'Espagne. **C :** Les Empires aztèque et inca s'effondrent. Le travail forcé, les massacres, les maladies importées par les conquérants entraîneront la mort de 80 % de la population amérindienne au cours du XVIe siècle. **Fiche 14. A :** Chine (soieries, porcelaine), Bengale (sucre) et sud de l'Inde (coton, cannelle, ivoire), Moluques (épices) et Afrique de l'Est (esclaves, ivoire). **B :** La route maritime du « galion de Manille », entre le Mexique et les Philippines, repose sur l'échange de l'or et de l'argent américains contre les épices, les soieries et les porcelaines asiatiques. **C :** Organisée en 1550-1551, à Valladolid, cette controverse oppose le dominicain B. de Las Casas au Jésuite J. G. de Sepulveda sur la question de la conversion forcée des Amérindiens. **Fiche 15. A :** Ce sont les effets des maladies importées par les colonisateurs européens (variole, grippe, varicelle...) en Amérique. Elles provoquent la mort de 80 % de la population amérindienne au cours du XVIe siècle. **B :** Les villes sont organisées sur le même plan en damier, avec leur cour provinciale (résidence du vice-roi), leur *cabildo* (conseil municipal), leurs *audiencias* (tribunaux d'appel), leur cathédrale, leurs couvents... **C :** Elles sont formées de plusieurs groupes issus du métissage des populations. **Fiche 16. A :** La traite atlantique commence vers 1441, lorsque des marchands portugais déportent des captifs africains en Europe, puis dans les archipels de Madère et de Sao Tomé. **B :** C'est un système d'échanges transatlantiques, entre l'Europe, l'Afrique et l'Amérique, fondé sur la traite négrière. **C :** Du XVIe au milieu du XIXe siècle, ce sont plus de 11 millions d'Africains qui sont déportés dans la cadre de la traite atlantique. **Fiche 17. A :** La Renaissance a pris son essor en Italie, notamment à Florence. **B :** Il est à la fois sculpteur, peintre et architecte. Il s'inspire des thèmes et des techniques de l'Antiquité. **C :** Il est protégé par Laurent de Médicis puis par le pape Jules II. Ils sont ses mécènes. **Fiche 18. A :** Non. L'imprimerie a été inventée au XIe siècle par les Chinois. **B :** L'imprimerie accélère la reproduction des textes et baisse leur coût de fabrication, permettant une plus large diffusion des livres. **C :** Les imprimeries ont permis la diffusion des idées des humanistes, l'édition, la traduction et la correction des textes de l'Antiquité. **Fiche 19. A :** La redécouverte des textes antiques permet le développement de l'humanisme. **B :** En s'inspirant des œuvres de l'Antiquité grecque et romaine, les humanistes mettent l'homme au centre de leurs recherches et fondent une démarche intellectuelle reposant sur la critique des textes, l'expérimentation et l'observation. **C :** Érasme étudie les textes de l'Antiquité, issus de la pensée gréco-romaine ou de la tradition chrétienne. Il appelle à ce que le texte sacré puisse être lu et connu de chacun, quelle que soit sa condition. **Fiche 20. A :** Les fondateurs du protestantisme sont Martin Luther, un prêtre et moine allemand et le Français Jean Calvin. **B :** À l'inverse du catholicisme, le protestantisme rejette le culte des saints et de la Vierge et ne conserve que deux sacrements, le baptême et la communion. **C :** Le protestantisme se développe dans tout le centre et le nord de l'Europe. **Fiche 21. A :** François Ier étend le domaine royal par des alliances, notamment des mariages (avec Claude de France pour le rattachement de la Bretagne), et par la guerre (contre Charles III de Bourbon pour le rattachement du Bourbonnais, de l'Auvergne et du Nivernais). **B :** En 1539, François Ier fait adopter l'ordonnance de Villers-Cotterêts qui marque la naissance d'un véritable état civil, écrit en français et non plus en latin. **C :** Les relations entre le roi et les protestants se dégradent après l'affaire des Placards (1534). François Ier ordonne la destruction des ouvrages protestants et l'arrestation d'une centaine de Réformés, dont certains sont exécutés. **Fiche 22. A :** Adopté en 1598, l'édit de Nantes reconnaît officiellement la religion protestante. Il accorde aux huguenots la liberté de religion, l'égalité devant la loi et des places de sûreté. **B :** L'absolutisme désigne le fait que le souverain doit être délié des lois et que sa volonté doit avoir force de loi. **C :** Le souverain se doit de respecter les lois fondamentales du royaume, c'est-à-dire la défense du christianisme, les règles de succession royale, le refus de toute abdication et l'unité du domaine de la couronne. Il doit aussi garantir les privilèges de ses sujets. **Fiche 23. A :** Sous le règne de Louis XIV, l'administration se développe. Elles est formée d'officiers (maîtres des requêtes), dont certains sont aussi commissaires, c'est-à-dire chargés d'une mission spécifique (intendants). **B :** Louis XIV utilise la guerre pour étendre son royaume et imposer l'hégémonie de la France sur l'Europe. Les guerres successives lui permettent d'annexer une partie de la Franche-Comté, de la Flandre et de l'Alsace. Louis XIV fait construire par Vauban un réseau de places fortes pour protéger les frontières. **C :** La politique maritime de Colbert passe par la création de compagnies (Compagnies des Indes orientales en 1664, Compagnie du Levant en 1670), la colonisation (fondation de la Louisiane en 1682) et la traite négrière. **Fiche 24. A :** Votée par le Parlement d'Angleterre en 1679, l'*Habeas Corpus* est une loi garantissant le droit de toute personne arrêtée à être présentée devant un juge. **B :** La Déclaration des droits de 1689 proclame la liberté des élections et impose au roi d'obtenir le consentement du Parlement pour suspendre les lois, lever et percevoir des impôts. Le souverain ne peut gouverner sans l'accord du Parlement. **C :** Au début du XVIIIe siècle, la monarchie britannique n'est pas une monarchie parlementaire, car le souverain n'est pas contraint de choisir le Premier ministre parmi le groupe politique majoritaire aux élections. **Fiche 25. A :** L'empire colonial britannique s'étend alors sur une grande partie de l'Amérique du Nord et de l'Inde. Il s'appuie sur un réseau de ports et de « factoreries » (comptoirs coloniaux). La Grande-Bretagne est aussi la première puissance négrière. **B :** Manchester pour le coton, Norwich pour la laine, Newcastle pour le charbon et l'acier, Plymouth et Portsmouth pour la construction navale. **C :** Ces deux espaces sont d'une part le port de Londres avec son *Pool* (ensemble de quais et d'entrepôts) et son Bureau des douanes, et d'autre part le quartier de la City (marché d'assurances de la Lloyd's et Banque d'Angleterre). **Fiche 26. A :** Au XVIIIe siècle, la Grande-Bretagne est l'une des premières monarchies tempérées du monde. Elle est aussi pionnière dans le domaine des libertés individuelles et collectives. La Pétition des droits (1628), l'*Habeas Corpus* (1679) et la Déclaration des droits (1689) ont affirmé les droits des personnes contre l'arbitraire royal. **B :** Les philosophes des Lumières, comme J.J. Rousseau, s'inspirent des principes de souveraineté et de contrat social, développés par T. Hobbes. Ils puisent aussi leur inspiration chez J. Locke, notamment sur la question des droits naturels de l'homme, et de la distribution des pouvoirs législatif et exécutif (Montesquieu). **C :** L'anglomanie se manifeste dans l'agriculture, avec la diffusion de l'agronomie chez les physiocrates français, et dans le mode de vie : jardins à l'anglaise, vêtements (redingote...), consommation de thé... **Fiche 27. A :** La principale cause économique concerne les taxes imposées par la métropole britannique. Les colons américains revendiquent le droit d'être représentés au Parlement de Londres pour participer au vote des impôts, selon le principe « Pas de taxation sans représentation ». **B :** Les colons américains s'inspirent de plusieurs principes développés par les penseurs anglais du XVIIe siècle : l'idée d'un contrat entre la métropole et ses colonies ainsi qu'entre la société et l'État, le respect des droits naturels face à l'arbitraire et à l'oppression, le refus de l'absolutisme, les notions de souveraineté et de gouvernement représentatif. **C :** Les colons américains veulent instaurer une union de républiques indépendantes, les « États-Unis d'Amérique ». **Fiche 28. A :** La révolte se manifeste d'abord par des manifestations (Boston, 1770) et des opérations de boycott (« Boston Tea Party » en 1773). Elle devient

Notes

politique en 1774, avec la réunion d'un congrès continental. Après l'échec des tentatives de conciliation, la guerre est déclarée en 1775. **B :** La guerre divise la société américaine en deux camps : les *Insurgents*, tenants de l'indépendance, et les « loyalistes », partisans du maintien dans l'Empire colonial britannique. **C :** Ce sont d'abord des Français qui s'engagent, comme La Fayette. Puis c'est l'État royal qui signe un traité d'alliance avec les États-Unis en 1778, débouchant sur l'entrée en guerre de la France. **Fiche 29. A :** Ces principes sont le respect des droits naturels, notamment la liberté et l'égalité entre les hommes, un gouvernement représentatif, la séparation des pouvoirs et l'union de républiques autonomes. **B :** Ils sont divisés sur la nature de l'union. Certains, comme Alexander Hamilton, sont partisans d'une fédération, c'est-à-dire une union dotée d'un pouvoir central fort. D'autres, comme Thomas Jefferson, sont tenants d'une confédération d'États. **C :** Ce régime politique n'est pas démocratique : les femmes, les Noirs, les Amérindiens sont exclus du droit de vote. De plus, il repose sur le suffrage censitaire, réservé aux propriétaires blancs. Dans le dénombrement de la population des États, chaque esclave ne représente que 3/5e d'une personne libre. **Fiche 30. A :** Il repose sur l'observation critique et l'expérimentation et il s'affranchit des croyances religieuses. **B :** Galilée met au point en 1609 une lunette astronomique qui lui permet d'observer le relief de la lune et de découvrir la planète Jupiter et ses quatre satellites. Il remet en question la théorie géocentrique, qui constitue un dogme pour l'Église. **C :** Non. En 1687, l'Anglais Isaac Newton élabore la loi universelle de la gravitation, selon laquelle tous les astres s'attirent mutuellement. En 1727, James Bradley prouve, par l'expérimentation, la révolution de la Terre autour du Soleil. **Fiche 31. A :** Elle est formée d'une chaudière, d'un balancier et d'un piston. Chauffée, l'eau se transforme en vapeur, pousse le piston qui actionne le balancier. Le condenseur permet de condenser la vapeur sans refroidir le piston à deux faces qui peut être actionné par la vapeur aussi bien vers le haut que vers le bas. **B :** L'Angleterre car l'entrepreneur Matthew Boulton y a diffusé la machine à vapeur. **C :** Elle permet une hausse de la production et une baisse du prix de revient. **Fiche 32. A :** Les Académies européennes, les sociétés savantes, les écoles royales. **B :** Ils organisent des expériences publiques (abbé Nollet) et diffusent les thèses scientifiques (Voltaire et les idées de Newton). **C :** Elles abordent l'ensemble des savoirs scientifiques et techniques sous la forme d'articles et de gravures qui présentent les outils et les techniques propres aux différents « arts mécaniques ». **Fiche 33. A :** Les philosophes des Lumières proclament les droits naturels de l'homme, notamment la liberté, et la séparation des pouvoirs exécutif, législatif et judiciaire (Montesquieu). **B :** La monarchie tempérée anglaise est le modèle des philosophes des Lumières. Ils pensent que l'homme est libre et possède des droits inaliénables. **C :** Certains articles de l'*Encyclopédie* prônent la tolérance religieuse (en dénonçant les persécutions contre les protestants), la libre circulation des marchandises ou l'égalité juridique. **Fiche 34. A :** C'est une société divisée en groupes sociaux dotés de privilèges distincts et auxquels on appartient par la naissance. **B :** La haute noblesse étend ses privilèges. Elle accapare les charges les plus élevées de l'État, de l'armée et de l'Église. **C :** Le clergé et la noblesse concentrent de très nombreux privilèges alors qu'ils ne représentent ensemble que 2 % de la population. La bourgeoisie la plus riche n'a pas le pouvoir politique qui correspond à sa puissance économique. **Fiche 35. A :** Il y a des différences de statuts entre les paysans propriétaires, les paysans locataires de leur terre (fermiers ou métayers), et les journaliers, qui louent à la journée leurs bras. **B :** À leur seigneur, les paysans payent le cens, des banalités (pour l'utilisation du moulin, du four ou du pressoir), des droits de mutations (héritage) et de justice, et la corvée. S'ils sont locataires, ils versent un loyer au propriétaire des terres. Au curé, ils s'acquittent de la dîme. Au roi, ils doivent payer la taille ainsi que des impôts indirects. **C.** Les révoltes populaires s'expliquent d'abord par le poids croissant de la fiscalité (révolte des Va-nu-pieds contre la gabelle en 1639 dans le Cotentin...) puis par les crises de subsistance (guerre des farines...). **Fiche 36. A :** Les ports atlantiques connaissent un développement rapide, appuyé sur la traite et le commerce des produits exotiques. Nantes et Bordeaux voient leur population doubler au cours du XVIIIe siècle. **B :** Les pauvres représentent entre 18 % et 50 % de la population urbaine. Ils s'installent le plus souvent dans les faubourgs, car les logements y sont moins chers. **C :** Les idées des Lumières se diffusent à travers les conversations mondaines et littéraires, à travers les lectures ou les concerts.

Géographie

Sommaire

Sociétés et environnements : des équilibres fragiles

Territoires, populations et développement

Des mobilités généralisées

Notes

L'Afrique australe : un espace en profonde mutation

Cartes

(La couleur renvoie au thème correspondant.)

Peuplement et milieux

Fiche 1

Géographie

Notes

1 La répartition de la population

■ La Terre est peuplée de plus de 7,9 milliards d'habitants soit 53 hab./km², mais la répartition des hommes à sa surface est très inégale, du vide Antarctique (0 hab./km²) aux densités extrêmes du Bengladesh (1 250 hab./km²). Si 70 % de l'humanité n'occupe que 12 % de la surface terrestre, l'œkoumène couvre la majorité des terres.

Œkoumène
« Terre habitée » en grec. Surface terrestre occupée de manière permanente par des hommes.

■ Le plus important foyer de peuplement est l'Asie du Sud (Inde, Pakistan, Bengladesh...), qui compte plus de 1,8 milliard d'habitants, soit 23 % de la population mondiale. Il est suivi par celui de l'Asie de l'Est (Chine littorale, Japon, Corée du Sud...), avec plus de 1,6 milliard d'habitants (20 % de l'humanité). Le troisième grand foyer de peuplement correspond à l'Europe qui compte 742 millions d'habitants (9 % de l'humanité). Il existe également des foyers plus modestes : l'Asie du Sud-Est (654 millions d'habitants), le Moyen-Orient (449 millions d'habitants), l'Afrique orientale (428 millions) ou le nord-est des États-Unis (328 millions).

2 Sociétés et peuplement

■ Un même milieu peut être peu ou très peuplé. Cela dépend des choix techniques, économiques et culturels faits par les sociétés humaines qui l'occupent. Les colons nord-européens qui abordèrent l'Amérique du Nord au cours du XVIIe siècle quittaient une société sédentaire, organisée en États puissants, dense pour l'époque (30 hab./km²). En Amérique, ils découvrent un monde presque vide d'hommes (2 hab./km²), majoritairement nomade, sans États structurés, et cela en milieu tempéré.

■ Les sociétés humaines qui occupent les grands foyers de peuplement sont sédentarisées et fortement organisées depuis longtemps. Ainsi l'Asie des moussons* recouvre la civilisation du riz caractérisée par de fortes densités humaines et de forts rendements agricoles, organisée par des systèmes étatiques complexes et puissants, et fondée sur la maîtrise de l'eau en agriculture.

■ Les nombreux déplacements de populations qui rythment l'histoire de l'humanité depuis ses origines contribuent à modifier la répartition du peuplement sur la Terre. Outre l'exemple

Notes

américain, lié à des migrations volontaires (colons européens) ou forcées (esclave noirs africains), les mouvements migratoires favorisent surtout les foyers de peuplement, notamment via l'exode rural.

3 Facteurs naturels et peuplement

■ Le froid et l'aridité extrêmes sont peu adaptés au développement des sociétés humaines. Les inlandsis* du **Groenland** et de l'Antarctique ne sont peuplés que de quelques scientifiques en mission de courte durée. Au cœur des déserts (Sahara, Arabie), hors des oasis, ne passent que de rares nomades. Mais, mis à part ces cas extrêmes, tous les autres milieux ont été peuplés par les sociétés humaines.

> **Groenland**
> Il est caractérisé par un climat polaire, avec des températures qui peuve être inférieures à -40°C da l'intérieur de l'île.

■ Les littoraux attirent les hommes, plus de 50 % de l'humanité vivent à moins de 100 km des côtes. La proximité de la mer apporte aux hommes un climat adouci, une ressource en nourriture et des facilités de déplacements et d'échanges. En revanche, seuls 15 % des hommes vivent à plus de 500 m d'altitude. Si la pente et le refroidissement du climat sont, a priori, répulsifs, certaines civilisations, notamment en milieu tropical, ont pu s'épanouir en altitude (Incas du Pérou, Éthiopie) où elles ont trouvé un climat plus salubre et plus favorable à l'agriculture.

■ Les progrès technologiques ont permis à l'humanité de repousser les limites de son expansion. Au Brésil, des fronts pionniers* reliés au reste du pays par des routes bitumées se sont ouverts au cœur de la forêt amazonienne. Dans la péninsule arabique, grâce à l'argent du pétrole, le dessalement de l'eau de mer, le pompage des nappes phréatiques fossiles et la climatisation des bâtiments ont permis le développement de villes millionnaires dans le désert (Riyad, Dubaï).

Testez-vous !

Corrigés p. 487

A. Où la population se concentre-t-elle ?

B. Comment les grands foyers de peuplement se sont-ils formés et développés ?

C. Comment les hommes ont-ils pu surmonter la plupart des facteurs défavorables au peuplement ?

Les sociétés face aux risques naturels

Fiche 2

Géographie

Notes

1 Les risques sismiques et volcaniques

■ Les régions du monde exposées à ces risques sont situées aux charnières des plaques tectoniques (des Açores à l'Himalaya, du Kamtchatka à la Nouvelle-Zélande ou de l'Alaska au Pacifique Sud). Les plaques entrent en collision, se chevauchent (subduction), coulissent ou s'écartent (failles), provoquant parfois des séismes.

■ L'Indonésie est régulièrement touchée par des périodes sismiques terrestres (tremblements de terre) ou sous-marines (tsunami). Le tsunami de 2004 a provoqué un immense raz-de-marée dans l'océan Indien (300 000 morts).

Fukushima (2011)

L'accident de la centrale nucléaire de Fukushima a été provoqué par un tsunami, lui-même généré par un séisme

■ La façade Pacifique du continent américain et les Caraïbes sont régulièrement frappées par des tremblements de terre : séisme de magnitude 7 à Haïti en janvier 2010 (230 000 morts) ; séisme de magnitude 8,3 au Chili en septembre 2015 (pas de victime).

■ La plupart des zones de mobilité tectonique sont aussi caractérisées par une intense activité volcanique. Une chaîne de volcans terrestres et sous-marins s'étend ainsi du Kamtchatka jusqu'en Indonésie, au contact des plaques eurasiatique, indo-australienne et pacifique. À la charnière des plaques tectoniques africaine et eurasiatique, la Méditerranée est une zone très menacée.

■ Certaines zones sismiques et volcaniques sont densément peuplées comme l'agglomération de San Francisco (7,2 millions d'habitants), située sur la faille de San Andreas, et la mégalopole japonaise.

2 Les risques climatiques

■ Les estuaires soumis à la mousson sont concernés : deltas du Gange et du Brahmapoutre, du Mékong et du Yangzi. Ces régions rizicoles sont densément peuplées, ce qui aggrave les conséquences d'une montée des eaux (inondations en Inde, au Bengladesh et au Pakistan en juillet-août 2017 qui ont coûté la vie à 1 300 personnes). Certaines îles affleurantes sont aussi touchées, comme les archipels du Pacifique (Tuvalu).

Chiffre-clé

Selon le GIEC, l'élévation du niveau de la mer pourrait atteindre 90 cm d'ici à 2100.

■ Les inondations sont aussi bien souvent provoquées par des typhons ou des

Notes

cyclones, parfois très violents comme les ouragans tropicaux qui se forment dans la mer des Caraïbes. En 2005, l'ouragan Katrina, dont les vents ont atteint les 280 km/heure, a ravagé la Louisiane. En 2017, ce sont les îles Saint-Martin et Saint-Barthélemy qui ont été dévastées par l'ouragan Irma.

■ Les espaces de montagnes sont exposés aux avalanches et aux glissements de terrain. Ces risques sont encore accentués par les équipements agricoles ou touristiques. La déforestation sur les contreforts de l'Himalaya accélère l'érosion des berges du Brahmapoutre et accentue les inondations et les coulées de boue.

3 Prévenir les risques naturels

■ De nombreux pays développés, exposés aux risques naturels ont réduit leur vulnérabilité par une série d'équipements et de dispositifs de sécurité. Le Japon a ainsi mis en place différents systèmes de prévision et d'alerte des séismes (capteurs sismiques), de protection des littoraux (digues) et des bâtiments (architecture sur base mobile, emploi de bétons spéciaux ou de bois), des plans de prévention, d'évacuation et de secours qui ont permis de réduire le bilan humain et matériel.

■ Les États européens se sont dotés de dispositifs contre les inondations. C'est le cas des Pays-Bas qui ont mis en œuvre les plans Delta (1986) et Europoortkering (1997) pour protéger leur territoire, leurs ports et leurs axes de communication. Ils reposent sur un vaste réseau de digues, de barrages et de canaux. En France, des Programmes d'action de prévention contre les inondations (PAPI) ont été conclus, dès 2002, entre l'État et les collectivités territoriales pour aménager des zones de stockage des eaux de crues.

■ Les pays en développement ne possèdent souvent pas de tels équipements. Cependant, ils peuvent bénéficier de l'aide d'institutions internationales. Financé par l'Union européenne, un « Programme de prévention des risques de catastrophes naturelles » a été lancé en 2011, à destination des pays de la zone Afrique-Caraïbes-Pacifique. Il propose notamment de l'assistance technique aux pays concernés. Des systèmes de protection des littoraux, comme des « murs de gabions » (casiers remplis de pierres) contre les inondations, ont été financés par le Programme des Nations Unies pour le développement (PNUD), à Haïti.

Testez-vous !

Corrigés p. 487

A. Quelles sont les régions touchées par les risques sismiques ?

B. Quelles sont les régions les plus touchées par les inondations ?

C. Quelles mesures de prévention des inondations ont été adoptées par les Pays-Bas ?

Les sociétés face aux risques technologiques

Fiche 3

Géographie

Notes

1 Les risques agricoles

■ La surexploitation agricole provoque une érosion hydrique (assèchement) et éolienne (dissémination) des sols, qui concerne 2 milliards d'hectares, soit plus de la moitié de la surface cultivable. Certaines régions du monde sont très touchées, notamment les vallées des grands fleuves (Tigre et Euphrate, Indus), le Sahel, l'Asie Centrale.

■ À cela s'ajoutent les pesticides (insecticides, herbicides…). La plupart des pays développés ont instauré une législation (Convention de Stockholm en 2001) visant à interdire les pesticides les plus dangereux, notamment le DDT et le PCB, très faiblement biodégradables et hautement cancérogènes.

Chiffre-clé

Les 4 premiers pays consommateurs de pesticides sont la Chine, les États-Unis, le Brésil et l'Argentine.

■ Cependant, de nombreux pays en développement les utilisent encore ou subissent les conséquences d'une utilisation massive dans les années 1960-1970.

2 Les risques industriels et énergétiques

■ Certains États ont été marqués par des catastrophes industrielles. C'est notamment le cas de l'Inde, lors de la fuite de gaz dans l'usine de pesticide de Bhopal en 1984 (plus de 20 000 morts). En 1985, un accident chimique à New Delhi a fait plus de 100 000 victimes (blessées ou tuées).

■ Dans les pays en développement, de telles catastrophes ont des répercussions importantes, à long terme. Faute de moyens d'assainissements, les produits chimiques contaminent l'air, le sol et les rivières sur plusieurs générations. 500 000 personnes ont été touchées par les conséquences de l'accident de Bhopal.

■ La transformation et la combustion des hydrocarbures* dégagent dans l'air des gaz à effet de serre* (dioxyde de carbone et méthane). Ces émissions réduisent la couche d'ozone, ce qui entraîne une augmentation des rayons ultraviolets cancérigènes et une hausse de la température.

Chiffre-clé

La Chine est le 1er émetteur de gaz à effet de serre (28 % du total mondial).

■ Le transport automobile est l'une des principales sources d'émission de gaz à effet de serre (14 % des rejets mondiaux)

Notes

et de polluants atmosphériques (oxydes d'azote), qui entraîne un accroissement des asthmes et des bronchites. Cette situation est aggravée dans les pays en développement, en raison de la vétusté du parc automobile (absence de pots catalytiques) et de la saturation des centres villes.

■ Les façades littorales sont soumises aux risques liés au transport maritime des hydrocarbures*. Les côtes d'Europe de l'Ouest sont ainsi les plus touchées du monde par les marées noires : Amoco Cadiz (1978) ; Erika (1999) ; Prestige (2002).

■ Les risques liés à l'énergie nucléaire sont encore plus inquiétants. L'accident de la centrale nucléaire de Tchernobyl (Ukraine) en 1986 a contaminé une zone de 150 000 km^2. Son nuage toxique a couvert une grande partie de l'Europe. En 2011, l'accident de Fukushima (Japon) a entraîné des rejets radioactifs jusqu'en Amérique du Nord.

■ Plusieurs zones sont aujourd'hui hautement contaminées : mines d'uranium, sites de stockage des déchets radioactifs (Kirghizistan) ou sites d'essais nucléaires (Kazakhstan).

3 Prévenir les risques technologiques

■ En Europe, l'accident de l'usine chimique de Seveso (Italie) en 1976 a conduit à une prise de conscience internationale. Elle s'est manifestée par l'adoption de la directive dite Seveso 1 (1982), qui impose notamment le recensement, le contrôle régulier des sites dangereux, l'évaluation et la prévention des risques industriels. Actualisée en 1996 et 2012, cette directive concerne aujourd'hui plus de 10 000 sites européens, dont 1 200 en France.

■ Les catastrophes de Three Mile Island (États-Unis, 1979) puis de Tchernobyl ont conduit au renforcement des mesures de prévention des risques nucléaires. Les États-Unis ont quasiment abandonné la construction de nouvelles centrales. En France a été fondée en 2006 l'Autorité de sûreté nucléaire, qui est notamment chargée du contrôle des centrales et de l'information du public.

■ L'un des principaux enjeux est l'harmonisation des normes de sûreté nucléaire entre les différents États du monde. Des institutions internationales ont été créées (WENRA, ENSREG...) pour contribuer à une réglementation unifiée à l'échelle européenne.

Testez-vous !

Corrigés p. 487

A. Quelles sont les causes des risques agricoles ?

B. Quels sont les différents types de risques énergétiques ?

C. Quelles sont les différentes mesures de prévention des risques nucléaires ?

Les sociétés face au changement climatique

Fiche 4

Géographie

Notes

1 Le changement climatique

■ Le changement climatique se manifeste par une augmentation moyenne de températures, d'environ 1 °C depuis 1900. Ce réchauffement du climat est notamment provoqué par l'effet de serre, favorisé par la croissance des émissions de dioxyde de carbone, émis par la combustion des hydrocarbures (énergies, industries et automobiles), et par les rejets de méthane, issus de l'agriculture, de l'élevage et des forages.

■ Ce réchauffement modifie d'abord les milieux polaires. La fonte progressive de la banquise, mais aussi des inlandsis* antarctique et groenlandais, provoque une élévation du niveau de la mer (7 cm entre 1992 et 2015). Selon les prévisions, une augmentation de 2°C de la température mondiale, au cours du XXIe siècle, risquerait de provoquer une hausse du niveau de la mer de 40 cm.

■ Le changement climatique se manifeste par des périodes de sécheresse plus longues et plus régulières dans d'autres régions du monde (Sahel, Asie Centrale). Elle se traduit aussi par la multiplication des phénomènes météorologiques dévastateurs (cyclones dans le Pacifique et dans le golfe du Mexique).

2 Les effets du réchauffement climatique sur les sociétés

■ L'élévation du niveau de la mer menace l'environnement et l'existence même de nombreuses populations littorales habitant les deltas (deltas du Nil, de Gange du Brahmapoutre, du Mékong et du Yangzi) et les îles affleurantes (océan Pacifique).

■ L'agriculture de nombreuses régions du monde est directement impactée par le changement climatique. Selon l'ONU, dans les pays d'Afrique subsaharienne, l'augmentation de 2°C des températures pourrait réduire de 10 % les rendements agricoles.

■ La sécheresse entraîne la désertification du Sahel et de l'Asie Centrale, et la multiplication des incendies qui concernent aussi les régions tempérées. En 2021, plusieurs régions du monde ont été touchées par des incendies géants (Sibérie, Californie, Bassin méditerranéen). Ce type de catastrophes frappe aussi des pays jusqu'alors épargnés, comme la Suède.

Notes

■ Dans les pays en développement, ces situations provoquent de vastes mouvements de réfugiés climatiques (24 millions en 2018). Ils sont d'ores et déjà plus de 4 millions en Inde, en Chine et aux Philippines.

Chiffre-clé

Selon les prévisions de l'ONU, le nombre de réfugiés climatiques pourrait atteindre 250 millions vers 2050.

3 Les réponses face au changement climatique

■ Dès 1987, le rapport Brundtland alerte l'opinion publique sur les menaces liées au changement climatique. Le Sommet de la Terre à Rio en 1992, l'accord de Paris sur le climat en 2015 et la conférence de Katowice de 2018 ont encouragé la mise en œuvre de politiques de développement durable, afin de réduire les rejets de dioxyde de carbone. L'objectif est d'arriver à la neutralité carbone* en 2050, afin de contenir le réchauffement climatique nettement en dessous de 2°C.

■ Les domaines d'action sont multiples et à différentes échelles (locale, régionale, nationale et mondiale) : développement des « énergies renouvelables » (solaire, éolienne, hydraulique, géothermique, marémotrice…), programmes d'aménagements de villes durables et d'écoquartiers*, réduction des transports polluants…

■ Cependant, il s'agit d'actions à long terme qui dépendent de la bonne volonté et des moyens des États. Elles sont fragilisées par le retrait des États-Unis des accords de Paris entre 2017 et 2021, et par l'exploitation croissante du pétrole et du **gaz de schiste**, notamment en Amérique du Nord. Elles sont enfin remises en question par la hausse des émissions de gaz à effet de serre dans plusieurs régions du monde, notamment en Chine, en Inde et en Amérique du Nord.

Gaz de schiste

Gaz naturel contenu dans des sous-sols riches en schistes. Son extraction présente des risques écologiques importants.

Testez-vous !

Corrigés p. 487

A. Quelle est la cause principale du réchauffement climatique ?

B. Quelles sont les populations les plus directement touchées par les conséquences du réchauffement climatique ?

C. Quelles sont les limites aux politiques de lutte contre le changement climatique ?

Prévenir les risques

Fiche 5

Géographie

Notes

1 Prévenir les risques naturels

■ La plupart des États du Nord ont pris des mesures pour prévenir les risques naturels. Les zones situées sur les lits majeurs des cours d'eau sont déclarées inconstructibles. Les fleuves comme le Mississippi sont canalisés afin d'empêcher les crues. La Nouvelle-Orléans est protégée par un réseau de digues, de levées, de barrages écrêteurs de crues et de bassins de rétention. Ces mesures n'ont cependant pas empêché les inondations de 2004, après le passage de l'ouragan Katrina. Dans la prévention des risques sismiques et volcaniques, le Japon est l'un des États les plus en pointe. Depuis le séisme de Kobé en 1995, il a renforcé sa réglementation : architecture antisismique (bâtiments sur base mobile), usage du béton à la place de l'acier, exercices de secours, campagnes de sensibilisation et de prévention des médias.

■ De nombreux États du Sud n'ont pas de véritables politiques de prévention des risques naturels. D'autant que les zones à risques jouent bien souvent un rôle déterminant dans l'économie des pays : vallées et deltas chargés d'alluvions fertiles, consacrés à la pêche ou à la riziculture. Certains États ont cependant pris des mesures, souvent grâce à l'aide internationale. Le G7 et l'ONU ont ainsi décidé en 1989 d'élaborer un « schéma d'aménagement » pour réduire les effets des crues au Bengladesh. Il a permis la construction d'un système de digues, de stations de pompage et de canaux de dérivation le long du Gange et du Brahmapoutre et des côtes.

2 Prévenir les risques technologiques

Risque technologique
La proximité des villes et des industries dangereuses accentue les risques (accident de Tianjin, 2015).

■ Dans la plupart des pays développés, des normes de sécurité très strictes ont été adoptées pour prévenir les risques technologiques. Après l'accident dans une usine chimique de Seveso (Italie) le 10 juillet 1976, les États européens ont adopté, en 1982, une directive (dite Seveso) qui fonde une véritable politique commune de prévention des risques industriels. Les industries dangereuses doivent être recensées, des contrôles réguliers effectués, des études menées pour évaluer les risques et leur impact sur l'environnement et la société, des plans de prévention adoptés, les constructions d'habitations sont interdites

Notes

autour des sites à risque, des campagnes de sensibilisation doivent être menées auprès des populations.

■ En 1986, l'explosion d'un réacteur de la centrale nucléaire de Tchernobyl (Ukraine, alors en URSS) a libéré un immense nuage radioactif qui s'est propagé dans une grande partie de l'Europe. Depuis cette catastrophe, les États ont renforcé leur législation. En France, la réglementation définie par les différents gouvernements repose sur plusieurs principes : étude des dangers, formation du personnel à la sécurité, contrôle permanent des installations à risques et de leurs rejets mené par l'Autorité de sûreté nucléaire, enquêtes publiques, information des populations, plans de prévention des risques (PPR), plans de secours, exercice de simulations.

3 Enrayer le réchauffement climatique

■ Depuis 1997, 191 pays ont ratifié le protocole de Kyoto qui prévoit une série de mesures pour prévenir le réchauffement climatique et en atténuer les effets. Ce traité impose aux gouvernements d'évaluer leurs émissions de gaz à effet de serre*. Il instaure aussi un système de « permis d'émission de quotas » de CO_2.

Chiffres-clés

Dans le monde, les émissions de gaz à effet de serre ont augmenté de plus de 45 % entre 1990 et 2018. En Europe, elles ont baissé de 22 % sur la même période.

■ Plusieurs conférences internationales ont été organisées pour mettre en œuvre de politiques de développement durable*, notamment l'accord de Paris sur le climat en 2015 et la conférence de Katowice de 2018. Les pays se fixent comme objectif de réduire les émissions de gaz à effet de serre, en arrivant à la neutralité carbone* en 2050, et ainsi de contenir le réchauffement climatique nettement en dessous de 2°C.

■ Cependant, ces accords ne sont pas réellement mis en pratique. Les États-Unis se sont retirés de l'accord de Paris entre 2017 et 2021, et dans de nombreuses régions de monde, les émissions de gaz à effet de serre ont augmenté, notamment en Chine, en Inde et en Amérique du Nord.

Testez-vous !

Corrigés p. 487

A. Quelles sont les différentes mesures de prévention des inondations ?

B. Quelles sont les différentes mesures de prévention des risques technologiques ?

C. Quels États sont les plus avancés dans la prévention des risques ? Pourquoi ?

L'eau, une ressource convoitée et menacée

Fiche 6

Géographie

Notes

1 Des besoins en hausse

■ La demande en eau, consécutive à l'augmentation des besoins des citadins et des activités économiques, a été multipliée par deux depuis 1960. Cette hausse de la consommation génère des tensions entre les villes et les campagnes (Proche-Orient), les agriculteurs et les touristes (Tunisie, Espagne) et les États d'un même **bassin hydrographique** (Turquie, Syrie, Irak).

Bassin hydrographique
Territoire drainé par un fleuve et ses affluents.

■ Les quantités d'eau consommées par l'agriculture ont doublé depuis 1960, notamment en raison de l'augmentation des surfaces irriguées (20 % des terres agricoles). Si la part de l'industrie baisse, celle liée aux usages domestiques et à l'urbanisation s'accroît.

2 Les concurrences pour l'eau

■ L'explosion urbaine concurrence les besoins agricoles et peut même faire disparaître des terres irriguées (Chine).

■ Les conflits peuvent aussi concerner les agriculteurs d'un même bassin-versant. Ainsi, au Pakistan, les paysans du Pendjab, établis sur le cours amont de l'Indus, favorisés par les autorités, consomment une grande partie de l'eau du fleuve, qui arrive presque sec à son embouchure, au grand dam des paysans du Sind.

Agriculture
Elle consomme 70 % de l'eau prélevée chaque année dans le monde.

■ Les tensions naissent autour des projets de transfert d'eau entre régions excédentaires et régions déficitaires (Espagne) pour des raisons à la fois économiques et écologiques.

■ Les problèmes se concentrent sur les bassins fluviaux dont l'amont et l'aval sont situés sur plusieurs pays (Tigre et Euphrate, Nil), les fleuves frontières (Jourdain) et les nappes phréatiques qui s'étendent sous différents États (Égypte, Libye, Soudan).

■ Les zones de plus fortes tensions concernent les pays qui dépendent de l'étranger pour leur approvisionnement ; ainsi 95 % de l'eau consommée par l'Égypte proviennent de l'extérieur de ses frontières.

Notes

3 Une ressource menacée

■ Les problèmes se concentrent dans les pays en développement où 700 millions de personnes vivent en état de pénurie et où 40 % de la population mondiale connaît des problèmes d'approvisionnement en eau.

■ Pourtant, en 1977, l'ONU a reconnu le droit « d'accéder à l'eau potable en quantité et en qualité égales pour ses besoins essentiels » à chaque être humain.

■ Mais la consommation a crû deux fois plus vite que la population empêchant les pays du Sud de suivre en termes de fourniture d'eau. On prévoit que dans 25 ans, la quantité d'eau disponible par personne aura diminué de moitié par rapport à aujourd'hui.

■ Dans les pays arides, l'utilisation intensive des nappes phréatiques fossiles pour l'irrigation agricole et la consommation domestique réduit fortement les réserves. La Jordanie, dont le quart des ressources en eau provient de nappes non renouvelables est d'ores et déjà en situation de pénurie et sa population s'accroît de plus de 3 % par an.

■ Dans les pays en développement, 1,7 milliard de personnes n'ont pas accès à des systèmes d'assainissement de l'eau. Dans ces pays, la mauvaise qualité de l'eau entraîne l'apparition de 80 % des maladies et cause 30 % des décès (environ 30 000 par jour).

■ Avec une agriculture de plus en plus productiviste, les pollutions d'origine agricole s'accroissent également. Les fleuves et les nappes phréatiques sont atteints par les pesticides, herbicides, engrais nitratés et les rejets de lisier des élevages. La mauvaise organisation de l'irrigation et du drainage conduit à la salinisation* de nombreuses terres, qui deviennent incultes, et des nappes phréatiques rendues ainsi impropres à la consommation.

■ Les pollutions chimiques d'origines industrielles détruisent la faune et la flore des cours d'eau et des lacs et de leurs rives. En ville, le ruissellement des eaux de pluies entraîne dans les rivières du plomb, du souffre, du mercure, des huiles et des hydrocarbures*.

■ Toutes ces agressions favorisent l'apparition d'algues qui réduisent la teneur en oxygène des eaux (phénomène d'eutrophisation*) mettant en danger les écosystèmes aquatiques. Ces pollutions conduisent à la dégradation croissante de la qualité des eaux sur l'ensemble de la surface du globe.

Testez-vous !

Corrigés p. 487

A. Montrez que l'eau est une ressource convoitée.

B. Au sein d'un même État, quels acteurs s'opposent sur la question de l'usage de l'eau ?

C. Quelles sont les menaces qui pèsent sur la qualité des eaux ?

Les énergies : pressions, tensions et gestion

Fiche 7

Géographie

Notes

1 Une gestion de plus en plus difficile des énergies

■ Depuis les années 1970, la consommation énergétique mondiale a plus que doublé. Cette évolution est très nette dans les pays émergents* avec la diffusion de la société de consommation (développement du parc automobile).

■ La difficulté de gestion des énergies tient aussi à l'éloignement entre les zones de production (Moyen-Orient) et de consommation (Amérique du Nord, Europe et Extrême-Orient). Les transports sont particulièrement coûteux en énergie et se traduisent par une dépendance énergétique accrue des États.

■ L'augmentation de la consommation pèse sur les ressources énergétiques, notamment les hydrocarbures* qui représentent 80 % de la production mondiale. Elle suscite des débats sur l'épuisement progressif de réserves (*peak oil*). De plus, l'exploitation des hydrocarbures non conventionnels (gaz et pétrole de schiste, sables bitumineux et huiles lourdes) est particulièrement coûteuse.

> ***Peak oil***
> Le « pic pétrolier » est le moment où la production de pétrole commence à baisser du fait de l'épuisement des ressources mondiales.

■ La production et la consommation des hydrocarbures sont très polluantes, notamment l'exploitation du pétrole et du gaz de schiste (fracturation hydraulique). Ils sont parmi les principaux agents du réchauffement climatique (rejets de gaz à effet de serre*).

2 Les politiques de gestion des énergies

■ La maîtrise des ressources est un enjeu politique. La plupart des États ont repris en main l'exploitation de leurs potentiels énergétiques, par rapport aux sociétés privées. 84 % des ressources mondiales sont aujourd'hui exploitées par les États, à travers leurs compagnies nationales (Gazprom en Russie).

■ La question de l'approvisionnement énergétique est majeure. Les programmes de construction d'oléoducs et de gazoducs se multiplient aujourd'hui, notamment entre l'Europe et la Russie, ou entre l'Asie Centrale et l'Extrême-Orient. Il s'agit de sécuriser les approvisionnements, notamment dans les régions instables (Moyen-Orient).

Notes

■ Face au réchauffement climatique, les États s'organisent pour réduire la place des hydrocarbures et développer les énergies durables. Cependant, cette politique de gestion mondiale des ressources énergétiques se heurte à leurs intérêts économiques divergents. Les énergies renouvelables ne représentent aujourd'hui que 19 % de la consommation mondiale d'énergie.

3 L'Arctique, un espace convoité mais fragile

■ **L'Arctique** recèle de très importantes ressources énergétiques, estimées à 22 % des réserves mondiales d'hydrocarbures*. Cet immense espace compte aujourd'hui plusieurs zones importantes d'exploitation, notamment la péninsule de Yamal (Russie) pour le gaz et la région de Prudhoe Bay (États-Unis) pour le pétrole. De nouveaux gisements sont sur le point d'être exploités dans le delta du fleuve Mackenzie (Canada) et dans la mer de Barents (Russie).

> **L'Arctique**
> Il englobe les terres et mers de l'hémisphère Nord, dont les températures sont inférieures ou égales à 10°C en juillet.

■ Le réchauffement climatique, avec la fonte progressive de la banquise pourrait faciliter l'exploitation et le transport des hydrocarbures (« Passage du Nord-Est », au nord de la Russie). Plusieurs États, notamment la Russie et le Canada, revendiquent déjà des portions de l'océan Glacial Arctique pour profiter de ses ressources.

■ Cependant, la multiplication des sites énergétiques met en danger les écosystèmes arctiques. Elle menace les ressources naturelles des populations autochtones (Inuits, Sames, Sibériens...), qui vivent de la pêche, de l'élevage et de la chasse. Le parc naturel ANWR (« refuge national de la vie sauvage arctique ») en Alaska est ainsi menacé par l'extension des sites d'exploitation pétrolière de Prudhoe Bay.

Testez-vous !

Corrigés p. 487

A. En quoi la gestion des énergies est-elle de plus en plus difficile ?

B. Quelles sont les politiques de gestion des énergies ?

C. Quels sont les enjeux écologiques liés aux énergies dans l'Arctique ?

L'environnement, un enjeu majeur

Fiche 8

Géographie

Notes

1 Un environnement exploité

■ Pour vivre et produire, les sociétés humaines aménagent et transforment leur environnement et les milieux. Les agriculteurs défrichent les forêts et aménagent des terrasses sur les pentes. Les villes grignotent de plus en plus les campagnes. Les réseaux de communications transforment les paysages (viaducs autoroutiers ou ferroviaires, tunnels au travers des montagnes).

■ Pour se nourrir, se vêtir, bâtir leurs maisons, se fournir en énergie, les hommes prélèvent des ressources naturelles renouvelables (bois, eau douce ou eau de mer) ou non. Leur exploitation est accrue par l'augmentation de la population mondiale et surtout le développement d'un mode de vie de forte consommation énergétique, à tel point qu'elles n'ont pas le temps de se renouveler ou d'être dépolluées. Par ailleurs, les sources d'énergies renouvelables* (hydraulique, éolienne, solaire) sont encore peu utilisées, notamment pour les deux dernières, pourtant les moins polluantes.

Chiffre-clé

Chaque année, la population mondiale utilise l'équivalent d'1,7 planète Terre.

2 Des ressources menacées

■ L'exploitation excessive de l'environnement constitue un risque pour les ressources. L'agriculture intensive met ainsi en péril les réserves en eau. Ce sont 20 % des aquifères du monde qui sont ainsi menacés. La pression sur la ressource est telle que, selon les prévisions, en 2050, 40 % de la population mondiale risquent d'être confrontés à des pénuries d'eau.

■ L'agriculture intensive entraîne aussi une dégradation des sols. Elle concerne aujourd'hui 75 % des sols, et en affectera, selon les prévisions, près de 90 % en 2050. Cette dégradation conduit à une baisse de la productivité des sols, particulièrement nette en Afrique sahélienne.

■ L'extraction des hydrocarbures*, particulièrement coûteuse en énergie, contribue au renforcement de l'effet de serre et du réchauffement climatique. Elle entraîne l'épuisement des réserves à long terme (*Peak Oil*).

■ Les pressions exercées sur l'environnement réduisent enfin la biodiversité. Cette baisse est estimée à la moitié des espèces de

Notes

vertébrés depuis les années 1970, notamment des oiseaux et des batraciens.

3 L'Amazonie, un environnement fragile soumis aux pressions et aux risques

L'Amazonie
Elle s'étend sur 5 500 000 km², soit 10 fois la France.

■ La forêt amazonienne est particulièrement concernée par ces transformations. Répartie entre 9 pays, dont 60 % au Brésil, elle s'étend sur 5 500 000 km². C'est un immense réservoir de la biodiversité végétale et animale avec ses 2,5 millions d'espèces d'insectes et ses 40 000 espèces de plantes.

■ Depuis 1978, plus de 760 000 km² ont disparu en raison de la déforestation, notamment dans le Maranhão, le Para, le Mato Grosso, Rondônia et Acre. Les zones défrichées (front pionnier*) sont consacrées à l'agriculture d'exportation et vivrière (soja, maïs, canne à sucre, riz, haricots, manioc, café, orange, cacao) et à l'élevage bovin extensif, sous la forme de ranchs. Les productions agricoles (soja) sont notamment destinées à l'élevage animal (alimentation des porcs et des poulets chinois) et à la fabrication d'agrocarburants.

■ Les conséquences écologiques et sociales de la déforestation sont multiples : déplacement forcé des petits fermiers et des populations indigènes, exode rural, disparition des zones humides, assèchement des sols. La spéculation sur le prix des terrains est source de violences (assassinats de fermiers).

■ Les effets écologiques de l'agriculture intensive et de l'élevage massif sont tout aussi néfastes : pollutions liées aux excréments animaux, émissions de gaz à effet de serre*, érosion des sols dus au surpâturage, pollutions automobiles liées au transport des bêtes... Autant de conséquences qui renforcent le réchauffement climatique.

Testez-vous !

Corrigés p. 487

A. En quoi l'exploitation de l'environnement peut-elle menacer les ressources ?

B. Quelles sont les conséquences écologiques de la déforestation en Amazonie ?

C. Quelles sont ses conséquences sociales ?

Valorisation et protection des milieux français

Fiche 9

Géographie

Notes

1 L'aménagement des milieux

■ Les milieux français font l'objet de multiples valorisations. Les littoraux sont particulièrement concernés, car ils concentrent une part importante et croissante de la population (densité : 270 hab. par km^2 contre 35 hab./km^2 pour les autres milieux). Cette « littoralisation* » se traduit par de nombreux aménagements liés à la coexistence des différentes activités (pêche, activités portuaires, industrie, tourisme…) pour l'exploitation des ressources. Ils peuvent entraîner une dégradation des littoraux : érosion des côtes, pollutions liées à la sur-fréquentation touristique des plages, rejets industriels ou agricoles (nitrates) qui détériorent la qualité des eaux par pollution sanitaire ou par eutrophisation* (« marées vertes »).

> **« Marées vertes »**
> Dépôts massifs d'algues sur les littoraux, causés notamment par les rejets agricoles, riches en nitrates.

■ Les massifs montagneux sont notamment valorisés pour le tourisme. Cette activité implique la construction d'infrastructures de communication (tunnels, ponts, routes, voies ferrées, etc.), afin de les désenclaver et de s'affranchir de la pente. C'est notamment le cas dans les Alpes, qui constituent la chaîne de montagnes la plus touristique du monde (500 millions de visiteurs par an).

■ Les aménagements touristiques dans les Alpes correspondent aux différentes époques de construction : stations de sport d'hiver de « première génération » (années 1920) autour d'un village (Chamonix), puis de « deuxième génération » (L'Alpe d'Huez), stations intégrées (Isola 2000), toujours plus en altitude, puis stations à vocation plus familiale et à l'urbanisme plus discret (Valmorel).

■ Les multiples équipements liés à la pratique des sports d'hiver transforment le milieu. La montagne se couvre de remontées mécaniques, la forêt est entaillée, le sol est nivelé pour permettre le tracé des pistes de ski, des canons à neige sont installés et des réservoirs d'eau créés. Ces infrastructures et ces équipements impliquent des travaux de déboisement et d'aplanissement qui favorisent les risques d'éboulements ou d'avalanches.

2 La protection des milieux

■ La richesse et la fragilité des milieux justifient des actions de protection et de valorisation, menées d'abord au niveau national.

Notes

C'est l'objectif principal des parcs nationaux institués par l'État en 1960 et des parcs naturels régionaux créés à partir de 1967.

■ Certaines mesures sont spécifiques à un type de milieux, comme les littoraux. Fondé en 1975, le Conservatoire du littoral gère aujourd'hui plus de 200 000 ha de côtes (soit près de 15 % du littoral métropolitain français) et acquiert chaque année près de 2 000 hectares supplémentaires. La « loi Littoral », adoptée en 1986, vise à préserver les milieux côtiers, en limitant l'urbanisation, tout en assurant la pérennité des différentes activités économiques de ces territoires.

■ Équivalent de la « loi Littoral », la « loi Montagne », adoptée en 1985, remplit trois objectifs : la maîtrise de l'urbanisation en zone montagnarde, la préservation des espaces remarquables et des zones agricoles. Elle est complétée en 1991 par la Convention sur la protection des Alpes.

■ Des mesures sont aussi prises au niveau européen. En 2002, l'Union européenne a recommandé la « gestion intégrée des zones côtières » (GIZC), un système visant à concilier protection des littoraux et maintien des activités durables. La GIZC de la baie du Robert (Martinique) a ainsi été créée pour résoudre les problèmes de pollutions et d'ensablement du site.

■ La préservation des milieux est enfin menée au niveau mondial dans le cadre du développement durable. Sous l'égide de l'ONU a été mis en place en 2002 un « Partenariat de la Montagne », qui associe des ONG et 59 pays. D'ailleurs, le chapitre 13 de l'**Agenda 21**, établi par l'ONU, est consacré à la préservation et au développement des zones de montagnes.

Agenda 21

Programme d'actions, adopté lors du Sommet de la Terre de Rio (1992), par lequel les collectivités territoriales s'engagent dans le développement durable.

Testez-vous !

Corrigés p. 488

A. Quels sont les principaux aménagements touristiques dans les Alpes ?

B. Quelles sont les conséquences des aménagements sur les milieux littoraux ?

C. À quels niveaux s'effectue la protection des milieux ?

Croissance et transition démographiques

Fiche 10

Géographie

Notes

1 La croissance mondiale des populations

■ Depuis 1950, la population mondiale a triplé, passant de 2,5 à 7,9 milliards d'habitants. Cette augmentation s'explique par la baisse de la mortalité, notamment infantile, grâce à une meilleure alimentation, aux progrès de l'hygiène et au développement des soins médicaux. Elle trouve aussi son origine dans le maintien, dans de nombreux pays, d'une fécondité élevée.

Covid-19

Cette pandémie a causé la mort de plus de 4,5 millions de personnes dans le monde depuis 2019.

■ Cette croissance démographique a concerné tous les continents, mais à des niveaux différents. La population africaine a ainsi quintuplé et la population asiatique a quadruplé depuis 1950. Cependant, la croissance démographique a été beaucoup moins marquée pour l'Amérique du Nord (+ 104 %) et pour l'Europe (+ 37 %) La population européenne se stabilise depuis 1990. Plusieurs pays d'Europe centrale et orientale de l'Est (Bulgarie, Roumanie, Hongrie…) connaissent même un déclin démographique.

■ Selon les prévisions des Nations unies, la population mondiale devrait continuer à augmenter pour atteindre 9,8 milliards d'habitants en 2050, avant de se stabiliser. Cette croissance démographique mondiale serait alors due pour la moitié à l'augmentation de la population en Afrique subsaharienne. Celle-ci représente aujourd'hui 16 % de la population mondiale, et pourrait atteindre 22 % en 2050.

2 La transition démographique

■ La transition démographique* est un processus caractérisé dans un premier temps par une chute de la mortalité (phase I), accompagnée dans un deuxième temps (phase II) par une baisse de la natalité, liée à celle de la fécondité. Elle s'achève par une stabilisation à des niveaux bas de la natalité et de la mortalité (phase III). Au cours de la transition démographique, l'accroissement naturel connaît ainsi une forte hausse puis une forte baisse avant de se stabiliser.

■ La baisse de la mortalité s'explique par les progrès de l'alimentation et de la médecine. Ils permettent une chute de la mortalité

Notes

infantile et, à terme, une hausse de l'espérance de vie. Le taux de mortalité infantile, dans la population mondiale, est ainsi passé de 85 pour mille dans les années 1970 à 35 pour mille de nos jours. Dans la même période, l'espérance de vie à la naissance est passée de 58 ans à 72 ans.

■ En plus de cinquante ans, la fécondité a été divisée par deux dans le monde. Elle est ainsi passée en moyenne de 5 enfants par femme en 1960 à 2,3 en 2020. Cette baisse, liée à des politiques familiales de restriction des naissances et à la diffusion progressive des pratiques de contraceptions, peut être très marquée (Chine, Iran…).

3 La diversité des évolutions démographiques

■ Les régions du monde sont à des étapes différentes de la transition démographique. Elle est achevée dans les pays développés, ainsi qu'en Russie, marqués par une baisse ancienne et importante des taux de natalité, de mortalité et de fécondité.

■ La transition démographique est bien engagée dans de nombreuses régions du monde : Maghreb, Turquie, Iran, Inde, Chine, Amérique du Sud et Afrique australe. Dans ces régions, la mortalité se stabilise et la fécondité fléchit. Ainsi, la démographie de l'**Inde** est caractérisée par une baisse de la mortalité et de la natalité depuis les années 1920. Cependant, elle conserve une mortalité infantile (30 pour mille) et une fécondité (2,2 enfants par femme) élevées.

Inde
Selon les prévisions, l'Inde devrait être le pays le plus peuplé du monde vers 2025 avec 1,4 milliard d'habitants.

■ Certaines régions du monde sont situées au début de la transition démographique. Il s'agit notamment des pays d'Afrique subsaharienne, qui conservent des taux élevés de natalité (plus de 30 pour mille), de mortalité (plus de 10 pour mille) et de fécondité (4,9 enfants par femme). Parmi eux, les pays du Sahel présentent des taux de mortalité encore très importants.

■ Selon les prévisions, la croissance démographique devrait être forte, à des degrés divers, pour les actuels pays en développement. Au contraire, elle devrait être très limitée dans la plupart des pays développés (hormis les États-Unis). La population de certains pays (Japon, Italie, Allemagne…) pourrait continuer à baisser.

Testez-vous !

Corrigés p. 488

A. Comment expliquer la hausse de la population mondiale ?
B. Quelles sont les trois phases de la transition démographique ?
C. Quelles sont les caractéristiques démographiques de l'Afrique subsaharienne ?

Les défis de la croissance démographique mondiale

Fiche 11

Géographie

Notes

1 Le défi alimentaire

■ La population mondiale a triplé depuis 1950. Évaluée à 7,9 milliards d'habitants en 2021, elle pourrait atteindre 9,8 milliards d'habitants en 2050. Cette croissance démographique pose d'abord un défi alimentaire. Depuis 1960, la production alimentaire mondiale a presque quadruplé, tout comme la production de céréales. Cette évolution s'explique par la **mécanisation** et la diffusion des engrais (révolution verte* en Inde) qui ont permis d'augmenter les rendements et la productivité agricoles, alors que les surfaces cultivées ne se sont que peu étendues (+ 4 % entre 1980 et 2005).

> **Mécanisation**
> Diffusion des machines agricoles (tracteurs, moissonneuses-batteuses…) dans les campagnes.

■ La croissance de la production agricole a permis une amélioration de l'alimentation. Depuis 1980, la ration journalière moyenne par habitant est passée de 2 600 à 2 800 kilocalories et la part des personnes sous-alimentées, de 1 095 à 800 millions de personnes.

■ Cependant, selon les prévisions, la croissance de la population mondiale d'ici 2025, supposerait une hausse de 30 % de la production agricole. Faute d'un changement de modèle agricole, cette augmentation risque d'être fondée sur une intensification des cultures, qui conduit à un épuisement des sols et des réserves en eau.

■ De plus, les inégalités sont criantes, en termes de production, entre les régions du monde. De nombreux pays développés comme les États-Unis, le Canada et la France sont largement excédentaires, alors que certains pays en développement (Mali, Soudan) sont régulièrement menacés par la faim. L'Afrique connaît même depuis 1977 une baisse de la production de céréales par habitant, en raison de la précarité des techniques agricoles et de la sous-mécanisation des équipements.

■ La croissance des productions n'a pas permis d'éradiquer la faim, qui touche 23 % de la population d'Afrique subsaharienne, alors que la production serait suffisante pour nourrir la population mondiale. À cela s'ajoutent près de 2 milliards de personnes en situation de malnutrition chronique.

Notes

2 Les défis de l'eau et des énergies

■ La croissance de la population humaine pose aussi la question de l'accès à l'eau. Selon les prévisions, l'évolution démographique d'ici 2025 entraînerait une augmentation de 20 % des prélèvements et de la consommation d'eau, notamment pour l'agriculture. Les risques d'épuisement des réserves sont réels, en raison du réchauffement climatique qui allonge les périodes de sécheresse, notamment en Afrique subsaharienne, au Moyen-Orient et en Asie Centrale.

Mégalopoles
Ces agglomérations de plus de 10 millions d'habitants sont au nombre de 37 dans le monde.

■ Le défi de l'augmentation de la population mondiale est enfin énergétique. Selon les prévisions, la consommation énergétique atteindrait 25 milliards de TEP en 2050 (contre 13,5 milliards de TEP en 2018). Son impact sur l'environnement dépend des choix énergétiques durables ou non qui seront faits. Si les habitudes énergétiques ne sont pas modifiées, la consommation de pétrole, de gaz et de charbon pourrait augmenter de moitié d'ici à 2050, évolution qui entraînerait une hausse importante des rejets de gaz à effet de serre. Cependant, des politiques de développement des énergies renouvelables* ont été adoptées, visant notamment à la baisse de 80 % des émissions de gaz à effet de serre* à l'horizon 2050.

■ L'évolution de la consommation énergétique dépend notamment de la croissance urbaine. Selon les prévisions, les villes pourraient abriter 66 % de la population mondiale en 2050, contre 56 % aujourd'hui, et le nombre de mégalopoles pourrait doubler sur la même période.

■ Les villes sont en effet les foyers les plus importants de consommation énergétique (transport, éclairage, chauffage…), encore renforcée par le développement des parcs automobiles dans les pays émergents* (Chine, Inde, Brésil…).

Testez-vous !

Corrigés p. 488

A. Selon les prévisions, comment la population mondiale pourrait-elle évoluer d'ici 2050 ?
B. Quels pourraient être alors les nouveaux besoins de la population mondiale d'ici 2050 ?
C. Quels problèmes peut poser l'évolution de la population mondiale ?

Le vieillissement démographique

1 Un phénomène mondial

■ Le vieillissement démographique* désigne l'augmentation de l'âge moyen d'une population. C'est un phénomène global, comme en témoigne l'indice de vieillesse mondial qui est passé de 6 % en 1990 à 9 % aujourd'hui, et pourrait atteindre 16 % en 2050, selon les prévisions.

Indice de vieillesse
Part des personnes de plus de 65 ans dans une population.

■ Le vieillissement démographique s'explique par l'allongement de l'espérance de vie et par la baisse de la fécondité. Ces tendances se manifestent notamment dans des pays qui ont achevé leur transition démographique. Ainsi, l'allongement de l'espérance de vie est la conséquence directe de la baisse de la mortalité, qui est l'une des caractéristiques des phases I et II de la transition démographique. La baisse de la fécondité est liée à la baisse de la natalité, qu'elle soit volontaire ou imposée par l'État (contrôle des naissances en Chine).

■ Cependant, d'autres facteurs doivent être pris en compte pour comprendre le vieillissement démographique, comme le solde migratoire, plus précisément l'âge et le nombre des personnes qui émigrent ou immigrent.

Notes

2 Un phénomène inégal

■ Le vieillissement démographique concerne plus particulièrement certaines régions du monde, comme l'Asie du Sud et de l'Est, l'Europe et la Russie. Au Japon, l'indice de vieillesse est passé de 12 % en 1990 à 28 % aujourd'hui, et pourrait atteindre 39 % en 2050. Cette évolution s'explique par la baisse de la mortalité qui a permis une hausse très rapide de l'espérance de vie, et par une politique encourageant le contrôle des naissances, qui a fait chuter la fécondité. La Chine, la Corée du Sud et la Thaïlande sont aussi très concernées par ce vieillissement démographique.

■ En Europe, l'indice de vieillesse est passé de 14 % en 1990 à 19,5 % aujourd'hui, et pourrait atteindre 28,5 % en 2050. Cette évolution touche notamment l'Italie où 22 % de la population à plus de 65 ans, la Grèce (21,5 %), l'Allemagne où ce taux dépasse 20 %. Ses causes sont multiples. À la baisse de la fécondité et à

Notes

l'allongement de l'espérance de vie peut s'ajouter l'émigration des jeunes (Grèce). La société française est moins touchée par le vieillissement démographique en raison de sa fécondité relativement élevée.

3 Les enjeux du vieillissement démographique

■ Si les personnes âgées représentent une part de plus en plus importante de la population mondiale, elles sont aussi les plus touchées par la précarité. Dans le monde, un senior sur deux ne dispose pas de pension de retraite, notamment en Asie du Sud-Est. Même dans les pays développés, les retraites ne sont souvent pas suffisantes. Au Japon, 20 % des seniors travaillent et 19 % sont sous le seuil de pauvreté. Le premier enjeu tient donc à la couverture et au financement (par répartition ou par capitalisation) des systèmes de retraites.

■ Les personnes âgées sont aussi les plus touchées par les maladies et le handicap. Cet enjeu pose la question de la dépendance, c'est-à-dire du coût et du financement de leur prise en charge. Il est d'autant plus important que la part des personnes en âge de travailler baisse dans de nombreux pays. C'est notamment le cas en Europe, où le **taux de dépendance démographique** atteint 30 % et pourrait dépasser 50 % en 2050.

Taux de dépendance démographique
C'est la part des personnes âgées et des jeunes, par rapport à la population en âge de travailler.

■ Les différences sont importantes en termes de dépendance, entre les pays en développement, où les personnes âgées sont souvent prises en charge par leurs familles, et les pays développés (maisons de retraite).

■ L'enjeu est enfin international. Le vieillissement démographique de l'Europe renforce les migrations de soin (*Care Drain**), en provenance des pays d'Europe orientale, du Maghreb ou d'Asie du Sud. Certains pays en développement, comme la Tunisie, aménagent des maisons de retraite privées, destinées à une clientèle européenne.

Testez-vous !

Corrigés p. 488

A. Qu'est-ce que le vieillissement démographique ? Quelles sont ses deux causes principales ?
B. Quelles sont les régions du monde les plus concernées par le vieillissement démographique ?
C. Quels sont les enjeux du vieillissement démographique ?

Qu'est-ce que le développement ?

Fiche 13

Géographie

Notes

1 Mesurer le développement

■ Le développement désigne l'augmentation durable du niveau et des conditions de vie des populations. Pour mesurer le niveau de développement, l'ONU a créé **l'Indice de développement humain (IDH)** qui varie entre 0 et 1. Il inclut des critères économiques (PIB/hab.) et socioculturels : alimentaires (sous-alimentation, malnutrition), sanitaires (espérance de vie, mortalité infantile) et éducatifs (taux d'alphabétisation et de scolarisation). Cet indice permet de distinguer les pays développés dont l'IDH est supérieur à 0,7 et les pays en développement, dont l'IDH est inférieur à 0,7.

IDH mondial

Depuis 1990, l'IDH mondial a connu une augmentation importante, passant de 0,59 en 1990 à 0,73 en 2019.

■ S'il est très utilisé, l'IDH n'en est pas moins un indice limité et contestable. Pour évaluer le niveau de développement d'un pays, il doit être complété par d'autres indicateurs, qui concernent par exemple la répartition des richesses. Le coefficient de Gini permet ainsi de mesurer l'égalité ou l'inégalité des revenus. Le Danemark, la Suède ou l'Islande sont parmi les pays les plus égalitaires avec un indice de Gini de 0,2, contrairement à l'Afrique du Sud (0,6). La mesure des inégalités a été intégrée en 2010 dans un nouvel indicateur : l'IDHI (indice de développement humain ajusté selon les inégalités).

■ De plus, l'IDH ou l'IDHI doivent être mis en relation avec d'autres données importantes, qui concernent la nature démocratique des régimes politiques, le respect des libertés publiques ou la qualité de vie.

2 La diversité des pays développés

■ Les pays développés sont situés pour la plupart dans la partie nord de l'hémisphère Nord (pays européens, Russie, États-Unis et Canada, majeure partie de l'Amérique centrale et du Sud, Japon, Corée du Sud, Taiwan et Singapour) et dans l'hémisphère Sud (Australie et Nouvelle-Zélande).

■ Cependant, ce groupe est très hétérogène. Il est divisé entre des pays très développés (en Europe de l'Ouest, en Amérique du Nord et en Océanie) dont l'IDH est supérieur à 0,9, et certains pays émergents*, dont l'IDH est situé entre 0,7 et 0,8, comme le Brésil.

Notes

■ D'importantes disparités de développement existent au sein des pays développés. Ces différences peuvent être particulièrement nettes au sein d'une région, par exemple en Île-de-France, entre Paris et le département de la Seine-Saint-Denis, ou au sein d'une ville, par exemple entre le centre de Paris et le 19e arrondissement de la capitale.

■ Les inégalités s'accroissent au sein même des pays entre les plus aisés et les plus modestes. Le moindre niveau de développement concerne principalement les immigrés, les personnes peu qualifiées et les populations des banlieues pauvres des grandes métropoles.

3 La diversité des pays en développement

■ Les pays en développement (dont l'IDH est inférieur à 0,7) sont tout aussi divers. Parmi eux figurent certains pays émergents, comme l'Inde, qui présentent des taux de pauvreté très élevés (+ de 20 %). L'IDH de ces pays est souvent compris entre 0,6 et 0,7. À l'inverse, les pays les moins avancés (PMA*), en majorité situés en Afrique subsaharienne, présentent des IDH inférieurs à 0,5.

■ Les disparités régionales, en termes de développement, peuvent être très importantes au sein des pays du Sud. C'est le cas des Philippines, entre la région de Manille, où l'IDH atteint presque 0,8 (soit le niveau de la Turquie) et l'extrême sud du pays, où il ne dépasse pas 0,5 (soit le niveau du Soudan).

Niveaux d'IDH

IDH > 0,9 : pays très développés

IDH > 0,7 : pays développés

IDH < 0,7 : pays en développement

IDH < 0,5 : PMA

Testez-vous !

Corrigés p. 488

A. Comment mesure-t-on le niveau de développement d'un pays ?

B. Quelles sont les limites de cet indicateur ?

C. Comment expliquer les différences de développement entre les pays du Sud ?

Les modalités et les niveaux de développement

Fiche 14

Géographie

Notes

1 Les modalités du développement

■ Le développement, c'est-à-dire l'augmentation durable du niveau et des conditions de vie des populations, est un processus mondial. Depuis 1945, l'IDH (indice de développement humain) a augmenté, à des niveaux et à des rythmes différents, dans toutes les régions du monde.

■ Cette évolution s'explique par une longue période de forte croissance économique, les Trente Glorieuses (1945-1973), qui a surtout concerné les régions industrialisées, comme l'Europe, l'Amérique du Nord et le Japon. L'augmentation de la production industrielle, le plein emploi, la hausse des salaires ont permis une amélioration très nette du niveau de vie, qui a touché toutes les sociétés occidentales.

■ Cependant, les modalités de développement sont diverses, selon les régions du monde. De nombreux pays, comme l'Arabie Saoudite, ont tiré parti de leurs ressources pétrolières, dans un contexte d'augmentation rapide de la demande.

■ L'Inde et le Brésil se sont appuyés sur l'agriculture pour se développer. Dans les années 1960, la « révolution verte* », en combinant sélection des semences, engrais chimiques et irrigation, a permis à ces États de devenir de grandes puissances agricoles.

■ Certains pays, comme la Corée du Sud, Hong Kong et Taiwan, ont amorcé un décollage économique dans les années 1960, en s'appuyant sur une industrie tournée vers l'exportation et sur l'intervention de l'État. Ces nouveaux pays industrialisés sont devenus dans les années 1990 des pays développés.

■ Depuis les années 1990, les **pays émergents*** (Chine, Inde, Brésil, Afrique du Sud) connaissent une forte croissance économique, entre 6 et 10 % par an. Elle s'explique par une ouverture au commerce international, par de faibles coûts de production et par l'importance de la demande intérieure.

BRICS

C'est un groupe de pays émergents : Brésil, Russie, Inde, Chine et Afrique du Sud.

2 Les niveaux de développement

■ Processus mondial, le développement n'en est pas moins inégal et déséquilibré. Une première ligne de partage sépare les pays développés (dont l'IDH est supérieur à 0,7), surtout situés dans

Notes

l'hémisphère nord, et les pays en développement (dont l'IDH est inférieur à 0,7), pour la grande majorité dans l'hémisphère sud.

■ Mais chacun de ces ensembles est très hétérogène. Parmi les pays développés, certains présentent un IDH très élevé (supérieur à 0,85), comme les États d'Europe de l'Ouest, d'Amérique du Nord, le Japon, la Corée du Sud, l'Australie et la Nouvelle-Zélande.

France
Elle présente un IDH très élevé (0,9).

■ Les pays en développement sont encore plus hétérogènes entre, d'une part, les pays émergents dont l'IDH est compris entre 0,6 et 0,7, et d'autre part, les pays les moins avancés (PMA), dont l'IDH stagne à 0,5.

■ Les différences sont aussi importantes entre les pays émergents. En Inde, le revenu annuel par habitant (1 500 €) est quatre fois plus bas qu'au Brésil (6 500 €) et presque cinq fois plus bas qu'en Chine (7 000 €). Cette situation s'explique par la faiblesse des investissements publics en Inde, notamment dans le domaine de l'agriculture, de l'éducation et de la formation.

■ Les disparités de développement sont aussi intérieures. En Inde, les contrastes sont importants entre l'État du Kerala (IDH = 0,8) qui a bénéficié d'une politique sociale très avancée, et les États du Bihar et du Jharkhand (IDH < 0,6), marqués par la pauvreté et la corruption.

■ Les villes sont elles-mêmes traversées par des inégalités socio-spatiales. Comme la plupart des anciennes villes coloniales, São Paulo (Brésil) est caractérisée par un contraste de développement entre le centre, très riche, et les périphéries pauvres. Paris est historiquement marqué par un clivage entre l'est populaire et l'ouest bourgeois.

Testez-vous !

Corrigés p. 488

A. Définissez le développement.

B. Quelles sont les différentes modalités du développement ?

C. Montrez la diversité des pays émergents.

La diversité des transitions

Fiche 15

Géographie

Notes

1 Qu'est-ce qu'une transition ?

■ La transition désigne un ensemble de processus faisant passer une société d'un état à un autre. Cette notion est utilisée pour décrire quatre évolutions qui concernent des domaines différents :

- la transition démographique* désigne le passage d'une situation de mortalité et de natalité élevées à une situation de mortalité et de natalité relativement faibles ;

- la transition économique* est une évolution qui conduit d'une économie planifiée et étatique à une économie de marché ;

- la transition démocratique* est caractérisée par le passage d'un régime politique autoritaire à un régime démocratique, libéral et multipartite ;

- la transition écologique (ou énergétique)* marque le passage d'une société fondée sur les énergies fossiles à une société reposant sur les énergies renouvelables.

■ Ces évolutions ne sont pas uniformes. Elles présentent des modalités et des temporalités différentes selon les pays et les contextes. Elles peuvent être associées : dans les années 1990, la plupart des anciens pays du bloc communiste ont ainsi connu à la fois une transition démocratique et une transition économique.

2 La transition démographique

■ La transition démographique est formée de trois phases successives :

- phase I : baisse de la mortalité ;

- phase II : début de la baisse de la natalité liée à celle de la fécondité ;

- phase III : forte baisse de la natalité puis stabilisation à des niveaux bas de la natalité et de la mortalité.

Tout au long de la transition démographique, l'accroissement naturel* augmente fortement (phase I), atteint un plateau (phase II) puis baisse fortement avant de se stabiliser (phase III).

■ La temporalité et les modalités de la transition démographique varient selon les pays. Ainsi les populations d'Europe de l'Ouest sont entrées dans la première phase au début du XIXe siècle et ont achevé leur transition démographique au milieu du XXe siècle. De nombreux pays africains n'en sont qu'à la première étape.

Notes

3 La transition économique

■ Elle concerne notamment les pays de l'ancien bloc communiste à économie socialiste. En Russie, la libéralisation économique est menée de façon rapide et brutale (« thérapie de choc »), dans les années 1990, par la privatisation massive de la plupart des entreprises publiques, industrielles et minières, des fermes collectives et des coopératives agricoles, et par la création de banques privées.

Chiffre-clé

En Russie, plus de 70 % de l'économie dépend de l'État.

■ La transition économique peut aussi être graduelle. En Chine, elle a commencé dès 1978 avec « l'économie socialiste de marché », impulsée par Deng Xiaoping. Elle se traduit par le rétablissement de la propriété privée, l'autonomie des sociétés d'État, l'autorisation des entreprises privées, la création de Zones économiques spéciales (ZES), bénéficiant d'avantages fiscaux et commerciaux (faible niveau des taxes et des frais douaniers). Ces ZES, comme Shenzhen, sont devenues des pôles de forte croissance économique.

■ Cependant, l'État conserve une place prépondérante dans l'économie de plusieurs pays concernés par la transition économique. En Russie, il possède la totalité (Rosneft) ou la majorité (Gazprom) du capital de plusieurs sociétés industrielles, notamment énergétiques. En Chine, il joue un rôle central dans la stratégie économique (« État développeur »), notamment à travers les nombreuses entreprises publiques.

Testez-vous !

Corrigés p. 488

A. Quelles sont les quatre principales transitions ?

B. Quelles sont les deux principales formes de transition économique ?

C. Montrez que l'État conserve une place centrale dans les économies de la Russie et de la Chine.

Développement et inégalités

Fiche 16

Géographie

Notes

1 Les indicateurs d'inégalités

■ Le développement ne s'effectue pas aux mêmes niveaux et selon les mêmes rythmes au sein d'un pays. Ces disparités intérieures peuvent être mesurées grâce au coefficient de Gini, échelonné de 0 (égalité parfaite des revenus) jusqu'à 1 (inégalité parfaite des revenus).

France
Elle présente un coefficient de Gini de 0,3, ce qui en fait l'un des pays les plus égalitaires du monde.

■ Cet indicateur permet de distinguer des pays très égalitaires (Suède, Norvège, Finlande, Danemark, Japon…) et des pays très inégalitaires (Afrique du Sud, République centrafricaine, Namibie, Paraguay, Colombie…).

■ De nombreux économistes mettent en évidence la relation qui existe entre égalité et développement. Ils considèrent que les inégalités ralentissent le développement d'un pays, et qu'au contraire, les législations sociales de réduction des inégalités, par exemple à travers l'État providence, contribuent au développement.

■ C'est pourquoi le Programme des Nations unies pour le développement (PNUD) a présenté, en 2010 l'IDHI, (indice de développement humain ajusté selon les inégalités), qui intègre cette dimension. Il permet d'établir un classement où figurent en tête, la Norvège et l'Islande, pays caractérisés par une protection sociale relativement forte.

2 Des inégalités territoriales de développement

■ Les inégalités sont aussi territoriales. Elles se traduisent d'abord par les niveaux de développement élevés des capitales ou des grandes agglomérations d'un pays, qui concentrent souvent les emplois les mieux rémunérés.

■ C'est le cas, en Russie, de Moscou et de Saint-Pétersbourg qui présentent des IDH nettement supérieurs à la moyenne nationale (IDH = 0,9) car il s'agit des principaux pôles économiques du pays. Il en va de même au Brésil, pour Sao Paolo, Rio de Janeiro et Brasilia (IDH > 0,8).

■ Les inégalités territoriales se manifestent aussi par de forts contrastes de développement. Au Brésil, les écarts sont très importants entre deux grandes régions agricoles : le Sud (IDH > 0,8) et

Notes

le Nordeste (IDH < 0,7). Le Sud est formé de grandes propriétés terriennes, dont les productions sont tournées vers l'exportation : bétail, blé, soja, canne à sucre (pour la fabrication d'éthanol). Le Nordeste, région historiquement déshéritée, est fragilisée par un climat semi-aride très contraignant pour l'agriculture et par un sous-investissement.

Brésil
C'est l'un des pays les plus inégalitaires du monde (coefficient de Gini : 0,52).

■ Les contraintes géographiques, comme le climat, l'enclavement ou l'éloignement des grands centres urbains, peuvent expliquer d'importants retards en matière de développement. C'est notamment le cas de certaines régions russes d'Asie Centrale (Touva, Altaï) ou du Caucase (Tchétchénie), qui présentent les IDH les plus faibles de Russie (IDH < 0,77).

3 Questionner les critères d'inégalités territoriales

■ Cependant, ces critères ne sont pas déterminants. Ainsi, les grandes agglomérations peuvent présenter de très forts contrastes. À Moscou, les écarts de richesse se creusent entre le centre-ville aux enseignes luxueuses et les banlieues-dortoirs (Mitino, Biriouliovo).

■ La proximité des grandes agglomérations n'est pas un facteur suffisant. Ainsi, les territoires situés à l'ouest de Saint-Pétersbourg et de Moscou présentent des IDH relativement faibles (IDH = 0,72), parfois inférieurs à ceux d'Asie Centrale ou du Caucase. Il s'agit pour la plupart de territoires ruraux, appauvris par la crise agricole des années 1990.

■ Au contraire, les niveaux de développement de l'Oural et de l'île de Sakhaline sont élevés (IDH > 0,8), bien que ces régions soient éloignées des grands centres de décision et soumises à de fortes contraintes climatiques. Elles concentrent en effet de nombreux sites miniers, énergétiques et industriels, qui attirent des emplois qualifiés et assurent aux territoires d'importantes retombées économiques.

Testez-vous !

Corrigés p. 488

A. Quel indicateur prend en compte les niveaux de développement et d'inégalités ?

B. En quoi les inégalités territoriales sont-elles fortes au Brésil ?

C. Les grandes agglomérations sont-elles épargnées par les inégalités ?

Dynamiques démographiques et inégalités en France

Fiche 17

Géographie

Notes

1 Les dynamiques démographiques

■ La France connaît une croissance démographique continue. La population française est ainsi passé de 57,9 millions d'habitants en 1990 à plus de 67 millions en 2021. Cette augmentation repose notamment sur un accroissement naturel relativement important, qui s'explique par une fécondité élevée pour l'Europe.

Accroissement naturel
Différence entre le taux de natalité et le taux de mortalité.

■ La fécondité n'en est pas moins en baisse, passant de 2 enfants par femme en 2014 à 1,84 en 2020. Cette évolution entraîne une réduction progressive de l'accroissement naturel. Elle n'est pas compensée par le solde migratoire, relativement stable.

■ Les territoires français connaissent des évolutions démographiques différentes. La plupart des agglomérations (Rennes, Nantes, Bordeaux, Lyon…) voient leur population augmenter (+ 5 % depuis 2006), en raison de leur attractivité. Au contraire, les petites et moyennes villes, notamment entre le Massif Central, la Lorraine et le nord de la France, sont en recul (- 5 % depuis 2006). Elles perdent des habitants au profit des petites communes rurales périphériques.

■ La diversité des situations démographiques est aussi liée aux inégalités en matière de santé. Le risque de décès est beaucoup plus important dans les Hauts-de-France, en Normandie et dans le Grand-Est, qu'en Occitanie et en Provence-Alpes-Côte d'Azur. Un habitant de Haute-Savoie a, en moyenne, une espérance de vie de 4 ans de plus qu'un habitant du Nord. Ces inégalités trouvent leur origine dans la diversité des modes de vie (tabac, alcool) et des habitudes alimentaires qui, elles-mêmes, sont fortement liées aux niveaux de vie.

2,1
C'est le taux de fécondité nécessaire pour la stabilisation de la population d'un pays (hors migration).

2 Les inégalités socio-économiques

■ Les différentes dynamiques démographiques s'expliquent notamment par des inégalités socio-économiques. Celles-ci se manifestent par des différences de niveaux de développement entre les régions, par exemple entre l'Île-de-France et

Notes

Auvergne-Rhône-Alpes (IDH : plus de 0,9) d'une part, et la Guyane (IDH : moins de 0,8) d'autre part.

■ Certaines régions cumulent les difficultés, notamment dans le nord de la France et les outre-mers. Les Hauts-de-France sont caractérisés par un taux de pauvreté très important (18,3 %), un **taux de chômage** élevé (9,4 %), notamment chez les jeunes, et de nombreuses inégalités territoriales.

Chiffre-clé

Le taux de chômage en France atteint en moyenne 8 % en 2021.

■ Plus décisive est la fracture territoriale qui sépare, d'une part, certaines métropoles, caractérisées par des revenus importants et un faible taux de chômage, et d'autre part certaines « périphéries » qui regroupent des zones rurales, des petites et moyennes villes, ainsi que des couronnes urbaines.

■ Cette inégalité transparaît notamment dans la « métropolisation* de l'emploi », c'est-à-dire dans la concentration des métiers très qualifiés et très bien rémunérés au sein des grandes villes. Elle est particulièrement visible à Paris, Nantes et Bordeaux.

■ Cependant, l'opposition entre métropoles et périphéries doit être fortement nuancée. Au cœur des métropoles, des territoires sont marqués par une grande précarité, renforcée par les prix des logements. Dans l'agglomération parisienne, la Seine-Saint-Denis est le département le plus pauvre de France métropolitaine. Au contraire, certains territoires « périphériques » sont attractifs, comme la Drôme, dont l'économie repose sur un tourisme et sur une agriculture dynamiques.

Testez-vous !

Corrigés p. 489

A. Comment expliquer la croissance démographique française ?

B. Quelles sont les disparités démographiques en France ?

C. Quelles sont les disparités socio-économiques en France ?

Les réponses aux inégalités en France

Fiche 18

Géographie

Notes

1 La diversité des inégalités

■ La France est l'un des pays les plus égalitaires du monde (coefficient de Gini : 0,29). Elle n'en présente pas moins des inégalités socio-économiques. Elles tiennent d'abord aux différences d'espérance de vie entre les catégories socio-professionnelles. Ainsi, un homme cadre vit en moyenne 6 ans de plus qu'un ouvrier. Elles tiennent aussi aux inégalités entre les sexes. À travail égal, la rémunération des hommes est plus élevée de 9 % que celle des femmes.

■ Les inégalités sont aussi territoriales. Les écarts de développement sont importants entre les régions, par exemple entre l'Île-de-France (IDH > 0,9) et les Hauts-de-France (IDH : 0,8). Ils peuvent être aussi forts au sein d'une même région, par exemple en Occitanie, entre l'agglomération toulousaine et les campagnes de l'Aude.

■ Les différences sont réelles entre les métropoles, caractérisées par des revenus importants et un faible taux de chômage, et les « périphéries » (zones rurales, petites et moyennes villes, couronnes urbaines). Cependant, elles doivent aussi être nuancées. Les métropoles sont elles-mêmes traversées par des inégalités, par exemple entre Paris (**taux de pauvreté :** 16 %) et Grigny (44 %). Au contraire, de nombreux territoires « périphériques » sont très dynamiques (Drôme…).

> **Taux de pauvreté**
> Pourcentage des personnes vivant sous le seuil de pauvreté (60 % du revenu médian soit 1015 euros). Il est de 14 % en France.

2 Les réponses nationales aux inégalités

■ L'État dispose de plusieurs leviers pour réduire les inégalités, notamment les prestations sociales (allocations, aides…). Elles représentent plus de 740 milliards d'euros, soit 31 % du PIB. Elles permettent de faire passer le coefficient de Gini de 0,5 (avant redistribution) à 0,29 (après redistribution). À cela s'ajoutent d'autres services publics, par exemple liés à l'habitat (logement social).

■ Les réponses nationales passent aussi par les dispositifs de **péréquation** territoriale. Ils permettent à l'État (péréquation verticale) ainsi qu'aux départements et aux régions (péréquation horizontale) d'aider les collectivités territoriales les plus en difficulté.

> **Péréquation**
> Système de redistribution qui vise à réduire les écarts de richesses entre les collectivités territoriales.

Notes

3 Les réponses européennes aux inégalités

■ L'Union européenne mène une politique de cohésion pour corriger les déséquilibres socio-économiques. Cette politique s'appuie sur plusieurs dispositifs, comme le FEDER (Fonds européens de développement régional). Ce fonds structurel s'adresse notamment aux régions en retard de développement. Il permet d'aider les entreprises à investir pour créer des emplois, financer des infrastructures, soutenir le développement régional et les énergies renouvelables.

■ Les régions peuvent aussi bénéficier du Fonds social européen (FSE). Il finance surtout des projets visant à lutter contre la pauvreté et à favoriser le retour à l'emploi. Pour la période 2014-2020, les fonds alloués par le FEDER et le FSE à la France représentent un montant de 15,5 milliards d'euros.

■ Les régions ultra-marines bénéficient des mêmes fonds structurels. Ainsi, l'Union européenne participe, au titre du FEDER, à la construction d'un écoquartier* dans la commune de Rémire-Montjoly, en Guyane. Elle y finance des logements, des écoles et un collège.

■ Les régions ultra-marines disposent en outre d'une allocation spécifique (ASRUP) qui compense les coûts supplémentaires dus à leur situation ultrapériphérique.

Testez-vous !

Corrigés p. 489

A. Quelles sont les principales inégalités en France ?

B. Quelles sont les réponses nationales aux inégalités ?

C. Quelles sont les réponses européennes aux inégalités ?

Croissance et diversité des mobilités

Fiche 19

Géographie

1 L'augmentation des mobilités

■ Les mobilités recouvrent plusieurs types de déplacements, notamment les **mobilités alternantes** (ou pendulaires), les migrations et les déplacements touristiques. Elles connaissent une croissance rapide depuis le milieu du XXe siècle, en raison de l'extension de réseaux de communication, de la diffusion de l'automobile, de l'accélération des flux et de la mondialisation* de l'économie.

> **Mobilités alternantes**
> Déplacements quotidiens, notamment entre son domicile et son lieu de travail.

■ Dans le monde, près de 80 % des déplacements sont assurés à pied ou à bicyclette, et 20 % en automobile ou en transports en commun. Certains moyens de transports ont connu un développement considérable en peu de temps. Près de 4 milliards de personnes dans le monde utilisent aujourd'hui l'avion pour leurs déplacements, alors qu'elles n'étaient que 262 millions en 1989.

■ Les distances parcourues ont-elles aussi augmenté. Depuis les années 1970, elles ont été multipliées par 4 dans les pays en développement et par 2 dans les pays développés. Si en moyenne les déplacements atteignent 14 km par jour et par habitant, leur étendue est très variable selon le réseau de transports des pays et selon le type de déplacements. Les mobilités alternantes se font pour la plupart à l'échelle locale ou régionale. Les migrations et les déplacements touristiques peuvent être intérieurs à un pays ou internationaux, parfois sur de très longues distances.

Notes

2 Les différents types de mobilités

■ Les mobilités alternantes (ou pendulaires) recouvrent un éventail très large de déplacements. Pour la plupart, elles s'effectuent entre le domicile et le lieu de travail sur des distances relativement réduites, notamment entre les villes centres et banlieues. Selon l'INSEE, un Français effectue en moyenne 3 déplacements par jour, soit l'équivalent de 24 km. Ces navettes sont très nombreuses dans les agglomérations grâce à la densité et à la diversité des réseaux de transport en commun.

■ Les migrations sont destinées à l'installation temporaire ou définitive dans un autre lieu. Elles concernent aujourd'hui près d'1,5 milliard de personnes, dont plus de 272 millions de migrants internationaux. Ces derniers ont été multipliés par trois depuis

Notes

les années 1960. Les flux migratoires les plus nombreux relient des pays du Sud entre eux (plus de 90 millions de migrants), et des pays du Sud à des pays du Nord (85 millions de personnes). La plupart des migrants recherchent de meilleures conditions de vie. Cependant, ils sont 80 millions à se déplacer contre leur gré, notamment pour fuir des situations dangereuses dans leur pays (migrations forcées).

Chiffre-clé

Les pays en développement reçoivent près de 84 % des réfugiés* du monde.

■ L'accroissement des mobilités s'explique aussi par le développement du tourisme international. Le nombre de touristes internationaux a été multiplié par 50 depuis 1950, passant de 25 millions à près de 1,5 milliard de personnes de nos jours. Les flux touristiques internationaux sont polarisés par les principales destinations mondiales, notamment la France (87 millions de touristes), l'Espagne (82 millions) et les États-Unis (76 millions).

3 Des espaces aménagés pour les mobilités

■ Les espaces sont de mieux en mieux adaptés aux différentes formes des mobilités. Les métropoles des pays développés sont caractérisées par la diversité et la densité des infrastructures et des moyens de transports (bus, tramway, trains de banlieue, vélos en libre-service…). Des hubs* assurent l'interconnexion entre ces transports.

■ Pour limiter l'engorgement et les pollutions urbaines, les métropoles encouragent les transports en commun ou les modes de déplacement écologiques (vélo, véhicules électriques, covoiturage, autopartage…). Certaines villes (Stockholm, Londres, Milan…) ont mis en place des péages urbains pour limiter l'accès des centres-villes aux véhicules.

Copenhague

La capitale du Danemark est la ville du monde qui compte le plus de pistes cyclables (350 km).

■ Plusieurs pays émergents* développent leur réseau ferroviaire. La Chine a achevé le Lanxin, une ligne grande vitesse qui relie les villes de Lanzhou et Ürümqi, sur plus de 1 900 km. La Turquie investit dans l'extension de son réseau ferré à grande vitesse pour relier les grandes villes du pays. Pour ces pays, il s'agit de désenclaver certaines régions relativement isolées (ouest de la Chine, est de la Turquie).

Testez-vous !

Corrigés p. 489

A. Quels sont les trois principaux types de mobilités ?

B. Que désigne l'expression « mobilités alternantes » ?

C. Quelle politique des transports mènent les métropoles des pays développés ?

Les mobilités internationales

Fiche 20

Géographie

Notes

1 La diversité des mobilités internationales

■ Les mobilités internationales désignent tous les déplacements effectués entre deux ou plusieurs États. Si leurs motivations et leurs formes sont diverses, elles peuvent être classées en plusieurs catégories : les migrations, les flux touristiques et les voyages d'affaires.

2 Les migrations internationales

■ Les migrations internationales concernent en 2019 plus de 272 millions de personnes (3,5 % de la population mondiale), et connaissent une croissance rapide, puisqu'elles ont triplé depuis les années 1960. Les flux les plus importants sont orientés Sud-Sud (90 millions de personnes), puis Sud-Nord (85 millions de personnes). Dans la majorité des cas, ils s'effectuent au sein d'un même continent.

■ Les migrants internationaux sont aujourd'hui presque autant des hommes que des femmes. Ils sont issus de pays émergents* ou à revenus intermédiaires (Inde, Chine, Mexique, Philippines, pays du Maghreb). Ils sont de plus en plus qualifiés, notamment dans les soins (*Care Drain**), voire dans la recherche (*Brain Drain**). Une part notable des migrations internationales sont circulaires, entre deux pays, notamment dans le cadre d'un travail saisonnier.

Info-clé
Les États-Unis sont le pays du monde qui abrite le plus grand nombre d'immigrés (50 millions soit un sur cinq).

■ Un quart des migrants internationaux se déplacent contre leur gré. Il s'agit notamment des réfugiés* au sens strict, chassés par la guerre, les persécutions (Syriens, Afghans...) ou la crise économique (Vénézuéliens). Il s'agit aussi des réfugiés climatiques, fuyant les conséquences du changement climatique (inondations, sécheresse...).

3 Le tourisme international

■ Le tourisme international connaît une croissance très forte. Le nombre de touristes internationaux est passé de 25 millions de personnes en 1950 à 1,5 milliard en 2019, et atteindrait, selon les prévisions, 1,8 milliard en 2030.

Notes

■ Les touristes internationaux sont en majorité des habitants des pays développés, car ils bénéficient de revenus relativement importants et de congés payés. Un quart des Européens effectuent au moins un séjour par an hors de leur pays. Cependant, parmi les touristes internationaux figurent de plus en plus de ressortissants des pays émergents (Chine…), en raison de leur poids démographique et de l'augmentation rapide des revenus pour une frange de la population.

■ L'Europe est le premier foyer émetteur et récepteur du monde. Elle est suivie par l'Asie de l'Est (Japon, est de la Chine, Thaïlande) qui est aussi le deuxième foyer récepteur (25 % des visiteurs). L'Amérique du Nord (États-Unis, Mexique, Canada) est le troisième foyer émetteur et récepteur du monde.

4 Les déplacements professionnels internationaux

■ Ce sont des mobilités de travail effectuées entre deux pays. Il s'agit notamment des déplacements professionnels, appelés aussi « voyages d'affaires ». Les formes les plus courantes sont les réunions au siège d'une société, les congrès ou les conventions annuelles, où se retrouvent les salariés ou seulement des cadres d'une entreprise, et les voyages d'affaires effectués pour rencontrer un fournisseur ou signer un contrat.

Île-de-France
Premier centre mondial des voyages d'affaires, avec 12 millions de visiteurs par an.

■ Les mobilités professionnelles internationales comprennent aussi les mouvements pendulaires transfrontaliers. Ils sont effectués quotidiennement par des personneshabitant d'un côté d'une frontière et travaillant de l'autre côté. Ils sont relativement nombreux en Europe (2 millions de travailleurs transfrontaliers), notamment entre la France et la Suisse. Ce sont près de 280 000 frontaliers français, allemands et italiens qui travaillent en Suisse.

Testez-vous !

Corrigés p. 489

A. Quelles sont les différentes formes de mobilités internationales ?
B. D'où sont originaires les migrants internationaux ?
C. Comment évoluent les migrations internationales ?

Un monde de migrations

Fiche 21

Géographie

Notes

1 Les migrations intérieures

■ Les migrations sont destinées à l'installation temporaire ou définitive dans un autre lieu. Elles concernent 1,5 milliard de personnes, soit 19 % de la population mondiale. Pour les 4/5e, ce sont des migrations intérieures, c'est-à-dire des déplacements qui s'effectuent au sein d'un même État.

■ La plupart des migrations intérieures sont des mobilités de travail, définitives ou saisonnières. Elles s'expliquent par les disparités économiques entre les campagnes et les villes, ou entre les différentes régions d'un même État. Les pays les plus concernés sont souvent ceux qui présentent les déséquilibres socio-spatiaux les plus importants, comme la Chine et l'Inde.

■ En Chine, plus de 280 millions de ***mingongs*** ont quitté l'intérieur rural pour travailler dans le textile, le bâtiment ou la restauration au sein des mégapoles chinoises de la côte orientale, notamment Canton. En Inde, les migrations intérieures concernent 2 personnes sur 10. C'est notamment le cas des habitants de l'Uttar-Pradesh (au nord du pays) qui se font employer dans les champs de cannes à sucre du Gujarat (au nord-ouest) ou comme chauffeurs au Bengale (nord-est).

> ***Mingongs***
> Ouvriers-paysans chinois qui ont migré en ville pour y trouver du travail.

2 Les migrations internationales

■ Les migrations internationales (272 millions de personnes, soit 3,5 % de la population mondiale) ont triplé depuis les années 1960. Elles ont aussi changé de direction. Seuls 30 % relient un pays du Sud à un pays du Nord, alors qu'ils étaient majoritaires il y a 50 ans.

■ Ce sont les flux Sud-Sud qui sont aujourd'hui les plus importants, tandis que les migrations Nord-Nord restent proportionnellement stables. La plupart des migrants ne quittent pas leur continent. Ainsi 70 % des émigrés Africains restent en Afrique. De nombreuses migrations sont circulaires, c'est-à-dire formées d'aller-retours relativement fréquents, notamment liés au travail saisonnier. C'est le cas des ouvriers agricoles marocains qui travaillent en Andalousie.

Notes

■ L'émigration concerne aujourd'hui surtout les pays émergents* ou à revenus intermédiaires, comme l'Inde, le Mexique ou la Chine. Elle n'est plus seulement le fait des travailleurs manuels. À partir des années 2000, ce sont de plus en plus des personnes très qualifiées (« *Brain Drain** ») ou des personnes qualifiées dans le domaine de la santé (« *Care Drain** »), en particulier des femmes, qui se rendent dans les pays développés.

Chiffre-clé

48 % des migrants internationaux sont des femmes.

■ Les migrants contribuent au développement de leur pays d'origine, à travers le transfert d'une partie de leurs revenus (690 milliards de dollars au niveau mondial). Ils participent aussi à l'économie du pays d'accueil, notamment à travers les impôts versés. En 2015, les migrations ont ainsi contribué pour près de 10 % au PIB mondial.

3 L'importance croissante des migrations forcées

■ Parmi les 1,5 milliard de migrants, plus de 80 millions sont des personnes déplacées contre leur gré, dont un tiers de réfugiés*, c'est-à-dire des personnes qui fuient des dictatures, des répressions politiques, des persécutions religieuses ou des guerres. En vertu de la convention de Genève (1951), ils bénéficient d'un statut qui leur garantit théoriquement le droit d'asile.

■ Trois pays concentrent la moitié des réfugiés : la Syrie, l'Afghanistan et le Soudan du Sud. Depuis 2011, ce sont près de 5,8 millions de Syriens qui ont fui la guerre civile, le régime de Bachar al-Assad ou l'État Islamique. La plupart se sont réfugiés dans les pays voisins, notamment en Turquie (environ 3,7 millions) et au Liban (1,5 million), ainsi qu'en Europe (plus d'un million).

■ À ces réfugiés au sens strict du terme s'ajoutent les « réfugiés climatiques » (24 millions en 2018). Ils sont contraints à l'exil en raison de situations liées au changement climatique, notamment les inondations ou les sécheresses. Leur nombre est en constante augmentation (plus de 4 millions en Inde, en Chine et aux Philippines).

Testez-vous !

Corrigés p. 489

A. Quels sont les flux migratoires internationaux les plus importants ?

B. Que désigne l'expression « migration circulaire » ?

C. Qu'est-ce qu'un « réfugié climatique » ?

La Méditerranée, bassin de migrations

Fiche 22

Géographie

Notes

1 Croissance et extension des migrations

■ Carrefour de migrations depuis l'Antiquité, le Bassin méditerranéen connaît une forte augmentation des flux de migrants. Entre 2014 et fin 2017, près d'1,8 million de migrants ont traversé la Méditerranée pour l'Europe, avec un pic en 2015. Il s'agit de migrations Sud-Nord, en provenance des pays d'Afrique subsaharienne (Afrique de l'Ouest, Mali, Nigeria…), et à partir de 2011, et de Syrie, d'Irak et d'Afghanistan.

Chiffre-clé

En 2015, plus d'un million de migrants sont passés par la Méditerranée.

■ Les migrations Sud-Nord s'expliquent par le déséquilibre de développement entre les rives européenne et africaine de la Méditerranée, et par la situation des pays d'Afrique subsaharienne (croissance démographique rapide, crise agricole, taux de chômage élevé…). Elles trouvent aussi leur origine dans la guerre civile en Libye, depuis 2011.

■ Les flux récents sont causés par la situation géopolitique du Moyen-Orient : guerre en Syrie depuis 2011, terrorisme du groupe État Islamique, conséquences politiques et économiques des guerres en Afghanistan et en Irak… Depuis 2011, plus de 5 millions de Syriens ont fui leur pays, soit presque un quart de la population du pays avant la guerre.

2 Les routes des migrations méditerranéennes

■ La plupart des migrants Sud-Nord partent d'Afrique de l'Ouest (Sénégal, Mali, Nigeria) ou d'Afrique de l'Est (Érythrée, Somalie, Soudan). Ils traversent le désert du Sahara, dans des convois organisés par des passeurs, jusqu'aux ports de Tripoli et Benghazi en Libye, avant de passer la Méditerranée dans des embarcations de fortune jusqu'à Lampedusa ou la Sicile. Les migrations en provenance du Moyen-Orient (Syrie, Irak, Afghanistan) s'effectuent essentiellement par la Turquie (Istanbul, côte égéenne) puis par la Grèce et les Balkans.

■ Les routes migratoires sont dangereuses, notamment dans le détroit de Gibraltar, et entre la Libye et la Sicile. Entre 2014 et 2017, plus de 13 600

Routes de migrations

Il existe trois axes de migrations en Méditerranée : les routes orientale (par la Grèce), centrale (par l'Italie) et occidentale (par l'Espagne).

migrants sont morts en Méditerranée. Les routes varient en fonction des mesures prises par l'Union européenne et certains pays européens pour stopper ou réduire ces flux migratoires. Ainsi celles qui passent par le Maroc jusqu'aux Canaries ou jusqu'aux enclaves espagnoles de Ceuta et Melilla sont aujourd'hui délaissées, car très surveillées.

■ Certaines zones sont particulièrement concernées par les flux migratoires : Gibraltar, Ceuta et Melilla (Espagne), Lampedusa, le sud de la Sicile, de la Sardaigne et de la Calabre (Italie), Istanbul et la côté égéenne (Turquie). Il s'agit pour la plupart d'espaces touristiques, qui sont devenus en peu de temps de zones de transit.

3 Les États méditerranéens et les migrations

■ Les politiques migratoires des pays méditerranéens sont diverses. Plusieurs États du Moyen-Orient sont des pays de transit (Turquie, Égypte, Liban, etc.) pour les migrants vers l'Union européenne. Cependant, avec la crise syrienne, ils deviennent aussi des pays d'accueil. Depuis 2011, la Turquie abrite ainsi près de 3,7 millions de migrants syriens et le Liban, 1,5 million (soit 20 % de sa population).

■ Les États européens qui bordent la Méditerranée sont traditionnellement des pays d'accueil (Espagne, Italie, France, etc.). Cependant, en vertu de l'accord de Schengen en 1985, l'Union européenne exerce un contrôle strict de ses frontières extérieures. Cette surveillance passe par l'Agence européenne de gardes-frontières et de garde-côtes (Frontex) et par des accords avec certains pays africains (Mali, Sénégal, etc.). De nombreux États ont créé des centres de rétention.

■ Lors de la crise migratoire des années 2010, la plupart des pays méditerranéens de l'Union européenne, comme la Grèce, l'Espagne et l'Italie, ont d'abord ouvert leurs portes aux migrants. Plusieurs États d'Europe centrale et orientale ont mis en place des obstacles aux migrations : barrières-frontalières entre la Grèce, la Bulgarie et la Turquie de l'autre, entre la Hongrie, la Serbie et la Croatie, afin de fermer la « route des Balkans ». De 2018 à 2020, le gouvernement italien a mené une politique extrêmement restrictive à l'égard des migrants.

Testez-vous !

Corrigés p. 489

A. En quoi la Méditerranée est-elle un bassin migratoire important ?

B. Quels sont les deux principaux flux de migrations en Méditerranée ?

C. Quelles sont les trois routes migratoires en Méditerranée ?

Enjeux et politiques migratoires

Fiche 23

Géographie

1 Les enjeux des migrations

■ Estimées à 272 millions de personnes, les migrations internationales ont été multipliées par trois depuis les années 1960. Avec la croissance économique de certaines régions du monde, de nouveaux axes de migration sont apparus, notamment entre l'Asie du Sud et du Sud-Est et la péninsule Arabique.

■ Dubaï est devenu un pôle migratoire attirant sur ses chantiers de construction des milliers d'ouvriers indiens, pakistanais, philippins ou égyptiens. À cela s'ajoutent les migrations de femmes, notamment originaires des Philippines, travaillant comme domestiques dans la cité-Émirat. Cependant, les conditions de vie et de travail de ces immigrés sont souvent dramatiques (absence de droits, logements exigus et insalubres, confiscation des passeports…).

Chiffre-clé

Près de 90 % des habitants de Dubaï sont nés à l'étranger.

■ Un autre enjeu majeur concerne les migrations contraintes. Plusieurs régions du monde sont particulièrement concernées : le Moyen-Orient et l'Europe (guerre en Syrie), l'Amérique du Sud (crise économique au Venezuela), l'Asie du Sud (massacre des Rohingyas, inondations), l'Afrique subsaharienne (conflit au Soudan du Sud, sécheresse au Sahel).

■ Certaines crises migratoires sont de très grande ampleur. Près de 5,8 millions de Syriens ont fui leur pays depuis 2011. En Amérique du Sud, ce sont près de 5,5 millions de Vénézuéliens qui ont quitté leur pays, en proie à une grave crise économique.

2 Les différentes réponses aux enjeux migratoires

■ Les pays en développement ou à revenu intermédiaire reçoivent près de 84 % des migrants car ils sont souvent proches des zones d'émigration. Dans la crise syrienne, la Turquie, le Liban et la Jordanie ont accueilli de très nombreuses personnes déplacées. C'est aussi le cas du Pakistan et de l'Iran qui reçoivent, depuis 30 ans, les réfugiés afghans.

■ Les pays développés n'accueillent qu'une part relativement faible de migrants syriens. Ils sont eux-mêmes divisés sur cet enjeu humain. Certains pays européens ont ouvert leurs frontières, notamment la Grèce et l'Allemagne, qui ont reçu près d'un million

Notes

Notes

de migrants. Au contraire, plusieurs États d'Europe centrale et orientale (Hongrie, Bulgarie...) ont bloqué les flux migratoires, en construisant des barrières-frontalières, notamment entre la Hongrie, la Serbie et la Croatie. Ces mesures ont abouti à la fermeture de la « route des Balkans » en 2016. Entre 2018 et 2020, le gouvernement italien a mené une politique du même type.

3 Des politiques migratoires marquées par le repli

■ Depuis l'accord de Schengen en 1985, la CEE puis l'Union européenne exerce un contrôle strict de ses frontières extérieures. Elle prend des mesures pour réduire les flux migratoires extérieurs, par l'intermédiaire de l'agence Frontex (Agence européenne de gardes-frontières et de garde-côtes) et d'accords passés avec certains pays africains (Mali, Sénégal, etc.).

Espace Schengen

Créé par l'accord de Schengen en 1985, c'est un espace européen sans frontière intérieure. En 2021, il comprend 26 pays.

■ Lors de la crise migratoire syrienne, cette stratégie s'est traduite par l'accord conclu en 2016 avec la Turquie. Il prévoit que l'État turc s'engage notamment à appliquer des mesures pour stopper les migrations illégales, en échange du versement de 6 milliards d'euros par l'Union européenne. L'application de cet accord par la Turquie a entraîné une réduction massive des migrations vers l'Europe de 362 000 migrants en 2016 à près de 110 000 en 2018.

■ La politique migratoire des États-Unis a subi une inflexion brutale pendant la présidence de Donald Trump (2017-2021). Ce président a pris des mesures visant à réduire drastiquement les migrations : décret anti-immigration de janvier 2017, projet de construction d'un mur entre les États-Unis et le Mexique, blocage de la caravane de migrants honduriens...

Testez-vous !

Corrigés p. 489

A. En quoi Dubaï est-il devenu un pôle migratoire ?

B. D'où sont originaires la plupart des réfugiés ?

C. En quoi les politiques migratoires des pays développés sont-elles marquées par le repli ?

Le tourisme international

Fiche 24

Géographie

Notes

1 Un tourisme de masse en forte croissance

■ Le tourisme international désigne l'ensemble des voyages d'agrément effectués dans des pays étrangers. Il connaît une croissance très forte depuis le milieu du XXe siècle. Alors qu'ils étaient 25 millions en 1950, les touristes internationaux sont au nombre de 1,5 milliard en 2019, et, selon les prévisions, 1,8 milliard de personnes en 2030.

■ Cette croissance s'explique notamment par la démocratisation du tourisme, en raison de la hausse moyenne du niveau de vie et de la baisse du coût des transports (vols *low cost*) et des séjours (villages de vacances). Cette évolution se manifeste notamment dans le développement du « tourisme de croisière », autrefois réservé à une élite, aujourd'hui en voie de démocratisation.

Tourisme et Covid-19

La pandémie a entraîné une chute de 70 % du tourisme international en 2020.

■ La majorité des touristes internationaux sont issus de pays développés, car ils bénéficient de revenus plus importants et de congés payés. Plus de 25 % des Européens effectuent ainsi au moins un séjour par an hors de leur pays (plus de 60 % pour les Danois et les Néerlandais).

■ Cependant, la place des pays émergents* dans le tourisme international est croissante, en raison de l'augmentation rapide des revenus pour une frange de la population. En 2018, ce sont 169 millions de Chinois qui ont effectué un séjour touristique à l'étranger, contre 57 millions en 2010.

■ L'Europe est le premier foyer émetteur (48 % des touristes mondiaux) et récepteur du monde (51 % des arrivées). Il comprend les deux principales destinations mondiales : la France (87 millions de visiteurs) et l'Espagne (82 millions). Après l'Europe, l'Asie de l'Est (Japon, est de la Chine, Thaïlande) est le deuxième foyer émetteur et récepteur (25 % des visiteurs), suivie par l'Amérique du Nord (États-Unis, Mexique, Canada).

2 Une économie touristique en pleine expansion

■ Ce secteur représente aujourd'hui 10 % du PIB mondial et plus de 300 millions d'emplois. Il connaît une croissance plus rapide que celle du commerce international, puisque sa valeur est passée de 621 milliards d'euros en 2000 à 1 332 milliards d'euros en 2017.

Chiffre-clé

Le secteur du tourisme représente un emploi sur 10 dans le monde.

■ Le tourisme international est une **industrie** qui s'appuie sur de multiples aménagements dans les secteurs des transports (aéroports, gares…), de l'hôtellerie, de la restauration, des divertissements… **Dubaï** (Émirats arabes unis) est rapidement devenu un pôle du tourisme mondial (16 millions de visiteurs en 2017), grâce à sa compagnie aérienne (Emirates), ses deux aéroport internationaux (plus de 260 destinations), ses hôtels de luxe futuristes (**Burj Khalifa**, Burj-al-Arab…), ses archipels artificiels (Palm Islands), ses parcs d'attractions et même sa piste de ski (Ski Dubaï). Ce développement touristique, fondé notamment sur les loisirs, s'inscrit dans la perspective de l'Exposition universelle de 2020, organisée par Dubaï.

Burj Khalifa

Construite entre 2004 et 2010, Burj Khalifa (Dubaï) est la plus haute tour du monde (828 m). Elle comporte des appartements, des bureaux et un hôtel de luxe.

■ Le tourisme international a une **forte empreinte écologique**, car les voyages sont principalement effectués en avion (55 %) et en automobile (39 %). En comptant le logement (climatisation), l'alimentation et les activités de loisirs, il génère 8 % des rejets mondiaux de gaz à effet de serre. Certains flux touristiques, comme ceux qui sont effectués entre les États-Unis, le Canada et le Mexique, sont très polluants, en raison de l'intensité des transports aériens.

Testez-vous !

Corrigés p. 489

A. Quelles sont les principales destinations touristiques mondiales ?

B. Montrez que Dubaï est un pôle du tourisme international.

C. Quelle est l'empreinte écologique du tourisme international ?

Les pôles touristiques majeurs

Fiche 25

Géographie

Notes

1 La domination touristique de l'Europe

■ L'Europe est le premier foyer émetteur (48 % des touristes mondiaux) et récepteur du monde (51 % des arrivées). Il bénéficie ainsi des recettes touristiques les plus importantes (38 % du total mondial). Grâce à ses hauts revenus et à ses congés payés, la population européenne est celle qui effectue le plus de voyages touristiques. Un quart des Européens réalisent au moins un séjour par an hors de leur pays.

■ Le principal atout de l'Europe tient à la diversité de l'offre : tourisme urbain (Paris, Londres, Rome, Venise…), culturel (Louvre…), balnéaire (Costa Brava, Côte d'Azur…) grâce à sa façade méditerranéenne, de sports d'hiver (Alpes), tourisme religieux (Lourdes, Rome…), de divertissement (Disneyland-Paris). À cela s'ajoute la densité du maillage urbain et des réseaux de transports, qui augmente les opportunités de séjours et de mobilités.

■ La France est le premier pôle touristique mondial (avec 87 millions de touristes). Elle abrite les sites les plus fréquentés d'Europe : Disneyland, le **musée du Louvre** et le domaine de Versailles. Cependant, cette première place doit être relativisée. La France est un pays de transit pour près de 25 % des visiteurs, qui la traversent pour rejoindre leur destination finale. La France est suivie par plusieurs autres pays européens, notamment l'Espagne, avec 82 millions de visiteurs qui connaît une croissance touristique rapide (supérieure à 8 %).

> **Louvre**
> C'est le musée le plus fréquenté du monde, avec plus 9 millions de visiteurs par an.

■ Après l'Europe, le deuxième foyer récepteur du tourisme est l'Asie de l'Est (Japon, est de la Chine, Thaïlande), qui reçoit près de 25 % des touristes. Bangkok (Thaïlande) est ainsi la ville la plus visitée du monde avec plus de 21 millions de voyageurs. L'Asie de l'Est connaît une croissance rapide, grâce au marché chinois, en raison de l'amélioration des liaisons aériennes, de la baisse des tarifs de transport et de la plus grande facilité d'obtention des visas.

2 Les États-Unis, un pôle touristique mondial

■ L'Amérique du Nord est le troisième foyer récepteur du monde (11 % des visiteurs). Les États-Unis en représentent le pôle

Notes

principal avec 76 millions de visiteurs par an. Ils abritent les huit sites les plus fréquentés au monde, notamment le *Strip* (avenue principal) de Las Vegas (39,6 millions de touristes par an), Time Square et Central Park à New York.

■ Les États-Unis présentent de nombreux atouts touristiques, qui tiennent d'abord à leurs grands espaces (Rocheuses, côte californienne, vallée du Mississippi…). Ils ont fait l'objet d'une valorisation ancienne, avec les premiers aménagements hôteliers de la vallée de la Yosemite (Californie) dès le milieu du XIXe siècle, et la création des premiers parcs nationaux (Yellowstone en 1872, Yosemite en 1890), accessibles grâce à l'extension du réseau ferré.

■ Ce pays a aussi été le premier à organiser une véritable industrie touristique, qui se manifeste par la fondation du parc à thèmes Disneyland en 1955. Cette industrie a été permise par le développement du transport automobile et de la société de consommation (*American Way of Life*).

■ Les États-Unis disposent du premier réseau d'aéroports internationaux, notamment Atlanta (110 millions de passagers par an), et de la capacité hôtelière la plus importante au monde (plus de 5 millions de chambres d'hôtel soit 40 % du total mondial). À cela s'ajoute l'attractivité touristique, suscitée par le rayonnement de la culture, et notamment du cinéma, fonctionnant comme un véritable ***soft power***.

Soft power

« Pouvoir doux » en anglais. Influence idéologique ou culturelle exercée par un pays dans le monde.

Testez-vous !

Corrigés p. 489

A. Quel est le premier foyer touristique mondial ?

B. Montrez la diversité de son offre touristique.

C. Quels sont les atouts touristiques des États-Unis ?

Les mobilités d'études et de travail

Fiche 26

Géographie

Notes

1 Les mobilités d'études

■ Les mobilités d'études les plus nombreuses sont réalisées au sein d'un même pays, vers les villes universitaires, au niveau régional ou national. Elles peuvent aussi être des migrations internationales, c'est-à-dire des déplacements destinés à l'installation dans un autre pays, le temps d'effectuer la totalité ou une partie de ses études.

■ Ces migrations internationales ont augmenté très nettement, passant de 1,7 million d'étudiants en 1999 à presque 5 millions aujourd'hui. Cette évolution s'explique par la hausse du nombre d'étudiants dans le monde et par des accords internationaux de coopération académique et d'échanges d'étudiants. En majorité, il s'agit de flux orientés Nord-Nord, qui proviennent pour la moitié d'Asie (Japon, Corée du Sud…) puis d'Europe (Allemagne…). Ils sont notamment dirigés vers l'Europe de l'Ouest (Royaume-Uni, Allemagne…) et l'Amérique du Nord (États-Unis, Canada).

■ En Europe, de nombreuses migrations d'études sont réalisées dans le cadre du programme **Erasmus** qui permet aux étudiants européens d'effectuer leurs études dans un autre pays européen pour une durée de trois mois à un an. Chaque année, ce programme engage près de 300 000 étudiants (dont 40 000 Français) et 3 000 établissements.

> **Erasmus**
> Schéma d'action européenne pour la mobilité des étudiants d'université, créé en 1987.

■ Il existe aussi des flux Sud-Nord, notamment en provenance d'Afrique Saharienne, en raison de la mobilité importante des étudiants de cette région. Ainsi, près de 20 % des étudiants sénégalais effectuent leurs études à l'étranger.

■ Les flux Sud-Sud sont moins nombreux. Ils concernent par exemple les étudiants de Namibie, d'Angola ou du Botswana, qui vont faire une partie de leurs études en Afrique du Sud.

2 Les mobilités de travail

■ Les mobilités de travail les plus nombreuses sont les déplacements pendulaires, effectués quotidiennement entre le domicile et le lieu de travail. Ils sont réalisés sur des distances relativement réduites, notamment entre les villes centres et les banlieues. Ils

Notes

peuvent être internationaux, comme dans le cas des mobilités transfrontalières (2 millions de travailleurs transfrontaliers en Europe).

■ Moins fréquents, les déplacements professionnels ou « voyages d'affaires », nationaux ou internationaux, sont caractéristiques des pays développés. Ils sont effectués afin d'assister à des réunions au siège des grandes entreprises, participer à un congrès ou rencontrer des collaborateurs ou des clients.

Migration et travail

Les migrations internationales sont aux 2/3 des migrations de travail.

■ Les mobilités de travail peuvent aussi être des migrations, et entraîner un changement de lieu de vie. La grande majorité d'entre elles sont intérieures (*Mingongs* en Chine…). Cependant, les migrations internationales de travail sont en nette augmentation. Elles concernent 172 millions de personnes et sont majoritairement orientées Sud-Nord, vers l'Amérique du Nord et l'Europe.

■ Une fois dans le pays d'accueil, les migrants occupent des métiers dans les secteurs des services, de l'industrie, de la construction et de l'agriculture. Ces flux peuvent aussi être circulaires, dans le cadre d'un travail saisonnier (Marocains travaillant dans le sud de l'Espagne).

■ Au cours des années 2010, les migrations intra-européennes se sont développées. Ce sont notamment des flux Est-Ouest qui concernent par exemple des ouvriers polonais migrants en Allemagne, au Royaume-Uni et en Irlande, ou des travailleurs roumains en Espagne. À cela s'ajoutent des migrations Sud-Nord qui comptent de nombreuses personnes qualifiées voire très qualifiées (universitaires, chercheurs…), provenant de Grèce ou d'Italie, pays frappés par la crise.

Testez-vous !

Corrigés p. 490

A. Montrez l'importance de l'Europe dans les migrations internationales d'études.

B. Quels sont les différents types de mobilités de travail ?

C. Quelles sont les caractéristiques des migrations intra-européennes de travail ?

Les mobilités en France

Fiche 27

Géographie

Notes

1 La diversité des mobilités

■ Les Français font en moyenne trois trajets par jour et parcourent une distance quotidienne de 24 km, dont près de 10 km jusqu'à leur travail. La distance de ces déplacements n'a cessé de s'allonger depuis les années 1980. Alors qu'ils n'étaient que 13 % en 1982, ce sont aujourd'hui plus de 28 % des actifs qui habitent à plus de 20 km de leur lieu de travail.

■ Les trajets entre le domicile et le travail sont effectués à près de 70 % en voiture, très loin devant les transports en commun (16 %), la marche à pied (7 %), et les deux-roues (4 %). Cependant, l'usage des moyens de transports varie fortement selon les types d'espaces. Les déplacements se font à plus de 75 % en voiture, dans la périphérie des villes et dans les zones rurales, alors que cette proportion descend à 10 % dans le centre de Paris, au profit des transports en commun.

> **Télétravail**
> Le recours au télétravail en raison de la Covid-19 a réduit les déplacements domicile-travail. Cette baisse a atteint 30 % en Île-de-France en 2020.

■ Les temps de transports varient aussi fortement et ne dépendent pas nécessairement de la distance parcourue. Ainsi, il faut 31 minutes à un Parisien pour parcourir les 7 km qui sépare son domicile de son lieu de travail contre 12 minutes pour une personne vivant dans une zone rurale pour effectuer les 12 km correspondants. Ces différences s'expliquent notamment par l'utilisation de plusieurs modes de déplacements à Paris, et par la saturation de nombreux transports urbains.

2 Transports et fracture territoriale

■ Les transports sont un enjeu décisif pour l'accès aux principaux pôles économiques, administratifs et culturels. Ils suscitent une véritable concurrence entre les agglomérations, qui se manifeste notamment lors du tracé des lignes ferroviaires à grande vitesse.

■ Or les disparités territoriales sont importantes dans le domaine des transports. Les métropoles sont caractérisées par la densité et la multimodalité* des moyens de transport (voitures, bus, tramway, vélo...), notamment collectifs. Elles abritent des plates-formes de correspondance (hub*) qui permettent l'intermodalité* (La Défense, aéroport Roissy-Charles-de-Gaulle...).

Notes

■ Au contraire, le monde rural est marqué par la faible densité des transports en commun, et par la prédominance de l'automobile dans les déplacements. Il est aussi particulièrement concerné par l'allongement des trajets (distance multipliée par 2 entre 1982 et 2008) entre le domicile, et les lieux de travail, de commerces, de services publics et de loisirs, notamment en raison de la **périurbanisation**.

Périurbanisation
Extension des agglomérations urbaines dans les zones rurales.

■ La **fracture territoriale** transparaît aussi dans le coût des transports. Estimé à 14 % du budget d'un ménage, il repose pour plus de la moitié sur les dépenses en carburant. C'est pourquoi les habitants des zones rurales et périurbaines sont les plus impactés par les annonces concernant les taxes sur l'essence. Les manifestations des Gilets jaunes (2018-2019) témoignent de cette fracture territoriale liée aux transports.

Fracture territoriale
Forte inégalité démographique, sociale, économique ou culturelle entre les territoires d'un même pays.

Testez-vous !

Corrigés p. 490

A. Quels sont les principaux moyens de transport utilisés en France ?

B. Quelle est la différence entre la multimodalité et l'intermodalité ?

C. En quoi peut-on parler de fracture territoriale concernant les mobilités en France ?

Le réseau de transports en France

Fiche 28

Géographie

Notes

1 L'un des plus grands réseaux européens

■ En raison de sa situation géographique, la France est un carrefour entre l'Europe du Nord et l'Europe du Sud. Son réseau de transports est l'un des plus étendus et des plus denses du continent.

■ Il présente une configuration en étoile, qui tient à l'histoire du transport en France. Il s'est en effet constitué, au milieu du XIXe siècle, à partir de six grandes lignes ferroviaires, centrées sur Paris. Cependant, il est de nos jours dominé par le corridor Lille-Paris-Lyon-Marseille, qui structure le territoire français.

> **Corridor**
> Axe principal de transports de personnes et de marchandises.

■ Le réseau routier français est le plus vaste d'Europe. Il compte notamment plus de 11 600 km d'autoroutes, qui relient les principaux pôles urbains. Certains axes, périphériques (autoroute des Estuaires) ou transversaux (A 89 entre Bordeaux et Lyon) visent à réduire la centralité de Paris.

■ Le réseau ferré a connu d'importantes mutations, notamment le prolongement des lignes TGV pour connecter celles des pays voisins (Eurostar en 1994, Thalys en 1995). Le trafic aérien s'est intensifié en raison de l'ouverture à la concurrence du marché intérieur en 1996.

■ Le réseau s'est aussi modernisé par la construction d'infrastructures de transports : tunnel sous la Manche en 1994, pont de Normandie en 1995, viaduc de Millau en 2004, nouvelle Route du Littoral à la Réunion prévue pour 2022.

> **Nouvelle Route du Littoral**
> Voie rapide construite sur une digue et un viaduc, reliant Saint-Denis à La Possession (La Réunion).

2 Les disparités du réseau français

■ Malgré son ampleur et sa diversité, le réseau de transports est caractérisé par d'importantes disparités. Il valorise les métropoles, qui sont des carrefours d'envergure mondiale (Paris), européenne (Lyon, Lille, Strasbourg) ou nationale (Marseille, Toulouse…).

■ Ces métropoles sont caractérisées par la densité et la diversité de leurs réseaux routier (rues, routes, autoroutes), et ferroviaire (trains régionaux, Intercités, TGV…). Elles ont investi dans les

Notes

transports durables (tramway, voitures électriques et vélos en libres services…). Elles comportent des plates-formes de correspondance (hubs*), comme l'aéroport Roissy-Charles-de-Gaulle, qui permettent l'intermodalité des transports.

■ La concentration des flux sur quelques grands axes présente même des risques de saturation (goulets d'étranglement), notamment dans la vallée du Rhône aux abords de Lyon, ou dans l'agglomération parisienne…

■ Cependant, le réseau de transports français est loin de profiter à tous les territoires. Même lorsqu'elles sont traversées par des axes majeurs de transport, certaines régions ne bénéficient pas de leurs avantages et subissent leurs nuisances (« effet tunnel »).

■ Le monde rural est caractérisé par la plus faible densité et la plus faible diversité des axes de circulation. En raison de la rareté des transports en commun, les déplacements s'effectuent souvent en voiture. Certains territoires sont encore largement enclavés, comme la majeure partie, forestière, de la Guyane. Néanmoins, le pont sur le fleuve Oyapock, inauguré en 2017, permet de désenclaver l'est de la Guyane et de relier ce département français d'outre-mer au Brésil.

Testez-vous !

Corrigés p. 490

A. Qu'est-ce que le « corridor » français ?

B. Quels types d'aménagements ont amélioré le réseau de transports français ?

C. Montrez les disparités du réseau de transports français.

Mobilités et enjeux d'aménagement en France

Fiche 29

Géographie

Notes

1 Transports et aménagement du territoire

■ Le réseau français a bénéficié de nombreux aménagements, notamment d'infrastructures de transports pour franchir des obstacles physiques : tunnel sous la Manche en 1994, pont de Normandie en 1995, viaduc de Millau entre le Causse rouge et le Causse du Larzac en 2004. Prévue pour 2022, la nouvelle Route du Littoral (La Réunion), construite sur une digue et un viaduc, longe les falaises situées entre Saint-Denis et La Possession.

■ Des axes ont été aménagés pour réduire la centralité du réseau de transports français, configuré en étoile autour de Paris. C'est le cas de l'**autoroute des Estuaires**, reliant Dunkerque à Bayonne, et de l'autoroute transversale A89, entre Bordeaux, Clermont-Ferrand et Lyon, achevée en 2018. Ces infrastructures visent aussi à désengorger le « corridor français », axe de concentration des flux entre Lille, Paris et Marseille.

Autoroute des Estuaires
Ensemble autoroutier de Dunkerque à Bayonne, reliant quatre grands estuaires français (Somme, Seine, Loire, Gironde).

■ Les efforts portent aussi sur le réseau secondaire afin d'assurer la continuité territoriale des transports dans les zones rurales et de faciliter l'accès aux principaux pôles économiques, administratifs et culturels. Les régions françaises participent ainsi au financement des transports express régionaux (TER). Cependant, les collectivités territoriales subissent la baisse des dotations de l'État. Certaines lignes et gares ferroviaires sont ainsi menacées de fermeture (Corrèze, Cantal…).

2 Transports et insertion européenne

■ Ces aménagements visent aussi à renforcer l'insertion européenne de la France. Il s'agit notamment de connecter le réseau français aux axes des pays voisins, afin de renforcer le rôle de carrefour joué par la France entre Europe du Nord et Europe du Sud. L'autoroute des Estuaires relie ainsi la Belgique et l'Espagne par la France, et l'A89 se prolonge jusqu'à Genève.

■ Il en va de même pour le réseau ferré français, qui s'inscrit de mieux en mieux dans le réseau européen. Les lignes de TGV ont été étendues vers la Suisse (Lyria en 1993), le Royaume-Uni (Eurostar en 1994), la Belgique (Thalys en 1995), l'Allemagne (Alleo en 2007) et l'Espagne vers Barcelone (2013).

Notes

■ L'intégration européenne passe aussi par la construction ou l'extension des aéroports internationaux. Roissy-Charles-de-Gaulle est la deuxième plate-forme de correspondance aéroportuaire d'Europe (76 millions de passagers en 2019), qui a bénéficié de nouveaux aérogares, halls et terminaux. Les grandes métropoles françaises disposent d'aéroports internationaux, reliant les principales villes européennes et mondiales, notamment Nice-Côte d'Azur (13 millions de passagers par an), Lyon-Saint-Exupéry et Toulouse-Blagnac.

3 L'enjeu des transports durables

■ Le transport est l'un des secteurs qui contribuent le plus aux émissions de gaz à effet de serre* (14 % des rejets mondiaux). Il génère des pollutions (monoxyde de carbone…) qui provoquent des pathologies respiratoires (asthme…).

■ C'est pourquoi de nombreux territoires français ont pris des mesures pour développer les transports durables. La plupart des agglomérations ont créé des pistes cyclables et développé les transports en commun électriques. En Île-de-France, les lignes de tramway ont ainsi été multipliées par 10 entre 1996 et 2016.

■ D'autres initiatives ont été prises pour proposer aux habitants des véhicules électriques en libre-service (vélos ou scooters électriques), pour encourager le **covoiturage** ou l'autopartage. Cependant, les disparités territoriales en termes d'accès aux transports durables, sont importantes entre métropoles et zones rurales.

Covoiturage
Système d'utilisation conjointe d'une voiture afin de réduire les coûts ou les pollutions.

Testez-vous !

Corrigés p. 490

A. Au niveau national, quels sont les objectifs des aménagements réalisés dans les transports ?

B. Comment les aménagements favorisent-ils l'intégration européenne de la France ?

C. Comment les transports urbains répondent-ils à l'enjeu du développement durable ?

Milieux et peuplement en Afrique australe

Fiche 30

Géographie

Notes

1 La diversité des milieux et des ressources

- L'Afrique australe recouvre toute la partie méridionale du continent africain. Elle regroupe dix États : l'Afrique du Sud, la Namibie, l'Angola, le Botswana, le Lesotho, le Malawi, le Mozambique, l'Eswatini (ex-Swaziland), la Zambie et le Zimbabwe. Elle s'étend ainsi sur près de 6 500 km du nord au sud et sur 6 000 km d'est en ouest, c'est-à-dire une superficie de 6 millions de km², soit 1/5e de l'Afrique.
- L'Afrique australe présente une grande variété de milieux, notamment en raison de la diversité de ses zones climatiques : forêts humides (Amathole), déserts chauds (Namib), côtes à la végétation méditerranéenne (région du Cap), steppes (Kalahari, Karoo), prairies (Veld), savanes (Miombo), montagnes (Drakensberg), **mangroves** (Delta du Zambèze).

> **Mangrove**
> Marais littoral et amphibie des régions tropicales

- À la diversité des milieux s'ajoute la variété des ressources, notamment minières. Elles assurent plus de la moitié de la production mondiale de diamant (Afrique du Sud), de platine et de vanadium, le tiers de la production d'or et le cinquième de la production de cobalt du monde. À cela s'ajoutent les ressources en charbon de l'Afrique du sud (1er producteur d'Afrique), en pétrole pour l'Angola (2e producteur d'Afrique), et les réserves gazières au Mozambique qui commencent à être exploitées.
- L'exploitation de ces ressources a commencé au XIXe siècle avec la découverte de la mine de diamants de Kimberley (1867) puis avec la ruée vers l'or dans le Transvaal (1886). Elle a suscité une industrialisation et une urbanisation (fondation de Johannesburg en 1886) très rapides.
- En raison de la variété des paysages, de nombreuses régions d'Afrique australe font l'objet d'une importante valorisation touristique. L'Afrique du Sud est la première destination touristique du continent africain avec plus de 6,5 millions de visiteurs par an. Elle bénéficie d'un ensemble de parcs naturels (Kruger, Drakensberg…), de réserves (Hluhluwe-Umfolozi), de sites naturels (Montagne de la Table…) et historiques (Le Cap, Franschhoek, Stellenbosch…), où sont pratiquées diverses activités touristiques (safari, écotourisme*…).

Notes

2 Inégalité et diversité du peuplement

■ L'Afrique australe compte plus de 110 millions d'habitants, soit 10 % de la population africaine. Cependant, ils sont très inégalement répartis sur le territoire de cet ensemble régional. Hormis les régions du Cap et de Luanda, la population se concentre à l'est, dans les agglomérations de Johannesburg-Pretoria (12 millions d'habitants), de Durban (3,4 millions), de Lusaka (1,7 million) et d'Harare (2,8 millions). Les contrastes sont importants entre d'une part la partie occidentale et centrale (Namaqualand, Namib, Kalahari…), désertique, et d'autre part le Gauteng et le littoral du KwaZulu-Natal, densément peuplés.

■ L'Afrique australe est caractérisée par la diversité de sa population. Elle la doit à sa situation géographique et à son histoire. C'est un espace de migrations et de circulations de plusieurs populations africaines (Xhosas, Zoulous…), qui se sont mélangées aux peuples anciennement établis (Khoïsans…).

■ En raison de sa situation stratégique sur la route des Épices puis la route des Indes, l'Afrique australe a été marquée par diverses vagues de colonisation européenne entre le XVIe et le XIXe siècle : colonisations portugaise en Angola et au Mozambique, néerlandaise en Afrique du Sud, anglaise de l'Afrique du sud à la Zambie, allemande en Namibie… À partir du milieu du XIXe siècle, des Indiens s'établissent dans la région de Durban, notamment pour travailler comme ouvriers agricoles ou portefaix. Ces différentes migrations expliquent l'importance des *Coloured* (métis), qui représentent plus de 9 % des habitants de l'Afrique du Sud.

« Nation arc-en-ciel »

Du fait de sa diversité, l'Afrique du Sud est appelée la « nation arc-en-ciel ». Son hymne comporte des paroles en cinq langues (xhosa, zoulou, sesotho, afrikaans, anglais).

Testez-vous !

Corrigés p. 490

A. Montrez la diversité des milieux en Afrique australe.

B. Pourquoi appelle-t-on l'Afrique australe « l'Afrique des mines » ?

C. Quelles sont les inégalités de peuplement en Afrique australe ?

L'exploitation des ressources en Afrique australe

Fiche 31

Géographie

Notes

1 L'exploitation des ressources minières et énergétiques

■ L'Afrique australe dispose de ressources minières considérables. Elle réalise plus de la moitié de la production mondiale de diamants, de platine et de vanadium, le tiers de la production d'or et le cinquième de la production de cobalt du monde.

■ Ses ressources sont concentrées dans un croissant sud-nord formé des quatre pôles : le nord et le nord-est de l'Afrique du Sud (or, diamant, fer, manganèse, cuivre, zinc, vanadium, uranium, platine) ; l'est du Botswana (diamants) ; le Zimbabwe (or, cuivre, chrome) et la « Copperbelt » de Zambie (cuivre, cobalt). Elles représentent 10 à 20 % du PIB de ces États.

■ Aux ressources minières s'ajoutent les réserves d'hydrocarbures*. L'Afrique du Sud est le premier producteur de charbon d'Afrique, et l'Angola le deuxième producteur du pétrole du continent. Quant au Mozambique, il possède d'immenses gisements de gaz, qui selon les prévisions, pourraient en faire l'un des premiers exportateurs mondiaux.

■ L'exploitation des ressources a donné naissance à des centres industriels, à des lignes de chemin de fer et à des ports construits spécifiquement pour l'exportation des minerais (Richards Bay, Saldanha Bay…) ou du carburant (Mossel Bay).

2 La valorisation agricole et touristique de l'Afrique australe

■ L'Afrique australe exploite aussi de nombreuses ressources agricoles : canne à sucre, fruits, maïs et blé en Afrique du Sud ; tabac au Malawi ; canne à sucre, coton, tabac et riz en Eswatini… À côté d'une agriculture vivrière (Lesotho, Mozambique…), il existe une agriculture commerciale, en partie tournée vers l'exportation, notamment dans la « ceinture agricole » de l'Afrique du Sud, entre Le Cap, le KwaZulu-Natal et le Gauteng. Ces produits sont acheminés vers Durban, premier port sucrier du monde, ou vers Maputo (Mozambique), à travers le « corridor de développement ».

■ L'Afrique australe valorise aussi ses milieux naturels, notamment sa faune

Corridor de développement de Maputo
Axe commercial, autoroutier et ferroviaire, qui relie la région du Gauteng (Afrique du Sud) et le port de Maputo (Mozambique).

Notes

sauvage. Elle compte plus d'une cinquantaine de parcs nationaux, notamment issus des réserves fondées pendant la colonisation, comme celle d'Etosha (Namibie) créée en 1907 ou celle de Kafue (Zambie) qui date de 1924. Ces parcs nationaux sont l'un des principaux atouts touristiques de cette région (safari, écotourisme*).

3 Des ressources exploitées par des conglomérats

■ L'exploitation des ressources minières est dominée par l'Afrique du Sud, à travers plusieurs conglomérats*. Il s'agit des « *Big Five* » : Anglo-American (or et uranium), De Beers (leader mondial du diamant), Rembrandt Group, Old Mutual-Sanlam, et Liberty Life. Ces conglomérats exercent un quasi-monopole dans l'extraction et la transformation des minerais en Afrique australe.

■ Les ressources énergétiques de l'Afrique australe sont exploitées par de grands groupes industriels internationaux. C'est le cas du géant minier brésilien Vale et du Japonais Mitsui pour le charbon du Mozambique. Les gisements de gaz de ce pays, récemment découverts, intéressent les multinationales*, notamment l'entreprise italienne ENI qui a investi dans la plate-forme « Coral-Sud ». En Angola, l'exploitation du pétrole repose sur des partenariats entre l'entreprise d'État Sonangol et des multinationales (Total, Statoil, ExxonMobil, BP…).

IDE

L'Afrique du Sud est, avec l'Égypte, le pays du continent qui reçoit le plus d'IDE (investissements directs à l'étranger)

Testez-vous !

Corrigés p. 490

A. Quelles ressources énergétiques sont exploitées en Afrique australe ?

B. Qu'est-ce que le « corridor de développement de Maputo » ?

C. Montrez l'importance des conglomérats dans l'exploitation des ressources en Afrique australe.

Des milieux et des ressources sous pression

Fiche 32

Géographie

Notes

1 Une exploitation intensive des ressources

> **Chiffre-clé**
> L'Afrique du Sud possède 95 % des réserves de charbon du continent.

■ Les ressources minières d'Afrique australe font l'objet, depuis le milieu du XIXe siècle, d'une exploitation intensive qui a transformé les milieux. C'est le cas des collines du Witwatersrand (or) et de Kimberley (diamants) en Afrique du Sud, creusées de puits de mines (*Big Hole* de Kimberley).

■ Les ressources minières sont exploitées dans des sites de plus en plus difficiles d'accès. Dans la mine d'or de South Deep (Afrique du Sud), les travaux sont effectués à près de 3 000 mètres de profondeur. Ces conditions extrêmes renforcent les risques d'accidents et de pollutions.

■ Les milieux maritimes sont aussi marqués par la présence d'industries d'extraction et de transformation. C'est le cas de la façade maritime de l'Angola où se trouvent de nombreuses installations pétrolières off-shore. Elle est divisée en « blocs », des concessions attribuées aux différentes multinationales. Ces secteurs sont notamment exploités par des « unités flottantes de production, de stockage et de déchargement », des pétroliers convertis en usines flottantes, qui peuvent réaliser des forages très profonds.

2 L'impact écologique de l'exploitation des ressources

■ La concentration industrielle pose de nombreux problèmes écologiques. L'Afrique du Sud est le premier émetteur de gaz à effet de serre* du continent (40 % des rejets), en raison du nombre et de la vétusté de ses centrales au charbon. Les pollutions proviennent aussi des milliers de mines abandonnées qui, lors des inondations, rejettent des métaux lourds dans l'environnement.

■ L'Afrique australe est la seule région du continent à abriter une centrale nucléaire (Koeberg en Afrique du Sud). Cependant, les projets de construction de nouveaux réacteurs sur ce site sont stoppés en raison de leurs risques. Il en va de même des projets d'exploitation du gaz de schiste dans le désert du Karoo, à cause des risques de pollutions des rares nappes phréatiques.

Notes

3 Les conséquences du réchauffement climatique

■ L'Afrique australe est l'une des régions les plus concernées par le réchauffement climatique. C'est notamment le cas d'une large bande de terre entre la Namibie et le sud du Mozambique. En 2019, le courant saisonnier **El Niño** a provoqué une immense sécheresse dans tout le sud-est de l'Afrique, qui a affecté plus de 45 millions de personnes.

El Niño
Courant chaud situé entre le Pérou et l'Équateur, dont les effets sont mondiaux. Il provoque notamment une hausse des températures dans le sud-est de l'Afrique.

■ La sécheresse a un impact majeur sur l'agriculture. Au Botswana, elle a provoqué une réduction importance des surfaces cultivées. La désertification entraîne aussi la disparition des pâturages, obligeant les éleveurs nomades (San, Himbas…) de Namibie et du Botswana, à migrer vers les villes.

■ Les villes sont concernées par le réchauffement climatique. Le Cap et Johannesburg connaissent de longues périodes de sécheresse, qui entraînent des pénuries d'eau.

■ Certaines régions d'Afrique australe sont aussi menacées par des risques d'inondations. Le sud du Mozambique est régulièrement frappé par des pluies torrentielles, qui favorisent le développement du choléra. À plus long terme, le delta du Zambèze est exposé à des risques de submersion en cas d'élévation du niveau de la mer.

Testez-vous !

Corrigés p. 491

A. Comment l'exploitation des ressources transforme-t-elle les milieux d'Afrique australe ?
B. En quoi l'Afrique australe est-elle un acteur du réchauffement climatique ?
C. Quelles sont les conséquences du réchauffement climatique en Afrique australe ?

L'évolution démographique de l'Afrique australe

Fiche 33

Géographie

Notes

1 Une transition démographique* relativement avancée

■ L'Afrique australe est relativement avancée dans le processus de transition démographique. La plupart de ses pays affichent des taux de fécondité (3,5 enfants par femme) inférieurs à la moyenne africaine (4,6 enfants par femme). C'est notamment le cas de l'Afrique du Sud, du Botswana et de la Namibie, pays qui ont mené des politiques de planification familiale. En Afrique du Sud, ce taux est ainsi passé de 4 enfants par femme en 1985 à 2,3 en 2019.

■ Cependant, certains pays d'Afrique australe se situent encore dans la première phase de la transition démographique. L'Angola et le Mozambique ont des taux de fécondité (respectivement 5,5 et 4,8 enfants par femme) et des taux de mortalité infantile très élevés (58 pour mille en Angola et 51 pour le Mozambique).

■ La plupart des pays d'Afrique australe ont même connu une hausse très forte du taux de mortalité entre 1990 et 2006. En Afrique du Sud, il est passé de 8,5 pour mille en 1990 à 14,4 en 2006, avant de redescendre à 9 pour mille en 2017. Cette augmentation brutale s'explique par l'épidémie de sida qui frappe l'Afrique australe.

2 Une région frappée par le sida

■ L'Afrique australe est la région du monde la plus touchée par le sida. L'épidémie s'est développée en Afrique du Sud au début des années 1990, avant de se diffuser dans les pays environnants.

■ Au début des années 2000, ce sont plus de 25 % des femmes enceintes d'Afrique australe qui étaient porteuses du VIH. Dans cette région, l'espérance de vie était passée de 66 ans en 1992 à 46 ans en 2004.

Sida

« Syndrome d'immunodéficience acquise » provoqué par un rétrovirus, le VIH (virus de l'immunodéficience humaine). Il a causé la mort de plus de 35 millions de personnes dans le monde depuis 1981.

■ La diffusion rapide du sida s'explique notamment par l'importance des mobilités en Afrique australe et par le retard des politiques de prévention et de traitements. Ce n'est qu'à partir

Notes

de 2008 que les médicaments antirétroviraux ont été largement diffusés en Afrique du Sud.

■ Même tardive, cette politique sanitaire a permis de faire reculer le nombre de décès et de réduire les **taux de prévalence du VIH**, notamment en Afrique du Sud (- 6 %), au Botswana et au Zimbabwe (- 5 %). L'espérance de vie est remontée, parfois très rapidement : elle est ainsi passée de 44 ans (2003) à 61 ans (2016) au Zimbabwe, et de 52 ans (2004) à 62 ans (2016) en Afrique du Sud.

> **Taux de prévalence du VIH**
> C'est le pourcentage de personnes, âgées de 15 à 49 ans, porteuses du VIH.

■ Cependant, le sida reste un problème majeur pour l'Afrique australe. Dans la plupart des pays de la région, le taux de prévalence dépasse 12 % : il atteint 22 % au Botswana et au Lesotho, voire 28 % dans l'Eswatini.

■ À cela s'ajoute la tuberculose, une maladie très contagieuse qui s'est développée avec le sida et qui est la première cause de mortalité des séropositifs. Elle s'est notamment diffusée dans les bidonvilles (Afrique du Sud, Namibie) et dans les villages très densément peuplés (Eswatini). L'Afrique du Sud mène une politique volontariste de lutte contre la tuberculose : dépistage, traitement préventif, baisse des prix des médicaments, formation des médecins...

■ L'Afrique du Sud est le pays le plus touché du continent africain par la Covid-19, avec plus de 87 000 morts.

Testez-vous !

Corrigés p. 491

A. Quels sont les pays d'Afrique australe les plus avancés dans la transition démographique ?
B. Quels pays d'Afrique australe commencent leur transition démographique ?
C. Quelles ont été les conséquences démographiques de l'épidémie de sida en Afrique australe ?

Une Afrique australe inégalement développée

Fiche 34

Géographie

Notes

1 Des inégalités de développement entre États

■ L'Afrique australe est l'une des régions les plus développées du continent. Son IDH qui atteint 0,54 est supérieur à la moyenne africaine (0,4). Cependant, elle est aussi caractérisée par de très fortes inégalités entre ses différents pays.

■ Le Mozambique, le Malawi voire le Lesotho présentent des IDH très bas (entre 0,4 et 0,5). Leur économie, qui repose majoritairement sur l'agriculture, a été fragilisée par des périodes de sécheresse, notamment en 2016. Les habitants du Mozambique et du Lesotho ont les espérances de vie parmi les plus basses du monde.

> **Espérance de vie**
>
> Elle est inférieure ou égale à 60 ans dans plusieurs pays d'Afrique australe (Angola, Lesotho, Mozambique, Eswatini).

■ Le Botswana, l'Afrique du Sud et la Namibie sont beaucoup plus développés (IDH supérieur à 0,6). L'économie de ces trois pays repose notamment sur l'industrie minière et le tourisme, secteurs particulièrement rentables. L'Afrique du Sud est considérée comme un pays émergent*, faisant partie du groupe des BRICS, en raison de son PIB et de sa croissance économique, même si elle a baissé depuis 2011.

■ Entre ces deux groupes de pays, le Zimbabwe, la Zambie, l'Eswatini et l'Angola présentent des niveaux de développement faibles, entre 0,5 (Zimbabwe) et 0,6 (Eswatini). Certains de ces pays n'en possèdent pas moins de très importantes ressources minières ou énergétiques (platine et diamants au Zimbabwe ; pétrole et diamants en Angola). Mais leurs économies ont pâti des guerres civiles et d'une gestion extrêmement inégalitaire des ressources.

2 Les inégalités intérieures de développement

■ Les États d'Afrique australe sont parmi les plus inégalitaires au monde. C'est notamment le cas de la Namibie, de l'Afrique du Sud, du Botswana, du Zimbabwe, du Lesotho et d'Eswatini, dont les coefficients de Gini sont supérieurs à 0,55 voire à 0,6.

■ Les disparités intérieures sont particulièrement fortes en Afrique du Sud, par exemple entre la province du Cap-occidental, la plus riche du pays, et celle du Cap-oriental, déshéritée.

■ Les inégalités trouvent notamment leur origine dans la politique de ségrégation raciale qui a marqué l'histoire de plusieurs

Notes

de ces pays : Afrique du Sud (**Apartheid**), Zambie, Zimbabwe, Namibie. Une partie importante des richesses est encore détenue par les élites blanches. Cet héritage de la ségrégation raciale se manifeste au cœur des agglomérations comme Johannesburg, dans l'opposition entre les *enclosures* et les *townships*. Les *enclosures* sont des quartiers blancs résidentiels dont l'accès est interdit aux non-résidents (Midrand à Johannesburg). Les *townships* sont des quartiers pauvres, essentiellement habités par des Noirs, des *Coloured* (métis) et des Indiens. Sous-équipés, beaucoup d'entre eux, comme Bekkersdal, sont des bidonvilles qui ne disposent ni d'eau, ni d'électricité.

Apartheid

Régime de ségrégation raciale imposé en Afrique du Sud de 1948 à 1991.

■ Les inégalités s'expliquent aussi par la gestion inégalitaire des ressources. Au Zimbabwe, les richesses tirées de l'extraction du platine et des diamants ont longtemps été captées par le pouvoir dictatorial du régime de Robert Mugabe. Il en va de même dans l'Eswatini pour la production de canne à sucre, accaparée par le clan du roi Mswati III. En Angola, les dividendes de la rente pétrolière profitent surtout à l'entreprise d'État (Sonangol) et aux multinationales*. Dans ces deux pays, la corruption atteint des niveaux très importants : ils occupent respectivement la 157e et la 167e place (sur 180) dans le classement de l'indice de perception de la corruption.

Chiffre-clé

Le taux de chômage en Afrique du Sud est l'un des plus élevés du continent (plus de 32 %).

Testez-vous !

Corrigés p. 491

A. Montrez les inégalités de développement entre les États d'Afrique australe.

B. En quoi les inégalités sont-elles aussi importantes au sein des États d'Afrique australe ?

C. Quelles sont les inégalités dans les villes d'Afrique australe ?

Les transitions en Afrique australe

Fiche 35

Géographie

Notes

1 La transition démographique

■ L'Afrique australe se situe à un stade avancé de la transition démographique*. Cependant, il existe des différences importantes entre les pays. L'Afrique du Sud, le Botswana et la Namibie ont presque achevé leur transition démographique. Au contraire, l'Angola, le Malawi et le Mozambique se situent dans la première phase de cette transition.

■ Les pays d'Afrique australe sont profondément marqués par le sida, qui frappe la région depuis les années 1990. Cette pandémie a entraîné une hausse de la mortalité et une baisse de l'espérance de vie entre 1990 et 2006.

> **Pandémie**
> Épidémie touchant une partie importante de la population mondiale.

■ Cependant, les politiques de prévention et de traitements ont permis de réduire le nombre de décès et de faire baisser les taux de prévalence du VIH. Cette situation a entraîné une remontée de l'espérance de vie, notamment en Afrique du Sud et au Zimbabwe.

■ Le sida n'en reste pas moins un problème majeur pour l'Afrique Australe. En Afrique du Sud, plus de 7 millions de personnes sont porteuses du VIH, soit presque un cinquième des porteurs mondiaux. De plus, le sida a favorisé le développement d'une autre maladie, la tuberculose, qui frappe notamment les bidonvilles (Afrique du Sud…).

2 Les transitions démocratiques

■ L'histoire de l'Afrique australe est marquée par la ségrégation raciale. L'Apartheid a dominé l'Afrique du Sud de 1948 à 1991. La ségrégation raciale a aussi été appliquée dans le Sud-Ouest africain (actuelle Namibie) entre 1959 et 1979, et en Rhodésie (actuel Zimbabwe) entre 1965 et 1979. Ces régimes autoritaires ont été caractérisés par la suprématie des Blancs, par la séparation et la discrimination systématiques des populations noires et métisses.

■ La transition démocratique a commencé dans le Sud-Ouest Africain et en Rhodésie en 1979, par des lois abolissant les politiques de discriminations raciales.

> **Nelson Mandela**
> Leader noir du mouvement contre l'Apartheid, Nelson Mandela (1918-2013) est libéré de prison en 1990 puis élu président de la République d'Afrique du Sud en 1994.

Notes

En Afrique du Sud, elle a débuté en 1991 et s'est déroulée en plusieurs étapes : premières élections au suffrage universel (1994) ; commission vérité et réconciliation (1996-1998) pour collecter les témoignages sur l'Apartheid ; nouvelle constitution (1996) et mesures de discrimination positive à partir de 2003.

■ Il existe d'autres régimes autoritaires en Afrique australe. C'est le cas de la monarchie absolue du roi Mswati III en Eswatini et de la dictature de Robert Mugabe au Zimbabwe, renversée en 2017 par un coup d'État, sans qu'on puisse encore parler de transition démocratique.

3 La transition écologique*

■ L'Afrique du Sud est le premier pays émetteur de gaz à effet de serre* du continent (40 % des émissions). Cette situation s'explique notamment par le nombre et la vétusté des centrales au charbon en Afrique du Sud. À cela s'ajoutent les pollutions liées aux mines abandonnées ou à l'industrie pétrolière (Angola).

■ L'Afrique australe est aussi victime des conséquences du réchauffement climatique. L'Afrique du Sud (Le Cap), le Zimbabwe, la Zambie et le Malawi sont régulièrement touchés par des périodes de sécheresse, qui entraînent des pénuries d'eau.

■ Pour répondre aux défis du développement durable*, l'Afrique du Sud a accueilli le Sommet de la Terre de Johannesburg (2002) et la conférence sur le changement climatique de Durban (2011). En 2010, elle a lancé un plan de production d'énergie renouvelable pour construire des fermes solaires (Khi Solar One), des éoliennes (West Coast One) et une centrale électrique au méthane (Durban). Le Cap et Johannesburg développent les transports durables. Pour régler les problèmes de pénurie, Le Cap a réduit sa consommation d'eau de moitié entre 2016 et 2018.

Testez-vous !

Corrigés p. 491

A. À quelle étape de la transition démographique se situent la plupart des pays d'Afrique australe ?

B. Comment s'est déroulée la transition démocratique en Afrique du Sud ?

C. Comment l'Afrique du Sud tente-t-elle de mener la transition écologique ?

Les mobilités en Afrique australe

Fiche 36

Géographie

Notes

1 Un espace de migrations

■ L'Afrique australe est un espace historique de circulation humaine : migrations des Xhosas puis des Zoulous au XVe siècle ; vagues de colonisation européenne (portugaise, néerlandaise, anglaise, allemande…) entre le XVIIe et le XIXe siècle ; Grand Trek (1835-1840) ; installation de populations indiennes dans le Natal à partir de 1860… Ces déplacements ont façonné l'identité multiple de cette région africaine.

> **Grand Trek**
> « Grande migration » des pionniers afrikaners* depuis la colonie du Cap jusqu'à l'intérieur de l'Afrique du Sud, entre 1835 et 1840.

■ L'exploitation des ressources minières et énergétiques a suscité de nombreuses migrations économiques intra-régionales. Des milliers d'ouvriers du Mozambique, d'Angola, de l'actuelle Zambie et de l'actuel Zimbabwe se sont installés en Afrique du Sud pour travailler dans les mines du Witwatersrand entre 1946 et 1990.

■ Aujourd'hui, les immigrés sont de plus en plus originaires de la République démocratique du Congo, du Nigeria ou du Pakistan. Lors de son boom pétrolier (2003-2014), l'Angola a attiré de nombreux migrants chinois, brésiliens et portugais.

■ L'Afrique du Sud compte près de 5 % d'immigrés. Cependant, ce pays est traversé par des vagues de xénophobie, notamment dans les quartiers pauvres de Mamelodi (Pretoria) et d'Alexandra (Johannesburg), marqués par la mort de nombreux immigrés nigérians.

2 L'évolution des mobilités quotidiennes

■ Les mobilités dépendent des modes des vie des habitants. Il existe des populations d'éleveurs nomades, comme les San du Kalahari (entre la Namibie et le Botswana) et les Himbas du Namib (entre la Namibie et l'Angola). Cependant, ils sont confrontés à la sécheresse qui réduit les pâturages. La désertification les pousse à s'installer en ville, où ils se sédentarisent, souvent dans des bidonvilles (Opuwo en Namibie).

■ Les villes sont le cadre de mobilités différentes, qui reflètent les inégalités sociales et raciales. En Afrique du Sud, les habitants des *townships* (quartiers pauvres), en majorité des Noirs, des

Notes

Coloured (métis) et des Indiens, ne possèdent pas d'automobiles, et se déplacent à vélo puis en train pour rejoindre les centres-villes. Cependant, les trains sont vétustes et particulièrement coûteux pour eux (40 % de leurs revenus).

■ Les membres des classes moyennes et aisées, en majorité Blanches, vivent dans les centres-villes et dans les *suburbs*, les banlieues résidentielles. Ils disposent de nombreux moyens de transports, notamment leurs voitures et un réseau de bus haut de gamme (« MyCiti » au Cap), mis en place pour désengorger les axes de circulation et pour encourager l'intermodalité.

Urbanisation

Le taux d'urbanisation de l'Afrique australe varie de 27 % (Eswatini) à 70 % en Afrique du Sud.

3 Des flux touristiques internationaux

■ L'Afrique australe est l'une des principales régions touristiques du continent. Elle accueille 30 millions de visiteurs par an, dont 6,5 millions en Afrique du Sud. Il s'agit d'un tourisme international, qui concerne pour les deux tiers des voyageurs africains. En Afrique du Sud, les touristes sont principalement originaires des pays voisins (Lesotho, Eswatini et Botswana). Cependant, la part des Européens est importante (près de 21 %).

■ Il s'agit majoritairement d'un tourisme d'agrément et de loisirs. Cependant, en Afrique du Sud, une part importante des voyages (20 %) est le fait de personnes originaires d'Afrique australe qui rendent visite à leur famille, ce qui témoigne de l'importance de l'immigration dans ce pays. À cela s'ajoutent les voyages d'affaires (13,5 %), en raison de la concentration des sièges sociaux des grandes compagnies dans certaines métropoles d'Afrique australe (Johannesburg, Le Cap…).

Testez-vous !

Corrigés p. 491

A. Quel est le lien entre industrialisation et immigration en Afrique australe ?

B. Quelles sont les inégalités en termes de mobilités en Afrique du Sud ?

C. D'où sont originaires la majorité des touristes en Afrique australe ?

Les enjeux environnementaux

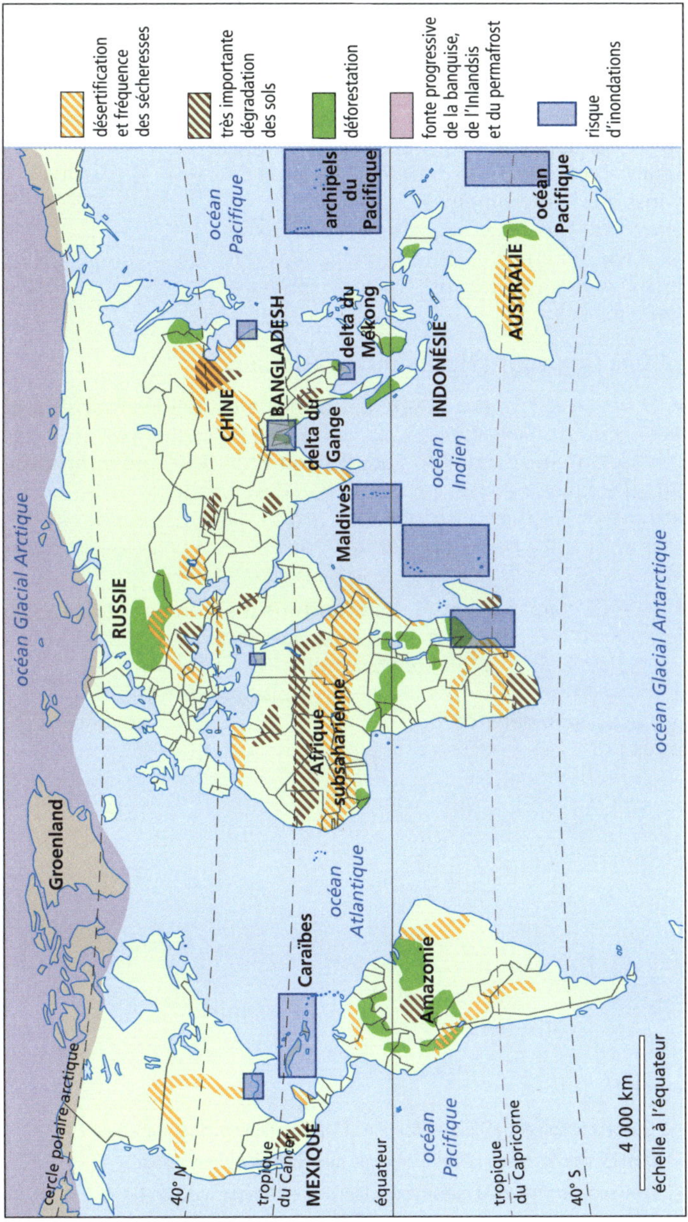

Notes

Notes

Les espaces soumis aux risques majeurs

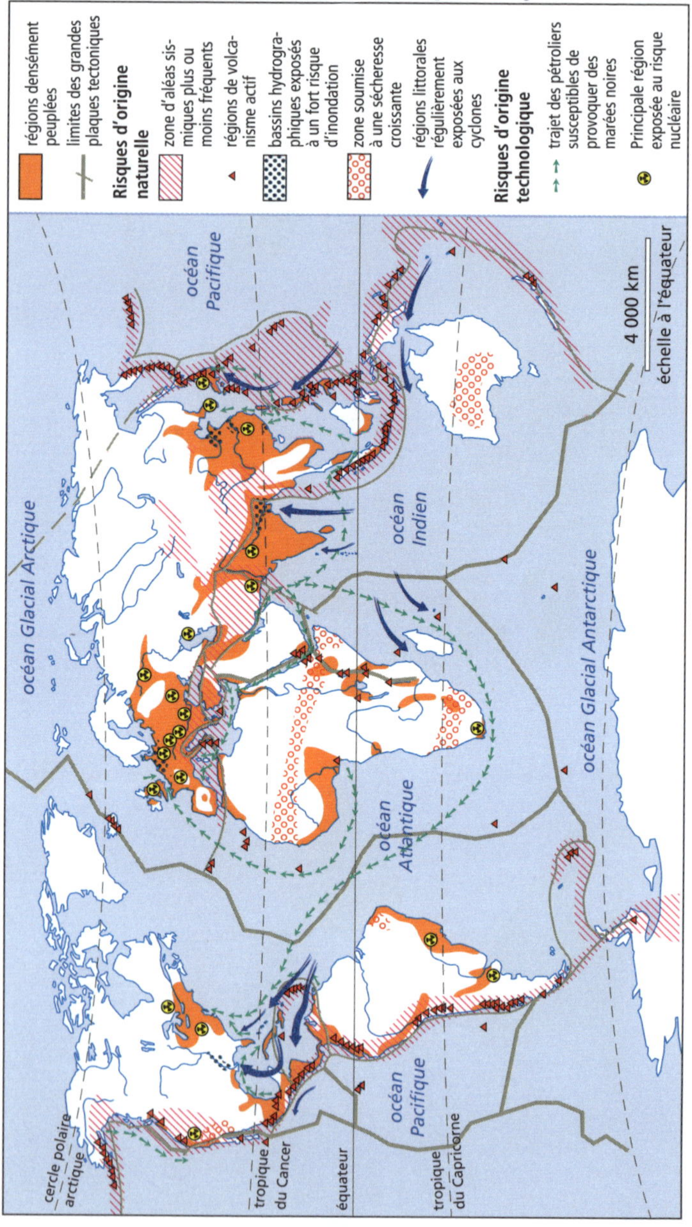

La transition démographique

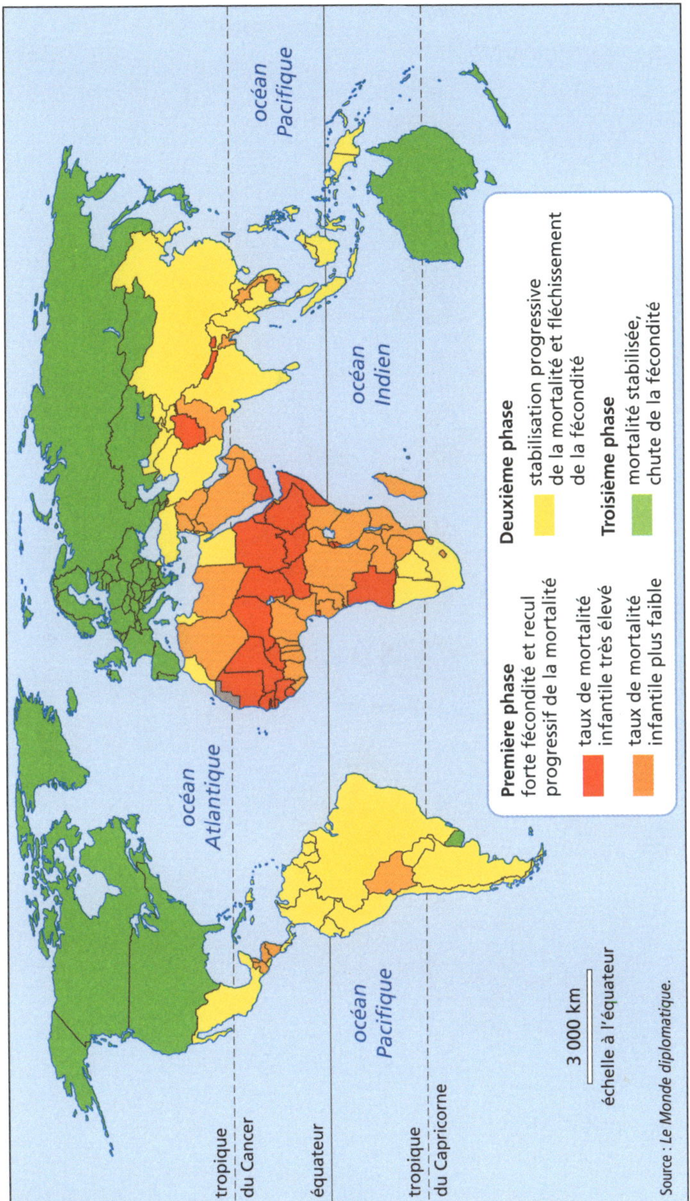

Source : *Le Monde diplomatique*.

Notes

Notes

Les niveaux de développement dans le monde

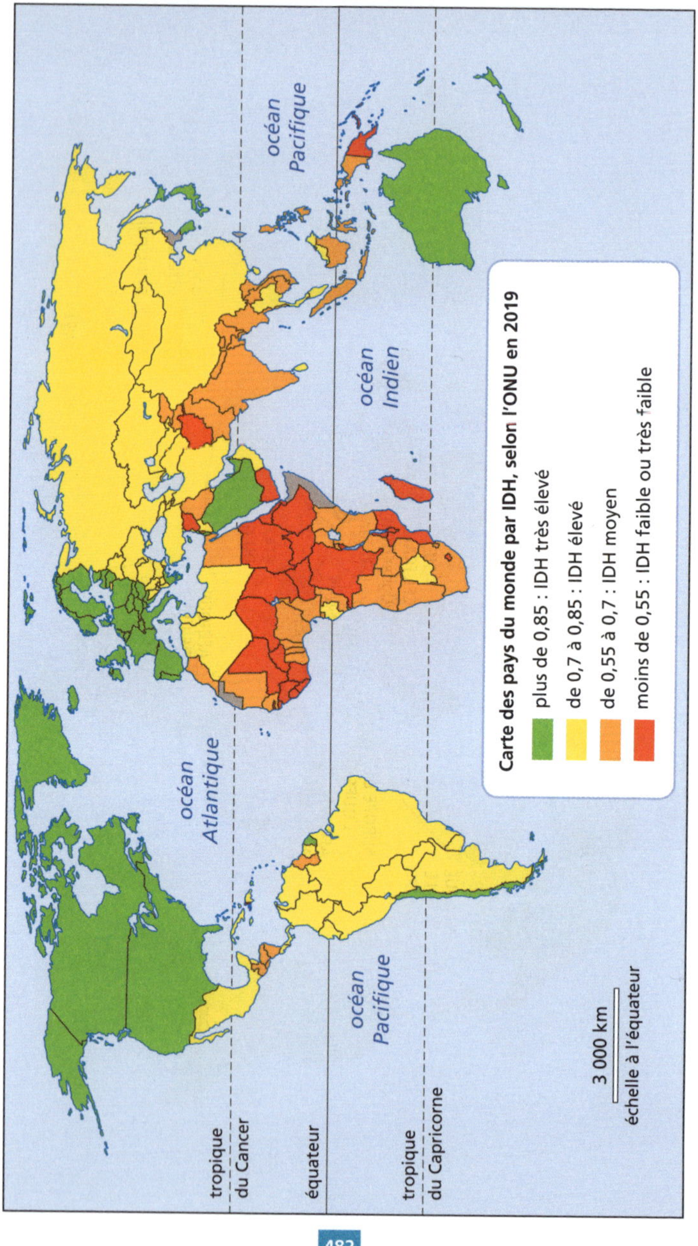

Les migrations mondiales

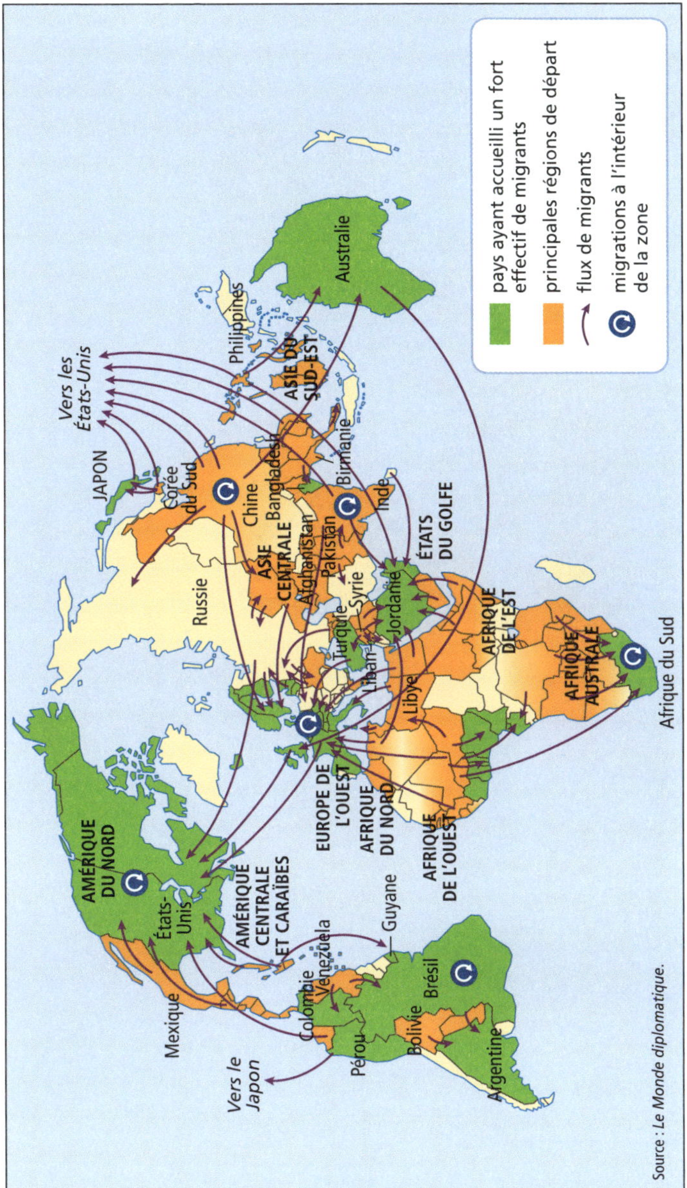

Cartes

Notes

Notes

Le tourisme dans le monde

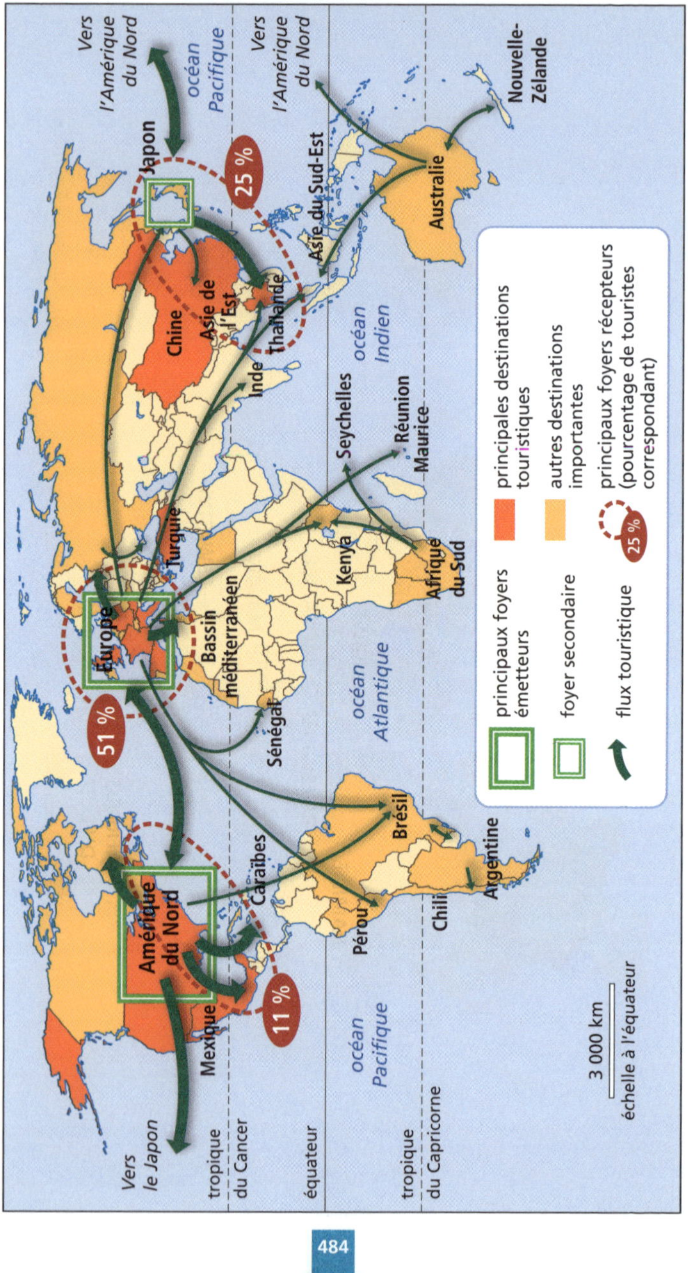

La répartition de la population en Afrique australe

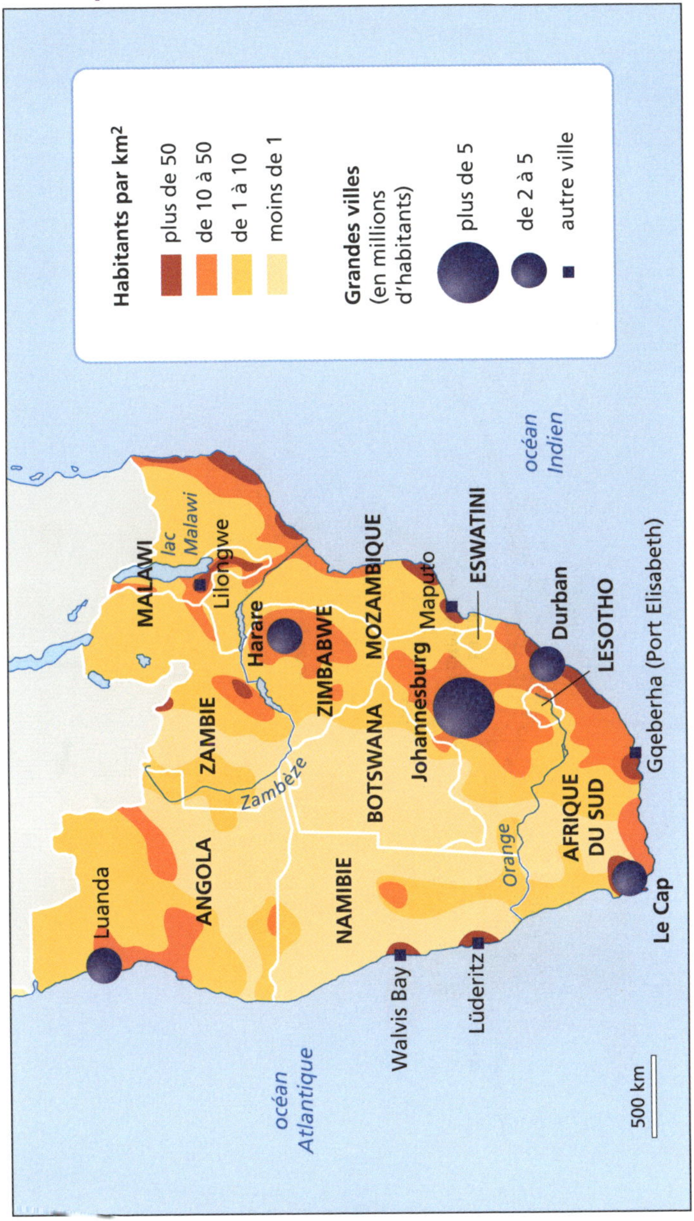

Notes

Les ressources de l'Afrique australe

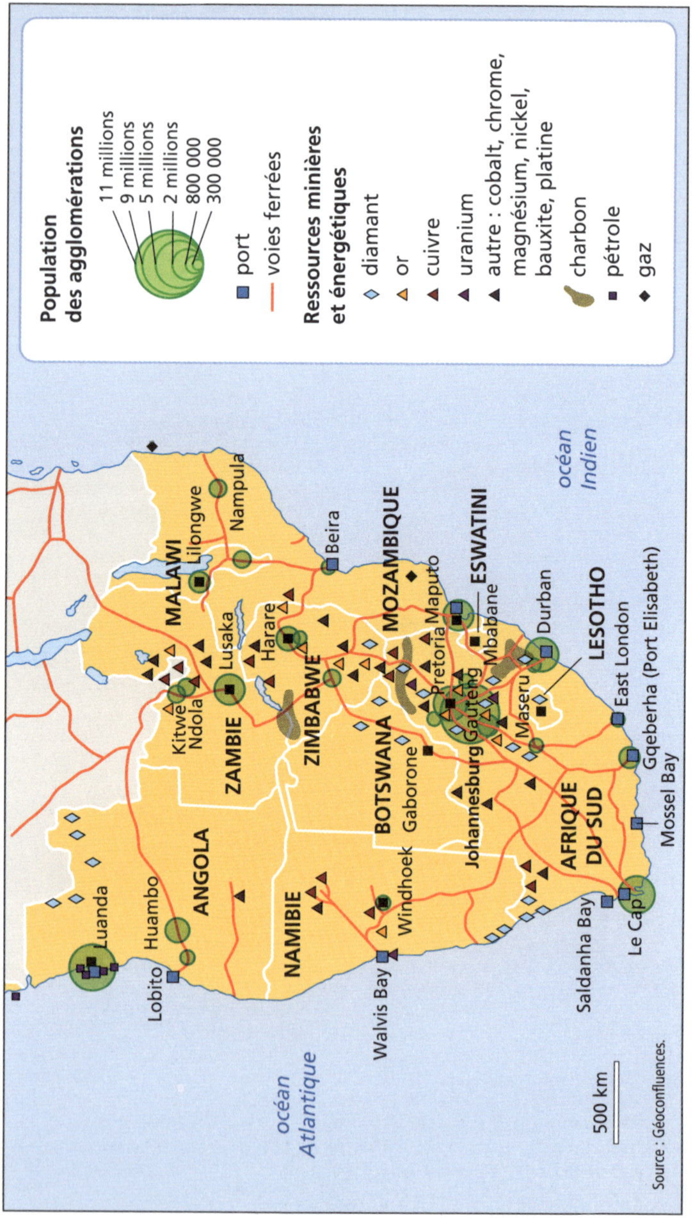

CORRIGÉS DES *TESTEZ-VOUS* !

Fiche 1. **A :** La population se concentre près des côtes et dans quelques grands foyers de peuplement. 12 % de la surface terrestre accueillent 70 % de l'humanité. - **B :** Les grands foyers de peuplement se sont formés dans des endroits favorables à l'implantation humaine (littoraux et grands fleuves). - **C :** Ce sont les progrès techniques puis technologiques qui ont permis aux hommes de surmonter les facteurs défavorables à leur implantation dans certaines régions du monde. **Fiche 2.** **A :** Elles sont situées aux charnières des grandes plaques tectoniques. - **B :** Les deltas sont les régions les plus touchées, notamment ceux qui sont soumis à la mousson (deltas du Gange et du Brahmapoutre...). - **C :** Les Pays-Bas ont mis en œuvre les plans Delta (1986) et Europoortkering (1997) pour protéger des inondations, leur territoire, leurs ports et leurs axes de communication. Ces plans reposent sur un vaste réseau de digues, de barrages et de canaux. **Fiche 3.** **A :** Les risques agricoles sont liés à la surexploitation des terres entraînant l'érosion des sols, ainsi qu'à l'utilisation de pesticides cancérogènes. - **B :** Ils sont liés au développement de l'automobile, source de pollutions (gaz à effet de serre), au transport des hydrocarbures (marées noires), à la densité et à la vétusté des centrales nucléaires. - **C :** Les mesures de prévention des risques nucléaires sont multiples. Les États-Unis ont quasiment abandonné la construction de nouvelles centrales en 1981, après la catastrophe Three Mile Island (1979). En France a été fondée en 2006 l'Autorité de sûreté nucléaire, qui est notamment chargée du contrôle des centrales et de l'information du public. Pour harmoniser les réglementations entre les pays du monde, des institutions internationales ont été créées (WENRA et ENSREG au niveau européen...). **Fiche 4.** **A :** Le réchauffement climatique est notamment provoqué par l'effet de serre, favorisé par les émissions de dioxyde de carbone (émis par la production et la combustion des hydrocarbures par les industries et les transports) et de méthane. - **B :** Les populations les plus directement touchées sont celles qui habitent les deltas (deltas du Nil, du Gange, du Brahmapoutre, du Mékong et du Yangzi) et les îles affleurantes (océan Pacifique). Ce sont aussi les populations victimes de la désertification (Sahel et Asie Centrale). - **C :** Ces politiques dépendent de la bonne volonté et des moyens des États. Elles sont fragilisées par le retrait des États-Unis des accords de Paris, entre 2017 et 2021, et par l'exploitation du pétrole et du gaz de schiste. **Fiche 5.** **A :** Pour prévenir les inondations, les États interdisent la construction d'habitations dans les zones à risques (lit majeur des cours d'eau), et mettent en place un réseau de digues, de levées et de bassins de rétention. - **B :** Les États adoptent des normes de sécurité et des plans de prévention (recensement des sites à risque, contrôles réguliers, formation du personnel, campagnes de sensibilisation, simulations). - **C :** Les pays développés en raison de leurs équipements plus fiables, mieux contrôlés, et leurs systèmes de sécurité et de prévention plus développés. **Fiche 6.** **A :** Les ressources en eau sont convoitées par différents secteurs (agriculture, industrie, tourisme, ville), mais aussi par différents États. **B :** Les besoins en eau peuvent opposer les agriculteurs, les citadins, les industriels. **C :** Ce sont des pollutions d'origines agricoles (pesticides), industrielles (chimiques) et urbaines (eaux usées). **Fiche 7.** **A :** Elle est plus difficile en raison de l'augmentation de la consommation énergétique mondiale. La difficulté tient aussi à l'éloignement entre les zones de production et de consommation, et à la prédominance des hydrocarbures (coût d'exploitation, rejets de gaz à effet de serre...). - **B :** Les politiques énergétiques menées par les États sont multiples : reprise en main de l'exploitation de leurs ressources énergétiques, construction d'oléoducs et de gazoducs, sécurisation des approvisionnements, accords internationaux pour réduire la place des hydrocarbures et développer les énergies durables... - **C :** La multiplication des sites énergétiques met en danger les écosystèmes arctiques, et les ressources naturelles des populations autochtones, qui vivent de pêche, de l'élevage et de la chasse. Elle accroît le réchauffement climatique, en aggravant ses conséquences, notamment la fonte de la banquise et de l'inlandsis groenlandais. **Fiche 8.** **A :** L'agriculture intensive menace les ressources en eau et entraîne la dégradation des sols. L'extraction des hydrocarbures contribue au renforcement de l'effet de serre et du réchauffement climatique. Enfin, les pressions exercées sur l'environ-

Notes

nement réduisent la biodiversité. - **B :** Les conséquences écologiques de la déforestation en Amazonie sont la disparition des zones humides, les pollutions liées à l'agriculture intensive et à l'élevage, les émissions de gaz à effet de serre liées au transport... - **C :** Les conséquences sociales sont le déplacement forcé des petits fermiers et des populations indigènes. **Fiche 9. A :** Ce sont les infrastructures de communication, les stations de sports d'hiver et les équipements liés à la pratique des sports d'hiver. - **B :** Ces aménagements ont de multiples conséquences écologiques : érosion des côtes, pollutions liées à la sur-fréquentation touristique des plages, rejets industriels ou agricoles (nitrates) qui détériorent la qualité des eaux. - **C :** La protection des milieux s'effectue au niveau national (parcs nationaux, parcs naturels régionaux, conservatoire du littoral...), au niveau européen (gestion intégrée des zones côtières) et mondial (partenariat de la montagne). **Fiche 10. A :** Elle s'explique par la baisse de la mortalité, notamment infantile, grâce à une meilleure alimentation, aux progrès de l'hygiène et au développement des soins médicaux. Elle trouve aussi son origine dans le maintien, dans de nombreux pays, d'une fécondité élevée. - **B :** La transition démographique est caractérisée dans un premier temps par une chute de la mortalité, accompagnée dans un deuxième temps par une baisse de la natalité, liée à celle de la fécondité. Elle s'achève par une stabilisation à des niveaux bas de la natalité et de la mortalité. - **C :** De nombreux pays d'Afrique subsaharienne sont au début de la transition démographique. Ils conservent des taux élevés de natalité (plus de 30 pour mille), de mortalité (plus de 10 pour mille) et de fécondité (4,9 enfants par femme). **Fiche 11. A :** La population mondiale pourrait atteindre 9,8 milliards d'habitants en 2050. - **B :** L'évolution démographique entraînerait une augmentation de 20 % des prélèvements d'eau d'ici 2025. De même, la croissance de la population mondiale supposerait une augmentation de 30 % de la production agricole. Si les habitudes énergétiques ne sont pas modifiées, la consommation de pétrole, de gaz et de charbon pourrait augmenter de moitié d'ici à 2050. - **C :** L'augmentation de la population mondiale peut poser plusieurs problèmes : épuisement des ressources en eau et en hydrocarbures, dégradation des sols, augmentation des rejets des gaz à effet de serre... **Fiche 12. A :** Le vieillissement démographique désigne l'augmentation de l'âge moyen d'une population. Il s'explique par l'allongement de l'espérance de vie et par la baisse de la fécondité. - **B :** Le vieillissement démographique concerne plus particulièrement certaines régions du monde, comme le Japon et l'Europe. - **C :** Les enjeux du vieillissement démographique concernent les conditions de vie (financement des pensions de retraite et des maisons de retraite) et la prise en charge des maladies et du handicap chez les seniors. **Fiche 13. A :** Pour mesurer le niveau de développement, on peut utiliser l'Indice de développement humain (IDH). Il inclut des critères économiques et socioculturels : alimentaires, sanitaires et éducatifs. - **B :** L'IDH est limité car il ne prend pas en compte plusieurs autres facteurs et marqueurs du développement, comme les inégalités de revenus, la nature du régime politique, le respect des libertés publiques ou la qualité de vie. - **C :** Elles s'expliquent par des différences économiques (revenus par habitant, croissance économique) entre les pays émergents et les pays les moins avancés. **Fiche 14. A :** C'est l'augmentation durable du niveau et des conditions de vie des populations. - **B :** Certains pays se sont appuyés sur l'agriculture (Inde, Brésil), les ressources minières ou pétrolières (Arabie Saoudite) ou une industrie tournée vers l'exportation (Corée du Sud, Hong Kong et Taiwan), pour se développer. - **C :** Elle se traduit notamment par des différences de revenus par exemple entre l'Inde (1 500 € par hab.), la Chine (7 000 € par hab.) et le Brésil (6 500 € par hab.). **Fiche 15. A :** La transition démographique, la transition économique, la transition démocratique et la transition écologique (ou énergétique). - **B :** La transition économique peut être rapide et brutale (« thérapie de choc »), comme en Russie dans les années 1990. Elle peut aussi être graduelle, comme en Chine. - **C :** Ce rôle central de l'État se manifeste notamment dans la stratégie économique et dans l'importance des entreprises publiques. En Russie, plus de 70 % de l'économie dépend de l'État. **Fiche 16. A :** L'IDHI (indice de développement humain ajusté selon les inégalités), mis au point par le Programme des Nations unies pour le développement (PNUD) en 2010. - **B :** Au Brésil, les inégalités de niveaux de développement sont très importantes entre les agglomérations (São Paulo, Rio de Janeiro et Brasilia) et le Sud (IDH > 0,8) d'une part, et le Nordeste (IDH < 0,7) d'autre part. - **C :** Non, les grandes agglomérations peuvent présenter de très forts contrastes. À Moscou, les écarts de richesse se creusent entre le centre-ville et les banlieues-dortoirs. **Fiche 17. A :** La croissance démographique s'est appuyée sur un accroissement naturel relativement important, en raison d'une fécondité élevée pour l'Europe. - **B :** Ces disparités démographiques opposent les métropoles (Nantes, Bordeaux, Lyon...) qui connaissent un dynamisme démographique très net, aux petites et moyennes villes. - **C :** Les disparités socio-économiques se manifestent par des différences de niveaux de développement entre les régions (par exemple, l'Île-de-France et les Hauts-de-France). Une fracture territoriale sépare d'une part les métropoles, caractérisées par des revenus importants et un faible taux de chômage, et d'autre part les « périphéries » (zones rurales, petites et moyennes villes, couronnes urbaines). **Fiche 18. A :** Les inégalités tiennent aux écarts d'espérance de vie entre les catégories socio-professionnelles. Elles tiennent aussi aux inégalités entre les sexes. Elles sont enfin territoriales, que ce soit entre les régions, entre les départements et entre les métropoles et les territoires périphériques. - **B :** Les réponses nationales pour limiter ou réduire les inégalités sont les prestations sociales (allocations, aides...), les autres services publics, par exemple liés à l'habitat (logement social), et les dispositifs de péréquation territoriale. - **C :** Les réponses européennes aux inégalités sont notamment les Fonds structurels : le FEDER (Fonds européens de développement régional), le FSE (Fonds social européen) et l'allocation spécifique pour les territoires ultramarins (ASRUP). **Fiche 19. A :** Les mobilités alternantes (ou pendulaires), les migrations et les déplacements touristiques. - **B :** Les mobilités alternantes ou pendulaires sont les déplacements quotidiens, notamment entre son domicile et son lieu de travail. - **C :** Les métropoles des pays développés tentent de limiter l'engorgement et les pollutions urbaines, en encourageant les transports en commun ou les modes de déplacement écologiques (vélo, véhicules électriques, covoiturage, autopartage...), ou en mettant en place des péages urbains. **Fiche 20. A :** Les mobilités internationales comprennent les migrations, les flux touristiques et les déplacements professionnels internationaux. - **B :** Les migrants internationaux sont issus de pays émergents ou à revenus intermédiaires (Inde, Chine, Mexique, Philippines). - **C :** Les migrations internationales se féminisent et concernent de plus en plus des personnes qualifiées, notamment dans le domaine de la santé (*Care Drain*), voire très qualifiées, dans les secteurs de la technologie, de la recherche et des services (*Brain Drain*). **Fiche 21. A :** Ce sont les flux Sud-Sud qui sont aujourd'hui les plus importants (90 millions de personnes). - **B :** Ce sont des migrations formées d'allers-retours relativement fréquents, notamment liés au travail saisonnier. - **C :** Un « réfugié climatique » est une personne contrainte à l'exil en raison de situations liées au changement climatique, notamment les inondations ou les sécheresses. **Fiche 22. A :** Entre 2014 et fin 2017, près d'1,8 million de migrants ont traversé la Méditerranée pour l'Europe. - **B :** Les deux principaux flux sont : les migrations en provenance d'Afrique, et les migrations en provenance du Moyen-Orient, notamment causées par la guerre en Syrie. - **C :** Les trois axes de migrations en Méditerranée sont : la route orientale (par la Grèce), la route centrale (par l'Italie) et la route occidentale (par l'Espagne). **Fiche 23. A :** Dubaï attire sur ses chantiers de construction des milliers d'ouvriers indiens, pakistanais, philippins ou égyptiens. À cela s'ajoutent les migrations de femmes, notamment originaires des Philippines, travaillant comme domestiques. Près de 90 % des habitants de Dubaï sont nés à l'étranger. - **B :** Le Moyen-Orient (guerre en Syrie), l'Amérique du Sud (crise économique au Venezuela), l'Asie du Sud (massacre des Rohingyas, inondations), l'Afrique subsaharienne (conflit au Sud-Soudan, sécheresse au Sahel). - **C :** L'Union européenne prend des mesures pour réduire les flux migratoires (Frontex, accords avec la Turquie et certains pays africains). La politique migratoire des États-Unis a été encore plus restrictive pendant le mandat de D. Trump (2017-2021) (projet de construction d'un mur à la frontière mexicaine...). **Fiche 24. A :** La moitié des touristes internationaux se rendent en Europe, notamment en France et en Espagne. Après l'Europe, le deuxième foyer touristique récepteur est l'Asie de l'Est. L'Amérique du Nord arrive en troisième position, notamment les États-Unis. - **B :** Dubaï dispose d'une compagnie aérienne (*Emirates*), de deux aéroports internationaux, d'hôtels de luxe (Burj Khalifa, Burj-al-Arab...), de parcs d'attractions et même d'une piste de ski (Ski Dubaï). - **C :** Le tourisme international a une forte empreinte écologique : il génère 8 % des rejets mondiaux de gaz à effet de serre. **Fiche 25. A :** L'Europe est le premier foyer émetteur (48 % des touristes mondiaux) et récep-

Notes

Notes

teur du monde (51 % des arrivées). - **B :** L'Europe est caractérisée par la diversité de son offre touristique : tourisme urbain (Paris, Londres, Rome...), culturel (Louvre...), balnéaire (Costa Brava, Côte d'Azur...) grâce à sa façade méditerranéenne, de sports d'hiver (Alpes), tourisme religieux (Lourdes, Rome...), de divertissement (Disneyland-Paris). - **C :** Les atouts des États-Unis sont multiples : grands espaces (Rocheuses, côte californienne, vallée du Mississippi...), industrie touristique reposant sur le plus vaste réseau d'aéroports internationaux (Atlanta) et sur la capacité hôtelière la plus importante au monde, *soft power* renforçant l'attractivité du pays... **Fiche 26. A :** L'Europe est l'une des principales régions du monde à envoyer et à accueillir des étudiants internationaux (Erasmus). - **B :** Les déplacements pendulaires, intérieurs ou transfrontaliers, les voyages d'affaires et les migrations, nationales ou internationales. - **C :** Les migrations intra-européennes se sont développées au cours des années 2010. Ce sont notamment des flux Est-Ouest (ouvriers polonais en Allemagne), et des migrations Sud-Nord... **Fiche 27. A :** Les trajets quotidiens sont effectués à près de 70 % en voiture, très loin devant le bus (5 %), le train (3 %) et le vélo (2 %).- **B :** La multimodalité est la diversité des moyens de transports reliant les mêmes lieux. L'intermodalité est la possibilité d'utiliser des transports différents pour un même déplacement. - **C :** Cette fracture territoriale oppose d'une part les grandes villes, caractérisées par la densité, la multimodalité et l'intermodalité des transports, et d'autre part le monde rural, marqué par la prédominance de l'automobile et par la faible densité des transports en commun. **Fiche 28. A :** C'est l'axe principal de transports de personnes et de marchandises en France. Il relie Lille, Paris, Lyon et Marseille. Il doit son importance à la situation géographique de la France, carrefour entre l'Europe du Nord et l'Europe du Sud. - **B :** Ces aménagements sont multiples : construction d'axes autoroutiers, prolongement des lignes TGV pour connecter celles des pays voisins (Eurostar en 1994, Thalys en 1995), aménagements d'infrastructures de transports (viaduc de Millau en 2004, nouvelle Route du Littoral à la Réunion prévue pour 2022). - **C :** Les contrastes sont importants entre les métropoles et les zones rurales du territoire français. Les métropoles sont des carrefours d'envergure mondiale (Paris), européenne (Lyon, Lille, Strasbourg) ou nationale (Marseille, Toulouse...). Elles sont caractérisées par la densité et la diversité de leurs réseaux routier et ferroviaire. Au contraire, le monde rural est marqué par la faible densité et la faible diversité des axes de transport. **Fiche 29. A :** Les aménagements visent à permettre le franchissement ou le contournement des obstacles physiques (pont de Normandie, viaduc de Millau). Ils sont censés réduire la centralité du réseau de transports français (autoroute des Estuaires) et à désengorger le « corridor français ». - **B :** Ces aménagements permettent de connecter le réseau français aux axes des pays voisins, pour les chemins de fer (Lyria, Eurostar,...) et les autoroutes. Cette intégration européenne passe aussi par l'extension ou la construction d'aéroports internationaux (Roissy-Charles-de-Gaulle...). - **C :** Les agglomérations françaises ont pris des mesures pour développer les mobilités durables, en créant des pistes cyclables, en développant les transports en commun (tramway) et les véhicules électriques en libre-service (vélos ou scooters), ou en encourageant le covoiturage et l'autopartage. **Fiche 30. A :** L'Afrique australe présente une grande variété de milieux : forêts humides (Amathole), déserts chauds (Namib), côtes à la végétation méditerranéenne (région du Cap), steppes (Kalahari, Karoo), prairies (Veld), savanes (Miombo), montagnes (Drakensberg), mangroves (delta du Zambèze)... - **B :** L'Afrique australe concentre plus de la moitié de la production mondiale de diamants, de platine et de vanadium, le tiers de la production d'or et le cinquième de la production de cobalt du monde. - **C :** Hormis la région du Cap, la population se concentre à l'est, dans les agglomérations de Johannesburg, Pretoria, Durban, Maputo, Harare et Lusaka. Les contrastes sont importants notamment entre la partie occidentale (Namaqualand...), déserte, et la région de Durban, densément peuplée. **Fiche 31. A :** Les ressources énergétiques exploitées en Afrique australe sont le pétrole (Angola) et le charbon (Afrique du Sud, Mozambique). Le gaz est en passe d'être exploité au Mozambique. - **B :** C'est un axe commercial, autoroutier et ferroviaire, qui relie la région du Gauteng (Afrique du Sud) et le port de Maputo (Mozambique). Il permet l'exportation des produits agricoles et industriels du Gauteng. - **C :** Les ressources minières sont exploitées par les cinq grands conglomérats sud-africains comme Anglo-American. Les ressources énergétiques sont directement exploitées par des multinationales, comme Vale (Brésil), ou par des partenariats entre des entreprises nationales et des multinationales (Sonangol et Total pour le pétrole en Angola). **Fiche 32. A :** De nombreux milieux terrestres d'Afrique australe ont été profondément transformés par l'exploitation minière (Witwatersrand et Kimberley) en Afrique du Sud (puits de mines). Les milieux maritimes sont aussi concernés (installations pétrolières au large de l'Angola). - **B :** L'Afrique du Sud est le premier émetteur de gaz à effet de serre du continent (40 % des rejets), en raison du nombre et de la vétusté de ses centrales au charbon. - **C :** Le réchauffement climatique se manifeste par de longues périodes de sécheresse, notamment dans le sud-est de l'Afrique. La sécheresse entraîne la désertification des campagnes, la réduction des surfaces cultivées et des zones de pâturages. Le réchauffement climatique peut aussi provoquer des périodes de pluies torrentielles (sud du Mozambique). **Fiche 33. A :** Ce sont l'Afrique du Sud, le Botswana et la Namibie. - **B :** L'Angola et le Mozambique se situent dans la première phase de la transition démographique. Ils ont des taux de fécondité et des taux de mortalité infantile très élevés. - **C :** L'épidémie de sida a entraîné une hausse de la mortalité (de 8,5 pour mille en 1990 à 14,4 pour mille en 2006 en Afrique du Sud) et une baisse de l'espérance de vie (de 66 ans à 46 ans entre 1992 et 2004 en Afrique australe). **Fiche 34. A :** L'Afrique australe est caractérisée par de très fortes inégalités de développement, entre d'une part le Mozambique, le Malawi et le Lesotho (IDH entre 0,4 et 0,5), et d'autre part, le Botswana, l'Afrique du Sud et la Namibie qui sont beaucoup plus développés (IDH supérieur à 0,6). - **B :** Les États d'Afrique australe sont parmi les plus inégalitaires au monde (coefficients de Gini > à 0,55-0,6 pour plusieurs pays). - **C :** Ces inégalités se manifestent entre les *enclosures* (quartiers blancs résidentiels et fermés) et les *townships* (quartiers très pauvres et sous-équipés, habités par des Noirs, des *Coloured* et des Indiens). **Fiche 35. A :** L'Afrique australe se situe à un stade avancé de la transition démographique. Cependant, les différences sont importantes entre les pays qui ont presque achevé la transition (Afrique du Sud, Botswana...) et les pays qui en sont à la première phase (Angola, Malawi, Mozambique). - **B :** La transition démocratique s'est déroulée en plusieurs étapes à partir de 1991 : premières élections au suffrage universel (1994) et mesures de discrimination positive à partir de 2003. - **C :** L'Afrique du Sud investit dans la construction de fermes solaires, d'éoliennes et d'une centrale électrique au méthane (Durban), et dans les transports durables. **Fiche 36. A :** En Afrique du Sud, l'industrie minière a attiré des milliers d'immigrés du Mozambique, de l'Angola, de l'actuelle Zambie et de l'actuel Zimbabwe. En Angola, le *boom* pétrolier (2003-2014) a suscité l'immigration de travailleurs chinois, brésiliens et portugais. - **B :** Les habitants des *townships*, en majorité Noirs et pauvres, se déplacent à vélo puis dans des trains vétustes et coûteux, pour rejoindre les centres-villes. Au contraire, les classes moyennes et aisées, en majorité Blanches, qui vivent en centre-ville, disposent de leurs voitures et de transports en commun haut de gamme. - **C :** La majorité des touristes en Afrique australe sont originaires des pays de la région (Afrique du Sud, Lesotho, Eswatini et Botswana). Cependant, la part des Européens est importante (près de 21 %).

Notes

Notes

Lexique Histoire-Géographie

Les mots définis dans le lexique sont signalés par un * dans les fiches.

A

Absolutisme : théorie politique selon laquelle le souverain est délié des lois, et sa volonté doit avoir force de loi.

Afrikaner : habitant d'Afrique du Sud, d'origine néerlandaise.

Anthropocène : période débutant à la fin du XVIIIe siècle et caractérisée par l'importance de l'impact des activités humaines sur l'environnement.

B

***Brain Drain* :** « Fuite des cerveaux » en anglais. Migrations de personnes très qualifiées, notamment des chercheurs et des ingénieurs.

C

Calife : titre porté par les successeurs du prophète Mahomet. Le califat est le territoire placé sous l'autorité d'un calife.

***Care Drain* :** migrations des personnels de soins (santé, assistances maternelle et gériatrique…).

Chiisme : de *shia Ali*, « partisan d'Ali ». Branche de l'islam qui considère que les califes doivent être des descendants d'Ali, le gendre du Prophète.

Choc microbien : choc sanitaire causé par la diffusion des maladies (variole, grippe, varicelle…) importées par les colonisateurs dans les pays conquis.

Cité : dans l'Antiquité, État formé d'une ville et des campagnes environnantes.

Citoyen : dans la Grèce antique, personne qui dispose de droits (participation à la vie politique…) et de devoirs (défense de la cité…).

Colonie : territoire occupé et administré par un État étranger.

Commerce triangulaire : système d'échanges commerciaux entre l'Europe, l'Afrique et l'Amérique, fondé sur la traite négrière.

Concile œcuménique : assemblée réunissant les principaux représentants du christianisme.

Condenseur : dans une machine à vapeur, petite chambre séparée qui permet de condenser la vapeur sans refroidir le piston.

Confédération : union d'États qui restent souverains.

Conglomérat : groupe d'entreprises appartenant à des secteurs économiques différents.

Credo : « je crois » en latin. Profession de foi chrétienne, affirmant la nature divine identique de Dieu et de Jésus qui ne font qu'un.

Crise de subsistance : situation de pénurie et de hausse des prix des denrées alimentaires provoquée par de mauvaises conditions météorologiques ou par des guerres.

Croisade : expédition guerrière, dirigée par le pape pour libérer les Lieux saints occupés par les musulmans.

D

Démocratie : (du grec *demos* : « le peuple » et *kratein* : « gouverner »). Gouvernement exercé par les citoyens, que ce soit directement ou par l'intermédiaire de leurs représentants.

Développement durable : ensemble des formes de développement qui permettent à la fois de satisfaire les besoins des populations actuelles sans compromettre le développement des générations futures.

Dragonnade : (du mot « dragon », militaire à cheval). Persécution militaire contre les protestants.

Droits naturels : ensemble des droits que l'homme possède, par nature, à sa naissance (liberté, égalité devant la loi) et qui lui sont inaliénables.

E

Économie-monde : (ou « système-monde ») partie du monde dominée par un centre économique autonome.

Écoquartier : quartier dont l'aménagement, les équipements et les transports reposent sur les principes du développement durable.

Écotourisme : tourisme respectueux de l'environnement.

Énergie hydraulique : énergie générée par le mouvement de l'eau.

Énergie renouvelable : source d'énergie qui ne s'épuise pas.

État-nation : État rassemblant des personnes qui se reconnaissent comme appartenant à une même nation.

Eutrophisation : développement d'algues et de micro-organismes dans l'eau et conduisant à l'asphyxie des milieux aquatiques.

Exode rural : émigration définitive des habitants des campagnes vers les villes.

F

Fédération : union d'États qui partagent de nombreuses compétences.

Fief : bien, le plus souvent une terre, remis par un seigneur à son vassal, en échange de sa fidélité, de son conseil et de son aide.

Front pionnier : territoire vierge qui est mis en valeur par les hommes.

G

Gaz à effet de serre : gaz (dioxyde de carbone, méthane, fréon…) participant au réchauffement climatique.

H

***Habeas Corpus* :** loi anglaise, adoptée en 1679, énonçant le droit fondamental de ne pas être arrêté et emprisonné sans jugement.

Hérésie : pensée religieuse non conforme au dogme d'une religion.

Histoire globale : courant de l'histoire qui met en valeur les contacts et les relations entre les sociétés, en particulier au niveau mondial.

Hub : plate-forme assurant la correspondance entre différents moyens de transport.

Humanisme : mouvement intellectuel des XVe et XVIe siècles, qui s'inspire des penseurs de l'Antiquité et place l'homme au centre de sa réflexion.

Humaniste : lettré de la Renaissance connaissant les langues, la littérature et la science antiques. Il étudie l'homme et la nature.

Hydrocarbures : matières comme le pétrole et le gaz, qui servent à produire de l'énergie.

Hydrosphère : ensemble de l'eau présente sur Terre sous forme soit liquide, soit gazeuse, soit solide.

I

Impérialisme : politique de domination politique, économique ou culturelle d'un État sur les autres.

Imprimerie : système de reproduction des textes grâce à l'utilisation de caractères métalliques mobiles.

Inlandsis : vaste glacier recouvrant une étendue de terre.

Inquisition : tribunal de l'Église catholique qui pourchasse et condamne les hérétiques.

Intermodalité : combinaison de plusieurs modes de transports différents lors d'un même déplacement.

Notes

Notes

L

Littoralisation : déplacement, concentration et développement des activités sur les littoraux, ce mouvement de concentration concerne aussi les hommes.

Lumières : mouvement intellectuel du XVIIIe siècle, fondé sur la raison et la lutte contre l'obscurantisme.

M

Mécène : personne qui, au moyen de sa fortune, soutient les artistes et les hommes de lettres.

Mercantilisme : théorie économique selon laquelle la puissance d'un pays repose notamment sur l'accumulation de métaux précieux.

Métropolisation : tendance à la concentration par une ville des fonctions de commandement économique, politique et culturel.

Migration : mobilité impliquant un changement temporaire ou définitif de lieu de vie.

Monarchie absolue : monarchie où le souverain concentre tous les pouvoirs, sans contrôle.

Monarchie mixte : système politique où le souverain gouverne avec la haute noblesse et les États généraux.

Monarchie parlementaire : monarchie au sein de laquelle le gouvernement est contrôlé par un Parlement élu.

Monarchie tempérée : monarchie où le pouvoir du roi est limité par un Parlement élu.

Mondialisation : augmentation des échanges économiques au niveau mondial conduisant à une interdépendance accrue des différentes parties du globe.

Mousson : vents tropicaux qui soufflent l'été de l'océan vers le continent et apportent de fortes pluies en Asie du Sud-Est. L'hiver, ils soufflent du continent vers l'océan et apportent un climat sec.

Multimodalité : existence de plusieurs modes de transports différents dans un lieu.

Multinationale : entreprise implantée dans de nombreux pays.

N

Neutralité carbone : équilibre entre les émissions de gaz à effet de serre et leur absorption par l'environnement.

Noblesse d'épée : noblesse ancienne, liée aux fonctions militaires.

Noblesse de robe : noblesse plus récente, liée à l'administration royale.

O

Office : sous l'Ancien Régime, fonction et dignité dans l'administration et la justice, achetée au roi et héréditaire.

P

Patricien : membre des plus importantes et des plus anciennes familles romaines.

Pays émergent : pays qui a connu une forte croissance économique et un développement rapide.

Pays les moins avancés (PMA) : pays caractérisés par des revenus par habitant et par des IDH très faibles.

Pérégrin : étranger libre qui réside dans l'empire romain, sans être citoyen.

Philologie : science qui étudie la langue et les textes de façon critique.

Physiocratie : pensée économique selon laquelle la richesse d'un pays repose sur l'agriculture, la libre production et la libre circulation des marchandises.

Puritain : protestant anglais qui rejette l'anglicanisme et le catholicisme.

R

Reconquista : mouvement de reconquête chrétienne, menée du VIIIe siècle à 1492 dans la péninsule Ibérique.

Réfugié : personne qui fuit des dictatures, des répressions politiques, des persécutions religieuses ou des guerres.

Révolution industrielle : processus de transformation profonde de l'industrie caractérisée par l'invention, la diffusion et le perfectionnement de nouvelles techniques (machine à vapeur) et l'augmentation de la production industrielle.

Révolution verte : développement agricole rapide mené par certains pays (Inde, Brésil...) grâce à la sélection des semences, l'utilisation d'engrais chimiques et la pratique de l'irrigation.

Romanisation : diffusion de la langue et du mode de vie romains.

Routes de la Soie : ensemble d'axes commerciaux reliant, depuis l'Antiquité, la Chine au Proche-Orient.

S

Salinisation : augmentation de la teneur en sel des sols ou des nappes d'eau rendant impossible leur utilisation pour l'agriculture ou la consommation humaine.

Schisme : séparation des fidèles d'une religion qui créent deux Églises différentes.

Souveraineté nationale : principe accordant à la nation seule le pouvoir politique.

Suffrage censitaire : système électoral où le droit de vote est réservé à ceux qui paient un impôt, le cens.

Sunnisme : branche de l'islam fidèle à la *sunna* (la « tradition »).

T

Traite : transport forcé et commerce d'esclaves.

Traite négrière : déportation et commerce d'esclaves Noirs.

Transition démocratique : évolution caractérisée par le passage d'un régime politique autoritaire à un régime démocratique, libéral et multipartite.

Transition démographique : processus caractérisé notamment par la baisse de la mortalité et de la natalité.

Transition écologique (ou énergétique) : passage d'une société fondée sur les énergies fossiles à une société reposant sur les énergies renouvelables.

Transition économique : évolution qui conduit d'une économie planifiée et étatique à une économie de marché.

Trière : navire de guerre à trois rangs de rameurs.

U

Urbanisation (taux d') : pourcentage des personnes qui vivent en ville, par rapport à la population d'un pays.

V

Vieillissement démographique : augmentation de l'âge moyen d'une population.

Crédits photographiques

© shutterstock : p. 219, de gauche à droite, de haut en bas : Aleksey Fefelov, 24K-Production, WDG Photo, ImageFlow, Sahara Prince, Joggie Botma, wavebreakmedia, Seyff, Lyanis, PlutusART, Pretty Vectors ; p. 220, Aneese ; p. 223, de haut en bas : Joggie Botma, Who is Danny ; p. 224, Vitawin ; p. 227, de haut en bas : Vladislav Gajic, 3000ad ; p. 229, HappyPictures ; p. 239, MicroOne ; p. 247, de haut en bas : Mascha Tace, BONNAUD Stephane ; p. 253, de gauche à droite, de haut en bas : Alila Medical Media, Image Source Collection, Jose Luis Calvo, Jose Luis Calvo ; p. 255, Kateryna Kon ; p. 257, de gauche à droite : Aldona Griskeviciene, YEINISM ; p. 258, Sofia Bessarab ; p. 260, ODY_Stocker ; p. 268, de gauche à droite : Vedrich, John_P_Anderson, isabela66 ; p. 269, de gauche à droite : Alex Coan, videohouse ; p. 270, de gauche à droite : Robert Adami, Marek R. Swadzba ; p. 271, 2e et 3e images de la 1re ligne et image de la 2e ligne : Wladimir Wrangel, Wiratchai wansamngam, Rattiya Thongdumhyu ; p. 277, IanRedding ; p. 280, Zoltan Tarlacz ; p. 281, Japan's Fireworks ; p. 283, Charles-Henry THOQUENNE ; p. 284, 1re ligne de gauche à droite : lialina, corlaffra ; p. 285, D MacDonald ; p. 288, Aymeric Bein ; p. 289, de gauche à droite : Javier Crespo, Sapsiwai, mailsonpignata ; p. 291, Inna Bigun ; p. 295, de gauche à droite : Pretty Vectors, Macrovector ; p. 297, de gauche à droite : Choksawatdikorn, David Herraez Calzada ; p. 299, Yok_onepiece ; p. 307, solar22 ; p. 309, de gauche à droite, de haut en bas : Kalcutta, nobeastsofierce, Ekaterina Avd, Jose Luis Calvo.
© Ph. Ropital : p. 271, 1re image de la 1re ligne et image de la 3e ligne ; p. 273 ; p. 274 ; p. 284, 2e ligne.

Achevé d'imprimer en décembre 2021 en Slovaquie par Polygraf
Dépôt légal : Janvier 2022 - Édition 01
13/3394/7